KB140150

북미대륙을 승용차로 세 번 횡단한

국제항공우주법학자의 회고록

Memoirs of a Scholar of International Air & Space Law
who crossed the North American continent three times by car

북미대륙을 승용차로 세 번 횡단한
국제항공우주법학자의 회고록

김두환 저서

저자(著者)의 간행사(刊行辭)

세월은 유수와 같이 빨라 어느덧 모든 변하는 것이 많이 있어 참으로 느끼는 점이 많습니다. 저는 충북 청주시 상당구 탑동 172번지에서 태어나 다섯 살부터 여덟 살 때까지 청주 시내 서문동에 있는 집을 떠나 청원군 강서면 외북리에 있는 할아버지 댁에서 기숙하면서 한학 가정교사 소화 선생님 밑에서 3년간 한학(천자문, 동몽선습, 대학, 논어 등)을 배웠습니다.

그 후 청주시에 있는 청주주성(일정 시: 영정)초등학교와 청주중·고등학교를 졸업한 후 1953년 4월에 서울대학교 법과대학에 입학하여 1957년 3월에 졸업하였고, 1957년 4월에 서울대학교 대학원 법학과에 입학하여 1959년 3월에 졸업함으로써 법학석사학위를 취득하였습니다.

곧이어 1959년 4월에 전액 정부출자 국영기업체인 대한석탄공사에 입사하여 1976년 2월까지 17년 반의 기간 동안 경리부 관재과장, 영업부 수급과장, 경리부장과 총무이사로 승진하면서 실무경험을 많이 쌓았고, 서울 시내에 있는 서울대학교 법과대학과 고려대학교 법과대학을 비롯하여 여러 군데 대학에서 강사로서 상법 강의를 하였습니다.

그 후 1976년 11월부터 1979년 2월까지 우리나라의 한화(韓火)그룹 산하에 있는 더서울플라자 호텔 총무이사와 한국화약주식회사(한화그룹) 총무이사 겸 제일사업부 이사를 역임하면서 역시 실무경험을 많이 쌓았습니다.

1979년 3월부터 1981년 2월까지 세종대학교 최옥자(崔玉子) 이사장님의 초빙(招聘)으로 세종대학교 경상대학 부교수로 발령을 받아 상법, 회사법 등을 강의하였고, 동 대학교 주명건(朱明建) 소장의 위촉으로 세종대학교 부설 한국항공산업연구소 부소장직도 겸직하게 되었습니다. 이분들의 고마움을 평생 잊지 않겠습니다.

이때부터 나는 국제항공우주법을 연구하기 시작하여 오늘날까지 약 40여 년간 계속 연구를 해 왔습니다. 1989년 7월 제가 숭실대학교 법과대학 교수로 재직하고 있을 때에 정부(당시 문교부)의 미국 및 캐나다 국비파견교수로 선발되어 1990년 1월부터 1991년 2월까지 미국 로스앤젤레스에 있는 UCLA대학교 법학전문대학원, 아메리칸대학교 워싱턴법과대학 및 캐나다 몬트리올에 있는 McGill대학교 항공우주법연구소에 방문학자(Visiting Scholar)로 초빙되어 상법과 국제항공우주법을 연구하였습니다.

1990년 2월 그때 당시 정부(당시 문교부)의 1년간 국비해외파견교수로 선발되어 미국에 갔지만 문교부는 저에게 로스앤젤레스부터 몬트리올까지 가는 여비를 지원하지 않아 할 수 없이 로스앤젤레스에서 현대 소나타 차(2,400C.C.)를 구입하여 이 차에 집사람을 태우고 이 삿짐을 가득 싣고 제가 직접 운전하면서 로스앤젤레스부터 Washington D.C. 경유 몬트리올까지 북미대륙을 1회 종횡(縱橫)으로 횡단하였는데, 그때 당시 제 나이는 56세였습니다.

두 번째 북미대륙의 횡단은 1990년 10월 집사람을 나의 현대 소나타 차에 태우고 캐나다 몬트리올을 출발하여 직접 운전하면서 캐나다 Ottawa와 Calgary를 거쳐 서쪽 해안에 있는 Vancouver를 경유 빅토리아섬까지 갔다가 미국 Seattle을 경유하여 미국 90 고속도로를 이용하여 몬트리올에 돌아왔으므로 캐나다 대륙을 두 번 횡단하였고, 미국 대륙을 한 번 횡단하였으므로 합계 북미대륙을 승용차로 세 번 횡단하였습니다.

그때 당시 나는 미국행이 처음이었으므로 지도 한 장을 가지고 북미대륙을 세 번 횡단하는 과정에서 시행착오도 있었고 고생도 많이 하였는데 재미있었던 에피소드는 본문에서 밝히고자 합니다. 1981년 3월부터 숭실대학교 법과대학 및 동 대학원 교수로 초빙되어 나는 상법과 경제법, 국제항공우주법 및 국제거래법 등을 강의하였고, 동 대학교 법과대학 학장직을 6년간, 법학연구소 소장직도 4년간을 봉직(奉職)한 바 있습니다.

1988년 10월에 손주찬 교수님(연세대학), 홍순길 교수님(항공대학), 이강빈 교수님(상지대학) 및 최준선 교수님(성균관대학)과 함께 서로 간에 힘을 합하여 한국항공우주법학회(韓國航空宇宙法學會)를 창립하여 나는 수석부회장직을 거쳐 회장직을 6년간 봉사한 바 있고 현재는 명예회장으로 있습니다.

1999년 3월에 숭실대학교를 정년퇴직한 후 1999년 4월부터 2010년 2월까지 약 11년간 한국항공대학교 항공우주법학과 및 항공산업대학원의 겸임교수로 국제항공우주법 및 상법 등을 강의하였습니다.

2010년 6월부터 현재까지 나는 중국 베이징이공대학교(北京理工大學校, BIT) 법과대학 겸임교수로 초빙(招聘) 받아 발령을 받은 후 국제항공우주법을 2019년 11월 까지 강의한 바 있고, 2018년 11월에 중국 텐진대학교(天津大學校) 법과대학 겸임교수로 초빙을 받아 역시 3년간 국제항공우주법을 강의한 바 있습니다.

2019년 7월에 (사)글로벌항공우주산업학회의 요청에 따라 저의 일본 항공우주산업계와의 연결관계로 현재 (사)글로벌항공우주산업학회 고문으로 있습니다.

제가 40대 후반부터 80대 후반까지 국제항공우주법과 정책을 전공으로 연구한 결과, 미국 및 캐나다를 비롯하여 10여 개국의 대학, 학회, 연구소 및 국제기구의 국제회의 시 주최 측으로부터 Speaker, Panelist, Moderator, Chairman 등으로 초청을 많이 받아 성공적으로 연구논문을 발표한 바 있습니다.

따라서 국내의 학술지에 게재된 국제항공우주법 연구논문이 합계 120편이고, 미국, 영국, 캐나다, 일본, 독일, 중국, 인도, 네덜란드, 싱가포르 등 세계적으로 유명한 학술지에 게재된 영어 및 일본어로 쓴 연구논문이 61편이므로 합계 181편의 연구논문을 쓴 바 있습니다.

1994년 12월 UN이 정한 국제항공의 날에 정부(건설교통부)로부터 제가 우리나라 국제민간항공법 분야의 발전에 크게 공헌하였고 국위를 선양시켰다는 취지에서 국무회의 의결을 거쳐 「국민훈장 목련장」을 받은 바 있습니다.

2016년 10월 중국 베이징에서 개최된 베이징이공대학(Beijing Institute of Technology, BIT) 우주법연구소가 주최하는 「제1회 우주법 국제심포지엄(10여 개국 참가)」에서 베이징이공대학교(BIT) 우주법연구소 발전에 제가 크게 공헌하였음을 인정받아 중국 정부의 고위인사 등 400여 명 참석하에 「공적상(功績賞)」을 받은 바 있습니다.

2020년 2월 인도 Kolkata에서 개최된 「제43회 동양유산(東洋遺産)에 관한 국제대회(미국, 영국, 프랑스, 독일, 일본, 중국 등 20여 개국으로부터 700여 명이 참가하였음)」에서 나의 국제항공우주법과 정책 분야에서 학문적인 업적이 가장 우수하다고 인정을 받아 「인도동양유산학회(印度東洋遺産學會)」로부터 한국인으로는 처음으로「세계공적상(Global Achievers Award)」을 받았습니다.

제가 영어로 쓴 책『우주법과 우주정책을 둘러싼 세계적인 문제점들(Global Issues Surrounding Outer Space Policy and Law)』(231페이지)이 2021년 4월 23일에 세계적으로 유명한 미국의 IGI Global 출판사에 의하여 발간되었는데 이미 이 책이 미국의 국회도서관과 영국의 도서관에 소장되었다고 이 책에 기록되어 있으며, 현재 이 책이 100여 개 국가에서 판매되고 있으므로 우리나라 국위선양에 조그마한 보탬이 되고 있습니다.

2022년 6월 10일 더플라자 호텔 별관 지하 2층 대회의실에서 개최된 2022년도 서울대학교 법과대학동창회 정기총회에서 김두환 교수는「2022년도 자랑스러운 법대인」으로 선발되어 전직 및 현직 장차관 동창님들, 선배 및 후배 동창님들 약 500여 명이 참석한 자리에서 나는「2022년도 자랑스러운 법대인상」을 받았으므로 저의 가문에 영광이 되었습니다.

인생을 살아가는 데 있어 자기 전공(專攻)을 정할 때 왔다 갔다 하지 말고 한길로 파고들면 성공의 길도 빨라질 것이며 얼마든지 일할 수 있는 기회가 생기게 되므로 후학(後學)들에게 이를 널리 알려주기 위하여 붓을 든 것입니다.

2023년 8월 30일
서울 북한산(北漢山) 밑 평창동(平倉洞) 우거(寓居)에서
저자(著者): 현곡(眩谷) 김두환(金斗煥) 씀

감사의 말

    필자(筆者)는 과거 40여 년간 국제항공우주법 분야를 심도(深度) 깊게 연구해 온 바 있으므로 저의 국제항공우주법과 정책 분야의 많은 논문들 중 한국의 학술지에 게재된 논문이 120편이고, 미국, 영국, 캐나다, 독일, 중국, 일본, 네덜란드, 인도, 싱가포르 등 세계적으로 유명한 학술지에 게재된 논문은 61편이므로 합계 181편입니다.

    제가 한글로 쓴 국제항공우주법의 저서는 3권이고, 직접 영어로 쓴 저서는 2021년 4월 23일 미국의 세계적으로 유명한 IGI Global 출판사에서 출판되었는데, 이 책의 제목은 「우주법과 우주정책의 세계적인 논점들(Global Issues Surrounding Space Law and Policy)」(240페이지)인데 현재 이 책이 100여 개국에서 판매되고 있어 우리나라 국위선양(國威宣揚)에 조그마한 보탬이 되고 있습니다.

    2022년 6월 10일 서울대학교 법과대학 총동창회에서는 저의 미국에서 발간된 책을 축하하고 서울법대의 위상을 높였다고 하여 「자랑스러운 서울법대인상」을 수여받은 바 있습니다.

    전 세계의 유명한 항공우주법 분야의 교수들과 우정을 돈독(敦篤)히 쌓아 왔는데, 특히 국제항공우주법과 정책 분야에서 세계적으로 유명한 아래에 있는 교수들과 저는 연구성과를 공유하고 교환하면서 우정을 돈독히 쌓았으므로 다시 한번 지면을 통하여 고마운 뜻을 전하는 바입니다.

캐나다, McGill대학교 항공우주법연구소 법학박사(Prof. Dr. Ram S. Jakhu 교수)

미국, Nebraska대학교 우주통신법프로그램(Prof. Dr. Frans G. von der Dunk 교수)

독일, Köln대학교 항공우주법연구소 소장(Prof. Dr. Stephan Hobe 교수)

독일, Eleven출판사 편집장(Dr. Marrieta Benkö 박사)

아르헨티나, Buenos Aires대학교(Prof. Dr. Wiliam Maureen 여교수)

오스트리아, 비엔나대학교(Prof. Dr. Irmgard Marboe 여교수)

오스트리아, 비엔나 UN우주사업국 정책법무과 과장(Mr. Niklas Hedman)

오스트레일리아, 서부시드니대학교 법과대학 명예교수(Emeritus Prof. Steven Freeland)

중국, 베이징이공대학(北京理工大學) 법학부 학장(Dean, Prof. Dr. Li Shouping(李寿平) 교수)

중국, 베이징이공대학(北京理工大學) 법학부(Prof. Dr. Wang Guoyu(王国語) 부교수)

중국, 베이징이공대학(北京理工大學) 법학부(Prof. Dr. Li Hua(李华) 여자 부교수)

중국, 정법대학(政法大學) 국제법학원(Prof. Dr. Zengyi Xuan(宣增益) 교수)

중국, 정법대학(政法大學) 국제법학원(Prof. Dr. Li Juqian(李居迁) 교수)

중국, 정법대학(政法大學) 국제법학원(Prof. Dr. Maggie Qin Hauping(覃华平) 여자 부교수)

중국, 우주법학회(宇宙法學會) 사무총장(Mr. Zhang Zhenjun(张振军) 님)

중국, 북경항공우주대학(北京航空宇宙大學) 법학부(Prof. Dr. Gao Guozhu(高国柱) 교수)

중국, 텐진대학(天津大學) 법학부(Lyu Sixuan(吕斯轩) 조교수)

중국, 난징항공우주대학(南京航空宇宙大學, NUAA)(Associate Prof. Dr. Mingyan Nie(聂明岩) 부교수)

중국, 화동정법대학 국제해운법학과(华东政法大学 国际海运法学系)(Associate Prof. Dr. Yu Dan(于丹副教授) 부교수)

중국, 북경회유구인민검찰원(北京怀柔区人民检察院)(Prosecutor Ms. Li Qiao Shuang(李乔爽 检察官) 검찰관)

대만, 아시아항공우주법학회(亚洲航空航天法学会) 의장(Prof. Dr. Chia-Jui Cheng(程家瑞) 교수)

홍콩, 홍콩대학(香港大學) 법학과장(Prof. Dr. Zhao Yun(赵雲) 교수)

일본, 전 동경대학(前 東京大學) 법학부(Prof. Tomonobu Yamashita(山下友信) 교수)

일본, 동경대학(東京大學) 대학원 법학연구과(Prof. Kazuhiro Nakatani(中谷和弘) 교수)

일본, 전 오사카시립대학(前 大阪市立大學) 부총장(Prof. Katsutoshi Fujita(藤田勝利) 교수)

일본, 전 중앙학원대학(前 中央學院大學) 사회시스템연구소(Mr. Tomitaro Yoneda(米田富太郎) 객원교수)

일본, 전 일본방위법학회회장(前 日本防衛法学会会長)(Prof. Susumu Takai(高井 晉) 교수)

일본, 게이오의숙대학(慶應義塾大學) 대학원 법무연구과(Prof. Dr. Setsuko Aoki(靑木節子) 여교수)

일본, 우주항공연구개발기구(宇宙航空研究開發機構, JAXA) 평가감사부장(Mr. Sato Masahiko(佐藤雅彦) 선생)

일본, 동경대학미래비전연구센터(東京大學未來Vision Study Center) 객원 연구원(Dr. Yuri Takaya(高屋友利) 여박사)

오스트레일리아, 서시드니대학교(South Sydney University), 명예교수(Honorary Prof. Steven Freeland)

오스트레일리아, 타스마니아대학교(Tasmania University) 경상대학 전 부교수(John Livermore)

오스트레일리아, Newcastle University 법과대학 교수(Prof. Dr. Li Bin)

인도, Seeding School of Law and Governance(Jaipur, India, Prof. Dr. V.S. Mani 교수)

한국, 전 국무총리 이회창 명예박사(Former Prime Minister, Honorary Dr. Lee Hoi-Chang, 李會昌)

한국, 사학법인연합회 회장 이대순 명예박사(Honorary Dr. Lee Dai-Soon, 李大淳)

한국, 환경재단 이사장 이세중 명예박사(Honorary Dr. Lee Sae-Joong, 李世中)

한국, 성균관대학교 법학전문대학원 명예교수 이범찬 박사(Emeritus Prof. Dr, Lee Beom-Chan, 李範燦)

한국, 국민대학교 전 총장 김문환 교수(Former President, Emeritus Prof. Dr. Kim Mun-Hwan)

한국, Diplomacy Monthly Magazine 회장 임덕규 명예법학박사(Honorary Jurisprudence Dr. LIM Thok-Kyu,

林德圭)
한국, 신한관세법인 회장 장흥진 선생(Mr. Chang Heung-Jin, 張興鎭)
한국, 한국항공우주정책법학회 명예회장 홍순길 교수(Prof. Dr. Hong Soon-Kil, 洪淳吉)
한국, 한국항공우주정책법학회 명예회장 이강빈 교수(Prof. Dr. Lee Kang-Bin, 李康斌)
한국, 한국항공우주정책법학회 고문 최준선 교수(Prof. Dr. Choi Joon-Sun, 崔埈璿)
한국, 한국항공우주정책법학회 전 회장 김선이 교수(Prof. Dr. Kim Sun-Ihee, 金善二)
한국, 한국항공우주정책법학회 회장 신홍균 교수(Prof. Dr. Shin Hong-Kyun, 申弘均)
한국, (사)글로벌항공우주산업학회 회장 신동춘 박사(Dr. Shin Dong-Chun, 申東春)
한국, 충북대학교 법학전문대학원 이영진 명예교수(Honorary Prof. Dr. Lee Young-Jin, 李永鎭)
한국, 숭실대학교 법과대학 학장 전삼현 교수(Dean, Prof. Dr. Chun Sam-Hyun, 全三鉉)
한국, 숭실대학교 법과대학 고문현 교수(Prof. Dr. Koh Moon-Hyun, 高文炫)
한국, 국방대학교 안보문제연구소 연구위원 조홍제 박사(Dr. Cho Hong-Je, 趙洪濟)
한국, 서울중앙지방법원 상근 민사조정위원 김기원 종친(Mr. Kim Ki-Won, 金基元)
한국, 대한항공 선임사무장 오영진 여사님(Ms. Oh Young-Jin, 吳英鎭)
한국, 인천국제공항공사 의전과장 이기헌 님(Mr. Lee Ki-Heon, 李紀憲)
한국, 정보통신심의위원회 국제협력단 단장 한명호 법학박사(Han JSD, Myeong-ho, 韓明鎬)
한국, 서울 YMCA 원장 조규태 장로님(Mr. Cho Gyu-Tae, 曺圭太)
한국, I Love Book출판사, 대표이사장 제해삼 님(Mr. Je Hae-Sam, 諸海三)
한국, I Love Book출판사, 과장 오윤애 여사님(Ms. Oh Yun-Ae, 吳潤愛)
한국, 서울대학교 법과대학동창회 간사 황윤미 여사님(Ms. Hwang Yun-Mi, 黃允美)

상기(上記)에 기재되어 있는 국내 및 외국에 계신 저명한 교수님들, 변호사님들, 기업의 회장 및 사장님 들에게 다시 한번 이 책 발간에 협조와 관심을 가져주신 점에 고마운 뜻을 전합니다.

저의 책(제목: IGI Global Issues Surrounding Outer Space and Law)을 발간한 세계적으로 유명한 미국의 IGI Global 출판사와 Jan Travers 여사(IGI Global 출판사의 지적재산권과 계약담당 국장)에게 특별히 지면을 통하여 다시 한번 감사의 뜻을 전합니다.

2023년 8월 30일
서울 북한산 밑에 있는 평창동 우거(寓居) 서재(書齋)에서 씀
현곡(眩谷) 김두환(金斗煥)   Doo-Hwan Kim

✦ 感謝の言葉

　私は過去40年間，国際航空宇宙法分野を深く研究してきたことがあるので，私の国際航空宇宙法と政策分野における多くの論文の中で韓国の学術誌に掲載された論文が120編であり，アメリカ，イギリス，カナダ，ドイツ，中国，日本，オランダ，インド，シンガポールなど世界的に有名な学術誌に掲載された論文は61編であります。

　私が韓國語で書いた国際航空宇宙法分野の著書は3冊であり，私が直接英語で書いた著書は2021年4月23日にアメリカの世界的に有名なIGI Global出版社によって出版されましたが，この本のタイトルは「宇宙法と宇宙政策の世界的な論点(Global Issues Surrounding Space Law and Policy, 240ページ)ですが，現在この本が100ヶ国余りで販売されており，韓国の国威宣揚に小さな助けとなっています。

　2022年6月10日，ソウル大学法科大学総同窓会では私のアメリカで発刊さ

　た私の本を祝い，ソウル大学法学部の地位を高めたとして「誇らしいソウル大学法学部人賞」を受け取りました。

　世界中の有名な航空宇宙法分野の教授たちと私はもっとも友情を深めてきました。

　特に国際航空宇宙法と政策分野の世界的に有名な下にいる教授たちと私は研究成果を共有し交換しながら友情を深めたことで，もう一度紙面を通じて感謝の意を伝える次第です。

11

Canada, Montreal, McGill大学航空宇宙法研究所, Prof. Dr. Ram S. Jakhu 教授
USAのNebraska大学宇宙通信法プログラム, Prof. Dr. Frans G. von der Dunk 教授
GermanのKöln大学航空宇宙法研究所 所長, Prof. Dr. Stephan Hobe 教授
German, Eleven出版社 編輯編集長, Dr. Marrieta Benkö 博士
Argentine, Buenos Aires大学, Prof. Dr. Wiliam Maureen 女子教授
Austria, Vienna大学, Prof. Dr. Irmgard Marboe 教授
Austria, Vienna, 国連宇宙事業局政策法務課長 Mr. Niklas Hedman
Australia, West Sydney University, Law School, Honorary Prof. Steven Freeland
中国, 北京理工大学法学部, 部長, Dean, Prof. Dr. Li Shouping(李寿平) 教授
中国, 北京理工大学法学部, Prof. Dr. Wang Guoyu 副教授
中国, 北京理工大学法学部, Prof. Dr. Li Hua 女子副教授
中国, 政法大学国際法学院, Prof. Dr. Zengyi Xuan(宣増益) 教授
中国, 政法大学国際法学院, Prof. Dr. LiJuqian(李居迁) 教授
中国, 政法大学国際法学院, Prof. Dr. Maggie Qin Hauping 女子副教授
中国, 宇宙法学会事務総長, Mr. Zhang Zhenjun
中国, 北京航空宇宙大学法学部 Prof. Dr. Gao Guozhu 教授
中国, 天津大学法学部のLyu Sixuan 助教授
中国, 南京航空宇宙大学(NUAA), Associate Prof. Dr. Mingyan Nie 副教授
中国, 華東政法大学, 国際海運法学部のAssociate Prof. Dr. Yu Dan 副教授
中国, 北京回遊区人民検察院, Prosecutor Ms. Li Qiao Shuang 検察官
台湾, Asia航空宇宙法学会, 議長, Prof. Dr. Chia-Jui Cheng 教授
香港, 香港大学法学部長 Prof. Dr. Zhao Yun 趙雲教授
日本, 前東京大学法学部 Prof Tomonobu Yamashita, 山下友信 教授
日本, 東京大学院法学研究科 Prof. Kazuhiro Nakatani(中谷和弘) 教授
日本, 前大阪市立大学副総長 Prof. Katsutoshi Fujita(藤田勝利) 教授
日本, 前中央学院大学社会システム研究所 米田富太郎客員 教授
日本, 前日本防衛法学会会長 Prof. Susumu Takai 高井 晋 教授
日本, 慶応義塾大学院法務研究科, Prof. Dr. Setsuko Aoki 青木節子 教授
日本, 宇宙航空研究開発機構(JAXA) 評価監査部長 佐藤雅彦 先生
日本, 東京大学未来Vision 研究センター客員研究員 高屋友利 女子博士
Australia, West South Sydney University, Honorary Prof. Steven Freeland
Australia, Tasmania University, 經商學部 教授 John Livermore
Australia, Newcastle University, 法学部 教授 Prof. Dr. Li Bin
印度, Seeding School of Law and Governance, India, Prof. Dr. V.S. Mani 教授
韓国, 前国務総理, 名譽博士 李会昌 Honorary Dr. Lee Hoi-Chang
韓国, 私学法人連合会会長 名譽搏士 李大淳
韓国, 環境財団理事長名誉博士 李世中(Honorary Dr. Lee, Sae Joong)
韓国, 成均館大学法学専門大学, 名誉教授 李範燦
韓国, 国民大学校 前総長金文煥 教授
韓国, Diplomacy Monthly Magazine, 会長 名誉法学博士 林德圭
韓国, 新韓関税法人会長, 張興鎮
韓国, 航空宇宙政策法学会名誉会長 洪淳吉 教授(Prof. Dr. Soon-Kil Hong)
韓国, 航空宇宙政策法学会名誉会長 李康斌 教授(Prof. Dr. Kang-Bin Lee)

韓国, 航空宇宙政策法学会 顧問 崔濬璿 名誉教授
韓国, 航空宇宙政策法学会前会長 金善二 教授(Prof. Dr. Sun Ihee Kim)
韓国, 航空宇宙政策法学会会長 申弘均 教授(Prof. Dr. Hong Kyun Shin)
韓国, (社) Global航空宇宙産業学会会長 申東春 博士
韓国, 忠北大学法学専門大学院 名誉教授李永鎮 教授
韓国, 崇実大学法学部 部長 全三鉉 教授
韓国, 崇実大学法学部 高文炫 教授(Prof. Dr. Koh, Moon-Hyun)
韓国, 国防大学校安保問題研究所研究委員, 趙弘済 博士(Dr. Hong Je Cho)
韓国, ソウル中央地方裁判所常勤民事調停委員, 金基元宗親
韓国, 大韓航空先任事務長呉泳鎭女士(Ms. Oh Young Jin)
韓国, 仁川国際空港公社儀典課長, 李紀鉉(Mr. Lee Ki Heon)
韓国, 情報通信審議委員会国際協力団団長, 韓明鎬 法学博士
韓国, ソウルYMCA院長曺圭太長老(Mr. Cho Gyu Tae)
韓国, I Love BooK出版社, 代表取締役社長 諸海三(Mr. je Hae Sam)
韓国, I Love BooK出版社, 課長오윤애(Ms. Oh Yun Ae)
韓国, ソウル大学法学部同窓会幹事のMs. Hwang Yun Mi,

　　上記に記載されている国内および外国にいらっしゃる著名な教授, 弁護士, 企業の会長および社長にもう一度この本の発刊に協力と関心を持ってくださった点に感謝申し上げます。

　　私の本(Title: *IGI Global Issues Surrounding Outer Space and Law*)を発刊した　世界的に有名なアメリカのIGI Global出版社とJan Travers女史(IGI Global出版社の知的財産権と契約担当局長)に對して, この紙面を通じて改めて感謝申し上げます。

2023年 8月 30日

ソウル北漢山の下にある平昌路の寓居書斎で

弦谷, 金斗煥　　Doo-Hwan Kim

목차

제1장

유년 시절과 초등학교부터 대학원까지의 학창 시절

제2장

국영기업체 대한석탄공사 입사와
민간기업체 한화그룹의 실무경력

제3장

국내 대학의 교수 시절과 국무총리실,
교통부, 법무부 정책자문위원 역임

제4장

한국과 외국에서 받은 공적상과 표창장 및 세계인명사전에 게재됨

제5장

미국, 캐나다 대학에서의 방문학자, 일본 대학의 객원교수, 인도 대학의 명예교수 및 중국 대학에서의 겸임교수 시절

제6장

한국항공우주정책법학회의 창립 경위와 수석부회장, 회장, 고문으로 선출되었고 수많은 국제학술대회를 개최하였음

제7장

세계 최초로 우리나라 상법 제6편에
항공운송 규정이 신설된 입법 경위와 숨은 이야기

제8장

한국과 세계 각 나라에서 개최된 국제회의에
참가와 대학에서의 특강

제9장

내 이름 김두환(金斗煥) 글자 때문에 한국 서울,
프랑스 파리 및 일본 동경, 하네다국제공항에서의
웃지 못할 에피소드

제10장

유럽 각 나라를 특급기차, 대형여객선에 의한 여행 및
승용차로 북미대륙 3회 횡단

제11장

내 인생의 길잡이

제12장

경주김씨 중앙종친회 총무부장, 사무총장,
부총재, 고문으로서의 취임 경위와 청년회의
조직과 경중회(慶重會)에 참가

제13장

중국 금나라의 시조는 한국 경순왕의 아들 김함보(金函普)라고 주장하는 학설도 있다

부록(Appendix)

제1장

· · ·

유년 시절과 초등학교부터
대학원까지의 학창 시절

●●●

유년 시절, 초등학교, 중학교 및 고등학교 때의 학생 시절

1. 유년 시절에 배운 한문

나는 1934년 2월 28일, 충북 청주시 탑동 172번지에서 태어났다. 한학자(漢學者)이신 할아버지(金命濟)께서는 손자가 좋은 시(時)를 갖고 태어난 것을 기뻐하시면서 주역(周易)을 풀어 북두칠성(北斗七星)의 두(斗) 자를 나의 이름 가운데 자로 넣었고 돌림자로 환(煥)을 넣어서 김두환(金斗煥)이라고 이름을 지으셨다.

나는 이 이름으로 일생을 살아가는 동안 좋은 일도 많이 있었고 궂은일도 더러 있었다.

내 삶의 여정은 청주시 탑동에서 태어났으므로 이때부터 시작되었다. 출발은 충절의 고향인 청주에서 시작되었지만, 시대는 일본 제국주의의 쇠사슬 아래 잔뜩 움츠려 있었던 시절이었다.

나는 신라(新羅) 경순왕(敬順王)의 38대손으로, 엄격한 유교 가정에서 삼남 사녀 중 셋째로 태어났다. 다섯 살 때부터 부모 곁을 떠나 할아버지 댁(청원군 강서면 외북리)에서 한학(漢學)을 배우며 성장했다.

당시 유명한 한학자이신 '소화 선생님'을 가정교사로 모시고 〈동몽선습(童蒙先習)〉, 〈대학(大學)〉, 〈논어(論語)〉, 〈명심보감(明心寶鑑)〉 등을 3년간 매일같이 배웠다.

소화 선생님은 얌전하시고 전통적인 선비 모습의 한학자이셨다.

큰아버지께서 일찍 돌아가셔서 홀로되신 큰어머님께서 그 많은 식구들의 아침, 점심 및 저녁 식사를 차리느라고 고생이 많으셨다. 나는 그때 당시 다섯 살이었기 때문에 안채에서 할머니와 같이 잤고 아침에 일어나 한학 공부를 할 때에는 사랑채(별도 건물)에 가서 가정교사이신 소화 선생님한테 한학을 배웠다. 일주일에 한 번씩 할아버지께서 안채로 주무시러 오실 때에는 나는 안방에서 자리를 옮겨 윗방에서 잤다.

한문을 배우는 3년 동안은 집에도 갈 수 없었고 형제들도 못 만났다. 할아버지가 계시는 큰집에 아버지와 어머니가 가끔 들르실 뿐이었다. 지금 같으면 이해가 잘 안 되는 일이지만 그때는 할아버지 말이면 절대복종하는 게 자연스럽게 생각됐다. 위로 형제들이 있었지만 할아버지께서는 형제 중의 막내인 나를 한학자로 키우려고 하셨다.

하지만 한학의 깊이를 즐거움으로 받아들이기에는 너무 어린 나이였다.

나는 나막신(나무로 만든 신)을 신고 친구들과 어울려 놀다가 공부 시간을 놓칠 때도 있었고, 놀다가 어른들에게 인사를 제대로 못 해, 할아버지한테 회초리도 많이 맞았다. '사람이 인사를 모르면 금수(禽獸)와 같다'라는 교훈을 늘 들으면서 자랐다.

그때 당시는 '금수(禽獸)'라는 말조차 그 뜻을 모를 때였지만 지금 생각해 보면, '사람들 사이에서 가장 기본적인 예의(禮儀)'를 가르치시려고 하셨던 것 같다.

할아버지께서는 당시 이 지역 청주시의 유지(有志)셔서 청원군 강서면 파출소 일본인 소장이 부임해 올 때마다 긴 칼을 옆에 차고 반드시 할아버지에게 인사를 드리러 오곤 했다.

일정시대(日政時代)의 신사참배와 창씨개명의 회유와 협박을 피하기는 어려웠지만 해방될 때까지 할아버지께서는 본인의 의지를 절대 굽히지 않으시던 모습이 아직도 기억에 남는다.

또한 그 지방의 유지로서 우리의 민족문화를 소중히 보존해야 된다는 생각을 가지고 계셔서 청주향교(淸州鄕校)의 수리(修理)뿐만 아니라 조상님들의 묘지, 비석 재실과 기념관 등의 건립에 많은 사재(私財)를 희사(喜捨)하셨다.

내가 유아기 때의 일로, 어머니가 늘 말씀하셨던 기적 같은 일화(逸話)가 있었다.

세 살 무렵, 홍역을 심하게 앓다가 그 후유증으로 앞도 보지 못하고 귀에서도 고름이 나서 잘 듣지를 못하였고 말도 제대로 못 하고 있던 중, 아버지가 당시 사업차 만주(중국) 하얼빈에 가신 김에 진짜 웅담을 구해 오셨다. 다급한 마음으로 웅담을 물에 개어서 눈과 귀 또 입에 넣었더니 눈도 뜨고 귀에서 나오던 고름도 멈추었고 말도 하였다는 이야기를 들었다.

열을 내리고 독(毒)을 풀어준다는 웅담의 약효가 제대로 나타난 것인지, 부모님의 정성으로 치유된 것인지 확실히 알 수는 없지만, 그렇게 유아기 성장의 고비를 잘 넘겼다.

어머니께서 내 병을 고치려고 청주에서 기차를 타고 유성온천까지 갔던 기억은 지금도 어렴풋이 남아 있다.

나를 한학자로 키우시려던 할아버지의 바람은 내가 여덟 살이 되던 해 끝이 났다.

신학문을 배운 아버지가 할아버지 몰래 나를 자전거에 태워 청주 시내에 있는 영정국민학교(榮町國民學校: 지금은 주성초등학교)에 입학시킨 것이다.

그러자 예상대로 할아버지께서 노발대발(怒發大發)하시면서 결국 금식(禁食)까지 하시게 되었다. 왜 내가 한문을 잘 가르치려고 하였는데, 내 손주를 네 마음대로 학교에 집어넣었느냐 하시면서, 한 달 동안이나 금식을 하셨다.

그래서 아버지께서 매일같이 할아버지에게 찾아뵙고 사죄드리면서 빌었기 때문에 간신히 초등학교에 입학할 수가 있었다. 결국 나는 아버지의 선견지명(先見之明)으로 어렵사리 신학문 배움의 길로 들어서게 된 것이다.

한학(漢學)과 국제항공우주법학자, 무언가 상반되는 듯하지만 어린 시절에 배운 한학은 현재 내가 중국 내 베이징이공대학교 법과대학 및 톈진대학교 법과대학 겸임교수로 있으면서 중국의 대학 및 대학원생들을 가르칠 때에 크게 도움을 주고 있을 뿐만 아니라, 내 삶의 근간(根幹)에 할아버지의 모습과 함께 한학이 자연스럽게 뇌리에 스며들어 있다.

2. 애국자이신 아버지와 인자하신 어머니

나의 아버지(金東闢)께서는 일제시대에 서울에 있는 휘문중학교(現 徽文中學校)를 졸업하셨다.

당시는 중학교가 5년 과정이었지만 해방 후에 6년 과정으로 변경되었다. 아버지는 키가 아주 커서 휘문중학교 대표 농구선수, 유도선수 출신으로 외모도 출중하셔서 미남자였다.

일정시대에 휘문중학교를 졸업하신 후 우리나라 독립운동을 하기 위해 중국, 러시아, 미국을 놓고 어느 나라로 갈지 고민하고 있었던 중, 할아버지의 3형제 가운데 둘째 할아버지께서 사업 실패로 차용금을 갚지 못하자 저당 잡혔던 온 집안의 부동산이 경매에 들어가게 되었다.

할아버지께서 다급하게 이 일을 수습하라 하니까, 아버지께서는 결국 외국도 못 나가시고 독립운동도 못 하시고, 저당 잡힌 부동산 등을 해제시키기 위하여 청주지방법원에 있는 일본인 서기의 집에서 집사를 하게 되었다.

아버지께서는 일본어가 능통하셨기 때문에 한마디로 말하면 그 집의 살림을 총괄하는 집사로 들어가게 된 것이다. 아버지께서는 하루 종일 일하시면서 담보로 잡힌 모든 재산을 월급으로 갚아 나가 담보로 잡힌 부동산을 하나씩 풀기 시작했다.

즉 은행 담보로 들어간 모든 토지 등이 경매로 넘어가게 되었으니 어떻게 든 그것을 막으려고 하였던 것이다. 결국 일본인 서기는 감동하여 담보를 하나씩 풀어주게 되었다. 아버지는 집사로 꿋꿋하게 4년 내지 5년을 버티면서 빚을 다 갚고 담보도 다 말소시켰다. 그렇게 해서 어렵게 되찾은 땅이 많았지만 아버지는 해방 후 토지개혁을 할 당시, 소작료 3,000석에 해당하는 토지를 농민들의 복지를 위하여 농민들에게 무상 분배하셨다. 집사(執事)까지 하시면서 그렇게 힘들게 되찾은 땅이지만 미련 없이 소작인 모두에게 무상으로 베푸신 것이었다.

해방 후 미 군정하에서 하루속히 우리나라의 독립을 쟁취하기 위하여 아버지께서는 이승만 초대 대통령이 이끄는 대한독립촉성국민회(大韓獨立促成國民會) 충북지부장과 김구 선생이 이끄는 한국독립당 청주시당 위원장을 역임하시면서 미국과 소련이 제안한 신탁통치안을 결사 반대하는 운동에 앞장서셨다. 나도 아버지의 명령에 따라 초등학교 5학년 때 청주 시내의 서문동에 있는 전주(電柱)에 「신탁통치 결사 반대」라는 삐라를 아침 일찍 붙이고 다녔고, 청주 시내 거리에도 많이 뿌렸다.

그 후 자유당(초대 당대표, 이승만 대통령)이 탄생됨에 따라 아버지는 자유당 중앙위원과

아버지

어머니

충청북도 도당 수석부위원장을 맡고 계셨기 때문에 청주지역의 유지들과 수많은 당 간부들이 아버지에게 국회의원 출마를 적극 권유했지만 아버지께서는 끝까지 사양하셨다.

외가는 청원군 문의면 상장리에 있었고 어머니(李大淳)는 연일이씨로, 아주 양반집 딸이었다.

당시 경무대(청와대)에서 우측 4번째 의자에 앉으신 분이 이승만 대통령
우측 3번째 서 있는 분이 아버지, 자유당 충청북도 도당 간부님들

1977년 11월 10일 더서울플라자 호텔 귀빈실에서 어머님 생신 때
온 가족들 및 친척들과 함께 찍은 사진

과거 체신부 장관과 대학총장 및 12대 국회위원과 원내총무를 지냈던 서울법대 11회 동기 동창인 나의 친구 이대순 동문과 이름이 똑같아서 가끔 그 친구를 보면 어머니 생각이 났다.

어머니는 아버지와는 학력의 차이가 많이 났지만 양반집 규수를 선호하던 시대이므로 할 아버지께서는 양반만 고집하셔서 중매로 결혼을 성사시켰다.

어머니께서는 학력은 짧지만 건강한 체구에 머리가 아주 좋으셔서 집안의 큰살림을 잘 이 끌어 나가셨다. 머슴들과 식솔들도 잘 거느리시고 집안의 크고 작은 일들을 지혜롭게 해결하 셨다. 부모님은 학력 차이는 많이 났지만 금실은 매우 좋으셨다.

아버지께서는 인맥이 넓으셔서 집안에는 매일 손님들이 북적거렸던 기억이 난다. 서울에 계셨던 이왕궁(李王宮) 소속의 아주 유명한 이지관(李地官)도 청주시 서문동에 있었던 우리 집 사랑방에 늘 한두 달씩 식객(食客)으로 와 있었다. 내가 청주중학교 3학년 때 하루는 나를 우리 집 사랑방으로 부르더니 앞으로 대한민국은 군인들이 정권을 잡게 되면 크게 발전하고 대한민국이 세계만방에 날리게 될 터이니 나더러 육군사관학교에 입학시험을 보라고 적극적 으로 권유하셨다.

나는 청주시에 있는 주성초등학교, 청주중·고등학교를 청주시 상당구 서문동 178의 5번 지에 대지가 500여 평이나 되는 큰집에서 학교를 다녔다.

그때 당시 나는 청주중학교 2학년 때 운동장에서 축구를 하다가 옆으로 넘어지는 바람에 손목이 골절되어 약간 튕겨 나왔기 때문에 육군사관학교에 시험을 보면 신체검사에서 떨어 질 것 같아 응시하지 않았다.

만약 내가 청주중학교 4학년 때 육군사관학교에 입학시험을 보아 합격이 되었다면 육사 11기생으로 전두환(全斗煥) 전 대통령과 노태우 전 대통령과 동기생이 될 수가 있었다.

이지관(李地官)께서는 나의 할아버지 산소를 청주시 상당구 문의면 미천리에 소재(所在) 한 아주 높은 산인 작두산(鵲頭山: 430m) 중턱에 명당자리라고 썼다. 그러나 장손이 있는 큰 집에서 할아버지 산소가 고향에서 멀리 위치하고 있어 성묘 다니기가 멀다고 하여 고향인 청 주시 흥덕구 외북동 고향으로 이장하였다.

그 후 청주시 상당구 문의면 신대리에 대통령 별장인 청남대(靑南臺)가 새로 생기어 전에 있었던 문의면 작두산 중턱에 있었던 명당자리인 할아버지 산소에서 멀리서나마 청남대 대 통령 별장이 보였다.

이지관은 선견지명(先見之明)이 있었고 잘 알아맞히는 훌륭한 지관(地官)이었다. 이승만 대통령의 자유당 정권이 무너지고, 박정희 대통령의 공화당 정권이 들어서니, 주변에서 아버지에게 공화당에 들어올 것을 적극 권했고 신문기자들도 집으로 많이 찾아오곤 했다.

그러나 아버지께서는 이제 정치는 손 떼겠다 하시며 관심을 두지 않았다. 아버지께서는 일제시대부터 묘포사업을 크게 하시어 나무 종자를 밭에 심어서 낙엽송, 산오리, 리기다송, 잣나무 등을 묘목으로 키워 만주나 일본 등지에 수출했다. 해방 후 우리나라는 땔감이 없어 시골 마을 주민들과 도시에 있는 벌채업자들이 산에 올라가 마구잡이로 나무를 베고 벌목을 해서 온 국토의 임야가 황폐화되어 가고 있었다.

정부에서는 더 이상 황폐화되어 가는 임야를 방치할 수 없어서, 일단 사방공사를 한 후 속성수(리기다송, 산오리, 낙엽송 등)로 조림을 하는 산림녹화사업을 시행했다.

아버지께서는 청원군 산림조합장으로 있으시면서 산림녹화사업의 기초가 되는 양묘(養苗: 낙엽송, 산오리, 잣나무, 은사시나무 등) 사업을 하기 위하여 충북 청원군, 괴산군 및 경북 상주군 내에 토질이 좋은 묘포장, 수만 평을 소유 내지 임차하여 관리하고 계셨다.

그곳에서 여러 수종(樹種)의 종자를 심어 묘목을 키워 정부의 조림사업장에 묘목을 공급하고 우리나라 산림녹화에 크게 공헌하게 되어 아버지께서는 농림부 장관상도 받으셨다.

경북 상주군 평온리에 있는 묘포장에서 아버님(좌측)과
친구분(우측)이 함께 찍은 사진

나도 청주중·고등학교 학생 시절 아버지와 함께 묘포장에 가서 풀도 뽑고 묘목 가지를 치고 묘목을 다발로 묶는 일도 많이 하였다.

그즈음 아버지께서 청주농업고등학교 정문 바로 옆 청주시 상당구 내덕동 316의 6번지에 있는 약 천여 평의 땅을 사서 가옥을 신축한 후 이사를 하셨다.

그 후 이 지역이 청주시 도시계획으로 인하여 집 앞에 사거리 도로가 생겨 토지가 많이 청주시에 수용되었고, 일부 토지를 매각하여 약 500여 평이 남아 있었다.

그래서 내가 서울법대를 다닐 때 서울에서 내려오면 청주농업고등학교 정문 바로 좌측에 있는 청주시 상당구 내덕동 집에서 지냈다.

아버지께서는 청주시에 있는 대한양묘협회 충북지부장을 지내셨고 그 후 서울에 있는 대한양묘협회 회장도 역임하셨으며, 과수원도 약 2만 평을 가지고 계셔서 청주원예협동조합 이사장도 지내시는 등 이력이 다양했다. 청주농업고등학교 후원회장 및 청주고등학교 후원회장 등, 공적 직함도 많이 가지고 계셨다.

해방 후, 맏이인 큰형이 다니던 청주농업고등학교 안택수(安宅洙) 교장이 청주중·고등학교 교장으로 가게 되면서 새로이 청주고등학교 교사를 건축하려는데 땅이 없어 건축을 못 하고 있었다. 안택수 교장선생님이 몇 차례 우리 집에 찾아와 학교 신설 건축예산도 부족하니 토지를 헐값에 팔라고 아버지께 간곡하게 부탁하니 아버지도 할 수 없이 고등학교 후원회장을 지낸 경력도 있어 헐값에 팔았던 것이다.

그래서 청주시 흥덕구 사창동 140번지에 있는 우리 과수원 토지에 청주고등학교를 5층 원통형(圓筒型)으로 짓게 되었고, 1960년 9월 9일에 청주시 영동(榮洞)에 있었던 구교사(舊校舍)에서 청주시 사창동(司倉洞)에 새로 건축한 신교사(新校舍)로 이사를 왔다.

지금은 그 지역이 도심이 되었으니 액수로 따진다면 엄청난 금액으로, 즉 300억 원으로 호가(呼價)되고 있다. 현재 조치원에서 청주로 오는 큰 도로변인, 청주시 흥덕구 사직대로 79(복대동)에 청주고등학교 4층 건물을 크게 신축한 후 이전했다. 지금 생각해 보면 그 과수원이 터가 좋았던 것 같다. 어느 날 청주고등학교 및 서울법대 1년 선배인 김덕주(金德柱) 선배가 조용한 곳에서 고시공부를 하고 싶다고 해서 나는 1년 동안 무료로 과수원에 있는 집에 방을 내주어 고등고시 수험준비를 하였다.

얼마 후 판검사특임시험과 제7회 고등고시 사법과 시험에 합격하고, 여러 군데 법원장을 거쳐 대법원장까지 역임하셨다.

또 한 분은 역시 청주고등학교 및 서울법대 1년 선배인 김동규(金東圭) 동문이 우리 집 과수원에서 고시공부를 하고 싶다고 하여 방 하나를 무료로 주어 열심히 공부한 끝에 행정고시에 합격해 상공부 중공업차관보와 12대 국회의원선거에서 전국 최고 득표를 얻어 국회의원까지 지내신 바 있다.

아버지께서는 특별히 나의 진로를 정해 놓고 채근하시는 일은 없었다. 그저 학업에 성실히 임해서 자신이 원하는 길을 찾아가기를 바랐다.

'사람들이 소매만 스쳐도 인연'이라는 말이 있듯이 모든 인연을 소중히 여기고 좋은 사람들을 많이 사귀어라, '수신제가 치국평천하(修身齊家 治國平天下)', 먼저 자신의 몸을 잘 다스리고 가정을 잘 이끌고 국가를 잘 다스려야 한다는 말씀을 자주 하셨고 '정신 일도 하사불성(精神一到何事不成)', 무슨 일이든 온 마음을 다해 한곳으로 집중해서 최선의 노력을 기울이면 이루지 못할 것이 없다는 진리를 강조하셨으므로 이 세 가지 격언을 나의 좌우명(座右銘)으로 삼았다.

나의 지난 시간들을 돌이켜 볼 때, 국제항공우주법 한길에 최선을 다해 몰입하다 보니 어느덧 세계적으로 인정받는 항공우주법 학자가 된 것 같다.

지금도 외국에서 원고 청탁과 국제회의 Speaker로 초청이 E-mail로 계속 오고 있다. 아버지께서는 늘 모든 일에 '성실'하게 일할 것을 늘 강조하셨다. 나 역시 '성실'이야말로 모든 상황을 긍정적으로 바꿀 수 있는 최선의 방법이라고 생각하고 있다. 지금도 '성실'은 내 삶의 균형을 유지하는 최고의 덕목이 되고 있다.

3. 초등학교 때 세계적으로 유명한 석학이 되기를 꿈꾸다

할아버지의 반대를 무릅쓰고 어렵게 시작한 일제(日帝)하의 초등학교 시절은 굴곡진 시대의 흐름과 함께 빠르게 지나갔다. 다시 어린 시절로 돌아가서, 나는 청주주성초등학교 때, 학급 반장도 하면서 공부도 1, 2등을 했다. 그래서 당시 들어가기가 어려운 청주중학교에 무난히 입학할 수 있었다. 나는 초등학교 시절 마라톤을 즐겨 하였고 사회과목을 좋아하였으며, 장래희망으로는 세계적으로 유명한 학자가 되는 것이 꿈이라고 노트에 적곤 했다.

아마도 '세계적으로 유명한 학자'가 되는 것이야말로 그 나이에 생각할 수 있는 가장 원대한 꿈의 표현이라고 생각했던 것 같다. 물론 초등학교 5~6학년 때 나라에 충성하고 어버이에게 효도하여야만 된다는 뜻에서 항상 '충효(忠孝)'라는 문구를 공책 후면마다 적어 놓았다.

일제시대에 내가 초등학교 4학년 때 제2차 세계대전 중이었으므로 일본이 전쟁물자(당시 휘발유가 부족하여, 일본군의 군용트럭, 장갑차, 탱크 등이 움직이지 못하였음)가 부족하여 휘발유 대신 송진유로 대체하고자 나무뿌리를 캐기 위하여 한반도(조선반도)에 있는 중학교 및 초등학교 학생들에게까지 근로동원령을 발령하였다. 따라서 중학생 및 어린 국민학교 학생들까지 강제 동원되어 산에 올라가 나무뿌리 등을 캤다. 나는 이 나무뿌리를 캐는 작업 중에 도끼를 내려뜨려 왼손 4번째 손가락의 뼈가 보이도록 부상을 입었으나 당시에는 페니실린, 마이신 등이 없어 약 6개월 동안 고생 끝에 나았다. 어린 초등학교 학생까지 근로동원을 시키는 일제의 만행을 몸소 겪은 장본인이 되었다. 지금도 왼쪽 4번째 손가락에 상처가 남아 있다.

내가 초등학교 6학년 때 곽 담임선생과 함께

가끔 서울이나 일본 동경에서 친한 일본인 친구들과 술 한잔 할 때에 얼근하게 술이 취하면 나는 나의 왼쪽 손가락을 보이면서 지금은 상상할 수도 없는 일이지만 일정시대 한반도에서 어린 초등학교(初等學校) 학생까지 강제근로동원령을 조선총독부가 발령하여 내가 학생들과 함께 산에 올라가 솔뿌리를 캐다가 도끼가 내려쳐 상처를 입은 흉터 자국이라고 왼손 손가락을 보이면서 말할 때가 있다.

4. 초등학교 때 배운 일본어 실력으로
   일본 대학의 객원교수가 되다

1945년 8월 15일 해방 당시, 나는 청주 주성초등학교 5학년 1학기 때까지 일본어를 배웠지만 그때 배운 실력으로 90세가 넘은 현재까지도 일본어를 유용하게 활용하고 있다. 외국어란 어릴 때에 배우는 것이 가장 효과적이라는 것을 새삼 느끼고 있다. 해방 후에 계속 일본어로 된 연애소설을 많이 읽었던 것도 일본어를 잊어버리지 않게 된 비결이라고 생각된다. 이때 배운 일본어 실력으로 1984년 5월부터 지금까지 36년 동안 동경에 있는 일본공법학회(日本空法學會)가 주최한 학술연구보고회에서 4회 항공우주법관계 연구논문을 발표하였다.

그 밖에 일본 동경에 있는 아오야마학원대학(靑山學院大學) 법학부 및 명치학원대학(明治學院大學) 법학부에서 각각 2회, 국제대학 법학부(國際大學法學部) 및 오사카시립대학(大阪市立大學) 법학부에서 2회, 오사카경제법과대학(大阪經濟法科大學) 법학부, 일본 공정거래협회 등으로부터 초청을 받아 한국의 개정상법, 독점규제법, 경제법 및 국제항공우주법 등을 일본어로 각각 특강을 한 바 있다. 내가 1984년부터 지금까지 일본어로 쓴 상법, 국제거래법, 독점규제법, 경제법 및 국제항공우주법 분야의 논문 35편은 일본의 유명 학술지에 게재된 바 있다.

5. 청주중학교 학생 시절

1945년 해방 후, 1947년 청주중학교에 입학했다. 중학교 시절은 매우 혼란기였다. 1948년 정부수립 후, 이승만 정권하에서 시대적으로는 매우 복잡한 격변기였다. 나는 청주중학교에 들어가면서 성적이 조금씩 떨어지기 시작했다.

청주주성국민학교에서 1, 2등만 하던 내가 점점 의기소침해지고 중학교 생활이 전혀 즐겁지가 않았다.

그 이유를 말하자면, 작은형에 대한 이야기를 하지 않을 수 없다. 해방 후, 대부분의 지식인들이 좌익 성향을

청주중학교 1학년 때의 나

띠던 시절, 서울대학교 국대(안) 반대운동이 절정을 이루고 있었다.

일정시대 한국의 대학교육제도는 일본의 교육제도와 독일의 교육제도인 학부제도(Faculty System)에 뿌리를 두고 있었다. 해방 후 미 군정하에서 미국식 대학교육제도(College, University 등)를 도입하였다. 따라서 전문학교와 대학들을 통합하여 국립 서울대학교를 신설한다는 국립대학(안)은 고등교육기관의 축소를 의미하고 총장 및 행정담당 인사를 미국인으로 한 것은 대학 운영의 자치권을 박탈하는 것이며 통합이라는 명분 아래 각 대학의 자유성과 고유성을 해친다는 이유로 강하게 반발했다.

좌익 성향의 교수들과 학생들의 주도 아래, 많은 「서울대학교 국립대학설립안 반대」 시위가 치열하게 벌어졌던 시기였다. 네 살 터울인 바로 위의 형 김경환(金庚煥)은 아주 머리가 명석했고 나이에 비해서 조숙했으며 여러 분야에 관심의 폭이 넓었다.

나의 둘째 형은 중학교 1학년 때부터 카를 마르크스(Karl Marx)의 자본론(Das Kapital)과 Hegel의 변증법적 유물론(辨證法的唯物論) 등 사회주의 일본어 서적에 탐독했으며, 좌익운동에 관심을 갖기 시작했다. 집 안에는 일본어로 된 사회주의 책이 잔뜩 쌓여 있었고, 형은 밤늦게야 집에 들어오곤 했다.

민주당이었던 아버지께서는 사업으로 바빠서 형에 대하여 전혀 관심을 두지 못했고 국민학생이었던 내가 형에 대한 호기심으로 형의 책들을 몇 장씩 들춰 보곤 했다.

형은 점차 좌익 성향인 친구들과 많이 어울려 지냈고 서클 활동도 하기 시작했다. 어느 날은 형은 우익단체인 학련(學聯)에 잡혀가서 매를 많이 맞고 집에 들어오기도 했다.

아버지는 이승만(李承晩) 대통령과 김구(金九) 선생의 이념에 찬성하였다. 형이 중학교 3학년 때 좌익 관계로 청주중학교에서 퇴학을 당하자 아버지는 형을 서울에 있는 휘문중학교로 전학시켰다.

그런데 형은 휘문중학교에서도 좌익 활동을 하다가 퇴학을 당하고 결국 인천소년형무소에 수감됐다. 그 옥바라지로 어머니의 고생이 말이 아니었다. 형이 인천형무소에 있을 때 6·25전쟁이 일어났다.

나는 형의 친구인 이상철(李相喆) 씨와 함께 한강에서 작은 보트 한 척을 빌려서 건너갔고 인천소년형무소로 형을 만나러 갔다. 한강을 보트 한 척으로 노를 저으면서 건너가는 도중 갑자기 미군의 B29폭격기가 나타나 한강다리를 폭격하는 바람에 폭탄이 떨어져서 우리들은 거의 물에 빠져 목숨을 잃을 뻔하기도 했다. 미 공군의 B-29폭격기가 한강철교를 폭격하면서 한강의 모든 다리가 끊어지고 피난민들도 일부가 고립됐다.

나와 형 친구가 인천소년형무소에 도착하니 인민군들이 들어와서 모든 소년형무소가 개방된 상태였다. 작은형도 그때 감옥에서 나온 이후 본격적으로 인민군 치하에서 인민위원회 활동을 시작했다. 형은 충청북도 인민위원회 청년회 간부가 되어 있었다.

집에 들어올 시간도 없이 매일 인민회의 청년부만 쫓아다녔다.

지금 생각하면 중학교 3학년 정도의 나이인데 '이념(Ideology)'이라는 것이 그에게 어떤 무게감을 주었는지 의문이 든다.

그러다 나중에 국군이 들어오면서 피난을 가지 못하고 속리산 전투에서 죽었다는 말도 있고, 제천의 월악산 전투에서 사망했다는 말도 전해 들었다. 어쨌든 그 이후로 형의 소식이 지금까지 끊어졌다.

나도 너무나 충격이 컸지만 아들의 생사조차 확인할 길이 없는 상황에서 어머니의 상심(傷心)은 이루 말할 수가 없었다.

형과 가깝게 지냈던 김태준(金泰俊)이라는 친구분에게 형의 소식을 물었지만 그분 또한 소식을 모르는 상태였다. 만약 북한에 살아 계신다면 여러 가지 루트를 통하여 소식을 들을 수 있었을 텐데 안타깝게도 현재까지 소식을 하나도 접할 수가 없었다.

6. 청주고등학교 학생 시절

내가 청주중학교 4학년 1학기 때, 그 후 학제가 개편되어, 즉 청주고등학교 1학년 1학기 때 6·25동란이 일어났다. 그 당시 아버지는 서울 신당동에 집을 사서 생활하셨다.

우리 집(서울 신당동 소재)은 일정시대 때 건축한 가옥인데 바로 맞은편 집에 붙어 있는 윗집에 붙은 옆집이 박정희 대통령이 5·16쿠데타를 모의했던 신당동 집이라는 것을 나중에 알게 되었다.

서울에 집이 있으니 나는 중앙중학교로 편입하기 위해 서울로 올라오게 되었다. 큰형이랑 가족이 다 청주에서 서울로 올라와 있었는데, 그때 작은형은 인천소년형무소에 있었다.

청주고등학교 3학년 시절   청주고등학교 3학년 때 야유회에서

　　작은형 문제로 나는 성적이 좀 떨어지고 약간 위축되기도 했지만 3년 동안 무사히 청주중학교를 다녔으며 졸업했다. 아버지께서 서울시 중구 을지로 5가에 있는 삼화제약주식회사를 매입하여 운영하셨고 수원에 제약 공장도 가지고 있었다. 서울로 이사를 오게 돼서 나도 중앙중학교로 전학을 하려던 참이었는데 1950년 6·25전쟁이 일어났다. 피난을 가느라 중앙중학교로 전학(轉學)을 못 하고 청주로 다시 내려가서 당시 우리나라 학제개편으로 처음 생긴 청주고등학교 1학년의 입학시험에 합격되어 청주고등학교 신입생이 되었다.

　　청주고등학교 2학년 때부터 서울대학교를 가야 되겠다는 생각을 갖게 됐다. 청주고등학교에 입학해서는 원래의 실력을 되찾았다. 나는 청주고등하교 2학년 때부터 서울법대 입학시험 준비를 위하여 학급에서 공부를 제일 잘하였고, 나와 친한 김태근(金泰瑾) 동문을 우리 과수원에 있는 집에서 같이 기식하게 하면서 열심히 공부한 결과 김태근 동문은 연세대학교 법과대학에 나는 서울대학교 법과대학에 각각 합격하였던 것이다.

　　당초 나는 서울대학교 법대를 지원하려 한 것이 아니라 아버지 사업을 이어받기 위해 서울대학교 상과대학을 가려고 했다. 그런데 인문고등학교에서는 상과대학 입학시험의 필수과목인 상업경제를 배우지 않았다.

　　나는 할 수 없이 서울상과대학 입학시험을 포기하고 독일어가 입시과목으로 정해져 있는 서울대학교 법과대학을 지원하게 된 것이다. 나는 청주고등학교 2학년 때부터 3학년까지 독일어에 아주 실력이 있는 정희철(鄭熙喆, 경성제국대학 법문학부 입학, 해방 후 경성대학 법문학부 졸업, 경북대학교 법대 및 서울대학교 법대 상법 교수 역임) 선생님으로부터 배웠다.

정희철 교수님은 6·25동란 때에 서울에서 청주로 피난 오셨기 때문에 청주고등학교에서 교편을 잡게 되어서 나에게는 서울법대를 입학하게 된 결정적인 동기를 제공하였던 것이다.

1950년 6월 25일 전쟁이 일어나서 한강다리가 폭격으로 끊어져 서울에서 지방으로 가는 육로는 완전히 폐쇄된 상황이었다. 아버지와 어머니, 나, 여동생 둘은 광나루에 가서 몰래 배를 빌려서 남쪽으로 피난을 떠났다. 한참을 가도 가게조차 없어서 지나가는 동네에서 구걸을 하다시피 해서 허기를 채우면서 피난을 갔다. 피난을 가다가 인민위원회를 지키는 수위나 또는 인민군들한테 잡히면 내가 패잔병인지 아닌지 확인해 주곤 했다. 즉 내 머리에 철모를 썼던 흔적이 있는지 살펴보기도 하였고 오른손 둘째 손가락에 총을 쏜 굳은살 자국이 있는지를 확인한 후 패잔병이 아니므로 피난을 가게 했다.

그렇게 확인하고 보내주면 또다시 피난을 가곤 했다.

그 당시 중학교 4학년 때임에도 불구하고 군대에 끌려간 친구들이 여럿 있었다. 서울 시내는 폭격으로 다 쑥대밭이 되었다. 무엇 하나 원래의 모습을 갖추고 있는 것이 없었다. 서울대학교도 전시연합 대학이라고 해서 부산, 대전, 대구, 수원에 분교들이 있었다. 나는 본교는 부산이니까 부산시 서구 서대신동에 있는 서울법대 임시 가교사에 가서 서울대학교 법대 입학시험에 응시하였고 합격하였다.

청주고등학교 제26회 졸업생들이 운동장에서 축구시합이 끝난 후
淸高 교정 앞에서 찍은 사진

제2절

● ● ●

서울대학교 법과대학과 대학원 때의 학생 시절, 서울법대 11회 동창회 소식과 경희대학교에서 법학박사학위를 받음

1. 서울대학교 법과대학 재학 때의 학생 시절

6 · 25동란이 끝나고 모든 상황이 피폐해졌지만 우리 집안은 별로 피해를 보지 않았기 때문에 서울법대 입학 시절에도 학비에 대한 걱정은 없었다. 그 당시도 입시경쟁률이 치열했던 서울법대 입학시험에 응시하였으나 수학시험이 어렵게 출제되어 합격에 자신이 없었다. 그래서 신흥대학교(현, 경희대학교) 청주 분교에 입학시험원서를 사러 가던 도중 무심천(無心川) 다리 위에서 신문에 게재된 서울법대 합격자 명단을 보고 처음으로 내가 서울법대에 합격된 것을 알아 참으로 눈물이 나오도록 기뻤다.

서울법대에 합격한 후 제1학기 강의는 부산직할시 서대신동에 있는 피난 가교사에서 강의를 들었고 9 · 28 수복 때 서울대학교 문리대, 법대, 의대가 서울 종로구 동숭동과 이화동에 있는 원래의 교사로 올라왔다. 서울법대 1학년 재학 시절, 서울대 문리대는 서울 종로구 동숭동에 있는 경성제국대학 법문학부 자리에, 서울 의대는 문리대 맞은편, 경성제국대학 의학부가 있었던 건물에 자리 잡고 있었다.

처음에는 경성제국대학 법학부와 경성법학전문학교가 합친다고 하자 국대안 설립 반대 등 반대가 극히 심했다.

그러나 그 후 경성제국대학 법문학부 법학과, 경성법학전문학교 및 서울대학교 법과대학 3개 대학이 합쳐졌다. 지금은 당시 서울대학교 법대 졸업생들만이 남아 있고 경성제국대학 법문학부나 경성법학전문학교를 졸업하신 선배님들은 거의 다 돌아가셨다. 대학 시절은 이승만 정권 때였다. 3·15부정선거로 이승만 정권이 재집권을 시도하다가 1960년의 4·19혁명으로 붕괴를 맞았다.

민주주의 수호를 위한 4·19 학생 데모가 전국적으로 이어졌다. 정말 소용돌이치던 시절이었다.

나는 그 당시 시골 출신으로 거의 서울대학 도서관이나 서울법대 도서관에서 공부만 했다. 주로 동숭동에 있는 서울법대 도서관을 다녔다.

아침 9시쯤 하숙집에서 도시락 하나 싸 들고 나와서 밤 10시쯤 하숙집으로 돌아오곤 했다. 도서관에 가고, 강의를 듣고 하는 것이 매일 그 일과의 반복이었다.

나는 초등학교 때 '순애보' 소설을 감명 깊게 읽었고, 대학교 때 본 영화로는 홍콩에서 촬영한 바 있는 "Love is a many splendored thing"이라는 영화가 아직도 기억에 남는다.

에피소드로는 당시 종로구 동숭동에 있는 서울대학교 도서관은 아침부터 서로 들어가려고 줄을 서게 되는데 대기자 명단에 있는 이름을 호명할 때 내 이름, 김두환(金斗煥)!! 이렇게 부르면 줄서 있던 학생들 간에 폭소가 터져 나왔다. 그때 소위 깡패로 유명한 김두한(金斗漢) 국회의원이 있었다.

만주 청산리전투에서 일본군을 물리친 독립투사 김좌진 장군의 아들로 국회에 오물을 갖다 끼얹은 김두한(金斗漢) 국회의원과 이름이 비슷하니, 모두들 폭소가 터져 나오는 것이었다.

이름은 다른데 발음이 비슷하니 모두들 내 이름은 잘 기억하고 있었다.

1953년 4월, 부산에서 서울대학교 법대에 입학한 학생들은 300명이었다. 그 당시는 수복 때라서 전쟁은 거의 끝났고 대학교 1학년 2학기 즈음, 수도 서울이 90일 만에 완전히 수복되었다.

서울로 수복한 이후 서울법대도 편입시험이 있었다.

1학년 2학기 때 편입시험에 합격하여 입학한 동문들로 정종택 전 농수산부 장관, 이규효 전 건설부 장관, 나석호 전 국회의원 등이 있었다.

서울대학교 법대에서 특별히 기억에 남는 은사님은 2학년 때 형법 강의를 했던 유기천 교

1954년 3월 서울법대 2학년 때 서울 파고다
공원에서 부모님과 함께 찍은 사진

수님이시다.

동경제국대학을 나오신 분이었는데 당시 미혼이었고 강의 준비를 아주 철저히 해 오시는 교수님이셨다. 형사판례를 많이 예로 들면서 논리 정연하게 흥미롭게 진행하는 명강의로, 학생들이 이 형법 강의를 들으러 복도까지 줄을 서곤 했다.

나중에 서울대 법과대학장을 거쳐 서울대 총장까지 하셨다.

서울대학교 법과대학 1학년 재학 시절, 나의 청주고등학교 1년 후배인 김석휘(金錫輝: 검찰총장과 법무 장관 역임) 동문과 故) 김현동(金顯東: 청주고등학교 독일어 교사)과 같이 신설동에서 하숙을 했다.

김석휘 동문은 청주고등학교 2학년 때 대학 검정시험에 합격한 후 서울법대 입학시험을 나와 같이 응시하여 합격하였기 때문에 아주 우수한 인재였고, 서울법대 동기 동창이 되었던 것이다.

그때 당시 서울시 성동구 신설동에는 경마장이 있었고, 서울법대생인 김현동 동문, 김석휘 동문, 나 이렇게 셋이서 신설동에서 하숙을 했다. 그런데 김석휘 동문은 머리가 아주 좋아 서울법대 재학 중 고등고시 사법과와 행정과 둘 다 합격한 수재였다.

2. 서울법대 11회 동창회 동문들의 소식

1953년 4월에 입학하고 1957년 3월에 졸업한 서울법대 11회 동창회 동문들은 1957년도에 시행한 제8회 고등고시 사법과 및 행정고시에 가장 많이 합격하여 출세한 동문들이 많이 있다.

서울법대 11회 동창회 동문들 가운데는 국무총리 1명, 감사원장 1명, 부총리 2명, 장관 10명, 대법원 대법관 6명, 검찰총장 1명, 국회의원 10명, 신문사 사장 3명, 신문사 주필 1명, 차관 15명, 은행장 2명, 대사 12명, 대한변호사협회 회장 2명, 정부의 국장급 이상 25명, 법조계(법원장, 검사장, 판 · 검사, 변호사 등) 35명, 교육계 33명(대학교수 20명), 경제계(그룹 부회장, 회장, 사장, 전무, 자영업 등) 55명, 금융계 19명(은행지점장, 은행임원 등) 등으로 구성되어 있어 과거 우리나라 정치, 경제 및 문화 발전에 중추적인 역할을 해 왔다.

특히 나와 서울법대 11회 동창생인 이회창(李會昌) 변호사(전 국무총리, 감사원장, 대법관)는 자기 선친이 청주지방검찰청 차장검사로 전근해 왔기 때문에 이 동문도 자연히 청주중학교 1학년으로 전학해 왔다. 청주중학교 2학년 1학기까지 한 반에서 같이 다녔다.

그 후 이 동문의 선친께서 광주지방검찰청으로 전근 가셨기 때문에 아들인 이 동문도 광주에 있는 중학교로 전학해 갔다. 1997년 4월 29일 이 동문께서 제1차 대통령후보 출마 시절 지원 유세차 청주중학교에서 1일 교사로 강의함으로써 당시 신한국당 충청북도 도당위원장인 홍재형 국회의원(전 경제부 총리, 청고 2년 후배)으로부터 청주중학교 동문들을 다 집합해 달라는 전화 연락이 직접 나에게 왔다. 나는 재경 및 재청 청주중학교 50여 명의 동문들에게 다 연락을 한 후 청주중학교에서 만나자고 약속한 후 청주로 내려갔다. 아래에 있는 사진은 이회창 동문께서 청주중학교에서 1일 교사를 한 후 청주 시내에 있는 호텔로 옮겨 저녁 식사를 하기 전에 옛날 청주중학교 동문들과 함께 찍은 사진이다.

♥청주중학교 동창회 모임기념 97.4.29♥

3. 서울법대 11회 동창회 회장의 임기 2024년 12월까지 유임

　서울법대 제11회 동창회는 2016년 6월 10일(금) 낮 12시 서울 강남 테헤란로에 있는 르네상스 호텔 4층 토파즈룸에서 임시총회를 개최했다. 전 회장 申相翊(전 한보그룹 사장) 동문의 사회로 개최된 임시총회에서 2015년에 「자랑스러운 서울法大人賞」을 수상한 李大淳(전 체신부 장관, 전 국회의원, 원내총무 역임) 동문의 포도주 건배의 선창으로 시작한 이날 총회에서 나를, 즉 金斗煥(한국항공우주정책·법학회 명예회장, (現) 중국 베이징이공대학교 법과대학 겸임교수) 동문을 회장으로 선출했다.

　이날 총회에는 서울법대 제11회 동문 30여 명이 참석하였으며 매년 분기별로 1년에 네 번(3월, 6월, 9월, 12월)에 걸쳐 상기(上記) 르네상스 호텔 4층 토파즈룸에서 오찬모임을 개최해 온 바 있었으며 이날 참석한 趙南煜(전 삼부토건주식회사 회장) 동문께서 수년에 걸쳐 매번 분기별 오찬모임 때에 맛좋은 양질의 포도주를 기증한 바 있어 더욱 화기애애하게 담소할 수 있는 기회를 만들어 주었다.

2017년 6월 9일에 개최된 서울법대 11회 동창회 졸업 60주년 기념 축하모임

　한편 11회 동문들 간에 정보교환과 의견교환을 하기 위하여 분기별 오찬모임이 끝난 후 20분간 시사 문제 등에 관한 11회 동문들의 발표(Table Speech)가 있었는데 이날 모임에서는 李人勳(전 동아일보 제작담당이사, 전 파리특파원) 동문의 「4·13 총선의 평가와 한국정치에 관한 전망」이라는 제목으로 발표가 있은 후 질의응답 시간도 가졌다.

　서울법대 11회 동창회는 지금도 매년 분기별로 3월, 6월, 9월, 12월 검찰청 앞에 있는 서라벌 한정식 음식점에 있는 대회의실에서 오찬모임을 갖고 우정을 돈독히 하고 있으며, 오찬 후에는 한 동문이 시사 문제 또는 다른 주제를 가지고 20분씩 Table Speech를 해 온 바 있다.

　매번 서울법대 11회 동창회 분기별 모임에서 오찬은 무료로 제공하고 있으며, 약 20여 명 내지 30여 명의 동문들이 참석하고 있다. 나는 현재까지 서울법대 11회 동창회 회장직을 4년 넘게 해 오고 있으며, 우리 서울법대 11회 동문들이 1957년 3월 28일 서울법대를 졸업하였으므로 2017년이 서울법대 졸업 60주년이 되는 해이므로 졸업 60주년을 축하하기 위하여 2017년 6월 9일 서울 지하철 3호선 남부역 부근에 있는 Palms Palms 음식점에서 40여 명의 동문들이 모여 성대하게 「졸업 60주년 기념축하모임」을 거행한 바 있다.

　2020년 6월 19일(금) 서울법대 11회 동창회 2020년도 2/4분기 모임이 서울지방검찰청 앞에 있는 서라벌 한정식 음식점 대회의실에서 19명의 회원이 참석하여 개최되었다.

코로나 바이러스-19 감염증 때문에 적게 모인 셈이다.

2020년 2/4분기 모임은 순서에 따라 회장 인사가 있은 다음 2020년 2월 7일(금) 인도 Kolkata에서 개최된 「제43회 동양유산에 관한 국제연차대회(미국, 영국, 오스트레일리아, 인도 등 20여 개국으로부터 700여 명 참석)」에서 내가 「세계공적상(Global Achievers Award)」을 받았는데 이를 축하하기 위한 서울법대 11회 동창회 동문 일동 명의로 제작된 축하패를 이대순 전 서울법대동창회 회장(전 체신부 장관, 국회위원 및 집권여당의 원내총무 역임)이 서울법대 11회 동창회 동문 일동을 대표하여 「축하패(祝賀牌: 시인(詩人)인 이범찬 명예교수가 작사함)」를 나에게 수여하였다. 이 축하패의 글 내용은 사진과 같다.

나에 대한 축하패 증정이 끝난 다음 회의는 계속 진행되었는데 나의 서울법대 11회 동창회의 회장직 임기 2년이 만료되어 나는 간곡히 사의(辭意)를 표명하였는데, 임시총회에서 나를 다시 회장직을 만장일치로 선출하니 할 수 없이 2024년 6월까지 2년 반 더 봉사하기로 결

심하였다.

내가 회장직을 2024년 6월까지 봉사하게 되면 연임이 되어 8년을 하게 되는 셈이 된다.

이날 오찬이 끝난 다음 나는 20분간 2020년 2월 7일(금) 인도 Kolkata에서 개최된「제43회 동양유산(遺産)에 관한 국제연차대회」에서 내가「세계공적상(Global Achievers Award)」을 받게 된 동기와 경위에 대하여 파워포인트를 이용하여 20분간 Table Speech로 간략하게 설명하였다.

실인즉, 서울법대 11회 동창회 간사로 있는 황윤미 여사는 10여 년간 서울법대 11회 동창회의 모든 궂은일들을 슬기롭게 성실히 처리하여 왔으므로 저에게는 크게 보탬이 되었으므로 이 지면을 통하여 다시 한번 고마운 뜻을 전하는 바입니다. 2023년 서울법대 제11회 동창회 동문들의 1/4분기 모임은 3월 24일(금) 서라벌 한정식 음식점 회의실에서 개최하기로 결정하였다.

4. 서울대학교 대학원 법학과 재학 때의 학생 시절

나는 어릴 때 홍역을 심하게 앓아서 좌측 귀의 고막이 반이 없어졌다. 그래서 지금도 한쪽 귀로 듣는다. 그래서 내가 친구들과 같이 걸어갈 때도 잘 들리는 우측 방향으로 바꿔서 가곤 한다.

군입대 신체검사를 할 당시 여의도에 공군비행장이 있었다.

공군의 군인들이 야구방망이를 갖다 놓고, 이어폰 리시버를 틀어 놓고 계속 때리면서 확인하는데 아무리 윽박질러도 진짜로 한쪽 좌측 귀가 잘 안 들리니 결국은 병종을 받아 군 병역 면제를 받았다.

그래서 군대를 못 갔다.

내가 서울대학교 대학원 시험을 볼 때 경쟁률이 높았다. 경쟁은 심했지만 준비를 철저히 해서 무난히 합격할 수 있었다. 대학원에 가서도 2년 동안 아주 열심히 공부를 했고, 드디어 1959년 3월 28일, 대학원을 졸업했다. 서울대학교 대학원 법학과 재학 시절로 돌아가서 지도교수로는 서돈각(徐敦珏) 교수님이 계셨는데 상법 교수로, 교토(京都)제국대학 법학부에 입학을 하였고 해방 후 경성대학 법문학부를 졸업하셨다.

당시 일본에서는 동경제국대학이 제일 명문대학이었고 그다음이 교토제국대학이었다.

서돈각 교수께서는 독실(篤實)한 불교 신자로서 그 인품이 고매하시고 훌륭하신 법학자이셨다.

나는 한국상사법연구회 창립자이신 서돈각 서울법대 교수님으로부터 가르침을 받으면서 대학원 재학 중에 서 교수가 주관하는 영미법사전을 편집하거나 일본어 상법관계 연구논문을 번역하는 일도 많이 도와드렸다.

대학원 시절이 끝날 즈음, 청주고등학교 은사이셨고 서울법대 은사이신 정희철(鄭熙喆) 교수님께서 나에게 새로 생긴 서울대학교 대학원 법학박사과정의 입학시험에 응시할 것을 적극 권유하셨다.

1959년도 그때 당시만 하더라도 서울대학교 법과대학 교수님들 가운데 법학박사학위를 소지한 교수님은 한 분도 안 계셨다.

정 교수님께서는 나더러 3년의 법학박사과정을 이수하고 법학박사 학위논문이 통과되면 자연 서울대학교 법학박사 학위취득 1호가 될 터이니 열의(熱意)를 가지고 적극적으로 시도해 보라고 권유하셨다.

그러나 지도교수인 서돈각 교수님께 상의를 드렸더니, 당시 서 지도교수님도 법학박사학위가 없었으므로 내가 박사학위과정에 들어가는 것을 그다지 반기는 분위기는 아니었다. 그래서 나는 서울대학교 대학원 박사과정 입학시험에 응시하는 것을 포기하고 말았다.

그 당시 선배들을 보면 보통 서울대학교 대학원에서 법학석사학위를 취득하는 데 3년이 걸렸지만 나는 직장을 가지지 않고 열심히 공부만 하였기 때문에 2년 만에 법학석사학위를 취득할 수가 있었다.

우리 서울법대 11회 동기 중 내가 제일 먼저 법학석사학위를 취득하였다.

그 후 나의 후배들도 거의 2년 만에 법학석사학위를 취득할 수 있었으므로 내가 석사학위 취득을

앞당기는 길을 열어놓게 된 셈이다.

아래에 있는 사진은 한국상사법학의 제2대 회장이신 서돈각 교수님과 서울법대 정희철 교수님의 제자들과, 3대 회장 손주찬 교수, 제4대 회장 이범찬 교수, 김두환 교수(고문), 제5대 회장 박길준 교수, 제6대 회장 양승규 교수, 제7대 회장 정동윤 교수를 비롯하여 일부 역대 회장들이 모여 찍은 사진이다. 나는 서울대학교 대학원에서 법학석사 학위논문으로 「상업신

2002년 11월 18일 오후 한국상사법학회 원로 교수님들의 모임 때 서돈각 교수님, 정희철 교수님, 손주찬 교수님과 학회 임원님들과 함께 찍은 사진

용장의 법적 성질과 법률관계」라는 제목으로 석사학위논문를 썼다.

당시 서울대학교 도서관에는 일제시대부터 보관해 온 법학 분야의 독일어 원서가 많이 소장되어 있어 상업신용장에 관한 독일어 원서와 논문들을 많이 참작하였다.

나의 법학석사 학위논문에는 그때 당시 새로 제정된 미국의 통일상법전(Uniform Commercial Code, UCC)에 세계 최초로 상업신용장(Commercial Letter of Credit, L/C)에 관한 법률 조문이 규정되어 있었으므로 이를 많이 참작한 후 인용하였다.

나의 법학석사 학위논문에 쓴 상업신용장의 법적 성질로는 미국, 일본, 독일, 영국, 프랑스 등 세계 각국의 학설을 소개하였고 나의 의견도 제시하였으며, 당시 우리나라 한국은행이 발행하는 상업신용장의 사용 빈도 등을 조사하였고 법률관계에 대해서 썼다.

상업신용장(商業信用狀, Commercial Letter of Credit, L/C)이란 은행이 수입업자의 대금 지급을 보증해 주는 지급보증서이다. 수출업자가 자신의 상품을 외국에 팔 때 수입업자의 지급능력을 알 수 없기 때문에 은행이 지급보증을 해 주면 수출업자는 안심하고 수출을 할 수가 있다.

수입업자가 대금을 못 갚을 때에는 은행이 대신 갚아주기 때문에 수출업자는 안심하고 수출을 할 수 있으므로 이것을 상업신용장이라 호칭하고 있다.

무역거래에 있어서는 상업신용장이 제일 중요하다. 무역거래에서 수입업자가 만약 파산하게 되더라도 상업신용장만 있으면 은행이 대금을 대신 지급해 주므로 안심하고 수출입 무역거래를 할 수가 있다. 그러나 1958년 그때 당시는 한국은행이 상업신용장의 발급 및 외환업무를 독점하고 있었다.

우리나라도 점차 수출입이 늘어나면서, 특히 일본에서 원자재를 들여오는 경우가 많이 있었는데 그 업무를 한국은행이 독점하고 있었다.

나는 시중은행도 외환업무를 취급해서 자유경쟁을 할 수 있도록 하는 것이 우리나라 수출입 업무의 원활함을 도모할 수 있다는 내용의 논문을 우리나라에서 처음으로 썼다.

따라서 현재 내가 당시 석사학위논문의 결론에서 제안한 대로 시중은행에서도 외환업무를 취급하고 있다. 서돈각 지도교수님을 포함한 논문 심사위원들은 우리나라에서 처음으로 이런 내용을 논문 주제로 선택해 합리적인 대안을 제시한 것에 대해 매우 흡족해하였다.

이 법학석사 학위논문은 논문내용이 논리 정연하고 우수하다고 평가를 받아 그때 당시 서울대학교 도서관에 마이크로 필름으로 만들어 별도로 보관되어 있는 것으로 알고 있다.

나는 법학석사 학위논문을 쓰는 데 한 6개월 정도가 소요되었다.

그때는 지금과 같은 컴퓨터 작업이 아니고 '가리방'이라고, 그냥 종이에 써서 프린트하던 시절이었다.

'가리방'은 일본 말이고 사실은 '복사기'라고 해야 맞는 말이다. 그때 당시는 타자기도 부족했고, 직접 써서 복사해서 책을 만들던 시절이었다. 그런데 아버지께서 사업을 하시니, 돈이 돌 때는 여유가 있고 없을 때는 단돈 얼마도 없을 때였다.

법학석사 학위논문을 완성하고 출판비를 내야만 1959년 2월 석사학위논문 심사위원회에 통과가 되는데 아버지께 말씀드렸더니 돈이 없다는 것이었다. 그런데 이번에 논문을 못 내면 졸업을 못 하고 대학원 과정이 1년 연장될 상황이었다.

그때 어머니께 말씀드렸더니 어머니께서 주머니에서 몰래 숨겨두었던 쌈짓돈을 내주셨다.

그래서 나는 석사학위논문을 프린트해서 1959년 2월, 서울대학교 대학원에 법학석사 학위논문을 제출하였고, 그해 3월에 법학석사학위도 받았다.

서울법대 11회 동기들 가운데 제일 먼저 법학석사학위를 받았다. 그런데 석사과정을 마치고 바로 박사과정으로 진학하고자 하니 그때 당시 나는 서울시 종로구 이화동 27의 14번지에서 살고 있었는데 이 이화동 집에 대학에 다니는 여동생이 셋이나 있었다. 법학석사과정까지는 직업이 없으니 부모님에게 손을 벌릴 수 있었지만 박사과정까지도 또 손을 벌릴 수는 없는 상황이었다.

그래서 바로 박사과정에 진학하지 못했다. 서울대학 대학원을 졸업하고, 미국 뉴욕대학교 비교법연구소에 지원해서 입학허가서가 나왔다. 장학금은 받기로 되어 있었는데 생활비(living expend)를 요청하니 그것은 지원이 안 된다는 것이었다.

당시는 6·25전쟁 직후라 미국에서 여러 가지로 원조가 많았다. 이왕이면 생활비까지 나오는 대학원으로 갈 생각이었다. 내가 만약 집안 형편이 어려워 아르바이트도 하면서 자립적으로 강하게 성장했다면, 뭐 그까짓 것, 생활비는 벌면서 공부하면 되지라고 생각했을 텐데, 나는 고생을 모르고 자랐으니 생활비가 안 나온다는 조건에 그냥 포기하고 만 것이었다.

그러다 독일 하이델베르크(Heidelberg)대학교에 다시 지원을 했다. 이번에도 역시 독일로부터 입학허가서(Zulassungsbescheid)가 나왔다. 그런데 그때 독일경제가 안 좋을 때니까 이번에는 장학금도 힘들고 등록금까지 내라는 것이었다. 이것이 외국 유학으로는 마지막 기회가 될 수도 있었는데 어떻게 해야만 되나 고민을 많이 하게 됐다. 나와 친한 서울법대 황적인 동문이 나보다 나이는 4살 많은데, 군대를 갔다 와서 학교는 서울법대 1학년 때부터 같이 다닌 절친한 친구였다.

당시 종로구 혜화동에 살고 있었던 황적인 동문을 내가 살고 있었던 이화동 집으로 놀러오라고 했다. 자초지종을 말하며 사실, 내가 유학을 고민하였는데 국영기업체인 대한석탄공사 입사시험에 합격도 해서 외국을 가지 못하게 되어 대한석탄공사에 입사하기로 결정했다고 황 동문에게 설명했다.

그러니 이 독일 Heidelberg대학 입학허가서는 혹시 황 동문이 원한다면 나 대신 써도 된다고 말하니까 아주 반기면서 자신은 혜화동성당에 다니고 있고 외국 가톨릭장학기관을 통하여 장학금을 받을 수 있으므로 유학생활을 할 수 있다고 말하였다.

그렇게 해서 황 동문이 나 대신 독일 하이델베르크대학에 가서, 1년 동안 하이델베르크대학 대학원에서 민사법을 연구한 후 곧이어 쾰른으로 가서 쾰른대학교 대학원 박사과정에 입학하여 경제법을 전공한 후 법학박사학위를 받았다.

귀국 후 황 동문은 서울대학교 법대 및 대학원에서 교수로서 민법과 경제법을 가르쳤고 65세 정년퇴임 후에도 계속 연구실에 나가 경제법연구와 왕성한 학술활동을 하다가 소천(召天)하셨다.

그런데 내가 집에서 경제적으로 여유 있게 자라지 않았다면 그런 기회가 왔을 때 고생이 되더라도 아르바이트를 해서 유학생활을 이어가겠다는 의지가 있었을 텐데, 그때까지 아르바이트라는 것을 한 번도 해 본 경험이 없고 학비 걱정 없이 여유 있게 생활하다 보니 그런 면에서는 의지가 부족해서 그냥 포기하고 말았던 것이므로 나의 인생항로가 바뀌게 된 것이다.

어떻게 보면 무언가 새롭게 시도하는 도전의식이 약한 것 같지만 나중에 생각해 보면 이것 또한 내 삶의 여정이 이끄는 흐름이 아니었나 하는 생각이 들었다.

5. 1984년 2월에 경희대학교 대학원에서 법학박사학위를 받음

나는 1979년 3월 세종대학교 경상대학 부교수로 발령을 받아 기업법과 상법을 가르치고 있었는데 앞으로 계속 교수생활을 하려면 법학박사학위의 소지가 필요하다고 생각하였고, 대학교수를 계속 하려고 하니 박사학위 소지가 더욱 필요하다고 느꼈고, 점차 박사학위 소지자만이 교수직에 취직원서를 낼 수 있는 추세로 바뀌는 상황이었다.

그러던 중 당초 서울대학교 대학원에서 법학박사과정 입학시험을 보려고 하였으나 세종대학에서 나의 수업 시간과 겹쳐 서울대학교 대학원 박사과정 수업에 출석을 제대로 못 할 것 같아 응시를 포기하였다.

해가 바뀌어 1980년 7월경 경희대학교 대학원 후기 박사과정 시험공고가 신문에 게재된 것을 우연히 보았으므로 나는 응시하기로 결심하였다.

나의 서울대학교 대학원 법학과 지도교수였던 서돈각(徐燉珏) 박사(서울법대 학장, 동국대학교 총장 역임)께서도 경희대학교에서 법학박사학위를 받으셨으므로 난들 못 받겠느냐 하는 마음에서 응시하게 되었던 것이다.

시험 당일 경희대학교 대학원의 수험 교실에서 면접을 보는데 면접관으로 나온 내가 잘 아는 서울법대 2년 선배인 김찬규(金燦奎) 교수를 보고 서로 간에 깜짝 놀랐다. 김 교수는 나의 대학 2년 선배이지만 1959년 3월 28일 서울대학교 대학원을 같이 졸업하였기 때문에 잘 아는 사이였다.

　나는 김 선배에게 경희대학교 대학원 법학과의 법학박사 학위과정에 응시한다는 것을 미리 말하지 않아 놀랐던 것이다. 여하간 나는 경희대학교 대학원 법학과의 법학박사 학위과정 필기시험과 구두시험에 무난히 합격하여 1980년 9월 학기부터 수업을 듣게 되었고, 지도교수는 상법 담당인 박영화(朴永華: 경성대학 출신) 교수로 정하였다.

　나는 3년 반 동안(7학기) 학기마다 수강신청을 하여 학점을 땄고, 종합시험도 합격하여 1983년 12월에 경희대학교 대학원에 법학박사 학위논문(제목: 항공운송인의 책임과 그 입법화에 관한 연구)을 제출하였다.

　경희대학교 대학원에서 나의 법학박사 학위논문 심사위원으로는 서돈각(徐燉珏) 교수(서울대학교 법대 학장, 동국대학교 총장 역임)가 주심(主審) 교수이고, 손주찬(孫珠瓚: 연세대학교 법대 학장) 부심(副審) 교수, 박영화(朴永華: 경희대학교 법대 학장 역임) 부심(副審) 교수, 김찬규(金燦奎: 경희대학교 법대 학장 역임) 부심(副審) 교수, 이균성(李均成: 외국어대학교 법대 학장 역임) 부심(副審) 교수로 5명의 심사위원으로 구성되었다.

　1983년 12월부터 1984년 1월까지 나의 법학박사 학위논문을 상기(上記) 5명의 심사위원

경희대학에서 집사람과 같이 찍은 사진

들이 다섯 번에 걸쳐 심사를 하였으며, 최종적으로 법학박사 학위논문의 통과 가부(可否)에 대하여 심사위원들이 투표한 결과 만장일치로 가결되어 1984년 2월 23일에 개최된 경희대학교 졸업식 때에 법학박사학위를 받았다.

나의 법학박사 학위논문의 내용을 간략하게 요약한다면 다음과 같다.

항공기사고가 발생할 때에 가해자인 항공운송인의 책임과 피해자에 대한 손해배상에 관한 규정이 일본의 항공법과 상법에는 없기 때문에 우리나라도 1980년대의 항공법과 상법에도 규정이 없었다.

그러나 일본이나 한국법원에서 항공운송인의 책임과 손해배상사건을 처리할 때에 할 수 없이 항공사가 정한 항공운송약관(運送約款)에 의하여 처리되어 왔는데, 간혹 일본과 한국법원 판결에 의하여 항공운송약관이 무효화되는 사례가 발생되어 심각한 문제가 발생되었다.

나는 항공운송인의 책임과 손해배상에 관한 바르샤바조약과 헤이그의정서, 몬트리올협약, 항공운송인의 책임에 관한 4개 몬트리올 추가의정서 및 과다라하라조약의 내용을 소개하여 설명하였고, 미국, 영국, 독일, 프랑스, 이탈리아, 러시아, 중국, 일본 등 30개국의 입법례 등을 설명하고 분석한 결과 우리나라도 항공운송인의 책임과 피해자에 대한 손해배상에 관한 입법이 필요하다는 결론을 도출하였다.

따라서 나는 앞으로 우리나라에도 필요로 하게 되는 「항공운송법 요강사안(航空運送法要綱私案)」을 17개 항목(조문)으로 작성하고 각 항목(조문)마다 입법(제정) 이유를 설명하였다.

필자가 작성한 바 있는 이 「항공운송법 요강(사안)」 내용의 일부가 근거가 되어 2011년 5월 23일 우리나라 상법이 개정되어 제6편에 항공운송편이 40개 조문으로 신설되었고, 27년 만에 햇빛을 보게 되었음은 참으로 감개가 무량하였다.

그때 당시 내가 법학박사 학위논문에서 특히 강조한 이유는 육상운송은 상법 제2편에 규정이 되어 있고, 해상운송은 해상편으로 상법 제5편에 별도로 규정이 되어 있으나 항공운송에 관한 규정이 없기 때문에 건설교통부는 항공운송, 해상운송을 다 다루고 있었으므로 일원화하는 것이 가장 합리적인 방안이라고 생각했기 때문이다.

이 법학박사 학위논문의 요점은 우리나라 항공기가 다른 나라의 영공을 운항하거나 다른 나라의 항공기가 우리나라의 영공을 운항하다가 사고가 발생했을 때 상호 간의 법적인 문제가 발생하게 된다.

미국의 주법(洲法), 영국, 독일, 중국, 북한 등 여러 나라의 항공법에는 항공기사고가 발생하였을 때 피해자에 대한 가해자인 항공운송인(항공사)의 책임에 관한 법조문이 항공법에 규정되어 있지만, 우리나라와 일본의 항공법 또는 상법에는 항공운송인의 책임에 관한 규정이 한 조문도 규정되어 있지 않아 경제적 약자인 피해자가 보호를 받지 못하고 있어 문제점이 제기되고 있다.

따라서 당시 항공기 사고가 발생할 때에는 대한항공의 운송약관과 아시아나항공의 운송약관 등, 항공사의 일방적인 규정에 의해서 손해배상을 해 주는 것이 현실이었다.

물론 항공운송약관이란 항공사가 일방적으로 정해 놓은 계약규정을 건설교통부의 승인을 받은 후 시행되고 있지만 이 항공운송약관이 한국과 일본의 법원 판결에 의하여 무효화된 사례가 있어 형평성을 보장할 수가 없다.

해방 후, 우리나라가 일본항공법을 많이 참작하여 입법을 하다 보니 우리나라도 항공운송인의 책임과 손해배상에 관한 규정이 없었던 것이다. 그래서 나의 법학박사 학위논문에서 다음과 같이 항공운송인의 책임과 손해배상에 관한 규정을 입법을 하는 데 세 가지 방법이 있다고 제안하였다.

첫째, 현행 항공법을 개정하여 항공운송인의 책임과 손해배상에 관한 규정을 삽입하는 방법,

둘째, 항공운송인의 책임과 손해배상에 관한 규정이 들어 있는 새로운 특별법(단행법)을 제정하자는 방안,

셋째, 현행 상법을 개정하여 상법 제6편에 항공운송인의 책임과 손해배상에 관한 규정을 삽입하자는 방안을 제시하였다.

결론으로 나는 항공사를 보호하고 우리 국민들과 승객들을 보호하기 위해서 항공운송인의 책임과 손해배상에 관한 조문을 상법에 규정하는 것이 가장 좋고 합리적인 방법이라고 제안하였는데 우리나라 정부(법무부)는 셋째 방안을 택하였으므로 그 후 우리나라 상법이 개정되었다.

현재 그때 당시 나의 법학박사 학위논문에서 주장한 바 있는 나의 의견의 일부가 반영돼서 우리나라 상법전에 항공운송인의 책임과 손해배상에 관한 40개의 조문이 새로이 규정되었다.

그때 당시 우리나라에서 항공운송인의 책임과 손해배상에 관한 나의 법학박사 학위논문에서는 첫 번째로 나온 논문이었다.

따라서 2011년에 우리나라가 항공운송법 분야에 있어서는 일본보다 앞서가고 있는 현실이 되었다. 이것은 세계 첫 입법례이고 세계적으로 놀랄 만한 일이었다. 그래서 다른 나라들도 우리나라 상법 항공운송에 관한 규정을 참고하고 있다. 그 후 일본은 2018년 5월 일본 상법 상행위 편에 항공운송에 관한 규정을 신설하였다.

제2장

• • • •

국영기업체 대한석탄공사 입사와
민간기업체 한화그룹의 실무경력

● ● ● ●

대한석탄공사 재직 시절

1. 전액 정부출자 국영기업체인 대한석탄공사에
입사하게 된 동기와 경위

나는 서울대학교 대학원 법학과를 1959년 3월 28일에 졸업했다. 그해 겨울이 끝나갈 즈음, 청주고등학교 은사이신 정희철(鄭熙喆) 교수님은 6 · 25동란 때 서울에서 고향인 청주로 피난 오셔서 1951년 10월부터 청주고등학교 독일어 선생으로 봉직(奉職)하고 계셨으므로 나는 독일어를 열심히 배웠다.

그 후 정희철 교수는 1954년 4월에 국립 경북대학교 법과대학 상법 교수로 봉직하고 계시다가 1958년 4월에 국립 서울대학교 법과대학 교수로 초빙(招聘)되어 상법을 가르치셨다.

나는 청주고등학교 2학년 때부터 3학년까지 정 교수님으로부터 독일어를 배웠다. 그때 당시 아버지께서 충북석탄회사 등 큰 사업을 하고 계셨기 때문에 나는 아버님 사업을 장차 이어받기 위하여 서울대학교 상과대학을 응시하려고 하였으나 입학시험의 필수과목이 상업경제이므로 인문고등학교에서는 상업경제를 배우지 않아 응시할 수가 없었다.

그러나 서울대학교 법과대학에서는 독일어가 선택과목이었기 때문에 나는 정 교수님의 권유에 따라 서울법대를 응시하여 합격하였으므로 평생 정 교수님의 은혜를 잊을 수가 없었다.

나는 1957년 4월에 서울대학교 대학원에 입학하여 1959년 3월에 졸업함에 따라 상사법

으로 석사학위를 취득하였는데, 나의 지도교수는 상법을 전공하신 인자하신 서돈각(徐燉珏)
교수님(서울법대 학장, 경북대학교 총장, 동국대학교 총장 역임)이셨고, 나의 석사학위논문
「상업 신용장의 법률관계에 대한 연구」의 지도교수였다.

국제무역에 절대로 필요로 하는 상업신용장(Commercial Letter of Credit)은 그때 당시 미
국의 통일상법전(Uniform Commercial Code, UCC)에 규정이 신설되었기 때문에 내가 이
석사학위논문을 쓰게 된 동기이며 우리나라의 상사법학 분야에서는 처음으로 발표된 논문이
었다.

청주고등학교 은사이시고 서울법대 은사이신 정희철 교수님께서는 항상 나의 앞길을 챙겨
주셨는데, 하루는 서울법대 교수연구실에서 내게 말씀하시기를 최근에 서울대학교 대학원에
법학박사과정이 신설되었는데 아무도 응시하는 사람이 없으니 자네가 응시하여 합격하면 서
울대학교 법학박사학위 취득 제1호가 될 가능성이 있으니 응시하라고 적극 권유하시었다.

그러나 그때 당시에는 서울대학교 법과대학 교수님들 가운데 법학박사학위를 취득한 교수
님은 나의 서돈각 지도교수님을 포함하여 한 분도 계시지를 않으셨다.

정희철 교수님의 간곡한 권유는 나로서는 무한히 감사하였으나 다시 한번 생각하여 보니
은사이신 서울법대 교수님들이 법학박사학위를 취득하신 다음 내가 진학하여 학위를 취득하
는 것이 옳다고 생각하여 응시를 하지 않았다. 그때 당시에는 석사학위만 있어도 대학교수가
될 수 있는 시기였다.

그 당시에는 대학교수를 선발하는 데 있어 지금과 같이 공채(公採)제도가 없었으므로 대
부분 인맥(人脈)을 통하여 추천이 되면 교수회의 심의를 거쳐 채용이 되었다.

하루는 정희철 교수님께서 나에게 이화여자대학교 법과대학 상법 담당 전임강사로 취직하
는 것이 어떠냐고 말씀하시기에 나는 대찬성이라고 말씀드렸다. 정 교수님께서는 나를 데리
고 나의 청주고등학교 선배인 이화여대 법과대학 학장인 김현태(金顯泰) 교수(일본 규슈대학
법학부 졸업) 집으로 향했다.

어스름한 저녁 무렵, 정 교수께서는 제자를 이화여자대학교 법과대학 전임강사로 추천해
주기 위해 어려운 발걸음을 재촉한 것이었다. 그때 당시에는 석사학위만 있어도 교수직을 할
수 있었던 시절이었다.

김현태 학장님은 대뜸 나에게 "자네 결혼은 했는가?" 질문을 하셨다. 그래서 미혼이라고

말씀드렸다.

그 당시, 이화여대는 미혼인 남성에게는 교수직을 맡길 수 없다는 암묵적 규율이 있었다. 김현태 학장께서는 대번에 총각은 안 된다며 고개를 저었다. 낭패였다.

나는 대학 시절부터 법조계에 가는 것보다 대학 강단에 서고 싶었던 것이다.

그러자 정희철 교수께서는 그러면 이화여대는 안 될 것 같고 대구에 있는 경북대학으로 가는 것이 어떻겠냐고 물으셨다. 그러나 나는 왠지 시골로 내려가기가 싫었다.

그즈음 대한석탄공사 입사시험이 신문에 공고된 기사를 읽었다. 대한석탄공사는 그 당시만 해도 우리나라에는 기름 한 방울이 안 나오던 시절이니 모든 걸 석탄으로 해결해야 했던 때라서 시대적으로 매우 중요한 전액 정부출자 국영기업체였다.

그때는 정부가 주탄종유정책(主炭從油政策)을 썼기 때문에 산업용(공장, 발전소 등), 군수용(전방 및 후방 부대의 연탄 사용 등), 민수용(연탄으로 모든 가정난방을 해결했음)으로 우리나라의 모든 에너지 공급을 강원도, 장성, 영월, 함백, 황지 및 도계 광산 등과 전라남도 화순 탄광지대에서 석탄을 캐서 해결하던 때였다.

가끔 서울 시내 연탄수급이 잘 안 될 때면 가정주부들이 서울시청 앞에서 연탄집게를 들고 시위를 하던 때였다. 모두들 산의 나무를 베어서 집안 연료로 사용하니 산림녹화의 중요성이 매우 강조되었던 시절이었다.

내가 대학원 졸업 후에 대학 강단에 서는 것을 일단 보류하고 입사시험을 보려고 하니 그해 1959년 2월에 좋은 직장으로 손꼽히던 한국은행, 산업은행 등의 시험이 다 끝난 상태였다. 그래서 할 수 없이 국영기업체인 대한석탄공사에 지원하게 됐다.

앞으로 만약 내가 대학 강단에 서게 된다면 상법을 가르치는 데 기업 실무경험을 하는 것이 많은 도움이 된다고 생각하였다. 그때는 지금과 같은 재벌기업체가 없을 때라서 석탄공사 입사시험의 경쟁률이 50 대 1이 넘었다. 1959년도 당시 정부공무원의 사무관 초 호봉이 월 20만 원일 때 대한석탄공사 직원의 초 호봉은 월 80만 원 정도였으니 대우가 매우 좋았다.

그러니 고등고시 사법과 필기시험에 합격하고 구술시험에 떨어진 수험생도 그 당시 석탄공사 입사시험에 응시했다. 그때 당시 삼성, 럭키, 현대, S.K. 같은 재벌 대기업들도 석탄공사보다 작은 규모였으므로 석탄공사가 인기가 제일 좋아 입사시험의 경쟁률이 치열했다. 그때는 자유당 정권 때라 출세를 위해서는 아는 인맥들을 다 동원하던 시절이었다.

그래서 대한석탄공사 1959년도의 입사시험에도 일부 응시자들의 가족들은 국회의원, 정부고위 인사 등, 도처에서 연줄로 청탁이 들어오고 하니, 훌륭하신 정인욱 총재(鄭寅旭總裁)님께서는 너무나 골치가 아파서 합격자 발표를 시험 본 바로 그다음 날 해버리는 해프닝이 벌어지기도 했다.

합격자 발표를 입사시험 바로 다음 날 해버리는 경우는 거의 있을 수 없는 일이니 석탄공사 측에서 얼마나 시달렸으면 그랬을까 하는 생각이 들었다. 대한석탄공사는 민간 주식이 한 주도 없는 전액 정부출자 기업체였으므로 한국은행 총재, 산업은행 총재의 호칭(呼稱)과 같이 정부가 제정한 대한석탄공사법에 의거 대한석탄공사의 최고 책임자를 총재라고 호칭한다고 법에 규정하고 있었다.

외국유학(미국과 독일)의 길이 아닌 국영기업체인 대한석탄공사 입사시험에서 입사 공개경쟁 시험에 합격한 후 직장에 다니면서 결국 대학 강사로서 강단의 길로 들어설 수 있게 되었다.

여하간 1959년 3월에 대한석탄공사 입사시험 후, 그다음 날에 발표한 성적에 대하여 서울대학교 대학원 졸업생인 나와 고등고시 사법과 필기시험 합격자인 수험생과 누구 성적이 더 좋으냐에 대하여 대한석탄공사의 고위간부들뿐만 아니라 모든 수험생들의 최대의 관심사였다.

입사시험 결과, 내가 법학 전공과목이 100점 만점에 98점을 받았고, 고등고시 사법과 필기시험 합격자가 94점, 그래서 내가 전공과목인 법학 분야에서 1등을 하였기 때문에 서울대학교 대학원의 체면을 세운 셈이 되었다. 시험은 전공과목 외에도 영어, 국어, 논문으로 정해져 있었다. 그런데 나는 다른 과목은 다 괜찮은데 국어 점수가 조금 뒤떨어졌다. 그래서 결국 전공과목에서는 1등을 했고 전체에서는 3등을 했다.

그다음 해부터 대한석탄공사 입사시험에 국어과목이 없어졌다.

그렇게 해서 나는 석탄공사에 입사하게 되었다. 석탄공사 입사 후, 이승만 정권이 무너지고 장면(張勉) 정권이 들어섰을 때이다. 그러나 장면 정권은 오래가지 못했다. 1960년에 4·19혁명이 일어났고 불과 1년 후인, 1961년 5·16쿠데타가 일어나면서 장면 정권이 무너지고 정부가 국회를 전부 해산시키고 국가재건비상최고회의를 설립하는 등, 제3공화국이 탄생되었다.

1959년 4월 1일 석탄공사 입사 후, 인사 배치는 성적순에 따라 했기 때문에 나는 지방에 가지 않고 계속 본사에만 있었고 처음부터 본사 경리부 회계과에 발령을 받았다. 석탄공사에서는 나의 아버지가 청주에서 석탄관련 사업을 하고 있었고 집안이 경제적으로 넉넉해서 돈과 관련된 일을 맡겨도 문제가 생기지 않을 것이라고 판단했던 것 같다.

따라서 회계와 출납(금고 보관) 업무도 맡아 했다. 훈련소에서 실무교육을 받은 후 서울로 올라와서 매일같이 석탄공사 본사 회계과에 출근하여 일계표(日計表) 작성, 원장 및 보조장 기입, 장부 정리 후 월말마다 시산표(試算表) 작성, 분기 말마다 대차대조표, 손익계산서 등을 작성했다.

즉 회계업무의 기본인 부기(簿記)부터 독학으로 배우기 시작한 셈이다.

2. 1959년 4월, 대한석탄공사 입사 및 경리부 회계과 근무

원래 부기 · 회계업무는 상업고등학교 졸업생들 또는 상과대학 졸업생들이 하는 일인데 나는 인문고등학교를 졸업했기 때문에 인문고등학교에서 또는 서울법대에서 부기학, 회계학을 전혀 배우지 않았으므로 법과대학을 나온 사람이 그런 일을 알 리가 없었으나, 나는 밤을 세워 가면서 부기학, 회계학을 독학(獨學)하면서 회계업무를 2년간 무사히 처리했다. 그다음으로 회계과 내 출납에 배치되었으므로 서울시 중구 서소문동에 위치한 석탄공사 본사에서 매일같이 석탄 총판매대금을 수납한 후 본사와 가까운 은행에 예금을 시켰다.

석탄공사 입사 후 탄광 현장경험을 얻기 위하여 석탄공사 장성광업소 옆에 있는 훈련소에서 1개월간, 채탄(採炭), 갱도굴진(坑道掘進) 등 각종 실무교육을 받았다.

당시 석탄 판매대금과 기타 석탄공사의 예금, 수억 원 내지 수십억 원(현재 돈으로 수백억 원)을 아주 공정하게 잡음 없이 본사와 가까운 시중은행에 예치시켰다.

당시 석탄공사 본사 부근에 한일은행 서소문지점장, 상업은행 남대문지점장 등 각 은행의 지점장들이 예금 유치를 위하여 매일같이 찾아왔으나, 나는 그 당시 총각이었기 때문에 지점장들에게 공손하게 인사를 하였고 매사를 공정하게 처리하였으므로 전혀 잡음이 없었다.

1959년 4월 대한석탄공사 장성광업소에서 신입사원들과 훈련차
탄광 갱도(坑道, 굴) 앞에서 함께 찍은 사진

석탄공사(석공) 회계과 출납에는 여직원 노처녀가 한 분 있었다. 상업은행 남대문지점에서 매일같이 석탄공사 예금을 나에게서 받아가는 여행원으로, 아주 미인인 미혼 행원을 새로이 배치하였으므로 내가 석공 예금도 주고 매일같이 친하게 만남을 이어갔다.

하루는 내가 시내 출장이 있어 시내에서 볼일을 본 후 석공 회계과 출납으로 돌아오니 이 미인 은행원이 복도에서 울고 있었다. 왜 울고 있느냐고 물어보니 은행 여직원이 내가 시내 출장 간 사이에 내 책상 서랍을 열어 극장표 두 장을 넣은 것이 싸움의 발단이었다고 했다.

내 서랍에 극장표를 몰래 넣어 놓으려다가 석탄공사 노처녀 직원에게 발각되어 추궁을 받은 모양이었다. 나는 이 여행원을 위로해 주고 은행으로 돌려보냈으며 극장표 두 장은 받지 않았다.

석탄공사 여직원은 상업은행 남대문지점에서 나에게 예금 유치를 부탁하기 위하여 미인계를 쓰고 있으니 조심하라는 말을 하였다. 그러나 은근히 석공 노처녀 직원의 질투심도 있어 나는 난감했다.

1964년 5월 9일 경기도 광릉(光陵)으로 대한석탄공사 경리부 회계과장 및
회계과 직원들이 야유회에 가서 찍은 사진

3. 아내와의 만남, 결혼, 종로구 이화동 집과 평창동 집

하루는 나의 여동생이 나에게 청주여자고등학교 후배인데 아주 미인이고 성격도 양호하
므로 사귀어 보라고 소개를 시켜주었다. 그런데 대전에 있는 아내 될 처녀가 적극적으로 계속
전화를 하니까 어떤 때는 좀 번거롭게 느껴지기도 했다. 지금은 자존심 때문에 그 이야기는
서로 간에 그때 당시의 이야기를 안 하고 있다.

나는 그때 당시 청주에서 아버님이 3·15부정선거로 억울하게 구속돼서 연애에 관심을
둘 상황이 아니었다.

아버지께서 자유당 때 충청북도 도당 수석부위원장으로 계셨고 그때 박정희 대통령은
5·16군사혁명 이후, 부정부패를 다 뿌리 뽑겠다는 이유로 이승만 대통령 추종 세력을 다 제
거하던 때였다. 그래서 당시 혁명검찰부라는 것이 생겼다. 각 도(道)에서 자유당 추종 세력자
들 5명씩을 잡아오라는 명령 때문에, 아버지가 구속당하게 된 것이다.

자유당 충청북도 도당위원장인 정상희(鄭商熙) 씨는 이 정보를 미리 알고 피하였고 충청

북도 도당 수석부위원장으로 있었던 아버지께서 3·15부정선거 운동을 하지 않았는데도 불구하고 도당위원장 대신 구속된 것이다.

그때 내가 종로구 이화동 집(2층 건물)에 살 때인데, 하루는 아버지가 갑자기 충청북도 청주로 내려가신다고 했다.

나는 지금은 내려가실 때가 아니라고 아버지께 말씀드리면서 몇 번이나 극구 말렸지만 "내가 무슨 죄가 있냐?"고 하시면서 청주로 내려가셨다.

그날 바로 구속이 되셨다. 나의 아버지는 사업에는 재능이 있었지만 언변에는 별로 능하지 않으셨다.

아버지의 구속 사유는 이승만 대통령을 당선되도록 지방으로 연설하고 다녔다는 이유였다. 죄목은 단지 그 연설 이유였다. 그러나 아버지는 선거운동을 하러 지방에 다니면서 연설을 한 번도 한 적이 없었다.

그 당시 구속된 사람들은 나중에 모두 혁명검찰부에서 서울에 있는 서대문 형무소로 집결시켰다.

내 서울법대 11회 동기인 조승형(趙昇衡) 변호사가 헌법재판소 재판관도 지냈는데 그때 당시 해군 법무관으로 있다가 혁명검찰부 검찰관으로 있었기 때문에 아버지의 억울함을 말하였고, 김봉환(金鳳煥: 나의 서울법대 선배) 변호사의 적극적인 변호로 선고유예(宣告猶豫) 형을 받고 1년의 옥고를 치르시고 서울 서대문형무소를 나오셨다.

선고유예란 2년이 지나면 면소(免訴)가 된다고 형사소송법에 규정되어 있다.

이때 아버지께서는 김일환(金一煥: 상공부 장관 및 교통부 장관 역임) 종친(宗親)도 서대문형무소 내에서 알게 되셨다.

그는 이승만 정권 때 상공부 장관을 했으니까 핵심 세력으로 지목을 받은 것이다.

그 당시 이승만 정부하에서 내무부 장관을 지낸 최인규(崔仁圭) 장관을 비롯하여 대부분의 장관들은 3·15부정선거에 관여하였다는 이유로 거의 다 서대문형무소에 구속되었던 시기였다.

나의 아버지는 사실 송사리에 불과했고 최인규 장관을 비롯하여 각부 장관들은 대어(大魚)라고 말할 수가 있었다. 여하간 아버지는 한 1년 고생하시다 선고유예로 석방되셨기 때문에 1년 동안 나는 결혼 같은 걸 생각할 여유가 없었다.

그때 아내가 인물이 좋으니 관심을 가지는 남자들이 주변에 많았다고 한다. 아내 될 사람의 이모부가 대전에서 유명한 김태동(金泰東) 변호사였다.

당시에 김 변호사는 국회의원 입후보도 몇 번 한 사람이고, 그래서 검사들을 많이 알고 있었다. 그래서 그때 아내가 될 집사람은 그 연줄로 여기저기서 혼담이 들어왔다고 한다. 그러다가 아버지께서 서대문형무소에서 나오셨고 아내는 그때까지도 나를 기다리고 있었다. 그래서 "아! 그렇다면 이제 됐다"라고 속으로 생각하면서 나도 결혼할 마음을 서서히 갖기 시작했다.

그때 내 아내는 진천(鎭川)의 백곡저수지(栢谷貯水池) 부근에 있는 외갓집에 머물고 있었다. 그래서 내가 거기까지 찾아갔다. "이제 아버지도 서대문형무소에서 풀려나셨으니 결혼합시다"라고 말하였다. 아버지 어머니께 말씀드렸더니 두 분 모두가 다 좋다고 하셨다. 내가 그때 29살이었고 당시로는 조금 늦은 결혼이었다.

서울대학교 대학원 졸업할 때가 27살이었으니까. 그런데 그때 내가 결혼 상대자로 특별히 이상형을 갖고 있지는 않았지만 최소한 대학은 나와야 된다고 생각은 갖고 있었다. 국영기업체인 석탄공사에 다닐 때도 한 직원이 초등학교 선생인 자기 여동생을 소개하겠다고 말하였는데 고등학교만 졸업했기 때문에 별로 관심이 가지 않았었다.

장래의 아내 될 사람은 최소한 대학을 나온 사람이어야 된다는 생각이 있었다. 당시 아내는 숙명여자대학교 정외과를 나온 재원이었다. 그래서 여러 가지로 볼 때 결혼을 결심하게 되었던 것이다.

결혼 후 나는 종로구 이화동에 있는 집에서 여동생을 셋이나 데리고 살았다. 그리고 아버님 어머님도 청주에서 자주 올라와 계셨고, 매형도 한두 달씩 우리 집에 머물기도 했다. 또 큰형도 자주 이화동 집에 와 있었다. 지금 생각하면 시집살이가 심하여 아내의 마음고생이 매우 컸던 것 같다.

하지만 당시는 그런 집들이 많이 있으니 아내의 마음을 헤아리기보다는 그런 상황을 당연하게 생각했던 것 같다. 지금 생각하면 매우 미안한 일이

1961년 3월 29일 서울예식장에서
거행된 결혼식 사진

1961년 3월 29일 서울예식장에서 거행된 나의 결혼식 후 서울법대 동문들(김덕주 전 대법원장, 김석휘 전 법무부 장관, 정종택 전 농수산부 장관, 이세중 전 대한변호사협회 회장 등)과 이범찬 교수, 임두빈 변호사, 김태근 지점장, 박일흠 검사장, 유경종 동문, 신건호 동문, 집사람의 청주여고, 숙명 여대 동문들과 함께 찍은 사진

다. 그러다 어느 날 퇴근하고 집에 돌아오니 아내가 집안에서 식구들과 다툼이 있었는지 그만 살고 나가겠다며 짐을 꾸리고 나갔다.

그래서 내가 종로3가까지 따라가서 계속 설득해 다시 집에 데리고 온 일도 있었다.

그때 당시 여동생들 셋은 대학생들이고 성격들도 다 다르고 하니까, 학교 갈 때 아침 준비가 늦어지면 시누이들의 잔소리가 이어졌으니 시집살이가 만만치는 않았던 것 같다.

그러다 하나, 둘 결혼해서 나가면서 결국은 우리 둘만 남게 되었다. 형님은 시골로 가시고 부모님도 청주로 내려가시고 해서 이화동 집에서 둘이 오붓하게 살다가, 지금 살고 있는 종로구 평창동 집으로 이사를 오게 된 것이다.

이 평창동 집은 나의 청주고등학교 후배 곽은영 건축사(한일개발에 근무한 적이 있음, 서울공대 건축과 졸업)가 그때 당시 초현대식 작품으로 설계하였고, 나는 동남아시아 출장 중이었기 때문에 집사람이 4개월간 현장감독을 하면서 지은 집이며 1977년 7월 완공하였다.

이 집 2층에 있는 나의 서재에서는 청와대 뒷산과 인왕산이 멀리 보였다. 10여 년이 지난 후 한때 주한(駐韓) 오만 대사(건축가임)가 우리 집을 대사관 관저로 쓰겠다고 팔라고 몇 차례 방문하였다.

오만 대사는 우리 집 구입에 관한 본국 정부의 승인을 얻으면 즉시 매매계약을 체결하자고 나에게 말하였다. 그러나 대사관저에서 파티가 열리면 주한(駐韓) 각국의 대사 차들이 모일 텐데 우리 집 주차 공간이 부족하다고 한국인 기사가 끝까지 반대하는 바람에 이 매매계약은 성사되지 못하였다.

평창동 집은 당초 응접실에 벽난로가 있었으나 연기가 잘 빠지지를 않아 나중에 헐었다.

나는 평창동 일대의 공기가 서울 시내의 공기보다 훨씬 좋아 지금까지 40여 년간 살고 있다.

내가 대한석탄공사 경리부장으로 오랫동안 근무하다가 중역(총무이사)으로 승진하니 총무이사는 정부 발령이 나기 때문에 나는 대한석탄공사를 퇴직하였고, 40여 년 전의 돈으로 500만 원 정도의 퇴직금을 받았으므로 이 돈으로 집을 지은 것이다.

내가 45년간 산 종로구 평창동 집 정원과 안체 및 응접실 창문

73

그런데 그때 당시, 즉 1968년 1월 13일에 조선민주주의인민공화국 민족보위성 정찰국의 124부대 소속 31명이 조선인민군 정찰국장인 김정태로부터 청와대 습격과 요인 암살 지령을 받아, 대한민국 국군의 복장으로 가장하여 수류탄 및 기관단총으로 무장하고, 1월 17일 자정을 기해 휴전선 군사분계선을 넘어 야간을 이용하여 대한민국 수도권에 잠입하였다.

이들은 청운동의 세검정 고개의 창의문을 통과하려다 비상근무 중이던 경찰의 불심검문으로 정체가 드러나자, 수류탄 및 기관단총을 쏘면서 저항하였다. 대한민국 군·경은 비상경계 태세를 확립하고 현장으로 출동하여 소탕 작전을 벌였으며, 경기도 일원에 걸쳐 군경합동수색전을 1월 31일까지 전개하였다. 현장에서 비상근무를 지휘하던 종로경찰 서장 최규식 총경은 총탄에 맞아 사망하였고, 124부대 소속 31명 중 29명이 사살되었고 김신조는 투항하였으며, 한 명은 도주하여 다시 이북으로 돌아갔다.

그 후 도주한 이는 조선인민군 대장인 박재경으로, 총정치국 부총국장을 역임하였고, 생포(자수)한 김신조(金新朝)는 목사가 되었다.*

그 후 세검정 창의문 옆에는 종로경찰서장 최규식 총경의 동상이 서 있고 지금도 하루도 안 빠지고 동상 앞에는 꽃바구니가 놓여 있어 지나가는 사람들의 눈시울을 적시게 한다. 나도 현재 종로구 평창동에 살고 있기 때문에 가끔 버스를 타고 지나가다가 버스 유리창 너머로 이 동상을 볼 때가 있다.

당시 유일하게 생포되었던 김신조의 이름을 따서 김신조 사건이라고도 말하고 있다. 여하간 이때 당시 이곳의 땅값이 확 떨어졌었다. 당시 나는 석탄공사의 퇴직금으로 종로구 평창동에 평당 75,000원씩 주고 이곳에 130여 평의 땅을 사서 1977년에 새로이 집을 4개월간에 걸쳐 집사람과 함께 신축한 후 지금까지 이곳에서 45년간 살고 있다.

4. 나의 가족 상황과 훌륭한 매제들 및 동서

나는 위로 큰누나 김옥환(金玉煥)이 있고 자형(姉兄)은 신승철(申勝徹: 신학교 졸업, 전도사, 개척교회를 10여 군데 세움)이고 생질 2명과 생질녀 2명이 있다. 나의 큰형은 김진환(金辰煥: 동국대학교 국문학과 졸업)이고 형수는 정정숙(鄭貞淑)이고 조카 4명과 질녀(姪女) 1명

---

* https://ko.wikipedia.org/wiki/1%C2%B721_%EC%82%AC%ED%83%9C

이 있다. 나의 둘째 형 김경환(金庚煥)은 서울에서 희문중학교를 다녔는데 6 · 25동란 때 행방불명이 되어 지금까지 생사를 확인할 수가 없다.

나의 동생은 김일환(金一煥: 동국대학교 전산학과 졸업, 디랩벤처스 주식회사 회장) 하나밖에 없다. 내 밑으로 여동생이 셋 있었는데, 바로 밑의 여동생은 김자환(金慈煥: 고려대학교, 의과대학을 졸업한 후 소아과 의사가 됨)이고 생질2명과 질녀1명이 있다. 그 밑의 여동생은 김정희(金靜姬: 이화여대 불문과를 졸업한 후 일본 니가다(新潟)에 있는 대학에서 일본문학을 전공하였고, 2015년 2월 23일 숭실대학교에서 문학박사학위를 취득)이고 생질2명과 질녀1명이 있다. 오랫동안 숭실대학교 인문대학 일본학과 강사로서 일본문학에 대하여 강의를 하였다. 막내 여동생 김민진(金珉珍: 이화여대 정외과를 졸업한 후 가정주부)에게는 생질1명과 질녀 2명이 있다.

당시로서는 모두들 공부를 많이 한 편이었고 집안 형편도 좋아 공부시킬 만한 여력이 있었다.

내가 서울대학교 대학원 법학과에 다니고 있던 시절, 친구 중에 서울법대 11회 동기 동창인 이범찬(李範燦) 교수가 있었다. 후일 이화여대 법과대학 교수로 재직하다가 성균관대학법과대학 교수 및 학장으로 퇴임한 친구였는데, 나의 어머니께서는 우리 집에 자주 드나드는친구들 중에서 그 친구를 사윗감으로 마음에 두고 있었다. 이범찬 교수는 한국상사법학회 회장을 역임한 우리나라 상법학계의 태두(泰斗)였고 그가 쓴『상법 예해(商法例解) (상), (하)권』책은 사법시험 응시(應試) 수험생들에게 대단한 인기가 있었으며 필독서(必讀書)였다.

그의 성실하고 진중한 성품이 나의 어머니 눈에 들었던 모양이다. 그래서 내 밑의 여동생과 자연스럽게 자리를 만들어주어 얼마간 사귀다가 결혼까지 하게 됐다. 딸과의 인연을 알아보시는 어머니의 안목이 정확했던 것 같다. 이범찬 교수는 퇴임 후 문단에 등단하여 시인 및수필가로 활동하고 있으며, 보기 좋은 노년의 부부로 여유로운 삶을 누리고 있다.

그리고 정구호(鄭九鎬)라는 나의 둘째 매제가 있었다. 나의 매제는 대구가 고향이었는데전두환 대통령이 졸업한 대구공업중학교를 졸업하였고, 그 후 박정희 대통령이 졸업한 국립경북대학교 사대부고(대구사범학교가 그 전신임)를 졸업하였으므로 두 대통령의 중 · 고등학교 동창 후배관계로 귀여움을 받았다. 나의 둘째 여동생은 이화여대 불문과를 다녔는데 정구호 회장은 내 여동생과 사귀었다. 정 회장은 서울대학교 문리대 정치과를 나왔었는데 키도 크고 인물도 좋아 미남이었다. 그런데 그 당시는 집안 사정이 좀 힘들고 상황이 썩 좋지는 않았

2015년 7월 7일(일) 나의 둘째 매제 정구호 회장의 8순잔치 때 첫째 매제 이범찬 교수 내외 및
남동생 내외와 막내 여동생과 생질들과 같이 중국음식점에서 찍은 사진

었다.

하루는 나의 여동생을 만나기 위하여 종로구 이화동에 있는 나의 집 근처에 서성거리는 그를 보고 아버지께서 집으로 들어오라고 해서 약 30분 동안 구술시험을 해보니 생각이 분명하고 추진력도 있고 장래성도 있는 청년으로 판정했다. 그렇게 해서 결혼이 진행되었다.

정 회장은 서울신문사 정치부장과 편집부국장, 경향신문사 편집국장을 거쳐 청와대 대변인, 경향신문 사장, KBS 사장을 지냈다.

신혼 초에는 성북구에 있는 돈암동 아리랑 고개에서 방 한 칸 셋방살이로 신접살림을 시작해서 차근차근 일구어 가더니 지금은 아주 여유롭게 살고 있다.

그리고 막내 여동생은, 고려대학 행정학과를 졸업하였고, 문화공보부 사무관으로 근무하다가 연합철강 부장으로 다니던 사람과 결혼했는데 지금은 혼자가 됐다.

그런데 아들, 딸들이 모두 장성하여 딸은 KBS 기자이고 아들은 미국 유학도 했고, 현재 증권회사의 전무로 자신의 갈 길을 가고 있다.

나의 처제로는 이용숙(李溶淑: 공주사범학교 졸업)이 있고, 동서로는 임동우(任東祐: 서울대학교 치과대학 및 대학원 졸업, 임동우 치과병원 원장) 의학박사가 있다. 처남으로는 이화용(李華溶: 한양대학교 공과대학 졸업, 숙박업 경영)이 있다.

2018년 6월 30일, 동서 임동우 박사 댁에서 임태규 가족 도미 환송을 위한 기념사진

나의 가족사진, 아들과 며느리(좌측), 딸, 하림각에서 찍은 사진

제주도에서 손녀들이 어릴 때 가현이, 나현이와 같이 찍은 사진

손녀가 둘이 있는데, 첫째 손녀는 김가현(金佳鉉: 세화여자고등학교 재학 중)이고, 둘째 손
녀는 김나현(金奈鉉: 세화여자중학교 재학 중)이다. 나의 장녀는 김소현(金素賢: 세종대학교
경상대학 경제학과 졸업, 한국방송공사(KBS) 사회교육 방송국에 10여 년간 근무)이다.

나는 아들과 딸이 있는데 아들은 김기원(金基源: 연세대학교 법과대학 졸업, 한국은행 근
무, 차장급)이고, 며느리는 석근정(石根貞: 연세대학교 치과대학 졸업)으로 현재 연세 파라곤
치과 병원장이다.

5. 석공 관재과 관재계장 시절, 국영기업체 역사에 남는
「국유재산현물출자에 관한 법률」 입안

전액 정부출자 국영기업체인 대한석탄공사는 1950년 5월 4일 대한석탄공사 설립에 관한
법률이 제정되어 시행되었고, 1950년 11월 1일에 창립되어 발족하였다. 1962년, 내가 대한
석탄공사의 전체 자산을 관리하는 경리부 관재과 관재계장으로 있을 때 6대 석탄광업소(장
성, 은성, 함백, 영월, 도계, 화순)의 대부분이 일본회사 소유였던 재산을 귀속 재산으로 관리

하고 있었다.

그러나 6·25동란으로 인하여 지방에 있는 여섯 곳 광업소의 석탄 채굴에 선행되는 갱도굴진(坑道掘進), 채탄시설(採炭施設), 선탄시설(選炭施設) 및 기계, 석탄 운반차량 등의 일부가 많이 파괴되었고 노후화(老朽化)되었으므로 이 시설들이 복구되어야 하고 기계 및 운반차량 등은 수리하거나 제작 또는 구입하여야 하므로 막대한 자금을 필요로 하게 되었던 때였다.

대한석탄공사는 미국의 국제개발청(Agency for International Development, AID)에 상기 갱도, 채탄 및 선탄에 소요되는 자금 950만 달러의 차관을 신청하였다. 미국의 AID 측으로부터 950만 달러의 차관에 해당하는 대한석탄공사의 부동산을 담보로 제공하라는 요청이 왔다.

당시 대한석탄공사의 총재산을 관리하고 있었던 내가 실무책임자인 주무계장의 입장에서 볼 때 대한석탄공사는 귀속재산(일본인 회사 명의로 된 부동산 등)만을 관리하고 있었고 자기 명의로 된 부동산은 하나도 없었기 때문에 참으로 난감하였다.

천만다행으로 나는 석탄공사에 입사하기 전 서울대학교 대학원에서 상법(회사법상 현물출자 등)을 전공하였기 때문에 좋은 아이디어(Idea)를 낼 수가 있었다.

즉 나의 제안은 당시 대한석탄공사가 관리하고 있었던 「모든 귀속재산(일본인 회사 명의로 된 부동산 등)을 국유화하고 국유화된 재산을 정부가 대한석탄공사에 현물출자를 한다」라는 내용이었다.

이렇게 정부가 대한석탄공사에 현물출자를 하면 석탄공사가 관리하고 있었던 귀속재산의 부동산을 대한석탄공사의 명의를 변경등기를 할 수가 있어 미국 AID에 석탄공사의 차관담보로 제공할 수 있으므로 나의 제안이 대한석탄공사의 담당이사 및 총재가 받아들였다.

나는 즉시 1962년도 당시 재무부 관재국 기업자산과를 방문하여 이동호(李同浩) 사무관을 만났다. 이 사무관과 처음 만났지만 인사를 하고 보니 이 사무관은 고향이 충북 영동이었고 나는 고향이 충북 청주였으므로 같은 충북 출신이었고, 나는 청주고등학교를 졸업하였지만 이 사무관은 청주에서 가까운 대전고등학교를 졸업하였다.

이 사무관은 고려대학교 법대를 졸업했지만 나는 서울대학교 법대를 졸업했으므로 전공도 같은 법학 계통이었으므로 대한석탄공사가 관리하고 있었던 「모든 귀속재산을 국유화하고 국유화된 재산을 정부가 대한석탄공사에 현물 출자를 한다」라는 대한석탄공사 측 제안에 대하여 이 사무관이 검토한 결과 잘 이해하였으므로 결론은 「국유화된 재산 현물출자에 관한 법률안」을 입안하기로 결정하였다.

나와 이 사무관은 같이 의기투합하여 상기 「국유화된 재산 현물출자에 관한 법률안」입안에 대하여 작업을 하였고, 이 법안(8개 조문)이 마련된 다음 당시 재무부 내에서 가장 우수한 공무원이었고 강력한 추진력을 가진 이동호 사무관의 노력 끝에 이 법안이 국회에서 통과된 후, 정부가 1963년 11월 1일 자로 공포함으로써 법률로서의 효력을 갖게 되어 이날부터 이 법률은 대한민국 전역에 시행하게 되었다.

정부는 「국유화된 재산 현물출자에 관한 법률」에 근거하여 대한석탄공사의 귀속재산을 국유화시킨 다음 이 국유재산을 정부가 대한석탄공사에 현물출자를 하였으므로 대한석탄공사는 이 재산을 미국의 AID에 담보로 제공하여 무난히 950만 달러의 차관을 받게 되었다.

따라서 미국 AID로부터 받은 950만 달러의 차관은 전후(戰後) 대한석탄공사의 탄광, 즉 채탄 및 선탄시설 복구 및 확장에 요긴하게 사용되었으며, 우리나라 석탄 증산에 크게 공헌한 바 있다. 당초 국영기업체인 대한석탄공사 때문에 1963년도에 만든 「국유화된 재산 현물출자에 관한 법률」은 그 후 여러 정부투자기관, 즉 국영기업체들이 이 법률에 의거 국유재산 현물출자에 관하여 많은 혜택을 받게 되었다.

6. 대한석탄공사 관재과장, 경리부장 및 총무이사 시절

5·16군사쿠데타가 일어나자 얼마 후 공무원을 포함한 모든 국영기업체 직원들 중 군 병역 미필자들을 공직에서 해고시키라는 지시가 정부로부터 내려졌다.

나는 어린 시절 홍역으로 귀가 안 좋아져서 정당한 사유로 군 입대 신체검사 때 병종을 받게 되어서 군대를 못 갔는데도 군 미필자라는 이유로 1961년 9월경 석탄공사로부터 해고를 당하였지만 약 6개월 후에 다시 복직되었다. 학창 시절부터 이어져 온 시대의 악재가 사회에 나왔을 때까지도 이어져 모든 상황이 혼란스러웠다. 나는 대한석탄공사 재직 기간 중 아주 일을 열심히 하여 많은 업적을 냈기 때문에 3회에 걸쳐 대한석탄공사 총재로부터 공로 표창장을 받았다.

1965년 11월에 석탄공사 전체의 재산관리를 맡아서 하는 경리부 관재과장으로 발령을 받았고, 1970년 3월에는 석탄의 수요와 공급을 계획하는 일과 괴탄(塊炭) 판매를 주로 하는 영업부 수급과장으로 근무하다가 1971년 7월에 경리부장으로 발령을 받아 1975년 4월까지 약

4년간 경리부장직을 수행하였다.

지금은 고인이 되었지만 당시 서울법대 동기 동창이었던 오재덕, 한국화약주식회사 자재 과장은 한국화약이 석탄공사에 납품한 화약 판매대금을 받으러 석탄공사 경리부장이었던 나에게 자주 왔었다. 그 당시는 탄광이 화약을 제일 많이 쓰니 한국화약(주)은 석탄공사 때문에 돈을 많이 벌었다.

그러나 석탄공사에서 평탄한 시간만 있었던 것은 아니다.

한번은 내가 석탄공사 경리부장으로 있을 때, 서울 수도권 내에 있는 인구를 분산시키기 위하여 서울 시내에 있는 각 국영기업체의 본사를 전부 지방에 있는 사업소(공장 등) 또는 광업소로 이전하라는 박정희 대통령으로부터 명령이 상공부 및 각 국영기업체에 하달되었다.

따라서 대한석탄공사는 제일 큰 탄광이 있는 강원도 장성에 있는 장성광업소로 내려가게 되었다. 그때 당시 석탄공사의 사옥이 서울시 중구 서소문동에 있는 지금의 대한항공 건물 자리에 있었다.

당초 이 건물은 농수산부 건물이었는데 농수산부가 정부종합청사 내로 이전하였으므로 대한석탄공사가 관리하게 되어 소유가 되었던 것이다.

나는 석탄공사 사옥매각 실무책임자로서 봄부터 가을 초까지 동아일보, 조선일보에 매각 공고(일반 경쟁입찰)를 냈는데도 서소문동 거리가 별로 번화가가 아니라서 그런지 응찰자가 없었다.

그러다 하루는 대한항공의 조중건(趙重建) 사장과 황우경 총무이사가 나의 석탄공사 경리 부장실로 찾아왔다. 당시 나는 석탄공사 경리부장이었으므로 혼자 쓰는 사무실에 비서를 두고 있을 때였다.

손님으로 찾아왔으니 비서를 통해 커피를 대접했고 이야기도 나누었다. 전혀 개인적인 거래 따위는 없었다.

서로 간에 매각조건을 이야기하다가, 그러면 앞으로 석탄공사가 일반경쟁 입찰에 의한 사옥매각안을 다시 신문에 공고를 낸다면 대한항공과 한일개발주식회사가 응찰하겠다고 말하였다.

그 후 대한석탄공사가 일반경쟁 입찰에 의한 사옥매각안을 다시 조선일보와 동아일보에 공고를 냈지만 두 번 이상 유찰되었으므로 할 수 없이 규정에 따라 석공 사옥을 은행 감정가

격보다도 훨씬 더 높은 금액으로 대한항공에 매각하였던 것이다.

그런데 그다음 날 국회에서 야단이 난 것이다. 어떤 뒷거래로 팔았느냐며 야당 국회의원들이 들고 일어난 것이다. 그때 당시 이락선(李洛善) 상공부 장관이 대한석탄공사를 관할하는 주무부 장관인데 땀을 삐질삐질 흘리면서 대답을 잘 못 하자 상공부 측에서는 석탄공사의 실무책임자가 직접 국회로 오라고 명령이 떨어졌으며 내가 석탄공사의 실무책임자로서 장관에게 상황 전반을 브리핑했다.

그래서 사건이 어느 정도 무마는 되었지만 백여 명 정도의 국세청, 서울지방경찰국, 중앙정보부원들과 관할 국세청 감사반원들이 들이닥쳐서 모든 경리장부를 집중적으로 조사하였으며 사옥 매각 경위에 대하여 집중적으로 추궁하기 시작했다.

나는 개인적으로 돈 한 푼도 받은 것이 없었고 뒷거래는커녕 오히려 대한항공의 조중건 사장과 황우경 총무이사에게 손님으로서 커피를 대접한 게 다인데도 불구하고 계속 추궁이 이어졌다.

결국 아무리 파헤쳐도 나오는 게 없으니까, 석 달 정도 고생하다가 결국 사건이 일단락되었다.

나는 경리부장을 거쳐 석탄공사 총무이사가 되었다. 국영기업체의 총무이사 자리는 일반적으로, 대통령의 내락이 있어야만 될 수가 있었다. 석탄공사의 주무부처인 상공부(기획관리실)가 이사 후보자를 배수 이상 추천한 인사서류를 청와대에 제출하면 청와대 담당부서에서 심사를 한 후 그 당시 박정희 대통령에게 제출하여 박 대통령의 국영기업체 이사를 선정하여 결재를 하면 발령이 났다.

그 후 정부의 주무부 장관인 상공부 장관이 상공부회의실에서 관할 국영기업체 이사에게 임명장을 주었다. 나도 1975년 4월 3일 당시 장례준(張澧準) 상공부 장관으로부터 대한석탄공사 총무이사 임명장을 상공부회의실에서 받았다. 박정희 정권 때 국영기업체는 주로 혁명주체세력 장군들, 즉 예비역 소장, 중장 등이 많이 배치되었다.

그때 당시 상공부에서 임명을 하는데 정부에서 한 사람(주무부처의 고참 국장 등), 군에서 한 사람(예비역 장성 등), 집권당에서 한 사람씩 정해지고, 그리고 마지막으로 국영기업체 내부에서 한 사람, 이렇게 임명되는 것이 당시의 관행이었다. 나는 정식 석탄공사 입사시험을 거쳐 17년 동안 근무한 후 석탄공사 내부에서 임명되는 자로 지명되었던 것이다.

청와대에서 박정희 대통령에게 나의 석탄공사 총무이사 인사서류에 대하여 결재를 받으러 가니 박정희 대통령께서 내 이력서를 보고, 학벌이 좋다 하시면서 바로 결재가 떨어졌다는 뒷날 이야기가 있었다. 솔직히 말하면 지금은 고인이 되었지만 당시 김동규(金東圭) 상공부 기획관리실장(청주고등학교 및 서울법대 1년 선배, 상공부 중고업차관보, 12대, 13대 국회의원 역임)의 적극적인 추천으로 대한석탄공사 총무이사가 되었다.

1975년 4월 3일 상공부회의실에서 상공부 장관으로부터
대한석탄공사 총무이사 임명장을 상공부 차관 배석하에 받음

그렇게 총무이사가 된 후, 어느 날 육군 예비역 소장 출신인 총재가 나를 부르더니 자기가 나를 총무이사 자리에 앉혀준 것처럼 이야기하며 자신을 잘 보필해 줄 것을 은근히 내비쳤다.

당시 정부에서는 주탄종유(主炭從油) 정책을 시행하고 있었으므로 석탄값이 올라가면 다른 물가도

같이 올라갔다. 그러니 석탄값을 못 올리게 해서 석탄공사가 매달 적자가 나면 약 10,000여 명 광부들의 월급이 2~3개월씩 밀리게 되므로 나는 할 수 없이 내가 정부(재무부 이재국 이재과 등)에 돈을 꾸러 다니곤 했다.

총무이사가 된 후 석탄공사와의 인연은 그리 길지 않았다. 박정희 대통령은 주로 5·16혁명 주체세력 예비역 군 출신들을 국영기업체 중요 요직에 앉혔다. 그런데 나는 특별한 연고도 없었고 그냥 석탄공사 입사공개경쟁시험을 봐서 석탄공사에 들어온 경우이니 박정희 대통령과는 전혀 알지를 못하였다.

그러다 어느 날 내 자리에 공군 출신인 예비역 공군 소장이 발령이 났다. 결국, 나는 옷을 벗을 수밖에 없었다. 총무이사 임기가 3년인데 1년 하다가 그만두게 되었다.

당시 주탄 종유정책으로 석탄공사가 최고의 직장이었을 때, 17년간 반을 근무하다 갑작스럽게 회사를 떠나게 된 것이다. 대한석탄공사 총무이사로 1년간 재직하다 그만두게 되었다. 그래서 나는 석탄공사를 나와 6개월 정도를 할 일 없이 쉬게 됐다.

한화그룹 재직 시절

1. 서울플라자 호텔, 한국화약주식회사(한화그룹) 입사 경위와 비화 및
총무이사 겸 제일사업부 이사 역임

한편 아내에게는 친하게 지내는 이종사촌 둘째 오빠, 김건식(金健植: 천안농고 및 충남대학교 졸업, 삼희통운 상무 역임) 상무가 있었는데, 그와 아주 친한 친구인 정희문(鄭熙文: 부평판지 대표, 한화기계 상무 역임) 상무는 한국화약그룹의 오너인 김종희(金鍾喜) 회장의 가회동 집을 수시로 출입하는 숨은 파워맨이었다.

정희문 상무는 한화그룹 오너인 김종희 회장에게 내가 석탄공사의 공개경쟁시험에 우수한 성적으로 합격하여 입사한 후 관재과장, 경리부장을 거쳐 17년 만에 석탄공사 총무이사직까지 올라가게 되었는데 정치적인 인맥이 없어 석탄공사를 그만두었다는 이야기를 나 자신도 모르게 이야기한 모양이었다.

당시 한화그룹 오너인 김종희(金鍾喜) 회장이 내가 억울하게 석탄공사를 그만두게 됐다는 것을 알게 되자, 단번에 나를 한국화약(주) 본사에 오라고 연락이 왔다.

그때 석탄공사에 자주 들렀던 나와 서울법대 11회 동기 동창인 한국화약 경영관리실장 오재덕 상무가 내 인사서류를 가지고 복도에서 대기하고 있었다. 그래서 한국화약의 일부 간부들은 내가 오재덕 실장과 서울법대 동기 동창이기 때문에 오 실장의 연줄로 한국화약(주)에 들어온 줄로 아는데 사실은 김종희 회장이 직접 나를 스카우트한 것이다.

한국화약그룹 김종희 회장과 사십여 분 정도 직접 면접시험을 본 후 합격되어 1976년 11월, 한국화약그룹에 입사하게 되었다.

사실 나도 모르게 아내가 자신의 이종사촌 오빠에게 나의 취직관계를 부탁하였고 이종사촌 오빠는 자기와 아주 친한 정희문 상무에게 이야기하게 되어 김종희 회장과 연결이 될 수 있었으므로 아내의 공이 크다고 말할 수가 있다. 그때 힘든 상황에서 아내가 힘이 돼준 것을 항상 고맙게 생각하고 있다. 한국화약그룹에서는 그룹 회장의 면접시험에 합격하면 한국화약 경영관리실에서 1~2년간 그룹의 현황을 파악하기 위하여 근무하다가 그룹의 방계 회사 임원으로 배치되는 것이 통례(通例)였다.

그러나 나는 일본어가 유창하여, 한국화약 경영관리실을 거치지 않고 곧바로 한국화약 계열인 서울시청 맞은편에 있는 더서울플라자 호텔 총무이사로 첫 발령이 났다.

더서울플라자 호텔은 원래의 이름은 태평개발주식회사인데 한국화약이 50%를 현물출자(토지) 하였고 세계적으로 유명한 일본의 마루베니(丸紅) 종합무역상사가 50%를 현금출자 하였으므로 그 당시 이 태평개발주식회사의 주식분포 비율은 50 대 50으로 구성되어 있었다.

당초 서울플라자 호텔의 후면(後面) 주변의 북창동 뒷골목은 차이나타운으로 아주 지저분한 거리였다.

정부(건설교통부 및 서울시)가 관광산업을 진흥시켜야 되겠는데 마땅한 사업과 장소가 없었으니 차이나타운도 정비할 겸 한국화약주식회사에 호텔을 지으라고 지시한 것이다. 그런데 한국화약 측에서는 호텔을 지을 돈이 없다 하니까 정부에서 일본의 종합무역상사인 마루베니사에, 한국에서 무역으로 돈을 많이 벌었으니 호텔을 건설하는 데 현금출자의 방안으로 우선 전환사채(轉換社債)를 발행하여 투자하라고 마루베니종합상사에 제안하였다.

나중에 주식으로 바꾸면 현금이 한국화약의 방계 회사인 태평개발주식회사로 들어오게 되는 것이다. 그래서 한국화약과 마루베니사가 50 대 50으로 더플라자 호텔을 건설하게 됐다.

한국화약은 부지만 제공하고 호텔이 그냥 생긴 거나 다름이 없었다. 지금은 태평개발주식회사 주식분포 비율이 51 대 49로 되어 있다. 그 당시 마루베니 측에서는 호시노(星野) 전무가 일본 측 대표로 더서울플라자 호텔에 파견되어 있었고 일본어가 자유로운 내가 1976년 11월 1일 자로 한국화약 측 방계 회사인 더서울플라자 호텔(태평개발주식회사) 총무이사로 발령을 받은 것이었다.

그때 당시 호텔에는 700여 명 정도의 종업원이 있었다. 각종 국내외 단체가 주최하여 개최되는 국제 및 국내 회의는 물론 연회(파티)가 매일 열리고 있어 이를 준비하였고, 국내외 관광객의 유치 등, 호텔에서의 근무는 일종의 화려한 사교 무대를 경험하게 되었다.

나는 서울플라자 호텔에서 약 2년 반 정도 근무했으며, 한국화약 측 이사인 나와 일본 마루베니 회사 측의 호시노 전무, 한국화약그룹의 창업 공신인 권혁중(權赫重) 사장과 함께 근무하고 있었다.

당시, 내가 호텔에 근무하고 있을 때 박정희 대통령에 대한 일화가 있었다.

더서울플라자 호텔을 건설할 때, 부지는 한국화약에서 제공했지만 건설비는 모두 일본의 마루베니사가 댄 것이나 다름없었다. 그러다 보니 일본에서 아주 유명한 대형 건설회사인 대성건설주식회사(大成建設株式會社)가 더서울플라자 호텔의 건설을 맡았다.

그런데 막상 공사를 진행하다 보니 문제가 발생했다. 호텔을 짓고 보니 호텔 앞의 서울시청 땅을 약 사십 평 정도를 점유하게 된 것이다.

그러니 서울시청 쪽에서는 캐노피 40~50평과 이에 해당하는 1, 2층의 일부 옆 건물을 헐라는 것이었다. 그러나 이미 지어 놓은 호텔을 어떻게 헐어낸단 말인가, 참으로 난감했다. 권혁중 사장과 나는 이 문제를 해결하기 위하여 여러 차례 서울시청의 부시장, 담당국장 및 과장 등을 만났으나 해결이 되지 않았다.

그러던 중 어느 날 박정희 대통령이 더서울플라자 호텔 22층에 있는 프랑스식당에 들르게 되었다. 경호원들이 모시고 더서울플라자 호텔 22층의 프랑스식당에 오시게 된 것이다. 갑자기 박 대통령이 오셨으니 더서울플라자 호텔 권혁중 사장은 급히 김종희 회장에게 전화 연락을 하였고 김 회장님께서는 급히 오셔서 박 대통령이 좋아하는 시바스 리갈(Shivas regel) 양주로 술대접을 하게 되었다. 나도 플라자 호텔 로비에서 권혁중 사장과 함께 계속 대기하고 있었다. 그러다 약 2시간 후 박정희 대통령이 경호원들을 데리고 잔뜩 술이 취해서 갈지자 걸음으로 내려오는 것이었다. 그때 내 마음속으로 "야! 이제 해결됐구나" 하고 안도의 한숨이 나왔다.

그런 일이 있고 얼마 후, 박정희 대통령이 서울시청의 그 땅을 한국화약에 매각하라고 지시가 내려졌다. 그래서 침범한 약 40여 평의 서울시청 땅을 한국화약주식회사가 사들이게 되어 문제가 해결되었다. 더서울플라자 호텔에는 이미 고인이 된 권혁중 사장이 있었다. 권혁중 사장은 한국화약그룹의 창업 공신으로 일본어가 능통하여 한국화약그룹에서 더서울플라자 호텔 사장으로 취임한 것이다.

당시, 주영하 교수 및 최옥자 교수는 세종 호텔의 오너였으며 이 부부가 수도여자사범대학, 지금의 세종대학교를 만들었던 것이다.

그리고 그때 당시 한국호텔관광협회 회장은 세종 호텔의 최옥자 이사장이었다.

더서울플라자 호텔 권혁중 사장은 한국 호텔관광협회의 정기총회나 이사회가 열리면 여자 회장 밑에서 있기가 싫다며 나더러 사장 대신 더서울플라자 호텔 대표로 참가하라고 했다. 그때는 롯데 호텔이나 신라 호텔이 생기기 전이니 더서울플라자 호텔이 서울에 있는 호텔 중에는 제일 규모가 컸다.

한국 호텔관광협회 정기총회에서 회의 안건을 의결할 때면 더서울플라자 호텔 측의 내 의견이 중요하게 반영되기도 했다. 최옥자 회장은 가끔 유럽에 출장을 갔다가 귀국하실 때에는 내게 고급 몽블랑(Montblanc) 만년필 등을 선물로 주셨는데 그 고마움을 잊지 않고 있으며 지금도 가끔 그때를 회상하고 있다.

그 후 내가 한국화약㈜ 본사로 옮겼을 때 우연히 세종대 최옥자 이사장을 만나게 되었고 최 이사의 적극적인 추천으로 자연스럽게 원래의 꿈인 대학교 강단에 서게 되었다.

그러던 어느 날 정기총회를 마치고 최옥자 이사장과 여러 이야기를 나누다가 사실 나는 대학 시절부터 대학교수가 되고 싶었는데 이러저러한 사정으로 그때 당시 미혼이었기 때문에 이화여자대학에 갈 수가 없었다고 설명하면서 지금이라도 대학에 자리가 있으면 가고 싶다고 말했다.

그러자 최옥자 이사장님은 대번에 "그래요? 오케이! 그러면 김 이사 세종대학으로 와요!" 이렇게 말하여 세종대학에 가게 된 것이다. 그때가 4월인데 최옥자 회장이 세종대학 이사장이니까, 3월 2일부터 시작하는 이미 작성된 1학기 세종대학교 경상대학 시간표를 다 뜯고 치면서까지 나를 세종대학교 경상학부 부교수로 발령을 냈다.

그런데 문제는 한국화약주식회사에서 나의 사표 수리를 해주지 않는 것이었다. 조금 있으면 사장(社長)까지 승진할 텐데 뭣 하러 월급이 작은 대학으로 가려고 하느냐며 극구 말렸다.

그때 당시는 한국화약주식회사 제1사업부 이사(인천공장 담당) 겸 총무이사(인사 담당)를 맡고 있을 때였다.

그래서 내가 공부를 계속하고 싶어서 학교로 가고 싶다고 말해도 계속 사표 수리를 미루는 것이었다. 그런데 그 당시 여러 상황을 생각해 보니 내가 사장이 된다고 해도 임기가 3년인데 그사이에 어떤 변수가 생길지 모르는 일이었다.

그리고 대학 시절부터 대학교수가 되는 것을 항상 마음에 두고 있었다. 내 진로에 대해서 별로 관여하지 않으시던 아버지께서도 대한석탄공사 시절에 대학교수직에 대한 미련을 약간 내비치셨다.

어느새 대한석탄공사에서 17년간 반, 한국화약에서 2년 반 정도의 세월이 흘러갔다.

한화그룹에 근무하는 오재덕, 경영관리실장(나와 서울법대 제11회 동기 동창)이 있었는데, 어느 날 함께 경기도 용인에 있는 플라자C.C.(골프장)에서 골프를 치고 있었는데 오 실장이 나더러 갑자기 김종희 회장님께서 내 눈이 빨리빨리 돌아간다고 말하시면서 나의 일 처리를 슬기롭게 하는 모습도 마음에 든다고 하시면서 나를 한국화약 전체를 총괄하는 비서실장으로 쓰고 싶어 한다는 의사를 전했다.

그래서 나는 지금 비서실장을 하기에는 나이나 모든 여건이 맞지 않는다고 극구 사양하면서, 그냥 더서울플라자 호텔에 남겠다고 말했다.

만약 내가 그때 한국화약그룹의 비서실로 갔다면 아마 한국화약을 그만두지 못했을 것이다.

전체 인사관리를 총괄하고, 사장이 되고 하면서 그룹의 핵심간부가 되었으면 회사를 나오기가 쉽지 않았을 것이다.

그러다 1977년 11월 11일 이리역에서 화약열차 폭발사고가 발생했다. 이리에서 광주로 가던 한국화약의 화약열차가 폭발하면서 이리 시내가 거의 다 파손됐으며 사망자가 59명, 부상자가 1,343명이나 발생했으며 재산 피해도 막대하였다.

이리역 화약열차 폭발사고로 인하여 한국화약주식회사의 신현기 사장, 윤재영 제1사업부 이사 겸 총무이사 등 관련자들이 많이 구속되었으며 인천공장 간부도 줄줄이 구속되면서 본사를 챙길 사람이 없었다.

나에게 한국화약(주) 본사로부터 급하게 제1사업부 이사 겸 총무이사로 발령이 났다.

그때는 내가 한국화약 본사 인사발령을 따를 수밖에 없었다. 상황이 안 좋을 때는 오히려 적극적으로 도와줘야 할 것 같았다. 그래서 한국화약의 그룹 본부로 가게 된 것이다. 그때는 나의 서울법대 11회 대학 동기 동창인 동아일보 편집국장 권오기(權五琦: 후에 통일원 장관 겸 부총리 역임)를 자주 만나러 갔다. 그 친구는 나보다 두 살 위로, 서울법대에 다닐 때부터 친했다. 동아일보 편집국장실에 가서 이리역 폭발사고 기사가 너무 확대되게 실리는 것을 조율했다.

한국화약의 기업 이미지를 살려야만 했다.

그때 또 다른 언론사인 조선일보에 남재희(南載熙)라는 대학 동문이 있었다. 국회의원도 했고 노동부 장관도 지낸 동문으로 청주고등학교는 1년 선배였고, 서울법대는 나의 1년 후배였다. 그 당시 조선일보 편집국장을 지내고 있었다.

그렇게 한국화약주식회사 총무이사 겸 제1사업부 이사로 일하다가 우연히 세종대학교 최옥자 이사장님을 다시 만나게 되었고 세종대학교 교수로 초빙하는 이야기가 본격적으로 진행됐다. 이제 더 이상 미룰 수가 없었다.

지금 대학 강단으로 방향을 틀지 않으면 다시는 기회가 오지 않을 것 같았다.

현실적인 조건보다는 내가 진심으로 원하는 방향에 '힘'을 실었다. 그리고 나는 한국화약주식회사에 사표를 제출했다.

내가 그 당시 한국화약에서 이사 월급으로 120만 원을 받았었는데 세종대학교 부교수로 가게 되면 월급이 40만 원으로, 즉 삼분의 일로 줄어들게 된다. 주위에서는 모두들 이해할 수 없다는 반응이었다. 아내에게도 한국화약을 그만두고 세종대학으로 옮긴다는 말을 미리 하지 않았기 때문에 내용을 알고서는 마침내 머리를 싸매고 드러눕는 상황이 되었다.

최종적으로 한화그룹의 오너인 김종희 회장께서 나를 불렀다.

김 회장께서는 나에게 대학으로 가면 월급도 적어져 고생이 많이 될 텐데 무엇 때문에 대학으로 가느냐며 만류했지만, 나는 대학 강단에 서는 것이 원래 꿈이었으며 계속 공부를 한다는 생각으로 강단에 서고 싶다는 나의 입장을 간곡하게 말씀드렸다.

한국화약주식회사 측에서 사표를 수리하는 데 대략 보름이 걸렸다.

한국화약주식회사의 옥강희 전무님(나의 서울법대 2년 선배)께서 나를 끝까지 설득하려 했지만 나는 이미 세종대학교에서 발령이 났다고 말했다.

그래서 겨우 한국화약주식회사에서 나의 사직서가 수리되었다.

1978년 가을 한국화약주식회사 임원들과 함께 운동회에 참석하였음

2. 친목단체인 한화회의 회원으로 참가

한화회(韓火會)는 지난 1995년도에 퇴직한 임원들, 현재의 임원들, 앞으로의 임원들이 한화그룹의 역사와 함께 영원히 이어 나갈 이 소중한 인맥의 줄기를 정성을 들여서 가꾸어 가야 한다는 김승연 회장의 의지에 따라 일부 퇴직임원에 의해서 자발적으로 운영해 오던 모임이다.

그러나 한화회는 보다 확대 발전시켜 나가기 위해 설립된 한화그룹 퇴직임원(退職任員)들의 친목 모임이다. 몸은 비록 한화를 떠났지만 영원한 한화인(韓火人)으로서의 의리와 이를 바탕으로 주기적인 교류를 통해 회원 상호 간 상부상조와 유대관계를 위한 모임이 만들어졌던 것이다.

한화회 회원들은 그룹 초창기 초석(礎石)을 다졌던 창업기업의 공신(功臣)이자 산증인이신 원로 임원들을 포함하여 이후 오늘날의 한화가 있기까지 최고경영자로부터 일선 각 분야에서 퇴임한 임원들로 구성되었다. 한화회의 각종 동우회 행사 등 정기적인 모임을 통해 그룹의 영원한 발전과 개인적 관심사에 관한 의견의 교류는 물론 회원 상호 간의 여러 경조사(慶弔事) 참여 및 다양한 교류활동을 함으로써 퇴임 후에도 한화인으로서의 유대관계를 돈독히 하고 있다.

한화회의 Website는 다음과 같다.

https://hwh.hanwha.co.kr/introduction/intro.do

한화회의 동우회로서는 다섯 가지 동우회가 있는데 j 골프동우회가 회원 200여 명, k 등산동우회가 회원 160여 명, l 문화유적지 답사동우회가 회원 180여 명, m 바둑동우회가 회원 100여 명, n 당구 동우회가 회원 60여 명으로 각각 구성되어 있다. 나는 등산동우회와 문화유적지 답사동우회의 회원으로서 등산과 문화유적지 답사에 주로 참가한 바 있다.

2004년 9월 13일 한화회 회원들과 함께 Cambodia 앙코르톰사원 앞에서 찍은 사진

2014년 5월 15일 전남 월출산 도갑사(道岬寺) 정문 앞에서
한화회 등산동우회 회원들과 함께 등산을 한 후 찍은 사진

3. 친목회인 청우회(淸友會)의 조직과 참가

청우회(淸友會)는 당초 1970년대에 우리나라 굴지의 신한관세법인 회장 장흥진(대전고등학교 졸업 및 연세대학교 법과대학 졸업)과 지헌정 전 청주시장(청주고등학교 졸업 및 연세대학교 법과대학 졸업) 두 분이 대학 동창이며 절친한 사이기 때문에 두 분이 주축이 되어 친목회로 청우회를 조직하였다.

당초 청우회 회원으로는 백광현 전 내무부 장관(청주고등학교 졸업 및 연세대학교 법과대학 졸업), 정종택 전 농수산부 장관(청주고등학교 졸업 및 서울대학교 법과대학 졸업), 이병선 전 우리은행장(대전고등학교 졸업 및 서울대학교 상과대학 졸업), 김동환 변호사(경북고등학교 졸업 및 서울대학교 법과대학 졸업), 김두환 한국항공우주정책법학회 명예회장(청주고등학교 졸업 및 서울대학교 법과대학 졸업), 어준선 전 국회의원(대전고등학교 졸업 및 중앙대학교 경제학과 졸업) 및 정종화 전 출판사 사장으로 구성되어 있었다.

청우회 회장은 창립 때부터 지금까지 장흥진 회장이 회장으로 있으며 처음에는 회원 상호
간의 친목을 도모하기 위하여 1년에 6회 이상 모였으나 회원 수도 줄어 1년에 3회씩 모이다
가 지금은 모이지 않고 있다. 회원으로는 장흥진 회장, 지헌정 전 청주시장, 백광현 전 내무부
장관, 정종택 전 농수산 장관 및 김두환 한국항공우주정책법학회 명예회장이 참가하고 있었다.

1987년 8월 9일부터 15일까지 청우회 회원들이 부부 동반하여
미국, 하와이 여행을 하면서 찍은 사진

1977년 12월 서울플라자 호텔 20층 회의실에서 부부 동반하여
망년회를 하기 전에 찍은 사진임

제3장

• • •

국내 대학의 교수 시절과
국무총리실, 교통부, 법무부
정책자문위원 역임

● ● ● ●

국내 대학의 강사 및
교수 시절

1. 국민대학교 법대를 비롯하여 서울 시내
여러 대학교 법대에서 상법 강사 시절

대한석탄공사에서 어느 정도 나의 생활이 익숙해질 즈음, 나는 다시금 대학 강단에 대한 미련이 생기기 시작했다. 이렇게 현실에 안주해 버리면 안 된다는 생각이 들어 대학 강단에 서고 싶었다.

나의 서울대학교 대학원 법학과 상법담당 지도교수였던 서돈각(徐燉珏: 서울법대 학장 및 동국대학교 총장 역임) 교수님께서는 당시 국민대학교 교무처장을 겸직하고 계셨다.

1960년 3월 초 어느 날 서돈각 교수로부터 4월 1일부터 시작하는 1학기에 국민대학교 법과대학 2부(야간)에서 「해상보험법」 강의를 맡으라는 전화가 걸려왔다. 갑작스러운 일이었으나 맡는다는 말씀을 드리면서 서돈각 지도교수님에게 진심으로 감사의 뜻을 표하였다.

당시 국민대학교 캠퍼스는 종로구 창성동에 있었으며 바로 경복궁 내에 위치한 정부청사의 서문으로부터 10분 거리에 위치하고 있어 나이 많은 공무원, 경찰관 및 군인들이 국민대학교 야간부에 많이 통학하고 있었다.

당시 내 나이 27세였으므로 너무나 젊게 보여 국민대학교 야간부 4학년 과목인 「해상보험법」 야간부 강의 시간에 약 150여 명의 수강학생들이 출석하였는데 내가 강단에 서도 선생인 나를 학생인 줄 알고 서로 잡담만 하고 있었다. 내가 단상에서 출석부로 학생들의 이름을 호명하니까 그제야 강의실 안의 학생들이 조용해져서 강의를 할 수가 있게 되었다. 당시 서울시 중구 충무로에는 독일어 원서만을 전문으로 파는 Sophia서점이 있었다.

나는 국민대학에서 「해상보험법」 강의를 준비하기 위해 Sophia 독일어 전문서점에 가서 세계적으로 유명한 독일의 Hans Wüstendörfer 해상법 교수(Hamburg대학)가 쓴 「새 시대의 해상법(Neuzeitliches See-handelsrecht)」이라는 책을 구입하여 강의 준비를 하였다.

놀랍게도 이 책 첫 페이지의 상단에 딱딱한 법률서적인데도 불구하고 세계적으로 유명한 독일의 시인 요한 볼프강 폰 괴테(Johann Wolfgang von Goethe)의 시가 다음과 같이 기재되어 있었다.

즉 「학문과 예술은 세계성이 있다. 이 학문과 예술 앞에는 국경의 울타리도 사라진다(독일어: Wissenschaft und Kunst gehören der Welt an, und vor ihnen verschwinden die Schranken der Nationalität)」라는 시(詩)가 적혀 있었는데, 이 시의 세계화 정신이 바로 해상법의 세계화 정신과 일맥상통한다는 뜻에서 기재된 것이라고 나는 생각하였다.

한 걸음 더 나아가서 나는 이 괴테 시인의 세계화 정신이 「국제항공우주법의 세계화 정신」과 같다고 생각하고 있으며, 가끔 나와 친한 독일 교수들과 만나면 이 괴테의 시를 같이 음미하기도 한 바 있다. 한때 나는 중국 베이징이공대학교 법과대학 및 청나라 때에 세운 역사가 오래된 유명한 톈진대학교(天津大學校) 법과대학 겸임교수로 있었기 때문에 이들 대학에서 중국 학생들에게 「국제항공우주법」을 영어로 강의할 때에 이 괴테의 시를 가끔 인용하기도 하였다.

나는 대한석탄공사에서 근무하는 17년간 반 동안 국민대학뿐만 아니라 1969년 9월부터 1977년 2월까지 8년간 경기대학교 법대에서 상법 강의를 하였고, 1971년 8월부터 2년간 이화여자대학교 경영학과 및 비서학과에서 기업법 강의를 하였으며, 1972년 3월부터 1년간 한국외국어대학교 법대에서도 상법 강의를 하였다.

그 후 건국대학교 법대, 성균관대학교 법과대학 및 경영대학에서 상법과 기업법 강의를 하였고, 서울대학교 법과대학에서 법학개론을 강의하였다. 당시 서울 시내의 여러 대학 및 대학원에서 강사로 강의를 했다. 대한석탄공사가 국영기업체였기 때문에 당시 대한석탄공사 상사의 승인을 받아 오후 시간에 강의를 나갈 수가 있었다.

2. 세종대학교 부교수와 한국항공산업연구소 부소장 시절

1979년 4월 1일 자로 세종대학교 경상대 부교수로 발령이 났다. 월급은 삼분의 일로 줄었지만 나는 제자리를 찾은 것 같아 아주 만족하였다. 그때 당시 세종대학교 최옥자(崔玉子) 이사장님께서 세종대학교 부설 한국관광산업연구소 소장직으로 계셨는데 나의 월급을 커버해 준다는 뜻에서 나더러 이 연구소 부소장직을 맡으라는 제안이 있었다.

세종대학교에는 최옥자 이사장의 장남인 주명건(朱明建) 박사가 미국에서 항공산업정책 분야에 관한 박사연구논문이 통과되어 박사학위를 받고 세종대학교 부설 항공산업연구소 소장을 하고 있었다.

그러던 어느 날 주명건 소장이 나의 연구실로 찾아와서 항공산업연구소의 부소장직을 맡아 달라고 제안을 해 왔다. 두 가지 제안을 받고 보니 나는 당황하였고 난감하였다.

그때는 내가 항공산업 등에 관해서 전혀 연구한 적이 없기 때문에 처음에는 거절을 했다. 그런데 주명건 소장이 세 번씩이나 나의 연구실로 찾아와 삼고초려(三顧草廬)를 하니 도저히 거절할 수가 없었다.

그러다 다시 생각을 해 보니 내가 상법이 전공인데, 육상운송은 상법, 상행위 편에 규정되어 있고 해상운송도 해상 편이 따로 규정되어 있는데 항공운송 계약과 항공불법행위 및 손해배상책임에 관한 규정은 상법뿐만 아니라 항공법에도 우리나라에는 규정이 아직 없다는 생각이 들었다. 일본이 항공법이나 상법에 규정이 없으니까 우리나라도 없다는 것이었다.

물론 독일, 프랑스, 중국 등 일부 다른 나라들은 항공운송인의 민사책임에 관하여 항공법이나 또는 항공운송법에 규정하고 있었다. 그러자 항공운송법이 우리나라 상법 분야의 미개척 분야라는 생각이 들었다. "내가 항공운송법을 연구해서 우리나라 상법 분야뿐만 아니라 항공산업 분야를 개척하여야겠다"라는 생각이 들어 두 가지 제안 중 최옥자 이사장의 장남인 주명건 교수의 제안에 따르기로 결심을 하게 되었다.

그래서 세종대학교 부설 '항공산업연구소' 부소장직을 맡게 됐다. 세종대학교 측에서는 총장실만 한 크기에 카펫까지 깔린 연구실을 나에게 배치하였다. 이 연구실에는 외국의 각종 항공관계 전문서적, 미국, 일본 등에서 발간되는 항공관계 월간학술지, 포스터 및 비행기 모형들로 꾸며져 있었다.

일본 상법학계에서 아주 유명한 가와모토 이치로(河本一郎, 神戸大學) 교수 부부와 서울법

99

대의 상법

교수이신 정희철(鄭熙喆) 교수께서 내 연구실을 방문했다.

가와모토 교수님께서는 일본에도 이런 환경 좋은 항공산업 분야의 대학 연구실은 본 적이 없다고 말씀하시면서 나의 연구실 환경을 부러워했다.

그때부터 1년 동안 나는 항공운송법과 항공산업 연구에 몰두했다. 대학원 졸업 후 만약에 바로 이화여대 교수로 들어갈 수 있었다면 석탄공사나 한국화약은 거치지 않고 계속 교직을 이어갈 수 있었을 것이다.

그러다 세종대의 최옥자 이사장을 만나면서 다시 원래의 희망대로 대학의 강단에 서게 된 것이다. 원하던 삶의 방향에 약간의 우회가 있었지만 그것 또한 어차피 내가 거쳐 가야 될 삶의 여정(旅程)이었으리라 생각되었다.

당시 우리나라에는 국제항공운송법 연구가 거의 없었던 시절에 세종대학에서의 우연한 계기로 국제항공운송정책과 법을 연구하게 된 것은 나에게 있어 행운이라고 생각되었다. 그리고 세종대학교의 최옥자 이사장도 나에게는 내 삶의 물꼬를 터주고 인생길의 방향을 잡아준 매우 고마운 분이기도 하다.

1980년 5월 세종대학교 경상학부 교수 및 학생들과 함께 박물관 앞에서

3. 숭실대학교 법대 교수로 스카우트된 비화와 17년 반 기간의 재직(在職) 및 제자들

세종대학교에서 부교수로 3년 정도 교편을 잡은 후, 숭실대학교로부터 교수직 제안을 받았다.

서울법대 서돈각(徐燉珏: 서울법대 학장 및 동국대학교 총장 역임) 지도교수 밑에서 같이 상법을 공부했던 한 후배 교수가 숭실대학에서 성균관대학으로 자리를 옮기려 하니까 누군가 사람을 채워 놓고 가야만 되는 입장이었다.

따라서 나의 서울법대 후배 교수인 박길준(朴吉俊)으로부터 숭실대학으로 와줄 것을 간곡히 권유를

받았다. 박 교수의 고마운 뜻을 평생 잊지 않고 있다.

한편 서울법대의 다른 후배 교수도 더서울플라자 호텔에서 저녁을 사면서 숭실대학교 법경대학 교수직으로 올 것을 재차 제안을 받았다. 그러나 나는 세종대학 재직 당시, 대학 측으로부터 여러 가지 편의를 받고 있는 상황이었고, 세종대학에서도 사표 수리를 해 주지 않아 망설이고 있었으나, 당시 대학 내 상황을 보니 나보다 더 오래된 부교수들이 교수가 되지 못하고 줄줄이 남아 있는 것을 보니 옮겨야 되겠다는 결심이 섰다.

또한 숭실대학에 있는 후배 교수들이 나의 이력을 아깝다 하면서 숭실대학으로 올 것을 재차 권했다.

그런데 그때 당시 내가 세종대학교 재직 시 세종대학교 경제학과에 다니고 있었던 내 딸의 대학등록금 전액을 면제해 주는 혜택이 있었다.

원래 그런 제도가 없었는데 세종대학에서 처음으로 교수 자녀 학비면제 제도를 만들어서 시행했다.

그런데 내가 그런 편의를 받으면서 떠나기는 쉽지 않았다. 결국, 세종대학교 총장에게 사표를 제출하고 양해를 구해서 간신히 숭실대학교로 옮기게 되었다.

1981년 3월 숭실대학교 법과대학 교수가 되었다. 숭실대학교에 와서도 계속 국제항공우주법을 연구했다. 숭실대학교 대학원 석·박사과정에 우리나라에서 처음으로 「국제항공우주법」 강좌를 신설하여 강의도 했고 대학원생들의 개인지도도 하였다.

내가 숭실대학교에 재직한 후 5년 만에 법과대학 학장으로 임명되었고 법과대학 학장(임

1999년 2월 숭실대학교 법대학생회가 나의 정년기념을 위하여 건 현수막,
나의 제자 한명호(韓明鎬) 박사와 같이 찍은 사진

기 2년)을 세 번 6년 동안 재임했다. 그 후 법학연구소 소장, 중소기업법률연구센터 소장, 사회과학원 원장 등을 역임하다가 1999년 2월에 정년퇴직을 하게 되었다.

숭실대학에 재직 시에도 학교가 매우 시끄러웠다. 사실, 우리나라에서 역사가 가장 오래된 대학이 숭실대학이다. 일제시대에 베어드 선교사가 배를 타고 북한의 대동강으로 들어와 평양에 숭실전문학교(숭실대학)를 설립했다. 대략 140여 년 전의 일이다. 그래서 미국 북장로교 선교사들이 평양에서 시작하여 북한에 기독교를 보급하였다.

1945년 8월 15일 해방 후에 이화여자전문학교는 이화여자대학교로, 경성제국대학은 서울대학교로, 보성전문학교는 고려대학교로, 연희전문학교는 연세대학교로 각각 교명(校名)이 변경되었다.

영락교회 한경직 목사가 숭실대학교 6대 학장이 되셨다. 한경직 목사님은 일정시대에 숭실전문학교를 졸업하셨고 이후 숭실대학교로 교명이 변경되었다. 한 목사님은 해방 후 숭실대학교 재건에 큰 역할을 하셨다. 숭실대학교 재단이사회는 서울시 동작구 상도동에 땅을 사서 다시 교사 건축 등 재건하였고, 지금은 교사 건물들이 많이 들어서 있다.

1960년대부터 70년대까지 일신방직주식회사의 김형남 사장이 오랫동안 숭실대학교 재단

이사장을 하면서 대학 발전에 큰 도움을 주셨고, 김 재단이사장께서 소천(김天)하신 후 1970년대부터 80년대까지 장남 김창호 사장과 차남 김영호 사장이 각각 숭실대학교 재단이사장 직을 맡아 수고를 하셨다.

1980년대에는 우리나라의 정치적 격동기였기 때문에 서울 시내에 있는 각 대학에서 자주 데모가 일어나고 있었다. 숭실대학도 예외는 아니었다.

숭실대학교 재단이 튼튼하지 않아 대학에 투자를 많이 못 하게 되면서 "재단 물러가라, 또는 총장 물러가라"하며, 학생들의 데모가 끊이지 않았다.

또한 나는 숭실대학교 법대 학장으로서 법과대학에서 일어나는 문제들은 학장이 책임을 져야 하니, 그것 또한 보통 일이 아닌 힘든 시기였다. 그래서 정부(문교부)에서 파견하는 미국 교환교수로 갈 수 있는 기회가 생겼는데도 자리를 비우지 못하는 상황이었다.

당시 숭실대학교 총장은 김치선(金致善) 교수로, 서울법대 교수로 재직하시다가 숭실대학교 총장으로 부임하게 되셨는데, 학교가 너무 복잡한 상황이다 보니 자리를 전혀 비우지 못하는 상황이었다.

그래서 문교부에서 해외파견 대상 교수들에게 시행하는 영어시험에 나는 치열한 경쟁을 뚫고 통과되어 미국 UCLA 교환교수로 가기로 결정이 되었음에도 불구하고 김치선 총장님께

1999년 2월 28일 서울에 있는 숭실대학교 강당에서 거행된 졸업식장에서 찍은 나의 정년퇴직기념 사진

숭실법대 앞에서 전삼현 교수와 나

서 문교부 대학교육국에 연락하여 나의 국비파견신청을 1년간 연기해야만 했다.

결국 나는 1년 후에 미국 UCLA 교환교수로 떠나게 되었다. 숭실대학교 재직 시 나는 고등고시 출제위원도 세 번이나 하였고, 행정고시, 군법무관 시험 및 공인회계사(CPA) 시험 출제위원도 역임하였다.

숭실대학은 예수교장로회 소속 대학교이므로 교수로 임명 시, 교회의 교인자격증명서를 제출해야 된다. 나는 연동교회에서 세례 받은 교인증명서를 제출하였다. 나는 숭실대학에서 햇수로 17년 반의 세월을 보냈다. 숭실대학에서 기억에 남는 제자는 전삼현

(全三鉉) 법과대학 학장이 있다.

그때는 조교 월급도 없었을 때였는데, 전 교수는 내 연구실에서 여러 가지로 도움을 주고 있었다.

전 교수는 매우 성실함이 돋보이는 제자였다. 그런데 독일어 공부를 매우 열심히 하여 독

축 현곡 김두환 교수 정년기념 예배

일어가 능통하였다. 전삼현 교수는 숭실대학교 법과대학과 대학원을 졸업한 후 독일의 콘라드 아데나워 장학재단(Konrad-Adenauer-Stiftung)으로부터 장학금을 받고 열심히 공부하여 2년 반 만에「항공운송법에 있어 무과실책임에 과한 연구」라는 제목의 학위논문이 통과되어 법학박사학위를 취득한 우수한 제자이다.

나는 1988년 8월 21일부터 27일까지 폴란드 바르샤바(Warszawa)에서 세계국제법협회 (ILA) 주최로 개최되는「제63차 세계국제법대회」에 고려대학교 법과대학의 이윤영(李允榮: 법대 학장 및 학생처장 역임) 상법 교수와 동행하였다.

1988년 8월 중순경 폴란드에 가기 전에 독일의 관광도시이고 온천이 있는 Wiesbaden에 살고 있는 아저씨(金東順: 대전공업고등학교 교사 역임, 서독광부 지냄)와 아주머니(서독간호원 지냄, 당시 병원에 간호사로서 일하고 있었음) 댁에서 이윤영 교수(고려대학)와 함께 3박 4일간 체류하였다.

Wiesbaden에서 독일 및 유럽 금융가의 중심지인 Frankfurt까지 승용차로 약 40분간 걸렸기 때문에 아저씨 차로 자주 Frankfurt에 들러 라인강 및 괴테(Goethe)박물관 등 관광도 하고 쇼핑도 하였다.

1955년 8월 중순경 일부러 Frankfurt대학교 법학부를 방문하여 나의 전삼현 제자의 지도교수를 정해 주기 위하여 당시 독일에서 유명한 항공운송법 분야의 대가(大家)이신 Edgar Ruhwedel 교수를 연구실에서 만나 전삼현 제자의 박사학위과정 지도교수가 되어 달라고 간곡히 부탁하였다.

Ruhwedel 교수도 초면이지만 쾌히 승낙을 해 주었다. 지금 생각해도 고마운 일이었다.

그때가 점심시간 때인지라 Ruhwedel 교수가 연구실을 나와 차를 몰고 Frankfurt시 교외에 있는 자기 집 근처에 위치한 단골 음식점으로 이윤영 교수와 함께 초청을 하였다. Ruhwedel 교수는 자신이 쓴『항공운송계약(Der Luftbeförderungsvertrag, 2판, 1987년)』책에 자기 사인을 한 후 나에게 주었는데 30여 년이 지난 지금도 나의 서재에 잘 보관되어 있다.

나도 선물로 인삼 진액 등을 Ruhwedel 교수에게 주었고 점심 식사도 내가 대접을 했다.

독일은 교수직을 하기에 가장 여건이 좋은 나라이다. 유명 교수에게는 대학에서 연구소를 설치해 주고 여비서와 연구원들이 배치되어 있으며 아주 큰 연구실도 제공되어 독일의 학문 발전에 큰 원동력이 되고 있다.

오창석 교수가 숭실대학교 졸업식 때 법학석사학위를 받고
숭실대학교 법과대학 정문 앞에서 나와 같이 찍은 사진

　　우리나라의 대학들도 이 독일의 연구소 제도는 배울 점이 많이 있으며 예산이 많이 소요되므로 정부(교육부)의 적극적인 지원이 필요하다고 생각한다. 나의 숭실대학교 법대 제자들 가운데 나의 연구실에 자주 들르거나 또는 공부를 하면서 나한테 상사법과 국제항공법을 지도 받았던 제자로는 오창석(吳昌錫: 창원대학교 법학과) 교수와 김대규(金大圭: 서울디지털대학교 법무행정학과 과장) 교수가 있다.

　　오창석 제자는 내가 직접 잘 알고 지내며 친한, 세계적으로 유명한 항공우주법과 국제상사중재법 분야의 석학(碩學)인 독일 쾰른대학교 Karl-Heinz Böckstiegel 교수에게 오창석 제자가 Böckstiegel 교수 밑에서 박사과정 지도교수로 되어 달라고 나는 부탁을 하였다. 나는 오창석 제자가 Böckstiegel 교수 밑에서 연구하고 싶다는 추천서를 국제우편으로 보낸 결과 Böckstiegel 교수가 나의 추천서를 수락하였다. Böckstiegel 교수는 쾰른대학교 항공우주법연구소 소장으로 오랫동안 계셨다.

　　곧이어 오창석 제자는 독일의 쾰른대학교 대학원 박사과정에 입학하여 Böckstiegel 교수의 지도를 받아 약간 시일이 걸렸지만 국제상사중재법 분야의 논문으로 법학박사학위를 취득한 후 현재 국립대학인 창원대학교 법학과에서 상법을 가르치고 있으며 항공우주법과 국제상사중재법을 계속 연구하고 있다.

　　독일 쾰른대학교 항공우주법연구소에서 발간되고 있는 세계적으로 유명한 「독일 항공우

1993년 2월 김대규 교수가 숭실대학교 졸업식 때 법학석사학위를 받고
숭실대학교 운동장에서 전득주 교수와 나와 같이 찍은 사진

주법학술지(Zeitschrift für Luft- und Weltraumrecht)」가 분기별로 연 4회 발간되고 있는데, 나의 국제항공우주법 분야의 논문도 4편이나 이 학술지에 게재된 바 있다. Böckstiegel 교수는 1996년 10월 11일 한국, 서울에서 개최된 국제회의에 Speaker로 참석한 바 있다.

나는 서울에서 한국항공우주법학회장으로 있었기 때문에 이날 오찬에 내가 Böckstiegel 교수를 초대하였다. 이날 오찬이 시작되기 전에 한국항공우주법학회와 독일 쾰른대학교 항공우주법연구소 간의 우호친선, 상호방문, 연구협력과 학술교류에 관한 약정서를 체결하였다. 나와 Böckstiegel 교수 간에 이와 같은 연고가 있었기 때문에 나의 오창석 제자를 추천한 결과 바로 Böckstiegel 교수가 수락하였던 것이다. 숭실대학교 법대와 대학원에서 나의 상사법 지도를 받았던 김대규 교수는 현재 서울디지털대학교 법무행정학과 과장으로서 상법을 가르치고 있다. 김대규 제자는 1993년 2월 13일 숭실대학교 대학원에서 나의 지도하에 「은행거래약관에 관한 법적 연구」라는 제목으로 석사학위를 취득하였다.

특히 나의 숭실대학교 법대 제자 가운데는 대학재학 시절부터 날 잘 따르던, 대학원에서 상사법을 전공한 한명호 법학박사가 있다. 현재는 한국방송통신심의위원회, 국제공조점검단장(국장급)으로 있다. 한국항공우주법학회의 회장인 나는 1997년 6월 22일부터 25일까지 4일간(전야제 포함) 서울 롯데 호텔에서 개최된 바 있는 「21세기를 대비한 항공우주정책법 및 산업에 관한 세계대회」의 조직위원회 의장으로서 1995년 8월의 「중국, 베이징세계항공우주법대회」 이후 약 2년간 본 학회의 모든 준비작업을 성공적으로 수행하였다.

특히 상기(上記) 조직위원회의 수석 간사이고 나의 제자들인 한명호(韓明鎬) 박사, 간사 황성면(黃盛勉: 현재, (주)월탑인터내셔날 전무) 석사, 김연수(金連洙: 현재, 한국상장회사협의회 연수팀 차장) 석사, 이경아(李京兒: 가정주부, 별세) 석사, 영현준(梁鉉畯: 현재 CJ홈쇼핑 감사팀 근무), 진성훈(秦成勳: 법학박사, 현재, 코스닥협회 기획팀장) 박사, 강택신(현재, 법학박사, 한국상장회사협의회 연수팀 과장) 석사 등과 공군사관학교에서 파견 나온 김진경(金鎭卿) 공군 중령과 함께 밤낮을 가리지 않고 실무적인 준비작업을 통하여 많은 노력을 기울여 「제4회 서울, 세계항공우주법대회」를 대성공으로 이끌었다.

여름휴가 때 충남 안면도(安眠島) 해변에서 우측으로부터 한명호 박사,
(고) 이경아 석사, 나, 김연수 차장, 김태훈 부장과 같이 찍은 사진

1997년 8월 7일 충청남도 서해안에 있는 안면도(安眠島) 해안에서 김두환 교수가 수영을 하고 있는 장면

특히 나의 한명호(韓明鎬) 제자는 학회의 수석간사로서 숭실대학교 법대에 있는 나의 연구실과 세계항공우주법대회 조직위원회 숭실대 사무실에서 2년 동안 「제4회 서울, 세계항공우주법대회」를 준비하느라고 밤낮없이 가장 수고를 많이 한 제자이다.

일본 동경 시내에 있는 명치학원대학은 숭실대학과 같은 기독교재단이므로 학술교류 및 연구협력에 대한 자매결연약정이 체결되어 있어 1997년 9월 10일 명치학원대학의 사카모토 마사미(阪本政光) 教授가 학생들을 인솔하여 숭실대학을 방문하였으므로 아래와 같이 숭실대학교 법대 앞에서 일본인 교수 및 학생들과 같이 찍은 사진이다.

1997년 9월 10일 명치학원대학의 坂本正光 교수가 학생들을 인솔하여 숭실대학을 방문하였으므로 숭실대학교 법대 앞에서 일본인 교수, 학생들 및 나와 같이 찍은 사진임

내가 한국항공우주법학회 제2대 회장으로 있을 때에 1995년 11월 3일 숭실대학교 회의실에서 개최된 「제15회 추계(秋季) 항공우주법학술발표회」에 한국 측으로는 숭실대학 김성진(金聲振) 총장을 비롯하여 한국항공우주법학회 회장 김두환(金斗煥: 숭실대학교 법과대학 교수), 부회장 홍순길(洪淳吉: 한국항공대학교) 교수, 부회장 이강빈(李康斌: 상지대학교 경상

1995년 11월 2일 숭실대학교 캠퍼스 내에서 좌측으로부터 김세신 박사, 일본의 다카이 교수,
세키구찌 교수의 내외, 나카타니 교수, 요네다 객원교수와 내가 현수막 밑에서 찍은 사진

대학 학장) 교수와 학회 임원, 회원 및 숭실대학 대학원생 등 150여 명이 참석했다.

일본 측 초청 Speaker로는 Nakatani Kazuhiro(中谷和弘: 동경대학 법학부) 교수, Sekiguchi Masao(關口雅夫: 고마자와대학 법학부) 교수, Takai Susumu(高井晉: 일본방위성 방위연구소) 교수가 참가하였고 Panelist로는 Yoneda Tomitaro(米田富太郎: 중앙학원대학 사회시스템연구소) 객원교수가 참가하였다.

4. 숭실대학 상사법연구회(SCLS)의 창립과
   현재까지 32년간의 모임을 가짐

1987년 7월경 숭실대학교 법과대학과 대학원을 졸업한 학생들 가운데 재학 중 나의 지도를 받아 상사법과 국제항공우주법을 전공을 한 후, 법학석사학위와 법학박사학위를 취득한 제자들 중심으로 상호 간의 친목도모와 우호증진을 다지고 관심 있는 학술 분야의 연구발표를 계속하기 위하여 만든 조직이 「숭실상사법연구회(崇實商事法研究會, Soongsil Commercial Law Society, SCLS)」이다.

창립 후 최근까지 해마다 여름방학과 겨울방학 기간을 이용하여 1년에 두 번 정기적으로 모임을 가져왔다. 모임은 만찬을 하면서 담소를 나누고 때로는 법학박사학위를 취득한 회원의 학위논문 내용을 요약하여 약 20~30분간 발표하기도 하였다.

1999년 8월 30일(금)에 개최되는 「숭실상사법연구회」 모임이 62회째 되므로 이 모임의 역사가 벌서 31년 이상이 된다. 그러나 2020년에는 코로나 바이러스-19 감염증 때문에 숭실상사법연구회가 열리지 못하고 있다.

내가 주관하여 만든 「숭실상사법연구회」는 초창기에 이 조직의 기반을 튼튼하게 하기 위하여 잠시 내가 회장직을 맡았지만 곧이어 내 밑에서 나의 지도를 받아 상사법으로 법학박사학위를 받은 제자들이 많이 배출되었기 때문에 이 제자들이 회장직을 맡게 되었다. 나는 현재 「숭실상사법연구회」의 고문으로 있다. 「숭실상사법연구회」의 제2대 회장에는 법학박사 황석갑(黃錫甲) 교수(한국해양대학교 졸업, 해운회사 선장, 한국해양대학교 교수)가 오랫동안 수고를 하셨으며, 그 후 이 조직에 고문으로 있으면서 「숭실상사법연구회」의 제3대 회장에는 법학박사 성정옥(成貞玉) 강사(서울대학교 법대 졸업, 숭실대학교 법대)가 오랫동안 수고를 하였으며, 그 후 이 조직에 명예회장으로 있다. 또한 「숭실상사법연구회」의 제4대 회장에는 법학박사 김성기(金成基) 변호사(서울대학교 법대 졸업, 서울민사지방법원 부장판사, 서울지방변호사협회 회장 역임, 현재 신우법무법인 대표변호사)가 오랫동안 수고를 하셨으며, 현재는 이 조직에 명예회장으로 있다.

「숭실상사법연구회」의 제5대 회장으로는 법학박사 김성만(金盛滿) 변호사(별세: 숭실대학교 법대 졸업, 서울지방법원 판사, 숭실대학교 법대 겸임교수 역임)가 수고를 하셨다.

그 후 「숭실상사법연구회」의 제6대 회장에는 법학박사 전삼현(全三鉉) 교수(숭실대학교 법대 졸업, 독일 Frankfurt대학교에서 법학박사학위 취득, 현재 숭실대학교 법대 학장)가 수고를 하고 있다.

「숭실상사법연구회」의 회원 가운데 나의 지도를 받아 법학박사학위를 취득한 제자로는 상기(上記) 4명 이외에 최용춘(崔溶春) 교수(상지전문대학), 오수근(吳守根) 교수(이화여자대학교 법학전문대학원 원장), 김세신(金世新) 겸임교수(이화여자대학교 법대, 전 법제처 차장), 한명호(韓明鎬) 박사(방송통신심의위원회, 국제공조점검단장) 등이 있다.

5. 고려대학교 법과대학 및 대학원에서 강사로서
상법 강의를 맡게 된 동기와 경위

고려대학교 학생처장과 법과대학 학장을 지냈고 국제법과 상법을 강의하고 계셨던 이윤용(李允榮) 교수와 나는 전혀 일면식도 없는 사이였는데, 1980년대 초 당시 누구한테 이야기를 들었는지 우리 집으로 세 번이나 전화가 걸려 왔다. 고려대학교 법대의 상법 강의를 맡아 달라는 것이었다.

나는 당시, 법학박사학위도 없어 극구 사양했지만 그래도 괜찮다며 강의를 제의해 왔다. 그래서 숭실대학교 법과대학 교수로 재직하면서, 고려대학교 법과대학 및 대학원에서 3년간 해상보험법과 대학원에서 독일 해상보험법을 강의했다.

나는 3년간 고려대학에서 강의를 한 후에 숭실대학과 고려대학 간의 거리도 멀고 또 숭실대학교 법대 학장직이라는 보직을 맡게 되어 너무나 바빠서 고려대학 강의를 그만두게 되었다.

실인즉 당시 숭실대학에서는 항상 교내 문제가 시끄러워 그 수습에 너무 힘들어 자리를 비울 수가 없었다. 그 당시 내가 고려대학교 법대 및 대학원에서 가르쳤던 학생들이 지금은 고려대학교 본교 및 지방대학 교수로 많이 재직 중에 있다.

6. 한국항공대학교 항공우주법학과의 설치 비화와
항공산업대학원 겸임교수 시절과 제자들

(1) 한국항공대학교 항공우주법학과의 설치 비화와 강사 및 겸임교수 시절

내가 한국항공우주법학회 회장으로 있을 때 하루는 이 학회 부회장으로 있는 한국항공대학교 홍순길 교수가 내가 근무하고 있는 숭실대학교 법대연구실로 찾아와서 항공대학 내에 항공우주법학과를 신설(新設)해야만 되는데 협조를 하여 달라는 내용이었다.

그때 당시 청와대 반기문 의전수석비서관은 서울대학교 문리과대학 외교학과를 졸업했고 홍순길 부회장 역시 서울대학교 문리과대학 외교학과를 졸업했으므로 같은 학과의 동문이지만 홍순길 부회장이 반기문 의전수석비서관보다 대학 선배였다.

나도 홍 부회장의 제안에 적극 찬성하였으므로 즉시 한국항공우주법학회 회장의 명의로 항공대학 내에 항공우주법학과의 신설 필요성과 신설 이유를 구체적으로 적은 건의서를 작성한 후 홍 부회장이 반기문 전 의전수석비서관과 면담일자를 정하고 그 날짜에 나와 홍순길 부회장과 함께 청와대 의전수석비서관실을 방문하였다.

나는 반기문 전 의전수석비서관과 처음으로 만나 인사를 나눈 다음 반 전 의전수석비서관에게 건의서를 주고 한국항공대학 내에 항공우주법학과를 신설하여야만 되는 필요성과 그 신설 이유를 구체적으로 설명하였다.

만약 한국항공대학 내에 항공우주법학과를 신설한다면 일본을 제치고 우리나라에서 처음 생기는 학과이므로 항공우주 분야의 인재 양성에 큰 보탬이 된다고 반 전 의전수석비서관에게 역설(力說)하였다.

한참 반기문 전 의전수석비서관과 이야기를 하다 보니 우연히 출신학교 이야기가 나왔는데 반 전 의전수석비서관은 충주고등학교를 졸업했고 나는 청주고등학교를 졸업했으므로 같은 충청북도 출신으로 이야기가 잘 통하였다. 그때 당시 반 전 의전수석비서관도 한국항공대학 내 항공우주법학과의 신설을 찬성하였으므로 곧이어 문교부 담당 국장에게 전화를 걸어 한국항공대학 내 항공우주법학과의 신설의 필요성과 그 이유를 설명하면서 요청하였던 것이다.

그 후 문교부는 한국항공대학 내 항공우주법학과의 신설을 인가(認可)하였으므로 1999년 1학기부터 항공우주법학과가 학생 정원 20명으로 야간학과로 발족하였다. 나는 1999년 3월부터 시작하는 1학기부터 강사 및 겸임교수로서 2010년 6월까지 10여 년간 국제항공우주법을 강의하였다.

지금도 반기문 전 의전수석비서관에게 고마운 뜻을 잊지 않고 있다.

그 후 2000년 8월 홍순길 부회장이 한국항공대학교 총장으로 취임함에 따라 2003년 9월에 항공우주법학과는 야간에서 주간(晝間)으로 전환했고 10년 동안 학과의 학생 정원 수도 점차 증가했다.

그러나 2009년도에 한국항공대학교의 대폭적인 기구개혁에 따라 항공우주법학과는 없어졌고 항공교통물류학부에 통합되어 현재는 항공우주법 전공 학생들을 모집하고 운영하고 있다.

(2) 한국항공대학교 대학원 및 항공산업대학원의
겸임교수 시절과 제자들

나는 오랫동안 한국항공대학교 대학원 및 항공산업대학원의 겸임교수로서 국제항공우주법을 가르쳐 왔다. 일반 대학원의 학생들은 주로 학문연구와 미래의 교수지망생들이 주(主)였으나 항공산업대학원의 학생들은 주로 대한항공, 아시아나항공, 한국공항공사, 인천공항공사 및 한국항공협회 등에서 실무(實務)를 하고 있는 일반직원 및 간부들이 거의 대부분이었다.

따라서 나와 직장인 학생들과 친목을 도모한다는 취지에서 서울 시내 교외에 있는 산에 10여 명의 학생들과 같이 가끔 등산도 하고 저녁 식사를 할 때가 있었다.

이런 연고로 지금도 기억에 남는 직장인 학생들을 1년에 한두 번 만나거나 또는 연락이 되고 있다. 그 후 2009년에 한국항공대학교 한공산업대학원이 항공경영대학원으로 그 명칭이 변경되었다.

아직도 현재 기억에 남는 제자들로는 2005~2009년 3월에 한국항공대학교 대학원 박사과정에서 국제항공우주법을 강의할 때 수강(受講)한 학생들의 명단은 다음과 같다.

박사과정: 맹성규 국장(국회의원), 김영기 부장(대한항공 법무실), 함세훈 기장(대한항공), 변순청 조사관(건설교통부 항공철도사고조사위원회), 이기헌 과장(인천국제공항공사), 이강현 팀장(항공교통센터), 오영진 과장(대한항공, 객실담당사무장), 이대용 사무관(방위사업

2007년 6월, 항공대 석사 및 박사과정 학생들과 함께
나의 집 정원 앞에서 찍은 사진

2015년 10월, 항공대 박사과정 학생과
함께 찍은 사진

청), 안진영 연구원(항공우주법연구소) 등

석사과정: 남방원 기장(대한항공), 유경인 건설교통부항공조사관, 강창진 과장(교통부 산하 항공교통관제소), 주익철 변호사, 박형준 준의(육군), 장성헌 차장(대동하이택), 이구희 차장(대한항공), 배강원 기장(대한항공), 김광삼 부장(대한항공), 조준오 기장(아시아나항공), 김한목 변호사(김한목법률사무소), 김길설 기장(Air부산), 이정근 기장(아시아나항공), 이덕균 관제관(교통부 산하 항공교통관제소), 김동식 관제관(교통부 산하 항공교통관제소), 최한원 관제관(교통부 산하 항공교통관제소), 최자영 관제관(건설교통부 항공철도사고조사위원회), 이창재 대리(대한항공), 김홍일 주사(건설교통부 항공철도사고조사위원회), 신현구 대리(인천공항공사), 윤자영 사무원(특허법률사무소), 정다은 간사(한국항공우주법학회), 권민희 대학원생, 이시황 대학원생, 오성규 대학원생, 박현애 대학원생, 주민지 대학원생, 노예림 학생 등

2008년 12월 16일 필자의 책 출판기념회 때 교수님들과 한국항공대학교 대학원 및
항공산업대학원 학생들이 만찬 후 축하 Party를 해 주는 장면

정부 내 평가교수단 위원 및
3개 부서의 정책자문위원 역임

1. 국무총리실 평가교수단 위원의 위촉과 국보위전문위원(차관급)
임명의 제안을 거의 동시에 받음

1979년 3월 1일부터 1981년 2월 28일까지 나는 세종대학교 경상대학 부교수(상법, 회사법 및 회계학 강좌 담당) 겸 한국항공산업연구소 부소장으로 재직하고 있었다.

내가 세종대학 부교수로 있을 당시는 남덕우 국무총리가 재직하고 있던 시절이었다.

당초 정부는 경제개발 5개년계획을 추진하면서 경제 전문가들의 참여가 필요해짐에 따라 1965년 국무총리 소속의 기획조정실 주관으로 평가교수단을 조직했다.

국내 경제학자들이 총동원된 그 자리에 서강대학 경제학 교수 남덕우(南悳祐) 박사가 포함된 것은 전혀 이상할 것이 없었다.

박정희 대통령 당시, 당초 남덕우 교수는 국무총리실 소속 평가교수단의 교수로서 브리핑(Briefing)을 매우 잘하는 것으로 알려졌으며 후일, 재무부 장관으로 임명되었다. 그 후에도 계속 그가 유능하고 성실하므로 우리나라의 경제발전에 큰 공헌을 하면서 국무총리가 되었다.

1960년대 나는 국민대학교에서도 강의를 했기 때문에 당시 국민대학교 경제학과 교수였던 남덕우 교수를 알고 지냈다. 후일 남덕우 교수는 국민대학교 교수직을 사직하고 서강대학교 경제학과 교수로 자리를 옮겼다. 1980년 5월 어느 날 세종대학 연구실에서 책을 읽고 있었는데 오전 11시경, 국무총리 기획조정실 제1조정 실장으로부터 전화가 왔다. 평가교수단의 위원이 돼 달라는 요청이었다. 그때 당시 평가교수단은 정부 각 부처의 정책집행계획대 실적을 비교·분석하고 업무능력을 평가하는 것이 주 업무로 평가교수단의 평가결과는 박정희 대통령에게 직접 보고되었고 정부의 정책에도 매우 중요하게 반영되었던 시절이었다.

그 당시 이 제안을 받고 나도 깜짝 놀랐다. 당시는 세종대학 부교수 시절이었는데, 국무총리실 소속 평가교수단 소속 위원들은 대부분 서울대학교 교수들이었고 몇 명 정도가 고려대학교 또는 연세대학교 교수들로 구성되어 있었는데, 내가 위촉되는 것에 대해서 대단히 고마운 일이었다.

국무총리 기획조정실에서는 김 교수가 항공 분야에는 전문가이므로 항공 담당 평가교수단의 정책자문위원이 돼 달라는 요청이었다. 그런데 이상한 일이 벌어졌다. 같은 날, 30분 후인 11시 반경 또 한 통의 전화가 청와대에서 내 세종대학 연구실로 걸려왔다. 청와대 정무 수석 비서관으로부터 걸려온 전화였다.

깜짝 놀랄 일이었다. 그때 당시 국회는 해산되고 국가보위비상대책위원회(國家保衛非常對策委員會, 약칭 국보위)가 성립되고 국보위의 차관급 전문위원으로 나를 임명하고 싶다는 내용이었다.

당시는 전두환 대통령(全斗煥 大統領)이 집권한 시절이었다. 조건은 내가 세종대학 부교수 월급이 40만 원이었는데 차관급 전문위원의 월급으로 120만 원을 주고 여비서 1명과 승용차 한 대를 지원해 주겠다는 것이었다.

갑작스럽게 전혀 생각하지도 않은 정부의 두 가지 제안이 30분 간격으로 왔기 때문에 나는 상당히 당황스러웠고 어떠한 선택을 해야 될지 여러 가지 생각이 들었다.

이날 오후 2시경 나는 청와대 정무수석실 정무비서관에게 전화를 걸어 경복궁역 건너편, 청와대에서 가까운 거리에 있는 내자 호텔(현재 서울지방경찰청 자리) 로비에서 만나자고 말했다.

내가 저녁 식사를 사겠다고 말하면서 오후 6시 반경 약속을 정했다. 저녁 식사를 대접하면서 자연스럽게 상황을 설명했다. 일단 차관 자리로 나를 추천해 준 데 대해 너무나 감사하고 고맙다고 말을 하면서 사실은 내가 차관 제의를 받아들일 수 없다는 의사를 밝혔다.

그 이유는 전두환 대통령(全斗煥 大統領)과 내 이름 김두환(金斗煥)은 성만 다르고 이름은 같은데, 만약 내가 인사서류에 대통령 결재가 난 다음 그만두게 되면 이름이 같아 전두환 대통령이 잘 기억할 것이므로 그렇게 되면 중간에서 추천한 정무비서관의 입장이 난처해지지 않겠느냐, 상황 설명을 했다. 그래서 내가 결재 올라가기 전에 제안을 포기해야 한다고 입장을 설명했다. 나는 차관급 전문위원보다는 국무총리실 항공 담당 정책자문위원을 선택한 것이었다.

또한 그때 당시 내 입장으로는 석탄공사에서 17년간 반을 근무했고 한국화약에서 3년 정도 지냈고 겨우 대학교수로 자리를 잡기 시작했는데, 1년도 채 안 돼서 또 차관 자리 전문위원으로 이직(移職)한다면 직장을 자주 옮기게 되므로 남들이 볼 때 뭔가 문제가 있어서 자꾸 자리를 옮기는 것이 아닌가 하는 생각이 들 수도 있으므로 여러 가지 생각 끝에 청와대의 좋은 제안을 사양했던 것이다.

또 그 당시에 청와대 대변인을 지낸 바 있는 내 둘째 매제가 당시 상황 이야기를 들더니 "형님! 가려면 장관 자리로 가야지, 무슨 차관 자리냐"라고 말하는 것이었다.

그리고 교수는 65세까지 강의할 수가 있지만, 전문위원이나 차관 자리는 길어야 2~3년 정도밖에 할 수 없지 않나라는 생각이 들었다. 그래서 차관급 전문위원 제의를 받아들이지 않았다. 전두환 정권 초기에 교수들 가운데 국보위에 경제, 법률, 이공계통 등 분야에 차관급 전문 위원으로 위촉된 교수들 중 몇 명은 장관까지 승진한 교수들도 더러 있었다. 내가 만약 그때 제의를 받아들였으면 장관까지는 될 수도 있었을 가능성이 있었다.

지금 생각하면 그때 거절한 것이 약간 후회될 때도 있다.

인생에 몇 번의 기회가 있는 건데 내가 그 기회를 놓친 것은 아닌지 약간의 아쉬움도 없지 않았지만, 그것 또한 당시의 운(運)때대로 흘러간 것이니 그저 지나간 일이라고 생각하고 있었다. 그래서 나는 대학에 계속 남게 됐고 국제항공우주법 분야의 학문에 대해 더 깊이 몰입할 수 있는 계기가 되었다.

2. 국무총리실, 국토교통부, 법무부 정책자문위원의 역임

세종대학교 항공산업연구소에서 1년 동안 집중적으로 국제항공운송정책과 법을 연구하고 있는 동안 1980년 12월부터 1982년 2월까지 국무총리실(남덕우 총리)로부터 「제4차 경제개발5개년계획 제4차 사업연도(1980년도) 평가자문위회(평가교수단)」 항공 담당 위원으로 위촉을 받았다. 곧이어 1981년 2월 6일에 남덕우 국무총리로부터 국무총리 정책자문위원회 위원으로 위촉을 받았으며 1983년 7월 말일까지 주로 우리나라의 항공정책과 국제항공운송에 관하여 자문을 하였다.

1981년 1월 초순경 어느 날 교통부 성기룡(成耆龍) 항공국장으로부터 교통부정책자문위원으로 모시겠다는 내용의 전화 한 통이 평창동 집으로 걸려왔다.

나는 국무총리 정책자문위원 외에 또 다른 직책을 맡는다는 것은 부담스러워 극구 사양했다. 며칠 후, 성기룡 항공국장으로부터 다시 집으로 전화가 걸려왔다.

고건(高建) 교통부 장관께서 나의 항공관계 논문을 읽었는데 꼭 정책자문위원으로 모셔야 한다고 말씀하셔서 성 항공국장이 항정과장과 함께 나의 평창동 집으로 방문하겠다는 내용의 전화였다.

정부(교통부)의 국장급은 고위관리로서 항상 공무에 바쁘므로 내가 공무처리에 방해가 되어서는 안 되고 또한 부담스럽게 생각되어 다음 날 오후 2시경 성 항공국장에게 전화를 걸어 나의 집이 아니라 더서울플라자 호텔 2층에 있는 커피숍에서 만나자고 제안했다.

다음 날 오후 2시경 성 항공국장이 항정과장, 항정계장 및 담당 사무관 4명과 함께 서울플라자 호텔 커피숍에 나타났다. 그런데 반갑게 인사를 나눈 후 항공국장은 나에게 고건 교통부 장관의 직인이 찍힌 교통부정책자문위원회의 정책자문위원 위촉장을 먼저 건네는 것이었다.

이렇게 해서 1981년 2월 7일부터 1985년 5월 말까지 5년 3개월간 교통부정책자문위원회 위원으로 위촉되어 우리나라 항공정책 및 항공운항관계 등에 자문을 함으로써 그 역할을 성실히 수행했다.

1981년 5월경 나는 우리나라 「제4차 경제개발5개년계획 제4차사업연도 평가자문위원회(평가교수단)」 위원 겸 국무총리정책자문위원회 위원으로서 교통부와 특히 항공국을 집중적으로 계획 대비 실적을 평가하는 임무를 맡은 바 있다.

당시 내가 우리나라의 항공정책의 방향과 교통부 항공국에 대한 계획 대비 실적을 평가한 결과를 국무총리실을 거쳐 박정희 대통령에게 직접 보고하게끔 되어 있었다.

1981년 5월경 어느 날 내가 국무총리정책자문위원으로 있을 때에 교통부의 항공정책을 평가하기 위하여 혼자 나의 승용차를 몰고 교통부를 방문하니 대회의실에서 개최된 교통부 과장급 이상 60여 명이 참가한 전 간부회의에 고건 장관도 참석하여 인사말을 하였고, 김창갑(金昌甲: 후일 교통부 차관 역임, 서울법대 15회 졸업생) 기획관리실장이 나를 위하여 항공에 관계되는 교통부의 현황과 실적, 앞으로의 계획에 대하여 브리핑을 하였다.

다음 날은 김포, 김해 및 제주국제공항을 관리 운영하고 있는 한국국제공항관리공단(한국공항공사의 전신)의 계획 대비 실적 등 업무평가를 하기 위하여 김포국제공항 내에 있는 한국국제공항관리공단을 직접 내 차를 몰고 방문하였다. 나는 남에게 폐를 끼치는 것을 제일 싫어하기 때문에 한국국제공항 관리공단에 사전 연락도 하지 않고 직접 차를 몰고 방문하였던 것이다.

김포공항 2층 대회의실로 올라가니 나를 맞이하기 위하여 공항관리공단 총무이사를 비롯하여 네 명의 이사, 두 명의 감사, 부장 및 과장들이 도열하고 있었다. 당시 한국국제공항관리공단 윤일균(尹鎰均: 중앙정보부 차장 겸 부장직무 대행 역임) 이사장은 총무이사에게 공항관리공단 차로 김두환 교수를 평창동 집에서 공단까지 왜 모시지 않았느냐고 추궁하자, 나는 옆에서 너무 민망해서 내 성격상 남에게 폐를 끼치는 것을 제일 싫어하기 때문에 공항관리공단에 사전 연락을 하지 않고 직접 차를 몰고 온 것이니 양해해 달라고 윤 이사장님을 설득했다.

나는 공항관리공단 과장급 이상 중요 간부 150여 명이 참석한 대회의실에서 공항관리공단의 현황과 전년도 실적을 공항관리공단의 기획관리실장으로부터 브리핑을 받은 후 앞으로 공항관리공단의 문제점과 대책에 대하여 논의하였다.

당시에는 우리나라에 김포공항, 김해공항, 제주공항의 세 군데 공항이 있었다. 그러나 정부(교통부)가 세 공항을 직접 관리·운영하는 것은 여러 가지 문제점이 많이 있으므로 직접 관리·운영하지 말고 한국공항공사법을 만들어 김포공항, 김해공항, 제주공항의 귀속 재산을 정부가 국유화하여 「국유재산 현물출자에 관한 법률」에 근거하여 현물출자를 하면 된다는 내용의 교통부 항공국에 대한 평가서(건의서)를 직접 작성하여 제출했다.

이 건의서는 국무총리실을 거쳐 박정희 대통령에게 보고되었다.

또한 새로운 한국공항공사를 국영기업체로 창설하여 전국에 있는 공항들을 운영·관리하게 되면 항공여객 및 항공화물의 처리에 대한 신속성과 모든 면에서 양질의 서비스를 제공할 수 있다고 제안했다.

그래서 반드시 한국공항공사법을 제정해야 한다고 주장했다. 그때 당시 나의 제안을 정부(교통부)가 받아들여서 한국공항공사법을 제정하여 교통부가 관리하던 모든 공항을 한국공항공사에 이관하고 정부가 현물출자를 해서 현재 김포, 김해, 제주공항이 한국공항공사의 소유가 되어 관리되고 있다.

이 일은 남덕우 국무총리 시절 내가 국무총리 정책자문위원으로 있을 당시 제안해서 받아들여진 일이라 더욱 기억에 남는다.

그 후 인천공항공사도 인천공항공사법에 의해서 설립되었고 이 공항을 인천공항공사가 운영, 관리하고 있다. 내가 1980년대에 정부(교통부)에 건의한 것은 모두 실현된 것이나 다름없다.

1985년 7월 1일부터 1989년 6월 30일까지 법무부 장관으로부터 나는 법무부 정책자문위원으로 위촉을 받아 주로 상사법 분야와 국제항공우주법 분야의 정책에 관한 자문을 해 온 바 있다.

특히 1985년 11월 15일부터 1994년 4월 7일까지 법무부 장관으로부터 나는 법무부 법무자문위원회 상법개정 특별분과위원회 위원으로 위촉을 받아 주로 상법개정 분야와 상법 제6편을 신설하여 항공운송법에 관한 입법을 하여야만 한다는 제안을 했다.

제4장

• • • •

한국과 외국에서 받은 공적상과
표창장 및 세계인명사전에 게재됨

제1절

● ● ●

한국에서 받은 훈장과 표창장

1. 한국에서 받은 국민훈장 목련장

UN 산하 국제민간항공기구(國際民間航空機構, ICAO)는 1994년 12월 7일 「국제민간항공(國際民間航空)의 날」을 제정하여 전 세계의 각 회원국마다 축하 기념식 공문이 시달되었다. 이 공문의 내용은 이날을 기념하여 각 나라마다 항공 발전에 공헌이 많은 사람에게 훈장을 주라는 내용이었다.

우리나라 건설교통부 항공국 국제항공과에도 이 통보가 전달됐다.

그 당시 나는 숭실대학교 법대에 재직하고 있었으며 한국항공우주법학회 회장으로 활동하고 있었다. 건설교통부 항공국에서는 간부회의에서 신중히 논의한 끝에 나에게, 세계적으로 국제 및 국내 항공 분야에서 가장 활동이 많고 그 공헌도가 높다고 판단한 「국민훈장 목련장(國民勳章, 木蓮章)」을 수여하기로 결정했다.

건설교통부 장관의 결재와 국무회의 통과를 거쳐, 대통령의 승인하에 훈장을 받게 되었다고 어느 날 교통부 국제항공과로부터 한 통의 전화가 걸려왔다. 그 후 건설교통부 국제항공과로부터 「국민훈장 목련장」 수여와 관련하여 결재가 올라가고 있으므로 상부의 결재가 나오면 다시 연락을 줄 테니 일단 기다리라고 전화 연락이 왔다. 얼마 후, 건설교통부 장관의 결재를 득한 후 총무처 장관과 협의하여 국무회의에 상정된 후 국무회의에서 통과되었으므로 「국민

1994년 12월 7일 「국민훈장 목련장」을 받은 후 세종문화회관 회의장에서 찍은 사진

훈장 목련장」 수상자로 결정되었다는 전화 연락이 건설교통부 국제항공과로부터 왔다.

1994년 12월 7일 정부(건설교통부)가 주최한 「국제민간항공의 날」 기념식이 세종문화회관 회의실에서 개최되었는데 건설교통부 차관을 비롯하여, 항공 국장, 국제항공 과장, 항공정책 과장, 항공운항 과장 등과 직원들, 한국공항공사 사장과 간부 및 직원들, 대한항공 및 아시아나항공 사장과 간부 및 직원들과 기타 항공관련 단체의 사장과 간부 및 직원들과 서울지방경찰청 소속 경찰악대 등 수백 명이 참석하였으므로 세종문화회관 회의실 1, 2층을 청중들로 가득 메웠다.

이날 「국제민간항공의 날」의 기념식에는 식순에 따라 건설교통부 항공국 국제항공 과장이 사회를 보았고 서울지방경찰청 소속 경찰악대의 주악에 맞추어 애국가 선창 등 국민의례가 있은 다음 건설교통부 항공국장의 개회사에 이어 정부를 대표하여 건설교통부 차관의 인사말이 있었다.

건설교통부 차관의 인사말이 끝난 다음 국민훈장 목련장, 대통령표창, 국무총리표창 및 건설교통부 장관의 표창장의 수여 순서로 훈장 및 표창 수여식이 거행됐다. 제일 먼저 정부를 대표하여 건설교통부 차관이 나에게 「국민훈장 목련장」의 배지를 양복 윗주머니에 달아 주었고, 그다음으로 대한항공, 아시아나항공, 한국공항공사 및 항공관련 단체들의 표창장 수여가 있었다.

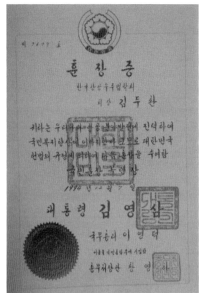

1994년 12월 7일 나는 국민훈장 목련장을 받고 건설교통부 고위 간부들 및
한국공항공사 사장과 함께 세종문화회관에서 찍은 사진

2. 한국에서 받은 표창장

대한석탄공사는 대한석탄공사법에 의하여 설립되었으며 대한석탄공사(국영)의 창립기념일(創立紀念日)은 1950년 11월 1일이다. 나는 대한석탄공사가 시행하는 일반공채시험(一般公採試驗)에 합격하여 1959년 4월 1일에 입사하여 대한석탄공사 경리부 회계과에 발령을 받았다.

그 후 1959년 4월 1일부터 1976년 2월 28일까지 약 17년 반 동안 대한석탄공사 경리부 관재과장, 영업부 수급과장, 경리부장, 총무이사(정부 발령)로서 근무를 하였다.

1965년부터 1975년까지 내가 대한석탄공사 경리부 관재과장, 경리부장으로 있을 당시 해방 후 일본인 소유 탄광을 대한석탄공사의 장성, 도계, 영월, 함백, 은성 및 화순 광업소(탄광)가 인수받아 관리하여 왔으나 정리가 잘 되지 않아 장부관리에 미흡한 점이 있었다.

내가 대한석탄공사의 직원, 관재계장 및 관재과장으로 있을 당시 귀속재산(일본인 소유 탄광)을 재물조사 등(장부와 재산 간의 대조)을 실시하여 총정리를 한 후「국유재산 현물출자에 관한 법률」에 의거 국유화시킨 후 정부가 이 국유재산을 대한석탄공사 현물출자를 하였으므로, 대한석탄공사는 처음으로 자기 재산을 갖게 되었으므로 그 공로를 인정받아 대한석탄공사 창립기념일인 11월 1일에 세 번에 걸쳐 대한석탄공사 총재상을 받았다.

1998년 8월 28일, 숭실대학교 총장으로부터「본교 재직 중 제4회 세계항공우주법대회」조직위원회 의장 및 동 세계대회 의장직을 역임하였고, 외국의 저명 학술지에 20여 편의 논문을 게재하였고, 국내 저명 학술지에 50여 편의 논문을 본교와 법과대학 발전에 기여한 공로가 인정되어 필자는「공적상」을 받았다.

외국에서 받은 공적상과 표창장

1. 2016년 10월 29일, 중국 베이징이공대학
우주법연구소로부터 받은 공적상

2016년 10월 29일 중국 베이징이공대학 우주법연구소 창립 10주년 기념「제1회 우주법 국제심포지엄(10개국 참가)」에서 베이징이공대학교(BIT) 우주법연구소 발전에 크게 공헌하였음을 인정받아 중국 정부의 고위인사 등 300여 명 참석하에 베이징이공대학교 총장으로부터 나는「공적상(Outstanding Contribution Award)」을 받았다.

2016년 10월에 중국 베이징이공대학 우주법연구소 창립 10주년 기념식에서 순서에 따라 우주법연구소 소장의 개회사와 이공대학 총장의 인사말, 중국 정부의 우주관련이 있는 각 부처 차관급 고위인사들이 참석하여 축사를 한 다음 처음에는 세계적으로 유명한 미국 미시시피대학의 J.I. Gabrynowicz 여교수에게 "공적상"을 수여했다. 그런 다음에 갑자기 내 이름을 호명하는 것이었다. 그래서 내가 상 받을 정도는 아닌데 귀가 의심스러웠다.

내가 단상으로 올라가니 중국 베이징이공대학 우주법연구소 발전에 공헌이 많다는 이유였다.

베이징이공대학 우주법연구소가 매년 발간하는「중국우주법연간(中國空間法年刊, Chinese Year Book of Space Law) 학술지」에 나의 우주법관계 좋은 논문이 5년 동안, 5회에 걸쳐 게재된 바 있어 이 연구소의 발전에 조그마한 보탬이 되었다. 베이징이공대학 우주법연구소의 창립 10주년 기념행사의 일환으로 「제1회 국제우주법심포지엄(10여 개국 참가, 중국 정부 외교부, 국방부, 공업정보부 등 각 부처의 고위공무원 등 200여 명 참석)」에서 나는 「UN, ILA 의 국가우주입법과 한국, 오스트레일리아, 중국과 일본의 우주법과 그 전망」이라는 제목의 연구논문을 발표하였다. 베이징이공대학 부총장이 나에게 명예의 「공적상(功績賞, Outstanding Contribution Award)」을 수여(授與)했다.

2016년 10월 30일 중국 베이징이공대학교 총장으로부터 나는 「공적상」을 받음

2016년 10월 30일 중국 베이징이공대학교 회의실에서 개최된 우주법심포지엄에
중국 정부의 고위인사, 교수, 변호사, 우주사업단 고위간부 등이 참가하고 있는 장면

2. 2020년 2월 7일, 인도 Kolkata에서 동양유산학회로부터 「세계공적상(Global Achievers Award)」을 받음

2020년 2월 7일 인도동양유산학회(印度東洋遺産學會)가 주최하여 인도 Kolkata에서 개최된 「제43회 동양유산(東洋遺産)에 관한 국제대회(미국, 영국, 프랑스, 독일, 이탈리아, 스페인, 일본, 중국 등 20여 개국으로부터 700여 명이 참가하였음)」에서 나의 이력이 미국 및 인도의 인명사전에 게재되어 있으며, 나의 학문적인 업적이 가장 우수하다고 인정을 받아 「인도동양유산학회」로부터 한국인으로는 처음으로 「세계공적상(Global Achievers Award)」을 받았다.

2020년 2월 7日, 인도 Kolkata에서 개최된 국제회의에서 「세계공적상」을 받음

ESTD-1978   SERIAL No. –IIOH/02/20

Indian Institute of Oriental Heritage
Certificate for Global Achievers Award

In recognition of his pioneering leadership and patronage to the cause of international development and having indigenous role in many tributaries for the propagation, modernization and popularization of all the branches, India Institute of Oriental Heritage takes the pleasure in conferring this "Global Achievers Award" to Prof. Dr. Doo Hwan Kim, Seoul South Korea on the occasion of the 43rd Annual International Conference on Oriental Heritage at Rabinndra Bhavan auditorium, Duam Road, Kolkata-74 on this 7th February, 2020. We wish he would dedicate whole heartedly to highlight this branch of ancient knowledge for the all round progress of the globe.

Prof. Dr. Gopa Sastri, President, Indian Institute of Oriental Heritage
Dr. Amal Krishna Satri, General Secretary, Indian Institute of Oriental Heritage
Dr. Ravindranath Bhattacharya, Vice President, Institute of Oriental Heritage Indian
Prof. Dr. Ramkrishna Sastri, Chairman, Institute of Oriental Heritage Indian

ESTD-1978   Serial 번호–IIOH/02/20

인도동양유산(遺産)학회
세계공적서증(世界功績書證)

인도동양유산(遺産)학회는 국제적인 발전 원인에 대한 선구적(先驅的)인 리더십과 후원 등 많은 분야에서의 보급(普及), 현대화에 공헌(貢献)을 많이 하였음을 인정하여 2020년 2월 7일, 인도, Dum Dum길, Kolkata-74에 있는 Rabinndra Bhavan대강당에서 개최된 제43차 인도동양유산(遺産)에 관한 국제대회에서 한국 서울에서 온 김두환 교수(金斗煥 教授)에게 「세계공적상(世界功績賞)」을 수여(授與)하게 됨을 기쁘게 생각한다.
우리들은 그가 지구 전체의 발전을 위하여 고대(古代)의 지식과 뿌리를 찾는 것을 강조하기 위하여 마음속으로 헌신적(献身的)인 노력을 바쳤다고 생각한다.

인도동양유산학회(印度東洋遺産學會) 회장, Gopa Sastri 박사/교수
인도동양유산학회(印度東洋遺産學會) 사무총장, Amal Krishna Sastri 박사
인도동양유산학회(印度東洋遺産學會) 부회장, Ravidranath Bhattacharya 박사
인도동양유산학회(印度東洋遺産學會) 이사장, Ramkrishna Sastri 박사/교수

2020년 2月 7日, 인도 Kolkata에서 개최된 「제43회 연차 동양유산에 관한 국제대회」의 개회식 때
내가 받은 「세계공적상」 패와 인도동양유산(遺産)학회 회장 Gopa Sastri 교수(가운데)와
동 학회 사무총장 Amal Krishna Satri 박사와 같이 찍은 사진임

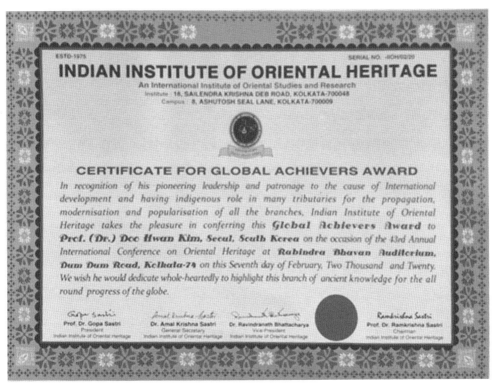

2020년 2월 7일 인도 Kolkata에서 동양유산(遺産)학회로부터 받은 「세계공적상」의 증명서

제3절

● ● ●

미국, 영국 및 인도에서 발간되는
아시아 및 세계인명사전에 게재됨

1993년부터 인도 뉴델리(New Delhi)에 있는 Rifacimento International 출판사가 매년 발행하고 있는 「아시아/태평양 누구, 누가(Asia/Pacific-Who's-Who) 인명사전(人名辭典)」과 「아시아인/미국인(Asian/American Who's Who) 인명사전」에 나의 이력 사항이 지금까지 27년 동안 게재되고 있다.

1998년부터 미국 뉴욕주, 뉴저지에 있는 Marquis Who's Who 출판사가 매년 발행하고 있는 「세계인명사전(世界人名辭典, Who's Who in the World)」에도 나의 이력 사항이 현재까지 22년 동안 게재되고 있다. 2002년부터 영국 Cambridge에 있는 국제 전기(傳記)센터(International Biography Center)가 매년 발행하고 있는 「21세기의 뛰어난 사람들(Outstanding People of the 21ˢᵗ Century) 인명사전(人名辭典)」에도 나의 이력 사항이 게재되고 있다.

제5장

• • •

미국, 캐나다 대학에서의 방문학자,
일본 대학의 객원교수, 인도 대학의
명예교수 및 중국 대학에서의
겸임교수 시절

미국 및 캐나다 대학에서의
방문학자 시절

1. 1990년 1~4월, 미국 UCLA 법학전문대학원의 방문학자 시절

1989년 내가 숭실대학교 법과대학 교수 및 학장으로 재직하고 있을 당시 미국에 교환교수로 가기 위해서는 문교부에서 시행하고 있는 영어시험을 통과해야만 했다. 나는 영어시험에 무난히 합격하고 교환교수로 가려고 하니 당시 숭실대학교의 학내 분규가 심해져 그 분규 해결 때문에 쉽게 외국으로 떠날 수가 없었다.

그래서 문교부에 미국 가는 것을 1년 연기 신청을 하였지만 결국은 1년 후에야 미국과 캐나다로 떠날 수 있었다. 그래서 나는 집사람과 같이 1990년 1월 중순경 하와이 호놀룰루(Honolulu)에서 약 1주일간 체류하면서 오아후(Oahu)섬, 마우이(Maui)섬, 빅 아이랜(Big Iasland)섬 등을 관광하였다.

1990년 1월 하순경 미국 로스앤젤레스시에 있는 UCLA 법학전문대학원(University of California at Los Angeles, Law School) 초빙 방문학자로 갔었는데

1990년 1월 Hawaii에서 집사람과 같이 찍은 사진

L.A.에서 내가 살았던 Oakwood 아파트 앞에서

UCLA에서는 연구실을 제공하지 않았지만 대학 관사(官舍)에서 체류(滯留)하도록 주선해 주었다. 그런데 아내가 영어가 자유롭지 못하다 보니 미국 교수들 사이에서 지내기가 어려울 것 같아 관사에 들어가지 않았다.

그래서 할 수 없이 나는 로스앤젤레스 시내에 있는 한국인 타운(Korean Town)이 가까이 있는 Vermont 3가에 있는 Oakwood 아파트를 세를 얻어 살게 됐다. 그때 당시 문교부에서 매월 받는 돈이 850달러인데 작은 방 하나를 빌리려 해도 1,200달러로 너무나 비쌌다.

그래서 식기나 냄비, 그릇 등을 다 반납하니 900달러 정도에 세를 얻을 수가 있었다.

이곳 아파트에서 약 4개월 정도를 지냈다. 그런데 Vermont 3가에 있는 Oakwood 아파트에서 UCLA대학까지의 거리가 너무 멀었다. 게다가 버스도 자주 없었다. 그래서 할 수 없이 나는 2,400C.C. 한국산 현대 소나타 승용차를 구입하게 되었다.

그리고 미국에서 1년 동안 승용차를 타다가 한국으로 가지고 갈 때 통관할 때 세금이 면제되므로 차를 구입하는 것이 좋을 것 같았다. 그런데 한국에서 발급받은 자동차「국제운전면허증」만으로는 미국의 자동차보험에 가입할 수가 없었다. 미국에서는 캘리포니아주 운전면허증을 취득해야만 보험에 가입할 수가 있었다.

그래서 나는 「캘리포니아주 운전면허증」을 따기 위해서 로스앤젤레스 시내에 있는 운전면허시험장으로 갔다. 먼저 필기시험을 보았는데 시험 당일 결과를 바로 발표했다. 25문제가 출제되었는데 그렇게 시험을 못 보지는 않아서 웬만하면 통과는 되겠다 싶었는데 시험 결과를 보여주는 흑인 여자 공무원이 손으로 글자를 살짝 가리고 보여주는 것이었다. 0점이라는 숫자가 보였다. 그래서 속으로 내가 지금까지 살면서 0점을 받은 적은 없었는데 이상하다고 생각하고 있었다. 흑인 여자 공무원이 다시 손을 좌측으로 미니 100점이라는 숫자가 보였다. 미국에서 시험을 봐서 100점 맞은 적은 그때가 처음이었다. 그다음으로는 로스앤젤레스 시내 도로에서 직접 차를 운전하는 실기시험을 보았다.

옆에 탄 경찰이 레프트 턴(left turn), 라이트 턴(right turn)을 외치길래 그렇게 했다.

결과는 불합격이었다. 나중에 안 사실이지만 교포들이 이야기하는데 방향을 틀 때 90도 각도로 몸을 돌리면서 턴을 하는 것이 운전요령이었고 비결(秘訣)이었다.

그래서 두 번째 응시한 실기시험에서는 옆에 탄 여자 경찰이 요구하는 대로 턴을 할 때, 90도 각도로 정확히 방향을 틀었다. 두 번 만에 합격이었다. 그래서 캘리포니아주 운전면허증을 취득하고 보험에 가입하게 되었다.

로스앤젤레스 시내 Vermont 3가에서 UCLA 법학전문대학원까지 매일 2,400C.C. 국산 현대 소나타 차를 몰고 약 4개월간 출근과 퇴근을 하였다. UCLA 법학전문대학원 교환교수로 있으면서 이 대학원 도서관 내에 한 연구실을 무료로 빌려 사용했으며, 이곳에서 「정보화사회에 있어 기업비밀의 보호」라는 연구논문을 작성한 후 서울로 발송하여 한국의 법무부 산하 법조협회에서 발행하는 『법조(法曹)』학술지(제39권 제7호 및 8호)에 이 연구논문이 게재된 바 있다.

그때 당시 UCLA 법학전문대학원 W. P. Alford 교수(그 후 미국의
Harvard 법학전문대학원 교수로 옮겼음)와 같이 찍은 사진

2. 1990년 4~7월, 미국 아메리칸대학교 워싱턴법대의 교환교수 시절

1990년 5월경 미국의 워싱턴 D.C.에 있는 아메리칸대학교 워싱턴법대로부터 교환교수로 초청을 받아 로스앤젤레스를 떠나야만 했다. 그래서 이삿짐을 나의 차에 잔뜩 싣고 워싱턴 D.C.를 향하여 출발하였다. 그러니 나는 이삿짐을 밖에서 보이지 않도록 차에 선팅(Sunting)을 짙게 하고 출발하였다.

지금 생각하면 차 뒷좌석에서부터 트렁크 안까지 냄비부터 식기, 책들, 이불까지 세간살이를 잔뜩 실었으므로 상상만 해도 웃음이 터져 나오지만 그 당시는 이 문제로 아내와 말다툼도 하였다.

로스앤젤레스에서 캐나다 몬트리올까지는 배편이 없어서 짐을 부칠 수가 없어 할 수 없이 나의 승용차를 이용하였던 것이다.

어쨌든 지금은 추억이 되었지만 그 당시는 당혹스러운 일이었다. 그 당시 정부(문교부)도 경제적으로 여유가 없었던 시절이라 외국에 나가 있는 교수들에게 충분한 생활 및 연구수당을 주지 못했었다.

그래서 나는 할 수 없이 궁여지책으로 아이디어를 발휘하여 차 안의 이불이나 책들, 냄비나 식기(食器) 등을 보이지 않게 하여 운송하는 수밖에 없었다. 그렇게 하여 내가 집사람을 내 차 옆에 태우고 직접 운전을 하면서 로스앤젤레스를 출발하여 샌프란시스코까지 경치가 아주 아름다운 태평양연안의 1번 국도를 이용하여 관광을 하면서 운전을 했다.

나는 승용차로 7시간을 달려서 샌프란시스코 밑에 있는 나를 초청한 Santa Clara대학교 국제비교법 연구소 소장이신 George J. Alexander 교수 댁에 도착했다. Alexander 교수 댁에서 초청만찬에 참석한 다음 Santa Clara 시내에 있는 호텔에서 하룻밤을 자고, 그다음 날 샌프란시스코로 향했다.

나는 대학교수이므로 새로운 지역을 여행할 때마다 그 지역의 유명한 대학에 들렀다.

UC버클리대학(University of California at Berkeley)은 미국 서부의 명문대학이었고 서울대학교처럼 산 위에 있었다.

UC버클리대학 캠퍼스에서 태평양이 훤히 다 내려다보였다. 그리고 시내에 있는 미국 내의 명문대학인 Stanford대학교를 둘러보았다. Stanford대학교는 정말 아름다운 정원과 멋진 자연환경이 어우러진 명문대학이었다. 그렇게 대학들을 둘러보고 금문교(Golden Gate Bridge)로 가는데 미국 청년들이 얼마나 과속으로 달리는지 규정된 속도로 달리는 내 차를 피하다가 저쪽 다리 난간에 가서 들이받기까지 했다.

그런데 초행길에 나도 그 이상 속도를 낼 수가 없으니 어쩔 수 없이 규정된 속도로 계속 달릴 수밖에 없었다.

지금까지 내 인생을 나만의 속도로 달렸듯이 말이다.

샌프란시스코 관광을 마치고 Yosemite 국립공원 등을 집사람과 같이 나의 차로 관광을 한 후 목적지인 라스베이거스에 도착했다. 라스베이거스에 도착하니 밤 10시 반경이 되었다. 우선 라스베이거스 시내에 있는 모텔에다 짐을 풀고 아내에게 여자들이 춤을 추는 캉캉쇼를 보러 가자고 했더니 아내는 여자들이 치마를 펄럭거리면서 춤을 추는 곳에 가지 않겠다고 말하였다. 나는 할 수 없이 혼자서 캉캉쇼를 보기 위해 밤11시 반쯤 극장에 도착하니 극장문이 닫혀 있었다. 늦은 시간 거기까지 갔는데 문이 닫혀 있으니 은근히 화가 났다.

그런데 오는 길 양쪽에 뻔쩍뻔쩍거리는 슬롯머신이 있었다. 그래서 한 번만 하고 가자는 생각에서 슬롯머신을 딱 당기니 50달러가 주르르 쏟아져 나왔다.

야, 이거 100달러 벌어야만 되겠다는 생각에 나는 몇 번 다시 당기니 결국, 딴 돈은 다 잃고 말았다.

내 인생에 횡재란 없다는 것을 새삼 느끼게 하는 순간이었다.

그런데 호텔로 돌아오니 아내가 로스앤젤레스에 있는 교민들로부터 들은 이야기인데 라스베이거스에 가면 배를 타고 들어가는 호텔이 있는데 너무나 좋다고 말하면서 그 호텔에 가서 묵고 싶다는 것이었다.

그래서 가보니까 정말 큰 호수에 조그마한 보트가 왔다 갔다 하는 멋진 호텔이 있었다.

그런데 그 호텔 모든 방이 다 예약이 완료돼서 묵을 수는 없었다. 그래서 그날 밤「홀리데이인 호텔」에서 체류(滯留)하였고, 아침에 그랜드 캐니언(Grand Canyon)으로 가려고 호텔 Front에 있는 desk 앞에 있는 응접 소파에 아내가 앉아 있었으므로 그 옆에 나의 007가방을 놔두고 Front에 가서 숙박비를 계산하고 돌아와 보니 내 007가방이 온데간데없어진 것이었다.

맞은편에 동양인이 있었는데, 아마도 내 007가방 안에 돈이 들어 있는 줄 알고 훔쳐간 것이었다.

나는 라스베이거스로 오기 전에 워싱턴 D.C.에 있는 American 대학교 Washington 법과대학이 주최하는 세미나에서 Speaker로 강연을 해 달라는 초청을 받았다.

그래서 나는 UCLA 교환교수로 있을 때 밤을 세워가면서 원고(제목: 한국에 대한 외국인 투자의 법적 측면, Legal Aspects of Foreign Investment in Korea) A4용지로 30여 매를 작성하여 나의 007가방 속에 넣어 두었던 것이다. 그때 당시에는 파워포인트가 없으니 OHP 슬라이드로 만들어서 Slide도 역시 나의 007가방 속에 넣어 두었던 것이다. 이제 날은 어두워지고, 워싱턴 D.C.에 도착하면 3~4일 있다가 강연을 해야 하는데 원고가 없어졌으니 정말 난감해졌다.

호텔 부근에 있는 파출소에 가서 신고도 했지만 결국 찾지는 못했다. 나는 그다음부터는 호텔에서 Check out 하기 위하여 Front desk에 갈 때에는 나의 007가방을 반드시 집사람이 볼 수 있는 응접 소파에 두고 갔기 때문에 새로 산 가방은 잃어버리지는 않았다.

결국 워싱턴 D.C.에 도착해서 나는 며칠 동안 밤을 새워가면서 다시 원고(제목: 한국에 대한 외국인 투자의 법적 측면, Legal Aspects of Foreign Investment in Korea)를 작성해서 특별 강연을 했다.

American 대학교 Washington 법과대학 대학원에서 대학원생들과 세계은행(IBRD) 및 국제통화기금(IMF) 직원 등 20여 명 앞에서 특별강연을 성공적으로 했다.

나는 1990년 5월부터 7월까지 3개월간 워싱턴 D.C.에 있는 American 대학교 Washington

1990년 6월 내가 아메리칸대학교 총장에게 서예 두루미를 선물한 후
총장 비서들과 함께 비서실에서 찍은 사진임

142

법과대학 교환교수로 있을 때 평소에 내가 잘 알고 지냈던 American대학교 Washington 법과대학 학장 Elliott Milstein 교수의 배려로 대학 측에서 아주 큰 연구실을 주었기 때문에 이 연구실에서 마음껏 연구할 수가 있었다.

그 후 나의 원고(제목: 한국에 대한 외국인 투자의 법적 측면, Legal Aspects of Foreign Investment in Korea)는 미국 샌프란시스코에 있는 California대학교 Hasting 법학전문대학원 (UC Hasting Law School in San Francisco)에서 발간하는 학술지(The Hating International and Comparative Law Review, Vol.15, No.2, 1992)에 연구논문이 게재되었다. 그 후 American대학교 법과대학 학장이었던 Elliott Milstein 교수님은 이 American대학교 총장이 되었다. 나는 숙소를 American대학교 Washington 법과대에서 나의 승용차로 약 45분 거리에 있는 버지니아(Virginia)주, Falls Church에 있는 Oakwood 아파트에 월세를 얻어 살았으며, 매일같이 대학에 승용차를 몰고 출퇴근을 할 때에는 아름다운 포토맥강(Potomac River)을 건너야만 했다.

하루는 밤 11시 반경까지 연구실에서 연구논문을 쓰다가 귀가(歸家)하려고 대학 주차장에 있는 나의 승용차에 가서 시동을 거니 걸리지 않아 아주 난감(難堪)하였다. 차가 시동이 걸리지 않는 원인을 조사해 보니 차 천장에 있는 전기를 끄지 않아 battery가 다 나간 것이었다.

밤에 자동차수리업소에 전화를 걸어 견인차가 와서 내 차를 끌고 Falls Church에 있는 Oakwood 아파트 앞까지 차를 끌고 와서 battery를 새것으로 교체하였다.

1990년 8월 뉴욕에 있는 항공박물관에서 숭실대학교 법대 제자들과 함께 찍은 사진

3. 1990년 8월~1991년 2월, 캐나다 McGill대학교 항공우주법연구소의 방문학자 시절

　캐나다 몬트리올(Montreal)에 있는 세계적으로 유명한 McGill대학교 항공우주법연구소로부터 교환교수로 초청을 받아 1990년 8월 미국의 Washington D.C.를 떠나 캐나다 몬트리올을 향하여 출발하였다. 몬트리올로 가는 도중 뉴욕에서 1주일을 보냈고 New Haven에 있는 예일대학교의 법학전문 대학원으로 향했다. 그런데 나는 대학교수니까 가는 곳마다 그 지역의 유명 대학의 캠퍼스에 관심이 많아서 둘러보는 것을 좋아했다. 그리고 그 대학의 아는 미국인 교수들을 만나 환담도 했다.

　그러니 한번 명문대학의 캠퍼스 구경을 하면 시간이 오래 걸렸다. 그런데 아내는 한여름 뙤약볕에 차에서 기다리니 몹시 힘들어했고, New Haven에서 예일대학교의 로스쿨을 다녀오니까 아내가 엄청나게 화가 나서 한국으로 돌아가겠다고 말하였다.

　나는 화가 난 아내를 달랬고 그다음부터는 매사추세츠주 케임브리지(Massachusetts, Cambridge)에 있는 Harvard 법학전문대학원(Harvard Law School)과 뉴욕주, 이타카(New York, Ithaca)에 있는 아름다운 Cornell 법학전문대학원(Cornell Law School)의 캠퍼스 관람과 연구실에서 미국인 교수들과 만나 환담할 때 항상 아내와 동행하였기 때문에 불평불만이 없어졌다.

　Niagara폭포를 구경한 후 캐나다 토론토에 도착해서 나의 청주고등학교 및 서울대학교 법과대학 은사였던 정희철 교수님 댁에서 2박 3일간 집사람과 같이 묵으면서 옛날이야기도 많이 하였다.

　한편 나는 정 교수님 및 교민들과 같이 골프도 쳤고 오래간만에 회포를 풀었다.

　캐나다 토론토에서 몬트리올까지는 내가 집사람을 옆에 태우고 내 차로 직접 운전해서 8시간이 걸렸다. 당시 McGill대학교 항공우주법연구소 소장은 미카엘 밀데(Michael Milde) 교수였고 그는 원래 루마니아 사람인데 캐나다 국적으로 귀화하였다.

　그는 UN 산하 국제민간항공기관(International Civil Aviation Organization, ICAO) 법무국장으로 10여 년 이상 근무하였고 명연설가로 정년퇴임한 후 McGill대학교 항공우주법연구소 소장으로 모셔 왔다. 내가 한국항공우주법학회 회장으로 있을 때 서울에서 국제항공우주법관계 국제회의 또는 국제심포지엄을 할 때 몇 차례 Speaker로 초청하여 서울을 방문한 적이 있어 서로 간에 친하게 지냈다.

나는 1990년 8월부터 1991년 2월까지 캐나다 몬트리올에 있는 맥길대학교 항공우주법연구소로부터 초청을 받아 교환교수로 있었다.

1990년 8월경 내가 캐나다의 몬트리올에 있는 맥길대학교의 항공우주법연구소에 초빙 교환교수로 갔을 때 Milde 소장께서 나에게 꽤 규모가 큰 연구실도 주었다.

사실 초빙 교환교수에게 이 정도 큰 규모의 연구실을 주기는 쉽지 않았다. 나는 이 교수연구실에서 국제항공우주법에 관한 연구와 논문도 썼고 특강에 대한 강의 준비도 하였다.

당시 캐나다 몬트리올에는 국제민간항공기구(ICAO)가 위치해 있었고, 국제민간수송협회 (International Air Transport Association, IATA)도 있는 국제도시였다. 몬트리올에서는 아내와 같이 McGill대학교 부근에 있는 아파트에 방 2개를 세를 얻어 7개월 정도를 살았는데, 치안(治安)도 잘 유지된 도시이므로 Los Angeles, Washington D.C., New York 등 도시는 밤에 여자 혼자 다니기가 위험하였지만 몬트리올은 별문제가 없었다.

1990년 12월 Canada, Montreal에 있는 McGill 대학교 항공우주법연구소에서
소장 Michael Milde교수와 함께 찍은 사진

내가 몬트리올에서 살고 있을 때 세계에서 제일 살기 좋은 100대 도시 가운데 몬트리올 도시가 1위로 선정되었다.

그때 당시 우리나라 몬트리올 총영사로 있었던 최성홍(崔成泓) 님은 나의 서울법대 후배였기 때문에 우리 내외를 총영사관저로 초대하여 만찬을 같이하면서 최 총영사가 직접 그린 그림들을 함께 감상하였다. 그 후 최 총영사는 우리나라 제31대 외교부 장관까지 지낸 바 있다.

내가 몬트리올에 체류하고 있는 동안 교포들과 사귀어 많이 만났는데 이분들은 나더러 김두환 교수가 언제 다시 몬트리올에 올 일이 있겠느냐 말하면서 달력에 나오는 캐나다의 로키마운틴(Canadian Rocky Mountains)에 있는 밴푸(Banff)를 꼭 가봐야 되지 않겠느냐 하면서 매일같이 적극 권했다.

1990년 9월 나의 승용차로 집사람과 함께 캐나다 대륙을 횡단하면서 온타리오 호수,
중부지대의 넓은 평원, Banff국립공원 등지에서 찍은 사진임

그런데 또 한편에서는 캐나다의 로키 마운틴 부근에 있는 세계적으로 유명한 온천은 지금이 9월이니 아마도 문을 닫았을 거라는 얘기도 했다. 그래서 "아, 그러면 좋다, 문이 닫혔더라도 일단 가보자"라고 말하면서 아내를 나의 승용차에 태우고 직접 운전하면서 1990년 9월 하순경 몬트리올을 출발하여 캐나다의 수도인 오타와에 도착하니 거의 두 시간이 걸렸다.

아주 넓고 아름다운 온타리오 호수를 거쳐 가면서, 잠시 휴식을 취하였다. 나는 온타리오 호수에 손을 한번 담근 후, 그 아름다운 경치에 심취해 보기도 했다. 9월의 캐나다 단풍은 절정을 이뤄 마치 달력의 한 페이지에 들어와 있는 느낌이었다.

그 후 동계올림픽이 열린 적이 있는 캘거리에서 집사람과 같이 하루를 체류(滯留)하였고, 몬트리올을 출발한 지 거의 5일이 걸려서 달력에 나오는 세계 10대 절경(絕景)인 아름다운 에메랄드빛이 발하는 루이스 호수(Louis Lake)가 있는 밴프국립공원(Banff National Park)에 1990년 9월 25일에 도착했다.

그 당시 밴프(Banff)는 일본인들이 상권을 다 장악하고 있었다.

다음 날 나의 승용차에 집사람을 태우고 컬럼비아 빙원(Columbia Icefield)을 같이 관람하고 내가 직접 승용차를 운전하면서 재스퍼(Jasper)국립공원으로 가는 도중 동물원에서나 보던 곰과 노루가 길가에 왔다 갔다 하는 모습을 보고 너무나 아름다웠고 7시간 만에 Jasper국립공원에 도착했다.

Jasper에서 두 시간 정도를 운전하고 더 가니 세계적으로 유명한 앨버타(Alberta)주에 있는 온천이 있었는데 그곳에 도착하니 이미 문이 닫혀 있었다. 다시 Jasper 시내로 돌아와서 시내에서 우연히 한국인 교포를 만났는데 그곳에서 빵 공장을 운영하고 있었다.

그는 멀리 타국에서 한국인을 만난 인연이 너무나 반갑다며 나에게 빵을 엄청나게 많이 주는 것이었다.

그렇게 아쉬움을 뒤로하고 우리의 여정(旅程)은 다시 캐나다 밴쿠버로 향했다.

밴쿠버 역시 일본 사람들이 상권을 다 장악하고 있었다. 그다음 날은 배를 타고 Victoria섬으로 가야만 했다. 그런데 나는 가는 길을 정확히 몰라서 호텔 옆에 있는 도로가 밝은 전봇대 밑에서 지도를 펴 놓고 길을 찾고 있었는데 갑자기 캐나다 청년들이 탄 한 무개차(無蓋車)가 지나가면서 나한테 대뜸 고무호스로 물을 뿌리고 지나가는 것이었다.

당시 이 지역 상권을 일본인들이 장악하다 보니, 캐나다인들이 일본인들에 대한 반감(反

感)이 있었던 것 같다. 나를 일본인이라고 생각한 모양이었다. 그래서 "이놈들! 어디다 물을 뿌리느냐" 하면서 냅다 쫓아갔는데 달리는 무개차를 내가 따라잡을 수가 없었다.

오히려 캐나다 청년들이 무개차를 돌려서 웃으면서 또다시 물을 뿌리려 하는 것이었다. 그래서 내가 막 소리를 지르면서 다시 뒤쫓아가니 나의 시야(視野)에서 멀리 사라졌다.

이런 웃지 못할 해프닝도 있었지만 늦가을 캐나다의 정취는 달이 바뀌어도 넘겨지지 않는 내 달력의 아름다운 풍경으로 남아 있었다.

당시 베트남, 홍콩, 마카오 사람들이 해양성 기후가 좋고 살기가 좋은 Vancouver에 많이 피난 와 있었다.

내 주변의 한국인 지인들도 정년 후에 Vancouver에서 살고 싶다는 이야기를 많이 들었다.

특히 일본인 청년들은 스키를 타러 Vancouver에 많이 왔다. 1990년 9월 27일 나는 Vancouver에서 집사람과 같이 배에 승용차를 싣고 Victoria섬으로 향했다. Victoria섬에는 세계적으로 유명한 "더 버차트 정원(The Butchart Gardens)"이 산에 위치하고 있는 아주 아름다운 화원이 있었다.

The Butchart Gardens에 도착해 보니 정말로 세계 각국의 꽃들이 다 모여서 너무나 아름다운 정원을 이루고 있었다.

Victoria섬을 구경한 후 다시 배를 타고 미국의 시애틀 항구에 도착했다. 시애틀에는 노스럽(Northrop) 비행기 제작공장이 있어 관람하기 위하여 오후 5시 반경 방문하였으나 문이 닫혀 있어 관람을 못 하였다.

미국의 시애틀에서 다시 캐나다의 몬트리올로 돌아가야 하는데 그때 당시 휘발유값이 캐나다보다 미국이 훨씬 쌌으므로 나는 미국의 90번 고속도로를 이용하여 캐나다의 몬트리올로 돌아가기로 결정하였다.

그래서 미국 북부지역에 있는 90번 고속도로로 계속 달리고 있었는데 앞의 차가 가다가 동네로 꺾어져 들어가는 것이었다. 그래도 나는 원래 내 차를 규정속도대로 계속 달리고 있었는데 갑자기 경찰차에 탄 경찰관이 내 차를 세우는 것이었다.

그래서 경찰관에게 앞차와 같은 속도로 달렸는데 왜 앞차는 안 잡고 내 차만 잡느냐고 말하니까 들은 척도 안 하고 딱지를 떼는 것이었다. 그런데 그때 그 딱지를 자세히 봤으면 좋았을 텐데 나는 그냥 법정에 가서 벌금만 내면 되겠지라는 안이한 생각에 건성으로 보고 차에다 딱지를 던져 놓았다.

그 후 경찰차는 양쪽 고속도로 중간 사이에 있는 풀밭을 가로질러 좌측 고속도로로 갔다. 그런데 막상 벌금을 내러 가려 하니 나는 법원이 어디에 있는지 찾을 수가 없었다.

고속도로법규정에 위반되지만 나도 할 수 없이 경찰차를 뒤쫓기 위하여 양쪽 고속도로 중간 사이에 있는 풀밭을 나의 차로 가로질러 좌측 고속도로로 갔다. 그래서 다시 경찰차를 쫓아가서 법원의 위치를 물어야 하고 경찰차를 쫓아가니까 그 경찰차가 시속 200킬로로 달리니 도저히 따라잡을 수가 없었다.

그래서 나는 다시 돌아가려고 하는데 반대편 차선에서 아까 그 경찰차가 트럭을 잡고 운전대 옆에서 또 딱지를 떼고 있는 것이었다. 그래서 내가 차를 세워 놓고 그 경찰관에게 가서, 아까 그 벌금을 내려고 하는데 법원이 도대체 어디에 있느냐 하고 물으니까 경찰관이 의아하다는 표정으로, 무엇 하러 법원을 찾느냐 하는 것이었다. 단지 경고(Warning)일 뿐인데라는 말이었다. 그 순간 조금 전에 내가 가지고 있었던 캘리포니아 운전면허증을 경찰에게 내놓지 않고 한국 서울에서 발급받은 국제운전면허증을 보여준 것이 기억났다. 한국에서 발급받은 국제면허증은 미국 경찰이 재판관할권(Jurisdiction)이 없기 때문에 경고에 그쳤던 것이다.

이것도 미국에서 운전하다가 경찰관에게 걸렸을 때 빠져나갈 수 있는 하나의 요령이었다.

참으로 다행이었다. 나는 승용차로 미국의 Los Angeles를 출발하여 캐나다의 몬트리올까지 북미대륙 횡단을 하는 동안 이동 중에는 여름철이라 몹시 더워 주로 코카콜라나 또는 펩시콜라를 사 마시었고 아침이나 점심은 주로 햄버거를 사 먹었다.

1990년 8월경 미국의 Washington D.C.를 집사람과 같이 승용차로 출발하여 캐나다의 몬트리올에 도착했다. 하루는 몬트리올에서 아내가 골동품을 좋아해서 몬트리올 구시가지에서 열리고 있는 골동품 전시회를 보러 함께 갔다. 그런데 나는 골동품전시회를 구경하고 호텔로 돌아오는 길에 도로에서 복통으로 인하여 쓰러지고 말았다. 도로에 지나가던 중국인 부인이 나를 일으켜 세웠다.

그때 당시 몬트리올 강가에 있는 섬 남쪽에 한국인 여의사가 있었다. 그 병원을 한 달 정도 다녔는데도 복통(腹痛)이 차도를 보이지 않았다. 그래서 몬트리올 시내에 있는 McGill 의과대학이 운영하는 몬트리올 종합병원(Montreal General Hospital)으로 가게 되었다. 엑스레이(X-ray) 사진도 찍고 여러 검사를 해보니 위궤양이라고 진단을 내렸다.

그리고 그 원인은 북미대륙 횡단 중에 여름철이라 목이 타서 속시원한 CoCa콜라 또는 Pepsi콜라를 많이 마셨기 때문에 위벽이 헐어 상처가 나서 그렇게 된 것이라고 몬트리올종합병원의 내과의사는 나에게 말하였다.

그때 당시 스웨덴에서 새로 나온 "로삭"이라는 위궤양 약이 있었는데 상용화되지 않았을 때라서 이 약이 부작용에 있을 때에는 몬트리올종합병원은 책임을 지지 않는다는 각서까지 쓰고 내과의사의 처방을 받아 "로삭" 약을 사서 먹었더니 일주일 만에 복통이 사라지고 완치가 됐다.

그때 당시 나는 약 1개월 동안 위궤양으로 배가 하도 아파서 각서까지 쓰고 "로삭" 약을 먹고 완치된 것은 참으로 다행이었다. 그 후 한국에 귀국(歸國)하니 서울 시내 약국에서도 "로삭" 약이 판매되고 있었다.

일본 대학에서의
객원교수 시절

1. 2000년 10월부터 2013년 3월까지, 일본 중앙학원대학
　사회시스템연구소의 객원교수 시절

　2000년 10월 1일부터 2013년 3월 31일까지 12년 5개월간 일본 중앙학원대학 사회시스템연구소로부터 객원교수(客員敎授)로 발령을 받았다. 2001년 7월부터 「21세기에 있어 한

1996년 7월 5일 일본 중앙학원대학 사회시스템연구소에서 내가 특강을 하고 있는 장면

2002년 6월 9일 일본 교토(京都)에 있는 기요미즈데라(清水寺) 앞에서
일본 우주개발이용제도연구회(SOLAPSU) 회장 및 회원들과 나의 제자와 장녀가 함께 찍은 사진

1997년 12월 13일 일본 중앙학원대학 사회시스템연구소 주최로 개최된 나를 환영하기 위한
항공우주법세미나 개회식 때 교수들과 함께 찍은 사진

국의 IT, 수자원 및 남·북한 간의 철도연결문제와 전망」이라는 주제로 여러 차례 일본어로 특강도 하였다.

또한 일본 중앙학원대학 사회시스템연구소에서 발간되는 『기요(紀要)』학술지에 내가 쓴 「아시아 우주개발기관의 설립 가능성」이라는 제목의 이 연구논문이 『기요(제2권, 제2호, 2001년 12월 발행)』학술지에 게재된 바 있고, 그 밖에 국제항공우주법과 정책 분야의 9편의 학술 연구논문이 이 학술지에 게재된 바 있다.

2001년 9월에는 일본 우주개발이용제도연구회(SOLAPSU)의 초청으로 이 연구회가 주최한 가루이자와(軽井沢) 세미나에서 나는 「아시아우주개발기구의 창설 가능성」이라는 제목으로 일본어로 연구논문을 발표하였다. 한편 2002년 6월 9일 일본 우주개발이용제도연구회(SOLAPSU)의 초청으로 리쓰메이칸대학 국제관계학부(立命館大學 國際關係學部: 京都所在) 회의실에서 개최된 「우주보험」을 주제로 한 세미나에서 나는 Panelist로 참가하여 나의 의견을 제시한 바 있다.

2004년 11월부터 2010년 8월까지
인도 Gujarat 국립법과대학 명예교수 및
자문위원으로 위촉을 받음

인도 Gujarat 국립법과대학교(Gujarat National Law University)는 Gujarat주의 Gandhina 시에 위치하고 있다. Gujarat 국립법과대학교는 Gujarat주법에 의하여 2003년에 설립되었으며 2004년 7월 15일부터 학기가 시작되었다. 그 후 법학석사과정과 법학박사과정도 신설되었다.

나는 2004년 11월 6일 Gujarat 국립법과대학교 V. S. Mani 학장으로부터 명예교수로 발령을 받았고 그 후 이 대학 자문위원으로 2010년 8월 30일까지 위촉을 받아 세계 각국의 국제항공우주법 분야의 현황과 앞으로의 전망에 대하여 자문한 바 있다.

2009년 10월 12일부터 16일까지 대전광역시에서 개최된 「제52회 국제우주법대회」에 Mani 교수가 참석하였기 때문에 나와 더욱 친한 사이가 되었다. V. S. Mani(1942년 3월 6일 ~2016년 8월 22일)는 인도의 유명한 법학자였고, 그는 Gujarat National Law University의 창립자이자 이사였으며 국제공법 분야의 전문가였다.

중국 대학에서의 겸임교수 및
항공우주법연구소의 겸임연구원 시절

1. 2010년 6월 베이징에서 개최된 세계 달 대회의 참가와
   베이징이공대학(BIT) 법대의 겸임교수로 발령을 받게 된 경위와 특강

　나는 평소에 달에 대한 관심이 많았으므로 2010년 5월 31일부터 6월 2일까지 베이징에서 유명한 Friendship Hotel(友谊宾馆)의 대회의실에서 국제우주항행연맹(IAF: 본부가 파리에 있음)과 중국우주항공학회(CSA)가 공동주최로 개최한「세계 달 대회(Global Lunar Conference)」에 26개국으로부터 우주과학자, 교수, 변호사, 과학기술자, 정부의 고위관리 등 약 560명이 참가하였기 때문에 만석(滿席)이 되어 나는 앉을 자리가 없었다.

　이날 560명이 앉은 회의장에서 빈 좌석을 찾으려고 앞뒤 좌석이 있는 옆길로 왔다 갔다 하면서 찾았으나 발견하지 못하였고 가운데 줄 좌석에 앉아 있었던 아는 중국인 교수들도 자리를 비워주지 않았다.

　나는 할 수 없이 연단 옆에 있는 제일 앞자리로 갔더니 40여 명의 VIP좌석이 있었는데 이 VIP석에 생각지도 않은 나의 이름 팻말이 있어 개회식이 끝날 때까지 나는 이 자리에 앉아 있었다.

　개회식이 끝난 다음 이날 주최 측으로부터 초대받은 40여 명은 별도로 마련된 오찬장에서 5개의 둥근 회전식탁에 8명씩 앉아 점심을 먹고 있었는데 이날 주최 측 행사 여직원이 김두

환 교수가 누구냐고 찾고 있었다.

나는 여권상에 Visa가 잘못되었나 의심하고 나라고 말하니까 이 여직원은 나에게 바깥 복도로 나가자고 말하므로 따라나섰더니 바깥 큰 복도에서 기다리고 있었던 신문사 및 TV 방송국 기자들 20여 명이 나를 둘러싸고 먼저 인터뷰를 하자고 야단인데 한 미인 여자 TV 기자가 나에게 다가오더니 영어로 인터뷰를 하자고 말하면서 이 인터뷰는 생방송된다고 말하였다.

이 미인 TV 여기자의 질문 요지는 나에게 무엇 때문에 이 세계 달 대회에 참석하였고 한국의 달 개발 및 착륙계획을 설명하여 달라는 것이었다.

나는 요약하여 다음과 같이 답변하였다. 나는 평소에도 달에 대하여 관심이 많았으며 달 개발에 대하여 더욱 심도 있게 연구하기 위하여 오늘 베이징에서 개최된 세계 달 대회에 참가하였다고 말하였다.

앞으로 50년 내지 60년 후면 지구에 매장되어 있는 화석연료(에너지자원)가 고갈(枯渇)되어 석탄, 석유, 우라늄, 가스 등의 부족으로 인하여 심각한 에너지 부족문제가 제기된다.

지구에는 없지만 달에는 Helium-3라는 동위원소가 있기 때문에 이 Helium-3를 핵융합을 시키면 전력이 생산되는데 만약 미국이 달에서 Helium-3을 25톤 가지고 와서 핵융합을 시키면 1년간 사용할 수 있는 전력이 생산되므로 미국은 앞으로 발생되는 에너지문제를 해결할 수가 있다.

현재 Helium-3는 금값보다 300배나 비싸다.

따라서 장차 중국과 한국도 달에 가서 Helium-3를 개발하여 지구로 가지고 와서 앞으로 발생되는 심각한 에너지문제를 해결하여야만 된다. 한국은 달 개발에 전담기관으로서 대전에 있는 한국항공우주연구원(韓國航空宇宙研究院, KARI)이 있는데 한국은 2027년까지 달 궤도에 진입하고 2030년경에 우주선(Space Shuttle)이 달에 도착할 것이라고 약 7분간 답변하였다.

그 밖에도 여러 신문 및 TV 기자들이 나에게 달에 관한 질문이 있었지만 나는 요약하여 영어로 답변하였다. 2010년 5월 31(월) 베이징에 있는 Friendship Hotel에서 개최된 「세계 달 대회」의 개회식이 끝난 다음 이 대회의 오후 Session에 Speaker로 초청 받은 나는 「아시아 우주개발기구의 창립 필요성(*Necessity for Creating an Asian Space Development Agency*)」이라는 제목으로 연구논문을 발표하였는데 청중들로부터 많은 호응을 받았다. 나는 이 「세계 달 대회」에서 중국 베이징이공대학(Beijing Institute of Technology, BIT) 법대 부학장 이수평(李

壽平) 교수를 처음으로 만나 인사를 나누게 되었다.

실인즉 나는 2010년대만 해도 중국어 회화를 잘 못했기 때문에 베이징이공대학에는 아는 교수나 직원은 한 사람도 없었다. 아주 우수하고 젊은 이수평 교수(베이징이공대학 법대 부학장)는 베이징에서 개최된 「세계 달 대회」에서 내가 우주법과 정책에 관계되는 연구논문의 발표 장면을 보았기 때문에 나의 실력을 처음으로 알게 되었을 것이다.

2010년 6월 1일(화) 오전에 베이징이공대학 법대 부학장 이수평 교수로부터 내가 체류하고 있는 베이징 Friendship 호텔로 전화가 걸려와서 나에게 6월 2일(수) 오후 3시 30분부터 베이징이공대학 회의실에서 개최되는 「베이징이공대학 겸직교수 수여식(北京理工大學兼職教授與式)」에서 나를 베이징이공대학 총장 명의로 겸임교수(중국에서는 겸직교수라고 호칭하고 있음) 발령을 낼 테니 영어로 취임을 승낙한다는 내용의 연설문을 써가지고 오라고 해서 속마음으로 대단히 기뻤지만 깜짝 놀랐다.

그때 당시 내 나이 77세였으므로 베이징이공대학에 겸임교수를 시켜 달라고 한 번도 부탁한 적이 없으므로 더욱 놀랄 수밖에 없었다. 다음 날 오후 3시 반에 내가 「베이징이공대학 겸직교수 수여식」에 참석하니 마치 총장 취임식처럼 플래카드를 걸어 놓고 법대 교수들과 학생들이 모여 있었다.

놀라운 일이었다.

회의실 벽에는 「베이징이공대학 겸직교수 수여식」 행사 순서지까지 붙여 놓고 행사가 진행되었다.

첫 번째로 사회자의 겸직교수 수여식 개회 선언,

두 번째로 사회자의 참석 교수들의 소개,

세 번째로 베이징이공대학 법대 학생과장이 나의 이력 소개,

네 번째로 조장록(趙長錄) 부총장의 겸직교수 발령장 수여와 대학 휘장의 수여,

다섯 번째로 베이징이공대학을 대표하여 대학 부총장의 인사말,

여섯 번째로 김두환 겸직교수가 발령을 받은 데 대한 답사(答辭),

일곱 번째로 베이징이공대학 본부 공산당 여자 서기의 인사말 순서로 수여식이 진행,

여덟 번째로 사회자의 겸직교수 수여식의 폐회 선언,

아홉 번째로 겸직교수 수여식에 참석한 부총장과 교수들과 나를 포함한 사진 촬영이 있었다.

특히 중국의 대학은 우리나라 대학과는 달리 대학본부와 단과대학마다 공산당 서기가 배치되어 있어 본부의 당서기는 총장급에 해당되고, 대학의 당서기는 학장급에 해당하는 숨은 파워를 가지고 있다. 일곱 번째로 베이징이공대학 본부 당서기는 여자인데 그녀의 인사말 가운데 아직도 인상에 남는 말은 다음과 같다.

김두환 겸직교수를 베이징이공대학에 모신 이유는 현재 중국에서 베이징이공대학의 대학순위가 이공계통에서는 10위권으로 들어가지만, 베이징이공대학 법과대학은 법과계통에서 중국에서 25위권에 있으므로 김 교수가 학생들을 열심히 가르치고 해외 학계에 베이징이공대학 법대를 널리 P.R.(홍보)하여 10위권으로 끌어올려 달라는 부탁이었다.

즉 베이징이공대학의 취임식에서 자신의 대학이 이공계통은 우수하나 법과계통이 아직 약하므로 김두환 교수가 와서 우리 대학의 위상을 높여 달라는 것이었다.

그런데 2015년 11월에 내가 난징항공우주대학으로부터 겸직교수로 발령을 받을 때는 3년 기간이 발령장에 기재되어 있었는데 베이징이공대학의 겸직교수 발령장에는 기간이 적혀 있지 않았다.

2010년 6월 2일, 중국 베이징이공대학(BIT) 총장(부총장 대신 참석)으로부터
내가 겸직교수 발령장을 받은 후 BIT 부총장, 법대 학장 및 교수들과 함께 회의실에서 찍은 사진

말하자면 종신직인 것이다. 중국은 이공계통을 중시하기 때문에 이공대학교 안에 법과대학이 있는 점이 우리나라의 교육제도와 다른 점이다. 중국은 이공대학을 가장 알아준다. 중국은 시진핑 총통과 역대 총통들이 다 이공계통 대학 출신이 많이 있다.

2010년 6월 2일 베이징이공대학(BIT) 총장으로부터 받은 겸직교수 발령장

2010년 6월 3일, 중국 베이징이공대학 법대에서 국제항공법을 특강한 후 이수평(李壽平) 법대 부학장과 이화 부교수 및 학생들과 함께 찍은 사진

베이징(北京)은 초겨울에도 미세먼지로 인한 공기가 너무 안 좋아서 2010년 6월부터 9년 동안 해마다 11월에 2주간씩 국제항공우주법을 집중강의를 해 온 바 있다. 나는 한 분야에서, 즉 국제항공우주법의 연구를 계속 매진했기 때문에 국제적으로 인정을 받아 아는 사람이 별로 없는 중국에서 강의를 할 수 있는 영광을 안게 되었던 것이다.

2. 2012년 11월 중국정법대학(CUPL) 국제법학원에서의 특강과 CUPL 항공우주법연구소의 겸임연구원으로 발령을 받게 된 경위

중국에서는 법과 계통의 대학순위가 인민대학이 랭킹 1위이다. 2위는 베이징대학이고 3위가 중국정법대학(中國政法大學)이다. 베이징에 있는 중국정법대학은 학생들이 사법고시에 제일 많이 합격하여 판사와 검사 및 변호사를 가장 많이 배출한 대학이었다. 나는 우연히 국제회의에서 알게 된 Zengyi Xuan(宣增益) 교수와 Maggie Qin Hauping(覃华平) 여자 부교수를 2009년 3월 27일 서울에서 개최된 「제42회 한·중·일 국제항공우주법학술대회」에 Speaker로 초청하여 연구논문을 발표케 한 바 있다.

2010년부터 거의 2년마다 중국정법대학 국제법학부에서 나를 초청하였으므로 이 대학 학부 및 대학원생들에게 국제항공우주법을 강의하였다.

지금도 기억에 남는 것은 이 대학 국제법학부 해외협력 차장인 Maggie Qin 부교수께서 학생들과 교수들에게 나의 강의 일자를 널리 알리기 위하여 나의 강의 제목과 일자 및 시간을 쓰고 나의 사진을 게재한 입간판을 만들어 강의동 입구 또는 교실 문 앞, 복도에 세워 놓았다.

나는 학사처리에 바쁜데도 불구하고 나의 강의를 위하여 준비를 하여준 Maggie Qin 부교수의 따뜻한 온정(溫情)에 대하여 다시 한번 지면을 통하여 사의(謝意)를 표합니다.

2012년 11월 18일부터 내가 체류하고 있었던 베이징이공대학 호텔로 Maggie Qin 부교수로부터 중국정법대학 항공우주법연구소의 겸임연구원을 위촉하겠다는 전화가 왔으므로 나는 수락한다는 답변을 했다. 2012년 11월 22일(목) 중국정법대학 항공우주법연구소가 대학 부근에 마련한 고급 중국음식점에서 연구원들과 함께하면서 Zengyi Xuan 소장으로부터 2012년 11월 20일부터 2015년 11월 19일까지 3년간 겸임연구원(Visiting Researcher) 발령장을 받았다.

2014년 11월 27일 및 2016년 10월 26일 중국정법대학 국제법대학에서 나의 강의 제목, 일자, 시간을 기재하고
사진을 넣은 입간판을 만들어준 Maggie Qin 부교수와 함께

2016년 10월 26일 CUPL 대학원생들에게 특강을 한 후 우측으로부터 Zengyi Xuan 교수,
나와 Maggie Qin 부교수 및 대학원생들

좌측으로부터 Maggie Qin 부교수, 이수평 부학장, Du Xinli 교수, 중국정법대학 항공우주법연구소의
겸임연구원 발령장을 들고 있는 김두환 교수, Zengyi Xuan 소장, 이화 부교수

3. 2015년 11월~2018년 11월 난징항공우주대학교(NUAA)에서 겸임교수직을 발령을 받게 된 경위와 특강

나는 난징항공우주대학교 항공우주법연구소 소장 Shuang Luan 여교수를 국제회의에서 우연히 알게 되어 이분의 추천으로 2015년 11월 11일부터 2018년 11월 10일까지 난징항공우주대학교(NUAA) 인문 및 사회과학대학 겸임교수(Visiting Professor)로 정식 발령을 받아 NUAA에서 3년간 「국제항공우주법」 과목을 집중 강의한 바 있다. 이것은 나의 국제항공우주법의 연구 노력이 가져온 더 큰 행운이라고 생각하였다.

난징(南京)은 일제시대(日帝時代) 때에 중국의 수도였으며 경치가 매우 아름다운 도시인데 아이러니하게도 일본군의 중국인 대학살 사건이 있었던 곳이다. 다시 말하면 난징 대학살이란 중·일(中·日) 전쟁 때 중화민국의 수도인 난징을 점령한 일본이 군대를 동원해 중국인을 무차별 학살한 사건이다.

2015년 11월 12일, 난징항공우주대학에서 대학원생들에게 특강을 하기 전에
강의실에서 교수들과 대학원생들과 함께 찍은 사진

1937년 12월 13일부터 1938년 2월까지 6주간에 걸쳐 난징에서 중국인 30만 명을 학살한 곳이다.

나는 중국에서 오랫동안 대학원 석박사과정의 학생들을 가르치고 있었는데 나름대로의 강의 노하우가 생겼다.

로스쿨은 동남아시아 어디에 가더라도 수업 시간에는 출석률이 여학생이 남학생보다 더 많다.

그리고 나의 강의 도중 중요한 항목은 가끔 학생들에게 질문을 던지며 중요한 내용은 바로 암기하도록 시킨다. 또 내가 강의 시간에 영어로 쭉 설명하다가 대학원생들이 꼭 알아야만 되는 중요한 법조문은 내가 작성한 파워포인트에 중국어로 기재하였기 때문에 학생들에게 읽으라고 시키기도 한다.

그래서 항상 나의 강의 시간에는 조는 학생은 한 사람도 없었다.

이러한 방법이 중국에서 내가 강의하였던 요령이었다. 남학생들은 고시공부 하기가 힘드니까 로스쿨 선택을 잘 안 하는 편이다.

중국에서도 로스쿨 수업 시간에 들어가면 거의 반 이상이 여학생이다. 그래서 나는 영어로 강의를 진행하지만 강의내용 중에 중요한 부분은 파워포인트를 이용하여 중국 학생들이 이해하기 쉽도록 중국어 한자(簡體)를 많이 표기한다. 나는 항상 생동감 있는 강의를 이끌어 나가도록 노력하고 있다.

4. 2018년 11월부터 현재까지 중국 톈진대학(TU) 법대 겸직교수로 발령을 받게 된 경위

현재 톈진(天津)시는 베이징시, 상하이시, 충칭시(重慶市)와 함께 중국의 4대 직할시 가운데 하나이며 직할시는 성(省)과 동격의 일급 행정구역이므로 아주 큰 도시임을 의미한다.

톈진대학(天津大學)은 1895년 10월 2일에 설립된 중국 최초의 현대식 대학교이며 중국에서 대학 순위 10위권 안에 들어가는 명문대학이다.

나는 톈진대학 법대에 근무하는 Lyu Sixuan(呂斯軒) 전임강사를 베이징에서 개최되는 항공우주법관계 국제회의 및 심포지엄에서 우연히 몇 차례 만난 적이 있다. 2018년 11월 초순경 내가 체류하고 있는 베이징이공대학 호텔로 전화가 걸려와서 11월 9일 톈진대학 법대에서 겸임교수 발령을 낼 테니 수락을 해 달라는 전화였으므로 나는 깜짝 놀랐지만 수락하였다.

2018년 11월 9일(금) 오후 1시부터 시작하는 톈진대학 법대 취임식에 참석하기 위하여 내가 체류하고 있는 베이징이공대학 호텔에서 초행인 나를 톈진대학까지 안내하고자 호텔로 온 톈진대학 법대 학생 2명과 나의 제자인 이기헌 박사(인천국제공항공사 과장)와 함께 오전 9시 30분경 Taxi로 출발하여 10시 반경 베이징시 남역에 도착했다.

오전 10시 50분, 특급고속전철로 베이징시 남역을 출발하여 톈진역에 오전 11시 반에 도착하였으므로 북경시와 톈진 시간을 40분 만에 온 것이다.

이날 낮 12시부터 오후 1시 20분까지 톈진대학 법대 부학장의 초청으로 대학 내 고급 중국음식점에서 오찬 초대를 받아 나는 Lyu Sixuan 전임강사, 이기헌 박사, 교무처 여직원, 대학원생 3명과 함께 점심 식사를 하였다.

오후 1시 반부터 톈진대학 법대 강의실에서 개최된 나의 겸임교수 취임식에서 2018년 11월 9일부터 2021년 11월 8일까지 3년간의 겸임교수 발령장을 이 대학 부학장으로부터 받았다.

이날 겸임교수 취임식이 끝난 다음 오후 2시부터 4시까지 2시간 동안 톈진대학 법대 3~4

학년 학생들 50여 명에게 「국제민간항공기관, 미국, 중국, 일본, 오스트레일리아, 인도에 있어 드론에 관한 법규(Regulations and Laws on the UAS (Drone) in the ICAO, USA, China, Japan, Australia, India and Korea)」라는 제목으로 특강을 하였고 학생들의 질의와 나의 답변 시간도 가졌다.

2018년 11월 9일 텐진대학 법대 부학장으로부터 나는 겸임교수 발령장을 받은 후
부학장과 함께 찍은 사진

텐진대학 복도에 세운 입갑판
나의 강의 일시가 적혀 있음

2018년 11월 9일 텐진대학 법대 3~4학년 학생들이
드론의 법률관계에 관한 나의 강의를 듣고 있는 장면

나는 이날 오후 6시 22분 톈진역을 고속전철로 출발하여 베이징 남역에 오후 7시 반경 도착했다.

오후 7시 45분경 베이징 남역을 출발하여 오후 8시 30분경 내가 체류하고 있는 베이징이공대학 호텔로 돌아왔다. 2020년부터 나는 코로나 바이러스 감염증 때문에 중국 Visa가 잘 나오지를 않아 톈진대학에 강의를 하러 가지 못하였다.

제6장

• • •

한국항공우주정책법학회의 창립
경위와 수석부회장, 회장,
고문으로 선출되었고 수많은
국제학술대회를 개최하였음

제1절

● ● ●

한국항공우주정책법학회의
창립 경위

필자가 한국항공법학회 창립에 참여하게 된 배경에는 1983년 3월 경희대학교 대학원에서 받은 나의 법학박사 학위논문 제목이 「항공운송인의 책임과 그 입법화에 관한 연구」였으므로 항공운송법 분야에서 우리나라에서 두 번째로 받은 법학박사 학위논문이 되었다.

이 항공운송법 분야에서 첫 번째 법학박사 학위논문은 (고) 손주찬(孫珠瓚) 교수의 「1952년 및 1978년의 로마조약(항공기 운항자의 지상 제3자의 손해에 대한 책임)」의 연구에 관한 논문이었다.

나는 서울법대 선배인 손주찬 교수 및 한국항공대학 교수인 (고) 최완식 교수에게 일본에는 항공우주법을 주로 연구하는 모임으로 일본공법학회(日本空法學會)가 있어 학술 활동을 활발하게 하고 있어 우리나라도 한국항공법학회(韓國航空法學會)를 창립하자고 제안하였다.

1988년 9월 3일 연세대학교 법과대학 세미나실에서 10명의 교수님들이 모여 발기인 총회를 개최한 바 있고 1988년 10월 8일에 역시 연세대학교 알렌관에서 학술발표회 및 창립총회를 개최하였고 한국항공법학회의 회칙 제정과 임원 선임을 다음과 같이 하였다.

회장: 손주찬 교수(연세대)

수석부회장: 김두환 교수(숭실대)

부회장: 한성균 교수(건국대), 최완식 교수(항공대), 이윤영 교수(고려대), 서희원 교수(이
　　　　화여대)

상무이사: 홍순길 교수(항공대), 이강빈 교수(상지대)

이사: 김경수 이사(대한항공) 외 29명

감사: (고) 안동섭 교수(단국대), 박헌묵 교수(부경대학)

이날 학술발표회에서 나는 1988년 8월 21일부터 27일까지 폴란드 바르샤바(Warszawa) 에서 개최된 제63차 세계국제법(ILA)대회에 이윤영 교수(고려대학교 법대)와 함께 참석하였는데, 이 국제대회의 항공분과위원회에서 발표한「항공교통관제의 법적 측면(Legal Aspects of Air Traffic Control)」연구논문의 내용과 이 국제대회의 전체 내용을 보고하였다.

나는 1993년 2월부터 1999년 2월까지 한국항공우주법학회 회장직을 6년간 맡아 업무를 수행(遂行)하였는데 특히 바람직한 업적은 외국대학연구소 및 외국학회 간의 다음과 같이 우호증진 및 학술연구협력에 관한 자매결연을 체결한 것이다.

.

우리 한국항공우주법학회와 우호증진 및 학술연구협력에 관한 자매결연을 맺은 외국대학 연구소 및 외국학회는 다음과 같다.

첫째, 네덜란드의 Leiden 항공우주법국제연구소 간의 우호증진 및 학술연구협력에 관한 자매결연,

둘째, 캐나다의 McGill대학교 항공우주법연구소 간의 우호증진 및 학술연구협력에 관한 자매결연,

셋째, 대만의 아시아국제항공우주법연구소 간의 우호증진 및 학술연구협력에 관한 자매결연,

넷째, 일본의 우주개발이용제도연구회(SOLAPSU) 간의 우호증진 및 학술연구협력에 관한 자매결연,

다섯째, 독일의 Köln대학교 항공우주법연구소 간의 우호증진 및 학술연구협력에 관한 자매결연,

여섯째, 일본공법(空法)학회 간의 우호증진과 학술연구협력약정서를 각각 체결한 바 있다.

우리 학회는 국내의 항공우주 법규 및 항공우주관련 국제조약을 연구함으로써 우리나라 항공우주법의 발전 및 항공우주산업 및 위성통신산업의 발전에 이바지하는 데 그 목적이 있다.

학회 회원이 약 200여 명이 되고 일본, 프랑스, 캐나다, 네덜란드 외국인 회원도 13명이 포함되어 있다. 특별회원은 한국교통연구원을 비롯하여 7개 기관이며 국내외 연구협력기관은 일본공법학회(日本空法學會)를 비롯하여 10개 기관이다. 1988년 8월에 한국항공우주법학회의 창립 발기인은 손주찬 교수, 김두환 교수, 홍순길 교수, 이강빈 교수, 최준선 교수 및 박헌목 교수 등이 모여서 학회를 창립하였고, 나는 학회의 제2대 회장으로서 회장직을 6년간 역임했다.

제2절

• • •

한국항공우주정책법학회가 개최한
학술대회

　우리 학회는 1년에 2회 봄가을로 항공우주법 및 정책에 관한 학술대회를 개최하여 훌륭한 연구논문들을 발표해 오고 있다. 우리 학회가 중국의 베이징이공대학 우주법연구소와 중국정법대학 항공우주법연구소와도 상호 학술교류를 해 온 바 있다.

　한국항공우주정책법학회가 1988년 10월에 창립된 이후 매년 2회씩 봄가을로 개최되어 왔는데 2020년 6월 18일(목) 오후 2시부터 6시까지, 서울시 서초구 양재 2동에 있는 더K 호텔(한국교육화원) 회의실에서 「제64회 한국항공우주정책법학술대회」가 코로나 바이러스 감염증 때문에 화상회의(畵像會議, Zoom)로 개최되었다. 2019년 12월 6일(금), 성균관대학교 법학전문대학원 회의실에서 개최된 제63회 항공우주정책법학술대회가 개최되었고 동시에 제16회 항공우주문화상 시상식도 거행되었는데, 수상자는 한국항공사의 손창완(孫昌完) 사장이 받았다.

　우리 학회가 창립된 이후 지금까지 『항공우주정책』 학회지도 1년에 1~2회 발간해 오고 있다가 2020년과 2021년부터 1년에 4회 발간하고 있다. 우리 학회에서는 회장을 비롯하여, 명예회장, 고문, 부회장, 이사 및 회원들이 타이베이, 동경, 베이징, 방콕, 싱가포르 등의 항공우주법국제대회에 참가해서 많은 우수한 연구논문들을 발표해 오고 있다.

한국항공우주법학회 주최로
제4회 세계항공우주법대회가 서울에서
개최된 경위와 숨은 이야기

1. 1997년 6월, 한국항공우주법학회 주최로 제4회 세계항공우주법 대회가 서울에서 개최된 경위와 숨은 이야기

1997년 6월 23일부터 25일까지 한국항공우주법학회와 한국공군사관학교가 공동주최로 「제4회 세계항공우주정책법 및 산업에 관한 국제대회」가 서울 롯데 호텔 2층 대회의실에서 개최되었다.

이 국제대회에 미국, 영국, 캐나다, 프랑스, 이탈리아, 네덜란드, 일본, 중국, 대만, 오스트레일리아, UN의 우주사업국(UNOOSA), 국제항공수송협회(IATA) 등 17개 국가와 2개의 국제기구로부터 세계적으로 유명한 영국의 Bin Cheng 교수, UN의 우주사업국장 N. Jasentuliyana, 네덜란드의 Leiden대학교 항공우주법국제연구소 의장 H. A. Wassenbergh 교수, 캐나다 맥길대학교 항공우주법연구소장 M. Milde 교수, 일본우주개발이용제도 연구소(SOLAPSU) 소장 Toshio Kosuge 교수, 대만의 동오(東吳)대학교 법대학장 Chia-Jui Cheng 교수 등 유명인사가 많이 참석하였다.

국내적으로는 고건 국무총리, 이환균 건설교통부 장관, 공군 참모총장 이광학 공군대장, 공군사관학교 이기현 공군 중장, 숭실대학교 어윤배 총장, 교수, 변호사, 각 항공사 및 우주사업단의 고위간부, 정부의 고위관리 등 국내외 참가자가 400여 명에 달하였다.

나는 제4회 세계항공우주법대회의 조직위원회 위원장으로서 한국항공우주법학회 간사인 한명호 박사와 2년간 공군사관학교 교수부에서 파견된 김진경 공군 중령과 함께 내가 숭실대학교 법학연구소 소장으로 있었던 사무실에서 밤낮을 가리지 않고 열심히 준비하여 이 대회를 성공시켰던 것이다.

지금 생각해 보면 이 시기가 내 인생에 있어서 가장 전성기 시절이 아니었나 생각된다. 내가 한국항공우주법학회 학회장을 4년째 하던 해인 1997년 6월에, 우리나라에서 처음으로 아시아항공우주법대회를 개최하게 되었던 것이다.

실인즉 국제항공우주법대회는 대만의 Chia-Jui Cheng 교수(아시아항공우주법학회 회장)에 의해 1991년 5월에 타이베이에서 처음 시작됐다.

내가 1990년 4월 미국 UCLA 법학전문대학원 방문학자로 있을 당시, Chia-Jui Cheng교수는 UCLA 법전문대학원 도서관에 있는 나의 연구실까지 찾아와서 제2회 아시아항공우주법대회는 한국 서울에서 개최해 줄 것을 나에게 요청했다. 내가 당시 한국항공우주법학회 회장이었으므로 계속 나에게 요청하는 것이었다. 그런데 당시 우리 학회는 회비도 잘 걷히지 않아서 재정적으로 아주 열악한 상태에 있었다.

그래서 나는 Chia-Jui Cheng 교수에게 경제적으로 한국보다 더 나은 일본 동경에서 이 대회를 개최할 것을 종용했다. 그렇게 중개 역할을 해서 제2회 국제대회는 1993년 6월에 일본 동경(東京)에서 개최되었다. 이 국제대회의 후원자인 일본의 스미스건설주식회사(淸水建設株式會社)의 대회의실에서 개최되었다.

그 후 또 Chia-Jui Cheng 교수가 Taipei로부터 다시 나한테 서울로 찾아와서 제3회 세계항공우주법대회는 반드시 서울에서 개최하자고 제안했다. 그래서 또다시 고민에 빠졌다. 학회의 경제 사정으로 볼 때 이번 대회도 우리나라에서 개최하기에는 좀 무리였다. 이번에도 중국으로 회유할 수밖에 없었다.

국토는 중국이 한국보다 더 넓으니 베이징(北京)에서 개최하는 것이 좋다고 다시 설득했다.

그래서 제3회 세계항공우주법대회도 1995년 8월에 베이징에서 성공적으로 개최됐다.

제4회 세계항공우주법대회는 더 이상 피해 갈 방법이 없었다. 우리 학회 부회장으로 있는 홍순길 교수와 이강빈 교수 및 상임이사로 있는 교수들과 상의한 결과 아무리 머리를 맞대고 고민을 해도 이제는 서울에서 개최할 수밖에 없다는 결론이 나왔다.

그래서 제4회 국제항공우주법대회를 서울에서 치르기 위하여서는 자금조달이 제일 큰 문제였으므로 어떻게 해야 할지 고민하기 시작했다.

나는 무(無)에서 유(有)를 만들어 내어야만 하는 역할을 했다. 그때 당시 마침 나의 고향인 청주에 있는 공군사관학교 항공우주법연구소가 주최하는 심포지엄이 열린다는 소식을 접하였다.

그리고 공군 참모총장이 참가한다는 소식도 들렸다. 나는 하나의 아이디어를 내어 급하게 감사패를 만들었다.

내가 공군 참모총장을 면회하기란 그리 쉬운 일이 아니었다. 심포지엄이 끝난 후, 리셉션에 참석하니 공군사관학교 생도를 포함하여 공군 소위로부터 소령, 대령, 공군 중장까지 약 400여 명의 장교들이 모여 있었다. 공군 참모총장이 참석하니 당시 우리 학회의 부회장, 임원 및 회원 교수들도 많이 참석했다.

나는 인사말에서 공군 참모총장과 미리 상의도 안 한 채, 제4회 세계항공우주법대회를 서울에서 개최하는데 우리 항공우주법학회와 공군사관학교가 공동으로 개최하는 것이 좋겠다고 제안을 했다.

그렇게만 되면 우리나라 공군사관학교의 명성도 전 세계적으로 알릴 수 있는 좋은 기회가 될 것이라고 설명했다. 그러자 우레와 같은 박수가 터져 나왔다.

나는 미리 준비해 간 감사패를 전달하면서 공군사관학교와의 공동개최 하는 것으로 확정되었다.

그래서 대회 유치에 대한 자금부담을 어느 정도 덜 수 있게 되었다. 1997년 2월 나는 세계적으로 유명한 네덜란드 Leiden대학에서 박사학위 논문심사위원으로 우리 학회의 부회장인 홍순길 교수와 같이 위촉을 받았다. Amsterdam에서 가까운 거리에 있는 Leiden대학은 유럽에서 손꼽히는 유명한 대학이었다.

레이던대학에서는 한 4년 정도 공부한 대만 변호사에게 박사학위를 수여할 예정이었다.

나와 잘 아는 Pablo Mendes de Leon 교수(Leiden대학 항공우주법국제연구소 소장)가 나와 홍순길 교수(한국항공대학교 총장 역임)를 심사위원으로 위촉한 것이었다. 당시 홍순길 교수는 한국항공주법학회 부회장이었다.

내가 Leiden시에 도착하니까 Leon 교수는 나의 제자인 오창석 교수(창원국립대학 박사)와 한명호 박사(한국방송통신위원회 국제공조점검 단장)를 함께 오찬에 초대하였다. 나는 심사할 논문책자 200여 페이지를 서울에서 미리 다 읽고 갔다. Leiden대학 항공우주법국제연구소로부터 나의 박사학위 가운을 가져오라고 연락이 왔다. 유럽에서 법학박사학위 논문심사과정이 매우 까다로웠다.

Leiden대학 강당에서 심사위원으로 세계적으로 유명한 빈쳉(Bin Cheng) 교수와 UN 산하 국제사법재판소 판사, 네덜란드 정부의 외무부 장관, 교수 등 10여 명이 모인 가운데 박사학위 후보자와 그의 친구들 둘이, 결혼식 때 화동처럼 옆에 앉아 있었고 심사위원들이 구두 심문을 하기 시작했다.

심사위원들이 서로 토의해 가면서 심사를 거쳤다. 학위를 받는 사람과 심사를 하는 사람, 모두가 최선을 다하는 모습이 인상적이었다. 그렇게 해서 어렵게 대만 변호사는 법학박사학위 논문심사에 통과됐다.

논문 심사 일정이 끝난 후, 네덜란드 Armsterdam 왕립항공사 부사장인 H. Peter van Fenema 박사가 우리를 오찬에 초대했다. 네덜란드 Armsterdam 본사에서 열린 아주 근사한 오찬이었다. 나는 점심 식사를 하는 그 자리에서 KLM항공사 부사장에게 한 가지 제안을 했다.

우측으로부터 Leon 교수, 나, 연구소 여직원, 뒷줄 우측으로부터
한명호 박사와 같이 Leiden에 있는 음식점에서 오찬을 하면서 찍은 사진

KLM항공사가 Armsterdam에서 서울 직항편 운항을 많이 해서 수익이 많이 오르고 있으니 서울에서 개최되는 제4차 세계항공우주법대회에 유럽에서 참가하는 Speaker 15여 명에게 항공권을 무료로 부담해 달라고 요청했다.

그랬더니 KLM 부사장은 조건이 있다고 하면서, Armsterdam 서울 간 항공편 운항 횟수를 늘려 달라는 것이었다. 당시, 나는 교통부 정책자문위원으로 있을 때이므로 KLM의 요청을 교통부에 전달할 수 있었다. 그렇게 해서 유럽 10여 명 Speaker들의 항공권 일등석을 확보하게 되었다.

우리나라에서 항공우주법국제대회를 개최해 오는 데 이런 사례는 처음 있는 일이었다.

그때 당시 나는 국무총리실 정책자문위원을 한 2년간 역임할 때였는데, 고건 전 국무총리가 그 당시 교통부 장관으로 있었다.

고건 국무총리께서는 어디에서 게재된 내 글을 읽었다고 하면서 나를 교통부 정책자문위원으로 모시라고 항공국장에게 지시를 내린 것이다. 고건 국무총리는 서울대학교 문리과대학 정치학과를 졸업하였으므로, 서울대학교 법대의 선후배 관계는 아니었으므로 아는 사이가 아니었다. 그저 내가 쓴 항공관련 글을 읽고 난 후 당시 교통부 항공국장에게 지시를 내린 것으로 안다.

그런데 내가 당시 국무총리 정책자문위원인데 굳이 교통부정책자문위원으로 갈 이유가 없었다.

그래서 요청을 거절했더니 그 당시 항공국장이 나의 종로구 평창동 집으로 찾아오겠다는 것이었다.

내가 수락을 안 하면 자신의 입장이 곤란해진다고 말했다.

전에 내가 한국화약, 더서울플라자 호텔에 이사로 있을 때, 교통부에 가서 객실요금을 올려 달라고 제의하러 가면 교통부 국장은 사장이나 만날 수가 있었지 이사는 과장이나 계장을 만날 수 있는 시기였다.

그런데 그 항공국장이 우리 집까지 찾아온다고 하니 옛날 같으면 생각도 못 할 일이었다.

업계에 있다가 학계로 가니 대접도 받고 이제 완전히 상황이 뒤바뀐 것이다.

그래서 나는 더서울플라자 호텔 커피숍에서 교통부 항공국장을 만나자고 말했다.

교통부 항공국장은 항정과장, 계장과 함께 약속장소에 나타났다. 그런데 만나자마자 교통부 정책자문위원의 발령장을 주는 것이었다.

미리 결재까지 다 맡아 놓은 상태였던 것이다. 따라서 교통부 정책자문위원을 7년간을 역임했다.

그리고 국무총리실 정책자문위원직도 3년간 했다.

이런 나의 경력을 KLM항공사에서 미리 알고 있었으니 나에게 항공편 운항 횟수를 늘려달라고 요청하면서 항공권을 협찬해 준 것이었다.

유럽에서 참가하는 국제회의 Speaker 15명에게 KLM항공사에서 항공권 일등석이 제공됐다. 유럽에서 참가하는 세계적으로 유명한 학자 및 교수들의 항공권이 다 해결된 것이다.

이에 따라 귀국 후 대한항공 부사장실을 홍순길 부회장과 함께 방문하여 대한항공 부사장에게 「제4회 세계항공우주법대회」의 유럽지역의 Speaker 15명 이상의 무료항공권을 네덜란드의 KLM왕립항공사가 전액 부담하기로 합의하였으니 대한항공은 미국과 캐나다지역의 Speaker 4명의 무료항공권을 발급해 달라고 요청을 하였더니 쾌히 승낙을 받아냈다.

그다음 날 아시아나항공사 부사장실을 홍순길 부회장과 함께 방문하여 부사장에게 「제4회 국제항공우주법대회」의 동남아지역 및 Australia의 Speaker 3명의 무료항공권을 발급해 달라고 요청하였더니 역시 쾌히 승낙을 받았다.

이때 당시 나는 「제4회 세계항공우주법대회」의 서울 개최 준비관계로 너무나 바빠 일본 동경에 갈 틈이 없었으므로 일본항공(JAL) Miyoshi Susumu(三好 進) 법무부장(부사장급)에게 국제전화를 걸어 일본어로 「제4회 세계항공우주법대회」의 유럽지역 Speaker 15명 이상의 무료항공권을 네덜란드의 KLM항공사가 부담하고 대한항공은 미주지역의 Speaker들의 무료항공권을, 아시아나항공도 동남아지역 및 Australia의 Speaker들의 무료항공권을 각각 부담하기로 합의하였고, Miyoshi(三好) 법무부장을 이 대회의 Speaker로 시켜줄 테니 일본 측의 Speaker 7명의 무료항공권을 발급해 달라고 요청하였더니 쾌히 승낙을 받아냈다.

즉 국제전화 한 통화로 일본과의 항공권문제가 해결되었던 것이다. 유럽지역, 아시아지역(일본 및 호주 포함) 및 미주지역(캐나다 포함)으로부터 참가하는 모든 Speaker들의 무료 왕복항공권은 KLM항공사, 일본항공(JAL), 대한항공(KAL), 아시아나항공 등이 각각 분담하겠다는 약속을 받아냈고, 비행기표 문제가 해결되자 자연히 서울대회를 본격적으로 추진하게 되는 계기를 마련하게 되었던 것으로 이들 국내외 항공사들에게 진심으로 사의(謝意)를 표하는 바입니다.

이렇게 해서 항공권문제는 다 해결이 됐다. 그런데 김영삼 대통령이 UN총회에 가시는 일정 때문에 고건 국무총리가 대신 참석하게 됐다. 이 대회는 외국 Speaker들의 항공권의 무료 제공뿐만 아니라 참석자들의 모든 오찬, 만찬 식사까지도 한국 측 스폰서를 통하여 무료로 제공되었다.

그때 당시까지 우리나라에서 이렇게 규모가 큰 국제대회는 처음이었다.

이렇게 하여 「제4회 세계항공우주법대회」의 외국 Speaker 30여 명의 비행기표는 해결되었지만 이 외국 Speaker 30여 명의 호텔 숙박비 부담문제는 내가 해결할 수가 없어 이 서울국제대회의 공동주최자인 공군사관학교(空士) 교장 이기현 중장에게 내가 전화를 걸어 우리 학회가 외국 Speaker 30여 명의 비행기표를 해결하였으므로 외국 Speaker 30여 명의 국제회의의의 기간인 1997년 6월 22일부터 25일까지 4박 5일간의 롯데 호텔 숙박비는 공군사관학교가 부담해 달라고 요청하였더니 쾌히 승낙을 받아내어 숙박비문제도 해결하였던 것이다.

실인즉 그때 당시 우리 한국항공우주법학회는 국제대회를 치를 만한 기금이 한 푼도 없었으므로 오로지 내가 머리 하나로 Idea를 내어 홍순길 부회장과 이강빈 부회장과 함께 힘을 합하여 이 국제대회를 성공시켰던 것이다.

그때 당시 나는 숭실대학교 법과대학 학장을 거쳐 법학연구소 소장으로 있었기 때문에 「제4회 세계항공우주법대회」를 준비하는 조직위원회를 구성하고 본부를 숭실대학교 법학연구소에 두고 2년간 석·박사과정 학생들 몇 명과 같이 내가 이 국제대회를 성사시키기 위하여 준비하였기 때문에 각국에 보내는 우편료 및 통신료, 사무용품비와 식사대 등 많은 경비가 소요되었다.

특히 1997년 2월경 공군에서 영어를 제일 잘하는 공군사관학교의 김진경(金鎭卿) 공군 중령 및 공군 장교 2명이 5개월간 본 학회의 사무실이 있는 숭실대학교 법학연구소에 파견되어 근무하며 불철주야 상기 본 학회의 한명호(韓明鎬) 수석간사 및 간사들과 함께 준비작업을 하였기 때문에 수고들을 많이 하였으므로 진심으로 사의(謝意)를 표하는 바입니다.

2. 제4회 세계항공우주법대회의 조직위원회 위원장으로서 주재한 대회의 주요 내용과 연구논문의 발표

1997년 6월 22일부터 25일까지(전야제 포함) 4박 5일간 「제4회 세계항공우주법대회」가 서울 롯데 호텔에서 개최되었기 때문에 이 대회를 준비하기 위하여 인건비, 국제우편비 및 통신료, 인쇄비, 식사대, 기타 경비 등 국제대회준비 연구비 명목으로 3천만 원을 우리 한국항공우주법학회가 건설교통부 항공국에 신청하였다.

당시 건설교통부 항공국 국제항공과장(현재: (사)글로벌항공우주산업학회 회장)으로 있었던 신동춘 박사께서 예산반영에 많은 수고를 했다. 여하간 이 국제대회의 준비 연구비 예산 3천만 원은 건설교통부 장관의 결재를 득한 후 경제기획원 예산실에 신청하였으나 이 예산실에서 전액 삭감되었다.

그러나 공군사관학교에서 신청한 이 서울국제대회의 외국 Speaker 30여 명의 4박 5일간의 숙박비 예산과 기타 제반경비 등의 상당액은 경제기획원 예산실에서 군 예산이기 때문에 한 푼도 깎이지 않았고 통과되었다.

나는 「제4회 세계항공우주법대회」를 개최할 예산이 없기 때문에 서울에서 이 국제대회를 개최하느냐 마느냐 하는 절박한 위기에 처하게 되었고 참으로 난감한 지경에 빠졌다. 나는 고민한 끝에 나와 평소에 잘 알고 지냈고 나만 보면 형님이라고 부르던 서울법대의 4년 후배인 이수성(李壽成) 국무총리를 찾아가기로 결심하였다.

내가 서울대학교에서 좀 가까운 거리에 있었던 관악구 상도동에 있는 숭실대학교 법과대학 학장으로 근무하고 있을 때 이수성 국무총리께서는 서울대학교 법과대학 평교수로 있었다.

하루는 내가 숭실대학 법대 학장실에 있을 때 이수성 교수가 나에게 직접 전화를 걸어왔는데 자기 서울법대 15회 동기 동창인 홍학표 세무사가 국세청 총무과장을 지냈는데 세법에 아주 정통하고 우수한 실력자이므로 숭실대학교 법대에서 세법강사로 써 달라는 부탁 전화가 왔으므로 내가 들어주었고 홍 세무사를 세법강사로 채용한 적이 있다.

이번에는 내가 나라를 위하여 이수성 국무총리에게 부탁하여야만 되므로 날짜를 정하여 이수성 국무총리실을 방문하였다.

이 총리는 나를 반갑게 맞이하면서 방문 목적을 설명하라고 말하기에 나는 이 총리에게 「제4회 세계항공우주법대회」의 프로그램을 보여주면서 우리나라 국위선양을 위하여 이 국제대회가 우리나라 서울에서 꼭 개최하여야만 되는데 경제기획원 예산실에서는 이 국제대회의 내용도 설명을 듣지 않고 3천만 원 예산을 무조건 삭감하였으니 이 총리께서 예산실장에게 직접 전화를 걸어 3천만 원 예산을 부활시켜 달라고 부탁하였다.

그랬더니 이 총리께서 「제4회 세계항공우주법대회」의 프로그램을 보더니 나에게 대뜸 하는 이야기가 이 대회의 축사(Congratulatory Addresses)를 하는 사람의 명단에 주한(駐韓) 네덜란드 대사 이름 앞에는 H.E.(His Excellency: 각하)라는 문구가 적혀 있는데 어째서 이 총리 이름 앞에는 H.E.가 적혀 있지 않느냐고 말하기에 나는 어느 나라든지 대사는 그 나라를 대표하므로 외교 의전상(diplomatic protocol) 반드시 H.E.를 적게 되어 있는데 만약 이 총리께서 예산실장에게 전화를 걸어준다면 반드시 프로그램을 수정하여 H.E.를 기입하겠다고 답변하였다.

이 총리께서 나의 답변을 듣고 나서 알았다고 하면서 현재 서울 시내에는 매일같이 데모가 일어나고 있는데 이 데모를 진압하기 위하여 경찰의 방독면 마스크를 구입하여야만 되는데 구입할 예산이 부족하다고 나에게 말하였다.

여하간 국무총리실에서 이 총리와 30분간 대담을 한 후 간다고 말을 하고 문을 나서자 이 총리께서 복도까지 따라 나와 나에게 잘 가라고 인사말을 하였다. 이 총리께서 나를 전송하기 위하여 복도까지 나온 이 광경을 송태호(宋泰鎬) 국무총리실 비서실장이 보았으므로 나는 송 실장이 있는 책상이 있는 데로 가서 「제4회 세계항공우주법대회(世界航空宇宙法大會)」 준비 연구비예산 3천만 원을 다시 책정하도록 이 총리께서 경제기획원 예산실장에게 전화 걸기로 합의하였으니 이 총리 대신 송태호 실장께서 이 자리에서 경제기획원 예산실장에게 전화를 걸어 달라고 말하였더니 즉각 송 실장이 예산실장에게 전화를 걸어 성사되어 건설교통부에 3천만 원 예산이 배정되어 「제4회 세계 항공우주법대회」를 서울 롯데 호텔에서 4박 5일간 성공적으로 치르게 되어 우리나라 국위를 선양시켰던 것이다.

실인즉 송태호(宋泰鎬) 국무총리실 비서실장은 내 매제 정구호(鄭九鎬) 님이 경향신문사 사장으로 있었을 때에 서울대학교 문리과대학 정치학과 선후배 관계로 경향신문사 사장 비서실장으로 있었기 때문에 내가 여러 번 만나 잘 아는 사이였다.

그 후 송 실장은 김영삼 정부 때 제34대 문화공보부 장관을 지낸 바 있다. 이상은 「제4회 세계항공우주법대회」를 성공시킨 나의 숨은 이야기이다. 그 후 세계항공우주법대회는 5회까지 개최됐다.

나는 이렇게 규모가 큰 국제대회를 기획하고, 참가자로서 논문을 발표하다 보니 세계항공 우주법과 국제대회에 관련된 연구를 더욱 깊이 있게 하게 되었다.

현재까지 미국, 영국, 캐나다, 일본, 독일, 중국, 인도, 네덜란드, 싱가포르 등의 세계적으로 유명한 국제항공우주법 분야의 학술지에 게재된 필자가 영어, 중국어 및 일본어로 쓴 연구논 문이 61편이나 되고 국내의 학술지에 게재된 연구논문도 77편이 되므로 합계 138편이나 되 는 성과를 거두고 있었다.

특히 외국인에게는 실리기가 어려운 독일의 유명 학술지에도 나의 논문이 네 번이나 게재 된 바 있다.

또한 세계 여러 나라들로부터 1997년 6월 서울에서 개최된 「제4회 세계항공우주법대회」 를 성공적으로 치른 공로로 나는 캐나다의 맥길대학교(McGill University) 항공우주법연구소 Michael Milde 소장으로부터 감사패를 받았고, 네덜란드의 레이던대학교(Leiden University) 항공우주법연구소 소장 Pablo Mendes de Lenon 교수, 대만의 국제항공우주법아시아연구소 소장 Chia-Jui Cheng 교수들로부터 각각 감사패를 받았다.

일본의 「우주이용제도연구회(SOLAPSU)」의 이사장 Toshio Kosuge(小管敏夫) 교수로부 터 나의 공로에 대한 감사의 뜻으로 일본의 서예대가가 쓴 붓글씨 벽걸이와 고급 큰 탁상시계 를 선물 받았고 우리나라 공군 참모총장 이광학 대장이 우리나라 항공우주력 발전에 크게 공 헌하였다는 취지로 나에게 감사패를 수여했다.

또한 「제4회 세계항공우주법대회」 때 세계 각국으로부터 참가한 Speaker들의 논문을 내가 편집한 내용을 「21세기에 있어 세계의 항공우주와 우주자유공간의 이용(The Utilization of the World's Air Space and Free Outer Space in the 21st Century)」이라는 제목으로 대만 타이 베이에 있는 Chia-Jui Cheng 교수가 네덜란드의 출판사와 교섭하여 나와 공저로 책(414 페 이지)이 세계적으로 유명한 화란의 Kluwer Law International출판사에 의하여 2000년에 발 간되었다.[*]

---

[*] Chia-jui Cheng and Doo Hwan Kim, *The Utilization of the World's Air Space and Free Outer Space in the 21st Century*, Kluwer Law International, Rhe Netherlands, 2020, at 65-96.

3. 1997년 6월 서울에서 개최된 제4회 세계항공우주법대회의 개회식과 회의 순서

우리나라가 1945년에 해방이 되고 1948년에 대한민국정부가 수립된 이후 50여 년 만에 처음으로 한국 및 세계항공우주법학계의 역사에 길이 남을 세계적인 행사인 「21세기를 대비한 항공우주정책법 및 산업에 관한 세계대회(통칭: 제4회 세계항공우주법대회)」가 1997년 6월 22일부터 25일까지 4일간(전야제 포함) 서울 롯데 호텔에서 개최되었다.

본 대회는 한국항공우주정책법학회 및 숭실대학교 법학연구소와 공군사관학교가 공동으로 주최하여 성공적으로 개최된 것이다. 6월 22일(일) 오후 7시부터 서울 롯데 호텔에서 한국항공우주정책법학회 회장인 김두환 교수와 숭실대학교 총장인 김성진 박사와 공동주최로 개최된 전야제(前夜祭)에는 외국 및 국내에서 참가한 Speaker님들과 고위인사 100여 명을 모시고 만찬회를 가졌다.

특히 본 대회의 개회식에서 이 대회를 빛내고 알찬 성공을 위하여 김영삼(金泳三) 대통령의 축하 메시지도 전달되었다.

1997년 6월 22일에 롯데 호텔에서 개최된 전야제, 우측으로부터 주한 네덜란드 대사, 공사 교장, 숭실대학교 기획처장 김영종 교수가 숭실대 총장의 축사를 대독하고 있으며 그다음이 김두환 교수

1997년 6월 23일, 오전, 롯데호텔 2층 대회의실에서 『21세기를 대비한 항공우주정책, 법 및 산업에 관한 세계대회』의 개회식 때 교수 김두환회장이 개회사를 하고 있는 장면

　　한국항공우주정책법학회를 대표하여 회장인 김두환 교수의 개회사, 공군사관학교를 대표하여 공군 참모총장 이광학 공군 대장의 축사, 주한(駐韓) 네덜란드의 Wolfswinkel 대사의 축사, 건설교통부 이항균 장관의 기조연설(대독: 김건호 차관), 멀리 외국으로부터 내한하신 본학회와 연구협력 및 친선결연관계를 맺은 바 있는 네덜란드, 캐나다, 대만, 일본 등의 항공우주법연구소 이사장 및 소장들의 환영사 및 폐회식 때 주최 측인 한국항공우주정책법학회를 대표하여 회장인 김두환 교수의 폐회사, H. A. Wassenbergh 교수 및 Chia-Jui Cheng 교수의 폐회사가 있었다.

　　본 서울세계대회는 「21세기에 있어서 세계항공 및 우주공간의 효율적 이용」이라는 주제를 가지고 20여 개국으로부터 참가한 바 있는 세계적으로 유명한 항공우주정책 및 법 분야의 석학이신 Bin Cheng 명예교수님(영국, London대학), Henri A. Wassenbergh 교수님(네덜란드, Leiden대학교 항공우주법국제연구소 이사장), I.H.Ph. Diedericks-Verschoor 교수님(네덜란드, Leiden항공 우주법국제학회 부이사장 前)국제우주법학회(IISL) 회장), Chia-Jui Cheng 교수님(대만, 아시아국제항공우주법 학회장), 고스게 후미 도시 교수(小管敏夫 教授: 일본우주개발제도 연구회(SOLAPSU) 이사장), Michael Milde 교수(캐나다 McGill대학교 항공우주법연구소 소장), 일본의 구리바야시 다다오 교수(栗林忠男教授, 慶應義塾大学 法學部), 사

184

카모도 데루오 교수(坂本昭雄教授, 關東學院大學 法學部) 등이 참석했다.

미국에서는 Paul Stephen Dempsy 교수(미국 Colorado주, Denver대학교) 등 외국으로부터 약 60여 명의 학자, 교수, 변호사, 항공우주정책법 분야의 전문가, 네덜란드 민간항공청 Kees den Braven 항공정책국장, Jose E. C. Queiroz 마카오 항공청장, 각국의 항공사 및 우주사업단의 임원, UN의 Nandasiri Jasentuliyana 우주사업국장, 유럽우주기구(ESA)의 A. M. Balsano 변호사, 국제우주법학회(IISL)의 Tanja Masson-Zwaan 간사 등 귀중한 학술연구논문도 발표하였고 열띤 토론도 벌였으며, 본 대회의 결실인「제4회 세계항공우주법대회의 선언문」도 폐회식 때 만장일치로 채택된 바 있다.

본 세계대회는 해외에서도 네덜란드의 Leiden대학교 항공우주법국제연구소, 대만의 동오대학교(東吳大學校)와 아시아국제항공우주법학회, 캐나다의 McGill대학교 항공우주연구소, 일본의 우주개발이용제도연구회(SOLAPSU) 등이 물심양면으로 적극적인 협조를 해 주었다. 실질적으로 이 서울 세계항공우주법대회는 한국항공우주법학회와 숭실대학교 법학연구소, 우리나라의 공군사관학교와 네덜란드, 캐나다, 일본, 대만 등의 대학연구소, 학회, 연구회와 공동으로 주관하여 조직되었던 것이다.

우측으로부터 공군 참모총장 이광학 공군 대장, 고건 국무총리, 김두환 학회장,
공군사관학교 교장 이기현 공군 중장, 세계적으로 유명한 H. A. Wassenbergh 교수(네덜란드)

1997년 6월 23일 롯데 호텔 대회의실에서 「제4회 아시아항공우주법대회」에 UN 우주항공우주사업국장,
국제항공수송협회(IATA)의 고위간부와, 미국, 영국, 프랑스, 중국, 일본 등 17개국으로부터 세계적으로
유명한 교수, 변호사들이 참가하였으며 한국에서는 그 당시 공군 참모총장, 공사교장,
한국항공우주정책법학회장 등이 참가하였음

이 「서울세계대회의 선언문」은 항공우주정책법 및 산업 분야에 관련하여 당면한 시급한
문제들을 해결하기 위하여 한국 김두환 교수가 이 초안을 작성하여 Henri A. Wassenbergh 교
수(네델란드), Chia-Jui Cheng 교수(대만), 고스게 후미도시 교수(일본), Michael Milde 교
수(캐나다) 들 간의 여러 차례 협의와 수정을 거쳐 합의에 도달되어 채택되었던 것이며, 이미
UN 산하 국제민간항공기관(ICAO) 및 UN 우주 평화적 이용위원회(UNCOPUOS) 등에 송
부된 바 있다.

1997년 6월 24일(화)에 롯데 호텔에서 개최된 「제4회 세계항공우주법대회」 제3 Session에
나는 공동의장으로 있으면서 「국제항공운송에 있어 바르샤바 시스템」이라는 제목으로 연구
논문도 발표했다.

본 대회의 성공을 위하여 물심양면으로 적극 협조하여 주신 공군사관학교 및 공군, 숭실대
학교, 건설교통부, 한국공항공단, 수도권신공항건설공단, 한국항공진흥협회, 주한 네델란드대
사관, 서울지방변호사협회, 한국항공대학교, 주식회사 대한항공, 주식회사 아시아나항공, 현

대그룹, 한화그룹, 삼성항공산업주식회사, 대우중공업주식회사, 한국항공우주산업진흥협회와 해외로부터 협조하여 주신 네덜란드 Leiden대학교 항공우주법국제연구소, 대만 동오대학교 (東吳大學校) 아시아국제 항공우주법학회, 일본우주개발이용제도 연구회(SOLAPSU), 캐나다 McGill대학교 항공우주법연구소, 네덜란드의 민간항공청, 암스테르담 스키폴공항공단, 대만항공진흥재단, 네덜란드의 KLM항공사, 일본항공사(JAL) 등에 대해서도 다시 한번 심심한 사의(謝意)를 표합니다.

1997년 6월 롯데 호텔에서 공군사관학교 교장 이기현 공군 중장과 한국항공우주법학회장 김두환 교수

1997년 6월 23일 오후7시, 롯데 호텔에서 한국 정부 건설교통부 장관이 주최한 만찬장에서 찍은 사진

네덜란드의 Leiden대학교는 1575년에 설립되었으며 유럽에서는 랭킹(Ranking) 16위, 네 딜란드에서는 랭킹 1위에 속하는 대학이다. 1996년 2월부터 본 대회의 공동주최자인 공군사 관학교 이달호 공군 대령(空士 항공우주연구소장), 신성환(辛聖煥) 공군 중령(공사교수부 법정과장), 김만호(金萬鎬) 공군 중령(공사 항공우주연구소 기획실장) 등으로부터 적극적 협 조를 받아오던 중 1997년 2월부터는 공군에서 영어를 제일 잘한다는 소문이 나 있는 김진경 (金鎭卿) 공군 중령 및 공군 장교 2명이 5개월간 본 학회의 사무실이 있는 숭실대학교 법학 연구소에 파견되어 근무하며 불철주야 상기 본 학회의 한명호(韓明鎬) 수석간사 및 간사들과 함께 준비작업을 해 주신 데 대하여 이분들께 진심으로 고마운 뜻을 전합니다.

본 학회의 회장인 나는 공군사관학교의 김진경(金鎭卿) 공군 중령 및 공군 장교 2명의 협 조를 받아가면서 서울세계항공우주법대회의 준비작업을 총괄하여 2년간 진두지휘함으로써 「제4회 아시아 항공우주법대회」를 크게 성공시켰던 것이다.

이것은 오로지 본 대회 조직위원회의 임원 및 회원님들의 헌신적인 노력과 아낌없는 협조 덕분이라고 사료되며 이 영광을 본 학회 임원 및 회원님 들에게 돌리며 전기(前記) 4개국의 연구소장 및 학회장 들에게 다시 한번 감사의 말씀을 올리는 바입니다.

특히 일본중앙학원대학 지방자치연구센터에서는 각국의 저명한 항공우주법학자 및 국제 법학자들의 논문들을 다쓰자와 구니히꼬(龍澤邦彦: 리쓰메이칸대학) 교수가 편찬한 바 있 는 저서『국제관계(The Law of International Relations : 본인 논문도 포함되어 있음; 영문판, 636면) 』약 100여 권을 서울세계항공우주법대회직 위원회에 기증하였기 때문에 서울대회 에 참가한 국내외 학자 및 실무가(Co-Chairmen, Speakers, Panelists)들에게 기증한 바 있다.

전기(前記) 책자의 기증과 본 서울국제대회의 성공을 위하여 물심양면으로 수고를 하여 주신 이시모토 사부로(石本三郎) 명예교수(전 일본중앙학원 대학 총장), 야나기사와 히로야 시(柳澤弘毅) 교수님(중앙학원대학지방자치연구센터 소장), 다쓰자와 구니히꼬(龍澤邦彦) 교수, 요네다 도미타로(米田富太郎) 객원교수(중앙학원대학 지방자치연구센터)와 그 밖에 세 키구찌 마사오(關口雅夫) 교수(고마좌와대학 법학부), Pablo Mendes de Leon 박사(네딜란드 Leiden대학교 항공우주법국제연구소장) 들에게 진심으로 사의(謝意)를 표합니다.

한편 서울대회 기간 중 주한 네딜란드 Joseph Paulus Maria Wolfswinkel 대사님께서 서울 대회에 참석한 바 있는 국내외 인사 약 160여 명을 초청하여 6월 24일 오후에 대사관저에서

Garden Party를 열어주신 점과 네덜란드 KLM항공사 St H. Peter van Fenema 부사장님께서 일부러 네덜란드로부터 내한하여 국내외 참석자 250여 명을 위하여 롯데 호텔에서 오찬을 제공하여 주신 점에 대하여 본 학회 임원 및 회원님들을 대표하여 이 책을 통하여 다시 한번 고마운 뜻을 표합니다.

본 서울대회를 준비하는 과정에서 발생된 여러 난관을 극복하기 위하여 정기적으로 서울역 그릴에서 본인을 비롯하여 본 학회의 부회장인 홍순길(洪淳吉) 교수님(한국항공대학교 총장 역임), 이강빈(李康斌) 교수(당시 본 학회의 부회장, 상지대학교 대학원장 역임), 섭외 담당 상임이사이신 신동춘(申東春) 과장(건설교통부 행정부 이사관), 총무이사인 전삼현(全三鉉) 교수(숭실대학교 법대)의 노고에 대하여도 진심으로 고마운 뜻을 표하는 바입니다.

특히, 본 대회의 준비를 물심양면으로 협조하여 주신 이수성(李壽成) 전 국무총리, 송태호(宋泰鎬) 전 문화체육부 장관, 손순룡(孫淳龍) 전 건설교통부 항공국장, 손덕규(孫德圭) 전 한국공항공단 부이사장, 김광재(金光在) 전 국제항공 과장에게 진심으로 감사의 뜻을 전합니다.

The Netherlands ambassador in Seoul, Korea had invited 160 professors, lawyers, staff members of Airlines etc. attended to "the 4th world Conference of Air and Space Law" at garden party of his residence on June 23, 1997.

1997년 6월 23일 주한 네덜란드 대사가 본인 관저에서 160명의 외국 귀빈(교수, 변호사, 항공사의 고위간부)들을 초청하여 베푼 가든 파티에서 찍은 사진임

제7장

• • •

세계 최초로 우리나라 상법 제6편에
항공운송 규정이 신설된 입법
경위와 숨은 이야기

우리나라 상법 제6편에 항공운송에 관한 규정이 신설된 입법 경위와 숨은 이야기

우리나라는 항공기 사고가 나면 이를 처리할 수 있는 항공운송인의 책임과 손해배상에 관한 규정이 항공법과 2011년 이전의 상법에는 없었다. 우리나라의 상법전에는 교통사고로 인한 육상운송인의 손해배상책임과 육상운송계약을 중심으로 한 법률관계에 대하여 제2편 상행위 편에서 123개 조문이 규정되어 있고, 제5편 해상 편에서 해상사고로 인한 해상운송인의 손해배상책임과 해상운송계약을 중심으로 한 법률관계에 대하여 156개 조문이 있어 비교적 상세히 규정하고 있다.

그러나 우리나라 항공법과 2011년 5월 21일 이전의 상법에는 항공기사고로 인한 항공운송인의 손해배상책임과 항공운송계약을 중심으로 한 법률관계에 대한 규정이 한 조문도 규정되지 않았다.

따라서 2011년 이전에 항공기사고가 발생하면 이를 처리하기 위하여 항공사가 정한 항공운송약관(航空運送約款, Clause)에 의거 항공기사건을 처리해 왔다.

항공사의 운송약관이란 항공사가 일방적으로 정한 운송계약조건을 피해자(이용객 등) 보호를 위하여 반드시 정부(건설교통부 등)의 인가를 받도록 항공법 내지 관련 법규에 규정되어 있다.

그런데 미국, 영국, 독일, 중국, 프랑스 등 다른 나라들의 항공법에는 항공운송인의 책임과 사고로 인하여 발생된 손해에 대하여 배상에 관한 규정이 있다.

일본은 항공운송인의 책임과 사고로 인한 손해배상에 관한 규정이 항공법에 없기 때문에 해방 후 정부(교통부)가 항공법을 입법할 당시 일본의 항공법을 많이 참작하였기 때문에 우리나라 항공법에도 항공운송인의 책임과 사고로 인한 손해배상에 관한 규정이 없다고 생각된다.

그래서 나는 일본보다 앞서나가야만 되겠다는 생각을 하게 됐다. 일본이나 한국이 항공기 사고 사건에 대하여 항공사의 운송약관에 의해서 재판을 진행하다 보니 법원 판결에 의하여 운송약관이 무효화된 사례가 있었다.

매년 공군본부 주최로 서울시 동작구 대방동에 있는 공군회관에서 열리는 항공우주법 세미나가 개최되는데 나는 매년 공군본부 법무실로부터 초청장을 받아 참가하였고 나의 항공법관계 연구 논문도 발표한 적이 있다. 그동안 이 공군 세미나에 법무부로부터 참가하는 고위 공무원은 거의 보지를 못하였다.

그런데 2006년 9월 7일 공군본부가 주최한 「2006년도 항공우주법 세미나」가 서울 시내 동작구 대방동에 있는 공군회관에서 개최되었는데 법무부에서 김준규(金畯圭) 법무실장(검찰총장 역임)이 참석하였으므로 나는 깜짝 놀랐지만 한편 반가웠다.

그래서 내가 세미나의 휴식 시간에 김준규 실장을 만나 과거 120년 전에 우리나라 사람들이 하와이나 미국 본토에 이민을 갈 때에는 배를 타고 갔지만 지금은 모두들 비행기를 이용하고 있다.

만약 항공기사고가 났을 때 가해자인 항공운송인의 책임과 피해자에 대한 손해배상에 관한 규정이 그때 당시의 항공법이나 상법에 규정이 없기 때문에 판사들이 판결을 할 때에 큰 어려움이 있었다고 말하였다.

항공운송계약과 항공운송인의 책임과 피해자에 대한 손해배상에 관한 규정을 미국, 영국, 독일, 프랑스, 중국 등은 자국의 항공법에 항공운송계약의 법률관계와 항공운송인의 손해배상책임에 관한 규정이 있지만 일본 항공법에 규정이 없기 때문에 우리나라 항공법에도 규정이 없으므로 법의 공백이 있어 항공 실무 면이나 법조(法曹) 실무 면에 있어 어려움을 많이 겪고 있다고 설명하였다. 나의 생각으로는 우리나라가 상법을 개정하여 제6편에 항공운송에 관한 규정을 신설하여 항공운송계약의 법률관계와 항공운송인의 손해배상책임관계를 규정하는 것이 필요하다고 의견을 제시하였다.

이렇게 되면 우리나라 상법전 안에 육상운송(제2편 상행위), 해상운송(제5편 해상운송), 항공운송(제6편 항공운송)이 일원화가 되니까 가장 합리적인 교통행정의 밑거름이 될 뿐만 아니라 법적인 근거가 마련되어 법원판결에 합리화가 기대된다고 설명했다. 즉 법원은 항공기사건에 대한 재판의 기준설정, 신속성, 공정성, 능률성 등을 확보할 수 있다고 말하였다.

그때 김 실장은 안 그래도 법무부에서 현재 최첨단산업 분야에 관한 입법을 추진하고 있으므로 김 교수의 의견에 동의하며 마침 잘됐다며 매우 반기는 기색이었다.

2006년 9월에 우리나라 상법 제6편에 항공운송에 관한 규정을 신설하자는 필자의 의견을 법무부가 이를 수용하였으므로 이때부터 상법개정작업이 본격적으로 시작되었다.

정부(법무부)도 국내항공운송에 있어서 항공여객 및 하주(荷主)의 권익을 옹호하고 항공운송 계약당사자 간의 권리의무의 한계를 명확하게 하기 위하여 상법 내에 「항공운송 편」을 신설하는 것이 필요하다는 것을 인식하게 되었다.

2007년 5월 4일 법무부로부터 「항공관련 법제도 정비 연구용역」 과제를 필자를 포함하여 5명의 교수(한국항공우주법학회 임원: 홍순길 교수, 김두환 교수, 이강빈 교수, 김종복 교수, 김선이 교수)가 공동으로 받아 각자 연구과제를 분담하여 6개월간 연구를 한 후 동년 10월 30일 법무부에 연구결과 보고를 제출하였다.[*]

나도 상기 연구과제를 분담하여 연구결과인 상법개정시안인 제6편 항공운송 편에 40여개 조문을 새롭게 작성하여 법무부에 제출한 바 있다.

이 상법개정시안을 법무부가 정식으로 받아들여, 2008년 1월 29일, 법무부는 「상법 항공운송법제정 특별분과위원회(위원장 최준선 교수, 교수 2명, 변호사 2명, 항공사 법무실 부장 1명, 법무부 검사 1명, 법무연구관 1명, 합계 7명)」를 구성하였다. 상기 법무부 「상 법항공운송법제정 특별분과위원회」는 계속 작업을 하여 2008년 6월 상법개정시안(42개 조문)을 제정하였다.

한편 국민들의 의견을 수렴하기 위하여 2008년 6월 25일, 법무부가 주최하는 공청회를 개최한 바 있고 2008년 8월 6일부터 26일까지, 정부(법무부)는 「상법일부개정법률안(제6편에 항공운송법 조문을 신설)」을 입법 · 예고한 바 있다.

2008년 9월 9일부터 2008년 12월 16일까지 법제처에서 상기 상법일부개정에 관한 법안

---

[*] 김두환, 『국제 · 국내항공법과 개정상법(항공운송 편)』, 한국학술정보㈜, 2011년 9월 발행, 359면.

심의를 마친 후 국무회의에 상정되어 12월 23일, 「상법일부개정법률안(제6편에 항공운송법 조문 시설)」이 국무회의에서 통과되었다. 2008년 12월 31일 정부는 상기 「상법일부개정법률안(제6편 항공운송, 40개 조문 신설, 의안번호 3382호)」을 국회에 제출하였으므로 2009년 1월 2일 국회의 법제사법위원회에 회부되어 동 법안을 심의하였다.

한편 국회 법제사법위원회는 실무계(항공사 등), 학계 및 법조계 등의 의견을 수렴하기 위하여 2010년 11월 22일(월) 「상법일부개정법률안(제6편 항공운송)」에 관한 공청회를 국회 법제사법위원회 회의장(본관 406호실)에서 개최한 바 있다.

물론 그때 당시 법무부 법무실과 국회 법제사법분과위원회 소속 국회의원 및 전문위원님들의 요청에 따라 내가 법무부와 국회에 가서 상법개정 이유를 상세하게 설명한 바 있다.

2011년 4월 29일 상법일부개정법률안(제6편 항공운송 규정 신설)이 국회를 통과하였고 5월 23일 정부가 공포하였으므로 6개월 후인 2011년 11월 24일부터 대한민국 전 영역에 시행하게 되었다.

2011년 11월부터 우리나라의 개정상법의 시행은 세계의 상법전 가운데 미국, 독일, 프랑스, 일본 및 중국보다 앞서가는 세계 최초의 입법례가 되었다.

나는 항공운송법을 연구한 지 30여 년 만에 이루어진 결실이며 세계의 첫 입법례가 되었음은 국위를 선양시키는 데 좋은 계기를 마련하게 되어 보람을 느끼게 되었다. 현재 이 법안은 시행 중이며 이 법안이 우리나라 학회와 법무부에 논의될 때부터 우리나라 국위를 선양시키기 위하여 나는 2009년 5월 29일 일본의 동경 간다(神田)에 있는 학사회관 회의실에서 개최된 일본공법(空法)학회 주최 제55회 연구보고회에서 「한국상법의 개정법률안에 신설된 항공운송법의 주요내용과 전망」이라는 제목으로 연구논문을 일본어로 발표했고 그다음 해 일본의 학술지에도 게재된 바 있다.[*]

우리나라 개정상법전 내에 항공기사고로 인하여 피해를 입은 피해자 보호를 위한 새로운 규정을 삽입한 것은 역사에 길이 남을 일이다.

---

[*] 金斗煥, 韓国商法の改正法律案に新設された航空運送法の主な内容と展望, 空法51號, 日本空法學會發行, 2010年, 1-17頁.

● ● ● ●

우리나라 상법 제6편에 신설된 항공운송에 관한 규정 내용

우리나라 개정상법 제6편에 항공운송계약책임과 불법행위책임에 관계되는 조문들을 다음과 같이 40개 조문으로 규정하였다.

제1장 「통칙」(3개 조문),

제2장 「운송」(31개 조문),

제1절 「통칙」(5개 조문),

제2절 「여객운송」(9개 조문),

제3절 「물건운송」(8개 조문),

제4절 「운송증서」(9개 조문),

제3장 「지상 제3자의 손해에 대한 책임」(6개 조문), 합계 40개 조문

제8장

• • •

한국과 세계 각 나라에서 개최된
국제회의에 참가와 대학에서의 특강

제1절

• • • •

한국에서 개최된 국제회의 의장 및 Speaker로 참가

1. 1987년 9월, 서울에서 개최된 제13차 서울세계법대회에서 연구논문 발표

1987년 9월 세계법률가협회(World Jurist Association: 본부는 미국 워싱턴 D.C.에 있음)가 주최하는 제13차 서울세계법대회(World Law Conference: 미국을 비롯하여 40여 개국이 참가하였음) 항공법위원회에서 나는 국제항공법에 관련된 연구논문을 발표하였다.

2. 2001년 7월, 제주도 서귀포에서 「제5회 항공운송세계대회」의 제3분과위원회의 의장으로 위촉 받아 회의를 주재하였음

2001년 7월 19일부터 22일까지 세계교통학회(WCTR) 산하에 있는 항공운송학회(Air Transport Research Group, ATRG)가 주최하는 「제5회 항공운송세계대회(40여 개국 참가)」가 7월 19일부터 22일까지 3일간 제주도 서귀포 KAL 호텔에서 개최된 바 있다.

나는 동 대회의 제3분과위원회의 의장으로 위촉을 받아 회의를 주재하였다. 이 대회는 전 세계의 항공관련 대학, 연구기관, 단체, 기업 등이 참가하였으며 항공 관련 43개의 연구논문이 발표되어 토의와 질의응답 시간을 가졌다.

2001년 7월 20일 제주도 서귀포 KAL 호텔에서 개최된 "제5회 항공운송세계대회"에 참석한
학회 임원들과 외국Speaker들과 함께 찍은 사진

3. 2006년 5월, 서울에서 개최된 「2006 ICAO 아시아·태평양지역
   법률세미나」에서 연구논문 발표

2006년 5월 9일 서울에서 개최된 「2006 ICAO아시아·태평양지역법률세미나」의
개회식 때에 참석한 국내외 인사들이 함께 찍은 사진

2006년 5월 9일부터 11일까지 3일간, 국토교통부와 UN 산하 국제민간항공기구(ICAO)와 공동주최로 서울에 있는 Imperial Palace 호텔에서 개최된 「2006년도 아시아태평양지역에 있어 ICAO 법률세미나(ICAO 2006 ICAO Legal Seminar in Asia-Pacific Region: 20여 개국 이상의 대표 참가)」에서 나는 5월 10일 오후 2시에 「항공안전과 1952년의 로마조약의 현대화에 관한 조약초안에 대한 고찰」이라는 제목으로 연구논문을 발표하였다.

4. 2009년 10월, 대전에서 개최된 「제52차 국제우주법대회」의 제3분과위원회의 의장 취임과 연구논문 발표

2009년 10월 12일부터 16일까지 국제우주연맹(IAF 본부: 파리)과 국제우주법학회(IISL 본부: 파리)가 공동으로 주최하여 대전광역시에서 개최된 「제60차 국제우주대회(60개국으로부터 3,000여 명의 우주과학자, 교수, 전문가 등이 참석하였음)」 및 「제52차 국제우주법대회」에 필자는 동 대회 국제프로그램위원회의 위원 및 동 대회 제3분과위원회의 위원장으로 참가하여 사회도 보고 국제우주법에 관련된 연구논문(제목: 우주파편과 우주책임조에 관계된 법적 고찰)을 발표하였다.

5. 2010년 11월, 공군본부가 주최하는 서울에서 개최된 항공우주법세미나에서 연구논문 발표

2010년 11월 23일(화), 공군본부가 주최하여 서울시 동작구 대방동에 있는 공군회관에서 개최된 「2010년도 항공우주법세미나」에 주최 측으로부터 초청을 받아 나는 「북한의 미사일 문제와 우리의 대응전략」이라는 제목의 연구논문을 공군 참모총장을 비롯하여 국회국방위원회 위원장, 법제사법위원회 위원장, 미 제7공군 법무참모, 역대 공군 참모총장, 현역 장군 및 예비역 장군, 현역 영관 및 위관급 장교 등 350여 명이 참석한 앞에서 파워포인트를 이용하여 발표를 했다.

2010년 11월 23일, 공군본부가 주최하여 서울 공군회관에서 개최된 "2010년도 항공우주법 세미나"에
참석한 역대 공군 참모총장들과 한국 항공우주정책법학회 임원들과 함께 찍은 사진

6. 2012년 11월, 공군본부가 주최하는 서울에서 개최된
   항공우주법세미나에서 연구논문 발표

2012년 11월 15일, 서울 대방동에 있는 공군회관에서 공군본부의 주최로 개최된 「2012년
도 항공우주법세미나」에서 나는 「북한의 미사일문제와 새로운 방위체제의 구축」이라는 제목
으로 공군 참모총장을 비롯하여 국회국방위원회 위원장, 대법관, 미 제7공군 법무참모, 역대
공군 참모총장, 현역 장군 및 예비역 장군, 현역 영관 및 위관급 장교 등 360여 명의 참석자
앞에서 파워포인트를 이용하여 연구논문을 발표하였다.

일본에서 개최된 국제회의 참가와
대학에서의 특강

1. 1993년 6월, 동경에서 개최된 제2회 세계항공우주법대회
제6분과위원회의 공동의장 및 연구논문 발표

1993년 6월 2일부터 5일(토)까지 일본의 고마자와대학(駒澤大學) 법학연구소 및 우주개발이용제도연구회(SOLAPSU), 대만의 국제항공우주법연구소 및 동오대학(東吳大學) 법학부 및 대학원, 네덜란드의 Leiden대학교 항공우주법국제연구소와 캐나다의 McGill대학교 항공우주법연구소와 공동주최로 일본 동경(東京)에 있는 스미즈건설주식회사(清水建設株式會社)의 국제회의장에서 「제2회 세계항공우주법대회(20여 개국 참가)」가 두 번째로 열렸다.

1993년 6월 3일(목) 일본 동경에서 개최된 이 대회의 제3 Session에서 나는 「변화하는 시대의 국제항공운송인의 책임」이라는 제목으로 연구논문을 발표했고 6월 5일(토)에 개최된 제6 Session에서 공동 의장직을 맡아 회의를 주재하였다.

일본에서 역사가 오래되었고 대형 건설회사인 스미즈건설주식회사가 이 대회의 후원자가 되었다. 1993년 6월 4일(금) 오후6시부터 8시까지 일본 동경에 있는 주일본 네덜란드 대사가 세계 각국으로부터 참가한 인사들 400여 명을 초청하여 가든 파티를 열었다. 나도 이 가든 파티에 참석해서 오랜만에 만난 캐나다의 Michael Milde 교수, 일본의 Kosuge Fumitoshi(小菅民夫) 교수, Aoki Setsuko(靑木節子) 박사를 만났고 한국의 홍순길 교수 내외와 만나 나와

2006년 5월 9일 서울에서 개최된 「2006 ICAO아시아 · 태평양지역법률세미나」의
개회식 때에 참석한 국내외 인사들이 함께 찍은 사진

다 같이 사진을 찍었다.

물론 이 국제대회에서 나와 친한 일본의 Fujita Katsutoshi(藤田勝利: 大阪市立大學 法學部) 교수를 만나 오래간만에 환담을 나누었다.

2. 1994년 12월, 일본 오사카(大阪)시립대학과 오사카경제법과대학에서의 초청 특강

1994년 12월 8일(목) 일본 오사카(大阪)시립대학 법학부장의 초청으로 40여 명의 법학부 학생들에게 「한국개정회사법의 주요내용과 전망」이라는 제목으로 특강을 하였고, 다음 날 12월 9일(금) 오사카경제법과대학 총장 법학박사 Kubota Hiroshi(窪田宏敎授)의 초청으로 70여 명의 법대생들에게 「최근에 있어 한국개정회사법의 동향」이라는 제목으로 특강을 하였다.

1999년 12월 9일(금) 오사카경제법대 총장의 초청으로 내가 70여 명의 법대생들에게
「최근의 한국개정회사법의 동향」이라는 제목으로 특강을 하고 있는 장면과 입간판

3. 1999년 11월 일본 동경에 있는 대학, 학회, 포럼과 아시아친선교류협회에서 초청을 받아 특강을 함

1999년 11월 18일부터 24일까지 7일간 일본 동경에서 ① 고마자와대학(駒澤大學) 법학부, ② (사단법인) 아시아친선교류협회, ③ 일본방위법학회, ④ 세계포럼(World Forum) 및 소고연구(總合 硏究) 포럼의 공동주최, ⑤ 동경국제대학 등의 초청으로 필자는 「북한의 탄도미사일 위협과 일본, 한국 및 미국의 대응전략」이라는 제목으로 다섯 군데 기관에서 제목은 각각 조금씩 다르게 정하여 특별강연을 하였다.

1998년 8월 31일에 북한이 처음 실험 발사한 장거리 로켓은 「대포동 탄도미사일 1호」이다. 대포동은 이 로켓을 발사한 함경북도 화대군 무수단리의 옛 이름이다. '대포동 1호'는 일본 홋카이도(北海道) 1,600km까지 날아갔다. 장거리 비행에 부분적으로 성공한 것이다.

그래서 일본이 발칵 뒤집힌 것이다. 내가 아는 일본인 교수로부터 일본에 와서 북한의 탄도미사일에 대해서 1년을 연구하고 특강을 해 달라는 요청이 있었다.

나는 북한의 탄도미사일에 관하여 1년 동안 연구를 했다. 일본 아시아친선교류협회, 월드포럼(World Forum)과 같은 시민단체들로부터 나를 초청하였으므로 강의를 하게 되었다.

그때는 지금과 같은 파워포인트가 없을 때이므로 그냥 천연색 OHP 슬라이드를 제작하여

1999년 11월 9일, 아시아친선교류협회에서 회원 120여 명(사장, 부사장, 전무, 교수 및 변호사 등)에게 「북한의 탄도미사일 위협과 일본의 대응전략(北朝鮮の彈道ミサイルの脅威と日本の対応戦略)」이라는 주제로 강연을 하였다. 60분 동안 강연을 하고 30분간 질의응답 시간을 가졌다.

당시 내가 받은 강연료가 시간당 일화 10만 엔(한화 110만 원) 정도였으니 상당히 큰 액수였다. 그와 같은 강연을 일주일 동안 제목을 조금씩 바꿔가면서 두 군데 대학, 즉 고마자와대학과 동경국제대학과 일본방위법학회, 월드 포럼(World Forum) 등 두 군데 시민단체에서 강연을 하다 보니 일주일 안에 한화 5백여만 원의 강연료를 받았다.

나는 이 돈으로 나와 친한 일본인 교수들을 접대하였고, 내가 왼쪽 귀가 고막이 반밖에 없어 잘 들리지 않아 그때 당시 돈으로 보청기를 100만 원을 주고 사서 처음에 한두 번 사용하였지만 귀찮아서 지금까지 한 번도 사용하지 않았다.

일본 아시아친선교류협회의 초청으로 1999년 11월 19일 일본 동경 시내에 있는
항공회관에서 「북한의 미사일위협과 우리의 대응전략」이라는 제목으로
나의 일본어 특강을 듣고 있는 각 회원사에서 참가한 124명의 회사의 중역님들

4. 1999년 11월 일본 홋카이도 도마코마이시에 있는 도마코마이 고마자와대학의 초청 특강과 삿포로시에 있는 일본육상자위대북부방면총사령관으로부터 초청을 받아 특강을 함

일본 홋카이도(北海道)에 있는 도마코마이 고마자와대학(苫小牧駒澤大學) 학장의 초청으로 내가 1999년 11월 25일 (목) 8시 35분 동경에 있는 하네다공항에서 JAL여객기를 타고 홋카이도에 있는 치도세공항(千歲空港)에 도착한 시간은 오전 10시 5분이었다.

도마코마이 고마자와대학 무라모토 히로미치(室本弘道) 교수(예비역 육군 소장)가 승용차를 가지고 마중을 나와 도마코마이(苫小牧) 시내에 있는 고마자와대학(駒澤大學)으로 가서 학장을 만나 점심 초대를 받았다. 점심 식사 후 오후 2시부터 도마코마이(苫小牧)시 문화교류센터에서 도마코마이 고마자와대학(苫小牧駒澤大學) 주최 공개강좌로 시민들이 60여 명이 모인 자리에서 「한반도의 국제정세」라는 제목으로 아래에 있는 사진과 같이 특별강연을 하였고, 이 특별강연의 내용이 1999년 11월 26일 자 홋카이도 신문(北海道新聞)에 아래와 같이 게재되었다.

1999년 11월 26일, 내가 일본 홋카이도에 있는 도마코마이 고마자와대학(苫小牧駒澤大學)의 시민공개강좌에서 특강을 하고 있는 장면과 이 내용이 북해도 신문(北海道新聞)에 게재되었음

1999년 11월 26일 오전 8시 도마코마이시 역에서 나는 고마자와대학 Muromoto Hiromichi (室本 弘道) 교수(예비역 육군 소장)와 함께 특급기차로 출발하여 오전 9시 반경 삿포로역에

도착했다.

일본육상자위대북부방면총사령부 소속 일본군 육군 소령과 중령이 각각 승용차2대를 가지고 마중을 나왔다. 내가 처음으로 가는 삿포로 시내를 일본 육군 소령과 중령이 차로 에스코트하면서 시내 관광을 시켜주었고, 곧이어 세계적으로 유명한 아사히 맥주공장을 관람시켜주었으며 맥주도 마시면서 이곳에서 일본 육군 소령 및 중령과 점심 식사를 같이 하였다.

나는 일본 육상자위대북부방면총사령관(日本陸上自衛隊北部方面總司令官) 酒卷尚生 중장의 초청으로 홋카이도에 왔기 때문에 이날 점심 식사가 끝난 다음 일본 육군 중령의 안내로 이날 오후 1시 반경 총사령관실을 방문하였다.

특히 감명 깊었던 것은 총사령관실을 들어서자마자 응접실 탁상 위에 우리나라의 태극기와 일본국의 국기(國旗)인 히노마루기가 나란히 꽂혀 있었다. 우리 민족이 일제 치하에서 36년간 압박과 설움에서 살았으며, 특히 일정시대에 초등학교를 다니었던 나로서는 일본군 총사령관실에서 태극기를 보니 감회가 새로워졌으며 눈물이 핑 돌았다. 일본 육상자위대 장성 및 장교 300여 명을 앞에 놓고 특별강연도 더욱 잘하여만 되겠다는 새로운 각오를 마음속에 다졌다.

이 총사령관실 방에는 총사령관을 비롯하여 홋카이도 각 지방에 있는 일본 육상자위대 제5사단장, 제7사단장 및 11사단장과 고마자와대학 Muromoto Hiromichi(室本弘道) 교수(예비역 육군 소장)가 미리 와 있었다. 나는 총사령관과 각 사단장들과 인사를 나누고 차를 마시면서 잠시 환담을 나누었다.

이날 환담이 끝난 다음 일본 육상자위대북부방면총사령부 내 대형 체육관에서 홋카이도 방면(北海道方面)의 각 사단으로부터 참가한 사단장, 연대장, 대대장 등 육군 중장으로부터 위관급(尉官級) 및 영관급 장교(領官級將校)까지 300여 명이 모인 자리에서 「북한의 정세(情勢)와 일본에 미치는 영향(일본어: 北朝鮮の情勢と日本に及ばす影響)」이라는 제목으로 90분간 천연색 OHP 슬라이드를 이용하여 특강을 하였고 30분간 질의응답 시간을 가진 바 있다.

1999년 11월 26일 일본 북해도, Sapporo시에 있는 육상자위대 북부방면총사령관(陸上自隊北部方面總司令官)실에서
지방에 있는 육상자위대북부방면 5사단장, 7사단장과 11사단장 및 酒卷尙生 총사령관,
나와 室本弘道 교수와 같이 담소하고 있는 장면을 찍은 사진

Sapporo에 있는 일본 육상자위대사령부 내 체육관에서 육군 중장으로부터 위관급/영관
영관급 장교까지 300여 명이 나의 일본어 강연을 듣고 있는 장면을 찍은 사진

5. 1999년 11월 일본 관서(關西)지방
상사법연구회의 초청으로 특강을 함

1999년 11월 27일(토) 오전 7시 55분 나는 일본 홋카이도(北海道)에 있는 치도세공항(千歲空港)에서 JAL여객기를 타고 출발하여 오사카(大阪)에 있는 관서국제공항(關西國際空港)에 오전 10시경 도착했다. 오사카시립대학 법학부에 근무하고 있는 Fujita Katsutoshi(藤田勝利) 교수와 그의 제자 대학원생 2명이 차를 가지고 마중을 나왔다.

후지타 교수의 승용차로 나라(奈良)에 있는 일본에서 아주 유명한 사찰인 호류지(法隆寺)에 가서 관람을 한 후 오사카(大阪)역 옆에 있는 구루베 호텔에 도착하여 오후 2시부터 이 호텔 회의실에서 개최되는 관서상사법연구회(關西商事法研究會)가 주최하는 세미나에 참석하였다.

나는 이 세미나에 초청을 받은 연사(Speaker)로서 「최근 한국회사법의 개정내용과 전망」이라는 제목으로 일본어로 특별강연을 한 후 세미나에 참석한 교수 및 변호사들로부터 많은 질문을 받았고 답변도 하였다.

나는 세미나가 끝난 후 후지타 교수와 함께 오후 6시부터 중국요리점인 동선각(東仙閣)에서 시작하는 관서상사법연구회(關西商事法研究會)가 주최하는 송년회에 참석했고 송년회가 끝난 후 오후 8시 반경 Fujita 교수 차로 오사카를 출발하여 밤 10시경 나라(奈良)에 있는 Fujita 교수 댁에 도착하여 일박한 후 다음 날 서울로 귀국하였다.

1999년 11월 27일 일본 Nara(奈良)에 있는 Horyuji Temple(法隆寺) 옆에서
Fujita Katsutoshi 교수와 함께 찍은 사진

6. 2002년 6월, 일본 교토에 있는 리쓰메이칸대학 국제관계학부 회의실에서 개최된「우주보험세미나」에 토론자로 참가함

일본 교토(京都)에 있는 리쓰메이칸대학 국제관계학부(立命館大國際關係學部)의 초청으로 2002년 6월 8일(토) 오후 2시부터 학부생 및 대학원생들에게 「아시아우주개발기구의 구상(構想)」이라는 제목으로 특강을 하였고, 이 특강에는 나의 제자인 한명호 밥학박사(韓明鎬: 숭실대학교)도 같이 참석하였다.

나는 일본 우주개발이용제도연구회(日本宇宙開發利用制度硏究會, SOLAPSU)의 초청으로 이날 5시 반경부터 시작하는 「우주 보험(Space Insurance)세미나」에서 토론자(Panelist)로 참석하여 나의 의견을 제시하였다.

다음 날 6월 9일(일)에는 하루 종일 교토(京都) 시내 및 부근에는 일본에서 유명한 고적지(古跡地)와 관광명소가 많이 있으므로 Yoneda Tomitaro(米田富泰郎: 나와 의형제간임) 객원교수, Takai Susumu(高井晉) 교수, Tatsuzawa Kunihiko(龍澤邦彦) 교수, 나의 장녀인 김소현(金素賢), 나의 제자인 한명호(韓明鎬) 군과 같이 청수사(淸水寺: きよみずでら), 방향원(芳春院), 고동원(高桐院), 대선원(大仙院) 등을 함께 관광하였다.

2002년 6월 9일(일) 낮 12시경, 좌측으로부터 요네다 토미타로 객원교수, 일본인 여직원,
나의 장녀 김소현, 나 김두환 교수, 다카이 스스무 교수, 한명호 군, 다쓰자와 구니히코 교수와 함께
교토에 있는 청수사(淸水寺)에서 찍은 사진

7. 2005년 10월, 일본 후쿠오카시에서 개최된
「제48회 우주법대회」에서 연구논문 발표

2005년 10월 18일(화)부터 20일까지 3일간 일본 규슈, 후쿠오카(九州, 福岡)에서 국제
우주연맹(International Astronautical Federation, IAF, 본부: 파리 소재) 및 국제우주법학회
(International Institute of Space Law, IISL, 본부: 파리 소재)가 공동주최로「제56회 국제우
주대회(International Astronautical Congress, IAC)와 제48회 우주법대회(60여 개국 참가)」
가 개최되었고, 19일(수)에 개최된 우주법대회에서 나는「한국의 우주개발진흥법의 주요내용과
전망」이라는 제목으로 연구논문을 발표하였다.

10월 20일(목) 후쿠오카(九州, 福岡)에서 개최된 세계대학생 간 우주법 모의재판시합에도
참석하여 견문을 넓히었다.

8. 2006년 12월, 일본 중앙학원대학 사회시스템연구소가 주최한
심포지엄에 초청을 받아 연구논문을 발표함

내가 객원교수로 있는 일본중앙학원대학 사회시스템연구소 소장의 초청으로 2006년 12
월 16일 동 연구소가 주최한 바 있는 심포지엄에서 나는「한국과 일본의 수도권 공항의 현황

2006년 12월 16일 일본 지바켄, 아비코(我孫子)시에 있는 중앙학원대학 정문 앞에 서 있는
입간판에 나의 강연 제목이 적혀 있고 옆에 나의 제자 안진영이 서 있음

과 협력」이라는 제목으로 연구논문을 발표하였다. 이 심포지엄에는 한국항공대학교 대학원 박사과정에 있는 안진영(安鎭英) 양이 서울서부터 동경까지 나를 수행하였기 때문에 안 양에 게 일본인 교수 및 일본 학생들과 사귀는 기회를 만들어 주었다.

9. 2007년 5월, 동경에서 개최된 일본공법학회(日本空法學會)가 주최한 제53회 연구보고회에서 연구논문 발표

2007년 5월 24일(목) 오전 9시 20분 대한항공편으로 김포공항을 출발하여 일본 하네다 국제공항에 11시 25분에 도착했다. 나와 의형제를 맺은 Yoneda Tomitaro(米田富太郎) 객원 교수와 나의 제자인 이기헌(李紀憲: 인천국제공항공사) 대리가 공항에 마중 나왔다.

이날 요네다 교수의 오찬(이기헌 대리 참석)과 만찬 초대에 참석했다.

5월 25(금) 오전 8시경 이기헌 대리와 서울에서 온 나의 제자 안진영 양과 함께 아침 식 사를 한 후 오전 9시 40분경 동경대학 아카몬(赤門, 정문) 맞은편 부근에 있는 장소에 도착했 다. 이날 일본공법학회(日本空法學會)가 주최한 제53회 연구보고회에서 「한국에 있어 새로 운 우주관계법의 내용과 장래의 과제」라는 제목으로 연구논문을 발표했다.

2007년 5월 25일, 왼쪽으로부터 안진영 양, 오도리 쓰네오 회장, 김두환 교수, 후지타 가쓰토시 교수,
이기헌 대리와 함께 연구보고회 쉬는 시간에 찍은 사진

내가 일본공법학회(日本空法學會) 회장 법학박사 Otori Tsuneo (鴻常夫) 교수를 처음 만나 뵙게 된 것은 1984년 5월 25일(금), 동경 시내에 있는 학사회관(學士會館)에서 개최된 일본 공법학회 제30회 총회 및 연구보고회에서 만났으며 이때 당시 학회 총회에서 오도리 회장님이 우리 학회에 처음으로 한국에서 온 한국인 교수가 참가하였다고 말하면서 총회에서 많은 참가 교수들에게 나를 잘 소개해 주었고 나는 고맙다는 인사말을 간단하게 하였다.

일본공법학회(日本空法學會)의 가입조건은 회원교수 2명의 추천과 일본어가 능통하여야만 된다는 조건이었다. 나는 일본어가 능통하기 때문에 이때에 한국인으로서는 처음으로 이학회에 가입하였다.

오도리 쓰네오(鴻常夫) 교수는 일본공법학회의 회장직을 30여 년간 했는데 한국 같으면 상상할 수 없는 일이었다.

바로 이러한 점이 한국과 일본 간의 전통문화와 의식구조의 차이점이다. 나는 그동안 일본 공법학회의 총회 및 연구보고회에서 4회 연구논문을 발표했고 일본의 『공법(空法)』 학술지에 나의 연구논문이 역시 4회 게재된 바 있다.

5월 26일(토)에는 나의 제자인 이기헌 대리와 안진영 양과 함께 오전 10시경 일본 천황(天皇)이 살고 있는 궁성(宮城)과 니주바시(二重橋), 야스쿠니신사(靖國神社) 등을 관람했다.

2007년 5월 26일 일본 궁성, 니주바시 앞에서 찍은 나의 사진

10. 2008년 6월, 동경에 있는 일본우주항공연구개발기구(JAXA) 본사에서의 초청강연, 동경대학 방문과 다네가시마(種子島)우주센터 방문

나는 일본 우주항공연구개발기구(JAXA)로부터 Speaker로 초청을 받았으므로 2008년 6월 23일 오전 8시 55분 이영진(李永鎭: 충북대학교 법대) 교수, 조홍제(趙洪齊: 국방대학교 안보문제연구소 책임연구원) 박사와 함께 인천국제공항을 JAL기로 출발하여 오전 11시 20분 일본 나리다국제공항(成田國際空港)에 도착했다.

나리다국제공항에는 일본중앙학원대학 Yoneda Tomitaro(米田富泰郎) 객원교수와 Sato Hiroshi(佐藤寬) 교수가 마중을 나왔다. 이날 오후 2시부터 3시 반까지 내가 객원교수로 있는 일본 중앙학원대학을 방문하여 총장을 면담하고 이 대학 사회시스템연구소를 방문하였다.

오후 4시부터 5시까지 중앙학원대학 법학부 3~4학년 60여 명의 학생들에게 파워포인트를 이용하여 「한국의 우주개발과 우주법」이라는 제목으로 특강을 하였고, 오후 6시부터 8시 반까지 중앙학원대학 사회시스템연구소 소장의 초청 만찬에 6명의 교수와 이 연구소 사무장이 참석했다.

요네다 객원교수는 나를 밤에 지바현(千葉縣), 아비코(我孫子)시로부터 동경 시내 지요다구(千代田 區) 간다(神田)에 있는 Villa Fontaine Otemachi 호텔까지 안내를 해 주었는데 밤 11시경 이 호텔에 도착하였다.

6월 24일(화) 오전 9시에 일본 우주항공연구개발기구(JAXA)의 Sato Masahiko(佐藤雅彦) 법무과장이 내가 체류하고 있는 호텔까지 와서 나를 안내하여 지요다구 마루노우치(丸の内)에 있는 JAXA 본사에 도착하였다. 오전 10시부터 10분간 JAXA 중역들과 인사를 나누었고 오전 10시 15분부터 40분간 「JAXA의 현황 및 중장기 우주개발계획」에 대하여 JAXA 국제과장으로부터 파워포인트로 브리핑을 받았다.

오전 10시 45분부터 11시 55분까지 JAXA 법무과장의 안내로 전시실(展示室)을 관람하였다.

이날 오전 11시부터 12시까지 JAXA 본사 2층 국제회의실에서 일어로 파워포인트를 이용하여 「한국에 있어서의 우주개발과 새로운 우주관계법」이라는 제목으로 특별강연을 하였다. 참석자는 JAXA의 고위 간부 및 직원, 외무성 및 일본경제단체연합회 직원, 교수 및 변호사 등

40여 명이 참석했다.

특히 이날 JAXA가 동경에서 좀 떨어져 있는 Tsukuba(筑波) 우주센터의 연구원들이 필자의 강연을 보고 들을 수 있도록 인터넷 화상회의(畵像會議)를 통하여 생중계를 하였으므로 3명의 연구원들로부터 질문도 받고 나는 답변을 하였다.

오후 12시부터 2시까지 동경대학 맞은편에 있는 학사회관에서 한국에서 온 김두환 교수, 이영진 교수, 조홍제 박사, 일본에서는 Nakatani Kaxuhiro(中谷和弘) 교수, Yoneda Tomitaro(米田富泰郎) 객원교수와 Takai Susumu(高井晉) 교수 등 6명과 박사과정 학생 1명 등 7명이 모여 점심 식사를 하였다.

오후 2시부터 2시 반까지 동경대학 법학부 Nakatani Kaxuhiro 교수의 안내로 동경대학 법학부, 법과 대학원 및 도서관, 동경대학 야스다강당(東京大学 安田大講堂) 등을 관람하였다.

2008년 6월 24일, 우측에서부터 高井晉 教授, 米田富泰郎 教授, 中谷和弘 教授, 김두환 교수, 조홍제 박사, 김영기 부장, 이영진 교수, 相原素樹 係長이 동경대학 아카몬(赤門) 앞에서 찍은 사진

8월 24일(화) 오후 5시 일본 동경, 하네다공항에서 나, 이영진 교수, 조홍제 박사와 JAXA의 Aihara Motoki 계장과 함께 JAL기편으로 출발하여 Kagoshima(鹿児島)에 오후 6시 45분에 도착하였고 오후 8시 50분경 Satsukiyen 호텔에 투숙하였다.

8월 25일(수) 오전 8시 반경 우리 일행이 JAXA 직원의 안내로 JAXA 공용차로 호텔을 출발하여 Kagoshima현(鹿児島縣)에 소재하는 Uchinoura 우주공간관측소(內之浦宇宙空間観測所)에 오전 9시 45분경 도착했다.

오전 10시부터 12시까지 이 우주공간관측소의 Ide Ikuo(井手郁夫) 주임의 Uchinoura 우주공간관측소의 현황을 파워포인트를 이용하여 브리핑을 들은 후 Ide Ikuo 주임의 안내로 Control Center, 로켓 조립동, 로켓 발사관제실, 로켓발사장, 우주과학 자료관 등을 관람하였다.

이날 오후 5시 Kagoshima(鹿児島) 남부 부두에서 우리 일행들이 Jet Foi고속선(高速船)을 타고 출발하여 오후 6시 20분에 Tanegashima(種子島)에 있는 Nishomote 항구(西之表港口)에 도착했다.

우리 일행은 JAXA의 Aihara 계장의 안내로 저녁 회식을 한 후 Tanegashima Iwasaki Resort 호텔에 투숙하였다. 8월 26일 오전 9시 50분 JAXA의 직원이 공용차를 가지고 와서 우리 일행을 차에 태우고 Tanegashima(種子島)우주센터에 오전10시경 도착했다.

JAXA 본사의 Sato Masahiko 법무과장이 우리 일행을 위하여 동경에서 비행기를 타고

2008년 6월 26일 일본 다네가시마(種子島)우주센터 방문, 좌측부터 일본 JAXA의
Sato Masahiko 부장, 나와 조홍제 박사(국방대학), 이영진 교수(충북대학)

Kagoshima(鹿児島)를 경유하여 Tanegashima우주센터까지 와서 우리를 안내하기 시작했다.

오전 10시부터 12시까지 Tanegashima우주센터의 현황을 Sasaka Morio(沙坂盛雄) 차장이 파워포인트를 이용하여 브리핑을 하였다. Sasaka 차장의 안내로 대형, 중형, 대형 로켓발사장, 관제동, 조립동 및 종합지령동 등을 관람하였다. 오후 12시부터 1시까지 우리 일행은 구내식당에서 점심 식사를 하였다.

오후 1시부터 1시 반까지 우주과학기술동을 관람하였고 오후 2시 반부터 3시 10분까지 Masuda(増田)우주통신소의 현황을 Iku Toshiyoshi(郁敏榮) 관리통제책임자의 파워포인트를 이용한 브리핑을 받았다. 오후 3시 50분 Tanegashima에 있는 JAXA 직원이 공영차로 우리 일행을 안내하여 Nishomote 항구(西之表港口)까지 안내를 하였다. 오후 4시 55분 우리 일행은 고속선(高速船, Jet Foil)를 타고 Tanegashima에 있는 Nishomote 항구를 출발하여 오후 6시 25분 Kagoshima에 있는 남부두에 도착하였다.

오후 7시 Kagoshima(鹿児島) 시내에 있는 Richmond 호텔에 이영진 교수(충북대학교 법학전문대학원), 조홍제 박사(국방대학교 안보문제연구소)와 함께 투숙하였다. 오후 8시경 Kagoshima 항구 맞은편 바다 건너에 있는 Sakura섬(桜島, さくらじま)에 가서 오후 9시부터 10시까지 온천욕을 하였다. 6월 27일 오전 8시 반부터 10시 15분까지 Kagoshima 시내에 있는 일부 유적지를 관람하였다. 오전 12시 10분 Kagoshima공항에서 우리 일행이 대한항공기를 타고 출발하여 오후 1시 15분 인천국제공항에 도착하였다. 이상 세계적으로 유명한 일본 Tanegashima우주센터를 방문한 내가 쓴 기행문이다.

11. 2011년 6월, 일본 오키나와에서 개최된 「국제우주과학 및 기술대회(ISTS)」에서 연구논문의 발표

2011년 6월 5일(일)부터 7일(화)까지 일본 오키나와(Okinawa, 沖縄)에서 개최된 「우주 기술과 과학에 관한 국제심포지엄(The International Symposium on Space Technology and Science, ISTS)」에 30여 개국으로부터 우주과학자, 교수, 기술자 및 전문가, 대학원생 등 1,000여 명이 참가하였다.

6월 5일(일) 오전 9시 20분 나는 아시아나 여객기편으로 인천국제공항을 출발하여 오전 11시 35분에 Okinawa에 있는 Naha(那覇)국제공항에 도착했다.

오후 1시 40분경 Naha(那覇) 시내에 있는 Okinawa Convention Center에 도착하였고 오후 2시에 Culture Resort Festone 호텔에 투숙하였다. 오후 3시 반경 제26회 ISTS심포지엄 접수처에 가서 회의 참가 등록을 했다.

6월 6일(월) 나는 일찍 일어나 오전 6시 30분부터 7시 30분까지 아름다운 Ginowan(宜野灣) 해변가를 산책하였다. 오전 9시 30분부터 11시 30분까지 제29회 ISTS심포지엄 개회식에 참석하였고 기조연설(Keynote Speech)도 들었다. 오전 11시 30분부터 12시 45분까지 주최 측에서 설치한 전시장과 우주정거장(International Space Station, ISS) 내에 일본 측이 제작한 Kibo Module(希望棟)을 관람하였다.

오후 4시 20분부터 5시까지 40분간 주최 측의 사회자인 내가 잘 아는 Hashimoto Yasuaki 교수(일본국립방위연구소)와 Sato Masahiko 과장(JAXA)이 사회를 보았는데, 나는 이 Session에서 「국제우주법 관계」 연구논문을 발표했고 참가자의 질문도 받았고 답변도 하였다. 이날 오후 6시 반부터 8시 반까지 Naha(那覇) 시장이 주최하는 Reception에 참석하였다. 6월 7일(화) 오전 아시아나항공편으로 인천국제공항에 도착하여 귀국하였다.

12. 2019년 5월, 일본 동경에서 개최된 일본공법학회(日本空法學會)가 주최한 제53회 총회 및 연구보고회에서 연구논문의 발표

2019년 5월 24일(금) 오전 10시부터 동경도 Minato-ku Shinbashi(東京都港区新橋)에 있는 항공회관(航空會館) 201호 회의실에서 일본공법학회(日本空法學會)가 주최한 제65회 총회 및 연구보고회가 개최되었는데 회원 100여 명이 참석했다. 그동안 나는 10년간 중국 베이징, 하얼빈, 난징, 상해, 칭다오에 있는 대학들로부터 특강 요청을 많이 받아 강의를 하였기 때문에 일본에는 10년 만에 간 셈이 된다. 나는 일본 법학계에 널리 알려져 있기 때문에 10년 만에 나의 발표를 들으러 종전 연구보고회보다 일본 교수들이 많이 참석한 것 같았다.

나는 오전 11시부터 12시까지 동 연구보고회에서 발표 제목 「달과 화성에 존재하는 천연자원 채굴을 위한 새로운 국제우주기관의 설립제안 및 달협약의 문제점과 해결 방안(月と火星に存在する天然資源採掘のための新しい国際宇宙機関の設立提案および月協約の問題点と解決の方策)」을 파워포인트를 이용하여 나의 연구논문의 내용을 일본어로 발표했다.

이 발표에 대하여 동경대학 법학대학원 Nakatani Kazuhiro 교수와 JAXA의 Aihira Motoki

계장의 질문이 있어 나는 답변을 상세히 하였다.

「(사)일본전략(日本戰略)Forum」으로부터 초청을 받아 이날 오후 2시부터 3시까지 한 시간 동안 일본 동경도(東京都), Shinjuku-ku(新宿區)에 소재(所在)한「Shinnihon Ichigaya 빌딩 7층」에 있는 회의실에 회원 60여 명(기업체 회장, 사장, 교수, 외무성 우주실 수석사무관, 연구소 소장 등)이 참석하였으므로 나는「한국과 중국의 우주전략」이라는 제목으로 파워포인트를 이용하여 연구논문을 발표했다.

이날 참석한 회원들로부터 나는 질문도 많이 받았고 답변도 많이 하였다. 이 세미나의 참가는 나와 친한 Takai Susumu(高井晉) 교수가 주선하였다. 이날 나와 절친한 Fujita Katsutoshi 교수(藤田勝利: Osaka시립대학 부총장 역임)는 내가 10년 만에 일본공법학회(日本空法學會)에 Speaker로 참석하였으므로 나를 위한 환영회(Konshin-kai, 懇親会) 모임을 마련하였다. 동경, Minato-ku Shinbashi(東京, 港区新橋)에 소재(所在)한 유신(有信) 빌딩3층에 있는 일본음식점에 일본에서 유명한 교수들, 변호사들, 외무성 사무관, ANA항공사 직원들 및 고위간부 등 36명이 모여 개회사 및 환영사가 있은 다음 나는 답사도 하였고 화기애애하게 담소를 하면서 저녁 식사를 한 후 만찬 파티를 끝냈다.

13. 2019년 7월, 일본 Tsukuba(筑波)에 있는 JAXA에서 개최된 「우주법과 정책에 관한 정보교환 공동 세미나」에서 연구논문의 발표

2019년 2월 19일(화) 오전 8시 15분 (사)글로벌항공우주산업학회 신동춘(申東春) 회장 외 6명과 함께 오전 8시 15분 아시아나 여객기편으로 출발하여 일본 하네다국제공항에 오전 10시 50분에 도착했다. 하네다국제공항에서 짐을 찾은 후 8명이 승차한 봉고차로 12시경 하네다국제공항을 출발하여 오후 2시 19분경 일본 우주항공연구개발기구(日本宇宙航空研究開發機構, JAXA)의 Tsukuba(筑波) 우주센터에 도착했다.

오후 2시 반부터 Tsukuba(筑波) 우주센터의 회의실에서 한국의 (사)글로벌우주산업학회와 JAXA의 Tsukuba(筑波) 우주센터가 공동으로 주최하는「우주법과 정책에 관한 정보교환 세미나」에서 JAXA의 Sato Masahiko 감사부장이 먼저「JAXA의 현황과 전망」이라는 제목으로 발표를 했고 곧이어 내가「한국의 우주법과 정책」이라는 제목으로 파워포인트를 이용하여 연구논문을 발표했다.

7월 5일(금) 우리 일행은 동경 시내에 있는 국립과학박물관을 관람하였고 오후에는 동경 대학 법학대학원과, 도서관 Yasuda(安田) 강당 등을 관람한 후, 동경시청 전망대(45층)를 관람하였다.

Shinjuku(新宿) NS빌딩 중정(中庭)광장과 중정 옆에 설치되어 있는 세계에서 제일 큰 시계를 관람하였다. 오후에는 동경, Asakusa(東京浅草)에 있는 Kaminarimon(雷門) 부근과

오후 4시부터 5시까지 한국서 온 우리 일행 회장, 부회장, 교수, 연구원 등 8명은 Tsukuba(筑波) 우주센터의 실험실, 시설, 우주정거장(ISS) 내에 일본이 제작한 Kibo(きぼう) Module 등을 관람한 후 우리 일행은 오후 6시경 Tokyo Grand Palace 호텔에 투숙하였다

Nikamisetori(仲見世 通り)를 산책(散策)하였고 오후 7시경 Shinjuku-ku, Kabukicho(新宿區 歌舞伎町)에 있는 유명한 Mo MoParadise 음식점에서 우리 일행이 함께 샤브샤브로 저녁 식사를 하였다.

7월 6일(토) 오전 9시 (사)글로벌항공우주산업학회 회장 및 부회장, 교수, 연구원 8명과 함께 Tokyo Grand Palace 호텔을 봉고차로 출발하여 오전 10시 반경 하코네국립공원(箱根國立公園)에 도착했다.

우리 일행은 오전 10시 40분부터 울창한 큰 나무들 숲으로 둘러싸여 있는 Hakone Jinja(箱根神社)와 Hakone Sekisho(箱根関所)를 관람하였다. Hakone Sekisho(箱根関所: 검문소)는 1618년경 Edo Bakufu(江戸幕府) 시대 Tokugawa Ieyasu(徳川家康) 군주(君主, 왕)에 세워진 것으로 일본 지방에 있는 Kyushu(九州), Kyoto(京都), Osaka(大阪)에 있는 주민(백성)들이 Tokyo(東京)에 가는 길목에 있었으므로 주민들의 신원을 확인하는 검문소였다.[*]

---

* https://ja.wikipedia.org/wiki/%E7%AE%B1%E6%A0%B9%E9%96%A2#箱根関所(江戸時代)の檢閱.

제3절

●●●

중국에서 개최된 국제회의 참가와
대학에서의 특강

1. 1995년 8월, 베이징에서 개최된
「제3회 세계항공우주법대회」에서 연구논문의 발표

1995년 8월 21일부터 23일까지 북경에 있는 Beijing 호텔에서 중국 베이징대학(北京大學)과 대만의 동오대학(東吳大學) 국제항공우주법 아시아연구소, 네덜란드의 Leiden 대학교 항공우주법국제연구소와 캐나다의 McGil 대학교 항공우주법연구소가 공동주최로 개최된「제3회 세계항공우주법대회(20여 개국 참가)」에 한국 측으로는 한국항공우주법학회 회장 및 숭실대학교 법과대학 학장 김두환 교수 부부와 장녀, 명예회장 손주찬 교수 부부, 부회장 홍순길 교수 부부, 부회장 이강빈 교수, 상임이사 신동춘 과장(건설교통부 항공국), 이사 박영길 교수 부부, 상임이사 신홍균 교수, 감사 박헌목 교수 부부, 이사 황석갑 교수, 대한항공 고충삼 부사장, 아시아나항공 박찬용 고문 및 김재범 국제영업과장, 법무부 서창희 검사(울산지검), 본 학회 한명호 간사(숭실대학교 대학원생)와 숭실대학교 법과대학 학생 4명 등 총 29명이 이 국제대회에 참가하였다.

이 국제대회는 5개 Session으로 구성되어 있는데 특히 본 학회 김두환 회장은 이 국제대회의 주최 측으로부터 연사(Speaker)로 초청을 받아 6월 23일(수)에 개최된 제4 Session에서 오전 10시 50분부터 11시 20분까지 30분간 「우주파편에 기인된 손해와 책임(Liability or

Damage Caused by Space Debris)」이라는 제목으로 연구논문을 발표했다.

　이 국제대회에서 본 학회 부회장 홍순길 교수, 상임이사 신동춘 과장, 대한항공의 고춘삼 부회장도 주최 측의 초청을 받아 토론자(Panelist)로 선임되어 참가하였다. 이번 북경국제대회에는 국제항공우주법 분야에서 내가 잘 아는 세계적으로 유명한 영국의 Bin Cheng 교수, 독일의 K. H. Böchkstiegel 교수, 캐나다의 Michael Milde 교수, 네덜란드의 H. A. Wassenbergh 교수, Pablo Mendes de Leon 교수 등이 참가하였다.

1995년 8월 21일(월) 중국 Peking(北京)대학에서 개최된 「제3회 세계항공우주법대회」에 참가한 한국 측 참가자와 가운데 서 있는 여자가 세계적으로 유명한 항공우주법학자인 네덜란드의 I.H.Ph. Dideriks-Verschoor 교수이다

1995년 8월 21일(월) 중국 북경대학 정원에서 제3회 세계항공우주법대회에 참가한 한국 측 학회 회장, 명예회장, 부회장, 감사, 임원들과 함께 찍은 사진

2. 2004년 4월, 베이징에서 개최된
「2004년도 아시아우주법대회」에서 연구논문 발표

2004년 4월 26일(월) 오전9시부터 중국 Beijing(北京)에서 중국우주법학회(CISL), 중국 국립우주행정청, 중국과학기술성, 중국과학원, 중국항공우주기술공단 등과 프랑스 파리에 본부를 두고 있는 국제우주법학회(IISL)와 공동주최로 개최된 「2004년도 아시아우주법대회」 주최 측으로부터 필자는 초청을 받아 「한국의 국가우주계획, 정책 및 입법(The National Space Programme, Policy and Legislation in Korea)」이라는 제목으로 연구논문을 발표했다.

이날 오후 6시 반부터 중국우주과학기술공사(China Aerospace Science and Technology Corporation, 中國航天科技集團)가 주최하는 환영만찬에 초대를 받아 참석했다.

2014년 4월 26일 중국 우주법대회에서 미국, 독일, 네덜란드, 일본, 중국, 오스트레일리아,
인도, 한국 등에서 참가한 교수들과 함께 찍은 사진

3. 2010년 6월, 2011년 6월 및 2013년 6월,
중국 하얼빈공업대학 법대에서의 특강과 하얼빈시
법학회가 주최한 심포지엄에서 연구논문의 발표

2010년 5월 27일(목)부터 2011년 6월 16(목), 2013년 6월 14일까지 3년간 3회에 걸쳐 중국 하얼빈공업대학(Harbin Institute of Technology, HIT) 법과대학 학장 Zao Haifeng(趙海峰) 교수로부터 초청을 받아 이 대학에서 「국제항공우주법」을 강의하였다.

하얼빈공업대학의 건축양식은 러시아에 있는 모스크바대학교의 건축양식과 똑같으며 하얼빈공업대학은 중국 내에서 Ranking 10위권 안으로 들어가는 유명한 대학이다.

중국 하얼빈공업대학 법대 학생들에게 2010년 5월 27일(목), 국제항공우주법 특강 1회, 2011년 6월 16일(목) 국제항공우주법 특강 1회, 2013년 6월 14일(금)부터 18일까지(화) 국제항공우주법 특강 3회, 3년 동안에 총 5회를 강의하였다.

2010년 6월 27일(목) 오후 6시 반부터 7시 반까지 1시간 반 동안 하얼빈공업대학 대학원 학생 20여 명에게 「국제항공운송인의 계약책임과 불법행위책임」이라는 제목으로 파워포인트를 이용하여 강의를 하였고 10분간 학생들과 질의응답 시간도 있었다. 오후 8시부터 9시 반까지 조 학장의 초대로 하얼빈법대 교수 3명과 함께 고려원(한국음식점)에서 저녁 식사를 하였다.

2013년 6월 16일, 중국 하얼빈공업대학 정문 앞에서 이 대학, 대학원생들,
좌측은 여학생, 가운데는 김두환 교수임, 우측은 남학생

6월 28일(금)에는 일찍 일어나 오전 6시 반부터 8시까지 내가 체류하고 있었던 아파트 부근에 있는 큰 시장을 구경하였고 광활한 하얼빈공업대학 Campus를 관람하였다.

오전 10시에 하얼빈 법대 대학원 여학생의 안내로 안중근(安重根) 의사 박물관을 관람하였고 오후에는 하얼빈시 교외에 있는 호랑이공원(Tiger Park), 송화강(松花江)에서 유람선 승선, 송화강 강변에서 Cable Car를 타고 강을 건너 스타린공원에 도착하여 광활한 공원을 공원차로 일주하면서 관람하였다. 공원에서 다시 Cable Car를 타고 하얼빈 시내로 돌아와 옛날에 백계 러시아인들이 세운 유명한 Sophia성당을 관람하였다.

하얼빈 시내에서 좀 떨어진 곳에 있는 중국 내에서 아주 유명한 호랑이공원(Tiger Park)이 있는데 하얼빈공업대학교 대학원에 다니는 여학생의 안내로 이 공원을 관람하였다.

러시아의 시베리아지역, 중국 동북삼성, 심지어 백두산에서 잡은 호랑이 수십 마리가 이 공원에서 놀고 있는 모습을 철창이 달린 관광버스로 중국인들과 같이 관람하였다.

2011년 6월 15일(수) 밤늦게 하얼빈에 도착하여 일박한 후 다음 날 6월 16일(목) 하얼빈공업대학교 법대가 마련해 준 내가 체류하고 있는 아파트에 오전 10시경 하얼빈 공업대학 대학원 Ma Wenxi 여학생이 와서 나와 한국에서 온 정 변호사를 안내하여 오전 11시경 흑룡강성 박물관에 도착하여 관람하였다.

2010년 6월 28일(금) 나를 안내하는 하얼빈공업대학교 법대 4학년
학생과 함께 하얼빈 호랑이공원 입구 앞에서 찍은 사진

이날 12시 반경 이 여학생의 안내로 하얼빈역에 도착하여 1909년 10月 26일 중국 Harbin 역 내에서 안중근 의사(安重根義士)가 일본의 이등박문(伊藤博文) 내각총리대신을 총살한 장소를 가보았고 오후3시경 Ma 양의 안내로 흑룡강성 민속박물관을 관람하였다.

오후 6시부터 8시 반까지 하얼빈 법대 학장의 초청으로 나는 하얼빈공업대학교 대학원생들에게「우주파편과 UN의 책임조약」이라는 제목으로 1시간 반(질의응답 시간 15분간을 포함) 영어로 강의를 하였다.

6월 17일(금) 중국법학회, 흑룡강성법학회, 하얼빈시법학회가 공동주최로 하얼빈시 무역전시센터에서 개최하는「제4회 외국인 투자보호 심포지엄(20여 개국 참가)」에서 나는 주최측의 초청을 받아 이날 오후 4시부터 4시 25분까지「중국에 있어 외국인 투자의 보호」라는 제목으로 연구논문을 발표했다. 6월 18일(토) 오전 10시부터 12시까지 하얼빈시에서 개최된「제22회 하얼빈국제경제무역전시회장(第22回哈尔滨國際經濟貿易展示會場)」에 가서 오후 1시 반까지 관람한 후 이날 오후 남방항공여객기편으로 하얼빈국제공항을 출발하여 인천국제공항에 도착했다.

2011년 6월 17일, 하얼빈시 법학회가 주최하는「제4회 외국인투자보호에 관한 국제심포지엄」에 나와 함께 참가한 하얼빈 법대 교수 및 대학원생들

中国，哈尔滨工业大学法学院的3人女学生和我
侵华日本军第731部队遗迹地，　2013年6月15日

华日军第七三一部队遗迹

2013/06/15

2013년 6월 15일 중국 하얼빈공업대학교 대학원 학생들과 함께
신체실험을 한 일본군 731부대 청사 앞에서 찍은 사진

　　2013년 6월 13일(목) 오후 중국 남방항공편으로 하얼빈시에 도착하여 오후 늦게 Harbin Xiyuan Hotel(哈尔滨西苑賓館)에 투숙하였다. 6월 14일(금) 오후 6시 40분부터 8시 반까지 하얼빈공업대학교 법대에서 「국제항공법과 항공계약책임」이라는 제목으로 특강을 하였고 20분간 학생들과 질의응답 시간을 가졌다. 2013년 6월 15일 하얼빈공업대학교 대학원 여학생들의 안내로 하얼빈 시내 부근에 있는 일본군 제731부대의 유적지(악명 높은 일본 관동군 군의관들이 중국인 죄수들의 생체실험을 한 병원이 있었던 터)도 관람하였다.

　　이날 오후 6시 반부터 8시 반까지 하얼빈 법대 3~4학년 학생 64명에게 「국제항공법과 항공불법행위」라는 제목으로 특강을 하였고 20분간 학생들과 질의응답 시간을 가졌다.

　　6월 16일(일) 오전 7시 40분경 하얼빈법대 4학년 한국인 학생 최현일 군이 내가 체류하고 있는 Harbin Xiyuan Hotel에 찾아왔기 때문에 오전 8시 10분경 최 군과 같이 하얼빈 법대에 도착했다. 오전 9시 반부터 11시 40분까지 이 대학 201호 강의실에서 「구제우주조약과 국내우주법」이라는 제목으로 특강을 하였고 20분간 학생들과 질의응답 시간을 가졌다.

2013년 6월 16일 하얼빈공업대학 법대 4학년 학생들에게 「국제우주조약들과
국내우주법」이라는 제목으로 특강을 한 교실에서 학생들과 함께 찍은 사진

6월 17일(월) 12시 하얼빈공업대학교 법대 조해봉 학장의 초청으로 하얼빈에 온 세계적
으로 유명한 캐나다 McGill대학교 항공우주법연구소 소장 P. S. Dempsey 교수와 하얼빈 법
대 여교수, 학장과 나와 함께 Harbin Xiyuan Hotel 양식당에서 오찬을 같이 하였다. 오찬이
끝난 다음 오후 1시 반경 하얼빈공업대학 대학원 여학생 2명이 호텔에 와서 나와 Dempsey
교수를 태양섬(太陽島)과 수족관으로 안내하였으므로 나와 Dempsey 교수가 잘 관람하였다.

다시 하얼빈법대로 와서 오후 6시 반부터 8시 40분까지 「달개발을 위한 새로운 제도의 확
립과 1979년의 달 협약」이라는 제목으로 특강을 하였고 20분간 학생들과 질의응답 시간을
가졌다.

6월 18일(화) 하얼빈시 법학회가 주최하는 「제6회 외국인투자보호에 관한 국제심포지엄
(30여 개국이 참가)」에 교수, 변호사 및 학생들과 함께 참가하였는데 이날 오후 나는 「한중
간 국제무역에 있어 법적인 문제」라는 제목으로 30분간 파워포인트로 발표를 했다.

2 2013년 6월 17일(월) 하얼빈공대 대학원생 2명 여학생의 안내로 나와 캐나다 P. S. Dempsey가
하얼빈에 있는 태양섬(太陽島)을 관광하고 있는 장면

이날 오후 7시부터 9시까지 중국에서 3대 미술가 중 한 분인 Zhang Xiangde(張翔得) 미술관을 방문하였고 Zhang Xiangde 미술가가 직접 쓴 붓글씨와 책을 받았는데 지금까지 나의 서재에 잘 보관하고 있다.

6월 19일(수) 오후 중국 남방항공기편으로 인천국제공항에 도착하여 귀국(歸國)하였다.

실인즉 내가 하얼빈공업대학교 법대와 인연을 맺게 된 것은 나는 중국책을 60% 가량은 읽고 이해할 수는 있었지만 회화는 잘 못하므로 그때 당시 중국에는 아는 사람이 거의 없었다.

그러던 어느 날 하얼빈공업대학 법대 학장 겸 우주법연구소 소장인 조해봉(趙海峰) 교수로부터 나를 초청한다는 서신이 왔기 때문에 깜짝 놀랐다.

후일 조해봉 학장은 자기가 프랑스 파리대학교 법대에서 약 7년간 유학 생활을 하고 있을 때에 법학도서관에서 우연히 독일항공우주법학술지(Zeitshrift für Luft-und Weltraumrecht, Gernal Journal of Air and Space Law)에 실린 내 글을 읽고 알게 되어 실력 있는 학자라고 느끼어 나에게 강의를 해 달라고 초청했다고 하얼빈에 있는 고급음식점에서 나에게 말했다.

내가 3년 동안 하얼빈공업대학교 법대에 강의 나갈 때 서울-하얼빈 간 왕복비행기표와 하얼빈 호텔 숙박비는 전부 하얼빈공업대학이 부담하였고 때로는 강의료도 받은 적이 있다.

나와 잘 알고 지냈던 하얼빈공업대학 법대 조해봉 학장이 임기가 만료됨에 따라 학장직에서 사임하였고 내가 모르는 행정학을 전공한 교수가 하얼빈공업대학 법대 학장으로 취임한 후부터 나한테 초청장이 보내오지 않았기 때문에 하얼빈공업대학 법대의 강의를 나가지 않게 되었다.

중국에서도 무슨 일을 할 때에 한국과 일본과 같이 인맥(人脈)이 아주 중요하다는 것을 나는 절실히 느꼈다.

4. 2010년 6월, 중국 베이징이공대학(BIT)으로부터 법대 겸직교수로 발령을 받고 특강을 함, 중국정법대학(CUPL) 국제법학원에서도 특강을 함

2010년 6월 2일 오후 3시부터 거행된「중국 베이징이공대학(BIT) 법대 겸직교수 수여식(Ceremony to Confer BIT Visiting Professorship)」에서 나는 법대 겸직교수 발령장을 받은 후 베이징이공대학(BIT) 대학원생들에게「항공운송인의 계약책임과 불법행위책임」이라는 제목으로 특강을 하였다.

이날 오후 7시부터 9시 반까지 Li Shouping 부학장이 초청하는 축하 만찬에 나는 법대 교수들과 함께 참석했다. 그 전날 중국정법대학(CUPL) 항공우주법연구소 소장 Zengy Xuan 교수의 초청으로 6월 1일 오후 2시부터 4시까지 중국정법대학 대학원생들에게 국제항공법 특강을 하였고, 이날 오후 7시부터 9시까지 Zengy Xuan 소장이 초청하는 축하 만찬에 나는 제 법학원의 교수들과 Maggie Qin 부교수와 같이 참석하였으므로 아주 맛있는 저녁 식사를 하였다.

5. 2011년 11월, 중국 베이징이공대학에서의 특강, 중국정법대학 항공우주법연구소 주최 국제세미나에서 연구논문의 발표, 베이징항공우주대학에서의 특강

2011년 10월 26일 (수) 오후 2시부터 4시까지 중국 베이징이공대학(北京理工大學, BIT) 법대 3학년 약 50여 명 학생들에게「국제항공법과 항공불법해위」라는 제목으로 파워포인트

2011년 10월, 중국 베이징이공대학 남쪽 정문과 법대 강의실에서 나의 특강이 시작하기 전
법대 이화 부교수(여자)와 학생들과 함께 찍은 사진

를 이용하여 특강을 하였고 20분간 학생들과 질의응답 시간도 가졌다.

오후 6시경 베이징이공대학 법대 부학장 이수평(李壽平) 교수의 초대로 베이징 시내에서 아주 유명한 샤브샤브 음식점에 대학원생 2명과 함께 이 부학장의 차로 가서 맛있는 저녁 식사를 하였다. 나는 오후 늦게 베이징이공대학 Campus 안에 있는 「베이징이공대국제교육 호텔(理工大國際教育大廈, 15층임)」에 투숙하였다. 10월 27일(목) 오전 8시부터 10시까지 베이징이공대학 대학원 법학과 학생들에게 「한국의 우주정책과 3개의 우주법」이라는 제목으로 파워포인트를 이용하여 특강을 하였고 20분간 학생들과 질의응답 시간도 가졌다.

이날 오후 7시부터 9시까지 베이징항공우주대학(北京航空航天大學) 법대로부터 초청을 받아 동 법학원 학생들에게 파워포인트를 이용하여 「로마조약과 몬트리올조약하에서의 국제항공 불법행위책임)」이라는 제목으로 특강을 하였고 20분간 학생들과 질의응답 시간도 가졌다.

10월 28일(금) 12시경 중국정법대학교(中國 政法大學校) 국제법학원 해외개발실장 Maggie Qin Hauping(覃华平) 여자 부교수가 내가 체류하고 있는 호텔로 일부러 찾아왔기 때문에 이 호텔 중국 음식점에서 오래간만에 만나 담소(談笑)하면서 맛있는 중국요리를 시켜가면서 오찬을 같이 하였다.

이날 오후 5시 반경 이수평 부학장이 내가 체류하고 있는 호텔로 와서 독일서 온 세계적으로 유명한 Stephen Hobe 교수와 한국에서 온 이상면 교수(서울법대), 이영진 교수(충북대)

2011년 10월 29일 중국정법대학에서 개최된 국제세미나에 캐나다, 독일, 중국, 한국, 대만, UN 산하 ICAO 등에서 참가한 교수, 변호사, 연구원 등과 함께 찍은 사진

및 조홍제 박사(국방대학)와 함께 이수평 부학장의 차로 베이징에서 유명한 중국음식점으로 가서 만찬 초대를 받았다.

10월 29일(토) 오전 9시부터 9시 30분까지 나는 중국정법대학 대형 강의실에서 중국정법대학 항공우주법연구소와 캐나다의 McGill대학교 항공우주법연구소가 공동주최하는 국제세미나에서 「달개발과 국제우주기구(International Space Agency)의 설립」이라는 제목으로 파워포인트를 이용하여 연구논문을 발표했다. 이날 12시 반부터 오후 2시까지 중국정법대학 항공우주법연구소가 주최한 초청 오찬에 외국, 한국 및 중국 교수들과 함께 참석하였다.

10월 30일(일) 오전8시경, 홍순길 교수(항공대)와 조홍제 박사(국방대)와 함께 「베이징이공대국제교육 호텔」 식당에서 아침 식사를 한 후 함께 이 호텔 맞은편 부근에 있는 중국서 유명한 인민대학(人民大學) Campus를 관람한 후 오전 10시경 호텔로 돌아왔다.

오전 10시 반경 내가 체류하는 이 호텔에서 베이징이공대학 법대 부학장 이수평 교수로부터 강의료를 받았고 11시 반경 호텔에서 베이징이공대학 법대 이화(李华) 여자 부교수로부터 작별인사를 받은 후 이날 오후 서울로 귀국하였다.

6. 2012년 11월, 베이징이공대학 법대에서 특강, 중국정법대학 국제법학원에서 특강 및 동 대학 항공우주법연구소 겸직연구원으로 발령 받음, 베이징항공우주대학 법대에서 특강

2012년 11월 18(일)일부터 12월 1일(토)까지 2주 동안 중국 북경에 체류하면서 베이징이공대학 법대에서 국제항공우주법 분야의 테마로 매회 2시간씩 4회 특강을 하였고, 중국정법대학 국제법학원에서도 국제항공우주법 분야의 테마로 매회 2시간씩 2회 특강을 하였을 뿐만 아니라 베이징항공우주대학 법대에서도 국제항공우주법 분야의 테마로 매회 2시간씩 2회 특강을 하였다.

따라서 내가 베이징에 2주간 체류하는 동안 세 군데 대학에서 하루 2시간씩 8회 특강을 하였다.

이번 2주 동안에 있었던 특기할 만한 사항은 11월 22일(목) 오후 6시 반경부터 중국정법대학 항공우주법연구소 소장 Zenggy Xuan 교수께서 나를 위한 6명이 모인 초대만찬 때에 나와 사전연락 없이 갑자기 중국정법대학 항공우주법연구소 겸직연구원 임기 3년의 발령장을 나에게 주었다.

Zenggy Xuan 교수와 Maggie Qin 부교수에게 이 지면을 통하여 진심으로 사의(謝意)를 표합니다.

11월 23일(금) 오후 6시경 베이징이공대학 법대 부학장 이수평 교수의 초청으로 미국에서 온 나와 같이 베이징이공대학 법대 겸직교수로 있는 미국 미시시피대학교 법학전문대학원 J. I. Gabrynowicz 여교수와 나를 북경에서 유명한 샤브샤브 음식점에 저녁 초대를 하였기 때문에 오래간만에 만나 담소(談笑)를 나누면서 즐거운 한때를 보냈다.

11월 24일(토) 오전 7시경 베이징이공대학 법대 부학장 이수평 교수와 내가 체류하고 있는 호텔 식당에서 아침 식사를 한 후 7시 15분경 호텔을 출발하여 7시 반경 베이징이공대학 주차장에 도착했다. 오전 8시경 베이징이공대학 등산대회에 참가하기 위하여 교수, 교직원 및 일부 가족 등과 나와 이수평(李壽平) 부학장을 포함한 300여 명이 베이징이공대학 통근버스 10대에 나누어 타고 출발하여 Badachu공원(八大处公园)을 지나 베이징시 교외에 있는 단풍이 붉게 물든 아름다운 Xiangshan공원(香山公園)*에 도착하여 정상까지 등산을 하였다.

곧 Xiangshan(香山) 정상에서 하산하여 Xiangshan공원주차장에서 베이징이공대학 통근버스로 출발하여 오전 11시 반경 베이징이공대학 주차장에 도착했다. 호텔에 승용차를 주차시킨 이수평 부학장의 차로 나와 이 부학장이 함께 International Club에 가서 사우나와 전신마사지를 하고 Buffet 식당에서 점심 식사를 한 후 오후 4시 반경 내가 체류하고 있는 호텔로 돌아왔다.

11월 26일(월) 오전 9시경 베이징이공대학 법대 이화(李华) 여자 부교수와 이 부교수의 제자 여학생과 같이 내가 체류하고 있는 호텔로 왔기 때문에 나는 중국 내 56개 소수민족의 학생들이 다니고 있는 베이징중앙민족대학(北京中央民族大学)과 대학박물관을 이화 부교수와 그 여학생의 안내에 따라 함께 관람하였다. 중앙민족대학교의 위치는 베이징 해정구로 남쪽으로 중국국가도서관(中国国家图书馆), 북쪽으로 중관촌(中关村) 기술원과 인접하고 있다.

학교의 전신은 1941년 중국공산당이 연안(延安)지역에 설립한 민족학원으로, 중국소수민족 교육의 최고 학부이며 많은 소수민족 인재들을 배출했다. 1969년 호북잠강(湖北潜江)으로 이전 후 다시 베이징으로 옮겼다. 중앙민족대학은 중국 유일의 56개 민족의 교사, 학생, 직원이 몸담고 있는 고등교육 기관으로 민족학, 역사학, 인류학, 사회학, 문학, 종교학, 관리학, 예술학 분야가 유명하다.**

이화(李华) 부교수는 일찍이 북경중앙민족대학을 졸업했고 한국에 있는 서울대학교 대학원에서 법학석사와 법학박사학위를 받은 영재(英才)이다.

7. 2013년 11월, 베이징이공대학 법대, 중국정법대학 국제법학원 및 베이징항공우주대학 법대에서 각각 특강을 함

2013년 11월 10일(일)부터 11월 23일(토)까지 2주 동안 중국 베이징에 체류하면서 베이징이공대학 법대에서 국제항공우주법 분야의 테마로 매회 2시간씩 3회 특강을 하였고, 중국정법대학 국제법학원에서도 국제항공우주법 분야의 테마로 매회 2시간씩 2회 특강을 하였

---

* http://www.xiangshanpark.com/cn

** http://www.visitbeijing.or.kr/a1/a-XDIB3KB5ECAE17913710C6

을 뿐만 아니라 베이징항공우주대학 법대에서도 국제항공우주법 분야의 테마로 매회 2시간씩 1회 특강을 하였다.

특히 베이징외국어대학의 초청으로 국제항공우주법 분야의 테마로 매회 2시간씩 1회 특강을 하였으므로 베이징에 내가 2주간 체류하는 동안 네 군데 대학에서 하루 2시간씩 7회 특강을 하였다.

이번 2주 동안에 있었던 특기할 만한 사항은 다음과 같다.

11월 16일(토) 오전 8시 베이징이공대학 법대 Wang Guoyu(王國語) 부교수와 그의 제자 여학생이 내가 체류하고 있는 베이징이공대학 호텔에 와서 나를 자기 차에 태우고 9시경 중국항공박물관(中國航空博物館)에 도착하여 관람하였다.

2013년 11월 16일 오전 9시경 중국항공박물관 앞에서
나와 베이징이공대학 법대 여학생과 Wang Guoyu(王國語) 부교수와 함께 찍은 사진

중국항공박물관은 베이징 시내에서 20km 떨어진 창핑(昌平)구 샤오탕산(小湯山)에 위치하고 있다.

총면적 70만 m^2, 전시면적 20만 m^2가 넘는 항공박물관은 지하 전시장 면적만 2만 3,200 m^2에 달하는 아시아 최대 규모의 항공박물관이다. 오전 10시 반까지 관람한 후 11시 반경 북경 시내 내가 체류하고 있는 호텔 부근에 있는 샤브샤브 음식점에 도착하여 왕 부교수로부터 초대를 받아 나와 왕 부교수 및 여학생과 함께 아주 맛있는 점심 식사를 하였다.

11월 21일(목) 오전 9시 반경 베이징이공대학 대학원 학생 Wang Yanhu(王衍虎) 군이 내가 체류하고 있는 베이징이공대학 호텔에 왔기 때문에 호텔 정문 앞에서 Taxi로 군사박물관

2013년 11월 21일, 북경 Yu Yuan Tan공원에서 나와 대학원생 王 군과 함께 찍은 사진

에 갔으나 수리 중이라 관람을 못 하였고 광장(廣場)에 설치되어 있는 탱크, 로켓, 제트 비행기만을 보았다. 할 수 없이 나는 북경 시내에 있는 Yu Yuan Tan공원(玉淵潭公園)을 대학원생 Wang 군의 안내로 구경하였다.

Yu Yuan Tan공원은 광활한 면적과 유구한 역사를 자랑하는 공원으로 울창한 삼림, 넓은 호수, 수려한 경관을 갖추고 있었다. 이 공원은 베이징의 11개 주요 공원 중 하나이며 교통이 편리한 하이뎬구(海淀区)에 위치해 있다.

8. 2013년 11월 경주김씨 중국베이징종친회의 창립과 조직 및 창립총회의 개최

2013년 11월 18일(월) 경주김씨 중앙종친회 고문 김두환 박사(金斗煥 博士: 중국 베이징 이공대학 법과대학 겸임교수)가 베이징 시내에 살고 계신 김상훈(金相勳) 종친의 제안으로 창립되었다.

베이징 시내에 살고 계시는 경주김씨 종친님들을 필자가 베이징이공대학 호텔(17층 건물)에 있는 중국음식점(1층)으로 오찬을 초대하여 10명의 종친님들이 참석하였다.

이날 첫 모임에 참석하신 경주김씨 종친님들 가운데는 다음과 같은 종친이 계시다.

① 중국 정부의 원방직공업부(原紡織工業部)에 고위간부로 계셨으며 현재 종사(宗事)에
　헌신하고 계실 뿐만 아니라 이번 모임에 연락을 맡으셨던 김상훈(金相勳) 종친,

② 중국에서 유명한 화가이시며 무대미술업계의 거장이시고 중국의 국가일급무대 설계사
　이신 김태홍(金泰洪) 종친과 사모님,

③ 중국 항천(우주)부 제2연구원 미사일 설계 담당 교수이신 김수복(金壽福) 종친과 사모님,

④ 중국 과학원의 원자핵기술자였고 현재 ㈜오티에스 베이징지사장이신 김선녀(金鮮女)
　종친,

⑤ 중국군의 육군소장으로 제대하신 후 현재 무역회사 회장이신 김현덕(金顯德) 종친,

⑥ 중국의 경찰간부로서 러시아어가 능통하여 오랜 기간 러시아에 파견 나가 있다가 퇴임
　한 후 현재 회사 사장님이신 김덕성(金德成) 종친,

⑦ 현재 중국 장춘시병원 부주임으로 계신 여의사 김선애(金善愛) 종친,

⑧ 북경국제무역회사 사장이신 김성(金星) 종친 등 8명의 종친과 두 분의 사모님 등 경주
　김씨 중앙종친회 고문인 김두환(金斗煥) 교수까지 합하여 11명의 종친이 참석하였다.

　우선 처음으로 만난 종친 상호 간에 인사를 나눈 다음 화기애애한 분위기 가운데 김두환
고문님(경주김씨 중앙종친회 전 사무총장 및 부총재직을 20여 년간 무료봉사)의 인사말과
아울러 여러 종친님들의 숭조사상의 고취와 종친 상호 간의 친목을 도모하기 위하여 중국 내
베이징종친회를 창립할 것을 제안한바 만장일치로 찬성하여 드디어 경주김씨 중국베이징종
친회가 탄생되었다.
　곧이어 임원선출을 한 결과 회장에는 상훈(相勳) 종친, 상근 부회장에는 현덕(顯德) 종친,
부회장으로 태홍(泰洪) 종친과 수복(壽福) 종친, 특히 여성 담당 부회장님으로 선녀(鮮女) 종
친이 각각 만장일치로 선출되었다.
　앞으로 베이징종친회는 서울에 있는 경주김씨 중앙종친회와 형제처럼 연계를 잘하고 중국
수도의 종친회인 만큼 보람 있게 잘 꾸려 나갈 것을 약속하고 전에는 베이징에 이사 오는 것
이 하늘의 별 따기처럼 어려웠지만 지금은 마음대로 들어올 수 있게 되어 많은 베이징에 있는

종친들이 가족단위로 참가하게 하여 모든 종친들이 왕손의 긍지감을 갖고 떳떳하게 생활하며 건강하게 지내야 한다고 다짐하고 후일에 만날 것을 기약하면서 헤어졌다.

현재 경주김씨 중국베이징종친회 회장은 김현덕(金顯德) 종친이고 연로(年老)하신 김상훈(金相勳) 종친은 고문으로 계신다가 11월 22일(금) 오전 11시 반경 내가 체류하고 있는 베이징이공대학 호텔에 오셨으므로, 중국에서 유명한 화가이며 무대미술업계의 거장(巨匠)이신 종친 김태홍(金泰洪) 박사 댁을 방문하고자 호텔에서 택시로 출발하고 지하철과 버스를 이용하여 북경 시내 조양구 쌍석동로(朝陽區 双析東路)에 있는 김 박사 댁에 낮 12시 반경 도착했다.

종친 김 박사 내외는 우리를 반갑게 맞이하면서 넓은 화실로 안내하여 화실에 있는 수많은 그림을 보여주면서 중요한 그림은 그 내용을 일일이 자세히 설명해 주셨다.

2013년 11월 18일 중국 경주김씨 북경종친회 창립기념 사진, 장소는 중국 베이징이공대학
호텔 Lobby에서 북경에 계신 종친들과 함께 찍은 사진

2013년 11월 22일 화가 김태홍 박사 댁에서 우측으로부터 김두환 교수, 김상훈 회장, 김 박사 부인, 화가 김 박사와 함께 그림을 관람한 후 찍은 사진

그림 보기가 끝난 다음 우리는 종친 김 박사 댁 부근에 있는 유명한 왕왕탕 음식점으로 안내하여 맛있는 점심 식사를 하였다. 호텔로 돌아오는 도중 베이징에서 한국 사람들이 제일 많이 사는 왕징(望京)에 가서 한국 사람들이 운영하는 큰 시장을 관람하였으며 쇼핑도 하였다. 시장 바로 옆에 지하철역이 있어 지하철과 버스를 이용하여 오후 6시경 호텔로 돌아왔다.

9. 2014년 11월, 중국 베이징에 있는 상기(上記) 3개 대학 법대에서의 특강과 UN, 중국 및 APSCO 간의 공동주최로 베이징에서 개최된 「우주법세미나(30여 개국 참가)」에 토론자로 참가함

2014년 11월 16일(일)부터 11월 29일(토)까지 2주 동안 중국 베이징에 체류하면서 베이징이공대학 법대에서 국제항공우주법 분야의 테마로 매회 2시간씩 2회 특강을 하였고, 중국정법대학 국제법학원에서도 국제항공우주법 분야의 테마로 매회 2시간씩 1회 특강을 하였을 뿐만 아니라 베이징항공우주대학 법대에서도 국제항공우주법 분야의 테마로 매회 2시간씩 1회 특강을 하였다.

베이징에 내가 2주간 체류하는 동안 세 군데 대학에서 하루 2시간씩 5회 특강을 하였다. 작년보다 강의 횟수가 줄어든 이유는 아래에 있는 글과 같이 4일간 국제워크숍에 참가하였기 때문이다.

2014년 11월 17일(월)부터 20일(목)까지 4일간 국제연합(UN)과 중국(中國) 및 아시아 태평양 우주기구(APSCO) 간의 공동주최로 베이징에서 개최된「우주법 세미나(30여 개국으로부터 300여 명의 우주과학자, 정부의 우주관계 고위관리, 우주전문가, 우주기술자, 교수 및 변호사 등 참가)」에 오스트리아 비엔나에 있는 UN우주사업국으로부터 필자는 Panelist로 초청을 받아 11월 19일(수) 연구논문을 간략하게 발표했고 워크숍 토론에도 참가하였다.

2014년 11월 19일 좌측으로부터 김한택 교수(한국), Aoki Setsuko 敎授(일본), 김두환 교수
I. Marboe 교수(오스트리아), Dong Jiao 강사(중국)가 국제워크숍에서 함께 찍은 사진

이 국제워크숍의 주제(主題)는「법치 강화를 위한 국가우주법의 역할(The Role of National Space Legislation in Strengthing the Rule of Law)」이었다. 이 우주법 세미나에 Speaker로 참가한 일본의 Aoki Setsuko(靑木節子) 교수를 나는 4년 만에 만났다.

10. 2014년 5월, 중국 서안(西安)에 있는 서북정법대학에서의 특강과 동년 12월 서안에서 개최된「세계상업항공포럼」에서 연구논문의 발표

2014년 5월 26일부터 29일까지 4일간 중국 서안(西安)에 있는 서북정법대학(西北政法大學, NWUPL) 부총장 왕한(王瀚) 교수의 초청으로 이 대학 국제법학원에서 2일간「국제항공법과 우주법」을 특강하였다. 5월 26일 오전 9시 15분 대한항공편으로 인천국제공항을 출발하여 오전 11시 30분경 중국 서안국제공항에 도착하였다. 서북정법대학 법대 부학장 Liu

2014년 5월 26일 중국 시안(西安)에 있는 서북정법대학 부총장 왕한(王瀚) 교수와 시안의 관광지에서 함께 찍은 사진

Ping(刘萍) 여교수가 차를 가지고 마중을 나와서 손수 운전하면서 서안 시내에 있는 Qujiang 호텔(曲江賓館)에 투숙하였다.

이날 오후에는 서북정법대학 부총장의 안내로 대당부용원(大唐芙蓉園)을 관람하였다.

5월 27일(화) 오전 9시경 Liu Ping 부학장이 또 차를 가지고 호텔에 왔기 때문에 중국 서북정법대학 부총장의 초청으로 이미 이 호텔에 체류하고 있었던 대만국립대학 교수 내외와 함께 호텔을 출발하여 Liu Ping 부학장의 안내로 진시황제박물관(秦始皇帝博物館)에 오전 10시 반경 도착하여 박물관 내에 있는 여러 곳을 관람하였고 지하에 있는 진시황병마용(秦始皇帝俑)도 12시까지 관람하였다.

일행이 호텔로 돌아오는 도중 함께 점심 식사를 하였고, 나는 호텔에 돌아와서 옷을 갈아입은 후 오후 2시경 서북정법대학 국제법학원 남쪽 캠퍼스에 도착하여 오후 2시 반부터 4시 반까지 80여 명의 학생들에게 「국제우주5개조약과 국내법」이라는 제목으로 특강을 하였고

2014년 5월 27일 서북정법대학 부학장 Liu Ping 교수와 함께 진시황 병마용과
한국광복군 제2지대가 주둔하였던 옛터에 세운 비석 앞에서 찍은 사진

약 15분간 학생들의 질의응답 시간도 가졌다. 강의가 끝난 후 Liu Ping 부학장의 안내로 일제시대 한국광복군 제2지대가 주둔했던 자리에 세운 표지석을 관람하였다.

특히 5월 28일(수) 오전 9시 반부터 12시 반까지 2시간 동안 중국 서북정법대학 국제법 연구센터에서 대학원생들 30여 명에게 아래에 있는 사진과 같이 「아시아나 및 Malaysia 항공사의 항공기사고와 한국, 중국의 항공법과 1999년의 몬트리올조약」이라는 제목으로 특별강의를 하였다.

특히 이날 강의 시작 전에 이 대학 부총장과 법대 학장이 강의실에 와서 인사말과 나에 대한 소개가 있었다. 이날 오후에는 대학원 학생의 안내로 「섬서성 역사박물관(陝西省歷史博物館)」을 관람하였다.

이날 오후 3시 반경 박사과정에 있는 대학원 학생의 차에 대학원 남학생과 여학생이 타고 시안시 교외에 있는 고신산업기술특구(高新産業技術特區)와 이 산업기술특구 내에 신축(新築)된 면적을 많이 차지한 우리나라의 삼성전자 시안반도체공장(三星電子 西安半導體工場)을 차로 건물 외곽(外郭)만을 관람하였다.

오후 7시경 나는 박사과정 학생의 차로 다시 서안 시내로 돌아와서 대학원 석박사과정 학생 9명의 초대로 시안 시내에 있는 고급음식점에서 만찬을 한 후 호텔로 돌아왔다.

2014년 5월 28일 중국서북정법대학 국제법 연구센터에서 나의
특강을 알리는 전자판을 제작하여 강의동 입구 벽에 걸어놓음

2014년 6월 28일 중국서북정법대학 대학원생 및 학부생들에게 특강을 한 후
시안시 교외에 있는 광활한 고신산업기술특구 문 앞에서 찍은 사진

2014년 12월 17일(수)부터 19일(금)까지 시카고 국제민간항공조약 70주년을 기념하기 위하여 서북정법대학(西北政法大學)과 캐나다 몬트리올에 있는 McGill대학교 항공우주법연구소와 공동주최로 시안(西安), Jiyuan International Hotel(吉源國際酒店) 국제회의실에서 개최된 「10주년 세계 상업 항공법포럼(10여 개국으로부터 200여 명의 정부의 항공관계 고위관리, 항공전문가, 항공기술자, 변호사, 교수 및 대학원생 등 참가)」에 나는 초대받은 Speaker로 참가하였다.

나는 12월 18일(목) 오후에 이 호텔 국제회의실에서 개최된 「2014년도 한국개정 상법전에 새로이 규정된 항공운송법의 주요내용-중국 민용항공법과의 비교-」라는 제목으로 우리나라 상법 제6편 항공운송 편과 중국민용항공법을 비교하는 연구논문을 파워포인트로 발표했다.

2014년 12월 17일(수)부터 19일(금)까지 중국서북정법대학과 캐나다 McGill대학교
항공우주법연구소와 공동주최로 시안(西安), Jiyuan International Hote에서 개최된
「10주년 세계상업항공법포럼(10여 개국)」에 나는 초청을 받아 Speaker로 참석하였음

2014년 12월 19일(금) 서북정법대학 부총장의 안내로 나는 캐나다 McGill대학교 항공우주법연구소
소장 Dempsey 교수와 함께 시안에 있는 당원(唐苑) 입구 앞에서 함께 찍은 사진

11. 2015년 6월, 중국 상해에 있는 화동(华东)정법대학
국제항운법률학원에서 특강

6월 3일(수) 오전 8시 45분 대한항공편으로 인천국제공항을 출발하여 중국 상해에 있는 푸동국제공항(上海浦东国际机场)에 현지시간 오전 9시 40분에 도착했다. 푸동공항에서 짐을 찾은 후 11시경 공항청사로 나왔다. 중국 상해에 있는 화동정법대학 대학원 여학생 2명이 마중을 나왔으므로 대학원생들과 함께 택시를 타고 Shanghai Yue Hotel에 도착하여 나는 이 호텔에 투숙했다.

대학원생들과 함께 점심 식사를 한 후 대학원생들의 안내로 오후에는 상해국가예술관(상해 세계박람회 때 중국관으로 이용하였던 곳), 황포강변을 산책한 후 저녁 식사를 같이 하였다.

2015년 6월 3일 상해에 있는 황포강변(黃浦江邊)에서 나와 화동대학
대학원 여학생 韓孃과 杜孃과 함께 찍은 사진

나를 관광 안내하는 사람이 둘 다 대학원 학생이므로 내가 택시비, 점심 및 저녁값을 지불하려고 하였으나 이미 나에 대한 접대비를 대학 당국으로부터 받았다고 하며 극구 사양하므로 오히려 거꾸로 대학원생들로부터 접대 받은 격이 되었다.

2015년 6월 4일(목) 12시, 화동정법대학 국제항운법률학원(华东政法大学, 国际航运法律学院)에서 조 학장(趙學長)으로부터 점심 초대를 받아 이 대학 법학과 과장 Yu Dan(于丹) 여

2015년 6월 4일 화동정법대학교 국제항운법률학원 앞에서 좌측으로부터
유세봉 박사, 于丹 부교수, 金斗煥 교수와 대학원 여학생 2명과 함께 찍은 사진

자 부교수, 유세봉(兪世峰) 박사와 같이 오찬을 하였다.

이날 오후 2시부터 4시까지 2시간 동안 이 대학에서 「인도네시아, 말레이시아 항공사 소속 항공기사와 인도네시아, 중국, 한국의 항공법과 1999년의 몬트리올조약(*Indonesia, Malaysia Airline's Aircraft's Accidents and Indonesian, South Korean & Chinese Civil Aviation Law and the 1999 Montreal Convention*)」이라는 제목으로 파워포인트를 이용하여 특강을 하였고, 15분간 학생들과 질의응답 시간도 가졌다.

2015년 6월 5일(금) 오전 10시경 상해에서 체류하고 있는 Shanghai Yue Hotel Lobby에 화동정법대학 대학원 여학생 2명이 또 나를 상해관광 안내시키고자 왔으므로 나와 여학생들은 지하철을 이용하여 아름다운 Shanghai Lu Xun공원(上海魯迅公園, 전에는 Shanghai Hongko공원(上海虹口公園)이라고 불렀음)을 산책하였고 이 공원 내에 있는 윤봉길 의사(尹奉吉義士) 기념관을 관람하였다.

이 공원 밖으로 나와 대학원생들의 안내로 지하철 10호선을 타고 Xintiandi(新天地)역에서 12시 40분경 하차하여 6번 출구로 나와 이곳에서 도보로 2분 거리에 있는 「대한민국임시정부유적지(大韓民國臨時政府遺跡地)」에 있는 대한민국임시정부 청사를 관람하였다.

2015년 6월 5일 상해 대한민국임시정부 청사 입구와 윤봉길 의사 기념관 앞에서 찍은 사진

오후 1시 20분경 대학원생들과 점심 식사를 한 후 다시 Shanghai Yue Hotel 경유 오후 3시 40분경 택시로 Shanghai Hongqiao국제공항(上海虹桥国际机场)에 도착하여 오후 4시경 그동안 수고했던 대학원생 韓孃과 朴孃과 작별인사를 나눈 후 오후 6시 15분 대한항공편으로 이 공항을 출발하여 인천국제공항에 도착하였으므로 귀국하였다.

난징항공우주대학(Nanjing University of Aeronautics and Astronautics, NUAA) Campus 전경

12. 2015년 11월, 중국 난징항공우주대학으로부터 초청을 받아 겸직교수로 발령을 받고 특강을 함

2015년 11월 9일(월) 인천국제공항을 출발하여 베이징수도국제공항에 도착한 후 중국 베이징이공대학 호텔에서 일박한 다음, 다음 날 11월 10일(화) 오전11시 베이징수도공항을 출발하여 오후1시경 난징(南京)공항에 도착하였다.

오후 2시경 Jinjiang Hotel(錦江之星)에 투숙하였다. 오후 7시경 난징항공우주대학(南京航空航天大學, NUAA), Marxism 연구원 원장 Ping Xu(平旭) 교수와 그의 부인 Luan Shuang(栾爽)교수 둘 다 초면이지만 두 분으로부터 만찬 초대를 받아 해물 중화요리로 아주 맛있게 저녁 식사를 한 다음 밤 9시경 Luan Shuang(교수의 차로 호텔로 돌아왔다. 11월 11일(수) 오전 10시부터 12시까지 2시간 동안 난징항공우주대학(南京航空航天大學) 인문사회 과학원장으로부터 초대를 받아 법학전공 학생들에게 「항공교통관제기관(ATCA)의 책임」이라는 제목으로 특강을 하였고 15분간 학생들과 질의응답 시간도 가졌다.

이날 오전 10시 강의가 시작되기 전 이 대학 많은 학생들과 교수들이 모인 강의실에서 갑자기 사전예고도 없이 내가 부탁도 하지 않았는데 이 대학 인문사회과학원 부원장이 나에게 3년간의 겸직교수 발령장을 수여하므로 받았다. 나는 마음속으로 국제항공우주법 분야에서 중국에서도 나를 학문적으로 인정해 주고 있다고 생각하니 대단히 기뻤다.

나는 원래 난징항공우주대학(南京航空航天大學)에 아는 교수가 한 분도 없었지만 이 대학 Luan Shuang(栾爽) 여교수만 북경에서 개최된 국제회의에서 우연히 만나 알게 되었을 뿐이

2015년 11월 11일, 중국 난징항공우주대학 인문사회과학원 부원장으로부터
내가 이 대학 겸직교수로 발령을 받는 장면과 발령을 받은 후 이 대학 교수들과 함께 찍은 사진

다. 지금 생각해 보면 이 대학 Luan Shuang(栾爽) 여교수가 나를 난징항공우주대학 인문사회과학원 겸직교수로 추천한 것같으며 내가 이 대학에서 3년간 2018년 11월 10일까지 국제항공우주법 강의를 하게 되었다.

이날 오후에는 Diao Weimin(刁伟民) 교수와 대학원 여학생과 함께 1937년 12월부터 1938년 2월까지 일본군이 난징에서 중국인 30만 명을 대학살한 사건을 고증하기 위하여 세운 박물관, 공자를 모신 아주 큰 사당인 난징부자묘(南京夫子庙, Confucius Temple)와 난징 친후와이풍 경구(NanJing Qinhuai Scenic Zones, 南京秦淮风景区)를 밤에는 친후와이(Qinhuai, 秦淮) 운하에서 유람선을 타고 일주를 하였는데 야경이 참으로 아름다웠고 밤 9시 반경 호텔로 돌아왔다.

2015년 11월 11일 밤에 난징 Qinhuai 운하에서 유람선을 탔는데 우측으로부터
Dia Weimin 교수, NUAA 대학원생, 김두환 교수와 함께 찍은 사진

11월 12일 (목)에는 오전 8시부터 9시 반까지 난징항공우주대학 인문사회과학원 법학전공 학생들에게 「한국개정상법 내 새로이 제정된 항공운송법의 주요내용과 전망-중국 민용항공법과의 비교-(韩国改正商法里 新制定航空运输法的 主要内容和展望-中國民用航空法과의 比較-)」라는 제목으로 특강을 하였고, 10분 쉬었다가 곧이어 오전 9시 40분부터 11시까지 「인도네시아, 말레이시아의 항공기사고와 인도네시아, 중국과 한국의 항공법과 1999년

의 몬트리올조약(Indonesia, Malaysia Aircraft's Accidents and Indonesian, Chinese, Korean Aviation Law and the 1999 Montreal Convention)」이라는 제목으로 특강을 하였고 학생들과 10분씩 각각 질의응답 시간도 가졌다.

나는 다시 호텔로 돌아와서 짐을 싼 다음 Check out 한 후 난징항공우주대학으로 와서 Luan Shuang(欒爽) 여교수와 둘이서 대학 구내식당에서 점심 식사를 하였다.

13. 2015년 11월, 중국 난징과 텐진 간의 초고속전철기차여행과 텐진에 있는 중국민항대학에서의 특강

11월 12일(목), 나는 난징항공우주대학 Luan Shuang(欒爽) 여교수의 차로 난징역(南京驛)에 도착하여 텐진(天津) 가는 초고속전철 기차표를 사서 나에게 주었기 때문에 대단히 감사하다는 인사말을 하면서 아쉬운 작별인사를 나누면서 헤어졌다. 난징역에서 오후 1시 8분 초고속전철기차로 출발하여 이날 오후 5시 50분 텐진역(天津驛)에 도착했다. 즉 장강(長江, 양자강(揚子江)과 황하(黃河) 사이의 대륙)을 기차로 여행한 셈인데 가도가도 끝이 보이지 않는 넓은 평야가 많이 있어 축복받은 나라라고 생각되었지만 한편 기차여행 중 하늘을 쳐다보니 온통 미세먼지로 누렇게 덮여 있어 주민들에게 고통을 안겨주고 있다고 생각되었다.

텐진역에 도착하니 대학원 남학생 Zhang Nachuan(張納川) 군과 여학생 Tian Jinging(田靜) 양이 나를 안내하기 위하여 마중을 나왔고 중국민항대학 승용차를 타고 항대과기학술교류센터 호텔에 투숙하였다.

저녁 만찬은 중국민항대학(中國民航大學, CUAA) 법대Hao Xiuhui(郝秀輝) 여교수의 초청으로 대학원 학생 2명과 같이 저녁 식사를 하였다.

11월 13일(금) 오전 6시에 대학원 남학생과 여학생이 내가 체류하고 있는 호텔 로비에 왔으므로 이 학생들의 안내로 이 대학 북쪽 Campus와 남쪽 Campus를 구경한 다음 아름다운 작은 호수 변두리를 산책하였다.

나는 오전 8시부터 10시까지 중국민항대학 대학원생들에게 「인도네시아, 말레이시아의 항공기사고와 인도네시아, 중국과 한국의 항공법과 1999년의 Montreal조약」이라는 제목으로 특강을 하였고 대학원생들과 20분간 질의응답 시간도 가졌다. 오전 10시 20분부터 11시 40분까지 이 대학 Law School의 시설과 항공법 및 정책연구소 등을 관람하였다.

오후 2시부터 4시까지 이 대학 대학원생들에게 「항공교통관제기관(ATCA)의 책임」이라는 제목으로 특강을 한 바 있고 20분 동안 대학원생들과 질의응답 시간도 가졌다.

오후 4시 반부터 5시 반까지 중국민항대학 도서관, Campus등을 관람한 후 Xiuhui(郝秀輝) 교수의 초청으로 유해안(劉海安) 부교수 및 대학원생 2명과 함께 저녁 식사를 한 후 중국민항대학 승용차로 오후 6시 35분경 출발하여 베이징 시내에 있는 베이징이공대학 호텔에 밤 9시 10분경 도착했다.

2015년 11월 13일 중국 텐진시에 있는 중국민항대학 법대 교수들과 함께 찍은 사진

14. 2015년 11월, 베이징이공대학 법대 및
   중국정법대학 국제법학원에서의 특강과
   베이징 교외 향산(香山)에 있는 모택동집무실 관람

2015년 11월 17일(화) 오후 3시부터 5시까지 2시간 베이징이공대학(北京理工大學, BIT) 대학원 법학전공 대학원생들에게 「국제우주조약과 한국의 우주법(International Space Convention and Korean Space Law)」이라는 제목으로 특강하였고, 11월 19일(목) 오후 3시부터 5시까지, 역시 2시간 동안 「새로운 우주기구의 설립에 관한 연구와 달 협약(Study on the Establishment of New Space Organization and Moon Agreement)」이라는 제목으로 특강을 하였고, 각각 15분간 대학원생들과 질의응답 시간을 가졌다.

11월 20일(금) 오후 12시 반경 경주김씨 중국베이징종친회 회장 김상훈 회장과 함께 내가 체류하고 있는 베이징이공대학 호텔을 출발하여 둘이서 향산공원(香山公園, Xiangshan Park)을 향하여 지하철과 버스를 이용해 오후 2시 반경 베이징시 북쪽 교외(郊外)에 있는 향산공원에 도착하였다.

붉게 물든 아름다운 단풍 낙엽이 떨어지고 있는 향산 산길을 따라 산 위로 약 40분가량 올라가니 1949년 2월에 중국공산당의 당수 모택동 주석(毛澤東主席)이 집무하였던 집무실 기

2015년 11월 20일 중국 향산(香山)에서 김상훈 회장과 함께 1949년에 중국공산당
당수 모택동 주석(毛澤東主席)이 사용했던 집무실 기념관 앞에서 찍은 사진

넘관과 방공호가 있어 이 시설들을 관람하였다.

모택동 주석 집무실 입구 문 위쪽 붉은 간판에 노란 글씨로 「没有共产党 就没有新中国」이라고 적혀 있는데 이 문장을 번역하면, 즉 「공산당이 없다면 새로운 중국도 없다」는 내용의 글귀였고, 또 우측 옆 붉은 간판에 노랗게 쓴 문구 「入黨誓詞」는 번역하면 「입당선서」인데 그 밑에 작은 글씨로 길게 적어 놓은 문장의 내용을 요약하면 중국인민이 공산당에 가입하게 되면 당원으로서 준수(遵守)하여야 할 의무사항을 상세히 적어 놓았다.

이곳 향산(香山)은 1949년 2월 모택동이 이끈 중국공산당의 인민해방군이 국공전쟁(國共戰爭: 國府軍과 共産軍 戰爭, 장개석(蔣介石) 국민당군과 모택동 공산당군과의 전쟁)에서 모택동 공산당군(팔로군, 八路軍)이 중국 서북지역을 손에 넣은 뒤 동북(東北)에서 화북을 거쳐 베이징(北京) 쪽으로, 또 섬서성(陜西省)의 연안(延安)에서 출발한 모택동의 지휘부는 산서성(山西省)으로부터 향산(香山)을 넘어 베이징을 해방시키기 위해 자리를 잡은 베이징해방작전사령부가 위치한 곳이 바로 향산(香山)이었다.

모택동(毛澤東) 주석, 주덕(朱德) 장군 등 중국공산당의 주요 지도자들이 이곳에서 가족들과 함께 머물면서 베이징 해방작전의 마지막 고삐를 죄고 있던 곳이었다.

중국공산당의 인민해방군이 북경 시내로 공격해 들어가면 수십만의 베이징 주민들이 살상(殺傷)되므로 이를 피하기 위하여 중국공산당의 인민해방군과 장개석 국민당군 간의 슬기롭고 평화적인 합의하에 장개석 국민당군이 미리 베이징을 빠져나갔기 때문에 중국공산당의 인민해방군은 장개석 국민당군의 저항이 없어 베이징을 무혈점령을 하였다.

2015년 11월 9일(월)부터 11월 21일(토)까지 13일 동안 중국 난징항공우주대학(南京航空航天大學) 인문사회과학원에서 국제항공우주법 분야의 테마로 매회 2시간씩 2회 특강을 하였고, 톈진에 있는 중국민항대학 법대에서는 국제항공우주법 분야의 테마로 매회 2시간씩 2회 특강을 하였다. 베이징이공대학 법대에서도 국제항공우주법 분야의 테마로 매회 2시간씩 2회 특강을 하였고, 중국정법대학 국제법학원에서도 국제항공우주법 분야의 테마로 매회 2시간씩 1회 특강을 하였으므로, 중국에서 내가 13일간 체류하는 동안 네 군데 대학에서 하루 2시간씩 7회 특강을 하였다.

15. 2016년 10〜11월, 중국정법대학 국제법학원 특강, 베이징이공대학법대 특강과 공적상 받음, 난징 및 베이징항공우주대학에서의 특강

2016년 10월 26일(수) 오후 3시 30분부터 5시 반까지 중국정법대학 대학원 국제법 전공 대학원생들에게 「한국개정상법 내에 규정되어 있는 항공운송법과 중국, 일본 및 인도네시아 항공법의 비교」라는 제목으로 특강을 한 후 20분간 대학원생들과 질의응답 시간을 가진 바 있다.

2016년 10월 26일 중국정법대학국제법학원에서 내가 강의한다는 입간판과 특강 후
앞에서 Maggie Qin Hauping 여자 부교수, 나와 Zengyi Xuan 교수와 함께 찍은 사진

강의가 끝난 다음 오후 6시부터 8시 반까지 나는 Zengyi Xuan(宣增益) 교수로부터 만찬 초대를 받아 이 대학 Zhu Ziqin(朱子勤) 여교수와 Maggie Qin Hauping(覃华平) 여자 부교수와 함께 저녁 식사를 한 후 밤 9시경 베이징이공대학 호텔로 돌아왔다.

10월 27일(목) 오후 3시부터 5시까지 2시간 동안 베이징이공대학(北京理工大學, BIT) 대학원생들에게 「국제우주법」이라는 제목으로 특강을 한 후 20분간 대학원생들과 질의응답 시간을 가졌다.

10월 28일(금) 오후 2시경 베이징이공대학 법대 송가(宋歌) 학생의 안내로 베이징 시내에 있는 중국국가도서관을 관람하였는데 세계에서 다섯 번째 규모의 도서관으로 장서 수는 2003년 말 기준 약 2,400여만 권에 달하고 있다. 오후 3시 반부터 국가전적박물관(国家典籍博物馆)을 관람하였는데 이 박물관은 중국 고전문서를 전문으로 소장하는 박물관이다.

이 박물관은 1986년에 설립되었고 총 건축면적은 11,549평방미터로 9개의 전시홀을 갖추고 있다. 소장품은 대부분 국가 1급 문화재로, 800여 건의 국보급 고전문서와 3천여 년 전의 은허갑골에서 100년 전 뽕나무껍질 종이까지 다양하게 전시되고 있다. 10월 29일(토) 베이징이공대학 우주법연구소의 창립 10주년 기념행사의 일환으로 개최된 「제1회 국제우주법 심포지엄(10여 개국 참가, 중국 정부 외교부, 국방부, 공업정보부 등 각 부처의 고위공무원 등 200여 명 참석)」에서 동 우주법연구소의 발전에 크게 공헌을 하였다고 필자는 「공적상」을 받았다. 한편 이 심포지엄에서 「UN, ILA의 국가우주입법과 한국, 오스트레일리아, 중국과 일본의 우주법과 그 전망」이라는 제목으로 필자는 연구논문을 발표했다.

2016년 10월 29일 중국 베이징이공대학 우주법연구소 주최 「제1회 우주법 국제 Symposium」에
참석한 중국 및 각 나라의 참가자들과 함께 찍은 사진

10월 31일(월) 오전 7시 반경 베이징이공대학 여자 운전수가 공용차를 가지고 내가 체류하고 있는 호텔까지 와서 나를 차에 태우고 호텔을 출발하여 오전 10시 45분 베이징수도공항에 도착했다.

오전 10시 25분 중국 동방 항공편으로 출발하여 난징국제공항에 12시 10분에 도착했다.

난징항공우주대학 앞에 있는 호텔에 투숙한 후 오후 2시경부터 이 대학의 남자 대학원생과 여자 대학원생이 내가 체류하고 있는 호텔까지 와서 나와 함께 중산릉(中山陵)에 가서 관람을 하였다.

중산릉(中山陵)은 중국 장쑤성(江蘇省), 난징(南京市)에 있는 자금산(紫金山) 중턱에 위치한 중화민국의 국부인 쑨원(孫文, 손문)의 능묘로, 1929년 2년간의 공사를 완공하고 신설(新設)되었다.

묘당은 화강암으로 지었고, 노대(露臺)에서 묘당까지 339개의 계단이 이어져 있다.*

쑨원은 중국의 혁명가이자 민주주의자로, 1911년 신해혁명 시기 임시 대총통에 추대되었

2016년 10월 31일 중국 난징(南京)에 있는 중산릉(中山陵) 앞에서
나와 난징항공우주대학 대학원생들과 함께 찍은 사진

---

* https://ko.wikipedia.org/wiki/%EC%A4%91%EC%82%B0%EB%A6%89

으나 이후 위안스카이(袁世凱)에게 대총통의 자리를 넘기고 물러난다.

이후 1917년 광동군정부를 만들어 대원수에 취임하고 1918년 상해에서 중국국민당을 만들어 1924년 북벌군을 일으켰으나 다음 해 북경에서 사망하였다.[*] 공화제의 창시자로, 국민정부 시기에는 중화민국의 국부(國父)로서 최고의 존경을 받은 인물이다.

11월 2일(수) 중국 난징(南京)에 있는 난징항공우주대학(南京航空航天大學, NUAA) 법학부의 초청을 받아 필자는 이 대학 학부 및 대학원생들에게 「국제우주법」을 특강한 바 있다. 11월 3일(목) 12시 베이징이공대학 법대 학장 Li Shouping(李壽平) 교수의 초청으로 미국에서 온 J. I. Gabrynowicz 객원교수, Jie Huang(黃解放, ICAO) 박사, Wang Guoyu(王國語) 부교수, Yang Kuan(楊寬) 전임강사 등을 초청하였으므로 점심을 같이 하였다.

오찬 후 나는 베이징이공대학 우주법연구소, 법대도서관, 중앙도서관 등을 관람하였다. 오후 3시부터 5시까지 베이징이공대학 대학원 법학전공 학생들에게 「한국의 우주법과 국제우주조약」이라는 제목으로 특강을 하였고 15분간 대학원생들과 질의응답 시간도 가졌다.

2016년 11월 3일 베이징이공대학 법대에서
나의 특강을 알리는 포스터를 제작하여 대학
교실과 낭하 여러 군데 복도 벽에 붙여 놓았다

2016년 12월 5일, 베이징항공우주대학 법대 강의실에서
강의를 하기 전 고국주(高國柱) 교수와 김두환 교수 및
학생들과 함께 찍은 사진임

---

[*] http://chinesewiki.uos.ac.kr/wiki/index.php/%EC%91%A8%EC%9B%90)

16. 2017년 11~12월, 중국 베이징이공대학 법대 특강과
중국해사중재위원회와 중국민항기술과학연구원회가 공동주최로
베이징에서 개최된 항공법률가세미나에서 논문 발표, 중국민항대학 법대,
북경 및 난징항공우주대학에서의 특강과 난징유적지 관광

2017년 11월 29일(수) 오전 10시 반부터 12시까지 베이징이공대학 대학원 법학전공 학생들에게 「달과 화성에 인간이 살 수 있는가, 우주자원의 탐험, 우주기구의 설립과 달 협약(*Human Could live on the Moon & Mars, Exploitation of the Space Natural Resources, Establishment of ISA and Moon Agreement*)」이라는 제목으로 90분간 특강을 하였고 10분간 대학원생들과 질의응답 시간도 가졌다. 12시 반경 대학 구내식당에서 대학원생들과 연구소 연구원 4명의 초대로 점심을 같이 하였다.

12월 1일(금) 오전 9시 반부터 11시 반까지 2시간 동안 「국제민간항공기구(ICAO) 미국, 중국, 일본, 인도, 남북한의 드론(무인항공기)에 대한 법적인 논점」이라는 제목으로 30분간

2017년 12월 3일 베이징에 있는 중국국제경제무역중재위원회 입구 앞에서
왼쪽부터 Qin 교수, 나, 회장, Leon 교수, Zhu 교수

베이징이공대학 대학원 법학전공 학생들에게 특강을 하였고 질의응답 시간도 가졌다.

12월 3일(일) 오후 1시 반경 중국정법대학 국제법학원 Maggie Qin 여자 부교수가 차를 가지고 내가 체류하고 있는 베이징이공대학 호텔로 와서 나를 차에 태우고 운전하여 중국상사중재원과 중국해사 재원 건물 앞에 도착하였다.

중국해사중재위원회와 중국민항기술과학연구원이 공동주최로 북경 Guoerzhao Hotel(北京國二 招賓), 동쪽 빌딩(東樓) 3층 제5호 회의실에서 개최되는「항공법률 전문가세미나(약 60여 명의 중재인, 교수, 변호사, 민항공청의 국장 및 항공사의 고위간부 등)」에서 나는 오후 5시 반경 Speaker로 초청을 받아「드론(무인비행기)에 관한 법적인 측면과 국제민간항공기구(ICAO), 미국, 중국, 일본 및 한국의 입법례」라는 제목의 연구논문을 15분간, 간략하게 발표를 했다. 이날 세미나가 끝난 다음 주최 측이 초대한 만찬에 참석한 후 밤 8시경 호텔로 돌아왔다.

12월 5일(화) 오후 2시부터 시작하는 베이징항공우주대학 법대 강의 시간에 40여 명의 학생들이 참석하였는데 중국의 우주법 분야에서 유명한 Gao Guozhu(高國柱) 교수가 일부러 강의실에 들어와 학생들에게 나를 소개하였고 나의 이력사항도 간략하게 학생들에게 말하였다.

곧이어 나는 오후 2시 5분부터 4시 50분까지「국제민간항공기관(ICAO), 미국, 중국, 일본 및 한국의 드론(무인항공기: UAV)에 관한 법적 측면(*Legal Aspects on the Drone (Unmanned Aerial Vehicle, UAV) in the ICAO, USA, China Japan and Korea*)」이라는 제목으로 특강을 한 후 학생들과 20분간 질의응답 시간도 가졌다

12월 6일(수) 오전 7시 반경 베이징이공대학 법대 4학년 여학생 Li Chiao Shuang(李乔爽)이 내가 체류하고 있는 베이징이공대학 호텔 Lobby에 왔기 때문에 함께 호텔식당에서 아침 식사를 같이 한 후 이 호텔을 Check out 한 다음 오전 8시 반경 호텔 앞에서 택시를 잡아타고 출발하여 9시 반경 베이징수도공항에 도착했다.

이 공항에서 여학생과 작별인사를 나눈 다음 오전 10시 55분 베이징수도공항을 출발하여 오후 1시 반경 난징국제공항에 도착했다. 공항에는 난징항공우주대학 Mingyan Nie(聶明岩) 부교수와 이기헌(李紀憲: 인천국제공항공사) 과장이 마중을 나왔다. 오후 3시경 나는 JinJiang(錦江 之星) 호텔에 투숙했다.

12월 7일(목) 오전 10시부터 12시까지 2시간 동안 나는「드론(무인 비행기)에 관한 법적인 측면과 국제민간항공기구(ICAO), 미국, 중국, 일본 및 한국의 입법례」라는 제목으로 특강을 하였고 10분간 학생들과 질의응답 시간도 가졌다.

12시 반경, 난징항공우주대학 인문사회과학원 원장 Wang Jianwen(王建文) 교수의 오찬 초대로 당서기 Zhang Qiqian 교수, Luan Shuang 여교수, Mingyan Nie 부교수와 함께 오후 2시 반까지 점심 식사를 하였다.

12월 8일(금) 오전 11시경 Luan Shuang 여교수께서 내가 체류하고 있는 호텔로 왔기 때문에 미리 와 있었던 나의 제자 이기헌 과장과 함께 Luan 교수의 승용차로 난징항공우주대학 구내에 있는 교수식당에 가서 미리 와 있었던 Ping Xu 교수(Marxism 연구원 원장)와 함께 오래간만에 화기애애하게 정담을 나누면서 점심 식사를 같이 하였다. 이날 오후 2시부터 3시 반까지 난징항공우주대학 법학과 학생들에게「달과 화성에 있는 광물 채굴을 위한 국제우주기구의 설립제안과 달 협약에 관한 법적인 문제점」이라는 제목으로 특강을 한 후 학생들과 15분간 질의응답 시간을 가졌다.

12월 9일(토) 오후 2시경 이기헌 과장과 함께 난징항공우주대학에 가서 세계 각국에서 온 중국어와 중국문화를 배우고 있는 외국인 학생 65명이 함께 난징항공우주대학 출퇴근용 버스 3대에 나누어 타고 강남공원(江南貢院: 옛날에 중국에서 과거시험을 보던 장소) 부근에서

하차하여 강남공원과 부자묘(夫子廟: 공자를 모시는 사당), 난징고궁(南京故宮: 명(明)나라 때의 고궁) 등을 관람하였다. 무려 2만 명이 동시에 시험을 치를 수 있었던 규모였다.

난징시 중심가에 있는 진회강변에 위치한 난징 부자묘(夫子廟)는 중국 고대 저명한 대사 상가이면서 공자(孔子)를 공양하고 제사 지내기 위한 곳이다.

부자묘(夫子廟)-진회(秦淮) 풍경구(風景區)에 중국 고대 최대 과거(科擧)고사장이었던 강남공원(江南貢院)이 있다. 중국을 지배해 온 과거 시스템의 역사는 질기고 길다. 수(隋)나라 때부터 시작되어 청나라 광서 31년(1905)에 폐지령이 내려지기까지 무려 1300여 년이 계속 되었다. 난징의 '강남공원(江南貢院)'은 최대 규모의 과거시험장이었다.

강남공원이 세워진 송(宋) 건도(乾道) 4년(1168)부터 과거제가 폐지되기까지, 80여 명의 장원과 10만여 명의 진사가 이곳에서 배출되었다. 즉 명(明)·청(靑)나라 시기에는 중국 전역에서 절반이 넘는 관리가 강남공원에서 배출(輩出)되었다.

2017년 12월 9일 중국 난징에 있는 과거박물관(科擧博物館)인 강남공원(江南貢院) 정문 앞에서
나와 이기헌 과장, 난징항공우주대학 외국인 학생들 65명과 함께 찍은 사진

명실상부한「중국 관리의 요람」이었던 것이다. 중국 강남공원에서 과거시험의 수험생 중에서 가장 나이가 많았던 이는 103세였다고 한다.[*] 믿기 힘들긴 하지만, 아무튼 과거(科擧)의 개방성을 대변하는 동시에 그 소모성의 끝을 보여주는 사례이다.

12월 10일(토) 오전 나는 이기헌 과장 및 안내하는 난징항공우주대학 남학생 손(孫) 군과 같이 중화문(中華門), 난징성곽(南京城郭), 난징 중심에 있는 난징고궁(南京故宮)을 관람하였다. 난징고궁은 명(明)나라 때 황제의 궁궐이었다.

서기 1366년 주원장(朱元璋)은 난징에서 오왕의 왕궁을 건설하기 시작하였으며, 뒤에 주원장이 명나라의 초대 왕위에 오르게 되면서 황궁(皇宮)이라고 부르게 되었다. 크기는 동서로 790m, 남북으로 750m이다. 대지 면적은 100만 제곱미터이며, 황성(皇城) 외부에는 궁성(宮城)을 지었다.

이 궁성은 남북 2.5km이며 동서 약 2km이고 둘레가 9km가량인 철(凸) 자 모양의 성곽(城郭)이다.[**] 이날 오후 4시 반경 난징항공우주대학(南京航空航天大學, NUAA) 본건물(Main Building) 회의실에서 이 대학 항공우주법연구소가 주최한 항공운송법세미나에 인문사회과

2017년 12월 10일, 남경 고궁 내에 있는 옛날 명나라 황제가 앉았던 의자 앞에서 나를 찍은 사진

* http://blog.daum.net/choemh/16140980

** https://ko.wikipedia.org/wiki/%EB%82%9C%EC%A7%95_%EA%B3%A0%EA%B6%81

학원 원장을 비롯하여 교수 8명과 대학원생들 10여 명이 참석했다. 나는 오후 5시부터 30분 간 「무인항공기(드론)에 관한 국제민간항공기구(ICAO), 미국, 중국, 일본, 인도 및 한국의 입법례와 법적인 문제점」이라는 제목으로 파워포인트를 이용하여 30분간 발표했다.

곧이어 이기헌 과장도 「인천국제공항공사의 현황과 전망」이라는 제목으로 파워포인트를 이용하여 15분간 발표를 했다. 이날 세미나가 끝난 다음 오후 6시 반부터 시작하는 중국인문사회과학원 원장 초청으로 시작하는 만찬에 참석한 후 밤 9시경 호텔로 돌아왔다.

12월 11일(월) 오전 8시 30분 중국 난징국제공항에서 출발하는 중국 동방항공편으로 출발하여 베이징수도공항에 10시 25분에 도착하였고 베이징수도국제공항에서 아시아나항공편으로 출발하여 오후에 인천국제공항에 도착하였다.

2017년 11월 27일(월)부터 12월 11일(토)까지 15일 기간 동안 중국, 베이징이공대학 법대에서 국제항공우주법 분야의 테마로 매회 2시간씩 3회 특강을 하였고, 난징항공우주대학 (南京航空航天大學) 인문사회과학원에서 국제항공우주법 분야의 테마로 매회 2시간씩 3회 특강을 하였을 뿐만 아니라 톈진에 있는 중국민항대학 법대에서 국제항공우주법 분야의 테마로 수업 시간 2시간 1회 특강을 하였다.

이번에 내가 중국 베이징과 난징 및 톈진에 15일간 체류하는 동안 세 군데 대학에서 하루 2시간씩 7회 특강을 하였다.

17. 2018년 5월, 중국 난징에서 개최된 「제1회 중국항공산업 법치국제포럼」에서 연구논문 발표, 난징항공우주대학 특강, 난징박물관 관람, 2020년 11월에 개최된 「제2회 중국항공산업법치 화상(Zoom)국제포럼」에서 연구논문의 발표

2018년 5월 29일(화) 12시 반 나는 아시아나항공편으로 인천국제공항에서 출발하여 중국 난징국제공항에 오후 2시 반경 도착했다. 난징국제공항에는 난징항공우주대학에서 중국어 연수를 받고 있는 이기헌 과장이 마중 나왔으므로 나는 이 과장과 함께 난징 시내로 가서 Nanjing Jinying Shangmei Hotel(金鷹尚美 酒店)에 투숙하였다.

이번 중국 난징 방문 목적은 5월 30일(수) 오전 9시부터 중국항공학회 항공산업정책법규 연구분회, 난징항공우주대학 항공산업정책법규 연구센터 및 난징항공우주대학 인문사회과학원 공동주최로「제1회 중국항공산업 법치국제포럼(第一届中国航空产业法论坛) 및 2018년 중국항공산업 법치국제세미나(2018年 中国 航空工业法国际研讨会)」가 난징항공우주대학 인문사회과학원 회의실에서 개최되는데 나는 이 포럼 및 세미나 주최 측으로부터 Speaker로 초청을 받아 난징에 오게 된 것이다.

이날 오후 6시부터 난징항공우주대학 교수식당에서 거행된 포럼 및 세미나 주최 측이 마련한 Reception에 참석한 후 밤 9시경 호텔로 돌아왔다.

5월 30일(수) 오전 9시부터 인문사회과학원 회의실에서 개최된「제1회 중국 항공산업 법치 국제포럼」에 내가 주최 측 요청에 따라 일본 측의 Speaker로 내가 추천한 Fujita Katsutoshi 교수(藤田勝利: 전 일본 Osaka시립대학 부총장)께서 참석하였으므로 나와 함께 앞자리에 나란히 앉았다.

오전 9시부터 10시까지 거행된 개회식이 끝난 다음 전 중국에서 참가한 Speaker 교수들과 함께 교정에서 단체사진을 찍었다.

2018년 5월 30일「제1회 중국항공산업법치 국제포럼」에 참가한 Speaker 교수들,
앉은 앞자리 우측으로부터 이기헌 과장, 일본의 Fujita Katsutoshi 교수, 김두환 교수,
나머지는 전 중국에서 참가한 Speaker 교수 및 연구원들과 함께 찍은 사진

2018년 5월 30일 세미나실에서 좌측으로부터 일본의 Fujita Katsutoshi 교수, 김두환 교수, 이기헌 과장이 함께 찍은 사진

이날 오전 10시부터 12시까지는 제1 Session, 오후 2시부터 3시 40분까지 제2 Session, 오후 4시부터 제3 Session이 시작되었는데 나는 「중국, 일본, 인도네시아의 민용항공법과 비교하면서 한국의 개정항공운송법의 주요내용과 논평」이라는 제목으로 30분간 연구논문을 발표했다.

이날 5시 40분부터 6시까지 거행된 폐회식에 참석하였고 오후 7시부터 시작된 주최 측이

2018년 5월 31일 난징항공우주대학 항공우주법연구소의 간판 밑에서 우측으로부터 이기헌 과장, Luan Shuang 교수, 일본의 藤田勝利 教授, 김두환 교수가 중국인 교수와 함께 찍은 사진

초청한 만찬 모임에 참석한 후 밤 9시경 호텔로 돌아왔다.

5월 31일(목) 오후 3시 반부터 4시 20분까지 50분간 난징항공우주대학 2층 강의실에서 이 대학 80여 명의 대학원생 및 학부생들 앞에서 「한국의 개정항공우송법의 주요내용 및 논평과 중국의 민용항공법, 일본 및 인도네시아의 항공법과의 비교」라는 제목으로 강의를 한 후 학생들과 10분간 질의응답 시간을 가졌다.

일본의 Fujita Katsutoshi(藤田勝利) 교수 역시 학생들에게 무인항공기(드론)에 관한 특강을 40분간 하였다.

이날 오후 6시부터 8시까지 난징항공우주대학 항공우주법연구소 소장 Luan Shuang 교수의 만찬 초대로 나는 Fujita Katsutoshi 교수 및 이기헌 과장과 함께 중국음식점에서 저녁 식사를 한 후 밤 8시경 호텔로 돌아왔다.

12월 1일(금) 오후 1시부터 4시까지 이기헌 과장과 같이 난징박물관(南京博物院)을 관람했다.

난징박물관은 1933년에 개관해 한때는 영국의 대영박물관, 프랑스의 루브르박물관에 견줄 정도로 유명세를 떨쳤다. 그러나 지금도 난징박물관은 중국의 3대 박물관 중 하나로 꼽을 정도로 큰 규모를 자랑한다.

2018년 6월 1일(금) 중국 난징(南京)에 있는 난징박물관 앞에서 찍은 사진

1948년 모택동 인민해방군(毛澤東人民解放軍)에 의하여 난징 함락이 확실시되자 장제스 국민당(蔣介石國民黨) 관계자들이 값진 물건을 모두 타이완 타이베이로 옮겨가 버렸다. 1급에 속하는 유물들이 모두 타이베이로 옮겨갔다고는 하나 지금도 많은 볼거리를 보유하고 있다.

　　난징박물관(南京博物館)은 크게 구관과 신관으로 나뉘는데 구관은 특별전이 있을 때만 개장한다.

　　신관에는 테마별로 꾸며진 10개의 전시실이 있다. 난징을 중심으로 장쑤성(江蘇省)의 역사와 생활, 문화 전반을 한눈에 알아볼 수가 있다.

　　난징박물관 내 문물보호기술연구센터도 함께 자리하고 있다. 각 지역에서 출토된 토기와 도기, 흙으로 만든 인형 등 고대 유물은 물론 근대 및 현대의 서화, 공예품 등도 볼 수가 있다.

　　특히 이 박물관에 소장되어 있는 송(宋), 원(元), 명(明), 청(淸) 시대 서화(書畫)는 3만여 점에 달한다.

　　놓치지 말고 꼭 보아야 할 볼거리는 2200년 전 무덤에서 발굴된 옥으로 만든 수의이다. 2,600개의 옥을 한 알 한 알 은실로 꿰어 만들었으며 그 화려함이 대단하다. 300년 된 오리 알도 빼놓을 수 없는 볼거리다. 난징박물관에서 주관하는 다양한 역사, 문화 관련 이벤트도 개최되고 있었다.[*]

　　2018년 6월 2일 (토) 오후 2시 50분 아시아나항공편으로 난징국제공항을 출발하여 오후 6시 10분에 인천국제공항에 도착하였다. 2018년 5월 29일(화)부터 6월 2일(토)까지 5일 동안 중국 난징항공우주대학(南京航空航天大學) 인문사회과학원에서 나는 국제항공우주법 분야의 테마로 매회 2시간씩 2회 특강을 하였고 항공법관계 국제세미나에도 Speaker로 참석하여 연구논문도 발표하였다.

---

[*]　https://terms.naver.com/entry.nhn?docId=964551&cid=42864&categoryId=50859

18. 2018년 11월, 베이징이공대학에서 개최된 「제2회 우주법국제심포지엄」에서 연구논문 발표 및 특강, 중국정법대학 국제법학원에서의 특강, 텐진대학 법대 겸직교수로 발령을 받고 특강을 함, 베이징항공우주대학에서도 특강을 함

2018년 11월 3일(토) 오전9시부터 오후6시까지 베이징이공대학 법대, 베이징이공대학 항공우주 정책법률연구원과 항공교통관리법규 및 표준국립연구센터가 공동주최하는 「제2회 중국 베이징이공대학 우주법국제심포지엄」이 베이징이공대학 국방과기원(國防科技園) 건물 6호 5층 회의실에서 개최되었다.

오전 9시부터 9시 40분까지 개회식이 있었고 9시 40분부터 10시까지 회의에 참가한 Speaker들의 단체사진 촬영이 있었다. 오전 10시부터 11시 30분까지 회의 주제(主題)에 관한 보고자는 4명이 있었는데 캐나다의 Ram Jakhu 교수(McGill대학교 항공우주법연구소), 오스트레일리아의 Steven Freeland 교수(Western Sydney University, 법학전문대학원 원장), 중국의 Huifeng Xue 원장(중국시스템 과학과엔지니어 우주학원), 중국의 Zhenjun Zhang 사

2018년 11월 3일 오후, 베이징이공대학 국방과기원(國防科技園) 5층 회의실에서
필자가 우주법관계 연구논문을 PPT를 이용하여 발표하고 있는 장면

무총장(중국우주법학회) 등 각자 20분씩 발표를 하였다. 점심 식사 후 오후 영어 Session은 1시부터 2시 30분까지 개최되었는데, 나는 오후 1시 45분부터 2시까지 15분간 「달, 화성, 소행성에 있는 광물채굴을 위한 국제우주기구의 설립제안과 달협약의 법적인 문제점」이라는 제목으로 PowerPoint를 이용하여 간략하게 연구논문을 발표했다.

이날 오후 3시경부터 베이징이공대학 호텔 3층 회의실에서 개최된 캐나다의 Ram Jakhu 교수(McGill대학교 항공우주연구소)가 추진하고 있는 Milamos Project에 관한 세미나에도 잠시 참석하였다.

이 세미나에는 한국의 조홍제 박사(국방대학교 안보문제연구소 연구위원)와 일본의 Aoki Setsuko 여교수(Keio대학, Law School)도 참석하였다.

중국 베이징이공대학 우주법국제심포지엄 주최 측이 오후 7시부터 9시까지 마련한 만찬에 참석한 후 밤 9시 반경 호텔로 돌아왔다. 11월 5일(월) 오전 11시 베이징이공대학 본관 5층에서 개최된 군민융합법률(軍民融合法律)센터 주최로 개최된 세미나에 조홍제 박사, 이춘주 교수(국방대학교 국방과학 학과)와 함께 참석했다.

11월 8일(목) 오후 1시 반부터 3시 반까지 중국 베이징이공대학 대학원 학생 및 외국인

2018년 11월 9일 강의실 학생들 앞에서 중국 텐진대학 법대 부학장으로부터
필자가 겸임교수 발령장을 받고 있는 장면

학생들에게「소행성(Asteroid), 달과 화성에 있는 광물채굴을 위한 국제기구의 설립제안과 달 협약의 법적인 검토」라는 제목으로 2시간 동안 강의를 했고 15분간 학생들과 질의응답 시간도 가졌다.

11월 9일(금) 오후2시에 나는 중국 텐진대학교 법대 부학장으로부터 중국 텐진대학교 법대 겸임교수 발령장(임기 3년)을 받은 다음 50여 명의 대학원 및 법대 학생들에게「무인항공기(Drone)에 관한 국제민간항공기구(ICAO), 미국, 중국, 일본, 오스트레일리아, 인도 및 한국에 있어서의 법규(Regulations and Laws on the UAS(Drone) in the ICAO, USA, China, Japan, Australia, India and Korea)」라는 제목으로 특강을 한 후 15분 동안 대학원생들과 질의응답 시간을 가졌다.

2018년 11월 9일 중국 텐진대학 대학원 법학과 학생들이 강의실에서 나의 특강을 듣고 있는 장면

나는 2010년 6월 2일, 베이징이공대학 법대로부터 겸임교수로 발령장을 받았고, 2012년 11월 20일 중국정법대학 항공우주법연구소 겸임연구원으로 발령장을 받았으며, 2015년 11월 11일 난징항공우주대학 인문사회과학원의 겸임교수로 발령장을 받은 바 있다.

더욱이 2018년 11월 9일, 나는 역사가 오래된 텐진대학 법대로부터 겸임교수의 발령장을 받았다. 앞에서 언급한 바 있지만 전기(前記) 세 군데 대학과 한 군데 연구소의 발령이 나기

전에 중국어를

말하지 못하였고 중국에 아는 교수도 거의 없었을 뿐만 아니라 겸임발령을 부탁한 적도 없는데도 불구하고 겸임교수 발령이 난 것은 나에게 있어서는 참으로 뜻밖의 일이었다.

우리나라는 대학에서 겸임교수 또는 겸임연구원의 발령을 낼 때는 적어도 보름 전에 또는 일주일 전에 대학에서 본인에게 통보를 하지만 중국에서 나의 경험에 의하면 상기(上記) 세 군데 대학과 한 군데 연구소는 나에게 일체 사전 연락 없이 겸임교수 및 겸임연구원 발령 당일 알려주기 때문에 나는 꽤 당황스러운 때가 한두 번이 아니었지만 무척 기뻤다.

물론 중국에서 내가 대학에 취직 부탁도 하지 않았는데도 불구하고 겸임교수와 겸임연구원으로 발령을 받는다는 것은 나에게는 매우 큰 기쁜 일이고 영광스러운 일이기도 하였다.

그러나 지금 생각해 보면 내가 한국에서 30여 년간의 교수생활을 하는 동안 영어와 일본어로 쓴 국제항공우주법 분야의 책 한 권은 세계적으로 유명한 네덜란드의 Kluwer Law International출판사에 의하여 출판되었고, 한국 내에서도 영어와 일본어로 쓴 국제항공우주법 분야의 책 한 권이 발간된 바 있다.

그뿐만 아니라 그동안 내가 영어와 일본어로 쓰고 중국어로 번역된 나의 국제항공우주법 분야의 논문 44편이 미국, 영국, 캐나다, 독일, 중국, 일본, 인도, 싱가포르 등 세계적으로 유명한 학술지에 게재된 바 있어 중국의 대학 측에서도 이 논문의 내용을 일부 읽어보고 나의 실력을 알 수가 있어 나에게 겸임교수와 겸임연구원 발령을 낸 것이라고 지금도 혼자 짐작하고 있다.

2018년 11월 12일(월) 오후 1시 40분부터 3시 40분까지 2시간 동안 베이징이공대학 본관 5층 523호 강의실에서 베이징이공대학 중국과 외국인 대학원생들에게 「우주파편에 관련된 법적인 문제와 1972년의 우주책임조약」이라는 제목으로 파워포인트를 만들어 특강을 한 후 15분간 대학원생들과 질의응답 시간도 가진 바 있다.

11월 13일(화) 오후 4시부터 6시까지 2시간 동안 베이징항공우주대학 대학원생들에게 「달과 화성에 있는 지하자원을 채굴하기 위하여 새로운 국제우주기구의 설립제안과 책임조약의 법적인 문제점」이라는 제목으로 파워포인트를 이용하여 특강을 한 후 15분 동안 대학원생들과 질의응답 시간도 가졌다.

11월 14일(수) 오후 1시 반부터 3시 반까지 2시간 동안 베이징이공대학 본관 5층 532호세미나실에서 베이징이공대학 대학원생들과 외국인 대학원생들에게 「무인항공기(Drone)에 관한 국제민간항공기구(ICAO), 미국, 중국, 일본, 오스트레일리아, 인도 및 한국의 법률과 규정」이라는 제목으로 파워포인트를 이용하여 특강을 한 후 15분 동안 대학원생들과 질의응답 시간도 가졌다.

11월 15일 오전 11시 반경 내가 체류하고 있는 베이징이공대학 호텔에 Li Qiao Shuang 대학원 여학생이 나를 전송하러 왔기 때문에 호텔 앞 도로에서 이 여학생과 함께 택시를 타고 베이징수도국제공항에 오후 1시 반경 도착했다.

이 여학생과 작별인사를 나누고 아시아나항공편으로 인천국제공항에 도착한 후 귀국하였다.

2018년 11월 2일(금)부터 11월 15일(목)까지 14일 동안 중국 베이징이공대학 법대에서 국제항공우주법 분야의 테마로 매회 2시간씩 5회 특강을 하였고, 텐진대학 법대에서도 국제항공우주법 분야의 테마로 2시간 1회 특강을 하였을 뿐만 아니라, 베이징항공우주대학에서도 국제항공우주법 분야의 테마로 2시간 1회 특강을 하였다. 중국에서 내가 14일간 체류하는 동안 세 군데 대학에서 하루 2시간씩 7회 특강을 하였다. 나는 중국 베이징이공대학 법대에서 2010년 6월 2일부터 2018년 11월 14일까지 8년 동안 매년 10월 또는 11월에 2주간씩 북경에 체류하면서 「국제항공우주법」을 집중 강의한 바 있다.

그러나 당초 중국에서 외국인 교수에 대하여서는 연령제한이 없었으나 우리나라와 같이 2019년부터 연령제한이 생겨 외국인 교수도 70세가 넘으면 중국의 대학에서 강의를 못 하게 되어 있다.

우리나라에서 대학교수들의 정년 나이는 65세이고 명예교수로서 70세까지는 강의를 할 수 있지만 70세가 넘으면 대부분의 대학에서 규정에 따라 강의를 할 수가 없게 되어 있다.

중국도 우리나라 교수들의 연령제한 제도를 참작했다고 생각된다. 따라서 나도 2019년도에는 중국 대학에서 강의를 하지 않았고, 2020년도에는 코로나 바이러스 감염증 때문에 입국 사증(Visa)의 제한 관계로 중국에 가지 못하였다.

그러나 중국 각 도시에서 대학이나 학술단체가 주최하여 개최되는 국제회의나 또는 학술대회의 Speaker로 초청을 받을 때에는 외국인 교수들에게 연령의 제한이 없이 참가할 수가 있다.

나의 경험에 의하면 2020년 11월 7일, 중국 난징에서 난징항공우주대학 인문사회과학원과 중국항공학회가 공동주최로「제2회 중국항공산업법치국제화상 Forum」이 개최되었는데 주최 측에서 나를 Speaker로 초청하였으므로 Zoom(화상회의)을 이용하여 파워포인트로「무인항공기(Drone)에 관한 국제민간항공기관(ICAO), 미국, 일본, 인도, 한국에 있어 법적인 논점」이라는 연구논문을 20여 분간 발표하였는데 그 후 12월 9일(수) 중국 주최 측에서 발표수당을 보내왔다.

19. 2016년 11월 및 2018년 11월, 중국 베이징에서 개최된 경주김씨 중국베이징종친회 모임에 고문 자격으로 참가

2016년 11월 4일(금) 오전10시 40분경 경주김씨 중국베이징종친회 회장 김상훈 종친 내외분께서 내가 체류하고 있는 베이징이공대학 호텔로 오셨기 때문에 호텔에서 함께 출발하여 버스와 지하철을 이용하여 한국 사람들이 많이 살고 있는 베이징에 있는 망징(望京)에 도착하여 금백만 중국음식점에서 29명의 종친 내외가 참가한 경주김씨 중국베이징종친회의 총회에 참석하였다.

2018년 11월 10일(토) 오전 7시경 경주김씨 베이징종친회 명예회장 김상훈 종친(92세)께서 베이징이공대학 호텔에 오셨기 때문에 이기헌 과장과 함께 아침 식사를 한 후 이기헌 과장은 난징을 향하여 출발했다.

나는 호텔에서 오전 9시 20분경 출발하여 택시와 지하철 6호선과 14호선을 이용하여 왕징(望京)에 도착하였고 이곳에 있는 평양옥류관(平壤玉流館)에서 경주김씨 베이징종친회 고문, 부회장 등 12명과 함께 점심 식사를 하였다.

오후 2시경 경주김씨 베이징종친회 김진남(金眞男) 부회장의 차로 평양옥류관에서 김상훈 명예회장 내외와 함께 출발하여 베이징이공대학 호텔로 오는 도중 중간에서 김상훈 명예회장 내외께서 차에서 내리셨고 나는 오후 3시 10분경 호텔에 도착하였다.

2016년 11월 4일 중국 베이징에서 경주김씨 베이징종친회 정기총회가 끝난 후
29명의 종친들 내외가 함께 찍은 사진

2018년 11월 10일 베이징, 왕징에 있는 평양옥류관에서 경주김씨 베이징종친회 고문,
부회장 등과 같이 오찬을 하면서 찍은 사진

••••

대만 타이베이에서 개최된
국제회의에 Speaker로 참가

1. 1977년 5~6월 대만 타이베이에서 개최된 「제3회 한국 · 대만관광진흥대회」에 한국대표단의 일원으로 참가한 후 홍콩, 태국, 일본의 관광시설 등을 시찰함

필자가 1977년도에 한국화약그룹 산하에 있는 더서울플라자 호텔(태평개발주식회사) 총무이사로 있을 당시 정부(건설교통부)가 관광산업을 육성 발전시키는 일환책(一環策)으로 한국관광협회가 중심이 되어 호텔, 여행사, 대형 요식업소, 면세점 대표 또는 임원, 한국관광협회 상근부회장, 김일환 전 한국관광공사 사장(전 교통부 장관 역임), 한국관광공사 이사, 서울시관광국장, 교통부 사무관 등 30여 명의 대표단을 조직하였다.

나는 이 한국대표단에 포함되어 1977년 5월 하순경 대만 타이베이에서 개최된 「제3회 한국 · 대만관광 진흥대회」에 참석한 후 태국 방콕, 홍콩, 일본 오사카, 교토에 있는 명승고적지(名勝古跡地)와 사찰(寺刹, Osaka, Kyoto) 등의 관광시설 등을 방문하였다.

1997년 5월 하순경 대만 타이베이에서 개최된 「제3회 한국·대만관광진흥대회」에 참석한 한국대표단의
일행과 대만관광협회의 임원들과 함께 찍은 사진

1977년 5월 하순경 대만 타이베이에서 개최된 「제3회 한국·대만관광진흥대회」에 참석한 한국대표단이
대만 한국대사관 앞에서 중앙 김계원 대사(전 청와대 비서실장), 김일환 사장(전 상공부 장관) 등과 함께 찍은 사진

2. 1997년 1월, 마카오항공법국제대회에
   초청을 받아 Speaker로 참가

마카오항공청과 마카오대학교 법과대학 공동주최로 1997년 1월 23일부터 25일까지 3일간 마카오대학 내 국제회의실에서 개최된「마카오 항공법국제대회」에는 20여 개국으로부터 약 150여 명의 교수, 변호사, 항공사 및 보험회사의 중역, 정부의 항공담당 고위간부들이 참가하였다.

나와 오수근 교수(본 학회 이사, 이화여대 법학전문대학원)는 이 국제회의 Session에 사회도 보고 국제항공운송법관계 연구논문도 발표했다. 이 국제대회에는 외국으로부터 항공을 담당하는 고위인사들이 많이 참석하였으므로 1997년 6월 서울에서 개최되는「제4회 세계항공우주법대회」에 많이 참석할 수 있도록 많은 홍보활동을 하였다. 나는 이 마카오국제회의 체류기간 중 대만의 Chia-Jui Cheng 교수와 만나「제4회 서울세계항공우주법대회」의 행사계획과 예산 등을 협의한 끝에 Chia-Jui Cheng 교수로부터 적극 협조하겠다는 약속을 받아냈다.

3. 1991년 5월, 타이베이에서 개최된
   「제1회 아시아항공우주법대회」에서 연구논문을 발표함

1991년 5월 26일부터 31일까지 대만 타이베이에서 아시아항공우주법학회(대만)와 Leiden대학교 항공우주법국제연구소(네덜란드)가 공동주최로 개최하는「제1회 세계항공우주법대회(20여 개국 참가)」에 나는 주최 측으로부터 초청을 받아 이 대회의 제4 Session에서「정부기관의 책임(Liability of Governmental Bodies)」이라는 제목으로 연구논문을 발표하였다.

이 대회의 제4 Session의 의장(Chairman)은 세계적으로 유명한 항공우주법학자 Bin Cheng 교수(영국, London대학)가 의장으로서 사회를 맡아 회의를 진행시켰다.

1991년 5월 29일(수) 대만 타이베이에서 개최된 「제1회 세계항공우주법대회」에서 세계적으로
유명한 영국의 Bin Cheng(London대학) 교수와 함께 찍은 사진

4. 2011년 5월, 대만 타이베이에서 개최된 「아시아 및
   태평양지역의 국제법국제회의」에서 연구논문을 발표함

　2011년 5월 29일(일요일) 10시 35분 대한항공편으로 임덕규(林德圭: 세계국제법협회
(ILA) 한국본부 명예회장, Diplomacy 회장, 전 국회의원) 회장과 함께 출발하여 대만 타이베
이에 Taoyuan국제공항에 12시 5분에 도착하였고, 곧이어 오후 3시 반경 Just Sleep 호텔에
투숙하였다. 오후 5시부터 7시까지 세계국제법협회(ILA) 대만본부가 주최하는 Reception에
참가하였다.

　5월 30일(월) 오전 9시부터 Taipei Regent 호텔에서 대만국제법학회, 국제법협회(ILA) 대
만지부 및 국립정치대학교 국제법연구센터 공동주최로 개최된 「아시아 및 태평양지역의 국
제법국제회의(대만 총통을 비롯하여 UN 산하 국제해양재판소 판사 3명, 법무 장관, 교수,
판·검사 및 변호사 등 450여 명 참가)」의 개회식에 나는 참석하였고 이날 오전과 오후 회의
에도 참석하였다.

　오후 6시부터 9시까지 대만 정부 윔부 장관이 주최하는 환영 Reception에 참석하였다.

5월 31일(화) 오전 9시부터 Taipei Regent 호텔에서 개최된 「아시아 및 태평양 지역의 국제법국제회의」에 오전 및 오후 회의에 참석하였고, Panel B에서 오후 4시 10분부터 4시 30분까지 20분간 나는 「아시아 우주 기구의 창설」이라는 제목으로 연구논문을 발표하였다. 오후 5시 20분부터 5시 35분까지 이 국제회의의 폐회식에 참석하였다. 오후 7시부터 9시까지 대만 대법원장의 초청으로 The Howard Plaza 호텔에서 개최된 만찬에도 참석한 후 밤10시경 호텔로 돌아왔다.

6월 1일(수) 12시 반경 Lai Yuanhe(賴源河: 대만 국립정치대학 법대학장 역임, 일본 Kobe 대학에서 법학박사학위 취득) 교수와 아주 오래간만에 반갑게 만나 Lai Yuanhe 교수의 초대로 청엽(青葉) 음식점에서 대만 요리로 점심 식사를 한 후 Lai 교수의 차로 타이베이 시내 관광(101층 빌딩 등)을 한 후 오후 4시경 호텔로 돌아왔다. 오후 7시 45분경 타이베이에 있는 Taoyuan국제공항을 임덕규 회장과 같이 출발하여 밤 11시 10분경 인천국제공항에 도착했다.

제5절

• • •

인도에서 개최된 「아시아지역 우주법 모의재판」에 재판장으로 참가, 대학에서의 특강, 국제회의 Speaker로 참가함

1. 2002년 3~4월, New Delhi에서 개최된 「제70회 세계국제법대회」에 우주법분과위원회 위원으로서 토론자로 참가하였고 네팔 관광도 함

2002년 3월 29일(금)부터 4월 8일까지 11일간 박영길 교수(동국대학), 이장희 교수(한국외국어대학), 우홍구 교수(건국대학), 박기갑 교수(고려대학), 김선정 교수(동국대학), 김태륜 강사(단국대학), 김두환 교수(숭실대학) 7명과 함께 태국 방콕 경유, 인도 콜카타 경유, 뉴델리에서 개최된 「제70차 국제법대회」에 참가하였다.

3월 29일(금) 오후 5시 10분 한국 측 인도국제회의 참가 교수 7명은 인천국제공항을 아시아나항공편으로 출발하여 오후 9시 10분 방콕국제공항에 도착하여 우리 일행은 Airport Comfort Suite 호텔에 투숙하였다.

3월 30일(토) 오전 11시 40분 우리 일행은 타이항공편으로 방콕국제공항을 출발하여 오후 1시 40분경 인도 콜카타국제공항에 도착하여 짐을 찾은 후 오후 3시경 Oberoi 호텔에 투숙하였다.

3월 31일(일) 오전 9시경 우리 일행은 호텔을 출발하여 하루 종일 인도 콜카타(Kolkata) 시내에 있는 Jain교사원(寺院), Hindu사원, 국립박물관, 타고르 기념관 등을 관광하였다.

4월 1일(월) 오전 9시경 우리 일행은 호텔을 출발하여 Teresa수녀 기념관, Hindu사원 두

곳을 관광한 후 세계적으로 유명한 식물원(Botanical Garden)을 관람한 후 점심 식사를 하였다. 오후 5시 반경 일행은 Air India항공편으로 콜카타국제공항을 출발하여 오후 7시 35분 뉴델리국제공항에 도착하였고 밤 9시경 뉴델리 시내에 있는 Le Meridien 호텔에 투숙하였다.

4월 2일(화) 오전10시경, 뉴델리 시내에 있는 Vignyan Bhawan 국제회의장에 도착하여「제70회 ILA세계국제법대회」에 참가 등록을 하였다. 오전 11시 반경부터 인도정부청사, India Gate, 간디 기념관, 수공예품 상점 등을 관광한 후 오후 4시경 Vignyan Bhawan 국제회의장에 도착했다.

오후 5시 반부터 Taj Palace 호텔에서 개최되는「제70차 세계국제법대회」개회식과 초청 만찬에 참석했다. 개회식에서는 인도 대통령의 축사가 있었다.

4월 3일(수) 오전 10시경 뉴델리 시내에 있는 Le Merdien 호텔을 출발하여 오전 9시 반부터 시작하는「인도ILA 제70회 세계국제법대회」우주법분과위원회에 참석하여 나는 이 분과위원회 위원으로서 이 회의의 주제(主題)인「1972년의 우주책임조약의 개정문제」에 대하여 나의 의견을 제시하였다. 오후 3시 반경에는 내가 한국상사중재원 소속 상사중재인으로 있기 때문에 이 대회 국제상사중재위원회의 회의에도 참석했다.

I have visited to the very famous Botanical Garden in Calcutta, India with my intimate professors of ILA Korean Branch on April 1, 2002.

2002년 4월 1일(월) 인도 Kolkata에 있는 세계적으로 유명한 식물원 앞,
좌측에서부터 박기갑 교수, 박영길 교수, 김두환 교수, 우홍구 교수, 김태륜 박사, 이장희 교수, 김선정 교수

뉴델리에서 개최된 「제70차 2002 ILA국제법대회」장 입구에서 찍은 사진

　　주한국 인도대사관 인도대사의 초청으로 이날 오후 7시경 호텔을 출발하여 이번 국제대회에 참석한 11명의 교수, 회장, 외무부 직원 등 11명과 함께 인도 한국대사의 관저에서 베푼 만찬에 참석한 후 오후 10시 반경 호텔로 돌아왔다. 4월 4일(목) 오전 10시부터 12시 반까지 뉴델리 시내에 있는 국립박물관, 철도박물관, 인도국회의사당, Indian Gate, 수공예품점 등을 관광하였고, 오후 2시부터 5시까지 Qutab Minar탑 등을 관람하였다. 오후 7시 반경 International Center에서 인도 ILA 소속 변호사들의 초청 만찬에 한국 교수들과 함께 참석한 후 오후 10시경 호텔로 돌아왔다.

　　4월 5일(일) 오전 5시경 일어나 이장희 교수(한국외국어대), 김선정 교수(동국대), 김태륜 박사 및 나와 함께 Le Merdien 호텔을 오전 6시 반경 출발하여 뉴델리국제공항에 오전 9시 반경 도착했다.

　　오전 10시 15분 우리 일행은 뉴델리국제공항을 Royal Nepal항공사편으로 출발하여 네팔의 수도 카트만두(Kathmandu)국제공항에 오전 11시 반경 도착했다. 여행사의 전용차를 이용하여 오후1시 반경 Blue Star 호텔에 투숙하였다.

　　카트만두 시내에서 좀 떨어져 있는 박타푸르(Bhaktapur)사원과 보석가공공장 등을 관람하였다.

2002년 4월 5일, 네팔 박타푸르에서 찍은 사진. 우측으로부터 김태륜 박사,
김두환 교수, 이장희 교수, 김선정 교수와 함께 찍은 사진

박타푸르는 네팔의 도시로, 바드가온 또는 크와파라고 부르기도 한다. 카트만두에서 동쪽으로 약 13km 정도 떨어진 곳에 위치하며 인구는 72,543명이다. 행정구역상으로는 바그마티구에 속하며 박타푸르현의 현청 소재지이다.[*] 4월 6일 오전 8시부터 카트만두 시내에 있는 왕궁 등을 관광하였고 세계유산 보존지구인 Hanuman-Dhoka Dubar사원(寺院: UNESCO 지정 세계문화유산보존지구), Hindu교의 화장터 등을 관람하였다. 오후 1시 반경 우리 일행은 카트만두국제공항을 Royal Nepal항공사편으로 출발하여 뉴델리국제공항에 오후 2시 45분경 도착하였고 Le Merdie 호텔에는 오후 3시 반경 도착했다.

이날 오후 8시부터 국제법협회(ILA) 인도지부(Indian Branch) 회장이 주최하는 초청 만찬이 Ashok 호텔에서 개최되어 우리 한국 측 교수들 일행은 이 초청 만찬에 참석하였고 「인도 민속춤 공연」도 관람한 후 밤 10시경 호텔로 돌아왔다.

4월 7일 오전 7시 반경 나를 포함한 한국 교수들은 호텔을 출발하여 ILA 세계국제법협회 인도지부가 마련한 「ILA 2002 제70차 세계국제법대회」에 참가한 외국인 회원들과 함께 130여 명이 관광버스로 뉴델리를 출발하여 오전 11시경 인도 아그라(Agra)에 도착하여 세계적

---

[*] https://en.wikipedia.org/wiki/Bhaktapur

으로 아주 유명한 타지마할(Taj Mahal) 건축물(회당, 會堂)을 무료로 관람한 후 오후 늦게 뉴델리 시내에 있는 Le Merdien 호텔에 도착하였다.

타지마할은 인도 아그라에 위치한 무굴제국의 대표적 건축물이다. 무굴제국의 황제 샤자한이 자신이 총애하였던 부인 뭄타즈 마할로 알려진 아르주망 바누 베굼을 기리기 위하여 서기 1632년에 무덤 건축을 명하여 2만여 명이 넘는 노동자를 동원하여 건설하였다.

건축의 총책임자는 우스타드 아마드 로하리로 알려져 있고, 뭄타즈 마할이 죽은 지 6개월 후부터 건설을 시작하여 완공에 22년이 걸렸다. 타지마할은 총 17헥타르에 달하는 거대한 무덤군의 중심 부분이며, 실제로 무덤군은 응접실, 모스크 등이 따로 딸려 있다. 영묘의 건설은 거의 대부분 1643년에 완료되었으나, 추가적인 보조 작업이 약 10년 동안 진행되어 1653년에야 현재 우리가 볼 수 있는 모습으로 만들어지게 되었다.*

2002년 4월 7일 인도 Agra에 있는 세계적으로 유명한 타지마할 건축물 앞에서 좌측으로부터 박기갑 교수, 김두환 교수, 박영길 교수, 우홍구 교수, 김태륜 박사, 노명준 교수, 이근관 교수와 함께 찍은 사진

---

* https://ko.wikipedia.org/wiki/%ED%83%80%EC%A7%80%EB%A7%88%ED%95%A0

4월 8일(월) 밤 오전 1시 5분 인도 뉴델리국제공항에서 「ILA 2002 제70차 세계국제법대회」에 참가한 9명의 한국 측 교수들과 함께 출발하여 이날 오전 11시 50분에 인천국제공항에 도착하여 귀국했다.

2. 2012년 6월, 인도 Hyderabad에서 개최된 「2012년도 아시아태평양지역 Manfred Lachs 우주법 모의재판」에 나는 재판장 및 판사로 위촉을 받아 모의재판을 주재하였음

2012년 6월 20일(수) 오후 8시 나는 대한항공편으로 인천국제공항을 출발하여 인도 뭄바이(Mumbai)국제공항에 새벽 1시 25분에 도착했다.

6월 21일(목) 오전 6시 15분 뭄바이국제공항을 출발하여 오전 7시 35분 Hyderabad국제공항에 오전 7시 35분에 도착했다. 공항에서 짐을 찾은 후 Nalsar 국립법대 여학생이 공항에 마중을 나와 오전 9시경 공항을 출발하여 이 여학생의 안내로 오전 10시 반경 Nalsar 국립법과대학의 영빈관(Guest House)에 도착했다. 점심 식사를 한 후 V. Balakista Reddy 교수와 인사를 나눈 후 오후에는 Nalsar 국립법대의 캠퍼스 구경을 하였다.

3. 2012년 6월 21일 인도 Hyderbad시에 있는 Nalsar국립법대 정문/회의실 입구 앞에서

(1) 우주법 모의재판의 개요

세계우주법학회(IISL 본부: 파리 소재)와 인도의 날살(NALSAR)국립법과대학이 공동주최로 2012년 6월 21일부터 23일까지 인도 하이데라바드(Hyderabad: 인도의 중심부에 위치함)시에 있는 최고 명문대학인 날살국립법과대학교(5년제)의 모의법정에서 개최된 「2012년도 아시아 태평양지역 법대 및 대학원생들 간의 우주법 모의재판 시합」에 한국인으로서는 처음으로 주최 측으로부터 나는 재판장 및 판사로 위촉(초청)을 받아 맡은 바 재판업무를 성공적으로 수행하였다.

곧이어 6월 24일 상기 대학에서 개최된 「2012년도 아시아 태평양지역 우주법대회」에서도 나는 발표자로 초청을 받아 「아시아 우주개발기구의 설립 가능성」이라는 제목으로 발표를 한바 호평을 받아 국위를 선양시키는 데 조그마한 보탬이 되었다. 당초 필자의 인도행 왕복항공 운임과 인도에서의 호텔 숙박비는 전부 인도 측에서 부담하였지만 필자를 초청한 인도 측의 항공우주법연구소 소장은 나와는 일면식도 없는 알지 못하는 교수였는데 누가 나를 상기 우주법 모의재판에 재판장 및 판사로 추천하였는지 지금까지도 알지 못하고 있다.

돌이켜 보건대 나는 우리나라의 미개척 분야였던 「국제항공우주법」을 전공한 지 어언 30여 년이라는 세월이 흘러갔으며 그동안 전 세계적으로 유명한 미국, 캐나다, 영국, 일본, 독일, 네덜란드, 싱가포르 등의 학술지에 영어 및 일본어로 쓴 46편의 연구논문이 게재된 바 있으므로 이 분야에 관심을 가진 세계적으로 유명한 학자, 교수 및 대학원생들이 나의 논문들을 읽은 결과 인도 측에서 필자를 초청하였다고 짐작하고 있다.

여러 군데 말고 '한 군데 우물만을 집중적으로 파면' 성공의 길도 빨라진다는 옛말이 문득 생각나서 독자들을 위하여 이 글을 쓰게 된 동기이다. 2012년도 「아시아 태평양지역 법대 및 대학원생들 간의 우주법 모의재판의 시합」에는 사전에 아시아 태평양지역에 있는 20여 개국의 법대생들이 제출한 36개 팀이 「두 나라의 인공위성 간의 충돌로 인하여 피해를 입은 국가가 가해국가를 상대로 제기한 손해배상소송 사건」에 대하여 원고 측 국가의 우주법과 국제우주조약들에 기초한 변론서와 피고 측의 답변서 등을 각국에서 참가한 판사들이 사전에 서류 심사를 하여 우선 18개 팀을 선발하였고 인도, 중국, 싱가포르, 인도네시아, 네팔 등 5개국에서 참가한 18개 팀들 간의 원고·피고 구두변론을 통하여 최종적으로 아시아태평양지역의 우승팀을 선발하게 되었다.

상기 18개 팀의 나라별로 참가한 대학들을 볼 것 같으면 인도 뉴델리에 있는 국립법과대학을 포함하여 10개 대학 팀은 다음과 같다.

중국에서는

① 베이징이공대학(BIT) 법대 팀,

② 중국정법대학(CUPL) 법대 팀,

③ 중국 무한시에 있는 중남재경정법대학 법대 팀,

④ 홍콩에 있는 홍콩시립대학 법대 팀

등 4개 대학 팀이 참가하였고, 인도네시아가 2개 대학 팀, 싱가포르가 1개 대학 팀, 네팔이 1개 대학 팀 등 5개국으로 구성되어 있으며 대부분의 팀들은 코치로 있는 지도교수 또는 조교들과 함께 참석하였다.

우리나라와 일본의 대학들은 전에 몇 번 참가하였지만 금년에는 참가하지 않았다.

필자는

① 중국의 베이징이공대학교 법대 팀,

② 홍콩시립대학교 법대 팀,

③ 인도네시아 대학교의 법대 팀, 인도의 7개 대학 팀

등 합계 10개 대학 팀이었다.

타국에서 참가한 좌배석 및 우배석 판사 2명과 함께 나는 재판장으로서 재판을 진행시킨 바 있는데 원고 1개 팀당 30분간의 구두변론 시간과 피고 1개 팀 역시 30분간의 항변 시간 합계 1시간이 소요되었고 재판장 및 판사들의 질문이 20분간 소요되었으며 하나의 재판(원·피고 간의 변론과 항변 및 판사들의 질문 시간)마다 1시간 20분이 소요되었는데, 나는 이날 다섯 재판을 진행시킨 바 있으므로 재판하는 데 오전 및 오후 모두 여섯 시간이 소요된 바 있다.

상기 18개 팀 중에서 4개 팀이 준결승전에 선발되었고, 6월 23일의 준결승전에서는 한 개 재판, 즉 원고 인도의 대학 팀과 피고 중국정법대학 팀 간의「인공위성의 충돌에 기인된 손해배상 소송사건」에 대한 법정 논쟁이 벌어졌으므로 나는 타국에서 온 판사 두 분과 함께 재판장으로서 준결승전의 재판을 진행시킨 바 있다. 2012년도 우주법 모의재판에서 다룬 정식 사건명은「궤도상에서 위성 간의 충돌, 비협력 위성의 제거 및 손해에 관한 사건(Case concerning On-orbit Collision, Non-cooperative Satellite Removal, and Damage)」이며 본 재판의 공식언어는 영어로 진행된 바 있다.

2012년도「아시아태평양지역 법대 및 대학원생들 간의 우주법 모의재판의 시합」에서 최종 우승팀은 인도의 국립 Bangalore대학 팀이며 2012년 10월 1일부터 5일까지 이탈리아 Napoli시에서 개최되는「세계 Manfred Lachs 우주법 모의재판 시합」에 북미주 및 남미주 대표, 유럽주 대표, 아프리카주 대표와 함께 아시아태평양지역의 대표로서 참가하였다. 이 세계 우주법 모의재판의 최종 선발전에는 매년 UN 산하 국제사법재판소(ICC)의 판사 3명이 참석하여 재판장과 좌배석·우배석 판사로서 재판을 진행하여 최종 우승팀을 선발하고 있다. 「2013년도 아시아 태평양지역 법대 및 대학원생들 간의 우주법 모의재판 시합」은 2013년 6월, 일본 나고야시에서 개최되었다.

(2) 우주법 모의재판에 대한 논평

아시아 태평양지역의 각국에서 참가한 금번 대학 및 대학원생들의 우주법 모의재판은 원고·피고 간의 변론과 항변이 1967년의 우주조약과 1972년의 우주책임조약에 근거하여 대체로 해석론에 충실하였고 논리 정연하게 발표한 바 있다. 그러나 인공위성 간의 충돌 또는 기능이 상실되어 발생된 직경 1cm 이상의 우주파편 77만 개가 궤도상에서 현재 돌고 있어 다른 위성과의 충돌 가능성, 우주정거장 및 우주비행사의 우주활동에 심각한 위협이 되고 있다.

우리나라를 포함하여 82개국이 가입하고 있는 우주책임조약에는 우주파편의 개념, 우주파편사고에 기인된 손해배상의 범위 및 책임한도액 등과 피해자의 정신적 손해(간접손해) 등에 관한 규정이 한 조문도 규정되어 있지 않아 피해자 보호 면에 많은 문제점 등이 제기되고 있다. 우리나라 국민들과 세계인들을 보호하기 위하여 이를 해결하고자「유엔 산하 우주평화적 이용위원 회(UNCOPUOS)」가 주관하여 새로운 조약안을 만들거나 또는 현행 우주책임조약을 개정하는 것이 필요하다고 본다.

2012년 6월 24일 인도 Hyderbad시 교외에 있는 Nalsar 국립법대의 대회의실에서 개최된
「아시아태평양지역 우주법관계 국제회의」에서 필자가 연구논문을 발표한 후 찍은 사진

오늘날 우주과학의 기술이 급속하게 발전되어 가고 있어 우주탐험 및 개발(달, 화성, 소행성, 금성 등)에 있어 인공위성 및 우주선을 중심으로 한 새로운 법률문제가 끊임없이 제기되고 있으므로 이를 해결할 수 있는 우주관계조약의 해석론뿐만 아니라 새로운 입법론도 앞으로 있을 우주법 모의재판에서 논의할 필요가 있다고 본다.

6월 24일(일) 오전 9시 30분부터 Nalsar 국립법대의 대회의실에서 네덜란드의 Leiden 대학 항공우주법국제연구소(IISL0), 인도우주연구기구(ISRO)와 Nalsar 국립법대의 공동 주최로 「아시아태평양 지역에 초점을 맞춘 "우주법과 현대 문제"에 관한 국제회의」가 개최되었다. 나는 오전 10시 50분부터 11시 10분까지 20분간 「아시아우주기구의 설립 가능성 (*Possibility of Establishing an Asian Space Agency*)」이라는 제목으로 연구논문을 파워포인트로 요약하여 발표했다.

오후 6시 반경 이 국제대회가 끝났고 주최 측의 초청 만찬이 오후 8시 반경부터 시작하였으므로 나는 이 초청 만찬에 참석한 후 오후 10시 반경 대학 영빈관으로 돌아왔다. 실인즉 나는 Nalsar 국립법대의 교수들뿐만 아니라 인도 대학 교수들 가운데 아는 교수가 거의 한 분도 없었으므로 내가 이 「아시아태평양지역 Manfred Lachs 우주법 모의재판경연대회」에 재판장과 판사로 위촉 받았는데 누가 나를 추천했는지 지금까지 모르고 있다.

4. 2015년 4월, 인도 Kerala, Trivandrum시에 있는 Kerala법대가 주최한 「우주법국제회의」에서 연구논문의 발표 및 동 대학에서의 특강

2015년 4월 8일부터 4월 17일까지 10일간 인도 Kerala주, Trivandrum시에 있는 Kerala 법과대학이 주최한 「우주법 국제회의」 주최 측으로부터 Speaker로 나는 초청을 받아 연구논문을 발표하였고, 이 대학 영빈관(迎賓館, Guest House)에서 9박 10일간 체류하면서 인도 Kerala대학교 법학부의 초청을 받아 이 대학에서 국제항공우주법 분야의 강의를 2회 하였다.

4월 8일(수) 오후 2시 15분 인천국제공항을 Air India항공편으로 출발하여 홍콩을 경유(1시간 15분 체류)하여 인도 뉴델리국제공항에 오후 9시 10분에 도착했다. 밤 10시 50분 뉴델리국제공항을 Air India항공편으로 출발하여 다음 날 4월 9일(목) 오전 1시에 인도 Mumbai 국제공항에 도착했다.

4월 9일(목) 오전 10시 15분 Mumbai국제공항을 Air India항공편으로 출발하여 낮 12시 10분에 Trivandrum국제공항에 도착했다. Kerala 법과대학(Law Academy) 측에서 법대 5학년 학생이 차를 가지고 공항에 마중을 나왔기 때문에 나는 그 학생의 안내로 Windsor Rajadhani 호텔에 투숙하였다. 오후에는 Kerala 법과대학의 주최로 열리고 있는 「국제우주법 대회」에 참석했다.

4월 10일(금) 오전 9시부터 시작하는 「2015 Kerela 국제우주법대회」에 Australia에서 참가한 Vernon Nase 교수(Curtin 법과대학 학장)와 함께 참석하였다.

나는 이 국제대회에 오후 4시 30분부터 5시 45분까지 75분간 「우주파편과 관련된 우주환경의 보호와 1972년의 책임조약(*Protection of Space Environment Concerning Space Debris and Liability Convention of* 1972)」이라는 제목의 연구논문을 파워포인트를 이용하여 발표했고 청중들과의 질의응답 시간도 10여 분간 가졌다.

Kerala 법과대학 교수식당에서 저녁 식사를 한 후 밤 8시 반경 호텔로 돌아왔다. 당초 Kerala 법과대학의 여학장과는 일면식도 없었고 이 법과대학에도 아는 교수가 한 분도 없었다. 그런데 이 여학장 Dr. Lekshmi P. Nair 박사로부터 갑자기 나에게 「인도 2015 국제우주법 대회」의 Speaker로 모시겠다는 초청 E-mail과 한국의 인천국제공항과 인도 Trivandrum국제공항 간의 항공여객기 Ticket의 무료 제공과 인도에서 체류하는 동안 무료숙박비도 제공하겠다는 E-mail이 왔기 때문에 이 국제회의에 참가하게 되었던 것이다.

2015년 4월 9일 인도 Trivandrum시 교외에 있는 Kerala 법과대학이 주최하는
「우주법에 관한 국제회의」에 참석한 초청받은 Speaker들의 사진

2015년 4월 10일 인도에 있는 Kerala 법과대학이 주최하는 「국제우주법대회」에서
내가 우주법관계 연구논문을 발표하고 있는 장면

2015년 4월 11일 인도 「국제우주법대회」에 참가한 교수 및 대학원생들

4월 11일(토) 오전 7시 반경 Nase 교수(Australia, Perth)와 함께 아침 식사를 한 후 오전 9시 15분부터 오후 7시까지 「2015 인도 국제우주법대회」에 참석했다.

그 후 내가 인도에 와서 이 여학장의 초청 만찬에 참석하여 화기애애하게 대화를 나누고 있을 때 이 학장에게 일면식도 없는 나를 어떻게 알고 초청하게 되었느냐고 물어보니 학장은 대답하기를 자기네들이 주최하는 우주법 국제회의 Speaker를 물색하던 중 오스트리아 비엔나에 있는 UN우주사업국에 자기네들이 아는 직원에게 누구를 Speaker로 정하는 것이 좋게 느냐고 물어보니 나를 추천해 주어 추천하게 되었다고 솔직히 말하였으므로 그동안 품고 있었던 궁금증이 다 풀렸다.

밤 11시경 Kerala 법과대학 차가 Widndsor 호텔 앞까지 왔기 때문에 이 호텔을 Check out 한 후 Kerala 법과대학 영빈관(迎賓館, Guest House)에 투숙하였다.

4월 12일 오전 9시 반경 Kerala 법과대학이 마련한 여행사 승용차로 안내원이 와서 나를 Trivandrum 시내에 있는 관광코스인

① Shri Padmanabhaswa사원(寺院),

City tour in Trivandrum city, India such as Shri Padmanabhaswami Temple on April 12, 2015

The garden of museum in Trivandrum with guider of travel agency on April 12, 2015

2015년 4월 12일 인도 Trivandrum 시내와 해변을 관광하였음

② Horse왕궁,

③ 동물원과 정원 박물관,

④ Veli Tourist Village,

⑤ 아름다운 Shouhumukhan

해변 등을 오후 3시까지 관광 안내를 하였다.

5. 2015년 4월, Kerala대학교 법학부에서의 특강

4월 13일(월) 오전 10시경 Kerala대학교 법학부 K. C. Sunny 학장의 초청으로 이 대학에 도착하여 오전 10시 20분부터 11시 20분까지 「우주탐험과 개발을 위한 새로운 우주기구의 창설 가능성과 달 협약」이라는 제목으로 특강을 하였다.

2015년 4월 13일 오전 10시 인도 Kerala대학교 법학부에서 나의 특강을 알리는
포스터를 제작하여 대학 복도 벽 여러 군데 붙임

곧이어 오전 11시 30분부터 12시 30분까지 「인도네시아, 말레이시아항공사의 항공기사
고와 인도네시아, 말레이시아, 중국, 한국의 항공법과 1999년의 몬트리올조약」이라는 제목으
로 파워포인트를 이용하여 특강을 하였고 각각 10분씩 학생들과 질의응답 시간도 가졌다.

2015년 5월 13일(월) 인도 Kerala대학교 법학부 학생들에게 내가 특강을 하기 전
이 대학 교수들 및 학생들과 함께 찍은 사진

4월 14일(화) 오후 3시경 Kerala 법대 5학년 학생인 Amal Dharsan 군이 자기 차를 가지고 내가 체류하고 있는 영빈관에 왔기 때문에 나는 Amal Dharsan 군과 함께 Trivandrum 국제청년회의소(Junior Chamber of International, JCI, 国際青年会議所)에 가서 초청 받은 Speaker 로서 청년회원들에게「인도네시아 및 말레이시아 항공사의 항공기사고의 사례」라는 제목으로 30분간 특강을 한 후 분위기를 바꾸어 잠시 휴식 시간에 한국의 얼을 심어주기 위하여 싸이가 부른「강남스타일」노래에 맞추어 인도 청소년들과 함께 춤을 추었다.

2015년 4월 14일(화) 인도 Trivandrum시, JCI 청소년들 모임에서 한국의 싸이가 부른
「강남스타일」노래와 춤에 맞추어 나도 춤을 추고 있는 장면

이날 오후 4시 반경 Anuradha P. Nair 여학생이 차를 가지고 왔기 때문에 이 여학생의 차에 Dharsan 군(5학년생), Darson 군(2학년생)과 함께 인도에서 유명한 Kovalam 해변에 도착하여 오후 5시부터 6시까지 아름다운 해변에서 수영도 하면서 재미있게 놀았다.

2015년 4월 14일(화) 인도 남쪽에 있는 Kovalam 해변에서 Dharsan 군(5학년생)과 함께 수영도 하고 해변에서 같이 거닐면서 찍은 사진

인도 코발람(Kovalam) 해변은 케랄라(Kerala)주 남쪽 해안에 위치한 작은 휴양지이다.

4월 15일(수) 오전 10시 Kelara 법과대학 학장의 아들 Vishnu Nair 군이 자기 아버지(학장의 남편)와 함께 내가 체류하고 있는 영빈관으로 차를 가지고 와서 Trivandrum시 교외에 있는 자기 할아버지가 관리 운영하고 있는 망고, 파인애플 대농장에 초대한다고 해서 나는 이들과 함께 승용차를 타고 오전 11시경 아주 큰 농장에 도착하여 산책을 했다.

2015년 4월 15일 인도 Trivandrum 교외에 있는 아주 큰 망고, 파인애플농장에서 Vishnu Nair 군의 아버지, 할아버지와 함께 찍은 사진

2015년 4월 15일 이 여학생의 안내로 인도 제일 남쪽에 있는 Hawaii같이 아름다운 휴양지
Azhimala 해변을 산책하고 있는 장면을 찍은 사진

이날 오후 1시경 Kelara 법과대학 4학년 Anuradha P. Nair 여학생이 자기 차를 가지고 와서 자기 집에서 점심 초대를 하였기 때문에 나는 이 여학생의 부모님과 인사를 나눈 후 인도 요리로 이 여학생의 가족들과 함께 맛있는 점심 식사를 하였다.

이날 오후 2시 반경 Kelara 법과대학 학장의 아들 Vishnu Nair 군이 자기 차를 가지고 이 여학생의 집에 왔기 때문에 이 여학생의 안내로 셋이서 인도 제일 남쪽 도시 Trivandrum시에서 좀 더 남쪽으로 떨어져 있는 Hawaii같이 아름답고, 깨끗하고 잘 정돈된 휴양지인 Azhimala 해변에 오후 4시경 도착하여 셋이서 Azhimala 해변을 산책한 후 나는 오후 6시 반경 대학 영빈관(Guest House)으로 돌아왔다.

4월 16일(목) 오전 9시경 Vishnu Nair 남학생(5학년생)이 자기 차를 가지고 왔기 때문에 대학 영빈관을 출발하여 오전 10시경 Trivandrum국제공항에 도착했다.

12시 50분경 Trivandrum국제공항 Air India항공편으로 출발하여 오후 2시 50분 Mumbai 국제공항에 도착했다. 다시 오후 8시경 Mumbai국제공항을 Air India항공편으로 출발하여 New Delhi국제공항에 밤 10시경 도착했다.

이날 밤 11시 15분 New Delhi국제공항을 Air India항공편으로 출발하여 다음 날 4월 17일 오전 8시 5분, 홍콩국제공항에 오전 6시 50분에 도착했다. 이날 오전 8시 5분 홍콩국제공항을 Air India항공편으로 출발하여 인천국제공항에 12시 30분에 도착했다.

1993년 10월 마닐라에서 개최된
제16차 세계법대회(WLC) 항공법분과위원회
위원장으로 임명됨

1963년 그리스 아테네에서 창설된 세계법률가협회(World Jurist Association, WJA: 본부가 워싱턴 D.C.에 있음)는 현재 세계법대회는 미국이 주관하고 있으며, 각 나라를 순회하면서 매년 열리고 있다.

1993년 10월 24일부터 29일까지 필리핀 마닐라에서 개최된 「제16회 세계법대회(World Law Conference)」에 150여 개국으로부터 3,500명의 판·검사와 법학자, 변호사, 법학교수,

1993년10월 24~29일 필리핀 마닐라에서 개최된 「제16회 세계법대회」에 참석한
나와 법무부 법무실장 주광일 검사와 함께 찍은 사진

법무부 장관, 대법원장 및 각종 국제기구의 대표들이 참석하였다.

나는 이 마닐라 세계법대회에서 한국인으로는 처음으로 항공우주법위원회의 위원장으로 위촉을 받아 회의를 주재하였고, 국제항공운송법 분야의 연구논문도 발표하였다.

당시 세계법률가협회(WJA)의 상근부회장 Magaret Henneberry 여사는 미인이고 나와는 일면식도 없고 잘 알지도 못하였지만 당시 나는 우리나라에 하나밖에 없는 한국항공우주법학회 회장이고 숭실대학교 법과대학 학장이었던 점을 고려하여 Magaret Henneberry 상근부회장이 나를 세계법률가협회(WJA) 본부에 추천하여 이 세계법대회의 항공우주법분과위원회 위원장으로 임명되었다.

당시 이 위원장 자리는 미국, 영국, 독일, 일본 등 각국 대표들이 서로 하고 싶어 했던 자리이므로 경쟁이 심하였다. 이 국제회의에 우리나라에서는 당시 이일규(李一珪) 전 대법원장, 김창식 건설교통부 장관, 문인구 및 김두현 전 대한법호사협회 회장, 주광일 법무부 법무실장, 법무부 검사 4명을 비롯하여 교수, 변호사 등 21명의 한국 대표단이 참석했다.

당시 내가 세계법대회의 항공우주법위원회 위원장이 되자 모두들 놀랐다. 나도 약간 긴장이 되었다. 그래서 본부에 가서 회의에 참석하는 대표들의 영어 발음이 인도, 인도네시아 및 말레이시아 등 각국마다 달라서 회의 진행 시, 문제가 될 수도 있으니 정확하게 영어를 구사하는 나의 보좌관을 임명하여 달라고 요청했다.

본부에서 미국 듀크(Duke)대학교 법학전문대학원 출신의 미국인 변호사를 나의 보좌관으로 임명해 주었다. 그런데 이 보좌관은 훤칠한 키에 잘생긴 미남이었으므로 외모로, 항상 여자 변호사 및 여교수들의 관심의 대상이 되어 정작 나를 보좌해 줄 시간적 여유가 없었다.

그리고 드디어 회의가 시작되었다. 내 패널에는 500여 명 정도의 외국 교수, 변호사 등이 참석하였다. 10월 28일(목) 오후 4시부터 6시까지 나는 이날 대회의 항공우주법분과위원회에서 사회자와 발표자의 두 가지 역할을 해야만 했다.

참가자들이 약간은 상기된 느낌으로 회의장이 다소 소란스러웠다. 그래서 나의 무기인 큰 목소리로 회의 시작을 알렸다. 순간, 조용해졌다. 우리나라 대표단도 전 대법원장 및 전 변호사협회 회장을 포함해서 20여 명이 참석했다. 우리나라 사람으로는 처음으로 위원장에 임명되어 회의를 진행하니 모두들 관심이 남달랐다.

좀 있다가 회의장 분위기가 조용해졌고 회의가 시작되었다. 미남 보좌관도 어느새 내 옆에 와서 다소곳이 앉아 있었다. 각국 Speaker들의 발표가 빠르게 진행되어 갔고 나도「변화하는 세계에 있어 국제항공운송인의 책임」이라는 제목으로 연구논문을 발표했고 마무리 질문 시간이 이어졌다.

그때 마침, 대한항공기가 뉴욕에서 출발하여 알래스카 앵커리지에서 기름을 넣고 서울로 향하던 Air Route 20 항공로로 비행해 오다가 사할린반도 해상에서 소련 전투기의 공격으로 여객기에 타고 있던 승객 270여 명이 사할린 해상에서 모두 사망한 사건이 있었다.

그 사건에 대해서 질문이 쏟아졌다. 그것은 내가 정확히 대답할 수 있는 문제들이었다. 보좌관의 도움도 필요 없이 쏟아지는 질문에 나는 즉각적인 답변들로 이어갔다.

마침내 회의가 끝나고 우레와 같은 박수가 터져 나왔다. 순간, "아~ 성공이다!"라는 생각이 들었다. 필리핀 법과대학 4학년 여학생들의 사인 공세가 나에게 이어져서 대단히 기뻤다.

1988년 8월, 폴란드 바르샤바에서 개최된
제63회 ILA 국제법대회에서 연구논문을 발표함

1998년 8월 21일부터 27일까지 폴란드 수도 바르샤바(Warszawa)에서 국제법협회 (International Law Association)가 주최하는 「제63회 ILA국제법대회」가 개최되었다.

1998년 8월 21일부터 27일까지 폴란드 수도 바르샤바에서 개최된
「제63회 ILA국제법대회」에 참가한 한국 측 참가자들(교수, 회장, 전직 대사 등)

이 국제법대회는 미국, 영국, 캐나다, 독일, 프랑스, 이탈리아, 러시아, 중국, 일본, 아르헨티나, 루마니아 등 60여 개국으로부터 교수, 판검사, 변호사, 일부 국가의 대법원장, 법무부 장관, UN 산하 국제사법재판소 및 유럽재판소 판사 등 800여 명이 참가하였다. 이 ILA국제법대회에 우리나라에서는 교수, 회장, 전직 대사 등 19명이 참가하였다.

나는 이 ILA국제법대회 항공법분과위원회에서「항공교통관제기관(ATCA)의 책임」이라는 제목으로 연구논문을 발표했다.

특히 ILA 항공법분과위원회에는 세계적으로 유명한 항공우주법학자 Nicolas M. Matte 교수(캐나다), K. H. Böckstiegel(독일), I.H.Ph. Diederiks-Vershoor 여교수(네덜란드), William Maureen 여변호사(아르헨티나) 등이 참가하였다. 제63회 ILA 바르샤바대회 항공법위원회는 이번 회의 주제를「항공관제의 법적 측면에 관한 국제위원회」라고 개칭(改稱)하여 사용하였다.

제63회 ILA 바르샤바대회 항공법위원회의 회의내용은 1989년에 한국항공법학회가 발행한『항공법학회지』창간호에 게재된 나의 논문에 구체적으로 기재되어 있다.*

---

* 김두환,「항공교통관제기관(ATCA)의 책임에 관한 논점 -국제기구(ICAO, ILA)의 토의 내용을 중심으로-」,『항공법학회지』창간호, 1989년 6월 한국항공법학회 발행, 28-36면 참조.

제8절

● ● ●

1994년 8월, 남미 아르헨티나, 부에노스아이레스에서 개최된 제66회 ILA 국제법대회에서 연구논문의 발표와 우주법분과위원회 위원으로 위촉됨

국제법협회(International Law Association, ILA: 본부가 런던에 있음)가 주관하여 세계 각 나라를 순회하면서 2년마다 열리고 있는 국제법대회(International Law Conference)가 있다. 국제법협회(ILA)는 1873년에 Belgium, Brussel에서 창설되었고 현재 63개국에 ILA 지부가 설치되어 있고 세계 각국의 판·검사와 법학자, 변호사, 법학교수 등으로 구성되어 있으며 회원은 4,600명이고 ILA의 기구는 20개 분과위원회가 설치되어 있다.

나는 1994년 8월 아르헨티나, 부에노스아이레스에서 개최된 제66차 ILA국제법대회, 우주법분과위원회에서 한국인으로는 처음으로 위원으로 선임되었고 지금까지 약 30년간 이 우주법위원회의 위원으로서 봉사하고 있다. 1994년 8월 14일부터 20일까지 국제법회(ILA) 주최로 Argentina, Buenos Aires에서 개최된 「제66회 ILA세계국제법대회 우주법위원회(50여국 참가)」에서 8월 16일 나는 「우주파편에 관계된 법적인 문제점에 관한 연구논문」을 발표하였다.

특히 이날 국제법대회 우주법위원회 의장은 독일의 K. H. Böckstiegel 교수였고 Rapporteur는 아르헨티나의 William Maureen 여교수였는데 이날 우주법위원회에 제출된 「우주파편에 기인된 손해로부터 우주환경보호를 위한 국제조약 초안」에 관한 안건에 대하여 토의가 시작되었다.

나는 8월 16일 우주법위원회에 제출된 조약 초안에 대하여 찬성하였는데 그 이유는 다음과 같다.

첫째, 우주파편을 추적·감시할 수 있는 새로운 국제기구를 창설할 것,

둘째, 인공위성 또는 우주선의 발사국이 발사과정에서 손해가 발생하였을 때 배상할 수 있는 기금을 마련할 것,

셋째, 우주파편에 기인된 손해에 대하여 가해국은 피해국에 대한 무과실책임을 인정할 것,

넷째, 우주보험제도의 도입 등 네 가지 사항에 나의 의견을 제시하였다.[*]

1994년 8월 14일~20일, 제66회 Buenos Aires, Argentina 국제법대회(50여국 참가)에 Speaker로 참가했으며 우주법위원회에서 우주법위원으로 위촉을 받았고 국제우주법관계 연구논문도 발표하였다.

---

[*] The International Law Association, Reports of the Sixty-Sixth Conference, Buenos Aires, Argentina, 1994, p.323.

제9절

● ● ●

유럽에서의 국제회의 참가 및 대학에서의 특강과
법학박사학위 논문심사위원으로 위촉 받음

1. 1984년 9월, 프랑스 파리에서 개최된
국제법협회 제61차 총회에 참석함

1984년 8월 24일부터 9월 1일까지 프랑스 파리에서 개최된 국제법협회(ILA) 주최 「제61
회 ILA국제법대회」에 한국에서는 임덕규 회장(Diplomacy 저널, 전 국회의원), 김명기 교수
(전 명지대학교 대학원장), 나와 함께 참석했다.

나는 ILA파리국제법대회의 정회원 자격으로 우주법분과위원회에 Rapporteur인 독일의 K.
H. Böckstiegel 교수가 제출한 「우주법분쟁 해결에 관한 조약 초안」의 토의 시간에 의견을 제
시하였다.

나는 이 ILA 파리국제법회의에 참석하기 전에 김명기 교수(명지대학)와 함께 서울에서 유
레일(EURail) 패스 승차권을 구입한 후 1994년 8월 중 21일간 Sweden, Norway, England,
Denmark, The Netherlands, Austria, Germany, Swiss, Italy, France, Monaco, Spain 등 12개국
을 관광하였고, 특히 독일의 Köln대학교의 항공우주법연구소, Freiburgh대학, Heidelbergh대
학, 영국의 Oxford대학, Pari대학교 법과대학 등을 방문하여 관련교수들과 연구협의 및 자료
등을 교환한 후 Paris에서 개최된 국제법대회에 참석하였던 것이다.

1984년 8월 24일 프랑스 파리에서 좌측으로부터 프랑스의 여교수, 김두환 교수, 인도의 두 교수,
ILA 파리대회 회장 M. J. Lisbonne 교수, 임덕규 회장, 김명기 교수와 함께 찍은 사진

2. 1997년 2월, 네덜란드 Leiden대학교 항공우주법국제연구소로부터
필자와 홍순길 교수가 법학박사학위 논문심사위원으로 위촉을 받음

1997년 2월 23일까지 6일간 네덜란드의 Leiden 시내에 있는 호텔에 체류하면서 세계적
으로 유명한 네덜란드의 Leiden대학교 항공우주법국제연구소로부터 나와 한국항공우주법학
회 부회장인 홍순길(洪淳吉) 교수가 법학박사학위 논문심사위원회의 위원으로 위촉을 받음
에 따라 Michael Sheng-ti Gau(대만) 박사후보 학생의 대만해협의 법적 지위와 관계된 박사
학위논문을 여러 심사위원들과 함께 심사한 후 통과시킨 바 있다.

법학박사학위 논문심사위원들 가운데는 세계적으로 유명한 영국의 Bin Cheng 교수
(London대학),

UN 산하 국제사법재판소(ICJ) 재판관, 나와 홍순길 교수를 포함하고 지도교수인 Pablo
Mendes de Leon 교수(네덜란드의 Leiden대학교, 항공우주법국제연구소 소장) 등 심사위원
은 8명으로 구성되어 있었다. 법학박사 학위논문을 심사하기 3개월 전에 Leiden대학교 항공

1997년 2월 25일 네덜란드 Leiden대학에서 법학박사 학위심사 후 우측으로부터
김두환 교수, 국제사법재판소(ICJ) 재판관, 홍순길 교수, 이용준 교수와 함께 찍은 사진

우주법국제연구소로부터 박사학위논문(소책자)을 국제우편으로 서울에 있는 나에게 보내왔고 또한 네덜란드 Leiden대학에 올 때는 반드시 이 대학 및 대학원 졸업식 때 입을 가운을 가지고 오라고 연락이 왔다.

1997년 2월 25일 Leiden대학교 강당에서 법학박사학위 논문심사가 개최되었는데 심사위원 8명이 참석하였고, 대만으로부터 Michael Sheng-ti Gau(대만) 박사과정 후보 학생의 가족과 친구들 20여 명과 Leiden대학교 대학원의 교수 및 학생 30여 명이 참석하였다.

심사가 시작되었는데 Michael Sheng-ti Gau 박사과정 후보 학생 양쪽 옆에는 친구 둘이 앉아 있었고 Michael Sheng-ti Gau 박사과정 후보 학생에게 미리 제출된 박사학위논문에 대하여 심사위원 1인당 15분씩 차례로 날카롭고 신랄한 질문을 하였고 박사과정 후보 학생의 답변도 들었으므로 약 2시간이 걸렸다. 나 역시 질문 순서에 따라 앞으로 만약 대만해협문제로 중국과 대만 간의 선박 또는 군함의 항해에 대하여 봉쇄 등 충돌이 발생하였을 때에 해결방안에 대하여 질문을 하였고 답변도 들었다.

최종적으로 8명의 심사위원이 다시 모여 법학박사학위 통과 가부에 대하여 각 심사위원의 의견을 들은 후 비밀투표의 다수결로 통과하기로 결정하였다.

1997년 2월 25일 네덜란드 Leiden 시내를 관광하면서 찍은 사진,
우측으로부터 오창석 교수, 김두환 교수, 한명호 박사

3. 2000년 6월, 프랑스 Strasbourg에 있는 국제우주대학(ISU)의 방문과
   파리에 있는 유럽우주개발기구(ESA) 본부를 청주시장과 함께 방문하였음

2000년 6월 6일(화)부터 6월 8일(목)까지 3일간 당시 나기정(羅基正) 청주시장과 수행비서와 함께 프랑스 Strasbourg에 있는 국제우주대학(International Space University, ISU)의 「하기(夏期)우주연수과정」의 유치를 위하여 방문하였고 또한 파리에 본부가 있는 유럽우주기구(European Space Agency, ESA)의 청주항공우주산업단지의 조성에 관계된 투자유치를 목적으로 유럽우주기구(ESA) 본부를 방문하였다.

6월 6일(화) 오후 1시 30분 나는 김포국제공항을 대한항공편으로 출발하여 오후 6시 40분 프랑스 파리에 있는 드골(de Gaulle)국제공항에 도착했다. 이날 오후 8시 40분 파리에 있는 드골국제공항을 Air France항공편으로 출발하여 Strasbourg공항에 오후 9시 45분에 도착했다.

공항에 국제우주대학의 Roy Nakagawa(일본인)와 천재성 연구원이 공항에 마중을 나왔다.

나는 Holiday Inn 호텔에 투숙한 후 두 분 다 초면이었지만 밤 12시까지 맥주를 마시면서 일본어로 재미있게 담소(談笑)를 하였다.

서울서부터 Strasbourg까지 13시간 비행기를 타고 오면서 구상한 것이 「아시아우주기구의 설립 제안(Proposal of Establishing an Asian Space Agency)」이라는 제목이었으므로 나는 이 설립 제안에 관한 OHP 슬라이드를 새벽 4시까지 제작하였으므로 2시간밖에 자지 못하였다.

2000년 6월 7일(수) 나기정 청주시장은 독일 Mainz시에 있는 Guttenberg박물관(淸州印刷出版博覽會 展示會 협조 협의)을 방문하여 공무출장을 맞춘 후 이날 나와 합류하여 오전 9시 반경 국제우주대학(International Space University, ISU)에 도착하였다. 우리 일행은 국제우주대학 총장과 인사를 나눈 후 먼저 국제우주대학 측에서 「국제우주대학의 현황과 전망 및 일반인들의 우주연수 프로그램」에 대하여 설명했다. 곧이어 한국 측에서는 당시 청주시의 요청으로 내가 「청주시의 우주캠프의 설치계획과 교류」에 대하여 Slide를 이용하여 영어로 설명했다. 특히 국제우주대학이 매년 세계 각국의 도시를 순회하면서 개최하는 일반인들의 우주학생프로그램(Space Student Program, SSP)을 당시 상해, 이스탄불 등 도시와 유치경쟁을 벌여 2001년에 우주학생프로그램(SSP)을 청주시에서 개최하기로 결정하였다. 그러나 그 후 청주시의 준비관계로 성사되지는 못하였다.

국제우주대학 Francois Becker 부총장이 우리 일행 3명을 점심 초대를 하였기 때문에 점

2000년 6월 7일 (수) 프랑스, 파리에 있는 유럽우주기구(ESA)본부를 방문하여
나기정 청주시장. 김두환교수, ESA의 고위간부들과 함께 찍은 사진.

심 식사를 한 후 오후 1시 15분 Strasbourg공항을 Air France항공편으로 출발하여 오후 2시 25분 파리국제공항에 도착하였다. 오후 4시 반경 우리 일행은 파리에 있는 유럽우주기구(European Space Agency, ESA)에 도착하여 먼저 Rene Oosterlinck 항행본부장으로부터 「ESA의 현황과 전망」에 대하여 간략하게 브리핑을 들은 후 곧이어 청주시장의 요청에 따라 내가 「아시아우주개발기구(ASDA)」의 설치 구상」 및 청주시 국제공항 주변에 항공우주산업단지 조성 등을 슬라이드로 브리핑을 한 다음 투자유치에 대하여 청주시장과 ESA의 고위간부들과 의견교환을 한 후 다음과 같은 긍정적인 답변을 얻어냈다.

이날 오후 7시 반부터 9시 반까지 주프랑스 한국대사관 권 대사의 만찬 초청으로 우리 일행은 저녁 식사를 한 후 호텔로 돌아왔다. 유럽우주기구(ESA)는 유럽 각국이 공동으로 설립한 우주개발기구이다.

1975년 5월 30일에 유럽우주기구(ESA)가 설립되었으며, 당초 설립 참가국은 10개국(독일, 프랑스, 영국, 스페인, 이탈리아, 네덜란드, 스위스, 벨기에, 스웨덴, 덴마크)이었으나 현재는 19개국이 참가하고 있다. ESA는 유럽연합(European Union, EU)과 밀접한 협력 관계를 가지고 있지만, 유럽연합에 속한 기관은 아니다. ESA의 2020년도 예산은 €67억 유러달러이다.[*]

6월 8일(목) 오전 7시 반경 Mercury 호텔에서 청주시장 일행과 아침 식사를 한 후 청주시장 일행이 다른 일정이 있어 작별인사를 나눈 다음 혼자서 오전 8시 반경 지하철을 이용하여 오전 9시경 파리 개선문에 도착하였고 택시로 오전 9시 반경 유럽우주기구(ESA) 내에 있는 유럽우주센터(European Center for Space Law)를 방문하여 책임연구원들과 나의 「아시아우주개발기구(Asian Space Development Agency, ASDA)의 설치 구상」에 관하여 1시간 정도 의견교환을 나누었다.

유럽우주기구(ESA)의 정문 앞에 있는 세계적으로 유명한 국제우주연맹(International Astronautical Federation, IAF)과 국제우주법학회(International Institute of Space Law, IISL)도 방문하였다.

국제우주연맹(IAF)은 파리에 본사를 둔 국제우주옹호단체로, 1951년에 전 세계의 과학자들 간의 대화를 구축하고 국제우주협력을 위한 정보를 제공하기 위해 비정부기구로 설립되었다.

---

[*] https://www.esa.int

IAF는 현재 68개국으로부터 397명의 회원으로 구성되어 있다.[*]

국제우주법학회(IISL)는 1960년에 창설되었으며 40여 개국[**]으로부터 교수, 변호사, 우주 담당 고위공무원 및 기관회원으로 구성되어 있는데 나는 현재 프랑스 파리에 본부를 두고 있는 IISL의 정회원이다.

6월 8일(목) 오후 10시에 나는 파리에 있는 드골(de Gaulle)국제공항을 대한항공편으로 출발하여 다음 날 6월 9일(금) 오후 4시 김포국제공항에 도착했다.

4. 2009년 3월, 프랑스 파리에서 개최된
「2009 국제우주법대회(한국, 대전)」 준비 모임에서
앞으로 발표될 우주법관계 논문들을 선정하였음

2009년 3월 16일(월)부터 19일(목)까지 3박 4일간 프랑스 파리에 있는 국제우주연맹 (IAF 본부: 파리)과 국제우주법학회(IISL 본부: 파리)가 공동주최로 파리에서 개최된 「2009 국제우주대회(한국, 대전)」 및 「2009 국제우주법대회(한국, 대전)」 등 양 대회의 준비 모임에 필자는 동 대회 국제프로그램위원회의 위원 및 동 대회 제3분과위원회의 공동의장의 자격으로 참석하여 세계 각국으로부터 참가하는 교수, 변호사, 우주사업단의 고위간부 등이 「2009년 국제우주법대회」에서 발표하기 위하여 제출된 우주법관계 논문들을 사전에 심사하여 발표할 논문들을 선정하는 목적으로 파리에 갔다.

3월 16일(월) 오전 10시 5분 인천국제공항을 Air France항공편으로 출발하여 오후 2시 20분에 파리에 있는 드골국제공항에 도착했다. 오후 3시 40분경 파리 시내에 있는 Ibis Paris Tour Effel 호텔에 투숙하였다.

오후 6시부터 8시까지 유럽우주기구(ESA) 내에서 국제우주연맹(IAF)이 주최하여 개최된 Reception에 한국에서 온 한국항공우주연구원(KARI) 고위간부들과 서울법대 이상면 교수 등과 함께 참석했다.

---

[*] https://en.wikipedia.org/wiki/International_Astronautical_Federation

[**] https://www.iislweb.org/about.html

오후 8시 반부터 9시 반까지 한국에서 온 일행들과 함께 에펠탑(Eiffel Tower)까지 산책을 하였다. 17일(화) 오전 9시 이상면 교수(서울법대), 유정주 선임본부장(KARI)과 함께 Ibis Paris Tour Effel 호텔을 출발한 후 지하철을 이용하여 10시경 룩셈부르크공원에 도착하여 셋이서 산책을 하였다.

오전 10시 반경 파리 제1대학, 노트르담대성당 내부를 관람하였다.

우리 일행(대전국제우주 및 우주법대회 조직위원회 사무총장 1명, KAIST 교수 1명, KARI의 과장 및 고위 간부 3명, 서울대학 교수 2명, 연세대학 교수 1명, 숭실대학 교수 1명, 전부 9명)은 오후 2시 반부터 6시 반까지 네 시간 동안 UNESCO 대회의실에서 개최된 「2009 국제우주 및 우주법대회(한국, 대전)」의 준비절차에 관한 전체회의에 참석했다.

오후 7시부터 9시까지 주최 측이 마련한 Cocktail Reception이 UNESCO Panoramic식당에서 개최되어 우리 일행은 우주법대회에 참석한 후 밤 9시 반경 호텔로 돌아왔다.

18일(수) 오전 9시경 나는 이상면 교수(서울법대)와 같이 호텔을 출발하여 파리 Opera 5가에 있는 Les Salons빌딩 회의실에 도착하여 오전 9시 반부터 12시까지 「2009 우주법대회(한국, 대전)」에 제출된 우주법 관련 많은 논문들의 요약문을 심사한 후 Session별로 Speaker 선정작업을 하였다.

2009년 3월 18일 파리에서 KARI 간부들과
함께 찍은 사진

파리에서 Hadi Shalluf 교수와
함께 찍은 사진

**Prof. Dr. Shalluf Hadi with me at Eiffel Tower
in Paris, France on March 19, 2009**

오후 12시 반부터 오후 2시 반까지 이상면 교수, 최기혁 국제협력팀장(KARI)과 같이 루브르박물관(Le musée du Louvre)을 관람하였고 오후 2시에서 5시까지 오르세미술관(Musée d'Orsay)을 관람하였다.

19일 오전 7시경 나와 서울에서부터 알고 지냈던 친한 Hadi Shalluf 교수가 오전 7시경 호텔로 나를 찾아왔기 때문에 아주 오래간만에 만나 인사를 나눈 후 아침 식사를 같이 하였다. 오전 9시부터 오후 4시까지 Hadi Shalluf 교수의 안내로 군사박물관, 파리 시내 관광도 한 후 Hadi Shalluf 교수의 사무실까지 방문하였다.

나는 오후 8시 반 파리 드골(de Gaulle)국제공항을 출발하여 다음 날 20일(금) 오후 3시 40분에 인천국제공항에 도착하여 귀국했다.

캐나다에서 개최된 국제회의에
Speaker로 참가 및 대학에서의 특강

1. 1991년 1월, 캐나다 몬트리올에 있는
맥길대학교 항공우주법연구소에서의 특강

　1991년 1월 24일 캐나다 몬트리올에 있는 세계적으로 유명한 McGill대학교 항공우주법 연구소의 초청으로 이 연구소 석사과정 학생 20여 명에게「국제항공운송인의 책임(Liability of International Air Carrier)」이라는 제목으로 특별강의를 하였다. 이 연구소는 매년 전 세계 각국에서 지원한 항공우주법 석사과정 학생들 중 시험을 통하여 20명을 선발하고 있었고,

1991년 1월 24일 캐나다 몬트리올에 있는 McGill
1월 24일 대학교 항공우주법연구소장 M. Milde 교수와
필자가 연구소 소장실에서 찍은 사진임

위에 있는 사진 우측은 1991년
McGill대학교 항공우주법연구소 정문 앞에서
나와 중국인, 포르투갈 여학생과 찍은 사진임

국제항공우주법 박사과정 학생 역시 매년 시험을 거쳐 1 내지 2명을 선발하고 있었다. 나는 1980년 8월부터 1991년 2월까지 7개월간 이 대학 항공우주법연구소의 교환교수로 있으면서 이 항공우주법연구소 소장 Michael Milde 교수의 특별 배려로 교수연구실을 배정받아 마음껏 깊이 있게 국제항공우주법 연구를 하였다.

캐나다 몬트리올에 있는 세계적으로 유명한 McGill대학교 항공우주법연구소 소장 Michael Milde 교수님에게 내가 서울에서 유명한 서예가에게 부탁하여 「제공일계(濟空一界)」라고 쓴 붓글씨 두루마리 족자를 선물하였더니 M. Milde 교수께서 너무나 좋아하시면서 바로 소장실 벽에 걸어 놓으시고 나더러 사진을 같이 찍자고 하셔서 같이 찍은 사진이다.

「제공일계(濟空一界)」라는 문구의 뜻은 '하늘을 지배하면 세계를 지배한다'라는 뜻이다. 우측에 있는 사진은 내가 1991년 1월 24일 McGill대학교 항공우주법 연구소에서 강의가 끝난 후 학생들이 강의실을 빠져나가자 강의실 입구 앞에서 우연히 나의 강의를 들었던 대학원 여학생 둘이 나한테 사진을 같이 찍자고 말하므로 찍은 사진이다. 사진에 있는 좌측 여학생은 중국에서 왔고 우측 여학생은 포르투갈에서 왔다.

2. 1994년 12월, 캐나다 몬트리올에서 개최된 「시카고조약 50주년기념 국제항공법대회」에서 필자는 연구논문을 발표하였음

1994년 12월 5일 캐나다 몬트리올에서 개최된 McGill대학교 항공우주법연구소가 주최한 「시카고조약 제50주년기념 국제항공법대회(50여 개국 참가)」에 주최 측으로부터 초청을 받아 나는 「항공교통관제기관의 법적인 측면(Legal Aspects of ATCA Liability)」이라는 제목으로 연구논문을 발표하였다.

이 연구논문은 다음 해, 즉 1995년에 캐나다 McGill대학교 항공우주법대학연구소가 발간한 학술지 『항공우주법년간(Annals of Air and Space Law)』에 게재되었다.[*]

이 국제대회에는 세계적으로 유명한 항공우주법학자 Michael Milde 교수(캐나다), I.H.Ph. Diederiks-Verschoor 교수(네덜란드) 등을 비롯하여 많은 교수들이 참석했다.

---

[*] Doo Hwan Kim, "Legal Aspects of ATCA Liability", Annals of Air and Space Law, Institute of Air and Space Law, Mcgill University, 1995, pp.209-220.

1994년 12월 5일 몬트리올에서 I.H.Ph. Diederiks-Verschoor 교수(네덜란드)와
나와 나란히 앉아 있는 모습을 찍은 사진

3. 1995년 8월, 몬트리올에서 개최된 제17회 세계법대회(WLC)
항공우주법위원회 의장으로서 회의를 주재하였고,
연구논문도 발표하였음

　1995년 8월 13일부터 18일까지 캐나다 몬트리올에서 개최된 「제17회 세계법대회」에는
60여 개국으로부터 700여 명의 각국 대표들이 참석했으며 이 국제대회에서도 미국 측이 이
대회 조직위원회로부터 나를 항공우주분과위원회 위원장으로 재차 위촉하였기에 나는 항공
우주분과위원회 회의를 주재하였고 연구논문도 발표하였다.

　특히 「제17차 세계법대회」의 개회식 때 60여 개국 중 미국, 프랑스를 비롯한 한국 등 10개
국의 대통령 축하 메시지만을 대독하기로 이 대회의 주최 측 조직위원회에서 결정하였는데
아시아주에서는 일본과 인도를 제치고 한국만이 선정되었는데, 내가 이 국제대회에 항공우주
분과위원회 위원장으로 두 번이나 선임되었기 때문에 한국으로 정하지 않았는가 혼자 생각
하였다.

나는 이 국제대회 개회식의 순서에 따라 대강당의 단상에 올라가 700여 명의 청중(교수, 변호사, 판사, 정부의 고위관리, 일부 국가의 법무부로스부장관 및 대법원장 등) 앞에 서서 김영삼 대통령의 영문 축하 메시지를 천천히 대독하였는데 청중들로부터 몇 차례 우레와 같은 박수를 받았다.

우리나라에서는 법무부 법무실장, 검사 2명, 교수, 변호사, 대한변호사협회 총무이사 등 6명이 참가했다.

제11절

● ● ●

미국에서의 대학 특강과
국제회의 참석

1. 1990년 6월, 워싱턴 D.C.에 있는
아메리칸대학교 법과대학에서 특강

1990년 5월 17일 나는 로스앤젤레스를 출발하여 나의 승용차를 직접 운전하면서 집사람과 함께 13일 동안 관광하면서 북미대륙을 횡단하여 5월 29일 워싱턴 D.C.에 도착했다. 워싱턴 D.C.에서 나는 아메리칸대학교 워싱턴 법과대학(Washington College of Law, American University)의 초빙 방문학자로서 5월 29일부터 8월 4일까지 2개월 8일 동안 체류(滯留)하였다.

6월 4일 워싱턴 법과대학, 대학원의 주최로 개최된 세미나에 초청을 받아 나는 「한국에 있어서 외국투자의 법적 고찰(Legal Aspects of Foreign Investment in Korea)」이라는 제목으로 1시간 동안 특강을 한 바 있고 30분 동안 질의응답 시간도 가졌다.

이날 세미나에는 대학원생들과 국제금융회(International Finance Corporation, IFC) 직원들과 변호사 및 젊은 교수들이 참석했다.

그 후 이날 발표된 상기(上記) 논문은 1992년 12월에 미국 샌프란시스코에 있는 캘리포니아대학교 해이스팅 법과대학(Hasting College of the Law, California University)이 발행하는 학술지(*The Hasting International and Comparative Law Review*, Volume 15 - Winter, 1992 -

No.2)에 게재되었다.

2. 2002년 7월, 미국 시애틀에서 개최된「세계항공교통대회」에 Speaker로 참석하여 연구논문을 발표하였음

2002년 7월 14일(일), 오전 9시 45분 인천국제공항에서 미국 UA(United Airlines)항공편으로 출발하여 일본 나리타(成田)국제공항에 12시 20분경 도착하여 오후 1시 반경 공항터미널로 나왔다.

마침 동경에 유학 중인 나의 장녀가 나리타국제공항에 마중을 나왔기 때문에 공항에서 점심 식사를 한 후 선물 보따리를 주었다. 이날 오후 5시 나리타국제공항을 미국의 UA항공편으로 출발하여 오전 9시 50분 미국 시애틀 Tacoma국제공항에 도착했다. 미국으로 이민을 간 나의 처 고종사촌(유근주 선생: 여고 수학 선생)이 승용차를 가지고 공항에 마중을 나왔기 때문에 이 차로 Residence Inn Seattle-South, Takavila 호텔에 도착했다.

낮 12시경 정원에 있는 Bench에 앉아 시애틀(Seattle)대학 교수와 점심을 같이 하였다.

오후 1시 반경 Everet에 있는 보잉 항공기제작공장을 견학하였고 오후5시에는 항공박물관을 관람하였다. 오후 8시에는 주최 측이 마련한 초청 만찬에 참석했다.

7월 15일(월) 오전 8시 15분경 보잉항공조종사 훈련센터에 도착했다. 오전 8시 30분부터 9시까지 국제항공우주법대회의 개회식에 참석하였고 9시부터 12시까지 이 국제대회의 제1 Session에 참석했다.

오후 2시 반경 나의 처 고종사촌이 승용차를 가지고 왔기 때문에 홍순길 총장(항공대학)과 이강빈 학장(상지대학)과 함께 워싱턴대학에 가서 차로 조금 구경을 한 후 오후 4시 반경 대학 앞에 있는 책방에 가서 국제항공우주법 책 3권을 구입하였다.

오후 6시부터 8시까지 보잉 항공기제작회사가 주최하는 만찬에 참석했다. 밤 9시경 나의 처 고종사촌이 차를 가지고 왔으므로 홍순길 총장과 이강빈 학장과 함께 시애틀의 야경을 구경하였다.

7월 16일(화) 오전 8시 15분경 Boeing Training Center에 도착했다. 오전 8시 30분부터 10시까지 개최되는 Session 4B에서 나는 네 번째로「항공교통관(ATC)에 관한 약간의 고찰」이라는 제목으로 연구논문을 발표했다.

12시경 Asiana항공 시애틀 지점장의 초청으로 우리 일행은 점심 식사를 같이 하였다. 오후 2시 반경 나의 처 고종사촌의 차로 홍순길 총장과 이강빈 학장와 함께 Rainer산(Mount Rainier National Park)국립공원에 올라가서 관광을 하였다.

오후 8시경 나의 처 고종사촌의 차로 홍순길 총장 가족들과 이강빈 학장과 함께 시애틀 시내에 있는 한국식당으로 가서 흑염소탕으로 저녁 식사를 하였다.

7월 17일(수) 오전 8시에 이강빈 학장과 아침 식사를 같이 한 후 오전 10시에 Residence 호텔을 Check out 한 후 오전 10시 반경 시애틀 Tacoma국제공항에 도착했다. 낮 12시 45분경 미국 UA항공편으로 시애틀 Tacoma국제공항을 출발하여 다음 날 7월 18일 오후 3시경 일본 나리타국제공항을 경유, 오후 5시 20분 인천국제공항에 도착했다.

3. 2011년 4월, 미국 Lincoln시에 있는
네브래스카대학 우주통신법연구소 주최로 개최된
「제5회 우주법대회(30여 개국 참가)」에서 연구논문을 발표하였음

2011년 4월 16일(토)부터 6월 22일(금) 7일간 미국 Lincoln시에 있는 Nebraska대학 우주통신법연구소 주최로 개최된 「제5회 Lincoln우주법대회(30여 개국 참가)」에 주최 측으로부터 Speaker로 초청을 받아 연구논문을 발표했다.

2011년 4월 16일(토) 오후 8시 인천국제공항에서 나는 아시아나항공편으로 출발하여 미국 시카고 O'hare국제공항에 오후 6시 40분에 도착했다. 시카고 O'hare국제공항에서 미국 UA항공편으로 다시 바꿔 타고 Lincoln공항에 밤 10시 반경 도착했다(참고: 한국과 미국 간의 시차 14시간). 4월 17일(일) 오전 8시경 아침 식사를 인도네시아에서 미국, 「제5회 Lincoln우주법대회」에 참가한 I.B.R. Supancana 박사와 함께 하였다. 오전 10시 반부터11시 20분까지 Nebraska 시내에 있는 천주교회에 가서 미사도 올리고 예배에 참석했다. 오전 11시 반부터 2시까지 Nebraska대학 중앙도서관과 캠퍼스를 구경했다.

4월 18일(월) 오전 8시경 Marriot 호텔에서 나는 Nebraska 우주법대회에 참가하기 위하여 외국에서 참가한 교수들과 함께 Nebraska 법대 버스로 출발하여 8시 20분경 Nebraska 법대에 도착했다.

오전 9시에 개최된 개회식 때부터 오후 5시까지 「제5회 Annual Lincoln 우주법대회」에

2011년 4월 18일 미국 Nebraska대학 Visitor Center에서 개최된 우주법대회에서
내가 연구논문을 파워포인트(후면에 있음)로 발표하기 전 이 대학 Dunk 교수께서
청중들에게 나를 소개하는 장면을 찍은 사진

초대받은 Speaker로 참가했다.

나는 오후 3시 반부터 45분간 「한국의 우주정책과 법규 및 전망(Space Policy, Regulations and Perspective in the Republic of Korea)」이라는 제목으로 연구논문을 발표했고, 10분간 질의응답 시간도 가졌다. 이날 오후 6시경 Nebraska대학 Visitor Center에서 개최된 주최 측의 초청 만찬에 참석했다.

4월 19일(화) 오전 8시 반경 Marriot 호텔을 출발하여 오전 9시경 Nebraska 법대에 도착했다.

오전 9시부터 오후 5시까지 하루 종일 「제5회 Annual Lincoln 우주법대회」에 참석했다.

오후 4시 반경 세계적으로 유명한 Ram Jakhu 교수께서는 「우주파편과 책임 조약」이라는 제목의 연구논문을 발표했는데, 나는 우주파편으로 기인된 사고에 대한 손해배상책임문제에 있어 피해자가 사고의 원인을 입증하기가 대단히 어려우므로 피해자 보호를 위하여 가해자에 대하여 무과실책임을 부담시켜야만 된다는 의견을 제시하였다. 이날 오후 6시부터 7시 반까지 Nebraska대학 Visitor Center에서 개최된 주최 측의 초청 만찬에 참석했다.

나는 오후 8시경 Marriot 호텔로 돌아왔다. 4월 20일(수) 오전에 짐을 싼 후 오전 11시 반경 Marriot 호텔 숙박요금을 완불하였다. 12시 반경 Nebraska 주정부 청사 15층 빌딩 정상에 있는 전망대에 올라가 Nebraska 시내를 구경하였고, 천주교회도 잠시 들렀다.

　이날 오후 1시경 Lincoln 시내 14th Street에 있는 Wasabi라는 일본 음식점에서 점심 식사를 한 후 Marriot 호텔로 돌아와 잠시 휴식을 취한 다음 오후 2시 50분경 Check out 했다.

　오후 4시경 나는 Marriot 호텔 차로 Lincoln공항에 도착했다. 오후 6시 33분 Lincoln공항을 UA항공편으로 출발하여 시카고 O'Hare국제공항에 오후 8시 16분에 도착했다. 4월 21일(목) 새벽 1시에 시카고 O'Hare국제공항을 아시아나항공편으로 출발하여 인천국제공항에 다음 날, 즉 4월 22일(금) 새벽 4시에 도착했다.

제12절

● ● ●

싱가포르에서 개최된
국제회의 참가

1. 1995년 12월, 싱가포르에서 개최된 「통신위성 및
위성보험국제회의」에서 연구논문의 발표

1995년 12월 2일 싱가포르에서 IBC 주최로 「통신위성 및 위성보험국제회의(20여 개국 참가)」가 개최되었는데 나는 주최 측으로부터 초청을 받아 「우주보험에 관계되는 문제점과

2019년 12월 1~3일 싱가포르에 체류하는 동안 「통신위성 및 위성보험 국제회의」에 Speaker로 참석한 다음 세계적으로 유명한 식물원 관람과 Cable Car를 타고 싱가포르 시내 관광을 하였음

해결방안」이라는 제목으로 연구논문을 발표했다.

2. 2001년 3월, 싱가포르에서 개최된
「2001년도 세계우주법대회」에서 기조연설을 하였음

2001년 3월 11일부터 13일까지 싱가포르 Regent 호텔에서 「아시아에 대한 법적 도전과 상업적 기회(Legal Challenges and Commercial Opportunities for Asia)」라는 주제로 파리에 본부를 두고 있는 국제우주법학회(International Institute of Space Law, IISL)와 싱가포르 국제법학회(Society of International Law, Singapore, SILS)의 공동주최로 「2001년도 싱가포르 우주법대회」가 개최되었다.

싱가포르 우주법대회에는 한국을 비롯하여 미국, 영국, 일본, 캐나다, 네덜란드, 싱가포르, 이탈리아, 중국, 대만, 오스트리아, 우크라이나, 인도, 멕시코, 오스트레일리아, 뉴질랜드, 말레이시아 등 20개국으로부터 교수, 변호사, 대학 총장, 대사, 우주개발사업단 및 연구소의 간부, 싱가포르 검찰총장, 싱가포르 국제우주법학회 이사장, 중국 외무성 조약 법무국법률고문, 미국 국무성 우주 및 첨단기술담당관, 국제우주법학회(IISL) 회장, 국제우주비행연맹(IAF) 부회장, UN 산하 우주평화적이용위원회(UNCOPUOS)의 전 의장 등 약 130여 명이 참석하였다.

우리나라에서는 이 대회에 우리 학회의 회장인 홍순길 총장(한국항공대학), 고문인 김두환 교수(숭실대학교 법대), 이사인 박영길 교수(동국대학 법대), 회원인 김태륜 강사(단국대학 법과대학), 김맹선 교수(한국항공대학교 항공산업대학원) 등이 참석하였고, 일본 측에서는 우리 학회와 연구협력 자매결연 약정 관계를 맺고 있는 일본우주개발 이용제도연구회(SOLAPSU)의 회장인 Kosuge Fumitoshi 교수(小管敏大教授: 일본 전기통신대학)와 일본 우주항공연구개발기구(JAXA)의 지구관측데이터 해석연구센터 이용촉진계장, 2명의 주사 및 직원 등 5명이 참석하였다.

3월 10일(토) 오후 5시 반경 한국의 싱가포르 대회 참가자 일행은 김포국제공항에서 만나 오후 7시 10분 아시아나항공기로 함께 출발하여 다음 날 오전 12시 50분에 싱가포르 Changi 국제공항에 도착하였고 일행은 싱가포르 국제공항에서 짐을 찾은 후 택시를 이용하여 싱가포르에 있는 Regent 호텔에 오전 2시경 도착하여 투숙하였다.

다음 날 3월 11일은 일요일이기 때문에 우리 참가자 일행은 반나절 싱가포르 시내 관광을 하기 위하여 오전 9시에 Regent 호텔에서 함께 출발하여 China Town과 그 안에 있는 Hindu 사원(1827년 완성)을 관람하였고, Faber산의 정상에 있는 Cable Car 정류장에 있는 전망대에 올라가 아름다운 싱가포르 항만, Sentosa섬, 멀리 보이는 푸른 동지나해(東支那海)를 바라보면서 즐거운 한때를 보냈다.

그다음 관광코스로는 싱가포르에 있는 보석제조공장을 잠시 들른 후 동남아시아 지역에서 가장 유명한 싱가포르 국립란공원(The National Orchid Park)에 가서 여러 가지 종류의 아름답게 피어 있는 양란의 꽃들을 감상하면서 즐겁게 보냈고 관광버스로 싱가포르 시내 관광을 한 후 오후 1시경 Regent 호텔에 돌아와 이 호텔 안에 있는 중국요리식당에서 점심 식사를 한 후 휴식을 취하였다.

이날 오후 6시경부터 Regent 호텔에서 국제우주법학회(IISL)와 싱가포르 국제법학회(SILS)가 공동으로 주최한 환영 만찬회에 싱가포르 우주법대회에 참가한 20개국의 참가자들을 모두 초청하여 만찬을 베풀었으므로 한국에서 온 일행들은 이 만찬에 참가하였다.

특히 우리 학회와 여러모로 인연이 많은 N. Jasentuliyana 박사(국제우주법학회 회장, 전 UN 우주 사업국장), Frans von der Dunk 교수(Leiden대학 항공우주법국제연구소장), Chia-Jui Cheng 교수(대만 동오대학), Kosuge Fumitoshi 교수(일본 전기통신대학) 및 Tanza

3월 12일 오전 싱가포르 Regent Hotel에서 개최한 「2001년도 싱가포르 우주법대회」의 개회식 때 찍은 사진,
좌측으로부터 앞줄 의자에 앉아 있는 두 번째가 김두환 교수, 두 번째 줄 중앙 홍순길 교수,
그 우측으로 박영길 교수, 김태륜 강사, 김맹선 교수임

Masson Zwaan 여사(국제우주법 학회 간사) 등을 오랜만에 만나 한국에 참가하였던 과거의 정담을 나누면서 즐거운 한때를 보냈다.

3월 12일(월) 오전 9시부터 싱가포르 Regent Hotel에서 개최한 「2001년도 싱가포르우주법대회」의 개회식 및 본 회의에 한국에서 온 일행들은 참석했다. 이날 오전 9시부터 10시까지 열린 개회식에는 Chan Sek Keong 싱가포르 검찰총장의 개회사, Robert C. Beckman 교수(싱가포르 국제우주법학회 이사장)의 환영사, N. Jasentuliyana 박사(국제우주법학회 회장)의 기조연설 등이 있었고 개회식이 끝난 다음 곧이어 오전 10시 20분경 개회식에 참석한 참석자(Chairmen, Speakers, Commentators, Rapporteurs)들과 함께 전체 기념사진을 찍었다.

3월 13일(화) 오후 나는 이 국제우주법대회에 초청받은 Speaker로서 「아시아우주개발기구의 설립 가능성(*The Possibility of Establishing an Asian Space Agency*)」이라는 제목으로 연구논문을 발표했고 이 우주법대회의 참석자들과 질의응답 시간도 가진 바 있다.

제13절

• •••

2010년 11월, UN과 태국 정부와
공동주최로 방콕에서 개최된 「UN과
타일랜드의 우주법워크숍」에서 연구논문의 발표

2010년 11월 16일(화)부터 19일(금)까지 4일간 오스트리아 비엔나에 있는 국제연합(UN)

우주사업국과 타일랜드 정부와 공동주최로 타일랜드 방콕에서 개최된 「UN과 타일랜드의 우

2010년 11월 16일 타일랜드 방콕에서 개최된 「UN과 타일랜드의 우주법워크숍」의
개회식때에 참가자들과 함께 찍은 사진

주법워크숍(30여 개국 참가)」에서 나는 주최 측으로부터 Speaker로 초청을 받아 「한국의 우주법과 정책」이라는 제목의 연구논문을 발표했다. 이 「UN과 타일랜드의 우주법워크숍」에 프랑스 파리에 있는 유럽우주기구(European Space Agency, ESA)가 후원자 역할을 했다. 「UN과 타일랜드의 우주법」이라는 제목의 연구논문을 발표했다.

「UN과 타일랜드의 우주법워크숍」에서 일본에서 혼자 참석한 Aoki Setsuko(青木節子: 慶應義塾 大学大学院 法務研究科) 교수도 나와 같이 국제연합(UN) 우주사업국으로부터 일본 측의 Speaker로 초청을 받았기 때문에 우리는 4년여 만에 이곳 방콕에서 다시 만나게 되었다.

5월 15일(월) 오후 3시 반경 인천국제공항에서 홍순길 교수(한국항공대학)와 이강빈 교수(상지대학)를 만나 같이 오후 5시 25분에 대한항공편으로 출발하여 밤 9시 10분경 방콕국제공항에 도착했다.

방콕국제공항에 타일랜드의 「지리정보 및 우주기술개발기(Geo-Informatics and Space Technology Development Agency, GISTDA)」의 간부가 마중을 나왔기 때문에 GISTDA의 차로 편안하게 밤 11시경 Sofitel Cetrara Grand 방콕 호텔에 투숙하였다.

5월 16일(화) 오전 8시 반경 방콕에서 개최된 「UN/Thailand Space Law Workshop」에 나는 참가하여 등록을 한 후 오전 9시부터 시작하는 개회식에 참석하였고 개회식이 끝난 다음 이 Workshop에 참가한 모든 참석자들과 단체사진을 찍었다. 오후 2시부터 시작하는 우주법 Workshop 제1 Session에 참석하였다.

오후 5시경 방콕 시내 Siam Niramit에 도착하여 GISTDA 주최 측이 초청하는 만찬에 한국에서 온 우리 일행은 참석하였다. 만찬 후 우리 일행은 Siam Niramit Bangkok 극장 주변의 전원(田園)을 산책하였고 밤 8시부터 9시 30분까지 태국의 문화 역사에 대한 화려한 쇼가 펼쳐지는 극장에서 살아 있는 코끼리 쇼와 무희들의 무용공연을 홍순길 교수, 이강빈 교수, Aoki Setsuko 교수(일본) 및 나와 함께 본 후 밤 10시경 호텔로 돌아왔다. 5월 17일(수) 오전 9시부터 시작하는 Space Law Workshop 제2 Session에도 나는 참석하였다. 이날 오후 3시부터 3시 30분까지 일본의 Aoki Setsuko 교수가 우주법에 관한 연구논문을 발표했고, 내가 오후 4시 15분부터 30분간 「한국의 우주정책과 법」이라는 제목으로 파워포인트를 이용하여 연구논문을 발표했다. 오후 7시부터 아시아태평양우주협력기구(Asia-Pacific Space Cooperation Organization, APSCO)가 주최하는 초청 만찬에 나는 홍순길 교수 및 이강빈

2010년 11월 16~17일까지 태국 Bangkok에서 개최된 UN/Thailand 우주법워크숍에서 찍은 사진

교수와 함께 참석했다.

11월 18일(목) 오전 9시부터 시작하는 우주법워크숍 제3 Session과 오후 2시부터 시작하는 제4 Session에 나는 하루 종일 참석했다. 오후 6시 반경부터 Sofitel Cetrara Grand 방콕 호텔 24층에서 개최된 이 호텔 총지배인의 초청 모임에 참석했다가 오후 7시경 호텔방으로 돌아왔다.

11월 19일(금) 오전 9시부터 시작하는 Session 4(우주법 교육)와 Session 5(Space Law Workshop의 결론으로 결의문 채택) 및 12시부터 12시 반까지 개최된 폐회식에 나는 모두 참석했다.

이날 오후 2시부터 5시 50분까지 방콕 교외에 있는 GISTDA의 지상수신국을 관람하였다.

이날 밤 10시 45분 나는 방콕국제공항을 대한항공편으로 출발하여 다음 날 20일(토) 오전 5시 50분경 인천국제공항에 도착했다.

인도네시아 자카르타에서 개최된
국제회의에 초청을 받아 Speaker로 참가

1. 2015년 2월, 자카르타에서 개최된 「인도네시아 항공법학회의 세미나」 및 「2015년 인도네시아국제민간항공회의」에서 연구논문을 발표함

2015년 2월 3일(화)부터 7일까지 4박 5일간 나는 인도네시아 자카르타(Jakarta)에 체류하면서 이곳에서 개최된 인도네시아 항공법학회가 주최하는 「인도네시아의 항공법 세미나」 및 인도네시아에서 아주 유명한 HPRP 법무법인이 주최하는 「2015년 인도네시아국제민간항공회의」에서 연구논문을 발표했다.

「2015년도 인도네시아국제민간항공회의」는 15개국으로부터 200여 명의 정부의 항공관계 고위관리, 항공전문가, 항공기술자, 변호사, 교수 및 대학원생 등이 참가하였고 주최 측으로부터 나는 Speaker로 초청을 받아 「인도네시아와 한국 간의 국제민간항공법에 관한 국제협력」이라는 제목으로 연구논문을 발표하였다.

또한 Jakarta에서 나는 인도네시아 항공법학회로부터 초청을 받아 동 학회 회원(주로 변호사, 항공사 간부 및 교수 등)들 앞에서 상기(上記) 제목으로 특강을 한 바 있다.

2월 3일(화) 오후 3시 35분 나는 인천국제공항을 대한항공편으로 출발하여 인도네시아 자카르타국제공항에 오후 8시 30분경 도착했다.

자카르타국제공항에서 홍순길 교수(한국항공대학)를 만나 같이 택시를 타고 밤 9시 50분

2015년 2월 4일 인도네시아 항공법학회가 주최하는 「인도네시아의 항공법세미나」에서
좌측으로부터 앉은 홍순길 교수, 김두환 교수, Martono 교수와 인도네시아 항공법학회 회장,
여자 사무총장(뒤편 중앙 끝) 및 회원들과 함께 찍은 사진

경 Sultan 호텔에 도착하여 투숙하였다. 2월 4일(수) 오전 8시 반경 나와 친한 H. K. Martono 교수가 차를 가지고 왔기 때문에 홍순길 교수와 함께 타고 HPRP 법무법인 빌딩에 도착했다.

오전 10시부터 11시 10분까지 인도네시아 항공법학회가 주최하는 「인도네시아의 항공법세미나」에서 나는 「인도네시아와 한국 간의 국제민간항공산업에 관한 협력 필요성과 전망」이라는 제목으로 연구논문을 발표했다.

이날 오후 2시 반경 인도네시아에서 아주 유명한 Tarumanagara 법과대학을 홍순길 교수와 함께 방문하여 학장과 부학장을 면담한 후 오후 5시경 Sultan 호텔로 돌아왔다. 오후 6시부터 인도네시아 주최 측이 마련한 초청 만찬에 참석한 후 밤 9시경 호텔로 돌아왔다.

2015년 2월 5일(수) 오전 10시경 Jakarta에서 인도네시아의 HPRP 법무법인이 주최한 「2015년 인도네시아국제민간항공회의」에 나는 초청받은 Speaker로 참석하여 오전 11시 45분부터 12시 15분까지 30분간 「인도네시아와 한국 간의 민간항공산업과 법에 관한 국제협력」이라는 제목으로 파워포인트를 이용하여 연구논문을 발표했다.

그 후 곧이어 토론 시간(Panel Discussion)에 「하늘의 개방정책과 개방의 영향(Open Sky Policy and It's Impact)」이라는 제목으로 파워포인트를 이용하여 7분간 발표했다.

2015년 2월 5일 인도네시아 Jakarta에서 「2015년 인도네시아국제민간항공회의」에서
나를 포함한 Speaker들이 이 국제회의의 기념패를 받고 있는 장면을 찍은 사진

2월 6일(금) 오전 9시부터 12시까지 홍순길 교수와 함께 오전 회의에 참석하였다. 오후 1시경 나와 친한 Martono 교수가 Sultan 호텔로 차를 가지고 와서 나는 홍순길 교수와 같이 호텔 Lobby에서 만나 그의 안내로 국립박물관, 국립기념탑(National Monument's Tower), 왕궁 주변, 자카르타 시내 관광을 한 후 홍순길 교수가 한국으로 귀국하기 때문에 Martono 교수의 차로 자카르타국제공항까지 가서 오후 5시경 홍 교수를 전송하였다. Martono 교수의 차로 나는 자카르타에 있는 Sultan 호텔로 돌아오는 길에 차가 너무나 막혀 호텔까지 2시간 반 걸려 오후 7시 반경 호텔로 돌아왔다.

2월 7일 오전 10시 반경 Sultan 호텔을 Check out 한 다음 11시 40분경 Sultan 호텔 Lobby에서 H. K. Martono 교수를 만나 그의 차로 중앙 자카르타 시내에서 남쪽으로 60킬로미터 떨어진 곳인 Bogor에 위치해 있는 세계적으로 유명한 보골식물원(Bogor Botanical Garden)에 갔다

역시 차들이 너무나 막혀 오후 2시 반경 보골식물원에 도착했다. Martono 교수와 생선튀김으로 점심 식사를 한 후 보골식물원 입구까지 갔으나 열대성 기후로 갑자기 비가 억수같이 퍼부어 도저히 보골식물원을 구경할 수가 없었다. 할 수 없이 Martono 교수의 차로 자카르타

2015년 2월 7일 인도네시아 Jakarta 시내에서 보골식물원에 가는 도중
나와 친한 H. K. Martono(Tarumanagara대학교 법과대학) 교수와 함께 다정하게 찍은 사진

국제공항으로 가는 길에 계속 비가 퍼부어 차가 심하게 막혀 오후 6시경 자카르타국제공항에 도착했고, Martono 교수와 아쉬운 작별인사를 나누었다. 나는 오후 10시 40분 자카르타국제공항을 대한항공편으로 출발하여 다음 날, 즉 2월 8일(일) 오전 7시 반경 인천국제공항에 도착하였다.

2. 2020년 7월 12일, 인도네시아 자카르타에서 개최된 「Covid-19 이후: 전 세계 지역 및 국가의 항공패러다임으로 국제화상회의(Zoom)」에서 아시아지역의 Speaker로 선정되어 연구논문을 발표하였음

2020년 7월 11일(토) 인도네시아 자카르타에서 개최된 「코로나19 감염증 이후: 전 세계, 지역 및 국가의 항공 Paradigm으로 한 국제화상회의(Zoom)」에서 전 세계를 관할하는UN 산하 국제민간항공기구(ICAO)의 Speaker인 상임고문 Ludwig Weber 교수, 유럽지역의 Speaker인 세계적으로 유명한 항공우주법학자인 Stepahan Hobe 교수(독일 쾰른대학교의 항공우주법연구소 소장), 중동지역의 Speaker인 A. H. Bajrektarevic 교수(비엔나에 있는 UN 사무소의 상임대표), 아시아지역의 Speaker는 김두환 교수(한국항공우주정책학회 명예회장, 중국 베이징이공대학 법대 및 톈진대학 법대 겸임교수), 인도네시아지역의 Speaker인 H. K. Martono 교수(Tarumanagara대학교 법학부) 들이 이날 오전 10시부터 열리는(인도네시아 시간) 개회식이 끝난 다음 각자 20분씩 발표를 했다.

한국항공우주정책법학회 명예회장 김두환 교수(숭실대학교 법과대학 학장 및 교수 역임)
는 한국 시간으로 7월 11일(토), 12시 50분부터 오후 1시 10분까지 20분간「코로나19 감염
증 이후: 아시아지역(한국, 일본, 중국, 인도)에 있어 항공 Paradigm」이라는 제목으로 연구논
문을 발표했다.

제15절

● ● ● ●

2018년 8월, 시드니에서 개최된 「제78회 세계국제법대회」에서 필자는 연구논문을 발표하였음

1. 시드니에서 국제법협회(ILA) 주최로 개최된 「제78회 국제대회」의 참가와 Tasmania섬 방문

2018년 8월 18일(토) 오후 6시 40분 나는 인천국제공항에서 대한항공편으로 출발하여 오스트레일리아, 시드니국제공항에 다음 날 8월 19일 오전 6시 10분경 도착했다(현지 시간). 오전 9시 30분경 시드니국제공항 Gate1에서 최승환 교수(경희대학교 법대)를 만나 시드니 Dowling가 88번지에 있는 Wolloomooloo Waters Serviced 아파트에 도착하여 401호실에 투숙하였다.

8월 19일(일) 오후 1시 반경 나는 아파트를 출발하여 최승환 교수, 이장희 교수(외국어대학 법대)와 함께 왕립식물원을 구경하였고 산책도 하였다. 오후 2시 반경 Intercontinental 호텔에 도착하여 「제78회 국제법대회(ILA 본부: London소재)」 본부에 도착하여 등록을 했다. 이 국제대회는 8월 19일부터 24일까지 6일간 시드니에 있는 Intercontinental 호텔에서 개최되었다.

8월 19일 오후 5시부터 시작하는 ILA 오스트레일리아 지부가 주최하는 Reception에 나는 세계 각국에서 참석한 판사, 교수, 변호사, 법무부 고위관리 등 300여 명과 함께 참석했다. 8월 20일(월) 오전 9시부터 시작하는 「제78회 국제법대회(50여 개국 참가)」의 개회식에 참석

2018년 8월 21일 오스트레일리아, 시드니 해변에서 찍은 사진

하였고 8월 21일(화) 오전 9시 반경 하이드 호텔 공원 내에 있는 분수대 앞에 도착했다. 오전 10시 반경 이 공원을 출발하여 나는 호주인, 중국인 등 외국인 관광객 40여 명과 함께 시드니 시내 관광을 하였다. 특히 시드니 해변가에 있는 아름다운 넓은 모래사장 등 많은 곳을 관광하였다.

8월 22일(수) 오전 중에 나는 아파트에서 「제78회 세계국제법(ILA) 대회 우주법분과위원

좌측 사진은 2018년 8월 22일, 「제78회 세계국제법(ILA)대회 우주법분과위원회」에서 내가 PPT로 연구논문을 발표하는 장면이고, 우측 사진은 좌측부터 일본의 Kozuka 교수, Aoki 교수, 김두환 교수, 호주의 S. Freeland 교수 및 외국 교수들과 함께 찍은 사진

2018년 8월 22일, 좌측으로부터 미국, 룩셈부르크, 독일 Hobe 교수, 김두환 교수, 오스트리아의 Marboe 교수, 일본의 Aoki 교수와 함께 찍은 사진이고, 우측은 오스트리아, 독일, 한국 교수가 「제78회 세계국제법(ILA)대회 우주법분과위원회」의 휴식 시간에 찍은 사진임

회」에서 발표할 파워포인트를 정리하였고 보완을 했다. 이날 오후 1시 반부터 3시 10분까지 계속된 우주법분과위원회에서 나는 「달과 화성개발을 위한 새로운 국제우주기구의 설립제안과 달협약의 법적인 문제점(Proposal for Establishing a New International Space Agency on the Moon & Mars Exploitation and Legal Problems on the Moon Agreement)」이라는 제목으로 25분간 연구논문을 발표했고 20분간 전체적으로 질의응답 시간도 가졌다.

2018년 8월 22일 세계국제법협회 주최로 오스트레일리아 시드니에서 개최된 「제78회 ILA국제법대회」에 일본의 Aoki Setsuko 교수와 나는 같이 Speaker로 초청을 받았기 때문에 4년 만에 다시 시드니에서 만났다.

2018년 8월 23일 Australia, Tasmania섬 해변가 모래사장에서 찍은 나의 사진

Sydney 해변가에서 멀리 바라본 오페라 하우스를 찍은 나의 사진

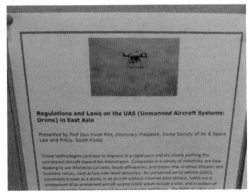

8월 23일 Drone에 관한 나의 발표 제목

Tasmania대학교 아시아연구소에서

2018년 8월 23일(목) 오전 6시 나는 시드니에 있는 아파트에서 출발하여 시드니 국내공항까지 오전 6시 21분경 도착했다. 오전 7시 30분 Virgin Australia 국내항공사 소속 비행기편으로 출발하여 Tasmania섬에 있는 Hobart 국내공항에 오전 9시 25분경 도착했다. 나의 의동생인 John Livermore 부교수께서 마중을 나와 의동생의 차로 Hobart 시내에 있는 고급 Hotel Grand Chancellor에 오전 11시경 투숙하였다. 오전 11시 45분경 Tasmania대학교 아시아연구소 소장으로부터 점심 초대를 받았기 때문에 나의 의동생과 함께 오찬을 같이 한 후, 오후 1시부터 「동남아시아에 있어 Drone에 관한 법률과 규정」이라는 제목으로 상기(上記) 연구소에서 50분간 파워포인트로 연구논문을 발표했다.

오후 3시경 Hobart 시내 근교에 있는 Welligton산 정상에 의동생 차로 올라가서 관광을 하였다. 8월 여름철인데도 불구하고 산 정상에는 눈이 덮여 있었으며 산 길가에는 얼음으로

8월 23일(목) Hobart 시내 근교에 있는 눈이 덮인 Wellington산 정상에서

덮여 있었다. 산 정상에서 Hobart 시내가 훤히 내려다보여 참으로 아름다웠다.

이날 오후 7시 반경 나의 의동생은 수산시장 부근에 있는 해변가 고급음식점으로 의동생의 성년이 된 아들, 딸과 같이 나를 초대하여 맛있는 생선요리로 저녁 식사를 하였다.

8월 24일 (금) 식전에 짐을 싸고 오전 8시 50분경 호텔을 떠났다. 오전 9시경 John Livermore 의동생이 자기 차를 가지고 와서 호텔 Lobby에서 나를 기다리고 있었다.

오전 9시 40분경 Hobart 시내에 있는 대형서점에 가서 『사랑하는 이 섬 타스마니아(Love this Island Tasmania)』라는 귀중하고 비싼 사진 책(128페이지)을 사서 의형님인 나에게 선물을 한다고 쓰고 서명을 한 후 나에게 주었다. 오전 10시 반경 Hobart 시내 근교에 있는 Kingston Beach에 도착하여 의동생과 함께 아름다운 해변을 산책하였다. 아주 흰 조개껍질도 많이 주웠다.

오전 11시 반경 미조리 일본음식점에 도착하여 오래간만에 스시로 점심을 의동생과 함께 먹었다.

나와 의동생인 John Livermore 부교수와는 1990년도에 캐나다 몬트리올에서 의형제를 맺은 지 어언 30년이라는 세월이 흘러갔으며 지금도 서로 간의 우정이 계속되고 있어 이번에 Hobart 시내에서 나는 환대를 받았다.

8월 24일(금) 오후 4시에 Virgin Australia 국내항공사 소속 비행기편으로 Hobart공항을 출발하여 오후 6시 20분경 시드니공항에 도착했다. 시드니에 있는 임차한 아파트 방에서 일박한 후 8월 25일(토) 오전 7시 45분 대한항공편으로 시드니국제공항을 출발하여 인천국제공항에 오후 5시 45분에 도착했다. 이상 8월 18일(토)부터 25일(토)까지 8일간의 호주여행기를 내가 쓴 것이다.

2. 1990년 8월, 캐나다 몬트리올에서 오스트레일리아의 John Livermore 부교수와 의형제를 맺게 된 동기

1990년 8월, 세계비교법대회가 캐나다 몬트리올에서 열렸다. 우리나라에서는 나 혼자만 참석하였다. 그때 당시 승용차로 집사람과 같이 내가 직접 운전하면서 미국 Los Angeles를 출발하여 워싱턴 D.C.를 경유하여 캐나다 몬트리올까지 북미대륙을 횡단하는 과정에서 여름철이라 더워 2주 동안 매일같이 찬 코카콜라, 펩시콜라를 마셨기 때문에 위궤양에 걸려 배가 아파 고생을 많이 하였다. 나는 몬트리올에 있는 McGill대학교 의과대학 소속 종합병원에서 의사에게 배가 몹시 아프다고 말하였으며 의사가 진단하더니 코카콜라 또는 펩시콜라를 너무 마셨기 때문에 위가 헐어 위궤양이 되었으니 스웨덴에서 처음으로 나온 로삭이라는 위궤양 약을 처방해 주어 이 약을 먹고 일주일 만에 완치되었다.

여하간 나는 이때 당시 아픈 몸을 이끌고 세계비교법대회에 참석하였는데 오스트레일리아에서는 5명의 교수 및 변호사가 참석하였고, 그중 오스트레일리아, Hobart 시내에 사는 Tasmania대학의 John Livermore 부교수도 참석했다.

세계비교법대회가 끝난 후, 오스트레일리아에서 참가한 5명의 교수 및 변호사들과 함께 몬트리올 시내 번화가에 있는 Stand Bar 등 술집에 3차까지 갔었는데 이 술 마시는 자리에서 John Livermore 부교수는 나에게 먼저 형님이라고 말하면서 의형제를 맺자고 제안하였으므로 나는 좋다고 동의를 했다.

그때, 의형제를 맺은 후 지금까지 30년간 서로 간에 잘 사귀어 오고 있다.

나는 John Livermore 부교수를 서울에서 개최된 「1997년 제4회 아시아항공우주법대회」 및 기타 국제항공우주법대회의 Speaker로 두 번이나 초청을 하였고, 중국 베이징에서 개최되는 「1995년 제3회 아시아항공우주법대회」에도 내가 중국 주최 측에 부탁하여 Speaker로 초대를 받아 참석했다.

물론 John Livermore 부교수의 항공권과 숙박비는 서울과 베이징의 국제항공우주법대회의 주최 측이 전부 부담했다. John Livermore 부교수가 쓴 책 『오스트레일리아의 운송법 (Transport Law in Australia)』은 세계적으로 유명한 네덜란드의 Wolters Kluwer출판사에 의하여 발간된 이후 2017년까지 제3판이 발간된 바 있다.

제16절

•••

2009년 10월, 대전에서 개최된「제69회 국제우주 및 우주법대회」제3분과위원회의 위원장으로서 회의 주재와 연구논문을 발표함

2009년 10월 12일부터 16일까지 5일간 국제우주연맹(IAF 본부: 파리)과 국제우주법학회(IISL 본부: 파리)가 공동으로 주최하여 대전에서 개최된「제60차 세계우주대회 및 제52차 국제우주법대회」에 60여 개국으로부터 우주과학자 및 기술자, 교수, 변호사, 정부의 과학담당 고위관리, 일부 국가의 과학기술부 장관, UN 산하 국제사법재판소 판사 등 3,000여 명이 참석하였으며 당시 이명박 대통령도 참석하였다.

나는 이 국제대회 주최 측의 초청으로 국제프로그램위원회의 위원 및 동 대회 제3분과위원회의 위원장의 자격으로 참가하여 사회도 보고 국제우주법에 관련된 논문도 발표하였다.

그때 당시 나는 한국항공우주법학회 회장을 맡고 있을 때였으므로 여러 면으로 국제회의 진행을 도와주었다.

UN 산하 국제사법재판소 판사 3명의 요청으로 나는 서울에 있는 대법원 사무처와 연락을 취하여 대전고등법원장과의 회의도 주선하였고 주최 측이 초청하는 만찬장에는 국제사법재판소(ICJ) 판사 3명과 대전고등법원장도 참석하였다.

그때 당시 중국 측의 참가자들도 이러한 나의 모습을 다 지켜보고 나를 세계적으로 유명한 항공우주법학자로 인정하게 되어 내가 전혀 부탁하지 않았는데도 불구하고 2010년 6월에 중국 베이징이공대학 법대에 겸임교수로 발령을 받게 된 동기가 되었던 것이다.

2009년 10월 12일 국제우주법 국제학회(IISL)가 대전에서 주최한 만찬장에서
국제우주법학회 명예회장 Tanja Masson-Zwaan 여사(네덜란드 Leiden대학
항공우주법국제연구소 부교수)가 Table Speech를 하는 장면

2009년 10월 12일 국제우주법학회(IISL 본부: 파리 소재)가 대전에서 마련한 만찬장에
좌측으로부터 국제사법재판소(ICJ) 판사와 미국, 중국, 한국, 독일, 캐나다와
외국의 교수들이 참석한 모습을 찍은 사진

10월 12일(월) 오전 6시 45분경 나는 서울에 있는 종로구 평창동에 있는 집에서 나의 차로 직접 운전하면서 출발하여 대전 유성호텔에 오전 9시경 도착했다. 대전 Convention Center에서 오전 10시에 국제우주연맹(IAF)과 국제우주법학회(IISL)가 공동주최로 열린 개회식에 참석했다.

오후 7시부터 대전광역시 한빛탑광장 앞에서 개최된 Opening Festival과 환영 Reception에 참석한 후 밤 10시경 내가 체류하고 있는 유성호텔로 돌아왔다.

10월 13일(화) 오전 10시 대전 Convention Center에서 개최된 국제우주법학회(IISL)가 주최하는 제1 Session에 참석했다. 오후 3시경 이영진 교수(충북대학)와 조홍제 박사(국방대학)가 일본에서 참가하는 Aoki Setsuko 교수(慶應義塾大學)와 Sato Masahiko 부장(일본우주항공연구개발기구, JAXA)을 서울에서 대전광역시로 모시고 왔기 때문에 인사를 나누었다.

오후 6시 반경 제주복집 음식점에서 일본의 Kosuge Fumitoshi 교수(일본우주개발이용제도연구회 회장), Aoki Setsuko 교수, Sato Masahiko 부장과 한국 측에서 이영진 교수와 조홍제 박사와 같이 저녁 식사를 한 후 헤어졌다.

2009년 10월 15일 대전, 솔로몬 Law Park(법체험관) 입구에서 좌측으로부터
일본 JAXA의 Sato 부장, 캐나다의 Dempsey 교수, 한국의 김두환 교수, 이구희 부장,
일본의 Kosuge 교수, Takaya 양, 독일의 Hobe 교수가 함께 찍은 사진임

10월 14일 (수) 오전 10시부터 시작하는 Session 3에서 나는 10시 30분까지 30분간 「우주 파편(Space Debris)과 관련된 법적인 문제와 책임」이라는 제목으로 연구논문을 발표했다.

오후에는 대전광역시가 마련한 「대전 우주전시장」을 관람하였다.

나는 오후 5시경 UN 산하 국제사법재판소 3명의 판사를 모시고 대전고등법원장을 방문하여 상호 간에 인사를 나눈 다음 환담을 하였고 우리 일행은 법정과 법원도서관 등을 관람했다.

오후 6시부터 8시 반까지 대전고등법원장이 유성 리베라 호텔에 있는 서양음식점에 우리 일행을 만찬 초대를 하였으므로 맛있게 저녁 식사를 하면서 환담을 나누었다.

UN 산하 국제사법재판소 3명의 판사들은 대전고등법원장에게 만찬에 초대해 주셔서 감사하다는 뜻을 표하였고 간단한 선물도 증정하였다.

10월 15일 (목) 오전 10시 반경 내가 체류하고 있었던 유성 호텔을 Check out 하였다.

오후 1시 반경 나는 잠시 시간을 내어 항공우주전시관을 관람하였다. 오후 3시부터 대전 Solomon Park 빌딩 내에 있는 법무부연수원 법체험관에서 개최되는 국제우주법학회(IISL)가 주관하는 전 세계 대학생들 간의 모의재판(Moot Court)의 최종 결승전을 관람하였다.

오후 7시부터 대전시립미술관에서 개최된 국제우주법학회(IISL)가 주최하는 Reception 및 만찬에 초청을 받아 참석하였다.

밤 10시경 나의 차에 Frans von der Dunk 교수(미국 Nebraska대학)와 Sato Masahiko 부장(일본, JAXA)을 태우고 내가 직접 운전을 하면서 대전을 출발하여 서울에 있는 Seoul Garden 호텔에 밤 오전 2시경 도착하였고 나의 집에는 오전 3시경 도착하였으므로 대단히 피곤하였다.

제9장

• • •

내 이름 김두환(金斗煥) 글자 때문에
한국 서울, 프랑스 파리 및
일본 동경, 하네다국제공항에서의
웃지 못할 에피소드

제1절

• • •

한국 서울에서 있었던 일

당초 나의 할아버지께서는 한학자이신데 주역(周易)을 보시더니 내가 태어난 시(時)를 잘 타고났다는 것이었다. 그래서 북두칠성(北斗七星)의 '두(斗)' 자를 이름에 넣은 것이다.

내가 미래에 국제항공우주법학을 연구할 것을 예견이라도 하신 듯하다. 그런데 성씨인 김(金)에서 점 두 개만 빼면 전(全)씨가 되니 모두들 전두환(全斗煥) 대통령 이름과 같다고 놀리기도 하였다.

어느 날 종로구 평창동에 있는 우리 집의 문패를 청년들이 지나가면서 보고는 여기에 전두환 대통령 사저(私邸)가 있다고 말하기도 했다. 나는 서울대학교 법과대학 학생 시절, 시골 출신으로 그다지 다양한 활동을 하지는 않고 거의 도서관에서 공부만 했다.

아침 9시쯤 하숙집에서 도시락 하나 싸 들고 나와서는 밤 10시까지 서울법대 도서관 또는 서울대학교 도서관에서 공부를 하였다. 서울대학교 도서관은 아침 7시 반부터 서로 들어가려고 줄을 서게 되는데 입관(入館) 시간이 다 되어 대기자 이름을 호명할 때, "김두환" 하고 내 이름을 부르면 모두들 폭소(爆笑)가 터졌다.

그때 당시 종로 3가에서 활약했던 깡패 김두한(金斗漢: 전 국회의원, 만주에서 독립운동을 벌였던 김좌진(金佐鎭) 장군의 아들)이 알려져 있을 때이므로 이름이 비슷하니 모두들 폭소가 터지는 것이었다. 「김두환」이라는 이름 때문에 많은 에피소드들이 있었다.

앞에서도 언급한 바 있지만 1980년 5월경 전두환 대통령이 집권할 당시 국회를 해산하고 국가보위 비상대책위원회를 설치할 때 당시 내가 세종대학교 부교수로 재직하고 있을 때 갑자기 청와대 정무비서관으로부터 나더러 이 위원회의 차관급인 전문위원으로 임명하겠다는 제안의 전화가 왔다.

나는 청와대 정무비서관에게 나의 이름은 전두환 대통령하고 성만 다르고 이름은 같으므로 결재가 난 후 그만두면 전 대통령은 나의 이름을 금방 기억할 것이므로 당신 입장이 난처해질 것이니 결재가 나기 전에 말하며 차관급인 전문위원의 발령을 사양한 적이 있다.

제2절

• • • •

프랑스 파리에서 있었던 일

1984년 8월 24일부터 9월 1일까지 프랑스 파리에서 개최된 국제법협회(ILA) 주최 「제61회 ILA국제법대회」에 김명기 교수(전 명지대학교 대학원장)와 내가 함께 참가했다. 나는 8월 초에 김명기 교수와 같이 서울에서 EURAIL 패스를 구입한 후 유럽 12개국을 고속전철로 기차여행을 하였다. 기차여행의 일정은 8월 초순 오스트리아 Vienna에서 출발하여 스위스, 이탈리아, 독일로 갔다가, 북쪽으로 스웨덴, 노르웨이를 거쳐서 덴마크, 영국, 프랑스, 벨기에, 스페인, 포르투갈 등을 경유하여 다시 파리로 와서 「제61회 ILA국제법대회」에 참석하게 되어 있었다.

나는 스위스에 있는 Alps산, 융프라우(Jungfrau)에서 양가죽으로 된 초록색 멋진 등산모를 구입하여 쓰고 다녔는데 유럽 마지막 기차여행으로 스페인 마드리드에서 특급열차를 타고 프랑스 파리역에 도착하니 모르고 초록색 양가죽으로 된 등산모와 카메라를 기차 안 의자 위에 놓고 내린 것이다.

파리에는 동역, 서역, 남역, 북역 네 군데 역이 있는데, 나는 서역에서 내렸는데 누군가 서역에 있는 경찰 파출소에 가면 분실물을 찾을 수 있다고 말하므로 나는 서역에 있는 경찰관이 있는 파출소로 갔다.

나는 서역에 있는 경찰 파출소로 가서 경찰관에게 마드리드에서 출발한 특급기차가 방금 전에 파리 서역에 도착하였는데, 기차 안에 나의 등산모와 카메라를 놓고 내려 이를 찾으러 왔다고 말하니까, 경찰관은 나에게 여권(Passport)을 보여 달라고 말하므로 나는 즉시 여권을 보여주니까 그 경찰관은 갑자기 눈이 휘둥그레지면서 나더러 전두환(全斗煥) 대통령의 형이냐 또는 동생이냐 묻기에 나는 전두환 대통령의 형도 아니고 동생도 아니므로 나와는 아무런 관련이 없다고 답변을 하였다.

단지 나는 전두환 대통령과 이름(Given Name)은 같지만 성(Family Name)은 다르다고 몇 번 간곡하게 말하였지만 그 경찰관은 믿지를 않았다.

이 광경을 본 서역 경찰 파출소 경찰관들은 웅성거리면서 난리가 났다. 그들은 여권에 적힌 내 이름을 보고는 전두환 대통령의 형이나 동생이 왔다고 생각한 것이다. 그러면서 계속 커피 대접을 하고 경찰관들이 매우 신경을 쓰는 눈치였다.

내가 자꾸 부인할수록 계속 전두환 대통령의 형제로 생각하는 눈치였다.

그러더니 그 경찰관은 두 시간 정도 계속 컴퓨터로 정보 검색을 했다. 결국 내가 전두환 대통령과 관계가 있다는 어떤 정보도 찾지 못하자, 그 경찰관은 나의 초록색 양가죽 모자와 카메라에 대한 분실증명서를 하나 발급해 주었다. 그러고는 그 경찰관은 잃어버린 카메라와 모자를 찾으면 반드시 한국으로 돌려보내 주겠다는 것이었다.

결국 이름 때문에 외국에서도 해프닝이 벌어진 것이다. 무엇보다도 프랑스 파리의 작은 경찰 파출소에서 어떻게 전두환 대통령의 이름까지 기억하고 있었는지 정말 신기한 일이었다. 나는 대한민국의 위상이 세계적으로 많이 높아졌다는 것을 실감(實感)하였으므로 마음 한편으로는 흡족하였다.

물론, 잃어버린 카메라와 모자는 다시는 돌아오지 않았다.

제3절

• • • •

일본 동경, 하네다국제공항에서 있었던 일

1989년 5월 25일 일본공법학회(日本空法學會)가 주최하는 연구보고회에 나의 연구논문을 발표하러 갈 때 생긴 에피소드이다. 현재 일본공법학회의 정회원은 한국인으로서 나 혼자밖에 없었다. 그때 당시 대한항공 조중권 사장이 10여 년 전에 서울시 중구 서소문동에 있었던 대한석탄공사의 사옥을 대한항공이 구입할 때 내가 국영기업체인 대한석탄공사 경리부장으로 있었으므로 고생을 시켜 미안하다고 말하면서 일본행 항공권 일등석을 나에게 주었다.

이미 10여 년이 지난 일이고 아무 부담이 없으므로 나는 항공권을 받게 됐다. 그래서 나는 일본공법(空法)학회에 참가하려고 일본행 대한항공여객기 일등석을 탔는데 건너편 일등석 좌석에 우리나라 여성인데 아주 미인이 탄 것이었다.

그때 나는 젊었을 때니까 그 옆에 가서 말 좀 걸어볼까 싶었는데 숫기가 없어 주저주저하다가 2시간이 지나도록 말도 못 걸고 일본 하네다(羽田)국제공항에 내리게 됐다. Haneda국제공항에서 이번에도 일본인 세관원들이 내 여권(Passport)을 보더니 전두환 대통령의 형이냐 동생이냐, 하면서 또 물어보는 것이었다.

그래서 나는 일본어가 유창하므로 또 설명을 했다. 동생도 아니고 형도 아니고 그냥 이름만 같고, 성도 완전히 다르다 말하였더니 그 세관원들이 "그러냐고(そうですか, 소데스까)" 하면서 나의 짐 검사도 안 하고 그냥 통과시켜 주는 것이었다. 이름 때문에 덕을 본 것이다.

그런데 내 뒤에 바로 서 있었던 그 미인의 짐 검사를 하는데 아주 큰 가방에서 고추장 항아리부터 음식물과 물건들이 줄줄이 나오기 시작했다. 뒤에는 이 비행기에 탔던 승객들이 줄지어 서 있는데 짐 검사가 끝날 기미가 보이지 않았다. 그러니 뒤에 270명 정도의 줄 서 있던 승객들이 그 미인 때문에 나가지를 못하니 난리가 난 것이다.

그래서 내가 그 일본 세관원한테 "이 여자는 내가 근무하고 있는 대학의 제자이다"라고 일본어로 말하자마자 "그러냐고(そうですか, 소데스까)" 말하면서 더 이상 짐 검사를 하지 않고 황급히 그 여성을 통과시켰다.

그렇게 통과가 되니 270명 정도 뒤에 밀려 있던 승객들이 확 빠져나오게 된 것이다.

일본 세관원들은 그 여성을 아마 밀수꾼으로 여긴 것 같았다. 알고 보니 일본 와세다대학 박사과정에 다니는 그 미인의 약혼자인 남자가 Haneda국제공항 밖에서 기다리면서 이 광경을 다 보게 된 것이다.

공항 밖으로 나오니 그 두 사람이 너무나 감사하다며 나에게 저녁을 사겠다고 말하는 것이었다. 그런데 그 미인이 약혼자도 있는 몸이니 그냥 내가 선약이 있다고 말하면서 Haneda국제공항을 빠져나갔다.

김두환(金斗煥)이라는 이름으로 여러 가지 웃지 못할 일화들도 많이 생겼지만 그만큼 내 이름을 누구에게나 쉽게 기억할 수 있게 하는 장점도 있었다. 나는 '국제항공우주법 학자 김두환(金斗煥)'으로 나의 이름에 대하여 매우 만족하고 있다.

제10장

• • •

유럽 각 나라를 특급기차,
대형여객선에 의한 여행 및
승용차로 북미대륙 3회 횡단

1984년 8월, 유럽 12개국을
특급기차(고속전철)로 여행과 영국의 여행

1. 머리말

옛말에 자손들이 자라면 견문을 넓히도록 하기 위하여 여행을 많이 보내라는 격언이 있다.

오늘날 전 세계는 항공운항기술의 발달로 인하여 점점 「세계가 일일 생활권(生活圈)」으로 접어들고 있으며, 외국 여행이 그 어느 때보다도 쉬워져 가고 있다. 이와 같은 여행을 통하여 우리들은 알게 모르게 배우는 점이 많이 있게 된다.

나는 이러한 여행을 취미로 삼고 있지만 바쁘게 돌아가는 일상생활에 묶여 실제로 여행을 떠나기란 그리 쉽지가 않았다. 그러나 가끔 학술발표대회에 참석할 기회가 생겨 외국 여행을 더러 하기도 하였다. 많지는 않지만 나의 소소한 해외 여행 중 가장 깊은 인상을 준 여행이 딱 두 번 있었다.

첫 번째는 1984년 여름방학을 이용하여 약 21일간 특급기차로 유럽대륙을 종단 및 횡단하여 돌아본 여행이었고,

두 번째가 1990년 교환교수로 미국과 캐나다에 갔을 때 승용차를 손수 운전하면서 집사람을 옆에 태우고 북미대륙 종단 및 횡단을 세 번 여행한 것이었다.

남들보다 특별한 것은 없지만, 조금 늦은 나이에 젊은이들도 꺼리는 방법으로 북미대륙을 세 번 손수 운전하면서 여행을 했다는 것은 나에게는 소중한 기회였고 좋은 추억이 되고 있다.

2. 1984년 8월, 유럽 12개국을 특급기차로 여행한 후
프랑스 파리에서 개최된 「제61회 ILA국제법대회」에 참가하였음

1984년 8월 4일부터 8월 21일까지 나는 유럽 12개국을 21일간 특급기차로 여행을 한 후 8월 25일부터 9월 1일까지 프랑스의 파리에서 개최된 「제61회 ILA국제법대회」에 국제법협회(ILA)의 정회원 자격으로 참가하였다. 그때가 마침 여름방학 기간 중이어서 일찌감치 8월 4일, 서울에서 대한항공편으로 인천국제공항을 출발하여 취리히공항을 거쳐 독일, 프랑크푸르트국제공항에 도착한 후, 8월 25일까지 21일간 유레일 패스를 이용하여 유럽대륙의 12개국을 특급기차로 여행하였던 것이다.

나는 서울법대의 1년 후배인 당시 명지대학교의 법대 학장인 김명기 교수(서울법대, 12회 졸업 동문)와 사전에 특급기차여행 계획을 세운 후 같이 떠났던 것이다.

유럽대륙의 12개국을 김명기 교수와 같이 특급기차로 여행한 바 있으며 출발지로부터 종착지까지 또 그 중간 경유지는 다음과 같다.

1984년 8월 4일 오전에 대한항공편으로 김포국제공항을 출발하여 당일 오후에 독일 프랑크푸르트(Frankfurt)국제공항에 도착하였다.

이곳에서 일박한 후 1984년 8월 5일 오후 독일의 프랑크푸르트(Frankfurt)역을 출발하여, 하이델 베르크(Heidelberg)—비스바덴(Wiesbaden)—본(Bonn)—쾰른(Köln)—베를린(Berlin)—함부르크(Hamburg)—덴마크의 코펜하겐(Copenhagen)—스웨덴의 스톡홀름(Stockholm)—노루웨이의 오슬로(Oslo)—네덜란드의 암스테르담(Amsterdam)—헤이그(The Hague)—벨기에의 브뤼셀(Brussel)—영국의 런던(London)—프랑스의 파리(Paris)—리용(Lyon)—스위스의 인터라켄(Interlaken)—융프라우산(Jungfrau Mountain, 알프스산, 4,158미터)—제네바(Geneva)—독일의 프라이부르크(Freiburg)—뮌헨(München)—오스트리아의 비엔나(Vienna)—이탈리아의 베네치아(Venice)—로마(Rome)—카프리섬(Capri Island)—스위스의—제네바(Geneva)—프랑스의 니스(Nice)—스페인의 바르셀로나(Barcelona)—마드리드(Madrid) 등을 경유한 후 8월 25일에 프랑스 파리에 도착하였다.

1984년 8월 7일 독일 Wiesbaden에 있는 아저씨(金東順)의
아파트 앞에서 나와 아저씨와 아주머니가 같이 찍은 사진

1984년 8월 7일에는 Wiesbaden과 가까운 거리에 있고 유럽의 교통요충지인 프랑크
푸르트(Frankfurt)에 가서 Frankfurt대학 법학부 및 도서관을 관람한 후, 독일에서 유명한
Frankfurt 대성당과 괴테기념관 등을 관람하였다. 8월 8일에는 한때 독일의 수도였던 본
(Bonn) 도시로 가서 관광을 하였고 8월 9일에는 현재의 수도인 베를린(Berlin)으로 가서 베
를린 자유대학, 브란덴부르크, 연방의회(Bundestag)의 의사당, 베를린장벽, 베를린대성당 등
을 관람하며 2박을 하였다.

8월 10일 오전에는 네덜란드의 암스테르담으로 가서 운하 크루즈(유람선)로 관광을 한 후
오후에는 덴마크 수도인 코펜하겐으로 가서 궁전 관람 등 시내 관광을 한 후 일박하였다.

8월 11월부터 13일까지는 스웨덴의 수도인 스톡홀름(Stockholm)과 노르웨이의 수도인
오슬로(Oslo)를 관광하였다.

8월 14일과 15일에는 영국 London에 도착하여 오래간만에 유태길 동문(서울법대 11회
동창, 중소기업은행 London 지점장)을 만나 아주 반갑게 담소를 하였다. 김명기 교수와 같
이 런던 시내 관광을 하였는데, 특히 국회의사당—웨스터민스터사원—타워브리지(Tower
Bridge)와 런던 시내를 흐르는 템스강변의 산책—버킹엄궁전(Buckingham Palace)—근위병
교대식 등도 관람하였다.

8월 16일 스위스에 있는 인터라켄(Interlaken)역에서 출발하여 알프스산맥 중 가장 아름

1984년 8월 24일부터 9월 1일까지 유럽 12개국을 나와 김명기 교수(명지대학)와 같이 유레일 패스로
기차여행을 하면서 관광지에서 찍은 사진. 제일 우측 사진은 서울법대 11회 동창회 유태길 동문과 나와 함께 찍은 사진

다운 융프라우(Jungfrau) 정상까지 전철로 등산을 하였다.

8월 17일에는 Freiburg대학에 연구차 와 있던 권오승 교수(서울대학교 법대)와 김학동 교
수(서울시립대학교 법대)의 안내로 승용차로 Freiburg시에서 가장 높은 산이고 숲이 울창한
슈바르츠발트(Schwarzwald, 黑林)를 관람한 후 일박하였다.

8월 18일에 Freiburg에서 특급기차로 독일 남쪽에 있는 뮌헨(München)으로 가서 뮌헨대
학 법학부와 도서관을 방문하였고 이 대학 박사과정에 있는 한국인 유학생도 만났고 이곳에
있는 호텔에서 일박하였다.

8월 19일에는 특급기차로 김명기 교수와 같이 뮌헨을 출발하여 오스트리아의 수도인 비
엔나(Vienna)에 가서 UN의 비엔나사무국, 비엔나대학 법학부를 방문하였고 쉰브른궁전 등
을 관람한 후 이곳에 있는 호텔에서 일박하였다.

좌측 사진은 1984년 8월 17일, 독일 Freiburg대학에 연구차 와 있었던 나와 권오승 교수와 찍은 사진이고, 우측 사진은 김명기 교수, 나와 김학동 교수가 흑림(黑林) 전망대에서 찍은 사진

8월 20일에도 계속 특급기차로 김명기 교수와 같이 비엔나를 출발하여 세계적 관광지이며, 수상 도시이고 운하의 도시로도 유명한 이탈리아의 베네치아(Venezia)에 도착했다.

베네치아의 원도심은 베네치아 석호 안쪽에 흩어져 있는 118개의 섬이 약 400개의 다리로 이어져 있으며, 육지로부터 약 3.7km 떨어져 있다.* 나도 곤돌라(유람선)를 타고 베네치아 운하를 한 바퀴 돌았고 이곳에 있는 호텔에서 일박하였다.

8월 22일 오전에 고속특급기차로 김명기 교수와 같이 베네치아를 출발하여 이탈리아의 수도 로마에 도착했다. 로마 시내에 있는 세계적으로 유명한 역사적인 유적(遺跡) 콜로세움, 성베드로대성전, 트레비분수대, 판테온 등을 의미심장하게 관광하였다.

8월 23일, 오전 9시경 로마의 항구 부두에서 유럽에서 유명한 관광지인 카프리(Capri)섬은 이탈리아 남부 캄파니아주, 나폴리 광역시에 딸린 섬으로, 나폴리만 입구, 소렌토반도 앞바다에 위치한다. 카프리섬의 동쪽과 중앙은 카프리에 속하며 서쪽은 아나카프라에 속한다. 섬 전체는 용암으로 뒤덮여 있으며, 온난한 기후와 아름다운 풍경의 관광지로 유명하다. 특히 로

---

* https://www.eachj.co.kr/news/articleView.html?idxno=160

마시대 때부터 알려진 '푸른 동굴'은 길이 53m, 너비 30m, 높이 15m의 해식동굴인데 햇빛이
바닷물을 통해서 동굴 안을 푸른빛으로 채우고 있다.*

1984년 8월 22일 좌측 사진은 로마 시내에 있는 트레비분수대 앞에서 찍은 사진이고,
우측 사진은 성베드로대성전 앞에서 찍은 사진

1984년 8월 26일부터 9월 1일까지 프랑스 파리에서 개최된 제61차 국제법대회에 참가한
프랑스, 독일, 러시아, 캐나다, 중국, 일본, 인도, 한국 각국 대표단장들과 함께 찍은 사진

---

* https://ko.wikipedia.org/wiki/%EC%B9%B4%ED%94%84%EB%A6%AC%EC%84%AC

오스트리아의 비엔나(Vienna)를 출발하여 이탈리아의 베네치아(Venice)—로마(Rome)—카프리섬(Capri Island)—스위스의 제네바(Geneva)—프랑스의 니스(Nice)—스페인의 바르셀로나(Barcelona)—마드리드(Madrid) 등을 경유한 후 8월 26일에 프랑스 파리에 도착하였다. 나는 9월 일에 귀국하였다.

그때 당시 서울시청 우측에 있던 큰 빌딩 내에 있는 여행사로부터 구입한 바 있는 유레일패스(EURail Pass)의 값은 21일간 특급기차로 여행을 하는 데 330달러이었지만 일등칸을 이용할 수가 있었으므로 시설도 좋았고 안락해서 기차여행을 하는 데는 참으로 편리하였다.

∙∙∙

2006년 2월, 아저씨 내외, 집사람과 같이 동유럽 여행과 세계적으로 유명한 메주고리예 성지 순례

1. 2006년 2월, 독일 Frankfurt, Mainz에 체류하면서 동유럽 여행을 준비한 후 Mainz를 출발하였음

2006년 2월 12일(일) 오후 2시 35분 집사람과 같이 독일 Luft Hansa항공편으로 인천 국제공항을 출발하여 오후 6시 25분경 독일 Frankfurt국제공항에 도착하였다. 독일 Mainz 시에 살고 계신 아저씨(김동순, 金東順) 내외와 나의 장남(김기원, 金基源: 한국은행 근무, Frankfurt대학 은행법연구소 박사과정에 유학 중이었음)이 Frankfurt국제공항에 마중을 나왔다. 나는 몸이 불편하여 아저씨 내외와 같이 Mainz에 있는 아저씨 댁에서 하룻밤을 체류하였고 집사람은 나의 장남 아파트에서 체류하였다.

2월 16일(목)까지 독일 프랑크푸르트대학의 방문 및 교수면담 등 볼일을 본 후 Mainz시에서 30여 년간 살고 계신 아저씨 내외(Mainz천주교회 신자)와 함께 미리 빌린 Van 자동차(내부에 침실, 취사시설, 샤워 및 화장실 등이 완비되어 있음)를 이용하여 2월 17일(금)부터 아저씨 내외와 집사람과 같이 2월 27일까지 독일 및 동유럽 전역을 11일간 여행하였다.

나의 육촌 아저씨는 대전에 있는 고등학교 수학 선생을 하다가 서독 광부로 가셨기 때문에 독일에서 오랫동안 Wiesbaden, Mainz 등지에서 살고 계셨다. 홀로 살고 계시다가 그곳에서

2000년 2월 14일, 독일 Frankfurt대학교 앞에서 찍은 사진

우리나라 사람인 정숙한 서독 간호원과 결혼을 해서 독일의 Mainz시에서 살고 계셨다. 그래서 나와 집사람은 아저씨 내외를 만날 겸 동유럽 여행을 가기로 결정한 후 나는 2006년 2월 12일 한국을 출국하여 집사람과 같이 독일의 Mainz시에서 오랫동안 살고 계신 아저씨 댁을 방문하였던 것이다.

아저씨는 우리와 함께 동유럽을 여행하기 위해 관광용 Van 자동차까지 빌렸고 남쪽으로 내려가는 여행계획도 세워놓고 계셨다.

독일 라인강변에 위치해 있는 Mainz시에서 아저씨는 독일에 있는 Wiesbaden에서 한의사로서 활약하고 계셨다. 아주머니께서는 서독 간호사로 독일 병원에 40여 년간 근무하신 바 있다.

2006년 2월 13일, 독일의 Mainz시 주변에 흐르고 있는 라인강변에서 찍은 사진

2월 13일(월) 오전 10시 반경 아저씨 차로 Mainz시를 출발하여 Frankfurt 시내에 있는 Opera House 앞에서 집사람과 장남을 만나 같이 Mainz시 부근에 있는 세계적으로 유명한 IKEA가구점에 가서 장남이 식탁을 사고 장남의 아파트로 가서 집사람과 같이 체류하였다. 나와 집사람은 기원이 아파트에 체류하면서 기원이 차로 Mainz 시내와 Frankfurt 시내를 관광하였다.

2월 14일(화) 오전에는 집사람과 같이 나의 장남의 안내로 Frankfurt대학을 관람하였고 오후에는 시장으로 가서 시장건물 2, 3, 4층에서 열리고 있는「생활용품 전시회」를 관람한 후 오후 4시 반경 10호관에 있는「한국 도자기 전시회」를 관람하였다. 이 10호관에는 미국, 영국, 독일 및 일본 등 세계 각국의 유명한 도자기들이 다 전시되어 있었다. 이날은 비가 약간 내리었고 오후 5시경 퇴관한 후 아파트에 6시경 돌아왔다.

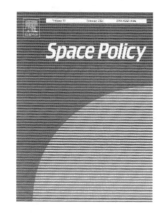

밤에는 세계적으로 유명한 영국의 Elsevier출판사가 발행하고 있는『우주정책(Space Policy)』학술지에 게재된 나의 원고(제목: 한국의 우주발전 프로그램과 정책 및 법(*Korea's space development program: Policy and law*, Journal of Space Policy, Vol. 22, Issue, May 2006, Scotland, pp.10-117)를 보았다.

2006년 2월 15일(수) 오늘은 비가 오락가락하였지만 오전 10시 반경 아파트를 출발하여 Frankfurt 시내에 있는 Opera House를 관람하였고 백화점과 상점 등을 구경한 후 오후 5시경 귀가하였다. 밤에는 영국의 우주정책(Space Policy) 학술지에 게재할 원고 교정을 보고 다 끝마쳤다.

2월 16일(목) 식전에 독일에서 영국 Scotland에서 온 원고를 교정을 본 후 나의 영문원고를 Space Police 학술지의 편집장 Brown 여사에게 E-mail로 발송했다.

2월 16일 오전 11시경 아파트를 출발하여 장남 기원이와 함께 Frankfurt대학 부근에 있는 식당에 도착하여 기원이의 박사과정 지도교수인 은행법의 대가인 Baum 교수와 Frankfurt대학 법학부 부장 비서(변호사)를 내가 초대하여 오찬을 대접하였다. 점심 식사 후 Frankfurt대학 법학부 도서관에 가서 국제항공우주법 관련 나의 책 2권을 기증하였다. 오후 2시 반경 아파트로 와서 집사람과 같이 동유럽 여행 준비를 위하여 짐을 쌌다.

오후 4시 반경 아저씨 내외가 차를 가지고 아파트로 왔기 때문에 집사람과 같이 Mainz 시내에 있는 아저씨 아파트로 갔다. 밤 12시 반까지 인터넷을 이용하여 보스니아에 있는 메주고리예 성지로 가는 지도를 작성했다.

2. 2006년 2월, Van 차로 Austria, Croatia를 경유하여 Bosnia에 도착

2006년 2월 17일(금) 아저씨가 관광용 Van 자동차를 임차하였기 때문에 이 차로 아저씨 내외와 집사람과 같이 오전 9시경 Mainz시를 출발하여 오후 1시 반경 독일의 Wurzburg시에 도착했다. 3번 고속도로 양옆에는 하얀 눈이 덮여 있어 참으로 아름다웠다. Nürnberg와 Regensburg를 경유하여 오후 6시 반경 오스트리아의 Graz시에 도착하였고 Van 차 안에서 모두들 저녁 식사를 하였다. 나는 밤 9시경 차 안에서 일기를 썼다.

2006년 2월 17일부터 22일까지 동유럽, 오스트리아, 슬로베니아, 크로아티아, 보스니아, 세르비아, 헝가리, 슬로바키아, 체코를 여행한 나라의 지도와 이곳들을 여행할 때 이용한 바 있는 Van 자동차 앞에서 찍은 사진

2월 18일 오전 6시경 Van 차가 주유소 휴게소에서 출발하여 7시경 Graz시 교외를 지나 오전 8시 반경 Slovenia에 있는 Maribor를 통과하였다. 오전 10시 48분경 Split와 Rijike 교차지점을 통과해서 잘 정리된 Croatia 고속도로에 진입하여 터널도 통과하였다.

Croatia 고속도로의 양쪽에는 Olive나무들이 심겨 있었고 도로 양편 먼 산에는 흰 눈이 덮여 있었고 토질은 척박해 보였다. 오후 2시경 Van 차로 Croatia의 Split시에 도착했고 오후 4시

45분경 Croatia와 Bosnia 국경선에서 30분간 경찰관과 세관원의 검문을 받은 후 오후 5시 5분경 국경선 검 문소를 출발하여 오후 6시 반경 보스니아에 있는 메주고리예에 도착했다. 밤 8시 반경 메주고리예 시내에 있는 성야고보성당과 시내 구경을 했다.

아저씨께서는 계속 Van 자동차를 운전하였으므로 우리 일행은 오스트리아의 Graz시를 출발하여, 슬로베니아, 크로아티아, 보스니아의 메주고리예 성지, 세르비아의 수도인 베오그라드(Beograd), 헝가리의 수도인 부다페스트(Budapest), 오스트리아의 수도인 비엔나(Vienna), 슬로바키아, 체코공화국 등을 경유하였으므로 동유럽 나라와 도시들을 6일간 Van 자동차로 여행한 후 2006년 2월 22일 독일의 Frankfurt에 도착하였다.

2006년 2월 16일 독일 프랑크푸르트대학 법학부(Faculty of Law, University of Frankfurt) 및 은행법연구소에서 상법과 은행법을 가르치고 있는 교수님과 만나기로 약속이 되어 있어 가는 김에 동구권(東歐圈) 여행계획을 세우고 있던 중 주변의 적극적인 권고에 따라 성모님의 발현지인 메주고리예(Medjugorje: 중앙유럽 보스니아에 소재, 전 유고슬라비아의 영토) 성지를 순례하기로 결심하게 되었던 것이다.

당초 나의 외아들은 한국은행에 근무하고 있었지만 휴직하고 당시 프랑크푸르트대학 은행법연구소에 있는 법학박사과정에서 약 3년간 은행법(Law of Bank)을 연구하고 있었는데 그 후 법학박사학위를 취득한 후 귀국하여 현재 한국은행 차장급으로 근무하고 있다.

2월 17일(금) 오전 9시경 필자는 Mainz시에 있는 아저씨 내외와 아파트 주차장에서 밴 자동차로 Mainz를 출발하여 오전 11시경 뷔르츠부르크(Würzburg: 독일)시 교외에 있는 휴게소에 도착하여 잠시 쉬었다. 계속 아저씨가 밴 자동차를 몰고 Nürnberg시(나치 독일의 전범들과 유대인 학살에 관련된 자들의 전범 재판이 열리었던 곳)를 지나 레겐스부르그(Regensburg: 독일)시 교외로 지나가는 도중 넓은 평야에 흰 눈이 많이 쌓여 있었으므로 경치가 참으로 아름다웠다.

이날 오후 2시 반경 Van 차로 독일과 오스트리아 국경선을 넘는 도중 이 국경지대는 알프스산맥의 연장선상에 있었으므로 높은 산악지대로 몹시 추웠고 도로변에는 눈도 50cm 이상 쌓여 있었다.

이 산악지대 내의 긴 터널을 몇 군데 지나가는 도중 터널 안에는 비상사태(차고주차장 등)를 대비하여 여러 군데 차량 한 대가 주차할 만한 공간을 확보하고 있어 앞으로 우리도 계속 고속도로를 건설할 때 이와 같은 주차공간을 확보해 두는 것이 필요하다고 생각하였다.

계속 밴 차로 오스트리아의 E57번 고속도로에 진입하여 오스트리아 내에 있는 린즈(Linz) 시 교외를 지나 오후 6시 반경 그라즈(Graz: 오스트리아에서 두 번째로 큰 도시)시의 근교에 도착해 넓은 휴게소에 밴 차를 세워놓고 차내에서 집사람과 아주머니가 저녁을 한식으로 만들어 아주머니가 미리 가지고 온 많은 밑반찬으로 맛있게 4인 가족이 저녁 식사를 해 먹었고 밤 11시경 차내의 침실에서 취침을 하였다.

Graz시는 1999년에 이 도시의 구시가 일부는 유네스코(UNESCO)가 인정하는 「세계문화유산」으로 지정이 되었다. 2월 18일(토) 오전 6시경 Graz시 교외에서 Van 차로 출발하여 오전 7시경 오스트리아와 슬로베니아(전 유고슬라비아의 영토)의 국경선을 통과하는 도중 잠시 여권 조사를 받은 후 오전 8시 반경 슬로베니아에 있는 Maribor 시내를 통과하였다.

오전 9시 반경 슬로베니아와 크로아티아(전 유고슬라비아의 영토) 국경선에 도착하여 양쪽 나라 경비원들의 간단한 여권 조사를 받고 크로아티아의 수도인 자그레브(Zagreb)시와 아드리아 해안가에 있는 아름다운 항구도시인 스프리트(Split)시에 도착하여 잠시 휴식을 취하면서 관광을 하였다.

2006년 2월 18일, 크로아티아공화국에서 보스니아로 가는 고속도로에서 찍은 사진

크로아티아공화국은 남동 유럽에 속한 나라로 발칸반도의 판노니아 평원의 교차점에 자리 잡고 있었다. 1918년에 이 나라는 오스트리아-헝가리로부터 독립해 유고슬라비아 왕국의 일부가 되었고, 제2차 세계대전 직후 유고슬라비아 사회주의 연방공화국에 편입되었다.

1991년 6월 25일에 크로아티아는 독립을 선언하여 주권국가가 되었다. 크로아티아는 국제연합(UN), 유럽평의회, 북대서양조약기구, 세계무역기구(WTO), 유럽연합(EU)의 가입국이다. 크로아티아는 2013년 7월 1일 유럽연합에 28번째 회원국으로 가입했다.

3. 보스니아에 있는 메주고리예(Medjugorje) 성지 순례

아저씨께서 계속 Van 차를 몰았으므로 우리 일행은 크로아티아공화국의 국경을 넘어 2월 18일(토) 오후 6시 반경 보스니아(전 유고슬라비아의 영토)에 있는 「메주고리예 성지(聖地)」에 도착하였다.

이날 밤 메주고리예 시내에 있는 성야고보성당을 관람하고 시내 관광을 하는 도중 한국인 순례객도 많이 만났고 세계 각지에서 온 순례객들로 붐비었으며 밤 10시경 Van 차내에서 취침을 하였다.

성모님께서 1981년 6월 24일 메쥬고리예의 작은 산골 마을에서 6명의 어린이에게 발현하셨고 다음 날인 6월 25일에 새로운 두 아이, 마리야 파블로비치(Marija Pavlovic)와 야곱 콜로(Jakov olo)가 성모님이 발현한 장면을 보게 되었다.

2월 19일(일) 오전 7시경 「메주고리예 성지」에 있는 성모님이 발현하신 산에서 이탈리아의 로마교황청에서 오신 수녀님을 우연히 만나 수녀님과 독일 Mainz시에서 동행한 아주머니와 함께 가파른 산 돌길을 힘들게 올라가 보니 높은 돌산 언덕 위에 세워져 있는 성모님의 동상 앞에 세계 각국에서 온 순례객들이 열심히 기도를 올리고 있는 모습이 보였다. 나도 하루속히 우리나라 남북통일의 달성과 세계에서 우리나라가 으뜸가는 보다 잘사는 나라가 되도록 간절히 기도를 올리었다.

보스니아에 있는 메주고리예 지도

2006년 2월 19일(일), 보스니아에 있는 메주고리예 성지 산 정상에 있는
성모상 뒤편에 있는 십자가상 앞에서 찍은 사진

하얀 돌로 만든 높이 약 1미터 60센티미터가량의 성모님의 동상에는 아랫부분에는 성모
님의 발현일자가 1981년 6월 25일로 새겨져 있어 이 날짜가 1950년 6월 25일 한국의 6 · 25

375

동란이 일어났던 31년이 되는 날이므로 금방 이 날짜를 외울 수가 있었다.

성모님의 동상 뒤편 약 70여 미터 지점에는 예수님의 십자가상이 세워져 있었고 성모님이 발현된 산 밑에서 중턱까지 험준한 돌길을 자연 그대로 둔 것은 예수님께서 고행(苦行)하셨던 일들을 묵상하면서 걸어 올라가라는 뜻에서 차로 올라가지 못하도록 시멘트를 바르지 않고 가파른 길에 큰 돌들을 길 위에 깔았다고 생각되었다.

산에서 기도를 마치고 내려오는 도중, 이탈리아 신부님이 인솔하는 이탈리아 순례객 20여 명이 성가를 부르면서 올라가는 광경을 보았고 오전 8시 반경 산 중턱에 있는 성모님이 새겨져 있는 커다란 동판동상 앞에서 나의 디지털카메라로 독일에서부터 동행한 아주머니께서 사진을 찍어 주셨다.

보스니아에 있는 메주고리예는 1981년 6월 성모님이 나타나셨던 성지로 전 세계의 가톨릭 신자들이 많이 방문하고 있다. 내가 서울시 종로구 세검정로에 있는 세검정성당에서 정의의 거울 레지오에 가입하여 봉사활동을 하고 있을 때에 단장인 정재명토마스께서 김로마노가 동유럽에 여행을 간다고 하니 「메주고리예 성지」를 꼭 들르라고 추천해 주었다.

2006년 2월 19일 드디어 메주고리예 성지에 도착했다. 전 세계에서 온 순례객들이 많이 몰려 있었다. 메주고리예에서 제일 높은 산인 크라자밧산(일명 십자가의 산)은 약 500미터 되는 정상에 콘크리트로 만든 10미터쯤 되는 대형 십자가가 서 있었다.

메주고리예는 1981년 6월 성모님이 나타나셨던 성지이므로
나는 2006년 2월 19일 이 메주고리예 성지에 있는 성모상 앞에 도착하여 찍은 사진임

지난 1933년에 이곳 주민들이 예수님 돌아가신 1900주년을 기념하여 세웠다고 한다. 이 십자가에 오르는 길은 험난한 돌무더기 길로 길바닥이 온갖 뾰족뾰족한 돌로 가득 쌓여 있는 것이 오히려 예수님께서 십자가를 메고 골고다의 산 정상까지 올라가셨던 그 고통을 회상하면서 길은 가팔라서 힘든 코스였지만 나는 산 정상 끝까지 걸으면서 올라갔다.

성모상이 있는 입구부터 산 정상 비탈길로 이탈리아에서 온 수녀님들과 신도들 40여 명이 성가를 부르면서 험난한 길을 올라가는 모습을 보았다. 메주고리예 성당 앞 광장에서 기도를 드리고 아침 일찍 성모마리아상이 있는 정상을 향해 오르기 시작했는데 올라가는 산 비탈길 좌측에는 군데군데 12동판이 세워져 있었다.

1981년 2월 19일(일) 오전 8시 반경 산 정상에 있는 십자가상 앞에서 기도를 드린 후 나는 내려오는 도중인데 12개 동판 중 두 번째 동판이 있는 바위에 앉아서 독일 Mainz시에서 오래 살고 계시는 독실한 가톨릭 신자인 아주머니에게 내 카메라를 주면서 사진을 찍어 달라고 부탁하였더니 사진을 찍은 후 카메라를 돌려주었다.

그 후 한국에 돌아와서 서울시 종로구 평창동에 있는 사진관에서 메주고리예 성지에서 찍은 사진 필름(film)을 현상한 후 사진을 뽑아냈더니 신기하게도 조그마한 사각형으로 된 세 줄기의 보라색 빛이 사진에 찍혀 번쩍거리고 있어 나는 깜짝 놀랐다. 연한 보랏빛의 광채가 내 주변에 배경처럼 찍힌 것이다. 보랏빛의 광채가 너무나 선명하여 나에게는 정말 신비스럽고 기적 같은 일이었다.

40여 년이 지난 지금까지도 이 사진에는 하나도 변하지 않고 선명하게 세 줄기의 보라색 빛

2006년 2월 19일 오전 8시 35분경 크라자밧(Krizeva)산 정상에서 내려오는 도중 두번째 12동판 앞에서 독일 Mainz시에 사시는 아주머니께서 나의 카메라 셔터(Shutter)를 눌러 찍은 사진

이 비치고 있다. 그 빛의 진실이 무엇이든, 내 삶의 기적은 그렇게 항상 내 곁에 존재했던 것이다. 세 줄기의 보랏빛처럼 나는 40년 동안 성실하게 남을 위하여 좋은 일들을 해 오고 있다.

메주고리예에 있는 산에서 내려와 다시 성야고보성당에 가서 기도를 드린 후 2월 19일 (일) 오전 9시 40분경 Van 차로 메주고리예를 출발하여 오전 10시 20분경 Mostar의 다운타운(downtown)에 도착하였다.

특히 Mostar에서 Serbia로 가는 도중 석회산과 새파란 강이 인상적이었다. 12시 45분경 Jablanica에 도착하여 강가에 있는 식당에서 양고기와 생선으로 점심 식사를 하였다.

점심 식사 후 Jablanica를 출발하여 Konjic을 경유하여 오후 2시경 보스니아의 수도인 사라예보(Sarajevo)에 도착했다. 오후 5시에 Tulza에 도착했고 오후 7시 20분경 Bosnia와 Servia 국경선에 도착하였으므로 국경통과 수속을 마친 후 오후 7시 45분경 출발하여 밤 10시 20분경 세르비아의 수도인 베오그라드(Beograd: 전 유고슬라비아의 수도)에 도착했고 베오그라드 근교에 있는 휴게소에 도착하여 Van 차내에서 저녁 식사를 한 후 다들 피곤하여 11시 반경 차내에서 취침을 하였다.

지금부터 10여 년 전에는 우리나라의 TV 및 신문에 자주 보도되었던 발칸반도 내의 종족 및 종교분쟁 등으로 인하여 전쟁이 자주 일어났던 곳인 슬로베니아, 보스니아, 크로아티아, 세르비아 등을 필자가 여행하면서 본 바로는 전쟁이 완전히 종료되어 아주 평온하였다.

Bosnia에 있는 Jablanica(Swan 식당)에서 아저씨 내외와 집사람

특히 제2차 세계대전 후 전 유고슬라비아의 강력한 지도자였던 Tito 대통령의 주도하에 만들었던 비동맹국가연합(77개국: 비동맹그룹)은 유고슬라비아가 종주국으로서 유엔 및 국제사회에서 커다란 영향력을 미치었지만 그의 사망 후 유고슬라비아라는 나라는 없어졌으며 앞에서 언급한 바와 같이 여러 나라로 쪼개어졌으므로 한 나라의 강력한 지도자의 유무가 국가 운명에 커다란 영향력을 미친다는 것을 이번 여행을 통해 새삼 느끼게 되었다.

2월 20일(월) 오전 7시 45분경 Van 차로 휴게소를 출발하여 8시경 세르비아의 수도인 베오그라드 시내로 들어가 베오그라드 Intercontinental 호텔 맞은편 주차장에 Van 차를 주차하니 제일 먼저 눈에 확 들어오는 것이 있는데 그것은 높은 건물 위에 영문으로 된 우리나라의 삼성(三星) 간판이므로 이를 보니 마음이 흐뭇하여졌다. 잠시 시내 관광을 한 후 오전 8시 40분경 베오그라드시를 출발하여 E75번 고속도로에 진입한 후 9시 반경 노비사드(Novi Sad)시 교외를 지나 10시 반경 수보티차(Subotica)시 교외를 통과하여 세르비아 국경까지 가는 도중 광활한 평야가 계속되어 대단히 인상적이었으며 넓은 평야를 통과하는 도중 Van 차의 디젤유가 떨어져 고생도 하였다.

오전 11시 반경 세르비아와 헝가리의 국경에서 간단한 여권 조사를 받은 후 헝가리의 세게드(Szeged)시 교외를 통과하였는데 이곳까지도 끝이 안 보이는 지평선으로 연결된 광활한 평야가 계속되었고 오후 3시경 헝가리의 수도 부다페스트 시내에 도착하여 왕궁, 국회의사

베오그라드 시내 건물 위에 설치되어 있는 한국의 삼성(SAMSUNG; 三星) 간판

당, 대성당, 시청 등 시내 관광을 한 후 도나우(Donau)강 가에 Van 차를 주차시켜 놓고 아름답고 전망이 좋은 도나우강 가를 산책하였다.

오후 5시경 부다페스트를 출발하여 오스트리아의 수도 비엔나로 향하는 E60/70번 고속도로에 진입하여 Van 차로 주행속도 130km로 달리어 밤 9시경 비엔나 교외에 있는 휴게소에 도착하여 Van 차내에서 저녁을 해 먹은 후 일박하였다.

2006년 2월 21일(화) 오전 5시경 일어나 휴게소 주변을 산책하였고 6시부터 7시까지 Van 차내에서 아침 식사를 한 후 오전 7시 20분경 휴게소에서 출발하여 7시 40분경 비엔나 시내에 도착했다.

오전 8시부터 11시까지 비엔나 시내에 있는 쉰브룬궁을 잠시 관광한 후 오전 8시 40분경 베오그라드시를 출발하여 E75번 고속도로에 진입한 후 9시 반경 노비사드(Novi Sad)시 교외를 지나 10시 반경 수보티차(Subotica)시 교외를 통과하여 세르비아 국경까지 가는 도중 광활한 평야가 계속되어 대단히 인상적이었으며 넓은 평야를 통과하는 도중 Van의 디젤유가 또 떨어져 고생도 하였다.

오전 11시 반경 세르비아와 헝가리의 국경에서 간단한 여권 조사를 받은 후 헝가리의 세게드(Szeged)시 교외를 통과하였는데 이곳까지도 끝이 안 보이는 지평선으로 연결된 광활한 평야가 계속되었고 오후 3시경 헝가리의 수도 부다페스트 시내에 도착하여 왕궁, 국회의사

유네스코 세계문화유산에 등재된 왕궁, 다뉴브강과 부다페스트

당, 대성당, 시청 등 시내 관광을 한 후 Donau강 가에 Van 차를 주차시켜 놓고 아름답고 전망이 좋은 Donau강 가를 산책하였다.

오후 5시경 부다페스트를 출발하여 오스트리아의 수도 비엔나로 향하는 E60/70번 고속도로에 진입하여 Van으로 주행속도 130km로 달리어 밤 9시경 비엔나 교외에 있는 휴게소에 도착하여 Van 차 안에서 저녁을 해 먹은 후 일박하였다.

21일(화) 오전 4시경 일어나 휴게소 주변을 산책하였고 6시부터 7시까지 Van 차내에서 아침 식사를 한 후 오전 7시 20분경 휴게소에서 출발하여 7시 40분경 비엔나 시내에 도착했다.

오전 8시부터 11시까지 비엔나 시내에 있는 쇤브룬궁전, 국회의사당, 시청, 미술관, 민족공원 등을 관람하였고 특히 인상적인 것은 1365년에 설립된 바 있는 비엔나대학교 본부와 법대를 방문하였는데 이 대학교 본부 입구 부근에 있는 ㄷ자형 복도에 14세기부터 20세기에 걸쳐 이 대학에서 가르친 바 있는 교수님들 가운데 9명의 의학, 물리학, 화학, 생물학 및 경제학 분야의 노벨 수상자들과 신학, 법학, 철학, 인문과학 분야의 100여 명 이상의 유명한 교수님들의 폭과 너비 각각 1미터 이상의 화강암 또는 대리석으로 된 흉상(胸像)들이 즐비하게 서 있었다.

오스트리아는 학문을 숭상하는 나라라는 것을 새삼 느꼈으며 앞으로 우리도 후손의 교육을 위하여 이와 같이 세계적으로 인정받는 유명 교수님들의 흉상 건립은 배울 만한 점이라고 생각되었다.

비엔나는 중앙유럽에서 살기 좋은 가장 아름다운 도시이며 물가도 비교적 싸서 쇼핑도 많이 하고 있는 도시이다.

이날 오전 11시 반경 비엔나를 출발하여 A22번과 E59번 고속도로를 이용하여 12시 40분경 오스트리아 국경선을 넘어 체코공화국에 도착하였는데 이곳은 넓은 평야에 흰 눈이 많이 쌓여 있었다.

특기할 만한 것은 체코공화국 내 국경선 부근에 월남 피난민들로 구성된 집단 상가 판자촌이 있었는데 구경을 하니 싼 상품들이 많이 쌓여 있어 이들의 생활력이 강하다는 점을 다시 한번 느끼게 되었다.

오후 1시경 체코공화국 국경선을 출발하여 E59번 고속도로에 진입하였는데 도로 양쪽에는 흰 눈이 1미터 이상 쌓여 있었고 눈으로 덮인 끝이 없는 평야가 아름답게 계속되어 있어

오스트리아 비엔나에 있는 쇤브룬궁전과 글로리에테 전승기념비

시베리아를 배경으로 한 영화 「닥터 지바고」를 연상케 하였다.

　　오후 3시 반부터 4시 20분까지 고속도로 휴게소에서 점심 식사를 한 후 4시 반경 출발하여 E50/65 고속도로를 이용하여 오후 5시경 체코공화국의 수도인 프라하에 도착했다.

　　오후 5시부터 7시 반까지 프라하역을 출발하여 국립박물관 앞을 지나 바츨라프광장을 지나고 도로 뒷골목에 즐비하게 있는 세계적으로 유명한 크리스털 상점 등을 관람한 후 예술가의 동상이 세워져 있는 카를교와 블타발(Vltavar) 강변의 대단히 아름다운 야경을 관람하였다.

　　오후 7시 40분경 Van으로 프라하를 출발하여 밤 9시 반경 독일로 향하는 E50번 고속도로를 이용하여 밤 10시경 플젠(Plzen)시 교외를 지나 밤 11시 24분경 체코공화국 국경을 넘어 새벽 1시 반경 독일에 도착하여 주유소에 있는 넓은 휴게소에서 하루를 묵었다.

　　2월 22일(수) 오전 6시 반경 호텔방에서 일어나 휴게소 주변을 산책하였고 Van에 식수와 설거지할 물과 샤워를 할 수 있는 물을 가득 실은 후 오전 6시 반경 휴게소를 출발하여 E45번 고속도로에 진입하였다.

　　9시 10분경 독일의 에를랑겐(Erlangen)시 교외를 지나 다시 3번 고속도로로 바꾸어 진입

체코의 수도인 아름다운 프라하 도시의 시내

한 후 10시 10분경 Wurzburg시 교외에 있는 휴게소에서 잠시 휴식을 취한 후 프랑크푸르트 시내에 있는 필자의 장남(한국은행 과장, 당시 프랑크푸르트대학 은행법연구소에서 법학박사학위 논문을 쓰고 있었으나 그 후 법학박사학위를 취득하였음) 아파트에 12시 반경 도착하였으며 그동안 많은 수고를 하였던 아저씨 내외와 작별인사를 하였고 오후에는 약 일주일 동안 강행군한 여행 피로를 풀기 위하여 푹 쉬었다.

2월 23일(목) 오전에는 프랑크푸르트 시내에 있는 식물원의 열대식물과 그 맞은편에 있는 Frankfurt대학 식물원을 관람하였다.

이날 오후에는 필자가 2005년 10월 19일(수) 일본 후쿠오카에서 세계우주법학회(IISL 본부: 파리 소재)가 주최하여 약 50여 개국이 참가하여 개최되었던 제48차 세계우주법대회에서「한국에 있어 새로운 우주개발진흥법의 주된 내용」에 관한 영어 논문을 발표한 바 있고 영국의 스코틀랜드에서 발간되고 있는 세계적으로 유명한 학술지『우주정책(Space Policy)』의 F. Brown 편집장이 필자의 논문 발표를 듣고 대단히 관심이 있다면서 영국의 독자들을 위하여 원고를 써 달라는 요청이 있어 2005년에「한국에 있어 우주개발계획과 정책 및 법(*Korea's space development programme: Policy and Law*)」이라는 제목으로 새로운 영어 논문을 써서 E-mail로 보낸 바 있다.

상기 영국의『Space Policy』학술지의 2006년 5월호에 필자의 논문을 게재하기로 결정되었다고 하며 원고 교정을 보아달라는 E-mail이 왔으므로 필자는 독일에서 한국서 가지고 간 휴대용 컴퓨터를 이용하여 원고 교정을 본 후 영국의 학술지 출판사로 E-mail로 발송했다.

한국인으로서는 처음으로 이 학술지에 필자의 논문이 게재되는 것이므로 상당히 신경이 쓰였다.

2006년이 세계적으로 유명한 음악가 오스트리아의 잘츠부르크(Salzburg)시 출신인 모차르트의 탄생 250주년을 맞이한 해이므로 당시 한국 서울시뿐만 아니라 세계 도처에서 기념 행사를 하고 있었으므로 나의 장남이 성능이 좋은 체코제의 차를 빌려 Salzburg로 가자고 하므로 집사람과 같이 독일의 München을 경유하여 Salzburg에 가기로 결정하였다.

2월 24일(금) 오후 2시 내가 빌린 승용차로 프랑크푸르트시를 출발하여 5번과 E35번 고속도로에 진입하여 오후 3시 20분경 하이델베르크시 교외를 지나 오후 4시 20분경 포르츠하임(Pforzheim)시 교외를 통과하였다.

다시 8번 고속도로에 진입하였으나 주말이라 차들이 극심하게 막혀 겨우 오후 5시 40분 경 Stuttgart시 교외를 지나니 도로변에 눈이 50센티 이상 쌓여 있었고 오후 7시 20분경 으름(Ulm)시 교외를 통과하여 밤 9시 반경 독일 남부에서 제일 큰 도시인 뮌헨(München)에 도착하여 승용차에 달린 「위성을 이용한 위치측정기(GPS)」를 이용하여 자동적으로 쉽게 사보이 호텔을 찾을 수가 있었다.

만약 GPS가 없었다면 초행길의 밤에 통행인도 거의 없어 호텔을 찾는 데 무척 힘들고 고생을 많이 하였을 것이라고 생각되었다.

München은 맥주의 고향이며 10월의 맥주축제는 세계적으로 유명하므로 밤 10시 반경 아들과 같이 맥줏집에 가서 바이쓰 맥주를 마시었는데 이 맥주는 독특한 향기가 나고 참으로 맛이 있었다.

2월 25일(토) 오전 9시경 뮌헨대학교 본부와 법대를 방문한 후 10시 반경 아름다운 영국정원(Englisher Garten)을 산책하였고 오전 11시 반경 지하철로 올림픽공원 및 경기장의 관람과 올림픽전망대(높이: 지표에서 192미터)에 올라가서 잘 정리된 뮌헨 시내 및 교외를 바라다보니 참으로 아름다웠다.

다시 지하철로 뮌헨 시내의 중심가인 마리엔광장에 와서 구시가지와 1867~1909년에 세워진 네오 고딕양식의 신식 청사를 구경하였는데 특히 이 청사에는 움직이는 커다란 인형 시계탑이 있어 12시면 움직이는 인형을 보려는 사람들로 광장이 가득 찼었다.

독일의 뮌헨 시내

독일 뮌헨 시내에 있는 올림픽공원

오후 2시부터 3시까지는 독일 박물관에 가서 비행기, 우주정거장(ISS)의 모형과 발사된 바 있는 여러 종류의 인공위성, 로켓 등의 전시물을 관람하였는데 많은 공부가 되었다.

오후 3시 반경 주립오페라극장과 학생과 예술가의 거리인 슈바빙(Schwabing) 거리를 산책하였고 오후 4시부터 5시까지 뮌헨 미술관(Alte Pinakothek가에 있음)에 가서 많은 성화(성모님과 예수님의 그림)를 관람하였고, 특히 레오나르도 다빈치가 그린「아기 예수님을 안은 성모님(Maria mit dem Kinde)」의 성화를 이 전시실 내에서 그리고 있는 독일 청년의 모습이 인상적이었다.

오후 5시 반부터 6시까지 시내에서 쇼핑을 하였고 저녁 식사를 한 후 호텔로 돌아와 밤 8시 반부터 9시까지 우연히 TV를 켜 보니, 이탈리아의 토리노에서 열리고 있는 동계올림픽대회에서 한국이 여자 1,000미터 및 여자 5,000미터 쇼트트랙 스케이팅 계주에서 우승하는 장면을 이국에서 보니 더욱 감격에 벅찼다.

2월 26일(일) 오전 7시 반경 내가 임차한 승용차로 뮌헨을 출발하여 다시 8번 고속도로에 진입하여 9시 반경 오스트리아의 잘츠부르크(Salzburg)에 도착했다. 9시 45분경 시내 중심부에 있는 잘츠 법과대학 건물 옆을 지나니 20여 명으로 구성된 악대가 연주를 하면서 행진하고 있었고 시민들은 그 뒤를 따랐다. 10시 45분경 세계적으로 유명한 음악가 모차르트의 생가와 대학교회 및 잘츠부르크대성당을 관람한 후 잘츠부르크의 대표적인 번화가인 게트라이데거리(Getreidegasse)를 산책하였다.

12시 반경 구시가지에서 가장 높은 산 위에 요새로 만든 호엔잘츠부르크성(Festung Hohensalzburg)은 1077년에 짓기 시작하여 17세기에 완성되었는데 이 성에 케이블카를 타

Austria, Salzburg 시내 성게트라이데거리 Hohensalzburg성(城)

고 올라가서 약 2시간을 관람하였다.

특히 이 성안에는 중세 때에 만든 대주교님의 황금방, 서재, 기도실, 무기, 고문기구, 공예품, 세계적으로 유명한 음악가 하이든과 모차르트가 연주한 오르간, 러시아전쟁 및 제1차 세계대전 때의 무기 및 병사들의 모습 등이 전시되어 있었고, 이 고성(古城)의 정상에 올라가 보니 Salzburg 시가와 시가 중심부를 흐르고 있는 잘츠강이 한눈에 들어와 참으로 경치가 아름다웠다.

2월 26일(일) 오후 2시 40분경 나는 임차한 승용차로 Salzburg시를 출발하여 8번, 9번, 3번 고속도로를 이용하여 밤 8시경 독일 프랑크푸르트 시내로 돌아왔다.

2월 27일(월)에는 오전 8시 반경 지하철로 프랑크푸르트를 출발하여 Mainz시에 오전 9시 반경 도착하여 Mainz 시내에서 열리고 있는 카니발(Carnival: 사육제, 천주교국에서 사순절

2006년 2월 27일 독일 시내에서 거행된 카니발(Carnival) 축제에 참석하고 있는 장면

386

직전 일주일간의 명절) 축제에 나온 시민들과 주변 도시에서 참가한 사람들로 인산인해를 이루고 있어 걸을 수가 없을 정도였지만 나는 이 축제를 재미있게 관람하였다.

오후에는 다시 프랑크푸르트 시내로 돌아와 세계적으로 유명한 시인 괴테(Goethe)의 생가와 번화가에 있는 로마광장(Römerplatz), 대성당 등을 관람하였다.

2월 28일 필자는 프랑크푸르트국제공항을 출발하여 시차관계로 3월 1일 김포국제공항으로 귀국하였고 3월 2일부터 한국항공대학교 항공우주법학과 및 대학원에서 국제항공우주법 강의를 하였다.

제3절

● ● ●

2003년 7~8월, 시베리아횡단철로(TSR) 특급열차를 이용하여 집사람과 같이 러시아와 헬싱키를 관광하였고 이곳에서 Baltic해를 건너 Estonia까지도 관광하였음

나는 2003년 7월 23일부터 8월 7일까지 15일간 집사람과 같이 러시아, 핀란드 및 에스토니아를 여행하였다. 여행 목적은 나의 고희(古稀) 기념으로 시베리아횡단철로(Trans-Siberian Railway, TSR)와 한반도 철로와의 연결 가능성 여부와 경제성 타당조사 및 관광을 목적으로 하였던 것이다.

한겨레신문사 산하에 있는 「한겨레투어 여행사」가 추진하였던 시베리아횡단철로(TSR) 특급기차여행의 패키지 투어(Package tour)에 나는 17명의 한국인 여행객들과 함께 서울에서 항공편으로 출발하여 블라디보스토크(Vladivostok)를 경유 러시아의 Moscow를 지나 St. Petersburg까지 단체관광 여행을 하였다.

그러나 나는 집사람과 같이 러시아의 St. Petersburg를 특급기차로 출발하여 핀란드(Finland)의 헬싱키(Helsinki)에 도착한 후 Helsinki 항구에서 대형여객선에 승선하고 Baltic해의 푸른 바다를 보면서 탈린(Tallinn) 항구에 도착하였다.

에스토니아(Estonia)의 수도는 탈린(Tallinn)이고 면적은 4만 5,227km^2, 인구는 126만 5,420명(2015년 현재)이고, 종족구성은 에스토니아인 65.3%, 러시아인 28.1%, 우크라이나인 2.5%, 벨라루시인 1.6% 등이다. 나는 에스토니아를 관광 목적으로 집사람과 함께 여행을 하였던 것이다.

러시아, Finland 및 에스토니아 간의 여행수단과 일정은 아래와 같다.

① 러시아항공여객기로 인천국제공항을 출발하여 블라디보스토크 국제공항에 도착하였고 이곳에서 하루 관광을 한 후, 다시 러시아여객기로 블라디보스토크국제공항을 출발하여 이르쿠츠크국제공항에 도착하여 이르쿠츠크 시내와 호수를 관광하였다.

② 이르쿠츠크시로부터 Moscow까지는 시베리아횡단철도(TSR) 특급기차를 이용하였다.

③ Moscow로부터 상트페테르부르크역과 핀란드 헬싱키역 간은 일반 특급열차를 이용하였다.

④ 헬싱키 항구와 에스토니아의 Tallin 항구 구간은 Baltic해를 건너 대형여객선을 이용했다.

⑤ 에스토니아의 탈린시와 러시아의 상트페테르부르크시 구간은 유로(EURO)버스를 이용했다.

⑥ 블라디보스토크시-이르쿠츠크시-Moscow시-상트페테르부르크시(러시아)와 헬싱키(핀란드) 간은 항공기와 철도를 이용했다.

2003년 7월 23일부터 8월 7일까지 나는 러시아, 핀란드 및 에스토니아를 여행하였다. 여행 목적은 시베리아횡단철도와 한반도철도와의 연결 가능성 및 경제성의 조사와 관광을 하기 위해서였다.

7월 23일(수) 우리 일행 17명은 오후 3시 5분 러시아항공여객기편(XF 744편)으로 인천국제공항을 출발하여 현지 시간으로 오후 7시에 블라디보스토크국제공항에 도착하였다.

그다음 날 7월 24일 오전 5시 반경 일어나 호텔을 출발하여 블라디보스토크 항구를 산책하였는데 잠수함 1척과 군함 7척이 정박하고 있는 것을 목격하였다. 24일 오전 9시부터 나는 블라디보스토크에 있는 독수리요새, 중앙광장, 영원의 불 및 잠수함박물관 등 블라디보스토크 시내 관광을 하였다.

24일 12시 반 이곳 공항을 러시아항공여객기로 출발하여 이르쿠츠크국제공항에 오후 2시 25분에 도착하였다(시차가 있음). 이날 오후 3시경 우리 일행은 바이칼호수를 관광한 후 유람선도 탔다.

이날 오후 7시경, 이르쿠츠크시에서 좀 떨어져 있는 러시아 Burdugux에 소재(所在)한 자작나무로 만든 통나무 숙소로 이동하여 사우나를 한 후 밤 12시경 취침하였다.

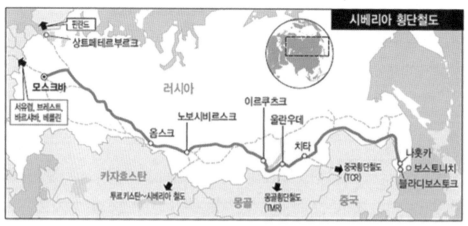

2003년 7월 23일부터 30일까지 블라디보스토크로부터 Moscow까지 여행한 바 있는 시베리아횡단철도의 지도

2003년 7월 25일(금) 이르쿠츠크에서 좀 떨어져 있는 몽고족 마을에서
한국인 관광객 100여 명이 지켜보는 가운데 나는 집사람과 같이 몽고식 전통결혼식을 하였음.
이르쿠츠크역에서 러시아 승무원과 함께 찍은 사진과 바이칼호수에서 나 혼자 찍은 사진

7월 25일 오전에 러시아에 있는 보리아드 민속박물관을 관람한 후 민속박물관 부근에 있는 광장에서 한국인 관광객 100여 명 가운데 제일 나이 많은 연장자를 나오라고 이르쿠츠크시 교외에 살고 있는 몽고족 수장이 말하므로 나는 할 수 없이 집사람과 같이 나갔다.

전통 몽고식으로 입은 의상으로 나는 몽고식 모의(模擬)결혼식에 참가하였다. 우리나라와 다른 점은 몽고족은 유목민이라서 그런지 신부에게 주는 잔에 술이 아니라 우유를 사용했다.

7월 25일 오후에는 바이칼호수 박물관을 관람한 후 바이칼호수에서 유람선을 타고 집사람과 같이 관광하였다. 바이칼호수에서 이르쿠츠크 시내까지 오는 데 관광버스로 약 1시간 30분이 소요되었다.

이르쿠츠크 시내에 있는 이르쿠츠크시청과 백화점 및 야시장을 구경한 후 오후 8시경 Agra 호텔에 투숙하였다.

7월 26일 오전에는 데카브리스트기념관(제정러시아 때의 개혁운동가 투루베츠코이의 집)과 영원의 불꽃도 관람하였다. 우리 일행은 한국식당에서 점심 식사를 한 후 즈나멘스키 정교회와 Angra 강변도 산책하였다. 이날 오후 4시 35분 이르쿠츠크역에 가서 모스크바까지 가는 시베리아횡단 특급기차를 타고 이르쿠츠크역을 출발하였다.

이날 밤 12시 반경 한국의 한겨레투어 여행사가 정해 준 대로 나는 이 특급기차의 1실 4인용 2층 침대에서 취침하게 되어 있으므로 아주 불편하였다. 다음 날 27일 (일)에는 하루 종일 이 시베리아횡단 특급기차를 탔는데 나는 러시아인 여객 전무에게 말하여 돈을 주고 나와 집사람만이 이용할 수 있는 1실 2인용으로 바꾸니 2층 침대로 올라갈 필요도 없고 안락하고 아주 편하게 모스크바까지 여행할 수가 있었다.

특급기차 1실 2인에는 감미로운 러시아 음악이 마음에 들었고 간혹 가다가 넓은 초원이 펼쳐지는데 마음에 들었다. 시베리아횡단철로 양옆에는 여름철이라 야생화(노란 꽃, 분홍 꽃, 자색 꽃, 진남색 꽃 등)들이 곱게 피어 있었고 큰 자작나무, 소나무, 전나무 등이 서 있어 아주 아름답고 인상적이었다.

7월 27일에는 시베리아횡단 특급기차로 Kransnoyar시와 Novosibirsk시를 경유하여 새벽 2시 7분경에 Omck시를 통과하였다.

28일(월)에도 하루 종일 시베리아횡단 특급기차를 탔는데 오전 9시 30분경 Tyumen시를 통과하였고 오후 2시 8분 Yekaterinburg시를 통과하였으며 이날 오후 8시 10분경 큰 강이 끼

2003년 7월 30일 모스크바대학 앞　　　　크렘린궁전 앞 광장에서

어 있는 Nepmb-2를 통과하였다.

　7월 30일(수) 모스크바에 도착하였으므로 5시 반부터 7시 반까지 모스크바우주로켓탑,
베데엔하박람회장, EXPO 전시관, 공원, 아스탄키노방송탑 등을 산책하면서 관람하였다.

　오전 9시경 우리 일행들(한겨레투어 관광객)과 함께 Cosmos 호텔을 출발하여 붉은광장,
크렘린궁전, 승전공원, 빅토리쵀 아르바드거리 등 모스크바 시내를 관람하였다. 오후 7시부
터 9시까지 모스크바국립발레단의 「지젤(Giselle)」 공연을 관람한 후 밤 10시경 호텔로 돌아
왔다.

　7월 31일(목) 식전에 호텔에서 집사람과 같이 짐을 꾸리고 모스크바 국내선공항에 오전 8
시 40분경 도착하였고 오전 9시 45분에 출발하는 러시아비행기를 타고 상트페테르부르크
(St. Petersburg)공항에 오전 11시 45분경 도착했다.

　이날 점심은 우리 일행이 상트페테르부르크 시내에 도착하여 아리랑 한국식당에서 식사를
하였다.

　오후에는 마르크스(Marx) 광장에 있는 영원의 불, 러시아혁명의 불꽃을 댕긴 순양함 오로

2003년 7월 31일~8월 1일 상트페테르부르크 시내 및 해변에서 찍은 사진

라호, 넵스키대로, 에르미타주박물관(겨울궁전), 궁전광장, 피의 성당, 운하 및 등대 등을 관람하였고 저녁은 한국 신라식당에서 맛있게 먹었다.

나의 장남 김기원(한국은행 근무)도 10일간 한국은행으로부터 여름 휴가를 받아 이날 대한항공편으로 인천국제공항을 출발하여 상트페테르부르크 국제공항에 도착하였다.

나의 장남의 아주 친한 고등학교 동창이 마침 한국의 LG그룹 소속 무역상사 상트페테르부르크 지점 차장으로 있었기 때문에 밤 12시경 둘이서 내가 투숙하고 있는 호텔로 찾아왔고 나의 장남은 자기 친구집으로 갔다.

8월 1일(금) 나의 장남이 호텔로 찾아왔기 때문에 집사람과 같이 관광에 나갔고 나는 단체관광객 17명과 같이 여름궁전 안에 있는 분수대공원에서 산책을 하였다. 오후에는 피터폴 요새, 카잔성당, 이사크성당 등을 관람하였다. 오후 6시 반경 아리랑 한국식당에 집사람과 나의 장남이 왔기 때문에 장남의 친구 남 차장(南次長) 댁에 갔다. 오후 9시부터 11시까지 넵스키대로를 남 차장 가족들과 같이 산책을 하였다.

8월 2일(토) 오전 9시 반경 남 차장 댁에서 출발한 후 오전 10시 40분경 푸시킨에 있는

2003년 8월 2일 상트페테르부르크시 서쪽으로 29km 거리에 위치한 페테르고프(Peterhof)에 있는
러시아제국시대의 금빛 분수대가 아주 많은 여름궁전과 이 궁전에서 핀란드 바다가 보이고
이 바다와 연결된 운하 앞에서 찍은 사진

예카테리나궁전에 가서 집사람, 나의 장남, 가이드와 함께 큰 연못을 산책하였다. 오후 1시경
여름궁전에 갔다가 금빛 나는 아름다운 분수대를 관람하였다.

여름궁전을 관람한 후 오후 3시경 상트페테르부르크 시내로 돌아왔으므로 남 차장 댁에
가서 점심으로 국수를 먹었다. 오후 4시경 Peters 요새(要塞)와 오로라호구축함을 관람하였
다. 이날 오후 7시부터 10시 반까지 러시아국립오페라단이 공연하는 「백조의 호수」 오페라도
관람하였다.

8월 3일 식전에 짐을 싼 다음 남 차장 댁에서 출발하여 오전 7시경 상트페테르부르크역에
도착했다.

오전 7시 50분 기차로 상트페테르부르크역을 출발하여 12시 20분경 핀란드 헬싱키역에
도착했다.

오후 2시 25분경 헬싱키 시내에 있는 「Scos 호텔헬싱키」에 집사람과 나의 장남과 함께 투
숙하였다.

2003년 8월 3~4일 핀란드 헬싱키 항구에서 나는 집사람과 같이 유람선을 타고
헬싱키 해변과 바다를 관광하면서 찍은 사진

오후 3시 반경 헬싱키 시내 원로원광장 앞에 있는 헬싱키대성당을 관람하였다.

8월 3일 오후 4시 반부터 6시까지 집사람, 장남과 같이 유람선을 타고 헬싱키 해변과 바다를 관광하였다. 다시 시내에 있는 Market광장과 우수펜스키사원을 관람한 후 Kappeli에서 저녁 식사를 하고 밤 9시경 호텔로 돌아왔다.

8월 4일(월) 오전 9시 반부터 12시경까지 여행사의 관광버스로 헬싱키 시내 관광을 하였다.

오후에는 헬싱키대학교 도서관, 법대도서관, 교수연구실, 법학부 및 대학원 등을 관람하였다.

오후 3시경 우표박물관을 관람하였고 국립박물관, 음악당에 갔으나 모두 문을 닫았다.

오후 5시 반부터 6시 반까지 시립식물원 및 대학식물원을 구경하였다.

8월 5일(화) 오전 6시경 호텔을 출발하여 걸어서 선착장에 도착하였으나 문을 안 열어 1시간가량 기다렸다.

오전 8시에 헬싱키 항구를 대형여객선으로 출발하여 Baltic해를 건너 오전 9시 50분경 에스토니아(Estonia)의 수도 탈린(Talline)에 도착하였다. 오전 10시 반경 Rottermania 호텔에

2003년 8월 5일 헬싱키 항구를 대형여객선으로 출발하여 Baltic해를 항해하는 중 선상에서 찍은 사진들

2003년 8월 5일 에스토니아의 탈린 항구와 탈린 시내에서 찍은 사진들

도착한 후 투숙하였다.

오후 1시부터 호텔 앞에서 출발하는 관광버스를 타고 탈린 시내를 관광하였다. 우연히 집사람과 장남을 만난 후 탈린 시내 구시가지(old town)를 구경하고 오후 7시경 호텔로 돌아왔다.

6일(수) 오전 7시 반경 Rottermania 호텔을 나와 집사람과 장남은 Check out 한 후 오전 8시경 탈린 버스 정거장에 도착하였다. 우리는 오전 9시에 유로(EURO)버스를 타고 탈린을 출발하여 오후 5시경 러시아에 있는 상트페테르부르크시에 도착했다. 이번 여행은 상트페테르부르크로 오는 길에 비가 많이 왔다. 오후 7시경 LG의 남 차장 댁에 가서 저녁 식사를 하였다.

오후 9시경 남 차장 댁을 출발하여 오후 9시 40분경 상트페테르부르크 국제공항에 도착했다.

오전 11시경 상트페테르부르크 국제공항을 러시아비행기(폴코보항공 FV275편)로 출발하여 러시아 영공을 비행한 후 오후 2시 반경 인천국제공항에 도착했다. 곧이어 인천국제공항에서 짐을 찾은 후 오후 4시경 집에 도착했다.

내가 본 러시아
동방교회(東方敎會, 正敎會)의 이콘(Icon, 聖畵)

2003년 8월 1일 러시아의 상트페테르부르크 시내에 있는 Isac대성당 내에 벽 유리에 장식되어 있는 이콘(Icon: 성화)을 보았다. 나는 러시아의 시베리아횡단철로(Trans Siberia Railway, TSR)를 이용한 기차여행을 몸소 체험하는 것이 좋겠다는 생각과 러시아의 동방교회(정교회) 내에 아름답고 성스럽게 장식되어 있는 이콘을 보고 싶은 마음에서 2003년 6월 23일부터 8월 7일까지 16일간 러시아(블라디보스토크, 이르쿠츠크, 모스크바, 페테르부르크), 핀란드(헬싱키), 에스토니아(탈린)를 러시아여객기와 시베리아횡단철도의 특급기차(2인 1실: 3박 4일간) 및 핀란드의 대형 여객선편(Silja Line)을 이용하여 여행을 하였으며 여행 도중에는 러시아 동방교회에 들러 미사도 올렸고 또 취침 전에 묵주기도를 올리기도 하였다.

내가 본 러시아 및 에스토니아(Estonia)에 있는 동방교회(러시아의 정교회)는 한결같이 크고 작은 아름답고 성스러운 여러 가지 색상으로 구성된 이콘(Icon, 성화: 그리스도, 성모마리아, 천사 및 성인들의 그림 등)으로 벽에 가득히 장식되어 있었으며 이 성화의 역사가 오래되어 색은 바랬지만 오히려 경건심을 자아내게 하고 러시아인의 신도들과 하느님 사이에 영적 연결의 고리역할을 하고 있었으므로 미사의 전례도 엄숙히 거행되고 있는 장면을 보았다.

나는 러시아인의 신도들과 함께 이르쿠츠크와 페테르부르크에 있는 러시아의 정교회 소속의 대성당에서 미사를 올린 바 있다. 원래 이콘(Icon)은 희랍어로 성화상(聖畵像)을 의미하는 것인데 이 말은 인간이 하느님의 모습(창세기 1장 27절)으로 창조되었다는 말씀에서 유래된 것이다. 동방교회에서의 이콘은 하느님과 인간과의 친밀을 도와주며 하느님의 신비를 명상하도록 이끌어주는 하느님과 인간 사이의 끈으로 여겨져 왔던 것으로 러시아인 신도들의 가정에서도 이 이콘을 극진히 모시고 있었다.

Isac대성당 벽 유리에 장식한 이콘　　　　러시아 블라디미르의 성모 이콘

미국 등 서방교회에서는 주로 음악(찬미가 등)을 통하여 하느님과 신도들 간의 영적 교통을 통하여 마음의 위로와 새로운 용기를 북돋아 주고 영감을 얻어 경건한 신앙생활로 이끌어주고 있지만 동방교회에서는 주로 그림(이콘, 성당 내의 벽화 등)을 통하여 신도들의 엄숙한 신앙생활을 인도하여 주고 있는 모습을 볼 수가 있었다.

20003년 3월 나는 세검정성가정성당에서 받은 아침 및 저녁기도문을 방 안의 벽에 붙여 놓고 취침 전 또는 새벽에 일어나 늘 천주님께 기도를 올리고 있었지만 이번 동유럽 여행 중에도 간편한 포켓용 「가톨릭 주요기도문」을 지참하였기 때문에 시베리아횡단 철도의 기차 안에서 또는 헬싱키에서 에스토니아로 가는 대형여객선에서 푸른 발틱(Baltic)해를 바라보면서 이 기도문을 속으로 읽으면서 묵상과 기도를 하는 가운데 평신도로서의 빛과 소금 역할을 다하여야만 되며 이 세상 다할 때까지 하느님의 뜻대로 살아야만 되겠다는 새로운 각오를 다짐하게 되었다.

1990년 4~8월, 나의 승용차로 직접 운전하면서 집사람과 같이 북미대륙(미국, 멕시코 일부, 캐나다)을 세 번 횡단

1. 1990년 2월, 로스앤젤레스, 5월 워싱턴 D.C. 체류(滯留)와 나의 승용차로 직접 운전하면서 집사람과 같이 로스앤젤레스를 출발하여 워싱턴 D.C. 경유 캐나다 몬트리올까지 북미대륙 횡단

(1) 1990년 1월, 집사람과 같이 하와이 여행을 함

1989년도 당시 정부(문교부)에서 전국의 대학별 교수들에게 1년간 항공운임과 매월 생활비를 제공하는 「해외파견 연구교수제도」가 시행되고 있었다. 교수들에게는 해외에 있는 대학에서 연구를 할 수 있는 절호의 기회이기 때문에 전국의 교수들 간의 경쟁이 치열하여 문교부에서는 미국에 가는 교수들에게는 영어 국가시험을 응시하게 하여 시험에 합격한 교수들에게만 파견하였다.

당초 나는 이 영어국가시험에 응시하여 합격하였으므로 1990년도 문교부 해외파견교수로 선발되었다.

1990년 1월 13일 나는 김포국제공항에서 대한항공편으로 집사람과 같이 미국을 향하여 출발하였는데 중간 기착지인 하와이, 호놀룰루(Honolulu)에 도착하여 5일간 관광과 휴식을 취한 후 1월 17일 로스앤젤레스에 도착하였다.

1990년 1월 14일 하와이, 호놀룰루 공원에서 집사람과 같이 찍은 사진

1990년 1월 13일 하와이, 호놀룰루국제공항에 도착하여 호텔에 투숙한 후 호놀룰루 시내 관광을 하였다.

1941년 12월 7일 아침, 미국 하와이주 Oahu섬에 있었던 미 해군의 태평양함대가 주둔해 있었던 진주만(眞珠灣, Pearl Harbor)기지를 일본 해군의 전투기와 폭격기가 갑자기 공습을 가하여 미 해군이 많은 피해를 입었던 진주만 유적지와 박물관 등을 관람하였다.

일본 해군의 미국 하와이 진주만 공습은 1941년 8월 15일에 일어난 제2차 세계대전의 도화선이 되었던 곳이다.

나는 집사람과 같이 하와이 Oahu섬의 북쪽에 위치한 폴리네시아(Polynesia)민속촌을 관광하였다.

이 민속촌(民俗村)은 열대 야자수가 우거진 광대한 부지에 사모아, 통가, 뉴질랜드, 마르사스, 타히티, 피지, 하와이 등 6개 섬의 전통 생활양식과 문화를 집대성해 놓은 하와이 최대 민속촌이다.

폴리네시안 원주민들의 전통 생활 양식과 다양한 액티비티 및 공연을 직접 체험할 수가 있었다.

카누쇼와 7개의 원주민 마을을 구경하는 낮 투어, 그리고 오후에 폴리네시안 민속촌의 하이라자메인 공연인 '하쇼(HA show)'도 관람하였다.

1990년 1월 17일 집사람과 같이 하와이 Oahu섬의 북쪽에 위치한 폴리네시안
민속촌 입구 카누경기 장면을 찍은 사진

세계에서 가장 유명한 해변 가운데 한 곳인 와이키키 비치(Waikiki Beach)는 해마다 4백여만 명이 넘는 관광객이 찾아오는데 나도 집사람과 같이 와이키키 해변을 관광하였다.

Hawaii대학교는 1907년에 설립되었고 학생 수가 5만여 명인데 나는 이 대학교의 윌리엄 S. 리처슨 법학전문대학원을 방문하여 기업법 담당교수를 만나 환담도 하였다.

나는 집사람과 같이 하와이에 있는 Maui섬으로 가서 현지관광여행사 가이드의 안내로 Maui섬에 있는 할레아칼라국립공원(Heleakala National Park)에 도착하였다. Maui섬 상공 위로 높이 솟아 어디에서나 보이는 할레아칼라 분화구(Heleakala Crater)로 향해 나와 집사람이 휴면화산 중턱까지 올라가면서 대자연의 위엄을 하나씩 느껴 보았다.

해발 3,055m 높이의 휴면 화산인 이곳은 땅과 하늘이 넋을 잃게 하는 풍경이 펼쳐지는 무대이다.

할레아칼라는 하와이어로 "태양의 보금자리"라는 뜻으로, 전설에 따르면 Maui섬을 통치한 반신반인이 휴화산 정상에 서서 태양이 질 때 더 지지 못하도록 밧줄로 매어 하루를 더 길게 만들었다고 한다. 많은 여행객들이 세상에서 가장 장엄한 해돋이를 볼 만한 장관을 감상하

1990년 1월 15일, Maui섬에 위치한 할레아칼라(Haleakalā)국립공원 내에 있는 하와이의 대표적인
휴화산인 할레아칼라 분화구(Crater) 앞에서 찍은 사진

기 위해 아침 일찍 일어나 이곳을 방문하기도 한다.

(2) 1990년 1월부터 5월까지 미국, 로스앤젤레스에서
생활하고 있었던 시절의 경험담

나와 집사람은 하와이, 호놀룰루(Honolulu)에서 5일간 관광과 휴식을 취한 후 1월 17일 미국, 로스앤젤레스에 도착하였다. 그다음 날 나는 California대학교 로스앤젤레스 법학전문대학원(University of California, Los Angeles, Law School, UCLA Law School) 학장실에 가서 Susan Westerberg Prager 여자 학장과 초면의 첫인사를 나누면서 잘 부탁한다고 말하였다. 이 Prager 여학장은 나에게 UCLA 법학전문대학원, 도서관 내에 방 하나를 주면서 연구실로 쓰라고 허락하였고 숙소는 UCLA 법학전문대학원 부근에 미국인 교수들이 많이 거주하는 아파트가 있어 이곳 아파트 하나를 임대하여 숙소로 정하라고 말하였다.

그러나 나는 집사람이 영어를 전혀 못하기 때문에 미국인 교수들이 많이 사는 아파트 틈에 끼어 산다는 것은 대단히 불편할 것 같아 한국인들이 많이 사는 Korean Town에서 가까운 거리에 있는 Vermont 3가 부근에 위치한 미국인이 운영하는 Oakwood 아파트에 방 두 개를 임대하였다.

따라서 나는 1990년 1월 17일부터 5월 16일까지 로스앤젤레스 시내 Vermont 3가에 있는 Oakwood 아파트에 세를 얻어 집사람과 같이 생활하였다.

실인즉 당시 UCLA 법학전문대학원에 출퇴근을 하려면 서울과 같이 버스가 자주 있는 것이 아니어서 어떤 때는 40~50분씩 버스를 기다려야만 했다. 출퇴근 시간이 너무 소요된다는 생각에(기다리는 시간까지 합치면 보통 왕복 2~3시간 소요) 시간 절약을 위하여 할 수 없이 국산 소나타차를 구입하기로 결심을 하였다.

California주에서는 한국에서 가지고 간 국제운전면허증으로 자동차보험에 들 수가 없었기 때문에 할 수 없이 로스앤젤레스에서 미국의 California주 운전면허시험을 보기로 하였다. 나는 로스앤젤레스에 도착하여 1개월쯤 있다가 California주 운전면허시험에 응시하여 1차 필기시험에는 객관식 문제가 출제되었으므로 미국 사람들 100여 명과 함께 운전면허시험에 응시하였다.

운전면허시험장에서 당일 발표하므로 성적표를 보기 위하여 미국인 응시자들과 함께 줄을 서서 기다리고 있었는데 내 순서가 되어 흑인 여자 공무원이 앉아 있는 책상 앞에 섰는데 나의 성적표에 손으로 가리고 보여주는데 0점으로 기재되어 깜짝 놀랐다.

이때까지 내가 시험을 보아 0점을 받은 적이 없는데 어찌 된 일인지 의아해서 다시 책상 위에 있는 성적표를 쳐다보니 이 흑인 여자 공무원은 웃으면서 덮었던 손을 치우니 100점 만점을 얻었으므로 나는 무척 기뻤다.

2차로 본 운전실기시험은 로스앤젤레스 시내에서 경찰관이 탄 차를 내가 운전하면서 경찰관이 도로상에서 또는 네거리에서 우회전(right turn) 또는 좌회전(left turn) 말을 할 때에 90도 각도로 몸을 돌려야 하는데 처음이라 나는 이를 몰라 1차 시험이 불합격되었다.

그러나 2차 시내운전실기 시험에서는 몸 돌리는 것을 90도 각도로 돌렸기 때문에 합격이 되어 California주 운전면허시험에 합격되어 승용차 운전면허증을 취득하였다.

곧장 로스앤젤레스 시내에 있는 현대자동차주식회사 대리점에 가서 수출 차인 소나타(2,400C.C.) 차를 구입하였다.

타임지가 발표한 2019년 세계대학 순위에서 UCLA는 17위를 차지한 대학교이다. 졸업생과 교수 포함 15명의 노벨상 수상자를 배출한 연구 중심 대학으로 평가받는다.

학문 외에도 스포츠팀이 강하기로 유명한데, 총 214명의 올림픽 메달리스트(금 106, 은 54, 동 54)를 배출했다. 특히 내가 UCLA 법학전문대학원 초빙 교환교수로 있을 때 인상에 남는 것은 중국법을 강의하는 William F. Alford(安守廉) 교수였는데 부인도 중국인으로서 타 대학 교수였고 나를 교수식당으로 간혹 점심 초대를 하였으므로 나도 한국의 전통적인 공예품을 선물하였고 교수식당에서 점심 대접도 하였다. 현재 William F. Alford 교수는 하바드 법학전문대학원 동아시아연구소 소장으로 근무하고 있다.

로스앤젤레스에 있을 때에는 UCLA 법학전문대학원 연구실에서「정보화사회에 있어 기업 비밀의 보호」라는 연구논문을 작성한 바 있다. 이 논문은 한국 법무부법조협회에 보내어『법조』라는 학술지 1990년 7월 및 8월호에 게재된 바 있다.

로스앤젤레스에서 4개월간 체류하는 동안 우리 서울법대 11회 동문인 김규현 사장, 김운진 부사장, 김정태 사장, 김태윤 사장, 신건호 부장, 이규석 사장, 이재학 사장, 조정태 사장들과 우리 부부와 함께 모임도 가졌고, 가끔 동문들의 댁에 부부 동반으로 초대를 받아 진수성찬으로 차린 저녁 식사를 상기(上記) 동문들과 함께 들면서 서울법대 학창 시절의 아름다웠던 추억을 회상하면서 정담(情談)을 나눈 바 있었다.

서울에 있는 동문들의 근황도 이야기하면서 즐거운 시간을 보냈으며, 골프도 서너 번 같이

1990년 3월 미국 캘리포니아주 오렌지군 애너하임에 위치한 디즈니랜드공원 내에 있는
식당 부근에서 집사람과 함께 찍은 사진

1990년 3월 미국 UCLA 법학전문대학원 앞에서 한국에서 온 유학생과 함께 찍은 사진

친 바 있다. 로스앤젤레스에 있는 우리 동문들의 정성 어린 우정에 대하여 이 글로 대신하여 사의(謝意)를 표합니다.

나는 로스앤젤레스에 체류하고 있는 동안 집사람과 같이 캘리포니아주 오렌지군 애너하임에 위치한 디즈니랜드공원과 팜스프링스, 조슈아트리국립공원(Palms springs Joshua tree national park)도 관광하였다.

1990년 4월 미국 로스앤젤레스 해변과 디즈니랜드공원 입구에서 청주고등학교
제26회 동기 동창인 신덕인 동문과 함께 찍은 사진

때때로 시간이 날 때 집사람과 같이 또는 청주고등학교 26회 동기 동창인 신덕인(辛惪寅) 동문(1956년에 미국에 취직이 되어 로스앤젤레스로 이민 왔음)과 만나 나는 로스앤젤레스 해변에서 태평양을 바라보면서 산책을 하였다.

나는 국제회의 참석 관계로 유럽과 동남아시아 여행을 여러 번 한 바 있지만, 미국 여행은 나의 생애에 있어 1990년도가 첫 여행이었다. 한국을 떠나기 전에는 승용차에 의한 북미대륙(미국, Mexico의 일부, 캐나다)의 세 번 횡단이란 꿈에도 생각하지 못하였던 것이었다.

그러나 Washington D.C.에 있는 아메리칸대학교 워싱턴 법과대학과 동 대학의 부속 국제법률연 구소의 교환교수로 초청을 받아 5월 29일까지 워싱턴 D.C.로 가야만 할 입장이었다.

로스앤젤레스에서 워싱턴 D.C.까지 기차편이나 또는 컨테이너 트럭편으로 이삿짐을 부친다면 엄청나게 수송비가 많이 들고 불편한 점이 많아서 할 수 없이 집사람과 같이 북미대륙을 나의 승용차로 횡단하기로 결심하였던 것이다.

(3) 1990년 3월 Texas주, Dallas에서 개최된 「제24차 전 미주항공법대회」에 참가

특히 로스앤젤레스 체류기간 중에, 즉 1990년 3월 1일부터 3일까지 Texas주에 있는 Dallas에서 개최된 「제24차 전 미주항공법대회(매년 개최됨, 약 1,000여 명의 변호사, 교수, 미국의 각 항공사 및 연방항공청(FAA)의 간부 등 참가)」에 참석하기 위하여, 1990년 2월 27일 집사람과 같이 그레이하운드 버스를 타고 로스앤젤레스를 오전 7시에 출발하여 다음 날 오후 6시경 Dallas에 도착하였다.

이 그레이하운드 버스(Greyhound Bus)로 로스앤젤레스(Los Angeles)로부터 Dallas까지 약 36시간이 소요되어 잠도 버스 안에서 잤던 것이다.

로스앤젤레스로부터 Dallas 간의 그레이하운드 버스의 경유지는 다음과 같다.

출발지: 로스앤젤레스(Los Angeles)—피닉스(Phoenix, 애리조나)—엘패소(El Paso, 뉴맥시코주)—오데사(Odessa)—아빌레느(Abilene)—포드워드(Fort Worth, 택사스주)—도착지: 댈러스(Dallas)가 종착지(終着地)이다. 로스앤젤레스로부터 Dallas 간의 그레이하운드 버스는 밤낮 가릴 것 없이 하루 종일 24시간 계속 달리는데 운전수만 매 8시간미다 교대를 하였다.

승객들은 밤새도록, 그리고 하루 종일 이 버스를 타기 때문에 허리가 아프고 지루하고 대단히 피곤해 보였다.

이 그레이하운드 버스는 미국 서부에 있는 로스앤젤레스에서 출발하여 남부에 있는 Dallas를 경유하여 동부에 있는 뉴욕이 최종 종착지이기 때문에 이 버스를 타게 되면 이 버스로 북미대륙을 한 번 횡단하게 되는 셈이 된다.

1956년 8월에 한국법학원이 설립되었는데 이 법학원이 설립된 동기는 당시 이승만 대통령의 지시와 미국 Dallas에 있는 미국의 명문대학인 남감리교대학(Southern Methodist University, SMU), 법학전문 학원 원장이신 G. Story 박사님의 헌신적인 협조에 의하여 한국법학원(Korea Society of Law)이 탄생되었다.

나는 한국법학원의 설립과정을 잘 알고 있었기 때문에 1990년 3월 3일 오후에 댈러스 시내에 있는 남감리교대학(SMU), 법학전문대학원에 방문하여 원장님을 만나 한국과의 학술교류에 대하여 의견 교환을 하였고 그다음 이 대학 법학전문대학원 도서관을 방문하였더니 이 대학원에서 석사과정에 있는 한국인 판사를 우연히 만나 반갑게 담소를 하였다.

1963년 11월 22일, 미국 케네디 대통령은 링컨 Continental 차를 타고 텍사스주 댈러스 시내에서 퍼레이드를 하고 있었을 때 범인의 총에 맞아 암살당하였는데 나는 암살당한 그 장소도 가보았다.

나는 Dallas에서 개최된 「전 미주항공법대회」의 참가를 마치고 그레이하운드 버스를 집사람과 같이 타고 Arizona사막을 거쳐 Los Angeles로 돌아오는 길에 미국 고속도로상의 승용차의 통행방법을 주의 깊게 관찰하면서 북미대륙을 승용차로 횡단해도 되겠다는 자신감이 자신도 모르게 생겨나게 되었던 것이다.

(4) 1990년 4월, 나의 승용차를 직접 운전하면서 집사람과 같이 로스앤젤레스를 출발하여 멕시코 엔세나다까지 여행을 하였음

1990년 4월 나는 멕시코 영토의 일부를 밟고 싶어 국산 소나타 승용차로 내가 집사람을 태우고 새벽 6시 반경 로스앤젤레스를 출발하여 캘리포니아에 있는 Santa Ana와 San Diego를 거쳐 관광을 하면서 운전을 하였기 때문에 국경도시인 티후아나(Tijuana)에 오전 10시경에 도착하였다. 남쪽으로 내려가는 멕시코의 고속도로는 험준한 산을 깎아 길을 만들었기 때문에 태평양으로 인접한 낭떠러지가 많이 있었으며, 경치는 너무나 수려하고 아름다웠으나 위험한 곳이 많이 있어 운전은 상당히 주의를 해야만 했다.

태평양 연안의 험준한 고속도로를 이용하여 계속 남쪽으로 내가 손수 운전하면서 내려 갔으므로 낮 12시경 멕시코에 있는 엔세나다(Ensenada) 시내에 도착하였다. 나의 승용차가 Ensenada 시내에 도착하니 멕시코 청년들 5 내지 6명이 모여들어 돈을 달라고 손을 내미는 것이었다. 나는 그때 당시에는 담배를 피우고 있었던 때였으므로 호주머니에서 새 한국 담배 한 갑을 주고 스페인어를 몰라 손짓으로 담배를 나눠 피우라고 말하고 멕시코 담배를 사러 간 다고 말하면서 그 자리를 떠나 위기를 모면했다.

Ensenada 시내 관광이나 쇼핑을 할 때에는 스페인어를 몰라 상당히 당황하고 불편했다.

귀로(歸路)에는 미국에 있는 샌디에이고에서 미국 해군기지(미 태평양함대들의 일부 군함 들이 정박하고 있었음)와 샌디에이고 주립대학교의 관람 및 시내 관광을 한 후 밤 9시 반경 로스앤젤레스에 귀가(歸家)하였다.

(5) 1990년 5월, 나의 승용차를 직접 운전하면서 집사람과 같이 북미대륙을 세 번 횡단함

나는 미국, 로스앤젤레스에서 1990년 1월 17일부터 5월 17일까지 체류한 후, 미국의 수 도 워싱턴 D.C.로 가기 위해 여름방학을 이용하여 5월 17일에 집사람과 같이 나의 국산 현대 소나타 승용차(2,400C.C.)로 로스앤젤레스를 떠났다. 옆좌석에 집사람을 태우고 이삿짐을 뒷 좌석과 트렁크에 실은 채 내가 직접 운전하면서 지도 한 장에 의지하고 평생 처음으로 북미대 륙을 횡단하였다. 물론 뒷좌석 좌우 유리창은 밖에서 보이지 않도록 흑색과 남색(藍色)으로 선팅(Sunting)을 하였다.

나는 북미대륙 횡단을 나의 승용차로 아래와 같이 세 번 하였다.

첫 번째 나는 집사람과 같이 로스앤젤레스를 출발하여 워싱턴 D.C.를 거쳐 필라델피아 (Philadelphia)―뉴욕(New York)―뉴헤이븐(New Haven)―보스턴(Boston)―스프링필 드(Springfield)―올버니(Albany)―빙엄턴(Binghampton)―아이타카(Ithaka)―버팔로 (Buffalo)―나이아가라폭포(Niagar Falls)―토론토―몬트리올까지 남북을 종횡으로 횡단하 였다.

두 번째로 집사람과 같이 캐나다의 몬트리올(Montreal)을 출발하여 오타와(Ottawa)―캘거리(Calgary)—밴프(Banff)—재스퍼(Jasper)—밴쿠버(Vancouver)에서 선박에 승용차를 싣고 빅토리아섬(Victoria Island)까지 갔었다.

세 번째는 집사람과 같이 캐나다 영토인 빅토리아섬에서 다시 선박으로 미국 시애틀(Seattle)로 돌아와서 이곳 시애틀에서 출발하여 미국의 북부고속도로 90번 Freeway를 이용하여 스포캔(Spokane)—뷰트(Butte)—빌링스(Billings)—미니애폴리스(Minneapolis)—시카고(Chicago)—캐나다의 설트스테마리(Sault Ste. Marie)—선더베이(Thunder Bay)—노스베이(North Bay)—오타와(Ottawa)—몬트리올(Montreal)로 다시 돌아왔기 때문에 내 나이 57세 때에 북미대륙을 승용차로 세 번 횡단한 셈이 된다.

첫 번째 나의 승용차 여행의 경유지는 다음과 같다.

1990년 5월 17일 로스앤젤레스(Los Angeles)를 출발하여 태평양 연안의 1번 국도를 이용하여 산타 바버라(Santa Barbara)—산타마리아(Santa Maria)—산호세(San Jose)—Santa Clara대학교 법학전문대학원을 방문하여 원장과 한국과의 학술교류에 대하여 논의하고 Santa Clara시에서 일박하였다.

다음 날 샌프란시스코에 도착하여 미국 서부의 명문대학인 캠퍼스 정원이 아주 아름다운 스탠퍼드대학(Stanford University)을 집사람과 같이 방문하였다.

Stanford대학교는 미국 상위권 대학의 전통적인 진지함에다 캘리포니아 특유의 자유분방함과 이국적인 정취가 혼합된 대학이다. 스탠퍼드대학교는 세계적인 첨단산업 기지인 실리콘밸리가 학교 가까운 곳에 위치해 있어서, 교육과 연구에 더욱 많은 기회를 누릴 수 있는 좋은 대학이다.

실리콘 밸리의 구글, 야후, 휴렛 팩커드, 썬 마이크로시스템즈, 시스코 시스템 또한 스포츠의류 회사 나이키 창업자가 모두 이 대학 출신이다.

지금까지 83명의 노벨상 수상자들이 학생이나 교수로 스탠퍼드대학교를 거쳐갔으며, 현재 17명의 노벨상 수상자들이 몸담고 있다.

Stanford대학교는 샌프란시스코에서 약 50km 떨어진 인구 6만의 소도시 Stanford시에 자리하고 있다. 1,000만 평이나 되는 넓은 터를 차지한 이 대학은 수많은 종려나무와 지중해식 붉은 기와지붕의 나지막한 건물들로, 이 대학만의 독특한 분위기를 형성하고 있으며, 대학이라기보다는 고급 리조트 같은 인상을 주는 캠퍼스를 보유하고 있다.

곧이어 서울대학교와 같이 버클리시 산 중턱에 자리잡은 UC버클리대학교는 태평양이 훤히 내려다보여 캠퍼스는 참으로 아름다웠다.

나는 UC버클리 법학전문대학원 교수 연구실을 방문하여 아는 교수와 같이 환담을 하였다.

버클리에서 시작한 캘리포니아대학은 20세기에 캘리포니아주의 인구가 급격히 증가하면서 현재는 10개의 독립적인 대학교가 있다(UC데이비스, UCLA, UC샌디에이고 등). UC버클리대학은 캘리포니아주의 첫 번째 주립대라는 그 상징성을 인정받았다.

총 107명의 노벨상 수상자들과 연고가 있는 UC버클리는 세계에서 3번째로 노벨상 수상자를 많이 배출한 대학이다. 미국에서 가장 권위 있는 미국 학술 연구원(National Research Council)의 근래 평가 자료에 따르면, 52개의 학문 분야에서 버클리의 프로그램 48개가 10위권 내에 포함되었다.

2019년 「U.S. 뉴스 & 월드 리포트」 세계대학 순위에서 세계 4위, 2019년 세계대학학술 순위(Academic Ranking World Universities, ARWU)에서 세계 5위를 기록하고 있다.

UC버클리대학교(University of California at Berkeley)를 방문한 후, 금문교 경유 시내 관광(일박하였음)을 한 후—요세미티국립공원(Yosemite National Park)—세쿼이아국립공원(Sequoia National Park, 세상에서 가장 큰 나무가 있는 대원시림으로 유명함)—라스베이거스(Las Vegas, 환락도시)에서 일박하였다.

라스베이거스에서 있었던 재미있는 이야기는 나는 집사람한테 미국에서 아주 유명한 무희들의 캉캉쇼를 보러 가자고 했더니 피곤하여 못 간다고 하니 할 수 없이 나 혼자 가기로 결심하고 공연하는 극장까지 갔더니 밤 11시 반경이었으므로 극장문을 닫아 할 수 없이 캉캉쇼를 볼 수가 없었다.

라스베이거스에 도착한 시간은 밤 10시경이었으므로 우선 모텔에 짐을 풀고 투숙을 하였다. 화가 나서 모텔로 돌아오는 길에 도로 양쪽으로 파칭코 가게가 즐비하게 있었으므로 어느 파칭코 가게에 가서 슬롯머신에 있는 레버를 당기었더니 바로 미화 50달러를 땄으므로 더 따려는 욕심이 생겨 계속 레버를 당기었더니 딴 50달러를 다 잃고 말았다. 할 수 없이 나는 더 이상 잃지 않으려고 모텔로 돌아온 시간은 밤 12시 반경이었다.

모텔로 돌아오니 집사람이 환락도시인 라스베이거스까지 와서 모텔에서 잔다는 것은 말도 안 되니 호텔을 옮기라고 말하므로 새벽 1시경 고급 호텔인 Sheraton 호텔로 숙소를 옮겼다.

1990년 5월 집사람과 같이 미국 샌프란시스코의 금문교 및 Yosemite국립공원을 관광하였다.

Yosemite국립공원 및 Sequoia국립공원 내에 있는 아주 큰 나무 앞에서

1990년 5월 미국, Sequoia국립공원 내에 있는 아주 큰 Sequoia나무 앞에서 찍은 사진

다음 날 아침 오전 10시경 Sheraton 호텔에서 퇴실(check out)을 하기 위하여 로비(lobby)에 있는 소파 옆에 나의 007가방을 두고 집사람이 소파에 앉아 있었고 맞은편 소파에는 동양인 청년이 앉아 있었다.

나는 호텔 Front desk에 가서 숙박비를 지불하고 소파에 와보니 나의 007가방이 없어졌다.

그 동양인은 내 가방 속에는 많은 달러가 들어 있는 것으로 착각하고 내 가방을 가지고 간 것으로 생각되었다.

가방 속에는 2000년 6월 25일 American대학교 워싱턴법대 소속 연구소 주최로 개최되는 세미나에서 발표할 원고(제목: 한국에 있어 외국인 투자의 법적 면: Legal Aspects of Foreign Investment in Korea)가 있어 분실되었으므로 아주 난감하였다.

L.A.에 있는 UCLA 법학전문대학원 도서관에서 3개월간 공을 들여 썼던 논문이 들어 있었다. 이날 오후 2시까지 007가방을 호텔 경비원과 호텔 부근에 있는 파출소 경찰관이 와서 찾았으나 찾지를 못하였다.

그 후 나는 호텔에 투숙하여 Front desk에 가서 숙박비를 계산할 때 가방을 의자 옆에 놓지 않고 꼭 앞에 놓고 갔다 오는 습관이 길들어졌다. 이날 오후 2시경 나의 승용차에 집사람을 태우고 직접 운전하면서 Grand Canyon대협곡 정상까지 도착했다.

나의 차로 Grand Canyon계곡 정상에서 관광하면서 운전을 하는데 도로의 폭이 좁아 운전을 하는데 위험한 곳이 있었고 힘이 들었다. Grand Canyon대협곡을 출발하여 밤늦게 Albuquerque시에 도착하였고 부근에 있는 소도시에서 일박하였다.

다음 날 Colorado주에 있는 덴버에 도착하여 덴버대학(University of Denver)을 방문하였고 이 대학에 교환교수로 와 있는 숭실대학교 경상대학의 구자윤 교수를 오래간만에 만나 참으로 반가웠으며 같이 미국의 로키산맥국립공원(Rocky Mountain National Park)의 정상까지 나의 승용차로 올라가기로 결정하여 덴버대학을 출발했다.

미국 로키산맥의 정상까지 올라가는 길은 길도 좁고 험악한데 나의 차에는 집사람과 숭실대학 교수도 타고 있었고 이삿짐도 싣고 있어 차의 중량이 무거운데도 불구하고 로키산맥 정상까지 내가 직접 운전하면서 올라가는데 반쯤 올라가서 그때가 6월인데도 불구하고 갑자기 눈이 퍼붓기 시작하여 도로가 미끄러워 더 이상 차가 올라가지를 못하여 난감하게 되었다.

당시 현대자동차가 한국에서 만든 차는 2,000C.C.이었지만 수출용 차는 잘 만들어

1990년 5월 미국의 Grand Canyon대협곡과 Denver에 있는 미국 Rocky Mountain 정상에서
나와 구자윤 교수(숭실대학교 경상대학)가 함께 찍은 사진

2,400C.C.였고 힘도 좋았으며 승용차의 천장을 열고 닫는 차였고 여름철에 장거리 여행을 하는데 천장을 열면 시원한 바람이 들어오는 아주 좋은 차였다.

　내가 북미대륙을 횡단 하는 중 Arizona사막을 통과할 때에 너무나 더워 차의 천창문을 열고 달려 차 안에 시원한 바람이 들어와서 덕을 많이 본 차이다. 할 수 없이 차 안에 있는 Accelerator Pedal을 아주 힘껏 밟으니 차가 조금 미끄러졌지만 차가 힘이 좋아 로키산맥 정상을 향하여 올라가기 시작했다. 계속 한 시간쯤 승용차를 운전하면서 올라가니 로키산맥의 정상에 도착하였는데 날이 개고 푸른 하늘이 나타났다. 정상에서 사방을 내려다보니 경치가 참으로 아름다웠다.

　다시 나는 집사람과 같이 차를 운전하면서 북상하여 옐로스톤국립공원(Yellowstone National Park)은 미국 와이오밍주 북서부 & 몬태나주 남부 & 아이다호주 동부에 걸쳐 있는 미국 최대, 세계 최초의 국립공원이며 대략 8,983평방km의 면적을 차지하는 거대한 공원이다. 유황 성분이 포함된 물에 의해 바위가 누렇고, 이로 인해 Yellowstone이라는 이름이 붙여졌다.

　이곳에는 세계에서 가장 유명한 온천이 있어 온천욕을 하고 일박하였다.

다음 날 옐로스톤국립공원(Yellowstone National Park)을 출발하여 레피디(Rapidy)─체임버레인(Chamberlain)─오스틴(Austin)─라크로스(La Crosse)─메디슨(Madison)시를 경유하여 시카고(Chicago)에 도착했다. 시카고는 뉴욕, 로스앤젤레스에 이어 미국에서 3번째로 큰 도시이며, 일리노이주 및 미국 중서부에서 가장 큰 도시로 그 인구는 270만 명이다. 시카고 랜드라고 불리는 이 지역의 광역 도시권은 950만 명의 인구와 함께 미국에서 3번째로 큰 대도시이다.

5대호(大湖)와 미시시피강을 이어주는 육로수송지로 발전하면서 19세기 중반부터 빠르게 성장한 시카고는 1837년 시로 승격되었다. 오늘날 시카고는 경제, 무역, 산업, 과학, 통신, 교통의 국제적인 중심지이다. 시카고 오헤어(O'hare)국제공항은 세계에서 2번째로 혼잡한 국제공항이며, 미국에서 가장 많은 고속도로가 지나가고 있다.

나는 시카고대학교 법학전문대학원 교수연구실을 방문하여 여교수와 만나 한국과 미국 간의 학술 교류에 대하여 환담을 하였다. 미국, 시카고대학교 로스쿨(University of Chicago Law School)은 3년 J.D.(법무박사), 1년 L.L.M.(법학석사), J.S.D.(법학박사) 학위과정이 있다.

1902년에 개교하였으며 법경제학을 창안한 것으로 유명하다. 이곳에서 버락 오바마 전 미국 대통령이 12년간 헌법학 강의를 한 바 있다. 시카고대학교(University of Chicago)는 미국 일리노이주 시카고에 있는 석유 재벌 존 D. 록펠러의 기부금으로 1890년에 설립된 연구중심 사립대학이다.

시카고대학교는 세계 최고의 대학교 중 하나로 손꼽히며, 특히 경제학은 따라올 곳이 없기로 유명하다. 세계에서 가장 많은 노벨상 수상자를 배출한 대학교 중 하나이며 세계에서 4번째로 노벨상 수상자를 많이 배출한 국가인 프랑스보다 수상자가 많다. 세계적인 학자를 많이 배출시킨 만큼 시카고대학교는 많은 대학순위에서 최고 상위에 속한다.

2017/2018년 기준으로 미국에서 가장 많이 쓰이는 대학교 랭킹인 「U.S. 뉴스 & 월드 리포트」에서 미국 대학(학부) 부문 3위를 차지하였고 Times Higher Education World University Ranking, QS World University Ranking, Center for World University Ranking 등 대부분의 세계 대학교 순위에서 10위권 안에 든다.

여하간 나는 시카고 법학전문대학원 부근에 있는 흑인촌을 지나가는데 거리에서 흑인들 간의 싸움이 벌어지더니 끝네 총격전이 벌어져 나는 위험하여 급히 이곳을 벗어나 시카고 시내에서 제일 높은 빌딩 전망대인 윌리스 타워(Willis Tower)에 도착하였다.

윌리스 타워는 1973년 미국 시카고 일리노이에 지어진 마천루로, 지상 108층이며 높이는 442m이다.

2013년 뉴욕시에 프리덤 타워가 건설되기 전까지는 서반구에서 제일 높은 건물이었다.

시카고(Chicago)에서 나는 집사람과 같이 2박을 한 후 시카고를 승용차로 다시 출발하여 직접 운전하면서 인디아나폴리스(Indianapolis)—데이튼(Dayton)—콜럼버스(Columbus)— 휠링(Wheeling)—컴벌랜드(Cumberland)—볼티모어(Baltimore)를 경유하여 워싱턴 D.C.까지 13일 동안 승용차를 직접 운전하면서 긴 여행 끝에 드디어 5월 29일 워싱턴 D.C.에 도착하였다.

(6) 1990년 5~7월, American대학교와 Washington법과대학 교환교수로 있었음

당초 1990년 5월 American대학교 워싱턴 법과대학 학장 Elliott Milstein 교수의 특별초청으로 초빙 방문학자로 갔기 때문에 상당히 큰 교수연구실을 배정받았다. 나는 미리 서울에서 유명한 서예가로부터 한문 글로 써 가지고 온 「제공일계(濟空一界: 하늘을 지배하면 세계를 지배한다)」 서예작품을 Elliott Milstein 원장에게 선물하였더니 고맙다고 하시면서 상당히 오랜 기간 동안 원장실 벽에 걸어 놓으셨다. 그 후 Elliot Milstein 교수께서는 American대학교 총장이 되셨다.

American대학교 캠퍼스는 외국 공관들이 모여 있는 매사추세츠 애비뉴(Massachusetts Avenue)에 있었 며 1893년 미국의 의회법(Act of Congress)에 따라 미국 감리교단 산하의 사립대학으로 출범했으며, 학생 수는 약 만여 명으로 학생 수 규모에서는 미국에서 중간 크기의 연구중심대학이다.

아메리칸대학은 워싱턴 D.C.에 있는 14개 대학 컨소시엄(Consortium of Universities of the Washington Metropolitan Area)에 속해 있으며, 조지매이슨대학, 조지워싱턴대학 등과 공동수업·학생교환 프로그램을 운영하고 있다.

이 대학교 출신으로는 로버트 버드(Robert Byrd) 미국 연방상원의원, 카니 모렐라(Connie Morella) 현 OECD(경제협력개발기구) 대사, 로레타 산체즈(Loretta Sanchez) 미국 연방하원

1990년 5월 워싱턴 D.C.에 있는 아메리칸대학교 워싱턴 법과대학 앞에서 미국인 교수와 함께 찍은 사진

의원 등 수 명의 하원 의원들과 여러 명의 주지사, 언론계의 유명 기자, 유명 배우 등을 많이 배출했다.

한국인 동문으로는 전 서울특별시장과 내무부 장관을 역임했던 윤치영 씨를 비롯하여 많은 한국인 동문을 배출했다.

나는 워싱턴 D.C.에 있는 American대학교, Washington 법과대학의 초빙 교환교수로 있었으므로 1990년 5월 29일부터 8월 4일까지 2개월 8일 동안 이 대학에서 강의와 연구를 위하여 체류하였다.

워싱턴 D.C.에 체류하고 있는 동안 워싱턴 법과대학 소속 법률연구소의 주최로 개최된 국제 세미나에 초청을 받아 나는 「한국에 있어 외국투자의 법적 고찰(Legal Aspects on the Foreign Investment in Korea)」이라는 제목으로 한 시간 동안 특별강연을 한 바 있고 30분 동안 질의응답 시간도 가졌다.

이날 국제세미나에는 각국에서 온 미국의 법학전문대학원 학생들과 국제금융공사(IFC) 직원들과 변호사 및 교수들이 참석했다. 그 후 발표된 나의 영어 논문은 미국의 캘리포니아대학교, Hasting 법과대학에서 1992년 3월에 발행하는 『Hastings비교법학술지(15권 2호)』에 게재된 바 있고, 1993년 5월에 이 영어 논문을 내가 직접 일본어로 번역하여 일본의 투자가, 변호사, 교수, 대학원생들을 위하여 나의 일본어 논문「제목: 한국에서 대외투자의 법적측면에 관한 약간의 고찰」이 일본인 하라모 다이치(原茂太一) 교수의 감수(監修)를 받은 후 「국제상사법무지(国際商事法務誌 第21卷5号)」에 게재된 바 있다.

나와 집사람은 워싱턴 D.C.에 있는 Oakwood 아파트가 전 미국에 체인을 가지고 있었기 때문에 워싱턴 D.C. 서쪽을 흐르고 있는 포토맥강(Potomac River)을 지나 버지니아주에 있는 Falls Church에 위치한 Oakwood 아파트에 방 2개를 임차하여 2개월 8일간 체류하였다. 버지니아주에 위치한 Falls Church에 있는 Oakwood 아파트로부터 나의 승용차로 포토맥강을 건너 워싱턴 법과대학에 있는 나의 교수 연구실까지 약 45분이 걸리었는데 가끔 차가 막히면 55분이 걸리기도 하였다.

하루는 국제항공우주법에 관한 논문을 쓰기 위하여 밤 11시 반까지 연구실에서 원고를 쓰고 있었는데 퇴근을 하려고 주차장에 가서 나의 승용차에 시동을 거니 차가 움직이질 않았다.

나는 할 수 없이 워싱턴 D.C. 시내에 있는 자동차정비업소에 전화를 걸어 견인차가 와서 승용차를 끌고 Oakwood 아파트까지 오니 새벽 2시가 되었다.

승용차가 시동이 안 걸린 이유는 이날 아침에 승용차를 내가 주차할 때에 차의 천장에 있는 조명등을 끄지 않아 Battery가 나갔기 때문이었다. 그다음부터 주차할 때에는 차내에 있는 조명등의 소등 여부를 꼭 확인하는 습관이 생겼다.

(7) 1990년 8월, 승용차를 직접 운전하면서 집사람과 같이 미국 워싱턴 D.C.를 출발하여 캐나다 몬트리올에 도착하였음

또다시 캐나다, 몬트리올에 있는 국제항공우주법 분야에서 세계적으로 유명한 「McGill 대학교 항공우주법연구소(Institute of Air and Space Law, McGill University)」 소장이신 Michael Milde 교수로부터 초빙 교환교수로 특별초청을 받아 1990년 8월 5일 워싱턴 D.C.를 출발하여 국산 수출용 소나타 차로 집사람을 옆에 태우고 간단한 이삿짐을 뒷좌석과 뒤트렁크에 싣고, 또다시 직접 운전하면서 Baltimore을 거쳐 뉴욕에 도착했다.

나는 Philadelphia에서 미국의 독립기념관과 자유의 종을 관람한 후 계속 북진하여 뉴욕에 도착했다.

뉴욕에서 집사람과 같이 6박을 하였는데 내가 뉴욕에 온다는 소식을 전해 들은 숭실대학교 법과대학 졸업생인 나의 제자 최덕근(일찍이 미국에 이민 와서 모자장사로 성공하였음)

군은 마중 나와서 호텔에 투숙하는 데 수고를 했다. 나는 먼저 나의 차를 호텔 주차장에 주차시켜 놓고 투숙 절차를 밟는 데 약 30분이 걸리었다.

최 군은 자기 차를 호텔 맞은편 도로변에 있는 주차정산기에 30분간 돈을 넣고 10분이 지났는데도 불구하고 과태료 100달러가 나왔고 차도 뉴욕 남쪽에 있는 Brooklyn에 있는 공영주차장으로 끌고 갔다. 이날 비가 아주 많이 와서 Manhattan에 있는 법원에 가서 내가 과태료 100달러를 대신 내주고 약 2시간 걸려 Brooklyn에 있는 공영주차장에 갔더니 아직도 최 군의 차가 끌려 오지를 않았다.

비가 억수같이 오는 이곳 공영주차장에서 한 시간 동안 기다리고 있으니까 그제야 경비원이 최 군의 차를 끌고 왔기 때문에 차를 찾았다.

후일 누가 이야기하길 차량들이 뉴욕 도로변에 있는 주차정산기에 위반으로 인한 범칙금이 뉴욕시의 재정수입에 상당 부분 차지한다는 이야기를 들었다.

8월 6일에 뉴욕에서 가장 높은 마천루를 가보았다. 이 뉴욕의 마천루는 월드 트레이드 센터로, 1,776 피트(541m) 높이다. 104층짜리 초고층 건물은 미국에서 가장 높은 마천루, 서반구에서 가장 높은 마천루, 세계에서 6번째로 높은 마천루이기도 한다. 8월 7일에는 Columbia 대학교를 집사람과 나의 제자인 성정옥(숭실대학교 대학원 박사과정) 여사와 같이 방문하였다.

컬럼비아대학교는 매년 퓰리처상이 주어지는 미국대학협회의 14개 설립 회원 중의 하나이다. 미국 최초로 의학 박사(M.D.) 학위를 수여한 대학이기도 하다. 현재까지 졸업생과 교수를 포함해서 세계에서 하버드 다음으로 두 번째로 많은 101명의 노벨상 수상자들을 배출했다. 동문에는 5명의 미국 건국의 아버지, 3명의 미국 대통령, 9명의 연방대법원 대법관, 29명의 해외 국가원수, 123명의 퓰리처상 수상자 및 28명의 아카데미상 수상자, 20명의 억만장자가 포함되어 있다.

8월 8일에는 내가 뉴욕, Manhattan 부근에 있는 호텔에 체류하고 있는 동안 뉴저지에 살고 있는 우리 서울법대 11회 동문인 안이섭 사장으로부터 우리 내외가 저녁 초대를 받아 저녁 식사를 하면서 우리 서울법대 학창 시절을 회상도 하였고 즐겁게 담소하면서 하룻밤을 같이 지내며 회포를 풀었다.

1990년 8월 7일 뉴욕시에 있는 컬럼비아대학교 교정 앞에서
좌측 나의 제자인 성정옥 여사, 집사람, 나와 함께 찍은 사진임

　뉴욕은 초행이었지만 일주일간 체류하는 동안 뉴욕 시내의 Mahattan에 있는 호텔에 투숙하였다.

　뉴욕에 체류하는 동안 8월 9일 뉴욕 맨해튼 서쪽에 자리 잡은 뉴욕 인트레피드 해양항공우주박물관(Intrepid Sea, Air and Space Museum), UN본부, 흑인들이 많이 사는 Halem가(街), Flushing의 한국인 타운 등을 갈 때에는 나의 숭실대학교 법과대학 제자인 최덕근(崔德根) 사장(일찍이 미국에 이민 와서 모자도매상으로 돈을 벌었음)과 권상돈 군(무역회사 부장으로 근무)을 아주 오래간만에 만나 안내를 받아 즐겁게 관람하였다.

　특히 뉴욕대학교 법학전문대학원의 방문은 내가 1950년 2월에 서울대학교 대학원에서 법학석사학위를 받은 후 뉴욕대학교 법학전문대학원 소속 비교법연구소(석사과정)에 입학지원을 하였으나 장학금이 등록금은 면제되나 생활비(living expend)는 주지 않는다는 조건이므로 나는 유학을 가지 않은 인상 깊은 대학이다.

　만약 그때 내가 미국에 가서 아르바이트를 하면서 유학 가겠다는 결심을 하고 갔더라면 나의 인생판로는 많이 달라졌을 것이다. 뉴욕대학교는 1831년에 세워졌으며, 세계화 대학으로서 2019년 3월을 기준으로 37명의 노벨상 수상자와 8명의 튜링상 수상자, 5명의 필즈상 수상자, 30명 이상의 퓰리처상 수상자, 30명 이상의 아카데미상 수상자, 수백 명의 전미과학공학의 학한림원 회원과 미국 의회 의원 등이 뉴욕대학교를 졸업했거나 뉴욕대학교에서 가르쳤다.

뉴욕대학을 방문한 후 메트로폴리탄박물관의 관람, Condons & Forsyth 항공 전문법무법인(Law Firm, George N Tompkin 대표변호사를 만나 환담하였음)의 방문 및 자유의 여신상을 관람한 후 내가 직접 차를 몰면서 뉴욕 시내를 구경하였다.

나는 미국이 초행길이라 교통이 가장 혼잡한 뉴욕 시내를 차를 몰고 다닐 때 그때 나이 57세였으므로 북미대륙을 횡단할 때에도 체면상 누구한테 길을 함부로 물어볼 수도 없고 하여 오로지 지도 한 장에 의존하여 북미대륙을 횡단하였던 것이다.

북미대륙 횡단을 계획하는 사람들은 나의 경험으로 볼 때 반드시 미국자동차협회(American Automobile Association, AAA)에 가입하여야만 된다. 미국 어디에서나 AAA지사(支社)를 방문하여 회비를 납부하고 가입하면 자동차여행에 관한 편리하고 상세한 지도책을 무료로 줄 뿐만 아니라 시골이나 도시에 있는 호텔이나 모텔에 투숙할 때에 숙박요금을 20% 내지 40%까지 할인해 준다.

나는 로스앤젤레스에서 북미대륙 횡단을 위하여 출발하기 전에 미리 AAA에 가입하여 상세한 지도책도 무료로 받고 승용차에 붙이는 AAA 표지를 번호판 옆에 붙이고 북미대륙을 횡단할 때에 여러가지 편익을 많이 받았다.

8월 11일 뉴욕시를 떠나 내가 승용차를 직접 운전하면서 집사람과 같이 캐나다의 몬트리올에 도착한 것은 8월 17일이었는데 관광을 하면서 우회 고속도로를 이용하였기 때문에 시간이 오래 걸렸던 것이다.

한번은 내가 귀국할 무렵 1990년 12월 24일부터 30일까지 일주일간 미국기독교고등교육연합회의 초청에 의거 「Asia지역기독교대학교수세미나(20여 개국으로부터 30명의 교수 참가)」에 참석한 후 뉴욕에서 이삿짐을 부치려고 몬트리올—뉴욕 간을 직선 고속도로를 이용하여 운전을 하였는데 겨울철이므로 점심 시간을 포함하여 9시간 반이 걸렸다.

그 당시 뉴욕에 가는 고속도로상에는 눈이 와서 녹아 얼어붙어 있었고 미끄러워 승용차의 속도를 낼 수가 없었다. 지금 내가 또다시 로스앤젤레스에서 워싱턴 D.C.까지 관광을 하지 않고 직선 고속도로를 이용하여 나의 승용차를 운전하면서 간다면 약 6일 정도가 걸리리라고 생각한다. 내가 나의 승용차에 집사람을 태우고 뉴욕에서 몬트리올 간의 경유지는 다음과 같다.

뉴욕을 출발하여 New Haven에 있는 Yale대학교에 도착하여 법학전문대학원 연구실을 방문하여 아는 미국인 교수와 한국 간의 학술교류에 대하여 약 한 시간 정도 논의를 하였다.

예일대학교 법학전문대학원 밖에 있는 주차장에 차를 세워놓고 약 한 시간 있다가 돌아오니 집사람이 여름철 찌는 듯한 더위에서 고생을 하였으므로 화가 잔뜩 나서 한국으로 돌아가가겠다고 말하니 나는 난감하여졌다.

나는 집사람에게 다시는 그렇게 하지 않겠다고 간곡히 사과를 했다.

나는 교수이기 때문에 북미대륙을 횡단하면서 큰 도시에 갈 때에는 미국의 유명대학 등을 처음으로 관람하였고 미국인 교수들과도 환담을 하였기 때문에 배우는 점이 많았다.

예일대학교(Yale University)는 미국 코네티컷주 뉴헤이븐에 있는 미국에서 세 번째로 오래된 대학이며 공익을 위해 봉사하는 예일의 300년 전통은 최근 미국 대통령 여섯 명 중 네 명이 예일 출신이었다는 점을 비롯하여 미국 정부의 모든 기관에서 예일 졸업생들이 활약하고 있다.

예일대학교에서 역대 졸업생과 교수를 포함하여 총 52명의 노벨상 수상자를 배출했다.

현재까지 수많은 해외 국가원수, 19명의 연방대법원 대법관, 30명의 퓰리처상 수상자, 16명의 억만장자들이 예일을 졸업했다. 1,250만 권 이상의 장서가 있는 예일대학도서관은 그 규모에서 대학도서관 중 세계 제2위다. 167억 달러의 기부금을 보유하고 있는 예일대학교는 세계에서 두 번째로 부유한 대학이다.

New Haven에서 출발하여 다시 북상하여 Boston에 도착하였다. Boston에는 나와 같이 서울대학교 법대 11기 동문인 정해운 교수(전 경기대학교 부총장 역임)를 오래간만에 반갑게 만나 오찬을 같이 하였다.

한인회 회장을 지냈던 나와 같이 청주고등학교 26회 동문인 고광종(초대 주미공사를 지낸 고광림 대사의 친동생) 군을 역시 아주 오래간만에 반갑게 만나 저녁을 같이 하였다. Boston에서 일박한 후 다음 날 Cambridge에 있는 세계적으로 유명한 Harvard Law School을 방문하였다.

미국 하버드대학교의 법학전문대학원은 1817년에 설립된 미국에서 가장 오래된 로스쿨이며 세계에서 제일 큰 법률도서관을 가지고 있다. 하버드 법학전문대학원의 교수연구실에서 아는 교수를 반갑게 만나 선물교환도 하였고 학술교류에 관한 환담도 하였다.

1990년 8월 미국, Boston에서 정해운 교수와 함께 찍은 사진

하버드대학교는 현재까지 졸업생과 교수를 포함해서 세계에서 가장 많은 157명의 노벨상 수상자를 배출했다. 또한 프랭클린 루스벨트 대통령과 존 F. 케네디 대통령에 이르기까지 미국에서 가장 많은 총 7명의 미국 대통령을 배출하였고 36명의 퓰리처상 수상자, 미국에서 가장 많은 21명의 연방대법원 대법관과 7명의 세계은행 총재, 세계에서 가장 많은 62명의 억만장자와 미국에서 가장 많은 335명의 로즈장학생이 하버드를 졸업했다.[*]

세계 각국에 포진한 하버드 유학파들로 인해 하버드 출신은 미국뿐만 아니라 전 세계의 지도층을 형성하고 있고 전 세계적으로도 높은 권위를 자랑하고 있다.

이날 집사람과 같이 승용차로 케임브리지를 출발하여 올버니(Albany)―빙엄턴(Binghamton)―이타카(Ithaca)에 도착하여 Cornell대학교 법학전문대학원에 도착하였다. Cornell대학교는 미국 뉴욕주, Ithaca에 위치한 아주 넓은 호수가 있고 캠퍼스가 으뜸가는 아주 아름다운 사립대학이며 현재까지 54명의 노벨상 수상자들이 Cornell대학교를 교수 또는 학생으로 거쳐갔으며 세계 대학 중 9번째로 많은 수상자를 배출했다.

---

[*] https://ko.wikipedia.org/wiki/%EC%BD%94%EB%84%AC_%EB%8C%80%ED%95%99%EA%B5%90

나는 Cornell대학교 법학전문대학원 내 교수연구실을 방문하여 미국인 교수와 환담도 하였고 법학 도서관도 관람하였다. Cornell대학교의 학부생은 약 13,000명이고, 대학원생은 6,000여 명이다.[*]

미국에서 가장 많은 의사를 배출하는 대학이면서 학생들을 혹독하게 공부시키는 것으로 알려져 있다.

교수 1인당 학생 수가 7~6명에 불과하며, 무려 9백여 개의 교내 동아리가 활동하고 있다.

Cornell대학교의 재학생 중 동양계 학생은 약 16%이며, 유학생 신분 학생이 9%를 차지하고 있다.

Cornell대학교를 관람한 후 집사람과 같이 승용차를 직접 운전하면서 버펄로(Buffalo)를 지나 조금 가다가 미국과 캐나다 국경선이 있어 국경선을 넘느라고 차들이 줄을 서고 있었다.

나의 차도 줄을 서고 기다렸다가 내 차례가 와서 캐나다 세관원으로부터 입국허가를 받고 Niagara폭포를 향하여 출발했다.

나의 승용차는 계속 북상하여 캐나다 영토인 나이아가라폭포에 도착했다. 이 나이아가라폭포(Niagara Falls)는 미국과 캐나다에 걸친 북아메리카에서 가장 큰 폭포이다. 나이아가라폭포는 미국 영토의 폭포보다 캐나다 영토의 폭포가 훨씬 아름다웠다.

나는 집사람과 같이 캐나다 영토인 나이아가라폭포에서 유람선도 타고 한때 즐거운 시간을 보냈다.

나는 집사람과 같이 승용차를 직접 운전하면서 계속 북상하여 8월 14일 캐나다, 토론토에 도착하여 경치가 아주 아름다운 온타리오(Ontario) 호숫가에 있는 호텔에서 일박한 후 정희철(鄭熙喆) 교수님(서울대학교 법과대학에서 상법 강의를 담당하셨고 정년퇴직 후 토론토에서 거주하고 계심)의 간곡한 권유에 따라 정 교수님 댁에서 2박을 머물렀다. 정 교수님께서는 캐나다에서 제일 유명한 토론토에 있는 골프장 회원권을 소유하고 계셨기 때문에 정 교수님을 모시고 한국 여자교포 두 분과 함께 골프운동을 두 번 하였다.

특히 우리 서울대학교 법대 11회 동문인 김동수 이사(캐나다 한일은행)와 황세철 부장(당시 몬트리올 은행 아시아사업개발부 근무)의 초대로 부부 동반하여 점심 및 저녁을 같이 하였으므로 동문들의 환대에 대하여 다시 한번 고마운 우정을 느끼었고 고맙게 생각하였다.

---

[*] https://ko.wikipedia.org/wiki/%EC%BD%94%EB%84%AC_%EB%8C%80%ED%95%99%EA%B5%90

2. 1990년 8월, 캐나다 몬트리올 체류(滯留)와 몬트리올에서 밴쿠버, 빅토리아섬까지 나의 승용차를 직접 운전하면서 집사람과 같이 캐나다대륙을 2회 왕복 횡단하였음

(1) 1990년 8월부터 1991년 2월까지 몬트리올에 있는 McGill대학교 항공우주법연구소 초빙 교환교수로 있었음

1990년 8월 몬트리올에 도착하여 몬트리올 시내에 있는 McGill대학교 항공우주법연구소 부근에 있는 아파트 방 2개를 세 얻어 약 6개월 반 동안 집사람과 함께 살았다. 특히 캐나다 몬트리올에 있는 세계적으로 유명한 대학인 맥길(McGill)대학교 항공우주법연구소로부터 초청을 받아 나는 대학원생에게 국제항공운송법에 관한 특별강연도 한 바 있다.

캐나다 대표 주간지 『매클린스』는 McGill대학을 15년 연속으로 캐나다의 대학순위 랭킹 1위로 선정하였다. 캐나다 국내에서 가장 많은 12명의 노벨상 수상자와 145명의 로즈장학생을 포함하여, 4명의 캐나다 총리, 최소 8명의 해외 국가원수, 15명의 대법관, 3명의 우주비행사, 9명의 아카데미상 수상자, 3명의 퓰리처상 수상자, 28명의 올림픽 메달리스트, 최소 10명의 억만장자를 배출했다. 특히 로즈장학생의 숫자는 전 세계 대학 중 하버드, 예일, 프린스턴 다음으로 많다.*

원래 캐나다 몬트리올에는 전 세계에서 193개국이 가입되어 있는 국제민간항공기관 (International Civil Aviation Organization, ICAO)의 본부가 있고 또한 전 세계에서 120개국의 290개 항공사가 가입되어 있는 국제항공수송협회(International Air Transport Association, IATA: 전 세계 항공운송량의 82%를 차지하고 있음)의 본부가 있으므로 국제항공운송 분야의 중심지라고 말할 수가 있다.

Michael Milde 교수께서는 국제민간항공기구(ICAO) 법무국장으로 오랜 기간 근무하셨고 명연설가로서 191개국이 참가하고 있는 ICAO 총회의 사회도 능숙하게 잘 보셨으며 ICAO를 정년퇴직하시자마자 McGill대학교 항공우주법연구소에서 바로 소장님으로 모셔온 분이시다.

M. Milde 교수께서는 다정다감하시어 서울에도 많이 오셨으며 한국인 지인(知人)들도 많

---

* https://ko.wikipedia.org/wiki/%EB%A7%A5%EA%B8%B8_%EB%8C%80%ED%95%99

1991년 1월 24일 캐나다 몬트리올에 있는 McGill대학교 항공우주법연구소 소장 M.Milde 교수에게
내가 기증한 "제공일계(濟空一界)"라는 붓글씨 액자와 석사과정 학생들, 국제민간항공기관 건물 앞,
국제회의 및 Milde 교수 댁에서 찍은 사진들

아 한국인 교수들이 ICAO총회 참석 때문에 몬트리올에 갔을 때에는 3명의 한국인 교수들을 나와 함께 댁으로 초대하여 사모님과 함께 저녁 식사를 맛있게 먹은 적도 있다.

1990년 8월 22일부터 24일까지, 캐나다, 오타와(Ottawa)에서 개최된 「제13회 국제비교법학술대회(50여 개국의 학자, 교수, 변호사 등이 참가)」에 참석하였고, 1990년 10월 18일부터 20일까지 역시 오타와에서 개최된 「제14회 캐나다와 일본 간의 국제통상법대회(미국을 비롯한 10여 개국의 학자, 교수, 변호사 등 참가)」에도 참석하였다.

1990년 10월 6일, 캐나다, 몬트리올에서 개최된 「제28회 국제민간항공기관(ICAO)의 특별총회(160여 개국의 대표가 참가)」에 나는 한국대표단(국토교통부 항공국장 등 참가)의 일원으로 참석하여 유익한 시간을 보낸 바 있다.

이때 당시 ICAO 특별총회에 북한대표단원들도 참석한 바 있으나 한국대표단원들과 서로 간에 대화를 나누지는 않았다.

(2) 1990년 9~10월 승용차를 직접 운전하면서 집사람과 같이 북미 캐나다대륙을 2회 횡단하였음

내가 몬트리올에 있을 때에 친하게 사귄 캐나다 교포 사장님들(이한구 사장, 김건유 사장, 노웅래 사장님 등)이 항상 내게 언제 또 교환교수로 몬트리올에 오겠느냐고 말하면서 일반 달력에 게재되어 있는 캐나다에서 제일 아름다운 캐나다 로키산맥에 있는 밴프(Banff)와 재스퍼(Jasper)국립공원을 꼭 가보라는 적극적인 권유에 못 이겨 1990년 9월 19일 집사람과 같이 내가 승용차를 직접 운전하면서 몬트리올을 출발하여 오타와를 거쳐 캐나다의 로키산맥에 있는 아주 아름다운 밴프국립공원(Banff National Park)을 관광하였고 컬럼비아 빙원(氷原: Ice Field)을 구경한 후 재스퍼(Jasper)국립공원에 9월 23일에 도착하였다.

1990년 9월 캐나다, 오타와에 있는 국회의사당 앞, 몬트리올에서 내가 살던 아파트 창구,
캐나다 고속도로상에서 북미대륙 횡단을 하였던 나의 소나타 차 달력에 나오는 아름다운 밴프에서 찍은 사진

좌측 사진은 1990년 9월 캐나다에 있는 토론토대학 게시판 앞에서 찍은 사진이고
우측 상단 사진은 슈피리어호(Lake Superior) 앞에서 찍었고
우측 하단 사진은 Banff에 있는 아름다운 호수 앞에서 찍은 사진임

내가 차로 계속 운전하면서 캐나다의 요호국립공원, 밴쿠버, Victoria섬에 있는 세계적으로 유명한 북미대륙에서 제일 아름다운 부차드가든(The Butchard Garden: 꽃 정원)에 9월 27일에 도착하였다.

실인즉 두 번째 북미 캐나다 대륙횡단은 9월 19일 몬트리올을 출발하여 밴쿠버(Vancouver)까지 갔는데 나는 캐나다의 1번과 17번 고속도로를 이용했다.

예쁜 별장과 유람선에 올라 단풍을 감상할 수 있는 풍미 수려(風味秀麗)한 아름다운 곳이다.

1990년 9월 27일 캐나다 Victoria섬 내에 있는 세계적으로 유명한
부차드 가든(The Butchart Garden) 내에서 나를 찍은 사진

(3) 맺는말

그동안 살아온 인생항로를 되돌아보면서 남은 여생을 설계한다는 것은 다시 한번 세파에 도전하게 되는 것이며, 앞으로의 인생의 새 출발을 의미하게 되는 것이므로 새로운 각오가 필요하다고 생각된다.

미국 및 캐나다 교수들에게 필자가 57세의 나이에 약 4개월 간격을 두고 북미대륙(미국, 캐나다 등)을 세 번 횡단하였다고 말하니까 잘 믿어지지 않는다고 말하며, 대륙횡단이라는 것은 20대 내지 30대가 하는 것이지 어떻게 50대 후반에 하느냐고 반문하는 이야기들을 많이 들었다.

미국 사람들 및 캐나다 사람들도 이 대륙횡단이 자기들의 일생에 있어 한번 해보고 싶은 꿈이라는 이야기를 많이 들었다.

나는 북미대륙을 횡단할 때 얻은 교훈은 욕심은 절대 금물(禁物)이라는 것이다.

북미대륙을 횡단할 때에 하루라도 빨리 가려고 욕심을 부리면 당초 예정된 목표지점을 나도 모르게 지나가게 되어 하루 14시간 이상 운전을 하게 되므로 대단히 피곤하여진다.

나는 북미대륙 횡단이 초행길이라 할지라도 지도 한 장에 의존하여 캄캄한 밤중에 조그마한 도시에서 모텔 또는 호텔을 찾는다는 것은 그리 쉬운 일이 아니었으므로 고생도 많이 하였다.

그러므로 우리의 남은 여생을 욕심을 부리지 말고 「하면 된다는 투지(鬪志)」를 가지고 평안하고 안락한 마음으로 건강을 유지하면서 밀고 나갈 때에, 뜻한바 목표 달성도 되고 젊은이들 못지않게 행복한 삶을 꾸밀 수 있다고 본다.

특히 승용차로 북미 캐나다 대륙을 횡단할 때에 온타리오호(Lake Ontario)와 슈피리어호(Lake Superior)뿐만 아니라 조그마한 아름다운 많은 호수들을 바라보면서 지나갔고 단풍도로(maple road) 양쪽에 서 있는 단풍나무에 붉게 물든 아름다운 단풍잎(maple leaf)들을 많이 보았고 캐나다 중부지방을 지나갈 때에 가도 가도 끝이 보이지 않고 개간되지 않은 넓은 평야를 수없이 볼 때에 캐나다는 하느님으로부터 축복받은 나라라고 생각되었다.

북미 및 캐나다 대륙을 횡단할 때에 미국과 캐나다의 서부, 중부, 동부지역의 각각 약간씩 다른 전통문화를 이해하는 데 크게 도움이 되었다. 사람들은 가끔 바쁜 일상생활 속에서 벗어나 새로운 여행과 경험을 함으로써 건강한 생활을 유지하는 데 도움이 된다고 본다.

제6절

● ● ●

1999년 11월, 나와 집사람이
중국 상해(上海)시, 항주(杭州)시 및
소주(蘇州)시를 여행하였음

1999년 11월 11일(목)부터 17일(수)까지 약 1주일간 나는 중국 절강성법학회(浙江省 法學會)와 중국의 상해교통대학(上海交通大學)과 네덜란드의 Leiden대학교 항공우주법국제연구소와 대만의 국제항공우주법 아시아연구소와 공동주최로 개최한 「미래 항공우주운송에 관한 밀레니엄 국제회의」에 Speaker로 초청을 받아 연구논문을 발표한 후 상해(上海), 항주(杭州) 및 소주(蘇州) 지역의 여행을 아래와 같은 일정으로 하였다.

11월 11일(목) 당초 내가 일면식도 없었던 중국 신화통신사(新华通讯社: 新華通訊社) 항주지사 이성일(李成日) 부장으로부터 자기가 이 통신사의 북경본사에 기자로 근무할 당시, 즉 1992년 8월 24일 한국과 중국 간의 외교관계가 수립되기 몇 년 전에 내가 중국신문에 세 번 보도되었다고 하며 당시 내가 교수로 근무하고 있었던 숭실대학교 법과대학으로 중국어 안부 편지가 몇 차례나 왔기에 나도 깜짝 놀랐다.

나의 국제항공우주법 관계 논문이 미국을 비롯한 영국, 독일, 캐나다, 네덜란드, 일본 등 지역에 있는 학술지에 게재되었고 여러 차례 이들 나라에서 개최된 항공우주법 분야의 국제회의에도 Speaker로 초청을 받아 항공우주법관계의 세계적인 현안문제와 해결방향을 제시하였기 때문에 이와 같은 내용이 중국신문에도 게재된 것이 아닌가 혼자 생각하였다.

여하간 이성일 부장의 주선으로 중국에서 유명한 관광도시인 항주(杭州)에 있는 절강성법학회(浙江省法学会) 회장 연광(燕廣) 교수의 초청으로 나는「한국에 있어서 상법과 경제발전과의 관계와 앞으로의 전망」이라는 제목으로 2시간 특강을 하고자 항주를 가게 되었다.

이날은 오전에 비가 많이 왔다. 중국 항주에서 발표할 원고정리 때문에 집에서 약간 늦게 오전 8시경 집사람과 같이 김포국제공항을 향하여 출발하였으나 가는 도중에 차가 너무나 막혀 오전 9시 20분 중국 상해를 향하여 출발하는 아시아나항공기를 놓쳤다.

할 수 없이 김포국제공항에서 중국동방항공공사(中国东方航空公司)의 비행기표를 어렵게 간신히 매입한 후 이날 오후 12시 55분 중국동방항공 항공기편으로 김포공항을 출발하여 현지 시간 오후 2시경 집사람과 같이 상해국제공항에 도착했다.

이날 오후 이성일(李成日) 부장이 항주시에서 1시간 이상 걸리는 상해국제공항까지 마중을 나와 공항에서 2시간 이상 기다렸기 때문에 나는 대단히 미안했다. 나와 집사람은 이성일 부장의 안내로 오후 4시 반경 기차로 상해국제공항을 출발하여 오후 5시 반경 항주에 도착하여 Media 호텔에 투숙하였다. 이성일 부장은 중국인 부인과 함께 항주 시내에서 아주 유명한 중국요리점에 집사람과 같이 만찬 초대를 받았기 때문에 맛있게 저녁 식사를 한 후 밤늦게 호텔로 돌아왔다.

11월 12일(금)

아침 일찍 일어나 오전 6시경 항주시 시가지 구역 서쪽에 면한 세계적으로 유명한 호수인 서호(西湖, Xī Hú)의 호숫가에서 신선한 공기를 마셔가면서 산보를 하였다. 호텔에서 아침 식사를 한 후 이 부장의 안내로 오전 10시경 다시 서호로 나와 집사람과 같이 유람선을 타고

좌측 사진은 1999년 11월12일 항주에 있는 서호에서 이성일 부장과 같이 찍은 사진이고
우측 사진은 나와 집사람이 함께 찍은 사진임

1999년 11월 12일 중국, 항주(杭州)에 있는 서호(西湖)에서 찍은 사진

아름다운 호수를 관광하였다.

　서호(西湖)는 3개의 제방으로 분리되어 있는데, 각각 소제(苏堤), 백제(白堤), 양공제(杨公堤)로 나누어져 있다. 중국에 서호(西湖)라는 이름을 가진 호수가 800개가 될 정도로 아주 많다. 이 중 가장 유명한 것이 바로 항주시에 있는 서호이다.

　이날 12시에는「절강성사법청(浙江省司法廳) 부청장 겸 절강성변호사협회 호호림 회장(胡虎林 會長)」의 초청으로 판·검사, 교수 및 변호사 등 10여 명과 함께 오찬을 하였다.

　오후 2시부터는「항주 Shangri La 호텔」국제회의실에서「한국의 경제발전과 관련된 개정회사법(중국: 公司法)의 역할」이라는 제목으로 OHP 슬라이드를 이용하여 중국의 판·검사, 교수, 변호사, 회사의 간부 및 대학원생 등 150여 명 앞에서 90분간 강연을 한 후 30분간 질의응답 시간도 가진 바 있다.

　나는 중국의 공산주의 사회에서 주로 자본주의의 장·단점과 한국의 경제발전에 회사법이 어떠한 역할을 하고 있는가에 대하여 상세히 설명을 하였는데 청중들의 호응이 좋아 많은 질문을 받았고, 답변도 하였다.

　이날은 중국인 조선족 여자통역사가 통역을 하였다.

　이날 오후 4시경 항주 시내에 있는 1897년에 설립된 중국 내에서 유명하고 캠퍼스가 아름다운 절강대학(浙江大学, Zhejiang University)을 방문하였다.

　이 대학에는 한국학연구소가 설치되어 있어 이곳을 방문하였는데 큰 건물 2층에 자리를 잡고 있었으며 이 연구소의 연구실이 일반 교실의 두 배 이상이나 되게끔 컸으며 중국인 연구소장님을 비롯하여 10여 명 이상이 되는 연구원들을 만났다.

이 연구소의 연구원들은 한국학에 관한 많은 저서를 발간하고 있었을 뿐만 아니라 학술대회 등도 그동안 여러 차례 개최하는 등 연구업적이 많이 있었다. 내가 특히 감명받은 것은 이 연구소에 매년 한국의 김우중(전 대우그룹 회장) 씨가 연구비 조로 100만 달러씩 기증을 해왔는데 대우그룹이 부도가 나서 앞으로 김우중 씨로부터 기부금을 받지 못하게 되었다는 연구소장의 말을 듣고 안쓰럽게 생각하였으며 한편 김우중 씨의 훌륭한 업적도 다시 한번 생각하게 되었다.

오후 6시 절강성사회과학원(浙江省社會科學院) 하일봉 부원장(何一峰副院長)께서 나를 위한 초청으로 항주 시내에서 유명한 중국요리점으로 판·검사, 학자, 교수 및 변호사, 사장 등 40여 명이 참석하였으며 이들과 함께 만찬을 같이 하였다.

이날 만찬 도중 나의 강연을 들은 한 중국인 변호사가 말하기를 내가 작성한 OHP 슬라이드에는 한문자(漢文字)를 많이 써서 작성하였기 때문에 강연내용을 70% 이상 알아듣겠는데 중국인 조선 여자통역사가 나의 강연을 간혹 틀리게 통역한다고 말하기에 나는 중국인 조선족 여자통역사가 법학 전공이 아니므로 회사법의 전문용어를 잘 모르기 때문에 이와 같은 약간의 오역(誤譯)이 생겼다고 말하였다. 만찬이 끝난 다음 밤 8시 반경 호텔로 돌아왔다.

11월 13일(토)

이날 오전 9시 반경 항주를 떠나 소주(蘇州)를 향하여 기차로 가는데 항주역까지 이성일 부장 내외가 항주역에 전송을 나왔으므로 고마웠으며 11시 반경 소주역에 도착하였다. 오후에는 여행사의 안내로 미국인 20여 명과 함께 소주 시내 관광(city tour)을 한 후 소주 Ambassador 호텔에 투숙하였다.

소주는 상해에서 서쪽으로 약 80km 정도 떨어진 곳에 위치하고 있으며, 과거에 베이징과 항주를 연결시키는 경항대운하(京杭大运河)가 지나가던 곳으로 인근 다른 도시에 비해 수상교통이 발달했다.

이런 연유로 동양의 베네치아라는 이름으로도 많이 부르고 있다.

중국의 옛말에 「상유천당 하유소항(上有天堂 , 下有苏杭)」, 즉 '하늘에는 천당이 있고, 땅에는 소주와 항주가 있다'라는 격언(格言)이 있다. 이는 중국에서 흔히 소주와 항주의 경치를 묘사할 때 쓰는 표현이다. 문장 그대로 천국과 같은 아름다움을 간직한 소주와 항주를 말하고 있다.

소주는 「지상의 천당」이라고 불릴 만큼 아름답고 고색창연한 문화유적이 많은 도시이다. 소주는 또한 정원의 도시로도 유명하고 도시 자체가 정원이라고 해도 과언이 아닐 정도이다. 중국에서는 정원을 흔히 원림(園林)이라고 부르고 있다.

중국식 원림은 아직 전 세계 어디에서도 따라가지 못한다고 보고 있다.

소주 하면 바로 4대 정원인 ① 졸정원(拙政園), ② 사자림(獅子林), ③ 유원(留園), ④ 창랑정(滄浪亭)이 최고의 관광명소로 뽑히고 있다. 이 중 졸정원과 유원은 유네스코 세계문화유산에 등록이 되어 있을 정도로 수려한 장관을 뽐내고 있다.

중국, 베이징(北京)의 이화원(颐和园)

북방에서는 황실 원림으로 베이징의 이화원(颐和园)과 청더(承德)의 피서산장(避暑山庄: 세계문화유산)이 유명하다면, 남방에서는 바로 소주의 졸정원과 유원이 원림의 백미로 꼽히고 있다. 청더(承德)의 피서산장은 과거 중국 청나라 시기에 황제가 여름철에 지냈던 궁으로 북경에서 180km 떨어져 있으며, 황제 궁실과 정원 그리고 웅장한 사원(寺院)들로 구성되어 있다.

11월 14일(일)

소주에서 오전 9시경 기차로 집사람과 같이 떠나 12시경 상해에 도착하여 포동(浦東)에 있는 중국에서 초일류급 호화 호텔인 「포동 Shangrila 호텔」에 투숙하였다.

11월 14일(일: 전야제)부터 16일(화)까지 중국의 상해교통대학(上海交通大學)과 네덜란드의 Leiden대학교 항공우주법국제연구소와 대만의 Taipei시에 있는 국제항공우주법 아시아연구소와 공동주최로 개최한 국제회의의 주제는 「미래 항공우주운송에 관한 밀레니엄국제회의(Millennium Conference on the Future of Air and Space Transportation)」이며 나는 Speaker로 초청을 받아 3박 4일간 이 호텔에 투숙하였다.

1896년 청나라 때에 개교한 중국에서 아주 유명한 상해교통대학(Shanghai Jiao Tong University)은 대학생 및 대학원생까지 합하여 4만 1,783명(2010년 기준)이고 전임교원 수는 3,094명(2010년)인데 유명한 졸업생으로 중국의 국가주석을 역임한 장쩌민 주석(江澤民 主席)이 있다.

이날 오후 3시부터 5시까지 상기(上記) 국제대회에 참석한 외국 및 중국 교수, 변호사, 각국의 항공사 및 우주사업단의 고위간부들과 함께 상해교통대학을 견학하였으며 이 대학의 Xie Sheng-Wu 총장께서 저녁 만찬을 베풀 주어 우리 부부는 참석하였다.

11월 15일(월)

이날 오전 8시 미국의 Delta항공사 측에서 상기 국제대회에 7개 Session의 공동의장들, 나를 포함한 발표자들 및 토론자들, 이 국제대회에 외국에서 참가한 30여 명에게 조찬에 초대하였다.

오전 9시부터 10시까지 상기 국제대회의 개회식이 있었고 오전 10시부터 오후 5시 반까지 제1차, 제2차, 제3차의 각 Session별로 세계적으로 유명한 항공우주법 분야의 교수, UN의 우주사업국장, 유럽항공교통관제(Eurocontrol)의 법무국장, 국제수송협회(IATA)의 고위간부, 일부 국가들의 항공사 사장, 항공청의 항공국장, 정부의 우주사업국장 등이 참가하였다.

이날 대회는 2명의 공동의장의 사회로 진행되었는데 미국, 영국, 중국, 이탈리아, 네덜란드, 한국, 대만, 마카오 및 국제민간수송협회(IATA) 등으로부터 참가한 Speaker들의 연구논문의 발표와 토론자들이 참가하여 항공우주법 분야의 세계적인 현안 문제와 해결방안 등을 심도 깊게 토의하였다.

오후 6시부터 8시까지 중국 측의 상해항공사는 상기 국제회의에 참가한 모든 인사들을 만찬에 초대하였다. 밤 8시부터 10시까지 주최 측의 안내로 상해 시가를 관광하였다.

1월 16일(화)

오전 9시부터 오후 5시 반까지 제4차, 제5차, 제6차, 제7차의 각 Session별로 2명의 공동의장의 사회로 상기 각국에서 참가한 발표자의 귀중한 연구논문의 발표와 폐회식이 있었다.

나는 제5 Session에서 네덜란드의 Leiden대학교 법학부 Carel Stolker 교수와 중국의 베이징대학 법과대학 학장 Wu Zhipan 교수의 사회로 오전 10시 50분부터 11시 20분까지 30분간 국제항공운송에 있어 최근의 판례법(*Recent Case Law on the Liability in International Air Transport*)」에 관한 연구논문을 OHP Slide를 이용하여 발표했다.

나의 연구논문의 발표 요지는 다음과 같다.

1983년 9월 1일 대한항공 007기편이 구소련 영공을 침범하였다고 구소련 전투기에 의해 격추되어 승객 269명이 사할린 서쪽 바다에 추락하여 전원 사망하였으므로 일부 유족들이 미국법원에 제기한 손해배상소송사건에 대한 미국 대법원 판결에 관한 나의 판례 평석(評釋)을 발표했다.

당초 대한항공 007기편 격추사건(大韓航空007機便 擊墜事件)은 1983년 9월 1일 미국 뉴욕 존 F. 케네디국제공항을 출발하여, 미국 앵커리지국제공항을 경유해서 김포국제공항으로 오던 중 대한항공 소속 007편 여객기가 구소련 사할린 영공에서 구소련 공군 소속의 수호이 15 전투기의 공격을 받아 사할린 서쪽 바다에 추락하여 탑승자 전원이 숨진 사건이다.

이 사건으로 래리 맥도널드 미국 민주당 하원의원을 포함한 16개국의 국적을 가진 승객 269명 전원이 사망했다. 비무장 여객기에 대한 구소련 전투기의 공격으로 인한 대한항공기 격추사건은 비인도적이므로, UN을 비롯한 대한민국 및 서방 국가에 엄청난 파문을 일으켰으며 세계 곳곳에서 구소련을 비난하는 규탄대회가 연일 일어난 엄청난 큰 사건이었다.

대한항공 007편의 항로(점선: 예정항로, 실선: 실제비행) 지도

상기(上記) 국제대회에는 각 7개 Session에 참가하였던 2명의 공동의장, 3명 내지 2명의 발표자 및 3명의 토론자 3명으로 전 세계에서 합계 42명이 참가하였으며 세계 각국에서 참가한 발표자의 논문은 모두 21편이었는데 중국의 베이징대학 법대 학장인 Wu Zhipan 교수는 나한테 여러 나라에서 제출한 영어 논문들을 며칠간 밤을 새워가면서 대충 다 읽었는데 나의 논문이 논리 정연하며 가장 우수하다고 평가를 해주어 우리나라 국위를 선양시키는 데 조그마한 보탬이 되었다고 생각되어 고마웠다.

이날 오후 4시 10분부터 시작하는 상기 국제대회의 폐회식에 참석하였으며 폐회식이 끝난 다음 오후 5시부터 주최 측에서 새로 건설한 상해 포동국제공항의 장비 및 시설 등을 안내하므로 이 새로운 국제공항을 관람했다.

1월 17일(수)

오전 8시 반경 상해 「포동 Shangrila 호텔」을 집사람과 홍순길 교수(전 한국항공대학교 총장) 내외와 함께 출발하여 상해국제공항에 도착했으며 오전 9시 20분에 상해국제공항에서 출발하는 중국동방항공MU 5041편으로 김포국제공항에 낮 12시경 도착해 귀국하였다.

제7절

● ● ●

2019년 10월, 한화회 회원들과 같이 중국의 충칭(重庆), 구이양(贵阳), 안순(安顺), 싱이(兴义), 황궈수폭포, 마링허대협곡, 만봉림, 만봉호, 천성교, 용궁 등을 관광하였음

2019년 10월 29일 (화) 오전 6시경 나는 한화회(韓火會: 한국화약그룹 퇴직 임원들의 모임) 회원 14명, 부부 동반 회원과 부인들 24명, 합계 38명과 같이 인천국제공항에 모여 아시아나항공편으로 오전 8시 30분 인천국제공항을 출발하여 중국 현지 시간 11시 50분에 충칭(重庆)국제공항에 도착했다.

우리 일행은 충칭(重庆)시로부터 구이저우성(贵州省)에 있는 구이양(贵阳)까지는 기차로 동행하였고 오후에 구이양(贵阳)으로부터 안순(安顺)까지는 관광버스로 이동하였다.

10월 30일 (수) 오전 8시경 안순(安顺)을 출발하여 황과수로(黄果树路)에 오전10시경 도착했다.

수렴동(水簾洞), 제4대 폭포 중의 하나인 황궈수폭포(黄果树瀑布)와 은먹거리폭포를 관람한 후 관광버스로 3시간 걸려 싱이(兴义, 홍의)에 도착하였다.

이날 밤에는 모두들 맛사지 전문점에 가서 전신 맛사지를 한 후 몽락성(梦乐城) 호텔에 투숙하였다.

중국, 귀주성(貴州省)에 있는 황궈수폭포(黃果樹瀑布) 앞에서 찍은 사진

2019년 10월 30일 한화회 회원들과 같이 황궈수폭포 앞에서 찍은 사진

10월 31일(목) 오전에 아침 식사 후 우리 일행은 관광버스로 이동하여 마링허(马岭河大峡谷, 上行电梯, elevator), 만봉림(万峰林, 电动车, electric motor car), 만봉호(万峰湖: 遊船) 등을 안순(安順)에서 관광하였다. 밤에는 안순포화(安順葡华) 호텔에 투숙하였다.

마링허(马岭河) 협곡(峽谷)은 싱이(兴义, 흥의)에서 동쪽으로 6㎞ 지점의 마링하(马岭河, 마령하)상에 위치하며
약 7,000만 년 전의 지각운동과 하천의 침식에 의해 생성된 길이 74.8㎞의 협곡으로 평균 폭과 깊이는
약 200〜400m 사이이며 가장 좁은 곳은 50m, 가장 깊은 곳은 500m이며 하천의 낙차는 약 1,000m에 달한다.

2019년 10월 31일, 중국, 귀주성(贵州省), 천성교경구(天星桥景区)에 있는
마링하(马岭河, 마령하) 대교에서 한화 회원들과 같이 찍은 사진

10월 31일 중국, 귀주성, 마링허대협곡(马岭河大峡谷)을 올라가는 Elevator 앞에서
한화회 회원들과 같이 찍은 사진

중국, 귀주성에 있는 전통복장을 입은 묘족 처녀들이 전통 춤을 추고 있다

2019년 10월 31일, 중국, 귀주성(貴州省), 천성교경구(天星桥景区)에서
한화회 회원들과 같이 찍은 사진

11월 1일(수) 오전 조찬 후 호텔을 출발하여 우리 일행은 룽궁(龙宫, 용궁), 龍宮에서 Elevator를 타고 올라갔고 내려올 때에는 아름다운 오색찬란한 전구 빛과 용궁동굴(龍宮洞窟)을 구경하면서 걸어서 내려오다가 조그마한 호수가 있어 나룻배를 타고 내려왔다.

11월 1일(금) 한화회 회원들과 함께 용궁(龍宮)에서 Elevator를 타고 산정상에 올라가기 전에 찍은 단체 사진

11월 1일(금) 중국, 용궁동굴(龍宮洞窟) 안에 있는 자그마한 호수와 보트들

1월 1일(금) 용궁동굴(龍宮洞窟) 안에 있는 자그마한 호수에서 오색찬란한 전구 불빛 밑에서
관광객들이 뱃놀이를 하고 있는 장면을 찍은 사진

중국, 귀주성, 안순(安順)에 위치한 만봉림(万峰林)은 해발 2,000m에 있는 산봉우리로
만 개의 봉우리가 숲을 이루고 있다고 하여 만봉림이라는 이름이 붙여졌다.

11월 1일(수) 한화회 회원들과 같이 안순(安順)에 있는 만봉림(万峰林)을
전기자동차로 만봉림 주변을 관람하였다

우리 일행은 저녁 식사를 한 후 중경아시특급(重庆雅诗特级) 호텔에 밤 8시경 도착했다.

11월 1일(수) 오후 우리 일행은 오찬을 한 후 안순(安順)에서 전용관광버스로 구이양(贵阳)으로 갔고 구이양에서 고속열차로 오후 2시 14분경 출발하였으나 연착되었기 때문에 오후 6시경 충칭(重庆)에 도착했다.

11월 2일(토) 우리 일행은 오전에 충칭(重庆)에 있는 「한국임시정부청사」를 방문한 후 낮 12시 50분, 충칭(重庆)국제공항을 아시아나항공편으로 출발하여 인천국제공항에 오후 5시 반경 도착했다.

11월 3일(토) 한화회 회원들과 같이 중국, 충칭(重庆)에 있는 「한국임시정부청사」를 방문한 후
청사 입구 앞에서 찍은 사진

제11장

· · ·

내 인생의 길잡이

제1절

• • • •

내가 가톨릭 신자가 된
동기와 신앙생활

나의 종교는 원래 예수교장로교회의 신자였다. 내가 예수교를 믿게 된 동기는 매형이 독실한 기독교의 전도사였기 때문에 감화를 받아 믿게 되었다. 나의 어머니께서는 3남 4녀를 두셨는데 첫째 딸인 나의 누님은 초등학교만 나왔다. 경제적으로 여유가 있음에도 불구하고 일정시대에 큰누님은 중학교도 보내지 않았고 초등학교만 마쳤다. 나중에 큰누나는 불평불만이 많았다. 여동생들은 모두 대학까지 졸업을 시켰는데 자신은 왜 초등학교밖에 안 보냈느냐 하면서 원망을 했다.

그리고 당시 일정시대에 위안부로 끌려가는 미혼 여성들이 많았으므로 큰누나는 일찍 결혼을 시켰다.

그런데 결혼 후 얼마 되지 않아 제2차 세계대전인 태평양전쟁 때 매형이 학도병으로 끌려가 전쟁에서 일찍 돌아가셨다.

그 후 누님은 충주시 부근에서 목회활동을 했던 전도사와 재혼을 했다. 그래서 매형이 예수교장로회 소속 전도사였기 때문에 나도 그 영향을 받아서 청주 시내에 있는 중앙교회(예수교장로회)에 중학교 때부터 다녔다. 나는 서울대학교 법과대학 1학년 때 서울시 중구에 있는 영락교회에서 학습을 받았고, 서울대학교 대학원에 다닐 때 서울 종로구 이화동에 있는 나의 집에서 가까운 연동교회에서 세례를 받았다.

내가 가톨릭으로 종교를 바꾸게 된 직접적인 동기는 내 조카가 셋이 있었는데, 장손인 큰 조카는 파주중·고등학교 선생이었고, 둘째, 셋째 조카는 내 매제가 경제 신문사에 취직을 시켰는데 둘 다 일찍 퇴직을 하였다. 중·고등학교 선생이었던 장손은 먼저 세상을 떠났고 며느리는 행방불명이 되었다.

그래서 장손이 없으니 내가 우리 집에서 아버지 어머니 제사를 지내려고 했으나 여러 가지 여건이 허락되지 않았다.

그래서 나는 할 수 없이 성당에 나가서 미사로 위령미사(제사)를 올리는 것이 하느님의 뜻이라고 생각하였다. 나는 무엇이든 한번 시작하면 열심히 하지만 성당도 정성을 다해 열심히 다니고 있었다.

나는 종로구 세검정동에 있는 세검정성당(洗劍亭聖堂)에서 2003년 8월 9일 세례를 받았고 세례명(洗禮名)은 로마노(Romano)이다.

물론 2003 年 8月 9日 세검정성당에서 견진성사(堅振聖事)도 받았다. 나는 세검정성당 「정의의 거울 Legio」에서 약 8년간 부단장으로서 봉사활동을 한 바 있다. 나는 지금도 세검정성당에서 정의 거울 레지오에 참가하고 있다.

나의 처갓집은 모두가 가톨릭 신자이며 돌아가신 장모님이 우리 집에 오시면 꼭 새벽 미사를 다니신 바 있다. 그러나 우리 집사람은 불교 신자이다.

• • • •

내 평생 기억에 남고
잊을 수 없는 친구들

나의 충북, 청주고등학교 친구들 중에는 김태근(金泰瑾)이라는 친구가 있었는데 1952년도 당시에 나의 집 청주시(당시 청원군 사주면) 부근에 만여 평이나 되는 사과, 배, 복숭아와 정원수가 있는 아름다운 과수원에 있었는데 이 과수원 내에 있는 조용한 집에 김태근 동문이 거의 무료로 기숙을 하였다.

김태근 동문은 청주고등학교 2학년 때 학급에서 1~2등을 하는 수재(秀才)였으므로 나는 2학년 2학기 때부터 대학입시 준비를 위하여 이 과수원 집에서 김태근 동문과 같이 밤낮을 가리지 않고 열심히 공부한 결과 둘 다 대학에 무난히 합격하였다. 김태근 동문과 나는 청주고등학교 다닐 때 가장 친한 친구였다. 김태근 동문은 1953년 당시 연세대학교에는 고등학교에서 1등을 하는 수재들에게 무시험 합격제도가 있어 연세대학교 법과대학에 입학하였고, 나는 서울대학교 법과대학에 시험을 봐서 합격하였다. 그 후 김 동문은 국민은행 지점장도 지냈고 서울시청 옆에 있는 상호신용금고의 상무도 역임하였는데, 20여 년 전에 고인이 되었다.

내가 서울대학교 법과대학에 입학하여 1학년에 다닐 때 사귄 아주 친한 친구가 있었는데 마산고등교 출신의 박일흠(朴一欽) 동문이었다. 박 동문의 집안은 부유하였는데 1학년 여름방학 때 마산까지 놀러 간 적이 있는 잊을 수 없는 친구였다. 서울법대 4학년 때 나와 박일흠 동문과 유경종 동문(산업은행 감사 역임) 셋이서 약 1년 반 이상 우리나라 독립운동가이며 2대 국회의원을 지낸 이규갑(李奎甲) 씨 댁에서 하숙을 하였다. 하여간 서울법대 다닐 때에 수업 시간에 또는 놀러 다닐 때에도 같이 붙어 다녔던 가장 친한 친구였다.

　박일흠 동문은 고등고시사법과 9회 합격자로서 청주지방검찰청 검사장과 대검찰청 감찰부장을 역임했으며 국무총리를 지냈던 노재봉 교수와는 마산고등학교 동기 동참이며, 박일흠 동문의 부인도 마산여고를 졸업한 재원이었다. 박일흠 동문은 이미 고인이 되었다.

· · · ·

나는 겉과 속이 다르지 않다

나는 선천적으로 건강한 체질을 이어받기도 했지만, 매사에 무엇에도 얽매이지 않는 낙천적인 성격과 꾸준한 체력관리가 내 건강의 비결이라고 생각된다. 물론, 나이 들어서 약간의 문제들이 생기긴 했었다. 지금까지 세 번 정도의 큰 수술을 했다.

첫 번째는 2002년 12월, 국민건강보험공단에서 시행하는 정기신체검사에서 우연히 초기 위암이 발견돼 세브란스병원 소화기내과에서 위 일부 절제수술을 받고 완치됐다.

두 번째는 2014년 9월, 나 자신도 모르게 패혈증에 걸렸는데 패혈증으로는 70% 이상 소생이 불가능하다는 진단이 내려졌는데도 불구하고 의술이 좋아 세브란스병원에서 15일간 입원하여 소화기내과에서 치료한 끝에 위기를 모면하고 완치되었다.

세 번째는 2016년 12월, 역시 신체검사 중에 나의 심장혈관 3개가 막힌 것이 발견됐다. 혈관 한 개는 완전히 막혀 있었고 나머지 두 개도 거의 막혀가고 있어서 수술을 하지 않으면 나중에 문제가 생겼을 때 손을 쓰기가 어려울 것이라는 진단이 세브란스병원에서 내려졌다.

그래서 세브란스병원 심장외과에서 좌측 다리 허벅지에 있는 혈관 30cm를 잘라 나의 가슴을 절개 수술을 한 다음 막힌 혈관을 잘라 다리 허벅지에서 가져온 혈관을 새로이 연결시키는 대수술이 성공되었고 11일간 입원한 후 완치되었다.

지금은 상기 세 가지 병이 완치되었기 때문에 늘 세브란스병원의 고마움을 평생 잊지 않는다.

건강에 위기가 왔을 때, 물론 두렵기도 했지만, 항상 나의 삶이 그랬듯이 그것에 잠식돼 버려서는 안 된다고 마음을 먹었다. 담담해지려고 노력도 했고, 그 나머지는 모두 천주님께 맡겼다.

나의 삶의 지표가 되는 소신이 있다면 '매사에 긍정적으로 살자'이다. 나는 거의 스트레스를 안 받는 체질이다. 그리고 항상 기도가 생활화되어 있다. 어려운 일이 있을 때마다 마음속으로 기도를 올리고, 그럴 때마다 항상 천주님께서 응답해 주시고 기도를 들어주신다.

서울시 종로구 세검정성당에서 영세를 받을 때 대부가 주신 예수님의 목상은 지금도 항상 내가 공부하는 책상 위에 놓여 있다.

예수님께서 말씀하신 '이웃을 내 몸과 같이 사랑하라'라는 격언(格言)은 항상 주변에서 실천하고 외국에 가서도 실천하려고 노력하고 있다. 나는 제자들에게 '성실하게 살아야 된다' 무엇이든지 단계를 잘 밟아가면서 지내다 보면 결국은 자신의 꿈을 이룰 수 있다. '나는 겉과 속이 같은 사람이다.'

나 자신을 설명할 때 자신 있게 말할 수 있는 부분이다.

나는 그저 삶을 담담하고 정직하게 살아왔다. 또한 「정신일도 하사불성(精神一到何事不成)」의 소신으로, 「무엇이든 마음을 다해 최선의 노력을 기울이면 이루지 못할 것이 없다」라는 소신으로 생활해 왔다.

지금도 수술이나 주사 맞을 때처럼 몸이 고통스러울 때, 예수님께서 받으신 고통을 생각하면서 이런 것은 별것 아니라는 생각으로 두려움을 극복한다. 국민건강검진 때 초기 위암이 발견되어 수술하여 완치되었고, 패혈증으로 쓰러져서 응급실에 실려가 보름간 입원하여 치료한 후 완치된 때도 있었다.

4년 전에는 신체검사에서 피검사를 했더니 혈관이 세 군데가 막혀 있다고 해서 세브란스병원에서 CT를 찍어보니 혈관 세 군데가 막힌 것으로 결과가 나와서, 우측 다리 혈관을 일부 절단하여 연결하는 수술을 한 후, 완치되었다. 내 인생에서 그나마 힘든 시절이 있었다면 대한석탄공사 재직 시, 병역 미필로 그만두게 되어 한 3개월가량 쉬어야만 했던 시기와 나중에 대한석탄공사 총무이사로 있을 때 사직서를 내야만 하던 때인 것 같다.

대부분 내 연배에서는 어린 시절에 가난하여 힘든 시절의 이야기들을 하지만 나는 어린 시절에 전혀 어려움을 모르고 자랐다. 단지 어린 시절에 힘든 기억이 있다면, 아버지는 우익이었는데 작은형이 좌익이라서 중학교 1, 2학년 때, 선배들이 좌익 동생이라고 괴롭혀서 학교 생활이 조금 힘들었다.

내가 중국에서 베이징이공대학 법대 및 대학원, 하얼빈공업대학 법대, 난징항공우주대학 인문사회과학원, 서안(西安)에 있는 서북정법대학 법대, 텐진대학 법대 및 대학원에서 국제 항공우주법을 약 8년간 강의를 한 바 있다. 최근에는 코로나19 감염 때문에 중국행 입국사증 (Visa)이 잘 나오지 않아 중국에 가서 대학 강의는 못 하고 있다.

나는 한국이나 중국에서 나의 젊음을 유지하는 비결이 무엇이냐고 질문을 받을 때가 더러 있었다.

나의 답변은 항상 「케세라세라(Que sera sera)」라고 말하는데 그 뜻은 스페인어로 「될 대로 되라」는 의미이다. 이 단어의 속뜻은 「이루어질 일은 언젠가 다 이루어진다」라는 긍정의 의미 를 담고 있다.[*]

따라서 나는 거의 Stress를 생각하지도 않고 받지를 않고 있기 때문에 젊음의 비결이라고 말할 수가 있다.

중국의 법과대학은 어디에 가나 여학생들이 남학생들보다 많다.

어떤 때는 중국의 베이징에서 강의를 마치고 한국에 돌아오면 중국의 여자 대학원생이 love professor!라면서 이메일을 보내온 적이 있다. 이 여학생은 중국사법고시에 합격한 후 검 사발령이 났는데 나에게 앞으로 자기의 진로에 대하여 이야기해 달라고 휴대전화로 중국의 WeChat(한국의 카카오톡과 유사함)으로 왔기에 나는 여자들 직업 가운데 제일 좋은 직업은 교수직이기 때문에 우선 검사생활 5년을 하면서 박사과정에 입학하여 학위를 취득하고 앞으 로 5년간 실무경험을 쌓은 다음 교수직으로 전직(轉職)하라고 말하였더니 나의 말 대로 그렇 게 하겠다고 답변을 했다.

현재 이 여학생은 베이징 인민지방검찰청 산하에 있는 한 지구(地區) 인민검찰청 검사로 근무하고 있다. 중국에 가면 학생들이 많이 따르는데 그것이 다 나의 긍정적인 태도가 젊은이 들에게도 좋은 Image 전달이 된 것이 아닌가 하는 생각이 든다.

또 난징에서 수업을 듣는 2학년 학생인데, 아버지가 컴퓨터회사를 운영하고 있었다. 이 학 생은 내가 강의 후에 시간이 될 때면, 나에게 관광가이드를 자처하면서 난징관광여행 안내를

---

[*] https://www.womennews.co.kr/news/articleView.html?idxno=66373

하였다.

세계적인 학자인 나를 보는 것만으로 영광이라며 관광 안내를 해주는 것이었다.

또한 중국, 베이징에 나는 여러 차례 대학에서 강의를 하러 갈 때마다 여학생들이 교수들의 심부름이라고 말하면서 승용차를 가지고 베이징수도국제공항에 마중을 나오면서 매우 극진히 예의를 다하는 모습이 보기도 좋았고 고맙기도 했다. 중국에서 내가 느낀 점은 학생들이 어른에 대한 마음가짐이 우리나라와는 많이 다르다는 것이었다.

즉 어른을 존경하는 장유유서(長幼有序)를 철저히 지킨다는 점이다. 항상 어른에 대해 예를 갖추는 것이 일찍부터 가정교육으로 몸에 밴 듯이 보였다. 항상 노인들에 대한 공경심을 갖고 있는 모습이 인상적이었다.

나는 다시 태어나도 국제항공우주법과 정책을 연구하겠다

앞으로 전 세계 사람들은 달에 대한 관심이 더욱 높아질 것이다. 달에 있는 헬륨-3(Helium-3)은 금값의 300배나 비싸다. 그 헬륨-3을 핵융합을 시키면 전력(電力)이 생산된다. 달에서 헬륨-3을 25톤 가져오면 미국의 1년 동안 에너지 문제를 해결할 수가 있다.

앞으로 50~60여 년 후에는 지구의 화석연료(化石燃料: 석탄, 석유 등)가 고갈되어 에너지 수급에 심각한 문제가 될 것이다. 그래서 세계의 선진국들에서는 달 개발에 많은 투자를 하고 있다.

우리나라도 대전광역시 대덕단지에 있는 한국우주연구원(KARI)도 헬륨-3(Helium-3) 개발에 관하여 많은 관심을 가지고 있다.

1979년의 달 협약 제11조 1항에 「달과 기타 천연자원은 인류공동의 유산이다(The moon and its natural resources are common heritage of mankind)」라고 규정되어 있다.[*] 그러나 강대국들은 자신들이 달에 있는 천연자원을 더 챙기고자 이 협약에 가입되어 있지 않다.

그래서 나는 앞으로 발생할지도 모르는 강대국들 간의 달에 있는 천연자원 선점(先占)에 관한 분쟁을 미리 막고자 오스트리아, 비엔나에 있는 UN의 우주평화적이용위원회(UN

---

[*] Prof. Dr. I. H. Ph. Diederiks-Vershoor, An Introduction to Space Law, Kluwer law International, 1999, at 200.

COPUOUS) 산하에 새로운 「국제우주기구(International Space Agency, ISA, 가칭(假稱)」를 만들자고 제안을 했다.

달에는 헬륨-3뿐만 아니라, 실리콘, 만강, 텅스텐, 철 등 지하자원이 풍부하고 얼음이 있기 때문에 국제우주기구(ISA)를 만들어서 각국이 달에서 자원을 채굴할 때 광물을 채굴할 수 있는 광업권(mining right)을 이 국제우주기구가 허가를 해주고 85%는 자국의 것이 되고 15%는 ISA의 우주개발 기금으로 적립하여 화성(Mars), 금성(Venus), 수성(Mercury), 목성(Jupiter), 소행성(Asteroid), 토성(Saturnus) 등과 기타 천체(Other Celestial Bodies)의 탐험과 자원개발에 소요되는 자금으로 사용하고 또 달과 화성 및 기타 천체에 있는 자원 개발을 잘 못 하는 아프리카에 있는 나라들에 우주탐험 및 우주개발 자금으로 지원을 해주자는 것이다.

그렇게 되면 앞으로 발생할지도 모르는 강대국 간의 분쟁을 어느 정도 경감시킬 수 있다고 사료(思料)된다. 아직 국제우주기구의 설립이 성사되지 않고 있지만, 점차 각국의 대표들이 관심을 갖게 될 것으로 생각한다. 이렇듯 항공우주산업은 앞으로 전망이 매우 밝다. 서울에서 뉴욕까지 2시간 반 만에 가는 비행기가 개발될 것이 기대된다. 지금 한창 연구 중이며 약 10년 후에는 실현될 전망이다.

항공우주기술 분야는 다른 산업에 미치는 기술파급효과가 매우 크다. 합금기술, 골프를 치는 Shaft, 자동차, 선박, 항공기, 인공위성 등, 이미 우리 실생활에 항공우주기술이 접목된 것들이 많이 있다.

현재 우리나라도 공과대학에는 항공우주공학과 또는 첨단기술학과를 개설하고 있으며 이를 전담하는 한국항공대학교와 한서대학 등이 있다.

나는 2010년부터 2018년까지 중국, 베이징에 있는 ① 베이징이공대학(Beijing Institute of Technology, BIT), ② 중국정법대학(China University of Political Science and Law, CUPL), ③ 베이징항공우주대학(Beihang University), 난징에 있는 ④ 난징항공우주대학(Nanjing University of Aeronautics and Astronautics, NUAA), 하얼빈에 있는 ⑤ 하얼빈공업대학(Harbin Institute of Technology, HIT), 톈진에 있는 ⑥ 톈진대학 법과대학(Tianjin University, Law School, TULS), ⑦ 중국민항대학(Civil Aviation University of China), 서안(西安, Xi'an)에 있는 ⑧ 서북정법대학(Northwest University of Political Science and Law), 상해에 있는 ⑨ 화동정법대학(East China University of Political Science and Law) 들 가운데 상기

(上記) 세 군데 대학(북경 이공대학, 남경항공우주대학과 톈진대학 법대)은 겸임교수로서, 나머지 6개 대학에서도 특별초청으로 이들 대학에서 8년간 국제항공우주법을 강의한 바 있다.

2018년 말부터 코로나 바이러스-19 감염 때문에 중국 비자가 잘 나오지를 않아 강의를 못 하고 있다.

나는 다시 태어나도 항공우주법과 정책 분야를 연구하고 싶다.

나는 40년간 국제항공우주법을 연구해 왔다. 항공법을 전공하게 된 동기는 우리나라 상법전에 육상 및 해상운송에 관한 규정이 있지만 항공운송에 관한 규정이 없었다.

그러나 우리나라 국토교통부가 육상·해상·항공운송에 관한 행정을 다 같이 관할하고 있으므로 나는 반드시 우리나라 상법전에도 항공운송에 관한 규정을 삽입하여만 된다는 의견을 2007년에 우리나라 법무부에 제안한 바 있다.

실인즉 우리나라의 상법전에 육상운송에 관한 규정과 해상운송에 관한 규정은 있었지만 항공운송에 관한 규정이 없어서 그 원인을 살펴보면 일본항공법에 항공운송인의 손해배상에 관한 규정이 없기 때문에 우리나라의 항공법뿐만 아니라 상법전에도 일본과 같이 규정이 없었다.

그러나 나의 항공우주법 연구보고서에 의하면 우리나라 상법을 개정하여 제6편에 항공운송에 관한 규정을 40여 개의 조문을 새로이 규정하자는 내용이었다. 법무부는 이 연구결과보고서의 내용을 받아들여 법무부에서 제출한 상법개정법률안(제6편에 항공운송조문 신설)이 2008년 12월에 국무회의를 통과하였고 2011년 4월에 국회를 통과하였다.

따라서 정부는 2011년 5월에 이 상법개정법률(제6편에 항공운송)을 공포하였으므로 6개월 후인 2011년 11월부터 대한민국 전 영역에 시행하게 되었다.[*]

우리 상법전에 항공운송에 관한 새로운 규정 40개 조문을 규정한 것은 세계적으로 첫 입법례가 되었다. 즉 2011년 당시, 세계 180여 개국의 나라들 가운데 상법전에 항공운송에 관한 규정을 신설한 첫 나라의 입법 사례가 되었던 것이다. 이것은 일본보다 앞서가는 세계적으로 대한민국의 위상을 높이는 계기가 되었던 것이다.

그 후 일본도 2018년 5월에 일본 상법을 개정하여 항공운송에 관한 규정을 신설(航空運送

---

* 김두환, 『국제·국내항공법과 개정상법(항공운송 편)』, 한국학술정보㈜ 발행, 2011년 9월, 357-360면 참조.

に関する規定の新設)하였고 2019년 4월부터 일본 전역에 시행하고 있다.[*]

나는 국제항공우주법과 정책을 연구한 끝에 영어, 일본어로 쓴 논문과 중국어로 발간된 논문이 세계적으로 유명한 미국, 영국, 독일, 캐나다, 네덜란드, 중국, 인도, 필리핀, 싱가포르, 마카오 등의 학술지에 현재까지 61편이나 게재됐다.

앞으로 지구는 50~60년 후, 석유나 우라늄, 철 등 모든 에너지 자원들이 고갈될 전망이다. 그러므로 선진국들은 미래의 에너지 대책을 세우는 데 혈안이 되어 있다. 그래서 나도 달에 대해서 많은 관심을 가지고 있다.

그런데 우주에 관한 국제조약에는 다섯 가지 조약이 있다.

첫째는 우주에 관련된 1967년의 '우주조약(Space Treaty)'이 있다.

둘째는 1968년의 '우주 구난 구조(Rescue Agreement)에 관한 조약이 있다.

셋째는 우주선, 인공위성 등이 충돌하거나 추락했을 때, 지상에 있는 제3자가 다치고 건물이 파괴될 때에 손해배상에 관한 1972년의 '손해배상 책임에 관한 조약(Liability Convention)'이 있다.

넷째는 각국(各國)이 인공위성을 제작하면 UN의 우주평화적이용위원회(COPUOS)에 등록을 해야만 하는데 이에 관한 1975년의 우주물체 등록에 관한 조약(Registration Convention)이 있다.

다섯째는 달에 관한 1979년의 '달 조약(Moon Agreement)'이 있다. 달 조약에서는 "달의 천연자원은 인류 공동의 유산이다"라는 분명한 규정이 있다. 그런데 미국, 영국, 독일, 러시아, 중국, 일본 등 강대국들이 이 달 조약에 현재 가입을 안 하고 있는 것이 현실이다.

그래서 나는 세계적인 문제점을 해결하기 위해서 국제우주기구(International Space Agency, ISA)를 창설하여야만 된다고 제안하였고 우주자원을 개발할 때에 이 국제우주기구에서 허가를 맡아야 하며, 아프리카나 개발도상국과 같이 기술이 없어서 달 개발을 잘 못 하는 나라들을 지원해 주어야만 한다는 제안을 했다.

미국, 유럽, 아시아지역에서 개최된 국제회의, 심포지엄 및 세미나에서 나는 여러 차례 주장을 했고, 또 이런 이론을 담은 내 논문이 세계 여러 나라의 유명 학술지에 게재된 바 있다.

---

[*] https://ja.wikipedia.org/wiki/%E5%95%86%E6%B3%95#主な改正

따라서 이러한 제안이 현실화되기 위해서는 먼저 ISA창설에 관한 '국제조약의 초안'을 만들어야만 하므로 나는 이 조약의 초안까지 만들었다.

유럽에는 영국, 프랑스, 독일 등 22개국이 가입한 바 있는 '유럽우주기구(European Space Agency, ESA)'가 설립되어 현재 이 기구의 본부가 파리에 있으며 각국이 기금을 내서 펀드를 조성하고 있다.

나는 이 ESA설립에 관한 조약의 내용을 참고하여 국제우주기구(ISA)의 설립에 관한 조약 초안을 만들었다. 언젠가는 이 조약 초안이 빛을 발하게 될 날이 오리라고 기대해 본다. 이 조약 초안은 만약 선진국 대통령들의 합의만 있으면 간단히 ISA기구의 설립이 될 수 있다. 그러나 아쉽게도 아직은 이것을 주도하는 나라가 없어서 진행되지 못하고 있다.

나는 현재 중국에서 2010년부터 2018년까지 8년째 베이징이공대학 법대 등 겸임교수로서 학부 및 대학원 수업을 한 바 있다. 중국도 교수평가제가 있어서 수시로 교수들의 수업을 평가하고 있다.

작년 2018년 10월에 베이징에 있는 「베이징이공대학 우주법연구소 창립 10주년 기념식」때에 중국 정부의 고위층 공무원 차관보급들과 공산당 서기, 교수, 변호사 등 약 오백여 명이 참석한 자리에서 내가 중국 베이징이공대학 우주법연구소 발전에 크게 공헌했다고 해서 감사패를 받은 바 있다.

나는 우리나라 대학에서 정년퇴직 후에도, 20년 동안 전혀 쉬지 않고 외국에서 강의를 해 온 바 있다.

또한 중국에서 개최된 국제항공우주법회의, 심포지엄 및 세미나 등에 초청받은 Speaker로 참가하여 국제항공우주법 분야의 연구논문을 꾸준히 발표해 오고 있다.

내가 어렸을 때, 아버지께서 항상 말씀하셨던 남이장군의 유명한 격언(格言)으로 「남아이십미평국(男兒二十未平國), 후세 수칭대장부(後世誰稱大丈夫)」라는 구절이 있다.

'사내가 스무 살이 되어서 나라를 평정하지 못했다면 후세에 누가 나를 일컬어 대장부라고 말하겠는가'라는 글의 내용이다. 나는 젊은이들에게 "세계를 다스릴 수 있는 패기를 가지라"고 말하고 싶다.

우리나라를 잘살게 하는 것, 세계 평화에 이바지하는 것을 항상 염두에 두라고 말하는 것이다.

앞으로의 세대에서 우리나라의 발전은 현명한 우리 젊은이들의 양 어깨에 달려 있다.

앞으로 20년 내지 30년 후에는 지구인들이 달(Moon)과 화성(Mars)에 많이 있는 천연자원을 개발하기 위하여 우주기지건설(Construction of Space Station)도 하고 소행성(Asteroid)에 많이 매장되어 있는 금과 다이아몬드 등의 채굴을 하게 될 것이므로 미국을 비롯한 선진국들 간의 우주경쟁이 더욱 치열해지게 될 것이다. 따라서 미래의 발전을 위하여 우리나라 젊은이들이 국제항공우주 분야에 관심을 갖기를 바라고 있다.

앞으로 우리나라의 경제발전에 있어 국제항공우주산업 분야는 다른 산업 분야에 미치는 기술파급효과가 가장 클 것이기 때문에 중요한 발전단계(Developing Milestone)에 있어 경제발전에 큰 역할을 하게 될 것이다.

예를 들면 멀리 가고 성능이 아주 좋은 항공기는 약 100만 종 이상의 부속품에 의해서 조립이 되지만, 보잉 747의 경우는 110만 종의 부속품으로 조립되고 있다. 미래의 우주선(Spacecraft) 제작은 합금기술과 다양한 우주기술력이 바탕이 되어야 하므로 우리나라 경제정책도 항공우주산업에 더욱 관심을 가져야만 된다. 따라서 현대 산업의 일부는 조립산업(Assembly Industry)이 많은 비중을 차지하고 있다.

항공우주산업 분야는 지식집약, 노동집약, 에너지가 덜 들고 다른 산업에 미치는 기술파급효과가 가장 큰 산업 분야로 정부는 우리나라 산업구조를 고도화시키기 위하여 항공우주산업을 기술선도 산업(Technical Leading Industry)으로 책정하여 밀고 나갈 때에 우리나라 경제가 발전되어 세계 일등 국가가 되는 길도 빨라질 것으로 생각된다.

제12장

•••

경주김씨 중앙종친회 총무부장,
사무총장, 부총재, 고문으로서의
취임 경위와 청년회의 조직과
경중회(慶重會)에 참가

필자는 경순왕(敬順王)의 34세손(世孫)이고
상촌공(桑村公)[*]의 20세손이다

경주김씨(慶州金氏)의 시조는 김알지(金閼智)이다. 김알지의 7세손인 미추(味鄒) 왕위를 오르는 것을 시작으로 신라(新羅)의 마지막 왕인 경순왕(敬順王)까지 38명의 왕을 배출(輩出)하여 587년 동안 신라를 통치해 왔다.^{**} 나는 경순왕의 34세손(世孫)이고 상촌공 김자수(桑村公, 金自粹)^{***}의 20세손이다.

김자수는 고려 말, 이씨조선 초(高麗末 李氏朝鮮鮮初)의 문신(文臣)으로 초명(初名)은 자수(子粹), 호(號)는 상촌(桑村)이다. 1374년(공민왕 23년) 문과(文科)에 급제(及第)하여 덕녕부주부(德寧府注簿)에 제수(除授)되었다.

1392년(고려 공양왕 4년/조선 태조 원년)에 상촌공은 판전교시사(判典校寺事)가 되어 좌상시(左常侍)에 전보(轉補)되고 충청도관찰사(忠淸道觀察使), 형조판서(刑曹判書)에 이르렀다.

---

[*] http://www. 경주김씨 감찰공김포문중.com/inocat/bbs_read.php?code=cat_02&uid=66&page=&start= &dbcal=no&lng=kor

^{**} 『新羅 敬順王의 歷史的 考察』, 慶州金氏中央宗親會諮問委員, 菊軒 金永采著, 2013년 5월 31일 발행, 3-4면.

^{***} http://www. 경주김씨 감찰공김포문중.com/inocat/bbs_read.php?code=cat_02&uid=66&page=&start= &dbcal=no&lng=kor

고려 말 정세(情勢)가 어지러워지자 상촌공은 일체(一體)의 관직(官職)을 버리고 고향(故鄕)인 안동(安東)에 은거(隱居)하였다.

조선(朝鮮)이 개국(開國)된 뒤 태종(太宗)이 상촌공을 형조판서(刑曹判書)로 불렀으나 나가지 않고, 자손(子孫)에게 결코 묘갈(墓碣)을 만들지 말라는 유언(遺言)을 남기고 자결(自決)하였다.

이숭인(李崇仁), 정몽주(鄭夢周) 등과 친분이 두터웠으며, 문장이 뛰어나 그의 시문(詩文)이 「동 문선(東文選)」에 실려 있다. 1987년 2월 12일 경기도 기념물 제98호로 지정(指定)된 금자수선생묘(金自粹先生墓)는 경기도 광주시 오포읍 신현리 산120-1번지에 위치해 있다.

묘소 아래에는 장방형(長方形) 비좌(碑座) 위에 오석(烏石)의 비신(碑身)을 세우고 팔작지붕 형태(形態)의 옥개석(屋蓋石)을 갖춘 신도비(神道碑)가 건립(建立)되어 있다.

1880년(고종 17년)에 건립(建立)된 신도비(神道碑)에는 고려국 충청도관찰사 상촌김선생 경주김공 신도비명(高麗國忠淸道都觀察使桑村金先生慶州金公神道碑銘)」이라는 전액(篆額)이 새겨져 있다.

경주김씨 중앙종친회(慶州金氏中央宗親會)의
창립과 선친의 역할

　　나와 경주김씨 중앙종친회와의 인연은 꽤 오래되었다. 선친인 아버지(김동벽, 金東闢)께서는 1950년도에 경주김씨 중앙종친회(慶州金氏中央宗親會) 창립할 때부터 관여하시었으며 많은 사재(私財)를 헌금하시었다. 경주김씨 중앙종친회 초대 회장은 김동성(1950~1954년, 金東成: 전 국회부의장 역임) 종친, 3대 회장 김교철(1954~1956년, 金教哲: 조흥은행 행장 역임) 종친, 제4대, 제6~10대 회장 김일환(1956~1980년, 金一煥: 예비역 육군중장, 대한석탄공사 파견단장, 상공부 장관 내무부 장관 및 교통부 장관, 역임) 종친이었고, 이때 당시 아버지께서는 경주김씨 중앙종친회 부회장으로 계셨다.

　　지금도 생각나지만 김일환 종친이 교통부 장관으로 계실 때에 연초에 아버지를 따라 서울시 용산구 후암동에 있는 김일환 장관님 자택을 방문한 적이 있으며 사모님에게도 인사를 드리었다.

　　나는 서울대학교 법과대학 및 대학원 학생 시절부터 경주김씨 중앙종친회의 창립 및 충청북도 종친회 창립에 열성이셨던 선친(先親)의 영향을 받아 대학을 졸업한 후 지금까지 40여 년간 경주김씨 중앙종친회의 총무부장(1973년부터 1976년까지 3년간), 사무총장(1976년부터 2002년까지 26년간), 부총재(2018년부터 2003년까지 15년간), 고문(2004년부터 현재까지)으로 거의 무료로 봉사를 해 왔다.

　　특히 내가 경주김씨 중앙종친회 총무부장, 사무총장 겸 부총재 시절, 종사(宗事)에 봉사해

오면서 특히 보람을 느꼈던 것은

① 중앙종친회가 추진 활동해 온 숭조(崇祖)행사와,

② 전능보존사업(殿陵保存事業),

③ 종보(宗報)의 발간,

④ 경주김씨 청년회의 조직 및 활성화,

⑤ 경주김씨 해외종친회의 조직과 경주김씨 중앙종친회의 회관 건립을 위한 표성금헌납 (表誠金獻納)의 적극 추진,

⑥ 경주김씨 중앙종친회의 회관 매입과 그 경위,

⑦ 경주김씨 대종친회(慶州金氏大宗親會) 50년사(年史)를 발간하였음,

⑧ 1988년부터 매년 실시되고 있었던 경주김씨 후진 양성을 위한 경주(慶州)에서의 대학 생하기수련회를 실시하였음,

⑨ 종사연구지의 발간 등이 있다.

● ● ●

경주김씨 중앙종친회 청년회의
조직과 성립 경위

1972년 1월경 내가 서울시 중구 서소문동에 있었던 대한석탄공사(국영기업체, 현재 대한항공건물) 경리부장으로 있을 때 그 맞은편에 동성유리주식회사라는, 개성 재벌들이 만든 유리회사가 있었다.

이 회사에 사장으로 있었던 경주김씨 중앙종친회(慶州金氏中央宗親會) 회장 김일환(金一煥) 사장에게 세배(歲拜)를 가서(나는 당시 경주김씨 중앙종친회 총무부장으로 있었음) 세배를 드린 다음 환담(歡談) 시간에 김일환 종친회 회장님께서는 나한테 앞으로 경주김씨 중앙종친회도 세대교체를 하여야하므로 내게 경주김씨 중앙종친회 내에 청년회를 조직하라는 지시를 받았다.

1972년 4월 16일 경주김씨 중앙종친회의 정기총회에서 김일환 회장은 처음으로 종친회 내에 청년회의 설치를 정식으로 제안하여 만장일치로 결의하였다.

1972년 7월 5일 비원(秘苑) 앞의 청궁(靑宮)에서 김일환 회장과 김학만(金學萬: 서울대학교 법대 졸업 후, 서울고등법원 부장판사 역임) 종친, 변호사, 김공식(金公植: 서울대학교 법대 졸업 후, 서울지방법원 판사 역임) 종친 및 김두환(金斗煥: 서울대학교 법대 졸업 후, 국영기업체 대한석탄공사 경리부장) 종친 등 20여 명이 참석하에 발기인회를 개최하였다.

나는 이날 모임에서 김학만 종친을 회장으로 취임할 것을 제안하여 만장일치로 결의를 얻었다. 그때 당시 나는 경주김씨 중앙종친회 총무부장으로 있었지만 서울 시내에서 경주김씨

성을 가진 사람이 누구인지 알 수가 없었고 단지 서울대학교 법대 후배들밖에 아는 사람이 없었으니, 서울법대 2년 후배이고 종친회에도 매우 열심히 참가하였다는 김학만 변호사를 내가 김일환 종친회장에게 추천하여, 초대 청년회 회장으로 임명되었다.

그때 당시 김일환 종친회 회장에게 김공식 변호사를 추천하여 총무부장으로 임명되었다. 나의 서울법대 및 청주고등학교 2년 후배로, 내무부에 오래 있다가 청와대 새마을 담당 비서관이 된 김종호(金宗鎬: 그 후 내무부 장관 및 국회부의장 역임) 종친을 역시 내가 재정부장으로 추천하여 그 역시 청년회 재정부장을 임명을 받았다. 그들은 모두 나의 서울법대 2년 후배 동창들이다.

나는 경주김씨 중앙종친회 총무부장으로 있을 당시 1973년 6월에 경주김씨 중앙종친회 청년회를 처음으로 조직하여 발족했던 것이다. 그 후 경주김씨 중앙종친회 청년회는 종사(宗事)에 많은 업적을 냈다.

1973년 6월 3일 서울시 종로구에 있는 종묘(宗廟)에서 개최된 경주김씨 청년회 창립총회에서
김학만 판사를 회장으로 선출한 후 찍은 기념사진

경주김씨 해외종친회의 조직과
경주김씨 중앙종친회 회관 건립을 위한
표성금 헌납(表誠金獻納)의 적극 추진

1. 경주김씨 재일본경자(在日本京滋)종친회의 창립과
경주김씨 중앙종친회 회관 건립을 위한 표성금 헌납

경주김씨 일본경자(京滋)종친회는 일본의 교토(京都)에 사는 종친들과 일본 시가켄(滋賀縣)에 있는 종친들이 모여 1989년 6월 18일 교토(京都)에 있는 전일공(全日空) 호텔에서 경주김씨 중앙종친회 회장 김종호(金宗鎬) 종친, 고문, 김일환(金一煥) 부부, 김학만(金學萬) 부회장, 김두환(金斗煥) 사무총장, 김정락(金正洛) 종친 등과 일본 종친 36명이 모여 조직하였으며 제1회 정기총회를 개최하였고 선출된 임원은 다음과 같다.

회장 - 김재하(金在河: 京都에 있는 큰 병원 원장)

고문 - 김옥석(金玉碩: 京都, 서울경김회관 건립 표성금, 8,750만 원 헌납),

부회장 - 김사룡(金四龍: 京都, 서울경김회관 건립 표성금, 8,750만 원 헌납),

부회장 겸 사무국 책임 - 김충길(金忠吉: 京都, 서울경김회관 건립 표성금, 8,750만 원 헌납),

부회장 겸 재정 책임 - 김종철(金鍾喆: 滋賀縣, 서울경김회관 건립 표성금, 8,950만 원 헌납)

합계 3억 5천200만 원

나는 당시 주김씨중앙종친회 부회장 겸 사무총장으로 있었기 때문에 종친회 종무부장으로 있었던 김정락(金正洛) 종친과 함께 일본 교토(京都) 및 시가켄(滋賀縣: 金鍾喆)을 2차례에 걸쳐 방문하여 상기(上記) 일본 종친들에게 서울에 경주김씨 회관 건립의 필요성을 간곡히 설명하고 표성금 헌납의 약정을 받아냈다.

2. 경주김씨 재일본관동(在日本關東)종친회의 창립과
   서울경김회관 건립을 위한 표성금 헌납

1990년 9월 15일 경주김씨 재일본관동(關東)종친회의 창립총회는 동경도 미나토구(東京都港區), 아카사카(赤坂)에 있는 회관에서 개최되었는데 회장에는 김재두(金在斗) 종친이 선출되었다.

1993년 10월 17일 경주김씨 재일본관동(關東)종친회의 제2차 정기총회가 일본 가와사키시 중원구 소삼정(川崎市中原区小杉町)에 있는 회관에서 개최되었는데 재일본경주김씨 젊은 일본 2세 종친들이 많이 참석하였는데 이들은 한국어를 전혀 모르지만 나는 일본어가 능통하고 내가 그때 당시 경주김씨 중앙종친회의 부회장 겸 사무총장으로 일하고 있었으므로 이 정기총회의 개회식에서 김종호 회장의 인사말을 내가 일본어로 대독(代讀)하였다.

1993년 10월 17일 일본 가와사키시(川崎市)에서 개최된 재일본관동(關東)종친회의 제2차 정기총회에서
본인이 김종호(金宗鎬) 회장의 인사말을 일본어로 대독(代讀)하고 있는 장면

3. 경주김씨 재일본오사카(在日本大阪)종친회의 창립과
서울경김회관 건립을 위한 표성금 헌납

1978년 8월 18일 재일본오사카(大阪)종친회(近畿地區慶州金氏宗親會)를 창립하고 회장으로 김중근(金重根: 은행 등 금융사업을 하였던 실업가) 종친이 선출되었다.

나는 김중근 회장과 잘 알고 지냈으므로 경주김씨 중앙종친회(慶州金氏中央宗親會) 종무부부장 김정락(金正洛) 종친과 함께 재일오사카(大阪)종친회를 방문하여 일본 종친들에게 서울에 경주김씨 회관 건립의 필요성을 간곡히 설명하고 일부 종친님들의 표성금 헌납의 약정을 받아냈다.

서울에 있는 경주김씨 회관 건립에 재일오사카(大阪)종친회에서 헌성금(獻誠金)을 내신 분은 다음과 같다. 회장 김중근(金重根) 종친 8,700만 원, 김해경(金海經) 종친 500만 원, 김유덕(金留德) 종친 200만 원, 김두화(金斗化) 종친 100만 원, 김만도(金晩道) 종친 100만 원, 김태진(金泰珍) 종친, 50만 원, 합계 9,650만 원.

4. 경주김씨 재서일본종친회(在西日本宗親會)의 창립

1995년 7월 5일, 경주김씨 재서일본경주김씨종친회(在慶州金氏西日本宗親會)의 창립총회가 일본, 야마구치켄 우배시(日本山口縣宇部市)에서 개최되었다.

1995년 7월 5일, 경주김씨 서일본경주김씨 종친회의 창립총회 개최

이 창립총회를 축하하기 위하여 경주김씨 중앙종친회(慶州金氏中央宗親會) 회장 김종호(金宗鎬) 종친을 비롯하여, 고문 김일환(金一煥) 장군 부부, 김학만(金學萬) 상근부회장, 부회장 겸 사무총장 김두환(金斗煥) 종친, 김정락(金正洛) 종무부장 등을 내빈으로 모시고 성대하게 개최하였다.

다음 날 경주김씨 재서일본경주김씨종친회의 초청으로 우배시(宇部市) 부근의 골프장에서 재일본종친들과 서울에서 간 종친들 간의 친목을 도모한다는 뜻에서 골프(Golf) 운동을 하였다.

5. 경주김씨 미주워싱턴종친회(慶州金氏美州Washington宗親會)의 창립

1990년도부터 경주김씨 미주워싱턴(Washington)종친회가 창립되어 그 운영이 시작되었고 모든 경비는 회장인 김정태(金廷泰) 종친이 부담해 왔다. 현재까지도 경주김씨 중앙종친회와 내게 매년 연초에 연하장을 20여 년 동안 한 번도 빠짐 없이 보내오고 있다.

경주김씨 중앙종친회 사무실의 변천과
현 경김회관(慶金會館)의 매입 경위 및
경주김씨 대종친회 50년사의 발간

1. 경주김씨 중앙종친회 사무실의 변천과정

경주김씨 중앙종친회 김일환 회장으로 있을 때 나는 중앙종친회 총무부장으로 있었으며 중앙종친회의 자체 건물(회관)이 없어 종친의 건물을 한 층 무료로 빌려 사무실로 사용하거나 또는 타인의 건물을 임대하여 썼고 마지막으로 조그마한 사무실을 매입한 바 있었다.

1973년 8월 17일 경주김씨 중앙종친회 부회장 김정제(金定濟) 종친의 소유 건물인 성제한의원(聖濟漢醫院: 서울시 종로구 권농동, 비원 정문 돌담 맞은편에 있었음) 빌딩 6층에 있는 사무실 하나를 김정제 부회장께서 고맙게도 경주김씨 중앙종친회 사무실로 무료로 제공하였으므로 나는 경주김씨 중앙종친회 총무부장으로서 3년간 이 사무실을 이용하였다.

그 후 1977년에 김정제 부회장께서 성제한의원 빌딩을 경희대학교에 기부하였으므로 김정제 부회장은 경희대학교 한의과대학 초대 학장이 되셨다. 당시 경주김씨 중앙종친회는 자금이 별로 없었으므로 나는 총무부장으로서 김일환 회장의 지시에 따라 서울시 동대문구 청량리동에 있는 삼형(三兄)빌딩 6층에 사무실 하나를 1977년 6월 25일 임대차계약을 체결한 후 종친회 사무실로 사용하였다.

청량리동에 있는 종친회 사무실은 교통이 불편하므로 김일환 회장 때 1978년 8월 31일 서울시 서대문구 미금동에 있는 승화(昇和)빌딩 3층에 사무실 하나를 월세로 얻어 종친회 사무실을 옮겨 사용하였다.

　김일환 회장 때 1979년 12월 15일 서울시 중구 인현동2가에 있는 신상가(新商街) 아파트 5층에 있는 조그마한 사무실 하나를 처음으로 매입하여 종친회 사무실로 사용하였다. 그때 당시 경주김씨 중앙종친회 사무실을 회관 건물이 없어 1년 내지 1년 반마다 월세를 얻어 자주 옮겨 다녔으므로 나는 종친회 총무부장으로서 매우 불편하였고 고생이 많았다.

2. 경주김씨 중앙종친회 회관 매입과 그 경위

　1982년 4월 24일 개최된 경주김씨 중앙종친회 정기총회에서 회장으로 선출된 김종호(金宗鎬) 회장은 경주김씨 종친회 회관을 마련하여야겠다는 집념으로 기회 있을 때마다 종친들이 회관 건립에 관심을 갖도록 당부하였다. 1989년 4월19일, 서울 서부역 부근에 위치한 중구 만리동1가 53-1번지에 있는 대지 101평에 건물 5층 빌딩의 약 3분의 2에 해당하는 규모의 회관을 7억 원에 김용자(金容子) 여사로부터 매입하여 1989년 10월 30일 종친회 사무실로 입주(入住)하였으므로 회관 건립의 일차 사업이 완료되었다. 1989년 11월 2일 김종호(金宗鎬) 종친을 비롯하여, 고문, 김일환(金一煥) 명예회장, 김정열(金貞烈) 고문, 김동옥(金東玉) 고문 등 원로 종친들이 다수(多數) 참석한 가운데 역사적인 현판(懸板)식이 거행되었다.

　그때 당시 본 종친회 김정락(金正洛) 종무부장은 전남 순천에 거주하시는 김계선(金桂善: 재일교포 종친) 본 종친회 고문을 여러 차례 방문하여 거액(巨額)을 헌성(獻誠)케 함으로써 수고가 많았다.

　특히 일본에 거주하시는 종친들을 본 종친회 사무총장 김두환(金斗煥) 교수와 김정락(金正洛) 종무부장은 몇 차례 방문하여 회관 건립 기금을 종용(從容)함으로써 도합 5억여 원의 거금을 헌성(獻誠)케 하는 데 공로가 많았다.

　회관 건립의 이차 사업은 김두환(金斗煥) 교수가 경주김씨 중앙종친회 부회장 겸 사무총장으로 재직 시, 1991년 12월 26일 매도인 김동수(金東洙) 씨로부터 대지 51평과 건물 67평(1차 매입하였고 잔여 부분)을 인수하고 매입금 잔액을 2차 사업 개시 4년 후인 1995년 1월 16일 11억 4천만 원(임대보증금 4억 원을 포함)을 완불하였다. 서울 서부역 부근에 있는 경주김씨 중앙종친회 회관 건물은 현재 시가 70여억 원을 호가(呼價)하고 있으므로 매입가격과 비교하면 약 일곱 배가 오른 셈이다.

3. 경주김씨 대종친회(慶州金氏大宗親會) 50년사(年史)의 발간

내가 2000년 3월 18일 경주김씨 대종친회(慶州金氏大宗親會) 부회장 겸 사무총장으로 있을 당시 앞으로 영원히 남는 것과 후손들에게 알려줄 소식은 기록밖에 없다는 것을 인식하여 경주김씨 대종친회(慶州金氏大宗親會) 50년사(年史)의 발간을 내가 처음으로 제안하여 총재의 승인을 득한 후 발간 작업이 착수되었다.

'과거의 발자취를 알게 되면 현재를 알 수 있는 것이고 미래의 전망을 예견할 수 있다'는 격언(格言)과 같이 우리 경주김씨 대종친회의 50년간 걸어온 발자취로서 창립(創立) 및 조직(組織)과 운영 절차 등을 기록에 남김으로써 나날이 변화되어 가고 있는 세계 속에서 「경주김씨의 뿌리」를 잊지 않고 후손(後孫)들에게 전승(傳承)할 수 있다는 점에서 경주김씨 대종친회(慶州金氏大宗親會) 50년사(年史)의 발간을 제안하였던 이유이다.

우리의 조국이 일제의 치하로부터 해방과 독립이 된 지 50여 년이라는 세월이 흘러갔으므로 경주김씨 대종친회의 50여 년간의 성장(成長)과 발자취를 기록한 사료집(史料集)을 발간한다는 것은 우리나라의 주인공(主人公)이 될 자라나는 젊은 세대들에게 훌륭한 경주김씨의 얼과 긍지를 심어주는 데 가장 고귀한 정신적 문화유산이라고 생각되어 자못 그 의의(意義)가 크다고 볼 수가 있다.

「경주김씨 대종친회 50년사」, 경주김씨 대종친회 2000년 12월 20일 발간함

2000년 12월 20일 현재 『경주김씨 대종친회(慶州金氏大宗親會) 50년사(年史)』의 편집위원은 다음과 같다.

　위원장: 김학만(金學萬: 대종친회 상임부회장, 변호사)

　편집위원: 김두환(金斗煥: 대종친회 부회장 겸 사무총장, 전 숭실대학교 법대 학장)

　부위원장: 김지용(金智勇: 전 세종대학 교수)

　편집위원: 김동근(金東根: 대종친회 총무이사)

　편집위원: 김학웅(金學雄: 대종친회 종무이사)

　편집위원: 김석환(金錫煥: 편집위원)

『경주김씨 대종친회(慶州金氏大宗親會) 50년사(年史)』의 편집, 원고 작성 및 교정 등에 있어 위원장을 비롯하여 부위원장 및 편집위원들이 오랜 기간 동안 노고(勞苦)가 많으셨다.

제6절

● ● ●

2015년 10월, 경순왕릉 추향대제 때 초헌관으로 위촉 받음

경주김씨는 우리가 왕손이다. 신라의 석씨 박씨 김씨, 우리가 38대 경순왕(敬順王)의 후손이다.

경주김씨의 종친들이 전국에 160만 명 정도가 되며 경주김씨 중앙종친회가 주관하여 매년 10월 3일 경기도 연천군 장남면 고랑포리에 있는 경순왕 묘소 앞에서 시제(時祭)를 지내고 있다.

6 · 25동란 때 경순왕의 왕릉의 위치를 한때 잃어버렸던 적이 있었다.

그러나 한국전쟁 당시 실존되었던 경순왕릉은 1973년에 이곳에 주둔한 육군장병에 의하여 발견되었다.[*]

매년 10월 3일이면 경주김씨 중앙종친회가 주관이 되어 전국의 종친 약 1,000여 명이 모여 시제(時祭)를 올리고 있다.

---

[*] https://blog.naver.com/bluebko/4017404699

2015년 10월 3일 경기도 연천군 장남면 고랑포리에 있는 경순왕릉 추향대제 때에
전국에서 모여든 종친들의 참배 진행 장면을 찍은 사진

2015년 10월 3일 경기도 연천군 장남면 고랑포리에 있는 경순왕능추향대제 때에
내가 초헌관이 되었고 아헌관과 종헌관이 함께 찍은 사진

매년 10월 3일 경기도 연천군 장남면 고랑포리에 있는 경순왕릉추향대제(敬順王陵秋享大祭) 때에
내가 초헌관(初獻官)이 되어 제례(祭禮)를 올리고 있으며 전국 각지에서 경순왕의 후손인
경주김씨 종친 1,500여 명 내지 2,000여 명의 참배객들이 참석하였음

2015년 10월 3일 경기도 연천군 장남면 고랑포리에 있는 경순왕릉 추향대제 때에
전국에서 모여든 종친들의 참배 진행 장면을 찍은 사진

제13장

• • •

중국 금나라의 시조는 한국
경순왕의 아들 김함보(金函普)라고
주장하는 학설도 있다

중국 금나라 왕시조의
역사적인 근거

중국 금(金)나라의 시조(始祖) 김함보(金函普)는 중국 역사책(금사, 金史)에 60세가 넘어 고려(高麗)에 왔다(金之始祖諱函普, 初從高麗來, 年己六十餘矣)고 기재되어 있다.[*] 중국 역사 책에 기재되어 있는 고려(高麗)는 지금의 우리 한국 남북한을 의미한다.

중국에서 출판한 여러 역사 책에서 볼 수 있는 바와 같이 원(元)나라 탈탈(脫脫) 등이 저술한 중국 신화서국(中國新華書局)에서 출판발행한 금사(金史) 전집 8권, 우국석(于國石)에서 출판 발행한 금조사(金朝史) 624페이지, 중국통사(中國通史), 요금서하사(遼金西夏史) 등에서 금나라 시조인 김함보에 대하여 대략 다음과 같이 실려 있다.

원래 중국의 금나라 시조는 휘(諱)가 함보(函普)이고 고려로부터 왔는데 나이가 60세가 넘었다. 형 아고내(阿古迺)는 불교에 심취하여 고려에 남아 따라오지 않았으며 말하기를 "훗날 자손들이 만날 자리가 있을 것이니 나는 가기 어렵겠네"라고 하였다.

금나라의 시조인 김함보는 완안부(完顏部) 복간수부근(僕幹水附近: 지금의 중국 흑룡강성)에 있는 목단강 유역(牧丹江流域)에 살았다.[**]

---

[*] 금사(金史), 중국중화서국출판사 발행(中國中華書局出版社 發行), 2면(面): https://ko.wikipedia.org/wiki/%ED%95%A8%EB%B3%B4

[**] 금조(金朝)·청조(淸朝)와 경순대왕(敬順大王), 중국경주김씨 북경종친회, 회장 김상훈 씀, 2015년 발행, 1-2면.

또 금사기사본말(金史紀事本末) 책의 제기조조(帝基肇造) 페이지에서 금조(金朝)의 시조 이름은 함보(函普)이고 이전에 고려(高麗)에서 왔다고 기록되어 있다.

●●●

금(金)나라의 시조(始祖)인 김함보(金函普)는 경순왕의 아들이라는 학설도 있음

앞에서 본 바와 같이 금(金)나라의 시조(始祖)인 김함보(金函普: 아골타, 阿骨打)는 고려(高麗)에서 왔는데 3형제가 중국 흑룡강성으로 왔다. 그때의 생여진(生女眞)은 원시사회(原始社會)의 상태였으므로 일정한 주거가 없이 수초에 따라 이전하며 사냥을 하고, 고기잡이, 산나물을 캐 먹고 집이라고는 움푹한 데서 천막을 세워 살았다고 한다.

그런데 그때 조선은 고구려(高句麗), 신라(新羅), 백제(百濟)의 삼국(三國)을 신라가 통일하고 일찌감치 한(漢)나라와 당(唐)나라의 문화를 받아들여 매우 발전하고 있었다.

1000여 년의 역사를 가진 신라를 경순대왕(敬順大王)이 유지할 수가 없어 고려의 태조(太祖) 왕건(王建)에게 양위(讓位)하게 되었으므로 고려는 전국(한반도)을 통일하게 되어 번창의 길로 접어들었다. 경순대왕(敬順大王)은 왕비(王妃: 부인)를 4명을 두고 있었는데 첫째 왕비는 석씨(昔氏)이며 호(號)는 송희부인(松希夫人)이었는데 아들을 5명을 두고 있었다.

첫째 왕자 전(佺)과 셋째 왕자 요(瑤)는 금강산에 들어가 경순왕(敬順王)의 고려의 태조(太祖) 왕건(王建)에게 양위(讓位)하는 것을 반대하여 금강산(金剛山)에 들어가서 자결(自決)하였다.

둘째 왕자 곤(琨: 여진어, 아고내(阿姑廼))이 있었고 넷째 왕자 영(英: 여진어, 阿骨打)은 대금국의 시조(大金國의 始祖)가 되었고 다섯째 왕자 분(奮: 여진어, 보활리(保活里)) 등 3형제는 중국 흑룡강성(黑龍江省: 일정시대는, 만주라고 호칭하였던 곳임)으로 피난 와서 살았

경순왕(敬順王) 사진, 금(金)나라의 시조(始祖)인,
아골타 김함보의 사진.

중국 베이징시 방산구에 있는 금조산(金祖山)에
아골타 김함보(金函普)의 금릉이 있다

던 것이다.

그때 당시 고려(高麗)를 싫어하거나 고려를 반대하는 사람들과 고려에 있지 못하게 되어 있는 딱한 사정이 있는 사람들만이 피난 갔던 금강산에서 출발하여 함경도를 지나 두만강을 건너 중국의 노송령(老松嶺)을 넘어 흑룡강성에 있는 목단강(牧丹江) 등지에 살고 있던 미개한 여진족(女眞族)들이 있는 곳으로 왔던 것이다.

따라서 금(金)나라의 시조(始祖)인 김함보(金函普: 여진어, 아골타(阿骨打))도 이때 당시 고려(高麗) 초에 3형제가 지금으로 말하면 이곳 만주(滿洲)에 와서 정착하게 되었던 것이다.

경순왕의 둘째 왕비 박씨 죽방부인(竹房夫人)은 아들을 3형제 출생하였는데 장남이 마의 태자이다.

경순왕의 셋째 왕비 낙랑공주(樂浪公主)는 5형제 대안군를 두었는데 나는 첫째인 은열(殷說), 즉 대안군(大安君)의 후손이다. 넷째 왕비 안씨(安氏)는 아들을 하나 두었는데 그 이름은 덕지(德摯)이고 울산김씨(蔚山金氏)의 시조가 되었다.

금나라의 시조인 김함보(아골타)는 여진족이 되어 1115년 금나라를 세운 금태조이고, 누르하치는 또한 여진족으로 후금(後金), 즉 청나라를 세운 청나라의 태조이시다.

과연 이들은 우리 민족과 어떤 연관이 있을까?

1100년대 중국 송나라는 북방민족인 거란이 세운 요나라와 대립하고 있었고, 당시 여진족은 거란족의 지배를 받고 있었다. 서기 1114년 1만의 여진족이 요나라 10만 대군을 출하점(出河店)에서 크게 이기고, 서기 1115년 김함보(아골타)는 곧바로 금나라를 건국하고 황제가 되었다.

서기 1125년 요나라를 멸망시킨 금나라 아골타는 황하를 건너 한족인 송나라의 수도 카이 평(開封)으로 쳐들어갔다. 놀란 송황제 휘종은 화친을 제의하지만 끝내 수도 카이평은 1127 년 금나라 군대에 점령당한다.

이것이 중국 한족 역사에서 가장 치욕적인 사건인 정강지변(靖康之變)으로, 송나라의 휘종 과 흠종 부자는 금태조 아골타(阿骨打) 앞에 무릎을 꿇리는 치욕을 당하게 된다. 한족(漢族) 의 심장부를 점령한 아골타는 금나라를 건국한 후 황실의 성을 완안씨로 정한다. 금태조 아골 타(1068-1123)의 정식 이름을 완안 아골타(完顔 阿骨打)라고 정하였다.

2015년 11월 9일(금)부터 11월 24일(화)까지 2주 동안 중국, 베이징이공대학 법대, 난징 항공우주대학, 중국정법대학 국제법학원, 중국민항대학 법대 등 4개 대학으로부터 나는 초청 을 받아 국제항공우주법을 특강할 때에 시간을 내어 8월 15일(일), 중국 정부가 금(金)나라 의 건국(建國)을 기념하기 위하여 금나라의 옛 수도인 베이징에 세운 금중도공원(金中都公 園)을 나는 중국 경주김씨 북경종친회 김상훈 명예회장과 함께 관람하였다.

2017년 11월 27일(월)부터 12월 11일(화)까지 2주 동안 중국, 베이징이공대학(BIT) 법 대, 난징항공우주대학(NUAA), 베이징항공우주대학(Beihang) 법대, 중국민항대학(CAUC) 법대 등 4개 대학으로부터 초청을 받아 국제항공우주법을 특강할 때에 시간을 내어 12월 2 일(토), 금나라의 시조인 황제 김함보(金函普) 왕의 무덤이 있는 금릉(金陵)을 보러 가기로 하였다.

이날 오전 9시 반경, 경주김씨 베이징종친회 명예회장 김상훈(金相勳) 종친께서 내가 체 류하고 있는 베이징이공대학 호텔로 찾아오셨기 때문에 1시간 반 동안 담소를 나누었다.

오전 11시경 경주김씨 베이징종친회 김현덕(金賢德: 중국군 예비역 장군) 회장과 김우(金 宇) 사무총장이 승용차를 가지고 왔으므로 나를 포함한 종친 4명이 오전 11시 10분경 김 사 무총장의 승용차로 호텔을 출발하여 12시 반경 베이징시 방산구(房山區)에 있는 금조산풍경 구(金祖山風景區) 내에 위치한 금릉(金陵)에 도착했다.

중국 정부가 금(金)나라의 건국(建國)을 기념하기 위하여 금(金)나라의 옛 수도인 베이징에 세운
금중도공원(金中都公園)을 2015년 11월 15일, 나는 중국 경주김씨 베이징종친회 김상훈 명예회장과 함께 방문하였음

현지에서 들은 이야기로는 금조산(金祖山)의 건설을 위하여 대만, 타이베이에 사는 경중김
씨 경순왕 후손 한 분이 대만에서 아주 큰 재벌인데 이분이 상당한 거액을 기증하여 이 금조
산(金祖山)을 건설하였다는 이야기를 들었다. 금조산(金祖山)에 있는 금릉(金陵)은 높은 산
으로 빙 둘러싸여 있었는데 주봉(主峯)은 1,080m이다.

금(金)나라의 시조(始祖)인 김함보(金函普) 황제의 봉분(封墳)은 볼 수가 없었으며 금릉을
설명하는 아주 오래된 비석들은 많이 있었으며 안내판도 잘 만들어 몇 개 꽂혀 있었다.

금릉(金陵)은 중국의 왕릉(王陵)인데 김함보(황제) 왕이 고려에서 와서 그런지 전혀 복원
(復元)이 되어 있지 않아 안타까운 마음 금할 길이 없었다.

한국 같으면 왕릉은 벌써 복원되었을 것이다.

금조산풍경구유람도(金祖山**风**景**区导览图**: Jin Zu Shan Scenic Spot Tour FIG)

Jinzushan Scenic Area is located in Fangshan District of Beijing Zhoukoudian car factory village, 48 kilometers away from Beijing West Fourth Ring, the peak elevation of 1080 meters. Scenic area has a long history of cultural resources, including Beijing's first imperial mausoleum Jinling ruins (金陵) and cross Temple ruins, both more than a thousand years of history

중국 북경에서 50km 떨어져 있는 금릉의 유적지와 금릉광장이 있는 금조산

491

2017년 12월 2일(토), 경주김씨 베이징종친회 김상훈 명예회장, 김현덕 회장 및 김우 사무총장
나와 함께 베이징 교외에 위치한 금조산 금릉을 방문하여 찍은 사진들

부록
(Appendix)

⊙ 저서, 유명한 외국 및 국내 학술지에 게재된 연구논문

1. 저서(著書)

『주식회사의 계산제도』, 김두환 저, 1992년 3월, 한국상장회사협의회 발행, 369페이지.

『국제항공우주법 및 상사법의 제문제』, 김두환 저, 1994년 4월 8일, 법문사 발행, 1,167페이지.

"*The Utilization of the World's Air Space and Free Outer Space in the 21ˢᵗ Century*", written by Chia-Jui Cheng and Doo Hwan Kim (공저), Published by Kluwer Law International, The Netherlands, April, 2000, 414pages.

『국제항공법학론』, 김두환 저, 2006년 1월 20일, 한국학술정보㈜ 발행, 759페이지.

『국제항공우주법 연구논총(*Essay for the Study of International Air Law and Space Law*)』,

김두환 저, 2008년 12월 15일, 한국학술정보㈜ 발행, 786페이지(영어 520페이지, 일본어 266페이지).

『국제 · 국내항공법과 개정상법(항공운송 편)』, 김두환 저, 2011년 9월 22일, 한국학술정보(주) 발행, 693페이지.

"*Global Issues Surrounding Outer Space Law and Policy*", written by Doo Hwan Kim, Published by IGI Global Publisher, The United States, April 23, 2021, 231pages.

『우주정책과 우주법의 현황 및 앞으로의 전망』, 김두환 저, 2022년 11월 14일, I love book출판사 발행, 314페이지.

2. 유명한 외국 및 국내 학술지에 게재된 연구논문

(1) 미국에서 발행된 책 및 학술지에 게재된 논문

1. *"Some Considerations of the Draft for the Convention on an Integrated System of International Liability"*, Journal of Air and Commerce (Vol.53, No.3, 1988), Southern Methodist University, Dallas, Texas, USA. pp.765-796.

2. *"Legal Aspects of Foreign investment in Korea"*, The Hasting International Comparative Law Review (Vol.15, No.2, 1992), Hastings College of the Law, University of California, USA, pp.227-252.

3. *"Some Considerations of the Liability of the Compensation for Damages Caused by Space Debris"*, Law/Technology (Vol.28, No.4, 1995), World jurist Association (Washington D.C, USA), pp.1-28.

4. *"Beijing International Conference on Air and Space Law"*, Journal of Space Law (Vol.24, No.1, 1996), Law Center, Mississippi University, USA, pp.46-48.

5. *"Regulations and Laws Pertaining to the use of Unmanned Aircraft Systems (UAS) by ICAO, USA, China, Japan, Australia, India, and Korea"*, Book entitled "Unmanned Aerial Vehicles in Civilian Logistics and Supply Chain Management" published by IGI Global Publisher, Hershey, Pennsylvania, USA, May 2019, pp.169-2017.

(2) 영국의 학술지에 게재된 논문

1. *"Korea's space development programme: Policy and law"*, Journal of Space Policy (Vol.22, Issue 2, May 2006), Scotland, pp.10-117.

(3) 중국의 학술지에 게재된 논문

1. *"The main contents, comments and future task of the Korean Space Law"* (韩国空间 法的主要 内容, 评论和未来的任务), 2010 Chinese Yearbook of Space Law, Institute of Space Law, Beijing Institute of Technology, China, 23-37pages.

2. *"The main Contents of the Korean Space Policy and Three Space Laws"* (韩国空间政策和三个空间法规的 主要内容), 2012 Chinese Yearbook of Space Law, Institute of Space Law, Beijing

Institute of Technology, China, 16-37pages.

3. "*Possibility of Establishing a New International Space Agency for Extra Terrestrial Exploitation and Moon Agreement*"(基干外空开发和《月球协定》成立, 国际空间总署的可 能性分析), 2013 Chinese Yearbook of Space Law, Institute of Space Law, Beijing Institute of Technology, China, 21-55pages.

4. "*Protection of Space Environment, Damage Caused by Space Debris and Legal Problems on the Space Liability Convention*", 2015 Chinese Yearbook of Space Law, Institute of Space Law, Beijing Institute of Technology, China, 3-28pages.

5. "*UN, ILA National Space Legislation and Space Conventions & Laws in the Republic of Korea, the Democratic People's Republic of North Korea, Australia and Japan*", 2016 Chinese Yearbook of Space Law, Institute of space Law, Beijing Institute of Technology, China, 3-23pages.

(4) 캐나다의 학술지에 게재된 논문

1. "*Legal Aspects of ATCA Liability*", Annals of Air and Space Law (Vol.ⅩⅩ, Part 1, 1995), Institute of Air and Space Law, McGill University, Montreal, Canada, pp.209-220.

2. "*Main Contents and Prospects of the Newly Enacted Air Transport Law in the Korean Revised Commercial Act*", Annals of Air and Space Law (Vol.ⅩⅩⅩⅧ, 2013), Institute of Air and Space Law, McGill University, Montreal, Canada, pp.91-122.

(5) 독일의 학술지에 게재된 논문

1. "*Some Considerations on the Possibility of Establishing an Asian Space Agency*", German Journal of Air and Space Law (Vol.50, No.3, 2001), Institute of Air and Space Law, Köln University, Germany, pp.397-408.

2. "*Space Law in Korea: Existing Regulations and Future Tasks*", German Journal of Air and Space Law (Vol.57, No.4, 2008), Institute of Air and Space Law, Köln University, Germany, pp.571-584.

3. "*Essays for the Study of the International Space Law*", German Journal of Air and Space Law (Vol.58, No.3, 2009), Schrifttum (Literature), Institute of Air and Space Law, Köln University, Germany, pp.534-536.

4. *"Proposal for Establishing an International Court of Air and Space Law"*, German Journal of Air and Space Law (Vol.59, No.3, 2010), Institute of Air and Space Law, Köln University in Germany, pp.362-371.

(6) 네덜란드의 학술지 및 저서에 게재된 논문

1. *"Some Considerations on the Liability of Air Traffic Control Agencies"*, Air Law (Vol.13, 6, 1988), Kluwer Publishing Co. The Netherlands, pp.268-272.

2. *"Liability of Governmental Bodies in International Civil Aviation"*, The Highways of Air and Space Over Asia (Book, 364pages, 1991), Martinus Nijhoff Publishers, pp.177-193.

3. *"The Liability of International Air Carriers in a Changing Era"*, The Use of Airspace and Outer Space for all Mankind in the 21st Century (Book, 353pages, 1993), Kluwer Law International, The Netherlands, pp.89-130.

4. *"The Liability for Compensation for Damage Caused by Space Debris"*, The Use of Airspace and Outer Space Cooperation and Competition (Book, 448pages, 1998), Kluwer Law International, The Netherlands, pp.305-341.

5. *"The Innovation of the Warsaw System and the IATA Inter-carrier agreement"*, The Utilization of the World's Air Space and Free Outer Space in the 21st Century (Book, 414pages, 2000), Kluwer Law International, The Netherlands, pp.65-90.

(7) 인도에서 발행된 책에 게재된 논문

1. *"EU Draft Code of Conduct for Outer Space Activities: Space Debris and Liability Convention"*, Decoding the International Code of Conduct for Outer Space Activities (Book, 190pages, 2012), Editor, Ajey Lele, Institute for Defense Studies & Analyses, New Delhi in India, pp.104-107.

(8) 싱가포르의 학술지에 게재된 논문

1. *"The Possibility of Establishing an Asian Space Agency"*, Singapore Journal of International & Comparative Law, Special Feature, The Law of Outer Space, (2001) SJCL, No.1, pp.214-226.

(9) 필리핀의 학술지에 게재된 논문

1. "*Dramatic Reforms in the Warsaw System and IATA Inter-carrier Agreement*", The World Bulletin (Vol.14, Nos.1-2, Jan.-Apr. 1998), The Institute of International Legal Studies, University of the Philippines Law Center, pp.57-80.

(10) 마카오의 학술지에 게재된 논문

1. "*The System of the Warsaw Convention on Liability in International Carriage by Air*", Journal of Faculty of Law (Vol. No.2, 1997), Macao University, International Air Law Conference Proceeding, pp.55-95.

◉ 미국을 비롯한 8개국에서 발행된 책 및 유명한 항공우주법학술지에 게재된 논문 합계: 26편

(11) 일본 학술지에 게재된 논문 합계: 35편

〈상사법(商事法): Commercial Law〉

1. "韓國の改正會社法および海商・保險法改正法律案", 法律科學研究所年報(第6號, 1990年 7月), 明治學院大學法律科學研究所 發行, 45-61頁。

2. "最近の韓國會社法の主な改正內容について", 國際商事法務(第25卷, 3號, 1997年 3月), (社)日本國際商事法研究所 發行, 235-240頁。

3. "韓國の改正獨占規制及び公正取引法の內容と事例", 公正取引(通卷540號, 1995年 10月), 日本公正取引協會發行, 38-45頁。

4. "最近の韓國會社法の主な改正內容について", 法律科學研究所年報(第14號, 1998年 8月), 明治學院大學法律科學研究所 發行, 76-86頁。

5. "最近の韓國會社法の主な改正內容について(上)", 國際商事法務(第31卷, 3號, 2003年 3月), (社)日本國際商學法研究所 發行, 328-332頁°

6. "最近の韓國會社法の主な改正內容について(中)", 國際商事法務(第31卷, 4號, 2003年 4月), (社)日本國際商事法研究所發行, 494-498頁。

7. "最近の韓國會社法の主な改正內容について(下)", 國際商法務(第31卷, 5號, 2003年 5月), (社)日本國際商事法研究所發行, 647-653頁。

8. "韓國商法の改正法律案に新設された航空運送法の主な內容と展望"(第51號, 2010年 5月) 日

本空法學會發行, 1-36頁。

9. "韓國改正商法に新規導入された航空運送法の主な內容と將來の課題", 紀要(1), (第12卷 第2 號, 2012年 3月), 日本中央學院大學社會システム研究所發行, 31-34頁。

10. "韓國改正商法に新規導入された航空運送法の主な內容と將來の課題", 紀要(2), (第13卷 第1 號, 2012年 10月), 日本中央學院大學社會システム研究所發行, 17-30頁。

〈항공우주법(航空宇宙法): Air and Space Law〉

1. "國際化の中で伸びる韓國航空事情", おおぞら(季刊, No.45, 1984年 7月), 日本航空(JAL) 弘 報室發行, 36-41頁。

2. "韓國における航空運送人の責任に關する法規制現象と比較法的考察", 空法(第31號, 1990年 5月), 日本空法學會發行, 77-100頁。

3. "航空交通管制機關の損害賠償責任に關する法的考察", 空法(第37號, 1996年 5月), 日本空法 學會發行, 133-149頁。

4. "*The International Aviation Law: Regulation of Air Traffic*", The Law of International Relations (Book, 636pages, 1997) published by the Local Public Entity Study Organization, Chuogakuin University in Japan, pp.359-438.

5. "韓國宇宙開發促進法及び同法施行令", 原典-宇宙法(1999年 3月), 日本中央學院大學地方自 治研究センター發行, 425-435頁。

6. "北朝鮮のミサイル脅威と戰域彈道ミサイル防衛", 防衛法研究(第23號, 1999年 10月), 日本防 衛學會發行, 43-85頁。

7. "Asian Space Development Agencyの設立可能性", 紀要(第2卷 第2號, 2001年 12月), 日本中 央學院大學 社會システム 研究所發行, 83-93頁。

8. "*Resent Case Law on the Liability in International Air Transport and a New Montreal Convention*", Social System Review (Vol.1, March 2002) published by the Research Institute of Social Systems, Chuo Gakuin University in Japan, pp.11-31.

9. "韓國に於ける宇宙法制定の必要性", 紀要(第4卷 第1號, 2003年 9月), 日本中央學院大學社會 システム研究所發行, 39-52頁。

10. "韓國における航空運送人の民事責任に關する國內立法の諸問題", ~各國の立法例を中心と して航空宇宙法の新展開 (關口雅夫教授追悼論文集), 2005年 3月, 37-130頁。

11. "韓國における新しい宇宙開發振興法と宇宙損害賠償法試案の主な內容及び將來の課題", 紀要(第6卷 第2號, 2006年 3月), 日本中央學院大學社會システム研究所發行, 115-138頁。

12. "日本と韓國の首都圈空港の發展に關する研究ロ", 紀要(第7卷 第1號, 2006年 12月), 米田富太郎飜譯, 日本中央學院大學社會시스템研究所發行, 141-158頁。

13. "*A Study for the ICAO Draft Convention on Compensation for Damage Caused by Aircraft to Third Parties*", Social System Review (Vol.2, 2008), The Research Institute of Social Systems, Chuogakuin University, pp.14-34.

14. "韓國における新しい宇宙關係法の主な內容と課題", 空法(第49號, 2008年 5月), 日本空法學會發行, 51-83頁。

15. 「國際航空宇宙裁判所の設立可能性に關する考察」, 紀要(第10卷 第2號, 2010年 3月), 日本中央 學院大學社會시스템研究所發行, 1-12頁。

16. 「韓國商法の改正法律案に新設された航空運送法の主な內容と展望」, 空法(第51號, 2010年 5月 28日), 日本空法學會發行, 1-36頁。

17. 「北朝鮮のミサイル問題と我が対抗戰略」, 紀要(第11卷 第2號, 2011年 3月), 日本中央學院大學社會시스템研究所發行, 1-31頁。

18. 「韓國商法改正に導入された航空運送法の主な內容と將來の課題(1)」, 紀要(第12卷 第2號, 2012年 3月), 日本中央學院大學社會시스템研究所發行, 31-44頁。

19. 「韓國商法改正に導入された航空運送法の主な內容と將來の課題(2)」, 紀要(第13卷 第1號, 2012年 10月), 日本中央學院大學社會시스템研究所發行, 17-30頁。

20. 「月, 火星, 土星, 小惑星その他の天体にある資源採掘に必要な国際宇宙機関の創設と月協定の問題点及び解決の方策」, 空法(第51號, 2020年 5月 28日), 日本空法學會發行, 29-65頁。

〈국제거래법(國際去來法): International Trade Law〉

1. "韓國への對外投資の法的側面についての考察(上)", 國際商事法務(第21卷, 5號, 1993年 5月), (社)日本國際商事法研究所發行, 598-604頁。

2. "韓國への對外投資の法的側面についての考察(中)", 國際商事法務(第21卷, 6號, 1993年 6月), (社)日本國際商事法研究所發行, 27-737頁。

3. "韓國への對外投資の法的側面についての考察(下)", 國際商事法務(第21卷, 7號, 1993年 7月), (社)日本國際商事法研究所發行, 857-862頁。

〈경재법(經齊法): Economic Law〉

1. "韓國の改正獨占規制及び公正取引法の內容と事例", 公正取引(通卷540號, 1995年 10月), 日
   本公正取引協會發行, 38-45頁。

〈수자원 및 철도연결(水資源及び鐵道連結)〉

1. "21世紀における韓國のIT, 水資源および南・北朝鮮間の鐵道連結問題と展望,紀要", (第2卷
   第1號, 2001年 7月), 日本中央大學社會システム研究所發行, 83-93頁。

〈국제학술지에 게재된 논문(영어 및 일본어) 합계: 60편〉

(12) 한국의 학술지 및 학술서적에 게재된 논문(한국어): 119편

저자의 소개 글

김두환(金斗煥)

직위 및 직책: 한국 항공우주정책 · 법학회 명예회장

중국 베이징이공대학교(中國北京理工大學校: BIT) 법대

겸임교수 및 톈진대학교(天津大學校) 법대 겸임교수

자택주소: 서울특별시 종로구 평창 14길 19 (평창동)

전화: 82-02-379-0626 Fax: 82-02-379-0627

휴대전화: 010-3710-1745 E-mail: doohwank7@naver.com

〈학력〉

1953.04.~1957.03. 서울대학교 법과대학 졸업(법학사)

1957.04.~1959.03. 서울대학교 대학원 법학과 법학석사과정 이수(법학석사)

1980.09.~1984.02. 경희대학교 대학원 법학박사과정 이수(법학박사), 박사학위논문
「항공운송인의 책임과 그 입법화에 관한 연구」

〈교육 경력〉

1960.03.~1986.03. 국민대, 이화여대, 성균관대, 건국대, 경기대, 외국어대, 고려대, 서울대 법
대강사(법학개론, 상법 강좌 담당), 서울시공무원교육원(경제법 강좌 담당) 강사

1979.03.~1981.02. 세종대학교 경상대학 부교수(상법, 회사법 및 회계학 강좌 담당), 한국항공
산업연구소 부소장

1981.03.~1999.02. 숭실대학교 법과대학 및 동 대학원 교수(상법, 경제법, 국제항공우주법 및
국제거래법 강좌 담당)

1986.08.~1999.02. 숭실대학교 법과대학 학장(6년간), 법학연구소장(4년간)

1990.01.~1991.02. 미국, UCLA대학교 법과대학, American대학교 워싱턴법과대학 및 캐나다, McGill대학교 항공우주법연구소 초빙교환교수(상사법과 항공우주법 연구)

1999.02. 숭실대학교 법과대학 정년퇴임

1999.03.~2003.01. 숭실대학교 법과대학 및 대학원 강사

1999.04.~2010.02. 한국항공대학교 항공우주법학과 및 대학원(항공우주법 및 상법 강좌 담당) 강사 및 겸임교수

2000.03.~2004.01. 국민대학교 법과대학(상법 강좌 담당) 강사

2009.03.~2010.05. (대한항공 재단) 정석대학 강사

2000.10.~2013.03. 일본 중앙학원대학 사회시스템연구소 객원교수

2004.11.~2010.08. 인도 Gujarat국립법과대학교 명예교수 및 자문위원

2010.06.~현재. 중국 베이징이공대학교(北京理工大學校, BIT) 법과대학 겸임교수

2012.11.~2015.11. 중국정법대학교(中國政法大學校, CUPL) 항공우주법연구소 비상임연구원

2015.11.~2018.11. 중국 남경항공우주대학교(南京航空宇宙大學校, NUAA) 겸임교수

2018.11.~현재. 중국 톈진대학교(天津大學校) 법과대학 겸임교수

〈실무 경력〉

1959.04.~1976.02. 대한석탄공사(국영) 경리부 관재과장, 영업부 수급과장, 경리부장, 총무이사

1976.11.~1979.02. 더서울플라자 호텔 총무이사, 한국화약주식회사(한화그룹) 본사 총무이사 겸 제일사업부 이사

〈훈장 및 공로표창〉

1994.12. 정부(건설교통부)로부터 우리나라 국제민간항공법 분야의 발전에 크게 공헌하였음을 인정받아 국무회의의 의결을 득한 후 「국민훈장 목련장」을 받았음.

1965~1975. 대한석탄공사 총재로부터 공로표창을 3회 받았음.

1998.08. 숭실대학교 총장으로부터 해외학술지에 20여 편의 논문 게재와 제4회 서울세계항공 우주법대회(20여 개국의 대표 참가)의 의장직을 수행하면서 국내외로 대학의 명예를 높였다는 공로가 인정되어 「공적상」을 받았음.

2016.10. 중국 베이징이공대학 우주법연구소 창립 10주년 기념 「제1회 우주법국제심포지엄 (10개국 참가)에서 베이징이공대학교(BIT) 우주법연구소 발전에 크게 공헌하였음을

인정받아 중국 정부의 고위인사 등 300여 명의 참석하에 「공적상」을 받았음.

2020.02. 인도동양유산학회(印度東洋遺産學會)가 주최하여 인도 Kolkata에서 개최된 「제43회 동양유산(東洋遺産)에 관한 국제대회(미국, 영국, 프랑스, 독일, 이탈리아, 스페인, 일본, 중국 등 20여 개국으로부터 700여 명이 참가하였음.)」에서 나의 이력이 미국 및 인도의 인명사전에 게재되어 있으며 나의 학문적 업적이 가장 우수하다고 인정을 받아 「인도동양유산학회」로부터 한국인으로는 처음으로 「세계공적상(Global Achievers Award)」을 받았음.

2022. 06. 서울대학교 법과대학동창회가 주최한 2022년도 정기총회에서 김두환 교수가 「자랑스러운 서울법대인」으로 선정되어 상을 받았음.

〈정부기관의 정책자문위원, 국가시험위원, 고문〉

1980.12.~1982.02. 국무총리실 제4차 경제개발5개년계획 제4차 사업연도(1980년도) 평가자문위원회(평가교수단) 위원으로 위촉 받았음.

1980.12.~1981.01. 교통부 정책심의회 위원으로 위촉 받았음.

1981.02.~1983.07. 국무총리실 정책자문위원으로 위촉 받았음.

1982.07.~현재. 대한상사중재원소속 상사중재인을 위촉 받았음.

1982.07.~1989.09. 사법시험위원 2회, 공인회계사(C.P.A.)시험위원 3회, 행정고시 및 군법무관시험위원으로 위촉 받았음.

1985.07.~1989.06. 법무부 정책자문위원으로 위촉 받았음.

1985.11.~1994.04. 법무부 법무자문위원회 상법개정특별분과위원회 위원으로 위촉 받았음.

〈국제대회에서 의장, Speaker로 위촉 받고 연구논문도 발표하였음〉

1993.10.~1993.11. 필리핀: 제16회 마닐라 세계법대회(WLC: 세계 150여 개국으로부터 3,500여 명의 판·검사, 변호사, 법학교수, 법무부 장관, 대법원장 및 각종 국제기구의 대표 등 참가)에서 필자는 항공우주법위원회의 위원장으로 위촉을 받아 회의를 주재하였으며 국제항공운송법 분야의 연구논문도 발표하였음(주최자: 세계법률가협회(WJA본부, 미국의 워싱톤 D.C.에 소재), 대회개최 장소: Manila).

1995.08. 캐나다: 제17회 몬트리올 세계법대회(WLC: 70여 개국으로부터 약 700여 명의 판사, 변호사, 법학교수, 법무부 장관, 대법원장, 헌법재판소장 및 각종 국제기구의 대표 등이 참가하였음)에서 필자는 항공우주법위원회의 위원장으로 재차 위촉을 받아 회의를 주

재하였고 국제항공법관계 연구논문도 발표하였음(주최자: 세계법률가협회(WJA), 대회개최장소: 몬트리올, 동 대회에는 50여 개국으로부터 대통령 내지 국가 수반의 축하 메시지가 도착하였는데 주최 측에서는 미국을 비롯하여 10개국의 대통령의 축하 메시지만을 낭독하기로 결정함에 따라 아시아지역에서는 유일하게 한국의 김영삼 대통령의 축하 메시지가 채택되었으므로 필자는 김영삼 대통령의 축하 메시지를 대독하였음.

1996.03.~1998.0. 한국방송통신대학교 시청각교육매체심의 평가위원회 위원으로 위촉 받음.

1997.02. 네덜란드의 Leiden대학교 항공우주법국제연구소로부터 법학박사 학위논문 심사위원회의 위원으로 위촉 받음.

2012.11. 중국정법대학(中國政法大學) 항공우주법연구소로부터 3년간 비상임연구원으로 위촉 받음.

〈세계적으로 유명한 인명사전에 본인 이력사항이 게재됨〉

1993~현재. Asia/Pacific-Who's-Who (인도), Asian/American Who's Who (인도)

1998~현재. Who's Who in the World (미국)

2002~현재. Outstanding People of the 21st Century (영국)

〈국내외 학회, 단체 등의 회원, 이사, 부회장, 회장, 고문 및 국제기구의 위원〉

1959.09.~현재. (사)한국상사법학회 회원 및 이사, 고문

1972.04.~현재. 경주김씨 중앙종친회 총무부장, 사무총재, 부총재, 고문

1972.04.~현재. 세계국제법협회(ILA) 한국본부 이사 (전에 수석부회장, 역임)

1978.08.~현재. (사)한국해법학회 이사, 고문

1983.08.~2007.12. 한국법학회교수협의회 회원 및 이사, 국제사법학회 이사, 한·일법학회 감사, 한국국제거래법학회 회원, 한국경제법학회 회원 역임

1984.05.~현재. 일본공법(空法)학회 회원, 일본우주개발이용제도연구회(SOLAPSU) 회원, 세계국제법협회(ILA본부: 런던) 회원 및 ILA우주법위원회 위원, 세계법률가협회(WJA본부: 워싱턴 D.C.) 회원 및 세계우주법학회(IISL본부: 파리) 위원으로 위촉 받음.

1989.10.~1993.01. 한국항공법학회 수석부회장 역임

1991.05.~2000.10. 아시아항공우주법학회(본부: 타이베이, 대만) 이사 역임

1993.02.~1999.02. 한국항공우주법학회 회장으로 선출됨. 6년간 회장으로 봉사함.

1999.02.~현재. 한국항공우주정책·법학회 명예회장으로 위촉 받음.

2009.03.~2009.11. 국제우주연맹(IAF본부: 파리) 국제프로그램위원회 위원으로 위촉 받음.

2009.10.~2009.11. 한국 대전에서 개최된 국제우주법학회(IISL본부: 파리)가 주최한 국제우주법대회(60여 개국 참가)에서 제3분과위원회 공동의장으로 위촉 받음.

2012.06.~현재. (사)자하문밖 문화포럼 고문으로 위촉 받음

2015.10.~현재. (사)한민족통일여성중앙협의회 상임고문으로 위촉 받음.

2019.04.~현재. (사)글로벌항공우주산업학회 상임고문으로 위촉 받음.

2018.06.~2024.06. 서울대학교 법과대학 제11회 동창회 회장으로 선출됨.

2020.05.~현재. 서울대학교 총동창회 종신이사로 위촉을 받음.

〈외국의 대학, 학회, 국제회의 등에서의 활약과 연구논문 발표 및 의장직 수행〉

1977.05.~06. 대만: Taipei에서 개최된 「제3차 한국 · 대만관광진흥대회」에 한국 측 대표단의 일원으로 참석한 후, 태국, Hong Kong, 일본 등의 관광시설 등을 시찰하였음.

1984.05.~2007.05. 일본: 일본공법학회(日本空法學會)가 주최한 학술연구보고회에서 필자는 4회 항공우주법관계 연구논문을 발표하였고, 아오야마학원대학(青山學院大學) 법학부 및 명치학원대학(明治學院大學) 법학부에서 2회, 오사카시립대학(大阪市立大學) 법학부에서 2회, 오사카경제법과대학(大阪經濟法科大學) 법학부, 일본공정거래협회, 중앙학원대학(中央學院大學) 사회시스템연구소 및 Active Center, 일본 우주개발이용제도연구회(SOLAPSU) 등으로부터 필자는 여러 차례 초청을 받아 한국의 개정상법, 독점규제법 및 국제항공우주법 분야의 연구논문을 발표하였음.

1984.08.~09. 프랑스: 세계 국제법협회(ILA) 제61회 국제법학술대회 및 우주법위원회(Paris에서 개최)에 필자는 정회원 자격으로 참석한 후 독일의 Köln대학의 항공우주법연구소, Freiburgh대학, Heidelbergh대학, 영국의 Oxford대학, 파리법과대학 등을 방문하여 관련 교수들과 연구협의 및 자료 등을 교환하였음.

1986.08. 한국: 제62차 서울 세계국제법대회(ILA: 50여 개국 참가) 항공법 Workshop에서 국제항공운송법에 관한 연구논문을 필자는 발표하였음.

1987.09. 한국: 제13차 서울세계법대회(WLC: 40여 개국 참가) 항공법위원회에서 필자는 국제항공사업에 관계된 연구논문을 발표하였음.

1988.08. 폴란드: 제63차 Warsaw 세계국제법(ILA: 60여 개국 참가)대회 항공법위원회에서 국제항공법관계 연구논문을 필자는 발표하였음.

1989.05. 일본: 동경, 학사회관(學士會館)에서 개최된 일본공법학회(日本空法學會) 제35회 총

회 및 연구보고회에서 「한국과 일본의 항공기사고 배상」이라는 제목으로 연구논문을 필자는 발표하였음.

1990.03. 미국: 남감리교대학교(SMU) 법학전문대학원 소속 "Journal of Air and Commerce", 학술지 발행기관 주최로 개최된 「제24회 전 주항공법연차대회(개최지: Dallas, Texas)」 에 필자는 참석하여 미국무성, 미운수성 국제항공국, 미국 연방항공청(FAA), 미국 국가 수송안전위원회(N.T.S.B.)의 법률고문 및 항공관계전문가와 바르샤바 조약의 문제점 과 개선방향에 대하여 논의하였음.

1990.05. ~06. 미국: Stanford대학, U.C. Bercley대학과 중부의 Chicago대학, 동부의 George Town대학, Pennsylvania대학, Columbia대학, New York대학, Yale대학, Harvard대학, Cornell대학 법대 등을 필자는 방문하면서 관련 교수들과 연구 협의 및 연구자료 등을 교환하였음.

1990.05. 미국: 필자는 American대학교 워싱턴법학전문대학원(Washington D.C.)의 초청을 받아 「한국에 있어 외자도입에 대한 법적 고찰」이라는 제목으로 특강을 한 후 질의응답 시간을 가진 바 있음.

1990.08. 캐나다: 세계 비교법학회 주최로 개최된 제13차 국제비교법대회(30여 개국 참가, 개최지: 캐나다, 몬트리올)에 필자는 참가하였음.

1990.10. 캐나다: 캐나다 및 일본국제법학회의 공동주최로 개최된 제14회 국제법연차대회(개최지: 캐나다, Ottawa)에 필자는 참가하였음.

1990.10. 캐나다: 몬트리올에서 개최된 UN 산하 국제민간항공기관(ICAO)의 제28차 특별총회에 한국대표단의 일원으로 필자는 참가하였음.

1990.12. 미국: 미국 기독교고등교육재단연합회의 초청에 따라 「Asia지역기독교대학교수세미나(개최지: 미국 뉴욕주, Newpoint)」에 5일간 필자는 참가하였음.

1991.01. 캐나다: McGill대학교 항공우주법연구소(몬트리올)의 초청으로 「국제항공운송인의 민사책임」이라는 제목으로 필자는 상기 연구소에서 학술강연을 하였음.

1991.05. 대만: 아시아항공우주법학회(대만)와 Leiden대학교 항공우주법국제연구소(네덜란드)가 공동주최로 개최한 「제1회 세계항공우주법대회(20여 개국 참가, 개최지: 타이베이)」에 주최 측으로부터 초청을 받아 이 대회 제4 Session에서 「항공에 있어 정부기관의 책임」이라는 제목으로 필자는 연구논문을 발표하였음.

1993.06. 일본: 일본 우주개발이용제도연구회(SOLAPSU) 및 고마자와대학(駒澤大學)과 레이던(Leiden)대학교 항공우주법국제연구소와 공동으로 주최하여 개최한 「제2회 국제항

공우주법회(20여 개국 대표 참가, 개최지: 동경)」에서 필자는 제6 Session의 공동의장 직으로 위촉 받아 회의를 주재하였고, 국제항공운송법 분야의 연구논문도 발표하였음.

1994.08. 아르헨티나: 제66회 Buenos Aires국제법대회(50여국 대표 참가) 우주법위원회에서 우주법위원으로 필자는 위촉 받았으며, 국제우주법관계 연구논문도 발표하였음.

1994.12. 캐나다: 몬트리올에 있는 McGill대학교 항공우주법대학연구소가 주최한 「시카고 조약 50주년 기념 국제항공법대회(50여 개국 참가)」에 주최 측으로부터 초청을 받아 「항공교통관제기관(ATCA)의 법적인 측면」이라는 제목의 연구논문을 발표하였음.

1994.12. 일본: 오사카(大阪)시립대학 법학부의 초청으로 40여 명의 법대생들에게 「한국개정회사법의 주요내용과 전망」이라는 제목으로 필자는 특강을 하였고, 다음 날 오사카경제법대 총장 법학박사 구보타 히로시 교수(窪田宏敎授)로부터 초청을 받아 70여 명의 오사카경제법대 학생들에게 「최근 한국개정회사법의 동향」이라는 제목으로 특강을 하였음.

1995.08. 캐나다: 세계법협회(World Law Association, 본부: 미국, 워싱톤D.C. 소재, WLA)가 주최하는 캐나다, 몬트리올에서 개최된 「제17회 세계법대회(70여 개국 참가)」에서 미국 측 조직위원회로부터 필자는 재차 항공우주법분과위원회 위원장으로 위촉 받았기 때문에 항공우주법 분과회의를 주재하였고, 항공법 분야의 연구논문도 발표하였음. 이 날 세계법대회의 개회식 때에 70여 개국 중 미국, 프랑스를 비롯한 10개국의 대통령 축하 메시지만을 대독하기로 결정되었는데, 아시아주에서는 유일하게 한국만이 선정되었으므로 필자가 김영삼 대통령의 축하 메시지를 대독하였음.

1995.08. 중국: 북경대학과 Leiden대학교 항공우주법국제연구소, 캐나다 McGill대학교 항공우주법연구소와 공동주최로 개최된 「제3회 세계항공우주법대회(20여 개국 참가)에서 필자는 주최 측으로부터 초청을 받아 이 국제대회 제4 Session에서 「우주파편의 손해와 책임」이라는 제목으로 연구논문을 발표하였음.

1995.12. 싱가포르: IBC주최, 「통신위성 및 위성보험국제회의(20여국 대표 참가)」에 주최 측으로부터 초청을 받아 필자는 우주관계 연구논문을 발표하였음.

1997.01. 마카오: 마카오민간항공청과 Macau대학교 법학부가 공동주최한 국제항공법회의(20여 개국 대표 참가)에 주최 측으로부터 필자는 초청을 받아 국제항공운송법관계 연구논문을 발표하였음.

1997.06. 한국: 필자는 「제4회 세계국제항공우주법대회」 조직위원회 위원장 겸 동 대회의 의장으로 위촉을 받아 상기 국제대회를 2년에 걸쳐 준비와 조직을 한 후 서울에서 개최

된 「제4회 국제항공우주법대회(공동주최자: 한국항공우주법학회 및 한국 공군사관학교, 대회장소: 서울 롯데호텔)」에서 국제회의를 주재하였고 국제항공운송법관계 연구논문도 발표하였음. 이 서울국제대회에는 20여 개국으로부터 세계적으로 유명한 법학교수, 변호사, 항공사 사장, 항공청장 등과 당시 한국의 국무총리, 건설교통부 장관, 공군 참모총장, 일본의 우주사업단, UN의 우주사업국 및 유럽우주개발기구(ESA) 등 각종국제기구의 고위간부 등이 참가하였음.

1997.12. 일본: 중앙학원대학(中央學院大學) 사회시스템연구소 소장의 초청으로 동 연구소에서 「우주개발의 현황과 전망」이라는 제목으로 필자는 특강을 하였음.

1999.03. 일본: 일본 동경국제대학(東京國際大學)의 초청으로 「북한의 미사일위협과 전역미사일방위(戰域Missle防衛: TMD)」라는 제목으로 필자는 일본어로 특강을 한 바 있음.

1999.11. 중국: 저장성법학회(浙江省法學會)의 초청으로 항주에서 「한국의 경제발전과 개정회사법의 역할」이라는 제목으로 필자는 특별강연을 하였음(100여 명의 법학교수, 변호사, 판사, 회사의 고위간부, 사장 및 대학원생들이 참석하였음).

중국, 상해교통대학(上海交通大學)과 네덜란드 Leiden대학교 항공우주법연구소와 공동주최로 개최된 「제5회 아시아 항공우주법대회(20여 개국 대표 참가)」에 주최 측으로부터 초청을 받아 「국제항공운송과 관련된 미국판례에 대한 논평」이라는 제목의 연구논문을 필자는 발표하였음.

1999.11. 일본: ① 고마자와대학(駒澤大學) 법학부, ② 사단법인 아시아친선교류협회, ③ 일본방위법학회, ④ 세계포럼(World Forum) 및 소고연구(總合 硏究)포럼 공동주최, ⑤ 동경국제대학 등의 초청으로 필자는 「북한의 탄도미사일위협과 일본, 한국 및 미국의 대응전략」이라는 제목으로 다섯 군데 기관에서 제목은 각각 조금씩 다르게 특별강연을 한 바 있음. 홋카이도(北海道), 도마코마이(苫小牧)시에 있는 도마코마이 고마자와대학 학장과 삿포로시(札幌市)에 있는 일본 육상자위대북부방면총사령관(陸上自衛隊北部方面總司令官)의 초청으로 대학이 주최한 시민강좌에서는 「한반도의 국제 정세」라는 제목으로 강연을 하였고, 육상자위대에서는 「북한의 정세와 일본에 미치는 영향」이라는 제목으로 3개 사단의 사단장, 연대장, 대대장 들 300여 명의 장교들 및 장성들에게 특별강연을 한 바 있음. 오사카에 있는 관서상사법연구회(關西商事法硏究會)의 초청으로 필자는 오사카역 앞에 있는 구루베 호텔 회의실에서 상기(上記) 연구회 회원들에게 「최근 한국회사법의 개정내용과 전망」 제목으로 일본어로 특별강연을 한 바 있음.

2000.06. 프랑스: Strasbourg에 있는 국제우주대학(ISU)을 청주시의 요청으로 당시 청주시장

과 함께 방문하여 「청주시의 우주캠프의 설치계획과 교류」에 관하여 필자는 슬라이드로 설명을 하였고 ISU가 매년 세계 각국의 도시를 순회하면서 개최하는 우주학생 프로그램(Space Student Program, SSP)을 당시 상해, 이스탄불 등 도시와 유치경쟁을 벌이어 2001년에 SSP를 청주시에서 개최하기로 결정한 바 있음.

한편 파리에 있는 유럽우주개발기구(ESA) 본부를 당시 청주시장과 함께 방문하여 「아시아우주개발기구(가칭: ASDA)」의 설치 구상 및 청주시 국제공항 주변에 항공우주산업단지의 조성 등을 필자는 슬라이드로 브리핑을 한 후 투자 유치에 대하여 ESA의 고위간부들과 의견교환을 하였음.

2000.10. 일본: 중앙학원대학(中央學院大學) 사회시스템연구소 소장의 초청으로 동 연구소가 주최한 바 있는 심포지엄(주제: 21세기에 있어 지역의 여러 문제와 국제협력-물과 정보는 생활의 피-)에 필자는 토론자로 참가하였음.

2001.03. 싱가포르: 싱가포르국립대학 및 싱가포르 국제법학회와 국제우주법학회(IISL)가 공동주최로 싱가포르에서 개최된 「2001년도 세계우주법대회(30여 개국 참가)」에 주최 측으로부터 필자는 초청을 받아 「아시아 우주기구의 설립 가능성(The Possibility of Establishing an Asian Space Agency)」이라는 제목으로 기조연설을 하였음.

2001.07. 한국: 세계교통학회(WCTR) 산하 항공운송학회(ATRG)가 주최하는 「제5회 항공운송세계대회(40여 개국 참가)」가 7월 19일부터 22일까지 제주도 서귀포 KAL 호텔에서 개최된 바 있어 동 대회의 제3분과위원회의 의장으로 필자는 위촉 받아 회의를 주재하였음.

2001.09. 일본: 일본 우주개발이용제도연구회(SOLAPSU)의 초청으로 동 연구회가 주최한 가루이자와(軽井沢) 세미나에서 「아시아우주개발기구의 창설 가능성」이라는 제목으로 필자는 일본어로 연구논문을 발표하였음.

2001.11. 일본: 일본중앙학원대학 사회System연구소 소장의 초청으로 동 연구소가 주최한 바 있는 심포지엄에서 「항공운송의 안전과 항공기납치를 규제하는 국제조약」이라는 제목으로 필자는 일본어로 연구논문을 발표하였음.

2002.04. 인도: 세계국제법협회(ILA)의 주최로 New Delhi에서 개최된 바 있는 「제70차 국제법대회(60여 개국 참가)」에 필자는 참가하여 동 대회 우주법분과위원회에서 토의된 바 있는 우주관련 국제조약의 개정문제에 대하여 의견을 제시한 바 있음.

2002.06. 일본: 일본 교토(京都)에 있는 리쓰메이칸대학 국제관계학부(立命館大學國際關係學部)로부터 필자는 초청을 받아 동 대학 학부생 및 대학원생들에게 「아시아 우주개발기

관의 구상」이라는 제목으로 특강을 하였음. 일본 (SOLAPSU)의 초청으로 「우주보험」에 관한 월례연구보고회에도 참가하여 필자는 토론자(Panelist)로서 의견을 제시하였음.

2002.07. 미국: 세계항공교통학회(ATRS)와 미국 Boeing항공기 제조회사의 공동주최로 시애틀에서 개최된 세계항공교통대회(30여 개국 참가)에서 「항공교통관제관의 책임에 관한 약간의 고찰」이라는 제목으로 필자는 연구논문을 발표하였음.

2003.07~08. 러시아, 핀란드 및 에스토니아: 시베리아횡단철도와 한반도철도와의 연결 가능성 및 경제성 및 경제성을 조사하기 위하여 필자는 Vladivostok-Irkutsk-Baikal 호수-Moscow- St. Peterburg 철도여행으로 현지답사를 한 후 Helsinki대학교 법대와 북해(北海)를 지나 에스토니아의 수도 Tallinn을 방문한 후 귀국하였음.

2004.04. 중국: 중국우주법학회(CISL), 중국국립우주청, 중국과학기술성, 중국과학원, 중국항공우주기술공단 등과 국제우주법학회(IISL)가 공동주최로 북경에서 개최된 「2004년도 아시아우주법대회」에 주최 측으로부터 필자는 초청을 받아 국제우주법관계 연구논문을 발표하였음.

2005.06. 일본: 규슈, 후쿠오카(九州, 福岡)에서 개최된 「초종교 포럼」에 필자는 참가한 후 한일해저터널건설계획(규슈 후쿠오카현과 남한의 거제도와 연결)의 타당성 검토와 일본의 시발점을 답사하였음.

2005.10. 일본: 후쿠오카시와 국제우주연맹(IAF본부: 파리) 및 국제우주법학회(IISL)가 공동으로 주최한 「제56회 국제우주대회(IAC)와 제48회 우주법대회(60여 개국 참가, 개최지: 후쿠오카시)」에서 「한국의 우주개발진흥법의 주요내용과 전망」이라는 제목으로 필자는 연구논문을 발표하였음.

2006.02. 동유럽: 독일의 Mainz시에서 출발하여 Frankfurt대학교 법학부, München대학교 법학부와 오스트리아의 Vienna대학교 법학부에서 필자는 교수들과 상사법 및 항공우주법의 여러 문제점 등에 관한 의견교환 및 연구자료 수집을 위하여 방문한 후 상기 동유럽 일부 나라들 오스트리아, 슬로베니아, 크로아티아, 보스니아, 세르비아, 헝가리, 슬로바키아, 체코 등을 여행하였음. 특히 세계적으로로 유명한 메쥬고리예(Medjugorje) 성지(聖地)를 순례(巡禮)하였음.

2006.05. 한국: 우리나라 국토교통부와 UN 산하 국제민간항공기구(ICAO)와 공동주최로 서울에서 개최된 「2006 ICAO Legal Seminar in Asia-Region(20여 개국 이상의 대표 참가)」에서 「항공안전과 1952년의 로마조약의 현대화에 관한 초안에 대한 고찰」이라는 제목으로 필자는 연구논문을 발표하였음.

2006.12. 일본: 일본중앙학원대학 사회시스템연구소 소장의 초청으로 동 연구소가 주최한 바 있는 심포지엄에서 「한국과 일본의 수도권 공항의 현황과 협력」이라는 제목으로 필자는 일본어로 연구논문을 발표하였음.

2007.05. 일본: 일본공법학회(日本空法學會)가 주최한 바 있는 제53회 정기총회 및 연구보고회가 동경에서 개최되어 동 보고회에서 「한국에 있어 새로운 우주관계법의 주된 내용과 과제」라는 제목으로 필자는 일본어로 연구논문을 발표하였음.

2007.08. 오스트리아, 벨기에, 독일: 비엔나에 있는 UN우주사업국, 브뤼셀에 있는 EU(유럽연합) 본부 및 유럽위성항법감시(GNSS)청, 독일에 있는 쾰른대학교 항공우주법연구소와 Frankfurt대학교 은행법연구소를 필자가 방문하여 교수들과 만나 의견교환을 하였음.

2008.06. 일본: 중앙학원대학 사회시스템연구소 초청으로 동 대학 국제회의실에서 「한국의 우주개발과 우주법」이라는 제목으로 필자는 특강을 하였음.

　　　　　일본 우주항공연구개발기구(JAXA)의 초청으로 동경에 있는 일본 JAXA 본사 2층 국제회의실에서 일본어로 파워포인트를 이용하여 「한국에 있어서의 우주개발과 새로운 우주관계법」이라는 제목으로 특별강연을 하였음(참석자, JAXA의 고위간부 및 직원, 외무성 및 일본경제단체연합회 직원, 교수 및 변호사 등 40여 명 참석).

　　　　　동경에서 좀 떨어져 있는 Tsukuba(筑波)우주센터의 연구원들이 필자의 강연을 보고 들을 수 있도록 인터넷TV(화상회의, 畵像會議)를 통하여 생중계를 하였음.

　　　　　상기 강연이 끝난 후 JAXA의 Sato Masahiko 법무과장 및 계장의 안내로 일본, 규슈(九州), Kagoshima현(鹿児島縣)에 소재하는 Uchinoura(內之浦)우주센터와 일본 근해에 위치하고 있는 다네가시마(種子島)우주센터를 필자는 이영진 교수(국립충북대학교 법대)와 조홍제 박사(국방대학교)와 같이 방문하였음.

2009.03. 프랑스: 국제우주연맹(IAF본부: 파리)과 국제우주법학회(IISL본부: 파리)가 공동으로 주최하여 파리에서 개최된 「2009 국제우주대회(한국, 대전)」 및 「2009 국제우주법대회(한국, 대전)」 등 양 대회의 준비 모임에 필자는 동 대회 국제프로그램 위원회의 위원 및 동 대회 제3분과위원회 공동의장의 자격으로 참석하여 세계 각국에서 상기 「2009 국제우주법대회」에서 발표하기 위하여 제출된 우주법관계 논문들을 사전 심사하여 발표할 논문들을 선정하였음.

2009.10. 한국: 국제우주연맹(IAF본부: 파리)과 국제우주법학회(IISL본부: 파리)가 공동으로 주최하여 대전에서 개최된 「제60차 국제우주대회(60여 개국으로부터 3,000여 명의 우주과학자, 교수, 전문가 등 참석하였음)」 및 「제52차 국제우주법대회」에 필자는 동 대

회의 국제프로그램위원회의 위원 및 동 대회 제3분과위원회의 위원 및 의장으로 참가하여 사회도 보고 국제우주법에 관련된 논문도 발표한 바 있음.

2010.05.~06. 중국: 국제우주연맹(IAF본부: 파리 소재)과 중국우주항공학회(CSA)가 공동으로 주최하여 북경에서 개최된 「세계 달 대회(Global Lunar Conference: 26개국으로부터 우주과학자 및 전문가, 교수, 각국의 우주개발기관의 고위인사 등 600여 명이 참가하였음)」에서 필자는 「새로운 국제우주개발기구의 설립가능」이라는 제목으로 연구논문을 발표하였음.

중국 하얼빈공업대학(哈尔滨工業大学, HIT) 법학원장의 초청으로 동 법학원 학생들에게 「국제항공운송인의 계약책임과 불법행위책임에 관한 고찰」이라는 제목으로 특강을 하였고, 북경 시내에 있는 중국정법대학(中國政法大學, CUPL) 국제법학원 및 베이징이공대학(BIT) 법학원의 초청으로 동 법학원 학생들에게 필자는 「아시아우주기구의 설립」이라는 제목으로 특강을 하였음.

2010.11. 한국: 공군본부가 주최하는 서울에 있는 공군회관에서 개최된 항공우주법세미나에 주최 측의 초청으로 필자는 「북한의 미사일문제와 우리의 대응전략」이라는 제목으로 공군 참모총장을 비롯하여 위원장, 법제사법위원회 위원장, 위관급 이상의 장교 미 제7공군 법무참모, 역대 공군 참모총장, 현역 장군 및 예비역 장군, 현역 영관 및 장교 등 350여 명 앞에서 파워포인트를 이용하여 연구논문을 발표하였음.

2011.04. 미국: Lincoln시에 있는 Nebraska대학교 우주통신법연구소 소장으로부터 필자는 초청을 받아 미국 Nebraska대학에서 「제5회 우주법대회(30여 개국 참가)」에 참가하여 「한국의 우주법과 정책」이라는 연구논문을 발표하였음.

2011.05. 대만: Taipei에서 개최된 「아시아 및 태평양지역의 국제법국제회의(대만 총통을 비롯하여 UN 산하 판사 3명, 법무 장관, 교수, 판·검사 및 변호사 등 450여 명 참가)」에서 「아시아우주기구의 창설」이라는 제목으로 필자는 연구논문을 발표하였음.

2011.6. 일본: Okinawa에서 개최된 「국제우주과학 및 기술대회(ISTS, 30여 개국으로부터 1,000여 명의 우주과학자, 교수, 기술자 및 전문가, 대학원생 등 참가)」에서 필자는 「국제우주법관계」 연구논문을 발표하였음.

2011.06. 중국: Harbin법대 학장의 초청으로 필자는 이 대학교의 대학원생들에게 「우주파편과 UN의 책임조약」에 관한 제목으로 2시간(질의응답 시간 30분간을 포함) 영어로 강의를 하였고, 또한 하얼빈시 법학회의 초청을 받아 「제4회 외국인투자보호심포지엄(20여 개국 참가)」에서 「중국에 있어 외국인 투자의 보호」라는 제목의 연구논문을 발표하였음.

2011.10. 중국: 베이징이공대학(北京理工大學, BIT) 법학원의 초청으로 필자는 동 법학원 학생들에게 「한국의 우주정책과 우주법」이라는 제목으로 특강을 하였고, 또한 북경항공우주대학(北京航空航天大學) 법학원으로부터 초청도 받아 동 법학원 학생들에게 「로마조약과 몬트리올조약하에서의 국제항공불법행위책임」이라는 제목으로 특강을 하였음. 중국정법대학(中國政法大學, CUPL) 항공법연구소, 베이징이공대학 우주법연구소 및 캐나다의 McGill대학교 항공우주법연구소와의 공동주최로 중국정법대학 회의실에서 개최된 「국제항공우주법 세미나」에서 필자는 「달 개발을 위한 새로운 우주기구의 설치와 달 협약」이라는 제목으로 연구논문을 발표하였음.

2012.06. 인도: 국제우주법학회(IISL본부: 파리 소재)와 인도의 NALSAR국립법과대학과 공동으로 주최한 인도 Hyderabad시(인도 중심부에 위치하고 있음)에 있는 명문대학인 NALSAR국립법과대학교(5년제)의 모의법정에서 개최된 「2012년도 아시아 태평양지역 Manfred Lachs 우주법 모의재판 경쟁시합」에 주최 측으로부터 필자가 재판장과 판사로 위촉을 받아 재판을 주재하였고, 또한 「2012년도 아시아-태평양지역 우주법대회」에서도 Speaker로 초청을 받아 우주법관계 학술연구논문도 발표하였음.

2012.11. 한국: 공군본부의 주최로 서울에 있는 공군회관에서 개최된 국제항공우주법회의에서 「북한의 미사일문제와 새로운 방위체제의 구축」이라는 제목으로 공군 참모총장을 비롯하여 국회국방위원회 위원장, 대법관, 미 제7공군 법무참모, 역대 공군 참모총장, 현역 장군 및 예비역 장군, 현역 영관 및 위관급 장교 등 360여 명 앞에서 필자는 파워포인트를 이용하여 연구논문을 발표하였음.

2012.11. 중국: 베이징이공대학(北京理工大學, BIT) 법학원, 중국정법대학(中國政法大學, CUPL) 국제법 학원 및 베이징항공우주대학(北京航空航天大學) 법학원의 초청으로 약 2주간 「국제항공우주법」 강좌를 상기 세 군데 대학에서 필자는 특강을 하였음. 중국정법대학 항공우주법센터 겸직연구원으로 3년간 발령을 받았음.

2013.06. 중국: Harbin공업대학교 법학원(HIT)의 초청으로 약 2주간 「국제항공우주법」 강좌를 개설하여 대학에서 필자는 특강을 하였음.

2013.11. 중국: 베이징이공대학(北京理工大學, BIT) 법학원, 중국정법대학(中國政法大學, CUPL) 국제법학원 및 베이징항공우주대학(北京航空航天大學) 법학원의 초청으로 약 2주간 「국제항공우주법」 강좌를 상기 세 군데 대학에서 필자는 특강을 하였음.

2014.05. 중국: 서안(西安)에 있는 서북정법대학(西北政法大學, NWUPL) 국제법학원의 초청을 받아 「국제항공우주법」 강좌를 필자는 2일간 상기 대학에서 특강을 하였음.

2014.11. <u>중국</u>: 국제연합(UN)과 중국(中國) 및 아시아태평양우주기구(APSCO) 간의 공동주최로 베이징에서 개최된 「우주법워크숍(30여 개국으로부터 300여 명의 우주과학자, 정부의 우주관계 고위관리, 우주전문가, 우주기술자, 교수 및 변호사 등 참가)」에 오스트리아 비엔나에 있는 UN우주사업국으로부터 필자는 Panelist로 초청을 받아 연구논문도 발표했고 토론에도 참가하였음.

베이징이공대학(北京理工大學, BIT) 법학원, 중국정법대학(中國政法大學, CUPL) 국제 법학원 및 베이징항공우주대학(北京航空航天大學) 법학원의 초청으로 필자는 약 2주간 「국제항공우주법」 강좌를 상기(上記) 세 군데 대학에서 특강을 한 바 있음.

2014.12. <u>중국</u>: 시카고국제민간항공조약 70주년을 기념하기 위하여 서북정법대학(西北政法大學)과 캐나다 몬트리올에 있는 McGill대학교 항공우주법연구소와 공동주최로 서안(西安)에서 개최된 「70주년기념 세계상업항공법 포럼(10여 개국으로부터 200여 명의 정부의 항공관계 고위관리, 항공전문가, 항공기술자, 변호사, 교수 및 대학원생 등 참가)」에서 필자는 「2014년도 한국 개정상법전에 새로이 제정된 항공운송법의 주요내용과 중국 민용항공법과의 비교」라는 연구논문을 발표하였음.

2015.02. <u>인도네시아</u>: Jakarta에서 개최된 「2015년도 인도네시아국제민간항공회의(15개국으로부터 200여 명의 정부의 항공관계 고위관리, 항공전문가, 항공기술자, 변호사, 교수 및 대학원생 등 참가)」에서 주최 측으로부터 필자는 Speaker로 초청을 받아 Jakarta에서 4박 5일간 체류하면서 「인도네시아와 한국 간의 국제민간항공산업과 법에 관한 국제협력」이라는 제목으로 연구논문을 발표하였음.

Jakarta에서 인도네시아 항공법학회로부터 필자는 초청을 받아 동 학회 회원(주로 변호사, 항공사 간부 및 교수 등)에게 상기 제목으로 특강을 하였음.

2015.04. <u>인도</u>: Kerala주, Trivandrum시에 있는 Kerala법과대학이 주최한 「우주법국제회의(전 인도 대법원장, 인도국립인권위원회 의장, 전(前) 인도우주연구기구(ISRO) 의장, Kerala주 고등법원장, 우주관계 고위공무원, 변호사, 교수 및 법대생 등 200여 명 참가)」의 주최 측으로부터 필자는 초청을 받아 이 대학 Guest House에서 9박 10일간 체류하면서 「우주파편에 관련된 우주환경의 보호와 1972년의 우주책임조약」이라는 제목의 연구논문을 발표했음.

필자는 인도 Kerala대학교 법학부의 초청을 받아 이 대학에서 「인도네시아, 말레이시아 공사 소속 항공기사고와 인도네시아, 중국, 한국의 항공법과 1999년의 몬트리올조약」이라는 제목으로 특강을 하였음.

2015.06. 중국: 상해에 있는 화동정법대학교 국제항공운송법과대학(华东政法大学, 国际航运法律学院)으로부터 필자는 초청을 받아 이 대학에서 「인도네시아, 말레이시아 항공사 소속 항공기사고와 인도네시아, 중국, 한국의 항공법과1999년의 몬트리올조약」이라는 제목으로 특강을 하였음.

2015.11. 중국: 난징(南京)에 있는 난징항공우주대학(南京航空航天大學, NUAA) 인문사회과학원으로부터 필자는 초청을 받아 이 대학으로부터 3년간 겸직교수 발령을 받은 후 법학 전공생들에게 「항공교통관제기관(ATCA)의 책임」 및 「한국개정상법 내 새로이 제정된 항공운송법의 주요내용과 전망-중국민용항공법과의 비교-(韩国改正商法里 新制定航空运输法的 主要內容 和 展望-中國民用航空法과의 比較-)」라는 제목과 "Indonesia, Malaysia Aircraft's Accidents and Indonesian, Chinese, Korean Aviation Law and the 1999 Montreal Convention"이라는 제목으로 특강을 하였음.

텐진(天津)에 있는 中國民航大學(CUAA) 법학원의 초청으로 이 대학 대학원 학생들에게 상기(上記) 국제항공기사고 사건의 강의 제목과 「항공교통관제기관의 책임」이라는 제목으로 특강을 한 바 있음.

베이징(北京)에 있는 중국정법대학(中國政法大學, CUPL) 국제법학원의 초청으로 필자는 이 대학 학생들에게 상기(上記) 민간항공기사고 사건이라는 강의 제목으로 특강을 한 바 있음.

베이징이공대학(北京理工大學, BIT) 법학원의 초청으로 필자는 이 대학 대학원 학생들에게 "International Space Convention and Korean Space Law"라는 제목과 "Study on the Establishment of New Space Organization and Moon Agreement"라는 제목으로 특강을 하였음.

2016.04. 중국: 세계적으로 아주 유명한 계림(桂林)지역을 필자는 가족들과 함께 관광하였음.

2016.05. Vietnam: 아시아지역에서 아주 유명한 Danang, Hue지역을 한화회 회원 16명과 함께 필자는 고적 답사를 하였음.

2016.10. 중국: 베이징(北京)에 있는 중국정법대학(中國政法大學, CUPL) 국제법학원의 초청으로 필자는 이 대학 및 대학원 학생들에게 국제항공법을 특강한 바 있고, 또한 베이징이공대학(北京理工大學, BIT) 법학원의 초청으로 이 대학에서도 국제우주법을 특강한 바 있음.

베이징이공대학 우주법연구소의 창립10주년기념행사의 일환으로 개최된 「제1회 국제우주법 심포지엄(10여 개국 참가, 중국 정부 외교부, 국방부, 공업정보부 등 각 부처의 고위공무원 등 200여 명 참석)」에서 동 우주법연구소의 발전에 크게 공헌을 하였다고 하여 필자는 「우수공적상(Outstanding Contribution Award)」을 받았음. 한편 이 심포지엄에서 「UN, ILA의 국가우주입법과 한국, 오스트레일리아, 중국과 일본의 우주법과 그 전망」이라는 제목으로 필자는 연구논문을 발표하였음.

2016.11. 중국: 난징(南京)에 있는 난징항공우주대학(南京航空航天大學, NUAA) 법학부의 초청을 받아 필자는 이 대학 학부 및 대학원 학생들에게 국제항공우주법을 특강한 바 있고, 또한 베이징이공대학 법과대학에서도 역시 국제항공법을 특강한 바 있음.

2017.11. 중국: 베이징(北京)에 있는 중국 베이징이공대학(北京理工大學, BIT)의 초청으로 필자는 이 대학에서 국제항공법 및 국제우주법을 특강을 한 바 있음.

2017.12. 중국해사중재위원회와 중국민항기술과학연구원이 공동주최로 개최한 국제회의와 중국 난징(南京)에 있는 난징항공우주대학(南京航空航天大學, NUAA) 법학부로부터 필자는 초청을 받아 이 대학의 학부 및 대학원 학생들에게 국제항공우주법을 특강한 바 있고 이 대학의 항공우주법연구소가 주최한 세미나에서도 국제항공법에 관한 연구논문도 발표를 한 바 있음.

2018.5. 중국: 난징(南京)에 있는 난징항공우주대학(南京航空航天大學, NUAA) 항공산업정책법규연구센터 주최로 개최된 「제1회 중국항공산업법치 심포지엄」에 필자는 Speaker로 초청을 받아 연구논문을 발표하였음.

2018.8. 오스트레일리아: 시드니에서 개최된 세계국제법학회(ILA본부: 영국 London 소재) 주최로 개최된 「제78회 국제법대회(50여 개국 참가)」에 필자는 Speaker로 초청을 받아 국제우주법관계 연구논문을 발표한 바 있고, Tasmania대학교 아시아연구소의 초청으로 「드론에 관한 한국, 일본, 중국 및 인도의 입법례와 전망」이라는 제목으로 특강을 하였음.

2018.11. 중국: 베이징이공대학교(北京理工大學校, BIT) 우주정책법률연구원의 주최로 개최된 「제2회 우주법국제심포지엄」에 필자는 Speaker로 초청을 받아 국제우주법 관계 연구논문을 발표했고, 베이징이공대학교 법대, 텐진대학교 법대 및 베이징항공우주대학교 법대로부터 각각 초청을 받아 국제항공우주법을 특강한 바 있음.

2019.05. 일본: 일본공법학회(日本空法學會)가 주최한 바 있는 제65회 총회 및 연구보고회가 동경에서 개최되어 동 연구보고회에서 필자는 「달과 화성에 존재하는 천연자원 채굴을 위한 새로운 국제우주기관의 설립제안 및 달협약의 문제점과 해결방안」이라는 제목으로 연구논문을 발표했음.

2019.07. 일본: 일본우주항공연구개발기구(日本宇宙航空研究開發機構, JAXA)와 한국 (사)글

로벌우주산업학회가 공동으로 주최하여 일본 Tsukuba(筑波)에 있는 JAXA 국제회의실에서 개최된 세미나에서 「우주법과 정책에 관한 정보교환 공동세미나」에서 필자가 「한국과 중국의 우주법과 정책」이라는 제목으로 연구논문을 발표했음.

2020.02. 인도: 인도동양문화유산학회(Indian Institute of Oriental Heritage)의 초청에 따라 인도 Kolkata에서 개최된 세계 20여 개국이 참가한 「제43회 연차 동양문화유산에 관한 국제대회」에서 필자가 아시아에서 학문적 업적이 뛰어나다고 인정을 받아 「세계공적상(Global Achievers Award)」을 수령한 후 「UNESCO 세계문화유산에 포함된 한국의 문화유산」이라는 제목의 연구논문을 발표하였음.

2020.07. 인도네시아: Jakarta에 있는 Tarumanagara대학교 국제회의 조직위원회가 주관하는 「코로나19 감염증 이후 세계적, 지역적, 국가적인 항공패러다임(Post Covid-19: Global, Regional and National Aviation Paradigm)을 주제로 한 국제화상세미나(International Seminar: Zoom)」가 금년 7월 11일(토) 인도네시아, Jakarta에서 개최되었는데, 필자는 「코로나19 감염증 이후의 아시아지역의 대책」이라는 제목의 연구논문을 발표하였음.

2020.11. 중국: 난징(南京)에 있는 남경항공우주대학의 국제항공법조직위원회가 주관하는 「제3회 중국항공산업법률정상회의/국제회의(Zoom)」에서 필자는 「국제민간항공기관(ICAO), 미국, 일본, 인도, 한국에 있어 드론(무인항공기)에 관한 법적인 논점」이라는 제목으로 연구논문을 발표하였음.

〈저서 및 학술연구 논문〉

◆ 저서: 『주식회사의 계산제도』, 김두환, 1992년 3월, 한국상장회사협의회 발행, 369면. 『국제항공우주법 및 상사법의 제문제』, 김두환, 1994년 4월, 법문사 발행, 1,167면.

◆ 공저: "The Utilization of the World's Air Space and Free Outer Space in the 21ˢᵗ Century", ritten by Chia-Jui, Cheng and Doo Hwan Kim, April, 2000, Published by Kluwer Law International, The Netherlands, 414pages.

◆ 저서: 『국제항공법학론』, 김두환, 2006년 1월, 한국학술정보(주) 발행, 759면.

◆ 저서: "Essays for the Study of the International Air and Space Law", 김두환, 2008년 12월, 한국학술정보(주) 발행, 786면(영어 520면, 일본어 266면).

◆ 저서: 『국제·국내항공법과 개정상법(항공운송 편)』, 김두환, 2011년 9월, 한국학술정보(주) 발행, 693면.

◆ 저서: "*Global Issues Surrounding Outer Space Law and Policy*", written by Doo Hwan Kim, pril, 2021, Published by IGI Global Publisher, the United States, 231pages.

◆ 저서:『우주정책과 우주법의 현황 및 앞으로의 전망』, 김두환, 2022년 11월 14일, I love book출판사 발행, 315면.

♠ 세계 각국의 유명 학술지에 게재된 연구논문

♠ 미국에서 발행된 책 및 학술지에 게재된 논문

1. "Some Considerations of the Draft for the Convention on an Integrated System of International Liability", Journal of Air and Commerce (Vol.53, No.3, 1988), Southern Methodist University, Dallas, Texas, USA. pp.765-796.

2. "Legal Aspects of Foreign investment in Korea", The Hasting International Comparative Law Review (Vol.15, No.2, 1992), Hastings College of the Law, University of California, USA, pp.227-252.

3. "Some Considerations of the Liability of the Compensation for Damages Caused by Space Debris", Law/Technology (Vol.28, No.4, 1995), World Jurist Association (Washington D.C. USA), pp.1-28.

4. "Beijing International Conference on Air and Space Law", Journal of Space Law (Vol.24, No.1, 1996), Law Center, Mississippi University, USA, pp.46-48.

5. "Regulations and Laws Pertaining to the use of Unmanned Aircraft Systems (UAS) by ICAO, USA, China, Japan, Australia, India, and Korea", Book entitled "Unmanned Aerial Vehicles in Civilian Logistics and Supply Chain Management" published by IGI Global Publisher, Hershey, Pennsylvania, USA, May 2019, pp.169-207.

♠ 영국의 학술지에 게재된 논문

1. "Korea's space development programme: Policy and law", Journal of Space Policy (Vol.22, Issue 2, May 2006), Scotland, pp.10-117.

♠ 중국의 학술지에 게재된 논문

1. "The main contents, comments and future task of the Korean Space Law(韩国空间法的主

要内容, 评论和未来的任务)", 2010 Chinese Yearbook of Space Law, Institute of Space Law, Beijing Institute of Technology, China, 23-37pages.

2. "The main Contents of the Korean Space Policy and Three Space Laws(韩国空间政策和三个空 间法规的主要内容)", 2012 Chinese Yearbook of Space Law, Institute of Space Law, Beijing Institute of Technology, China, 16-37pages.

3. "Possibility of Establishing a New International Space Agency for Extra Terrestrial Exploitation and Moon Agreement(基于外空开发和《月球协定》成立, 国际空间总署的可能性分析)", 2013 Chinese Yearbook of Space Law, Institute of Space Law, Beijing Institute of Technology, China, 21-55pages.

4. "Protection of Space Environment, Damage Caused by Space Debris and Legal Problems on the Space Liability Convention", 2015 Chinese Yearbook of Space Law, Institute of Space Law, Beijing Institute of Technology, China, 3-28pages.

5. "UN, ILA National Space Legislation and Space Conventions & Laws in the Republic of Korea, the Democratic People's Republic of North Korea, Australia and Japan", 2016 Chinese Yearbook of Space Law, Institute of space Law, Beijing Institute of Technology, China, 3-23pages.

♠ 캐나다의 학술지에 게재된 논문

1. "Legal Aspects of ATCA Liability", Annals of Air and Space Law (Vol.ⅩⅩ, Part 1, 1995), Institute of Air and Space Law, McGill University, Montreal, Canada, pp.209-220.

2. "Main Contents and Prospects of the Newly Enacted Air Transport Law in the Korean Revised Commercial Act", Annals of Air and Space Law (Vol.ⅩⅩⅩⅧ, 2013), Institute of Air and Space Law, McGill University, Montreal, Canada, pp.91-122.

♠ 독일의 학술지에 게재된 논문

1. "Some Considerations on the Possibility of Establishing an Asian Space Agency", German Journal of Air and Space Law (Vol.50, No.3, 2001), Institute of Air and Space Law, Köln University, Germany, pp.397-408.

2. "Space Law in Korea: Existing Regulations and Future Tasks", German Journal of Air and Space Law (Vol.57, No.4, 2008), Institute of Air and Space Law, Köln University, Germany,

pp.571-584.

3. "Essays for the Study of the International Space Law", German Journal of Air and Space Law (Vol.58, No.3, 2009), Schrifttum (Literature), Institute of Air and Space Law, Köln University, Germany, pp.534-536.

4. "Proposal for Establishing an International Court of Air and Space Law", German Journal of Air and Space Law(Vol.59, No.3, 2010), Institute of Air and Space Law, Köln University in Germany, pp.362-371.

♠ 네덜란드의 학술지 및 저서에 게재된 논문

1. "Some Considerations on the Liability of Air Traffic Control Agencies", Air Law (Vol.13, No.6, 1988), Kluwer Publishing Co. The Netherlands, pp.268-272.

2. "Liability of Governmental Bodies in International Civil Aviation", The Highways of Air and Space Over Asia (Book, 364pages, 1991), Martinus Nijhoff Publishers, pp.177-193.

3. "The Liability of International Air Carriers in a Changing Era", The Use of Airspace and Outer Space for all Mankind in the 21st Century (Book, 353pages, 1993), Kluwer Law International, The Netherlands, pp.89-130.

4. "The Liability for Compensation for Damage Caused by Space Debris", The Use of Airspace and Outer Space Cooperation and Competition (Book, 448pages, 1998), Kluwer Law International, The Netherlands, pp.305-341.

5. "The Innovation of the Warsaw System and the IATA Inter-carrier agreement", The Utilization of the World's Air Space and Free Outer Space in the 21st Century", (Book, 414pages, 2000), Kluwer Law International, The Netherlands, pp.65-90.

♠ 인도에서 발행된 책에 게재된 논문

1. "EU Draft Code of Conduct for Outer Space Activities: Space Debris and Liability Convention", Decoding the International Code of Conduct for Outer Space Activities, (Book, 190pages, 2012), Editor, Ajey Lele, Institute for Defense Studies & Analyses, New Delhi in India, pp.104-107.

♠ 싱가포르의 학술지에 게재된 논문

1. "The Possibility of Establishing an Asian Space Agency", Singapore Journal of International & Comparative Law, Special Feature, The Law of Outer Space, (2001) SJCL, No.1, pp.214-226.

♠ 필리핀의 학술지에 게재된 논문

1. "Dramatic Reforms in the Warsaw System and IATA Inter-carrier Agreement", The World Bulletin (Vol.14, Nos.1-2, Jan.-Apr. 1998), The Institute of International legal Studies, University of the Philippines Law Center, pp.57-80.

♠ 마카오의 학술지에 게재된 논문

1. "The System of the Warsaw Convention on Liability in International Carriage By Air", Journal of Faculty of Law (Vol. No.2, 1997), Macao University, International Air Law Conference Proceeding, pp.55-95.

♠ 외국에서 발행된 책 및 유명한 학술지에 게재된 논문: 26편

♠ 일본 외국학술지에 게재된 논문 합계: 35편

〈商事法: Commercial Law〉

1. "韓國の改正會社法および海商・保險法改正法律案", 法律科學研究所年報(第6號, 1990年 7月), 明治學院大學法律科學研究所 發行, 45-61頁。
2. "最近の韓國會社法の主な改正內容について", 國際商事法務(第25卷, 3號, 1997年 3月), (社)日本國際商事法研究所 發行, 235-240頁。
3. "韓國の改正獨占規制及び公正取引法の內容と事例", 公正取引(通卷540號, 1995年 10月), 日本公正取引協會 發行, 38-45頁。
4. "最近の韓國會社法の主な改正內容について", 法律科學研究所年報(第14號, 1998年 8月), 明治學院大學法律科學研究所 發行, 76-86頁。
5. "最近の韓國會社法の主な改正內容について(上)", 國際商事法務(第31卷, 3號, 2003年 3月), (社)日本國際商學法研究所 發行, 328-332頁。

6. "最近の韓國會社法の主な改正內容について(中)", 國際商事法務(第31卷, 4號, 2003年 4 月), (社)日本國際商事法研究所 發行, 494-498頁。

7. "最近の韓國會社法の主な改正內容について(下)", 國際商法務(第31卷, 5號, 2003年 5月) (社)日本國際商事法研究所 發行, 647-653頁。

8. "韓國商法の改正法律案に新設された航空運送法の主な內容と展望", (第51號, 2010年 5月) 日本空法學會 發行, 1-36頁。

9. "韓國改正商法に新規導入された航空運送法の主な內容と將來の課題", 紀要(1), (第12卷 第 2號, 2012年 3月), 日本中央學院大學社會システム研究所 發行, 31-34頁。

10. "韓國改正商法に新規導入された航空運送法の主な內容と將來の課題", 紀要(2), (第13卷 第1號, 2012年 10月), 日本中央學院大學社會システム研究所 發行, 17-30頁。

〈航空宇宙法: Air and Space Law〉

1. "國際化の中で伸びる韓國航空事情", おおぞら(季刊, No.45, 1984年 7月), 日本航空(JAL) 弘報室發行, 36-41頁。

2. "韓國における航空運送人の責任に關する法規制現象と比較法的考察", 空法(第31號, 1990 年 5月), 日本空法學會 發行, 77-100頁。

3. "航空交通管制機關の損害賠償責任に關する法的考察", 空法(第37號, 1996年 5月), 日本空 法學會 發行, 133-149頁。

4. "The International Aviation Law: Regulation of Air Traffic", The Law of International Relations (Book, 636pages, 1997) published by the Local Public Entity Study Organization, Chuogakuin University in Japan, pp.359-438.

5. "韓國宇宙開發促進法及び同法施行令", 原典-宇宙法(1999年 3月), 日本中央學院大學地方自 治研究センター 發行, 425-435頁。

6. "北朝鮮のミサイル脅威と戰域彈道ミサイル防衛", 防衛法研究(第23號, 1999年 10月), 日本 防衛 法學會 發行, 43-85頁.

7. "Asian Space Development Agencyの設立可能性", 紀要(第2卷 第2號, 2001年 12月), 日本中 央學院大學社會システム 研究所 發行, 83-93頁.

8. "Resent Case Law on the Liability in International Air Transport and a New Montreal Convention", Social System Review (Vol.1, March 2002) published by the Research Institute of Social Systems, Chuo Gakuin University in Japan, pp.11-31.

9. "韓國に於ける宇宙法制定の必要性", 紀要(第4卷 第1號, 2003年 9月), 日本中央學院大學社會システム研究所 發行, 39-52頁。

10. "韓國における航空運送人の民事責任に關する國內立法の諸問題", ~各國の立法例を中心として~航空宇宙法の新展開 (關口雅夫教授追悼論文集), 2005年 3月, 37-130頁。

11. "韓國における新しい宇宙開發振興法と宇宙損害賠償法試案の主な內容及び將來の課題", 紀要(第6卷 第2號, 2006年 3月), 日本中央學院大學社會システム研究所 發行, 115-138頁。

12. "日本と韓國の首都圈空港の發展に關する研究』, 紀要(第7卷 第1號, 2006年 12月), 米田富太郎譯, 日本中央學院大學社會시스템研究所 發行, 141-158頁。

13. "A Study for the ICAO Draft Convention on Compensation for Damage Caused by Aircraft to Third Parties", Social System Review (Vol.2, 2008), The Research Institute of Social Systems, Chuogakuin University, pp.14-34.

14. "韓國における新しい宇宙關係法の主な內容と課題", 空法(第49號, 2008年 5月), 日本空法學會 發行, 51-83頁。

15. 「國際航空宇宙裁判所の設立可能性に關する考察」, 紀要(第10卷 第2號, 2010年 3月), 日本中央學院大學社會시스템研究所 發行, 1-12頁。

16. 「韓國商法の改正法律案に新設された航空運送法の主な內容と展望」, 空法(第51號, 2010年 5月28日), 日本空法學會 發行, 1-36頁。

17. 「北朝鮮のミサイル問題と我が対抗戦略」, 紀要(第11卷 第2號, 2011年 3月), 日本中央學院大學社會시스템研究所 發行, 1-31頁。

18. 「韓國商法改正に導入された航空運送法の主な內容と將來の課題(1)」, 紀要(第12卷 第2號, 2012年 3月), 日本中央學院大學社會시스템研究所 發行, 31-44頁。

19. 「韓國商法改正に導入された航空運送法の主な內容と將來の課題(2)」, 紀要(第13卷 第1號, 2012年 10月), 日本中央學院大學社會시스템研究所 發行, 17-30頁。

20. 「月, 火星, 土星, 小惑星その他の天体にある資源採掘に必要な国際宇宙機関の創設と月協定の問題点及び解決の方策」, 空法(第51號, 2020年 5月 28日), 日本空法學會 發行, 29-65頁。

〈國際去來法: International Trade Law〉

1. "韓國への對外投資の法的側面についての考察(上)", 國際商事法務(第21卷, 5號, 1993年 5月), (社)日本國際商事法研究所 發行, 598-604頁。

2. "韓國への對外投資の法的側面についての考察(中)", 國際商事法務(第21卷, 6號, 1993年 6

月), (社)日本國際商事法研究所 發行, 27-737頁。

3. "韓國への對外投資の法的側面についての考察(下)", 國際商事法務(第21卷, 7號, 1993年 7月), (社)日本國際商事法研究所 發行, 857-862頁。

〈經濟法: Economic Law〉

1. "韓國の改正獨占規制及び公正取引法の內容と事例", 公正取引(通卷540號, 1995年 10月), 日本公正取引協會 發行, 38-45頁。

〈水資源及び鐵道連結: Water Resources and Connection by Railroad〉

1. "21世紀における韓國のIT,水資源および南・北朝鮮間の鐵道連結問題と展望, 紀要", 第2卷第1號, 2001年 7月), 日本中央大學社會システム研究所 發行, 83-93頁。

◆ 국제학술지에 게재된 논문(영어 및 일본어) 합계: 61편
◉ 한국의 학술지 및 학술서적에 게재된 논문(한국어): 120편

〈상사법〉

1. 「상법상 고정자산평가에 관한 논고」, 『경기대학 학술논문집』(1971년도), 경기대학교, 319-341면.

2. 「주식회사의 계산. 공개에 관한 일본 상법개정시안에 대한 고찰」, 『상사법연구』(창간호, 1980년 11월), 한국상사법학회, 129-148면.

3. 「주식회사의 연결재무제표에 관한 고찰」, 『회사법의 현대적 과제』, 서돈각 교수 화갑기념논문집(1981년 1월), 법문사, 227-257면.

4. 「주주총회의 권한과 운영에 관한 논고」, 『법조』(제30권 9호, 1981년 9월호), 법무부 법조협회, 1-22면.

5. 「상법개정시안에 관한 고찰(상)」, 『법조』(제32권 10호, 1982년 10월호), 법무부 법조협회, 1-15면.

6. 「상법개정시안에 관한 고찰(하)」, 『법조』(제33권 1호, 1983년 1월호), 법무부 법조협회, 1-88면.

7. 「주식회사의 연결계산서류론(상)」, 『고시연구』(제9권 12호, 1982년 12월호), 고시연구사, 55-71면.

8. 「주식회사의 연결계산서류론(하)」, 『고시연구』(제10권 1호, 1983년 1월호), 고시연구사, 129-143면.

9. 「개정상법상 고정자산의 평가(상)」, 『월간고시』(제11권 12호, 1984년 12월호), 법지사, 92-101면.

10. 「개정상법상 고정자산의 평가(하)」, 『월간고시』(제12권 3호, 1985년 3월호), 법지사, 86-97면.

11. 「운송인의 계약책임과 불법행위책임(상)」, 『월간고시』(제12권 4호, 1985년 4월호), 법지

사, 33-42면.

12. 「운송인의 계약책임과 불법행위책임(하)」, 『월간고시』(제12권 5호, 1985년 5월호), 법지
사, 88-93면.

13. 「기업결합과 주식의 상호보유 규제」, 『법조』(제36권 1호, 1986년 1월), 법무부 법조협회, 53-67면.

14. 「기업결합규제에 관한 연구」, 『상사법논집』, 서돈각 교수 정년기념논문집, 법문사, 1986년
4월, 199-219면.

15. 「이익공여의 금지」, 『월간고시』(제13권 5호, 1986년 5월호), 법지사, 105-122면.

16. 「상법상 자본감소에 관한 논고」, 『상장협』(제13호, 1986년 11월), 한국상장회사협의회 발
행, 105-122면.

17. 「운송계약책임과 불법행위책임에 관한 논고」, 『법학논총』(제2집, 1986년 11월), 숭실대학
교 법학연구소, 25-37면.

18. 「주식배당의 본질」, 『고시연구』(제15권 10호, 1988년 10월호), 고시연구사, 51-66면.

19. 「정보화사회에 있어 기업비밀의 보호(상)」, 『법조』(제39권 7호, 1990년 7월호), 법무부 법
조협회, 57-74면.

20. 「정보화사회에 있어 기업비밀의 보호(하)」, 『법조』(제39권 8호, 1990년 8월호), 법무부 법
조협회, 65-81면.

21. 「상법상 계산규정의 개정방향」, 『상장협』(제27호, 1993년 5월), 한국상장회사협의회 발행,
66-85면.

22. 「상법상 계산규정의 개선에 관한 연구」, 『법학논총』(제7집, 1994년 2월), 숭실대학교 법학
연구소, 9-40면.

23. 「상법상 고정자산평가원칙에 관한 연구」, 『상사법연구』(제16권 제2호, 1997년 10월), 한국
상사법학회, 449-479면.

24. 「전자상거래와 세무상의 법적 문제」, 『상사법연구』(제18권 제1호, 1999년 7월), 한국상사
법 학회, 339-358면.

25. 「배당가능이익의 개념정립과 통일에 관한 연구」, 『상장협』(제40호, 1999년 10월), 한국상
장회사협의회 발행, 129-143면.

26. "A Comparative Study on the Korean Maritime Law", 『한국해법학회지』(제21권 제2호,
1999년 11월), 한국해법학회발행, 75-114면.

27. 「개정상법에 신설된 항공기 운항자의 지상 제3자의 손해에 대한 책임」, 『법학연구』(제22권
제2호, 2011년), 충북대학교 법학연구소 발행, 31-61면.

28. 「韓國改正商法に新設された航空運送法の主な內容と展望」, 『항공우주법학회지』(제27권 제1호, 2012년 6월), 한국항공우주법학회 발행, 75-101면.

〈경제법〉

1. 「독점규제와 공정거래」, 『제2기 종합관리과정 교재』(1984년 4월), 현대인력개발연구원 발행, 1-74면.

2. 「중소기업법제의 체계와 과제(상)」, 『품질경영』(제4권 4호, 1986년 4월), 한국공업표준협회 발행, 100-108면.

3. 「중소기업법제의 체계와 과제(중)」, 『품질경영』(제4권 5호, 1986년 5월), 한국공업표준협회 발행, 98-103면.

4. 「중소기업법제의 체계와 과제(하)」, 『품질경영』(제4권 6호, 1986년 6월), 한국공업표준협회 발행, 146-152면.

5. 「중소기업관계법에 대한 연구」, 『민사법과 환경법의 제문제』, 안이준 박사 화갑기념논문집 (1986년 5월), 박영사, 873-908면. 중소기업진흥공단발행, 12-17면.

6. 「중소기업육성관계법에 나타난 대·중소기업 간의 협력」, 『품질경영』(제5권 1호, 1987년 1월), 한국공업표준협회 발행, 20-25면.

7. 「대기업과 중소기업 간의 협력문제 및 개선방향」, 『중소기업진흥』(제8권 3호, 1987년 5월), 중소기업진흥공단 발행, 12-17면.

8. 「독점규제법과 연결재무제표」, 『공정경쟁』(제4호, 1995년 12월), 한국공정경쟁협회 발행, 6-10면.

9. 「한국의 개정독점규제 및 공정거래법의 내용과 사례」, 『법학논총』(제9집, 1996년 2월), 숭실대학교 법학연구소, 9-40면.

〈국제거래법〉

1. 「상업신용장의 법률관계에 대한 논고(상)」, 『석탄』(제17호, 1963년 12월), 대한석탄공사, 116-177면.

2. 「상업신용장의 법률관계에 대한 논고(하)」, 『석탄』(제18호, 1964년 5월), 대한석탄공사, 74-87면.

3. 「GATT의 우르과이라운드 교섭문제」, 『세미너저널』(통권 제4호, 1993년 5월호), 세미너저널사 발행, 88-95면.

4. 「한국에로의 외국인투자에 관한 법적 고찰」, 『상사법의 기본문제』, 이범찬 교수 화갑기념논

문집 (1993년 5월), 삼영사, 436-462면.

5. "Some Considerations on the Legal Aspects of Foreign Investments in Korea",『사법의 제문제』, 김홍규 박사 화갑기념논문집(1992년 12월), 삼영사, 505-549면.

〈광업법〉

1. 「광업권에 대한 소고-광업법제를 중심으로」,『석탄』(제21호, 1965년 3월), 대한석탄공사, 65-78면.

〈국제 및 국내 항공운송법〉

1. 「선진국의 항공산업체제현황과 한국항공산업체제의 정립방향」,『항공산업연구』(창간호, 1979년 11월, 세종대학 항공우주산업연구소 발행, 29-60면.

2. 「선진국의 항공산업동향과 한국의 항공산업의 육성방안」,『문교부 연구보고서』(1990 년10월), 7-136면.

3. 「항공사고의 민사법상 책임에 관한 연구(상)」,『법조』(제30권 1호, 1981년 1월호), 법무부 법조협회, 32-46면.

4. 「항공사고의 민사법상 책임에 관한 연구(하)」,『법조』(제30권 2호, 1981년 2월호), 법무부 법조협회, 41-61면.

5. 「항공사고와 항공기제조업자의 법적 책임」,『현대민법학의 제문제』, 김증한 교수 화갑기념 논문집(1981년 5월), 박영사, 631-653면.

6. 「항공운송기업의 사법적 책임에 대한 연구」,『숭전대학교 논문집』(1981년 12월), 숭전대학교 산업연구소, 371-429면.

7. 「항공화물운송인의 책임에 관한 고찰」,『하주』(제17호, 계간, 1982년 9월), 한국하주협의회, 1-21면.

8. 「항공운송에 있어 운송인의 책임과 입법화에 관한 연구」,『숭전대학교 논문집』(1982년 12월), 숭전대학산업연구소, 1-79면.

9. 「항공물건운송인의 책임론」,『월간고시』(제10권 4호, 1983년 4월호), 법지사, 46-60면.

10. 「항공기운항자의 지상제삼자에 대한 손해배상책임」,『사법행정 상』(1983년 8월호), 한국 사법행정학회, 29-34면.

11. 「항공기운항자의 지상제삼자에 대한 손해배상책임」,『사법행정 중』(1983년 9월호), 한국 사법행정학회, 23-26면.

12. 「항공기운항자의 지상제삼자에 대한 손해배상책임」,『사법행정 하』(1983년 8월호), 한국

사법행정학회, 49-58면.

13. 「항공보험에 관한 논고」, 『하주』(제21호, 계간, 1983년 9월), 한국하주협의회발행, 1-30면.

14. 「항공운송증권론」, 『월간고시』(제11권 4호, 1984년 4월호), 법지사, 100-116면.

15. 「항공기사고조사제도의 비교법적 고찰」, 『상사법의 현대적 과제』, 손주찬 교수 화갑기념논문집(1984년 7월), 박영사, 418-454면.

16. 「국제항공책임의 통합제도에 관한 조약 초안의 논점」, 『상법논집』, 정희철 교수 정년기념논문집(1985년 3월), 박영사, 385-413면.

17. 「1975년 몬트리올 추가의정서에 대한 최근 동향」, 『사법행정 (상)』(1985년 2월호), 한국사법행정학회, 62-72면.

18. 「1975년 몬트리올 추가의정서에 대한 최근 동향」, 『사법행정 (중)』(1985년 3월호), 한국사법행정학회, 76-81면.

19. 「1975년 몬트리올 추가의정서에 대한 최근 동향」, 『사법행정 (하)』(1985년 4월호), 한국사법행정학회, 68-76면.

20. 「초음속충격파음의 규제와 손해배상책임에 대한 고찰 (상)」, 『법조』(제35권 제4호, 1985년 4월호), 법무부 법조협회, 77-89면.

21. 「초음속충격파음의 규제와 손해배상책임에 대한 고찰 (하)」, 『법조』(제35권 5호, 1985년 5월호), 법무부 법조협회, 53-67면.

22. 「항공운송인의 책임과 배상한도액에 대한 논고」, 『법학논총』(창간호, 1985년 6월), 숭전대학법학연구소, 11-28면.

23. 「항공여객운송인의 손해배상책임과 국내입법의 필요성」, 『국제법협회논총』(제2권, 1986년 8월), 세계국제법협회 한국본부 발행, 5-18면.

24. 「항공운송인의 손해배상책임론」, 『한국해법회지』(제8권 제1호, 1986년 8월), 한국해법학회 발행, 82-103면.

25. "Some Considerations on the Civil Liability of the Compensation for Damages of the Air Carrier", 『법학논총』(제3집, 1987년 12월), 숭실대학교 법학연구소 발행, 7-40면.

26. "Some Considerations on the Liability of Air Traffic Control Agencies", 『현대상사법의 제문제』, 이윤영 교수 정년기념논문집(1988년 11월), 법지사, 575-586면.

27. 「항공교통관제관의 책임에 관한 연구」, 『법학논총』(제4집, 1988년 2월), 숭실대학교 법학연구소 발행, 7-37면.

28. 「항공관제기관(ATCA)의 책임에 관한 논점-국제기구(ICAO, ILA)의 토의내용을 중심으

로-」,『항공법학회지』(창간호, 1989년 5월), 한국항공법학회 발행, 9-46면.

29. 「제63회 바르샤바 국제법대회(ILA Conference) 항공법위원회의 토의내용」,『경제법·상사법논집』, 손주찬 교수 정년기념논문집(1989년 11월), 박영사, 832-856면.

30. 「국제민간항공운항에 있어 정부기관의 책임-아시아항공우주법대회 참석보고-」,『항공법학회지』(제3호, 1991년 7월), 한국항공법학회 발행, 7-50면.

31. 「전환기에 있어서의 국제항공운송인의 책임」,『항공법학회지』(제5호, 1993년 11월), 한국항공법학회 발행, 13-52면.

32. 「항공운송계약법의 입법화에 관한 논고」,『항공진흥』(창간호, 1993년 12월), 한국항공진흥협회 발행, 42-67면.

33. 「국제민간항공운항에 있어 정부기관의 책임에 관한 논점」,『현대법학의 제문제』, 윤익 교수 화갑기념논문집(1993년 12월), 관동대학교출판부 발행, 250-274면.

34. 「항공교통관제기관의 손해배상책임에 관한 법적 고찰(일본어)」,『상거래법의 이론과 실제』, 안동섭 교수 화갑기념논문집(1995년 9월), 한국사법행정학회, 757-775면.

35. "Liability of the Compensation for Damages Caused by Air Traffic Control Agencies", 이시윤 박사 화갑기념논문집(1995년 10월), 박영사, 564-596면.

36. "The System of the Warsaw Convention on Liability in International Carriage by Air",『기업과 법』, 김교창 변호사 화갑기념논문집(1997년 5월), 한국사법행정학회 발행, 757-775면.

37. "The Innovation of the Warsaw System and IATA Intercarrier Agreement", 21세기를 대비하는 항공우주정책·법 및 산업에 관한 세계대회(Proceeding 대회일자 및 장소: 1997년 6월, 서울, 20여 개국 대표 참가), 1-26면.

38. 「항공기사고조사제도에 관한 연구」,『항공우주법학회지』(제9호, 1997년 11월), 한국항공우주법학회 발행, 85-143면.

39. "The Air Carrier's Liability under the Warsaw Convention and IATA's Inter-carrier Agreement", Korean Yearbook of International Law (Vol.1, Dec.1997), Korean Branch of the International Law Association, pp.39-59.

40. 「항공안전에 관한 관제사의 법적 책임」, 산·학·군·관·항공안전 심포지엄(Proceeding 심포지엄 일자 및 장소: 1998년 6월, 한국항공대학교), 36-64면.

41. 「항공여객운송인의 손해배상책임과 입법론」,『항공우주법학회지』(제10호, 1998년 8월), 한국항공우주법학회 발행, 13-116면.

42. "The Fundamental Reform of the Warsaw System and IATA Intercarrier Agreement",『기

업구조의 재편과 상사법」, 박길준 교수 화갑기념논문집(Ⅱ, 1998년 10월), 정문사, 916-941면.

43. 「새로운 바르샤바체제의 현대화와 통합화에 관한 ICAO 특별그룹의 조약안의 내용」, 『항공우주법학회지』(제11호, 1999년 2월), 한국항공우주법학회 발행, 93-141면.

44. 「북한의 미사일 위협과 전역탄도(戰域彈道) 미사일 방위」, 『항공우주법학회지』(제12호, 2000년 2월), 한국항공우주법학회 발행, 321-367면.

45. "Recent Case Law on the Liability in International Air Transport", 『상사법학에의 초대』, 서돈각 박사 팔질 송수기념논집(2000년 4월), 법문사, 17-750면.

46. "The Dramatic Reform of the Warsaw System and Air Carrier's Liability", 『국제법논총』(제9권, 2000년 12월), 세계국제법협회 한국본부 발행, 215-246면.

47. "Recent Case Law on the Liability in International Air Transport and a New Montreal Convention", Korean Yearbook of International Law (Vol.3, Dec.2001), Korean Branch of the International Law Association, pp.21-62.

48. 「국제항공운송인의 책임에 관한 최신 몬트리올조약의 주요내용과 논점」, 『항공진흥』(제1호, 통권29호, 2003년 2월), 한국항공진흥협회 발행, 139-162면.

49. 「몬트리올조약에 있어 국제항공여객운송인의 손해배상책임」, 『항공우주법학회지』(제18호, 2003년 12월), 한국항공우주법학회 발행, 9-39면.

50. 「한국에 있어서 항공운송인의 민사책임에 관한 국내입법의 제문제」, 『항공우주법학회지』(제19권 제1호, 2004년 12월), 한국항공우주법학회 발행, 9-53면.

51. 「국제항공운송인의 책임에 관한 세계 각국의 입법례」, 『항공진흥』(통권39호, 제3호, 2005년 9월), 한국항공진흥협회 발행, 46-74면.

52. "Some Considerations on the Aviation Safety and Draft Convention on the Modernization of Rome Convention (1952)", Proceeding of the 2006 ICAO Legal Seminar in Asia-Pacific Region (Seoul, May 2006) published by ICAO and Ministry of Construction and Transportation under the Korean Government, pp.1-21.

53. "Comment on the Draft Convention for the Modernization of Rome Convention (1952)", Proceedings of the 3rd International Convention (November 2006) published by the Hankuk Aerospace University, pp.209-221.

54. 「항공기사고로 인한 지상제3자의 배상책임에 관한 ICAO조약초안에 대한 논평과 국내입방향」, 『항공우주법학회지』(제21권 제2호, 2006년 12월), 한국항공우주법학회 발행, 9-1면.

55. 「한국 및 일본의 수도권공항의 현황과 협력」,『항공우주법학회지』(홍순길 교수 정년기념특집호, 2007년 10월), 한국항공우주법학회 발행, 137-163면.

56. "Considerations for the 2009 Montreal Two New Air Law Conventions (Unlawful Interference and General Risk Conventions) by ICAO",『한국항공운항학회지』(제17권 제4호, 2009년 12월), 한국항공운항학회 발행, 94-106면.

57. "Indonesia, Malaysia Airline's aircraft accidents and the Indonesian, Korean, Chinese Aviation Law and the 1999 Montreal Convention",『항공우주정책 · 법학회지』(제30권 제2호, 2015년 12월), 한국항공우주정책법학회 발행, 37-81면.

〈국제 및 국내 우주법〉

1. "Protection of the Environment from Space Debris", Diplomacy (Vol.ⅩⅩ, No.9, Sept.1994), pp.38-39.

2. 「우주파편에 기인되는 손해배상책임에 관한 연구」,『항공우주법학회지』(제7호, 1991년 7월), 한국항공우주법학회 발행, 205-263면.

3. 「우주활동의 상업화정책비판-특히 방법론으로서-」,『항공우주법학회지』(제8호, 번역문, 1996년 8월), 한국항공우주법학회 발행, 255-260면.

4. "Liability of the Compensation for Damages Caused by Space Debris",『현대형사법론』, 박양빈 교수 화갑기념논문집(1996년 11월), 1269-1302면.

5. 「아시아 · 태평양제국의 우주보험에 관한 법적 제문제(일본어)」,『법학논총』(제10집, 1997년 2월), 숭실대학교 법학연구소, 1-26면.

6. 「한국의 우주개발의 현황과 전망(일본어)」,『법학논총』(제11집, 1998년 1월), 숭실대학교 법학연구소 발행, 61-109면.

7. 「우주파편에 기인된 손해와 지구 환경보호에 관한 법적 고찰」,『상사법의 이념과 실제』, 박영길 교수 화갑기념논문집(2000년 10월), 599-639면.

8. 「2001년도 싱가포르 우주법대회 참석보고」,『항공우주법학회지』(제13호, 2001년 4월), 한국항공우주법학회, 341-368면.

9. 「한국에 있어서 우주개발계획과 입법에 관한 제문제」,『항공우주법학회지』(제16호, 2003년 4월), 한국항공우주법학회 발행, 197-223면.

10. 「세계 각국의 우주관계 입법례와 우리나라 우주개발진흥법의 주요내용 및 앞으로의 과제」,『항공우주법학회지』(제20권 제1호, 2005년 6월), 한국항공우주법학회, 197-223면.

11. "Example of Legislation on the Space Relations of Every Countries in the World and Main of the New Space Exploitation Promotion Act in Korea", Proceeding of the 35th International Conference on the 21st Century New International Air and Space Legal Oder published by the Korean Association of Air and Space Law, (November, 2005), pp.68-81.

12. "Some Considerations on the Korean Space Act and Draft for the Act of Compensation for Space Damage", Proceeding of the 36th International Conference on Main Issues on the Air and Space Law in the Eastern Asia published by the Korean Association of Air and Space Law, (May, 2006), pp.32-51.

13. "Galileo Project의 현황과 전망", Proceeding of the 39th International Symposium in 2007 on the International Air and Space Law and Situation around Korea published by the Korean Association of Air and Space Law, (November, 2007), pp.97-114.

14. "The main Contents, Comment and Future Task for the Space Laws in Korea", 『항공우주법학회지』(제24권 제1호, 2009년 6월), 한국항공우주법학회, 119-152면.

15. "Proposal for Creating a New International Space Exploitation Agency", 『항공우주법학회지』(특집호, 2010년 5월), 한국항공우주법학회, 151-182면. .

16. 「북한의 미사일문제와 새로운 방위체제구축」, 『공군법률논집』(제15집 제2권, 통권36호, 2011년 3월), 공군본부 발행, 72-110면.

17. 「북한의 미사일문제와 우리의 대응전략」, 김두환 교수/최만항 법무관, 『공군법률논집』(제17집 제2권, 통권40호, 2013년 3월), 공군본부 발행, 72-110면.

18. "Proposal on the Creation of a New Space Organization for the Moon Celestial Bodies Exploitation", 『항공우주정책 · 법학회지』(제29권 제1호, 2014년 6월), 한국항공우주정책법학회, 161-198면.

19. "Necessity for Establishing a New International Space Agency related to Moon & Mars Exploration and Legal Problems on the Moon Agreement", 『과학기술과 법』(제8권 제1호, 통권14호, 2017년 6월), 충북대학교 법학연구소 발행, 91-135면.

20. "Proposal of Establishing a New International Space Agency for Mining the Natural Resources in the Moon, Mars and Other Celestial Bodies", 『항공우주정책 · 법학회지』(제35권 제2호, 2020년 6월), 한국항공우주정책법학회, 313-374면.

21. "Global Issues on the Compensation for Damage Caused by Space Debris' Accidents and the Space Liability Convetion", 『항공우주정책 · 법학회지』(제36권 제2호, 2021년 6월), 현

곡 김두환 교수 미수기념특집호, 김선이 교수 공저, 한국항공우주정책법학회 발행, 3-39면.

◈ **국내의 학술지에 게재된 연구논문 합계: 123편**

◈ **외국(미국, 영국, 캐나다, 일본, 독일, 중국, 인도, 네덜란드, 싱가포르 등)의 유명 학술지에 게재된 영어 및 일본어로 쓴 연구논문: 62편**

◈ **국내외 학술지에 게재된 연구논문 총계: 185편**

상기(上記)와 같이 상위(相違) 없음.

2023년 8월 30일

김 두 환 *Doo Hwan Kim*

Curriculum Vitae (Personal History, Summary)

<u>Name</u>: Doo Hwan Kim (金斗煥)

<u>Position</u>: Honorary President, Korea Society of Air & Space Law and Policy, Seoul.

<u>Visiting Professor</u>, Law School of the Beijing Institute of Technology and Tianjin University Law School in China

<u>Address (Res.)</u>: 19 Pyongchang 14 Gil, Chongro-Ku, Seoul 03005, South Korea. Mobile Phone: 010-3710-1745, E-mail: doohwank7@naver.com

<u>Education</u>: J.D., College of Law, Seoul National University 1953-57. LL.M, Law Dept., Graduate School of Seoul National University 1957-1959. J.S.D, Law Dept., Graduate School of Kyung Hee University 1980-84.

<u>Professor & Dean</u> The College of Law, Soongsil University, Seoul, Korea 1981-99.

<u>Visiting Prof</u>. The Korea Aerospace University 2001-2009,

Visiting Prof. Chuo Gakuin University in Japan, 2010-2020,

Visiting Prof. School of Law, Beijing Institute of Technology in China, 2010-present,

Visiting Prof, College of Humanities and Social Science, Nanjing University of Aeronautics and Astronautics, 2015-2018. Tianjin University Law School, 2018-present

<u>Honorary Prof</u>. Gujarat National Law University in India, Nov. 2004~2010

<u>Visiting Scholar</u>, School of Law, University of California at Los Angeles (UCLA), Washington College of Law, The American University USA and Institute of Air and Space Law, McGill University (Montreal, Canada) 1990-91.

<u>Honoure's Year Book</u>, Asia/Pacific-Who's-Who (India) 1993-present. Who's Who in the World (USA) 1999-present.

<u>President</u>, The Korean Association of Air and Space Law 1993-99.

<u>Commercial Arbitrator</u>, The Korean Commercial Arbitration Board 1980-present.

<u>Legal Adviser</u>, Advisory Council on Policy-Making of Prime Minister 1980-83, Ministry of Transportation 1980-85 & Ministry of Justice of the Korean Government 1985-89.

<u>Prof. Dr. Doo Hwan Kim</u> was selected as the "Proud Scholar of Law College Alumni Association, Seoul National University at the 2022 at Regular General Meeting hosted by Law College's Alumni Association on June 10, 2022.

Publication of my Books. Four books in the field of "air and space policy & law" published by the printing company of Kluwer Law International in The Hague, The Netherlands, Korea Studies Information Ltd. in Seoul, Korea and IGI Global Publisher in the United States from 2,000 to 2021.

Articles: Published 62 Articles to the famous law Journal of USA, Canada, Germany, Netherlands, Jap Japan etc. written by English and Japanese in the field of air and space law etc. Published 123 Articles to the Korean Law Journal in the field of air and space policy. Total: 185 articles.

I hereby affirm the above to be correct and true in every detail.

April 30, 2023

Doo Hwan Kim *Doo Hwan Kim*

북미대륙을 승용차로 세 번 횡단한

국제항공우주법학자의 회고록

초판인쇄 2023년 10월 20일
초판발행 2023년 10월 20일

지은이 김두환
펴낸이 채종준
펴낸곳 한국학술정보(주)
주 소 경기도 파주시 회동길 230(문발동)
전 화 031-908-3181(대표)
팩 스 031-908-3189
홈페이지 http://ebook.kstudy.com
E-mail 출판사업부 publish@kstudy.com
등 록 제일산-115호(2000. 6. 19)

ISBN 979-11-6983-720-0 03810